Die Nostradamus-Gleichung
Von
Christopher Cartwright

Vorwort

Wüste von Barbary 1562 (heutige Sahara, Afrika)

Es war fast zehn Tage her, dass sein Herr ihn in dieses barbarische und feindliche Land gebracht hatte. Tag für Tag war ihm ihre kleine Gruppe von gläubigen Anhängern, Sklaven und frommen Männern in das Landesinnere gefolgt, in das Meer aus brennendem Sand. Es war der heißeste, trockenste und abscheulichste Ort, den Jacob Prediox in seinen elf Jahren auf der Erde je gesehen hatte. Das Land, das von portugiesischen Piraten, arabischen Sklavenhändlern, muslimischen Eroberern und schwarzhäutigen Eingeborenen heimgesucht wurde, die nur zu gern weiße Sklaven genommen hätten, war voller Gefahren. Ohne Soldaten, die sie beschützten, ohne ortskundige Führer und ohne zu wissen, wo sie sich mit Wasser oder Lebensmitteln versorgen konnten, war die kleine Gruppe auf der Suche nach einem unbekannten Wunder in die riesige Wüste aufgebrochen.

Sie waren gekommen, weil ihr Meister, Michel de Nostradamus, ihnen gesagt hatte, dass er das Ergebnis ihrer großen Expedition gesehen hatte. Auf den alten Schriftrollen der Zeit stand geschrieben, dass er und seine Männer eine große Mission erfüllen würden, die größte von allen. Sie musste im Geheimen durchgeführt werden und keiner von ihnen, auch nicht sein Meister, würde die Früchte ihrer Bemühungen jemals zu Gesicht bekommen. Aber ihre Bemühungen würden die Welt retten. Nostradamus hatte ihnen allen gesagt, dass es keinen Grund gab, sich vor ihrer großen Reise in ein unbekanntes Land zu fürchten. Schließlich war ihr Ziel viel wichtiger als ihr eigenes Leben.

Und sie waren ihm gefolgt, ohne Angst - denn was sollte man schon fürchten, wenn die Zukunft bereits vorbestimmt war? Es gibt nichts, was man noch ändern könnte. Sie hat bereits stattgefunden. Wir sind alle nur Marionetten, die zur Belustigung eines weitaus größeren Meisters agieren.

Am zehnten Tag blieb Jakob stehen. Er war so dehydriert, dass seine Zunge weiß und rissig geworden war. Es waren schon fast zwei Tage vergangen, seit ihr letzter Wasservorrat versiegt war. Sie hatten einen weiteren Kamm in dem nicht enden wollenden riesigen Sandmeer erreicht. Er hatte mit all seinem Glauben gebetet, dass auf der anderen Seite ein Land sein würde, das so grün und voller Früchte und Wasser war, dass es tatsächlich das Paradies sein könnte. Stattdessen erblickte er eine Reihe von sandigen Hügeln, die bis zum Horizont reichten. Die Sonne ging unter und er fragte sich, wie viele von der Gruppe noch am Leben sein würden, wenn sie wieder aufging.

Nostradamus machte Halt. "Wir werden hier unser Lager für die Nacht aufschlagen."

Der Kamelzug hielt an. Der Kameltreiber umrundete das Leitkamel und führte die Gruppe zusammen. Er blieb neben Nostradamus stehen. "Seid Ihr sicher, dass Ihr das Lager aufschlagen wollt, Meister? Ich bin mir sicher, dass die Kamele noch ein paar Stunden durchhalten ... und ich bezweifle, dass viele der Männer am Morgen noch leben werden, wenn wir kein Wasser finden."

"Ganz sicher", antwortete Nostradamus. Seine Augen suchten den Sand gründlich ab. "Das ist definitiv der richtige Ort."

Der Kameltreiber schaute sich die Reihen der Sanddünen an. Der Platz war schlecht vor den heftigen Winden geschützt, die in der Wüste von Barbary ohne Vorwarnung auftreten konnten. "Wenn ich fragen darf, Meister - für was ist das der richtige Ort?"

Nostradamus lächelte. Es war ein Lächeln voller Allwissenheit und Rätsel. "Das ist genau der Ort, an dem wir heute Nacht unser Lager aufschlagen, das ist alles."

Jakob blickte zu seinem Meister auf, der neben ihm stehen geblieben war. Sein Meister sah plötzlich auf ihn herab und fragte: "Warum schaust du so traurig, Kind?"

"Meister", sagte er und versuchte, tapfer zu wirken. "Ich lebe nur, um dir zu dienen, aber meine Zunge ist trocken, mein Magen leer und ich fürchte den Tod, von dem ich nur zu sicher bin, dass er bald naht. Ich möchte Teil unserer großen Expedition sein. Ich will helfen, aber ich will auch leben. Ich habe nur elf Jahre auf dieser Erde erlebt. Ich würde gerne noch einige Jahre auf der Erde verbringen, bevor ich sterbe."

"Wir alle haben Meister. Selbst ich habe nicht mehr Einfluss darauf, wann wir leben oder sterben, als der einsame Sandkäfer, der auf der Suche nach einer Partnerin durch die Wüste irrt." Er sprach munter, aber mit einer aufrichtigen Ehrlichkeit, die nur wenige unter diesen Umständen zu schätzen gewusst hätten. "Wir arbeiten für die Herren der Zeit. Leider leben und sterben wir nach ihrer Laune."

Jakob hätte am liebsten geweint. Aber keine Tränen fielen aus seinen Augen. Er war einfach zu dehydriert. Er hatte recht gehabt - sein Meister hatte ihren Tod gesehen und es ihnen nicht gesagt.

"Junger Jakob. Ich weiß, was du wissen willst. Ich habe alles gesehen.

Ich weiß nicht, warum, aber ich habe es gesehen. Die Frage ist, ob du mir bis zum Ende folgen wirst, wie du es musst, wenn ich dir sage, was geschrieben steht." Nostradamus' rechtes Auge wölbte sich geheimnisvoll nach oben. "Was wird geschehen?"

Jakob schaute zu ihm auf und nickte. Seine niedergeschlagenen Augen fragten die Worte, die er nicht zu sagen vermocht hatte: "Werde ich heute Nacht sterben?

Nostradamus schaute ihn aus der Geborgenheit seines Howdahs freundlich an, wie ein Vater seinen Sohn. "Ja. Wir werden alle sterben."

Jakob wollte sich am liebsten zu einer Kugel zusammenrollen und weinen, aber stattdessen nickte er tapfer und akzeptierte es. Wenn er schon sterben musste, dann würde sein Herr wenigstens in seinen letzten Stunden noch stolz auf ihn sein.

"Du bist ein guter Junge, Jacob. Du hast mir gut gedient." Dann schaute Nostradamus zur Sonne, die am Horizont unterging. Einen Moment lang dachte Jacob, der alte Mann würde darüber nachdenken, wie viele von seiner Gruppe noch leben würden, wenn sie das nächste Mal aufging. Nostradamus schüttelte den Kopf, als wäre das eine dumme Überlegung. Er hatte die Wahrheit bereits erkannt und die Antwort war in der Tat sehr traurig. Nostradamus bückte sich und reichte Jakob ein kleines Messingmedaillon. "Trage es immer bei dir. Deine Aufgabe hier und heute ist es, Zeuge dieses Ereignisses zu sein, damit es eines Tages in der Zukunft einem großen Zweck dient ... wenn die Zeit reif ist."

"Ich werde nicht sterben?", fragte Jakob.

"Wir werden alle sterben. Du, der Rest meiner Gruppe ... selbst ich werde nicht ewig leben. Aber du wirst diese Expedition überleben. Du bist nicht hier, um zu sterben. Ich habe dich nur hierher gebracht, damit du Zeuge der Ereignisse wirst."

"Welcher Ereignisse?"

Nostradamus schüttelte den Kopf. "Nein. Ich fürchte, auch mir sind einige Dinge verborgen. Was ich dir aber sagen kann, ist, dass du Zeuge dieses Ereignisses werden musst. Schreib so viel auf, wie du kannst und bewahre alles so lange wie möglich an einem sicheren Ort auf."

"Aber wem soll ich das erzählen?"

"Niemandem. Du musst ein langes, erfülltes Leben führen und auf deinem Sterbebett dieses Medaillon deinem Sohn geben, gemeinsam mit der Geschichte der Ereignisse, die hier geschehen sind und ihm sagen, er solle die Geschichte an seinen Sohn weitergeben. Du musst dafür sorgen, dass diese Tradition fortgesetzt wird!"

"Bis wann?"

Nostradamus erhob seine Stimme, als ob die Antwort offensichtlich wäre. "Bis ein Mädchen geboren wird!"

"Was wird dann passieren?"

"Sie wird unseren größten Schatz finden, genau zum richtigen Zeitpunkt in der Geschichte, wenn die Welt auf seine Entdeckung angewiesen ist." Nostradamus seufzte. "Und wenn sie die richtige Person ist, voller Aufrichtigkeit und Integrität und genug Vertrauen hat ... dann wird sie die Welt retten."

Jakob nahm das Medaillon, das ihm sein Meister um den Hals gehängt hatte. Es war aus einer Art Messing geformt, aber für ihn war es trotzdem wertvoller, als wenn es aus massivem Gold gewesen wäre. Er starrte auf die Gravierungen. Sie zeigten eine Karte von einer Insel, die er noch nie gesehen oder von der er noch nie gehört hatte. Sie war geformt wie eine liegende Acht. Und auf der Vorderseite standen acht Zahlen, die ihm absolut nichts sagten. "Wird sie Erfolg haben? Wird mein großer Nachkomme eines Tages die Welt retten?"

Nostradamus schüttelte den Kopf. "Ich fürchte, die alten Schriftrollen der Zeit haben einige Geheimnisse, sogar vor mir."

*

Es gab keine Möglichkeit, genau zu sagen, wie spät es war, als der Wind sich drehte. Jacob schätzte, dass der Halbmond kurz vor Mitternacht stand, als er zum ersten Mal das Heulen der Zeit vernahm, das kam, um der Gruppe ihr Leben zu nehmen. Er wollte sich verstecken und Schutz suchen, aber es gab keinen Ort, an dem er das hätte tun können. Außerdem hatte Nostradamus sich klar ausgedrückt. Seine Aufgabe hier war es, Zeuge eines Ereignisses zu werden. Anstatt sich also zu verstecken, sah er zu, wie die Gruppe zerstört wurde.

Der sandige Wind kroch durch das Lager und drang in alles ein. Die aufgeschreckten Kamele kämpften mit ihren Seilen, bis sie sich befreien konnten und in die Wüste rannten. Die Männer versuchten, die verängstigten Tiere wieder einzufangen, aber ihre Versuche waren bestenfalls hoffnungslos.

Die verschlossene Kiste, der kostbare Besitz, den Nostradamus ihnen befohlen hatte, zu einem unbekannten Zweck quer durch die Wüste zu bringen, sah aus, als würde sie bald vom Sand begraben werden. Die Männer, die bis zum Schluss gläubig waren, gruben mit bloßen Händen im Sand und versuchten zu verhindern, dass die feine Messingkiste im Sand versank.

"Lasst das!", befahl Nostradamus. "Sie gehört hierher ... im Sand begraben!"

"Was ist mit uns?", fragte einer der Männer.

"Ihr habt eure Pflicht getan", antwortete Nostradamus. "Jetzt rennt um euer Leben. Geht in Deckung. Schützt euch."

Jakob sah entsetzt zu, wie sich das behelfsmäßige Gefängnis, in dem die Sklaven für die Nacht festgehalten worden waren, sich mit Sand füllte. Die kräftigen Sklaven zerrten hilflos an den angebundenen Pfählen, die ihren nächtlichen Verschlag bildeten. Ihre Augen waren vor Schreck geweitet; sie bissen ihre weißen Zähne vor Entsetzen zusammen und durch die tiefe Dunkelheit in ihren Gesichtern konnte man das weiße Glänzen ihre Zähne jetzt ganz besonders sehen.

Er konnte nicht erkennen, ob jemand die Notlage der Sklaven bemerkt hatte. Wenn ja, bezweifelte er, dass jemand sich genug dafür interessierte, um etwas dagegen zu unternehmen. Die Sterne und die helle Mondsichel waren nicht mehr zu sehen. Jakob verlor den Rest des Lagers aus den Augen, aber seine Augen blieben auf den Sklaven gerichtet, während der Sand auf seiner ungeschützten Haut brannte. Der Sand überflutete das Gefängnis immer schneller ... wenn er nichts unternahm, würden die Sklaven bald ersticken. Er wusste, dass er etwas unternehmen sollte, aber was konnte er schon unternehmen?

"Es ist Zeit", sagte Nostradamus und reichte ihm eine einzelne lederne Wasserflasche. "Du musst jetzt gehen."

Jakob stand auf und nahm den Flachmann. Er war voll. Er wollte wissen, wo er herkam, aber ein Blick in das Gesicht seines Meisters sagte ihm, dass er keine Fragen stellen sollte, denn die Zeit war gegen ihn. "Wohin soll ich gehen?"

Nostradamus lächelte. Es wirkte wild und wahnsinnig, wie das eines Verrückten. "In welche Richtung auch immer du willst."

"Wie werde ich überleben?", fragte Jakob. "Wie werde ich es wohl zurück nach Frankreich schaffen?"

"Wer hat gesagt, dass du nach Frankreich zurückkehrst?" Nostradamus schüttelte den Kopf, als ob Jakob eine dumme Frage gestellt hätte. "Keine Zeit, um in die Zukunft zu sehen. Geh einfach. Geh weiter, bis du es selbst entdeckst."

"Was ist mit dir?", fragte Jakob. Er wollte wissen, was mit dem Rest der Gruppe geschehen würde, der sich bereits in der Wüste verstreut hatte.

Jakob bekam keine Antwort. Sein Meister ging einfach weg und verschwand im heftigen Sturm. Er sah sich die Messingkiste an. Nur der oberste Teil war noch sichtbar. Der Rest war nun für immer begraben. Er wusste nicht einmal, was darin war, das so wertvoll war ... oder warum sein Herr sich die Mühe gemacht hatte, sie an diesen einsamen Ort zu bringen, der weiter entfernt von der menschlichen Zivilisation war als alle anderen, die er bisher kennengelernt hatte, nur um sie dann im Sand zu vergraben, wo man sie sicher nie wieder finden würde.

Sein Blick fiel wieder auf die schwarzen Sklaven. Jetzt ragten nur noch ihre Köpfe aus dem Sand. Die Sklaven hatten begonnen, miteinander zu kämpfen und um den Platz in der Mitte zu wetteifern, wo ihr Verschlag am höchsten war und am meisten Platz zum Atmen bot. Jakob sah, wie sich ihre grundlegenden tierischen Instinkte regten ... der Wunsch zu überleben.

Er wusste, dass er etwas tun musste. Aber wenn er ihnen half, würden sie ihn nach der Befreiung vielleicht einfach töten. Aber würden sie das wirklich tun? Er wusste die Antwort darauf ... natürlich würden sie das tun. Er war ihr Meister gewesen und jetzt war er verletzlich. Er war nur ein elfjähriger Junge. Wie konnte er sie aufhalten, wenn sie erst einmal frei waren? Jakob dachte an das, was sein Meister ihm gesagt hatte: *Du wirst das überleben und die Geschichte deinem Sohn und dessen Sohn erzählen, über Generationen hinweg, bis ein Mädchen geboren wird.*

Jakob schnappte sich ein Messer und kletterte auf das Dach des provisorischen Gefängnisses. Er wünschte sich sofort, er hätte es nicht getan. Ein Sklave packte ihn am linken Knöchel und versuchte, ihn herunterzuziehen. Wie ein verwundetes Tier versuchten die Sklaven, jeden anzugreifen, der ihnen zu nahe kam, sogar die einzige Person, die bereit war, ihnen zu helfen.

Er trat hart gegen die Hand des Sklaven. Jakob spürte, wie sich der Griff um sein Bein verstärkte und so trat er erneut zu. Und noch einmal, bis die Hand nachließ und der Druck schwand. Dann bewegte er sich schnell in die Mitte des Gefängnisdaches. Dort blieb er stehen. Mehrere Hände griffen nach ihm und peinigten ihn. Wenn er sie nicht bald befreien würde, würden sie ihn töten und dabei selbst sterben. Die fünf Stöcke waren mit einem Papyrus-Seil zusammengebunden. Er versuchte das Seil zu durchtrennen. Der erste Versuch durchtrennte kaum einen Strang. Der Zweite kam nicht viel weiter, aber der Dritte durchschnitt es ganz.

Die Luke wurde aufgestoßen und er wurde in den Sand geschleudert. Er beobachtete, wie mindestens zwanzig Sklaven aus dem mit Sand gefüllten Gefängnis entkamen und sich in den Wüstensturm verstreuten. Alle bis auf einen von ihnen. Es war der größte Sklave und gleichzeitig der größte Mann, den Jakob je gesehen hatte. Die blauen Augen des Sklaven waren plötzlich auf ihn gerichtet. Die Zähne des Sklaven glänzten weiß und er heulte wie ein Banshee ... dann rannte er auf ihn zu.

Jakob drehte sich um, um wegzulaufen, aber er war noch nicht einmal aufgestanden, als der Sklave ihn erreicht hatte. Er spürte, wie die dicken, ledrigen Hände des Sklaven nach seiner Schulter griffen, um ihn aufzuhalten. Der Sklave warf ihn schnell auf den Boden, sodass er mit dem Rücken an der kleinen Sandmauer anlag. Sie bot Schutz vor dem tödlichen Sturm, aber nicht vor dem riesigen Sklaven, der jetzt auf ihn zukam.

Jakob begann schnell, einen der wenigen Verse aus der Bibel zu rezitieren, die er auswendig kannte: "Unser Vater, der du bist im Himmel ..." Er hielt ein kleines Messer in der Hand, um sich zu verteidigen. Es war albern und erfüllte seinen Zweck nicht. Der Sklave könnte ihn ohne jede Anstrengung töten.

Der Sklave näherte sich langsam und riss ihm das Messer aus der Hand. Dann verstaute er es in der Seite seines Lendenschurzes. Einen Moment später sah der Sklave die lederne Wasserflasche im Sand neben ihm. Er schnappte sich die Wasserflasche genauso schnell, wie er das Messer genommen hatte. Der Sklave nahm zwei kleine Schlucke und gab sie zurück. Jakob versuchte, ihm nicht in die Augen zu sehen, als wäre er ein Monster, dem man durch Ignoranz entgehen könnte. Aber das Monster saß neben ihm. Jakob war entsetzt über die blauen Augen des Sklaven. Er hatte noch nie einen schwarzen Sklaven mit blauen Augen gesehen. Sie waren intensiv, blaugrau, stechend und starrten ihn ausdruckslos an, als wäre er ein Geist.

Jakob zitterte die ganze Nacht hindurch. Am Morgen war der Wind abgeflaut und aus dem Sandsturm war ein schöner Tag geworden. Die Sonne ging auf und bald würde es zu heiß sein, um weiterzureisen. Der Sklave war der Erste, der aufstand. Er schaute kurz zur Sonne hinauf, um sich zu orientieren und ging dann in Richtung Süden.

Jakob sah zu, wie der Sklave dreißig oder mehr Schritte in das Sandmeer machte. Er hatte die Nacht überlebt, wie Nostradamus vorausgesagt hatte. Das Ungeheuer hatte ihn am Leben gelassen. Der Sklave blieb stehen. Er sah ihn an und grinste. "Na, Junge, kommst du mit mir?"

Jakob sah sich an dem trostlosen Ort um, an dem Gott ihn ausgesetzt hatte. Er hatte keine Ahnung, wo er war und wo er hinwollte. Er hatte nur sehr wenig Wasser und keine Essensrationen. Wenn er nichts unternahm, dann war er ohnehin tot. Jakob betrachtete das Gesicht des Sklaven. Es war durch jahrelange Gewalt und Strapazen gezeichnet. Aber im Tageslicht erschienen ihm die blauen Augen des Sklaven nicht mehr gruselig ... stattdessen vermittelten sie ihm den Eindruck von Weisheit.

"Oder möchtest du hier draußen sterben?", fragte der Sklave.

Jakob lächelte und folgte langsam den Schritten des Sklaven. "Ich werde dir folgen."

"Gut."

"Wohin gehen wir?", fragte Jakob und fühlte eine Zuversicht, die er selten zuvor verspürt hatte.

Der Sklave lächelte. "In ein weit entferntes Königreich, wo mein Volk schon lange auf die Rückkehr seines Königs wartet."

Jakob holte tief Luft und fragte sich, welcher Teil der Geschichte durch die Rettung eines Königs verändert worden war und warum Nostradamus dies nicht erwähnt hatte. Er verdrängte den Gedanken und folgte dem König schweigend. An diesem Nachmittag erreichte er die höchste Sanddüne, die er je gesehen hatte. Von ihr aus konnte er kilometerweit in alle Richtungen sehen.

Er hielt lange genug inne, um einen Schluck Wasser aus seinem Flachmann zu nehmen. Sein Blick wanderte zurück zu dem Ort, von dem er gekommen war. Er betrachtete die Sanddünen und versuchte, sich irgendwie an den Ort zu erinnern. Er konnte keine Orientierungspunkte erkennen. Überhaupt keine. Nur Sand. Es wäre unmöglich, diesen Ort jemals wiederzufinden, selbst wenn er es morgen gewollt hätte. Alles war begraben worden. Und so würde es auch bleiben ... für alle Ewigkeit.

Kapitel Eins

Idehan Murzuk, Sahara - Libyen

Im Schatten waren es 45 Grad Celsius. Die 18 Meter hohen Sanddünen reichten in alle Richtungen bis zum Horizont, wie ein uralter Ozean, der vom trockenen Sand der Zeit verschluckt worden war. Nicht ein einziges Fleckchen Grün war zu sehen. Abgesehen von ihrem Lager gab es kein beständiges Zeichen von Leben. Nichts lebte in diesem feindlichen Land. Ein paar Nomadenstämme nutzten das Land für ihren Handel, indem sie direkte, mühsame Routen mit Kamelzügen nahmen. Sie rückte ihre grüne Kopfbedeckung zurecht. Sie war in der Wüste geboren worden, hatte aber viele Jahre weit weg von ihr verbracht. Es waren schmerzhafte Jahre gewesen, und obwohl sie wichtig gewesen war, hatte sie sich lange Zeit verloren gefühlt. Anstatt sie zu entmutigen, gab ihr die extreme Hitze das Gefühl, lebendig zu sein. Heute war es besonders heiß ... keiner der Stämme würde es riskieren, bei Tageslicht zu reisen.

Sie stand vom Schreibtisch auf, wo sie Notizen auf eine alte Karte gekritzelt hatte, die mit frisch eingezeichneten Gitternetzlinien übersät war. Das Sonnensegel der Plane linderte die intensive Hitze kaum. Sie grinste neugierig, als sie die Fremden auf ihrem Weg nach Süden beobachtete. Es handelte sich um drei Kamele. Auf den ersten beiden saßen Reiter. Beide Männer waren vollständig in die traditionellen Wüstengewänder der Tuareg-Nomaden gekleidet. Trotzdem konnte sie erkennen, dass sie keine Nomaden waren.

Ihre Gesichter waren größtenteils mit dem indigoblauen Shesh verdeckt ... der traditionellen Kopfbedeckung der Nomaden, die schon seit Tausenden von Jahren durch die Wüste der Sahara ziehen. Ihre Augen waren mit dunklen Sandbrillen bedeckt, die sie sowohl vor dem Sand als auch vor der Sonne schützen sollten. Der eine war deutlich größer als der andere, sowohl von der Größe als auch von den Muskeln her. Der andere war durchschnittlich groß und breitschultrig. Der Kleinere ritt an der Spitze des Kamels und wirkte kampfbereit, während der andere entspannt im Sattel saß, vielleicht sogar schlief.

Ein drittes Kamel folgte, das an das zweite Kamel angebunden war. Es trug mehrere Tauchflaschen. Auf der Rückseite eines der Tanks stand *Deep Sea Projects*. Sie lächelte. *Deep Sea? Im Umkreis von tausend Kilometern gab es kein einziges Gewässer, das groß genug wäre, um darin zu schwimmen, geschweige denn zu tauchen*. Sie war gerade neugierig genug, um die beiden Männer anzuhalten und zu fragen. Aber sie hielten nicht an, um zu reden und sie wollte ihre Reise nicht stören. Dies war ein seltsames Land mit noch seltsameren Regeln und wenn ein paar Alleinreisende nicht anhalten wollten, um mit den ersten Menschen zu reden, die sie seit Langem beim Durchqueren der Wüste sahen, sollte man sich nicht die Mühe machen, herauszufinden, warum.

Dr. Zara Delacroix lächelte. Es war ein wunderschönes Lächeln. Es strotzte vor Humor und Intelligenz und verriet gleichzeitig eine gewisse versteckte Arglist. Ihre perfekten, ebenmäßigen, weißen Zähne stachen von ihrem dunklen, olivfarbenen Teint ab. Das, was man von ihrem schwarzen Haar sehen konnte, war so dunkel und glänzend, dass es unter ihrem grünen Kopfschmuck blau erschien. Ihre dichten, dunklen Wimpern bewachten ihre haselnussgrünen Augen. Sie waren ihr stärkstes, verführerischstes und täuschend schönstes Merkmal. Für alle, die ihr begegneten, war sie durch und durch exotisch ... und in den letzten zwei Jahren war sie das größte Geheimnis der Sahara gewesen.

Sie war eine gebildete Frau, eine Archäologin, die sowohl altes persisches als auch französisches Blut in ihren Adern hatte. Sie durchstreifte die riesigen Ergs, die ozeanähnlichen Sandbecken, die über die Sahara verstreut waren, frei und ohne Angst. In einem Land voller Korruption, Kriege, Diktaturen, Stammeskämpfe und einer Umgebung, die die meisten Menschen innerhalb eines Tages töten konnte, wanderte sie ungehindert auf der Suche nach einem großen Wunder umher und gewann dabei immer mehr Anhänger.

Man hatte ihr den Namen *Malikatt Alssahra* gegeben - was aus dem Arabischen übersetzt *Königin der Sahara* bedeutet. Sie hielt den Namen für lächerlich, aber die Menschen, die ihr folgten, waren der Meinung, dass er perfekt zu ihrer Schönheit und ihrer Fähigkeit passte, diejenigen, die ihr folgten, mit großem Respekt, Würde und unerschütterlicher Loyalität anzuführen.

Gerüchten zufolge, wenn man ihnen überhaupt trauen konnte, war sie auf der Suche nach etwas Außergewöhnlichem. Einem Buch, das nicht nur die Zukunft voraussagte, sondern auch die Macht hatte, sie zu verändern. Sie war bereit, ein königliches Vermögen zu zahlen, um es zu finden und hatte eine Armee von Nomaden aus verschiedenen Stämmen angeheuert, um ihr bei ihrer Suche zu helfen. Stämme, die sich bisher nie geeinigt hatten, schworen ihr nun ihre Treue. Sie befehligte nun über zweihundert Leute aus einer Vielzahl von Stämmen und Ländern ... und noch mehr kamen hinzu, um ihr ihre Treue und ihre Dienste anzubieten.

Als sie die beiden Fremden erblickte, stellte sich Adebowale direkt vor sie. Wie ein übervorsichtiger Wachhund wartete er auf die Gelegenheit, zuzubeißen. Er war erst vor Kurzem zu ihrer Gruppe gestoßen, hatte aber großes Interesse an ihrer Suche gezeigt und sich selbst zu ihrem Leibwächter ernannt. Er befehligte vierzig Krieger und verlieh ihrem Kommando eine seltsame Aura von unnatürlicher Macht. Viele der Stammesnomaden, die in der Region umherzogen, waren abergläubisch und sie erkannte, dass es von Vorteil war, an diesem Image zu arbeiten.

Adebowale war ihr eifrigster Unterstützer. Er folgte ihr mit der religiösen Inbrunst eines zutiefst gläubigen Menschen. In Wahrheit machte sein Eifer ihr Angst. Sie ließ ihn natürlich gewähren, weil er vierzig Kriegerinnen und Krieger mitgebracht hatte, die zwar nicht ganz so stark waren wie er, aber zum Schutz und zum Graben sicher nützlich sein würden. Diesen Schutz würde sie brauchen, wenn sie jemals finden würde, was sie suchte.

Er spielte die Rolle ihres Leibwächters, aber er war viel mehr als das. Mit seinen 2,10 m war er ein gutes Stück größer als die meisten Menschen. Außerdem wog er um die 150 kg und war ein echter Muskelprotz. Er hatte eine dunkle Hautfarbe und tiefblaue, beängstigende Augen.

Er lächelte sie an und zeigte ihr seine makellosen, weißen Zähne. "Guten Tag, Doktor."

"Hallo Adebowale", antwortete sie.

"Sie haben heute Morgen die Messing-Hoodah gefunden", sagte Adebowale. Er war der Einzige im Lager, der sie als seinesgleichen ansah und nicht als die Retterin oder die Überbringerin der großen Prophezeiung. "Es wird nicht mehr lange dauern, bis sie es finden."

Sie drehte sich zu ihm um und blickte immer noch zu den Fremden, die nach Süden zogen. "Ja, ich habe davon gehört." Ihre Stimme wirkte teilnahmslos, aber innerlich raste ihr Herz bei dem Gedanken.

Adebowale schüttelte den Kopf. Er war groß und von Narben übersät. Die borstigen Haare auf seinem Kopf waren kurz geschnitten und seine graublauen Augen, gaben ihm ein alptraumhaftes, unwirkliches Aussehen. Trotzdem war er ziemlich attraktiv, auf eine kriegerische Art und Weise jedenfalls. Sein Englisch war artikuliert und ausdrucksstark, was zeigte, dass sein Bildungsgrad viel höher war, als sie zunächst vermutet hatte. Er hatte außerdem einen leichten Hauch eines amerikanischen Akzents. "Du bist dir immer noch nicht sicher, dass es hier sein wird?"

"Nein. Aber ich glaube, dass es hier sein könnte", antwortete sie und drehte sich schließlich zu ihm um, um ihm in die Augen zu sehen.

"Warum bist du dann nicht da unten und freust dich? Die neue Zukunft ist angebrochen und du und ich werden die Überbringer dieses neuen Wissens sein."

Zara lächelte. Ihr gefiel sein unerschütterlicher Glaube an die Prophezeiung, auch wenn sie kein Wort davon glaubte. "Ich glaube einfach kein Wort von dem, was Nostradamus gesagt hat, das ist alles."

"Warum hast du dann dein Leben damit verbracht, nach seinem Buch zu suchen?", fragte Adebowale. Sein verschmitztes Lächeln verriet, dass er nicht akzeptieren konnte, was sie sagte.

"Weil es andere auch tun und weil ich es finden kann." Ein freches, verlegenes Grinsen formte sich auf ihren Lippen. "Und wie du, weil ich das Geld brauche, das sie mir zahlen werden!"

"Aber du hast zwei Jahre damit verbracht, diese winzige Gegend allein zu durchsuchen! Warum verschwendest du deine Zeit mit der Suche nach etwas, an das du nicht glaubst?"

"Ich glaube, dass das Buch des Nostradamus hier vergraben ist. Das ist eine Tatsache. Was ich nicht glaube, ist, dass Nostradamus wusste, was in der Zukunft geschehen wird."

"Wie erklärst du dir, dass so viele seiner Vorhersagen eingetroffen sind?"

Zara zuckte mit den Schultern. "Na ja, er hatte Glück ... und er hat viel Spielraum für Interpretationen gelassen. Das ist nicht viel beeindruckender als eine Tarotkartenlesung in einem Scherzartikelladen."

"Er hatte selten Glück", beharrte Adebowale.

Sie lächelte. "Seine Vorhersagen wurden im Nachhinein interpretiert, was bedeutet, dass irgendjemand immer behaupten konnte, er hätte recht gehabt. Er hatte also Glück... und zwar sehr viel."

Adebowales Lächeln wurde zu einem starren Blick. "Warum bist du hier, Doktor?"

Sie lächelte. "Aus demselben Grund wie du, Adebowale ... Geld."

"Ich bin gekommen, weil du mich darum gebeten hast und weil es in den alten Schriftrollen der Zeit geschrieben stand. Warum sonst sollten sich die Wege unserer beiden Familien fast vier Jahrhunderte lang kreuzen?"

"Das sagst du immer wieder ...", antwortete sie. "Warum ist das so? Ich habe dich erst vor vier Wochen kennengelernt und ich kann mich nicht erinnern, dich um Hilfe gebeten zu haben ... so sehr ich mich auch freue, dass du jetzt hier bist."

Adebowale sprach langsam. Seine tiefe Stimme klang, als würde er einen Vers aus der Bibel predigen. "Weil die Prophezeiung es so will. Und weil geschrieben steht, dass das Leben unserer beiden großen Familien für alle Zeiten miteinander verflochten sein soll."

"Richtig", sagte Zara. Sie sah in sein Gesicht, das nach einer Art Anerkennung ihrerseits verlangte, die sie ihm verweigerte, indem sie die Frage ignorierte. "Ich weiß nicht, was du an unseren beiden Familien so toll findest? Dein Vater wurde ermordet, als du noch ein Kind warst und du musstest betteln und arbeiten, um deinen Lebensunterhalt zu verdienen. Mein Vater war ein Archäologe, der sein Leben mit der Suche nach etwas verschwendet hat, an das ich immer noch nicht glaube, bis er wegen der schlechten Lebensbedingungen und der hohen Löhne, die das Leben in der Sahara mit sich bringt, mit zweiundfünfzig Jahren an einem Herzinfarkt gestorben ist. Unsere beiden Mütter sind verschwunden, noch bevor wir alt genug waren uns überhaupt an sie zu erinnern. Ich hatte nie Geschwister und deine sind immer noch in einem Land, aus dem du verbannt wurdest."

"Unsere Familien waren beide großartig und werden es eines Tages wieder sein. Was dich und mich angeht ... ich habe dich getroffen, als du noch sehr jung warst. Wahrscheinlich hast du mich als einen weiteren armen Arbeiter angesehen und kannst dich deshalb nicht an mein Gesicht erinnern, aber ich habe dich nie vergessen. Dein Vater hat mir geholfen, weil er an die Prophezeiung geglaubt hat, und mit der Zeit wirst du das auch tun."

"Du glaubst, mein Vater hat dein Visum für Amerika wegen einer alten Familiengeschichte organisiert?"

Er nickte. Ein breites, weißes Grinsen breitete sich von einem Ohr zum anderen aus. "Seit Nostradamus 1562 hierhergekommen ist, sind unsere beiden Familien auf eine Weise miteinander verbunden, die kein Mensch jemals wirklich verstehen wird."

Sie lachte. "Du glaubst, er hat das wegen der Prophezeiung getan?"

"Ja. Warum sollte er es sonst tun?"

"Weil er einen Blick auf dich geworfen hat und sich dachte, dass er in seinem ganzen Leben noch nie jemanden gesehen hat, der so groß ist wie du. Willst du wissen, was Bestimmung ist? Du wurdest geboren, um American Football zu spielen! Wie ich meinen Vater kenne, hat er wahrscheinlich irgendeine Provision von dem Trainer bekommen, bei dem du im College Football gespielt hast."

"Es hat mir keinen Spaß gemacht."

"Ich habe dich gegoogelt, Adebowale. Du hast es in die NFL geschafft und hast mit deinem Team im Super Bowl gespielt!" Sie schüttelte den

Kopf. "Und dann hast du das alles hinter dir gelassen, um mir umsonst zu folgen."

"Nein. Ich habe die Ausbildung durchlaufen, die ich gebraucht habe, um wieder in mein Land zurückkehren zu können. Dann habe ich gewartet, bis es an der Zeit war und bin gekommen, um dir zu helfen."

"Du glaubst, du brauchst einen Abschluss, um eine Rebellion anzuführen?"

Er schüttelte den Kopf. "Es geht darum, was im Herzen eines Mannes ist, um seine Männer dazu zu bringen, die Thronräuber zu stürzen. Aber eine amerikanische Ausbildung hat mich gelehrt, was ich wissen muss, um die Unterstützung anderer Nationen zu gewinnen, die mir helfen werden, mein Geburtsrecht wiederzuerlangen."

"Du träumst schon wieder. Dein Geburtsrecht wurde dir genommen, als du drei Jahre alt warst. Genau an dem Tag, an dem dein Vater abgeschlachtet wurde. Die Amerikaner, die UNO und die umliegenden Länder haben kein Interesse daran, sich in eine weitere Rebellion in Afrika einzumischen."

Sie war zu hart gewesen und wünschte sich sofort, sie hätte es nicht so weit getrieben. Sie betrachtete aufmerksam seine graublauen Augen und wartete auf eine Reaktion.

Er hielt einen Moment inne und lächelte. "Du hast recht, niemand will etwas damit zu tun haben. Und warum sollten sie auch? Es ist nicht ihr Kampf. Es gibt nichts Wertvolles aus meiner Heimat für den Rest der Welt. Sie ist völlig wertlos. Aber bald werden sie alle in mein Land strömen und dann werden wir sehen, wer mir seine Hilfe anbietet."

Zara bedauerte noch immer ihre Bemerkung über den Tod seines Vaters und war von seiner Gewissheit fasziniert: "Was macht dich so sicher?"

"Weil ich den Tag mit meinen eigenen Augen gesehen habe."

Sie lächelte. Es war ehrlich. "Ich hoffe, dein Traum wird wahr."

"Du glaubst mir nicht, oder?"

"Nicht ein Wort, Adebowale. Aber ich respektiere deinen Glauben und deine Überzeugung sehr. Es muss toll sein, sich einer Sache so sicher zu sein. Als Archäologin habe ich einen Großteil meines Lebens damit verbracht, den alten Aufzeichnungen meines Vaters zu folgen und Vermutungen anzustellen, die manchmal auf Tatsachen und manchmal auf Eingebungen beruhten. Ich habe eine Menge Dinge infrage gestellt. Im Gegensatz zu dir glaube ich nicht an das, was ich aus meinem Leben gemacht habe."

"Warum hast du es dann getan?"

"Weil es mir einfach erschien und ich etwas Sinnvolles tun konnte. Und die Bezahlung war auch gut."

Adebowale schüttelte den Kopf. "Zara, weißt du überhaupt, wer deine Ausgrabungen finanziert?

"Nein. Aber er hat sich nie über die exorbitanten Rechnungen beschwert, die ich ihm schicke. Und er zahlt immer im Voraus. Das ist eine ziemlich komfortable Situation für eine Archäologin."

"Du gibst also vielleicht deinen wertvollsten Besitz auf?"

"Er gehört mir nicht." Sie lächelte. "Und ich habe auch nicht vor, ihn wegzugeben. Für den Betrag, den er dafür bezahlt, muss ich nie wieder arbeiten und du, mein Freund, kannst genug Krieger anheuern, um dich wieder auf deinen königlichen Thron zurückzubringen."

"Aber wenn das Buch des Nostradamus nichts ausrichtet, warum sollte ER dich dann weiter bezahlen?"

"Was soll ich sagen?" Sie lachte. "Ein Narr und sein Geld gehen schnell getrennte Wege."

"Ja. Nun, ich habe in meinem Leben schon viele weiße Narren getroffen."

"Apropos Narren." Sie sah zu den beiden Reitern auf, deren Kamele in der Ferne die nächste Sanddüne erklommen. "Was hältst du von ihnen?"

"Sie sind weder Tuareg noch Beduinen. Das steht fest. Es gibt keinen Nomaden in Afrika, der an einem Tag wie heute bereit wäre, die Sahara zu durchqueren."

"Das steht fest." Sie schüttelte den Kopf. Auch sie hatte in ihrem Leben schon viele Narren getroffen. Schwarze und Weiße. Es machte keinen Unterschied. Sie teilten beide den gleichen menschlichen Fehler ... Dummheit. "Aber hast du die Tauchflaschen gesehen?"

"Ah!" Adebowale hob seine Hände hoch, als ob das eine Erklärung wäre. "Noch mehr Schatzsucher! Die Sahara scheint sie gerade regelrecht auszubrüten."

"Schatzsucher?" Zara war plötzlich interessiert.

"Sie werden nach der verlorenen Stadt der Garamanten suchen."

"Das uralte Volk, von dem man sagt, dass es gelernt hat, seine Umwelt durch große Aquädukte zu beherrschen, die Wasser über Hunderte von Kilometern transportieren, um ihre Oasen zu erhalten?"

"Ja, genau dieses Volk." Adebowale nickte. "Sie waren Wüstenbewohner, die ein ausgeklügeltes unterirdisches Bewässerungssystem genutzt und wohlhabende Berberkönigreiche oder Stadtstaaten in der Region Fezzan in Libyen, tief in der Sahara, gegründet haben. Sie waren zwischen 500 v. Chr. und 700 n. Chr. eine wichtige lokale Macht."

"Ich dachte, sie sind nie so weit nach Süden in die Sahara vorgedrungen?"

"Sind sie auch nicht." Adebowale lächelte. Sein Lächeln wirkte sympathisch und beruhigte die Menschen auf eine ganz natürliche Art und Weise. Er lächelte häufig und Zara hatte noch nie erlebt, dass er die Fassung verloren hatte. Seine strahlend weißen Zähne bildeten einen ungewöhnlichen Kontrast zu seiner völlig dunklen Haut. Sein Gesicht war mit Narben übersät, wie Trophäen der Schlachten, die er in seiner Jugend geschlagen hatte. "Die Legende besagt, dass sie einst eine blühende Stadt tief in der Sahara hatten. Sie bezogen ihr Wasser aus einem unterirdischen Wasserbecken, das Hunderte von Kilometern entfernt war und herrschten fast tausend Jahre lang über eine Oase, die dem Garten Eden glich und voller Leben war. Ihr Name war *die goldene Festung*.

"War sie aus Gold?", fragte sie.

"Nein. Wenn das so wäre, hätte sie einer dieser Schatzsucher schon längst gefunden. Stattdessen wurde sie offenbar wegen ihres Wohlstands, ihres Einfallsreichtums und ihres Vermögens so benannt."

"Was ist damit passiert?"

Er schaute sie mit seinen graublauen Augen an und lachte dann übermütig. "Vielleicht bist du ja doch nicht mehr als eine Schatzsucherin. Das Wasserreservoir trocknete aus und die Goldene Festung und ihre hoch entwickelte alte Zivilisation starb innerhalb eines Jahrzehnts aus."

"Das ist eine Lehre für die Menschheit, nicht wahr?", sagte sie.

"Wir können die Natur nicht unbegrenzt nach unseren Bedürfnissen verändern. Glaubst du, das hat Nostradamus gemeint, als er dich hierher gesandt hat?"

"Nicht einmal ansatzweise. Erstens hat uns nicht Nostradamus gesandt - das war mein Vater, als er noch gelebt hat. Und zweitens glaube ich, dass das Einzige, was Nostradamus für uns vorgesehen hatte, eine riesige Belohnung dafür war, dass wir sein ursprüngliches Buch finden. Er wollte, dass wir ein Dutzend oder mehr Truhen mit so vielen französischen Livre erhalten, dass die Goldmünzen uns quasi aus den Ohren wieder rauskommen. Und ich glaube, er hat sich geirrt ... wir werden in U.S. Dollar bezahlt."

"In dieser Hinsicht, Frau Doktor ... glauben wir beide an dasselbe." Adebowale grinste. "Ach, und übrigens, um die beiden Schatzsucher würde ich mir keine Sorgen machen ... die werden noch vor Ende des Tages tot sein."

Zara wollte gerade etwas erwidern, als ihre Gedanken durch ein hysterisches Geräusch in der Grube unterbrochen wurden. Mehrere Bergleute kamen aus der Grube. Einer von ihnen fiel ihr ins Auge und rannte auf sie zu. "Komm schnell, *Malikat Alssahra*! Wir sind im Sand auf etwas Hartes gestoßen!"

Kapitel Zwei

Sam Reilly hasste es, mit dem Kamel zu reisen. Im Gegensatz zum gleichmäßigen Gang eines Pferdes wirkte der Gang eines Kamels seltsam, unregelmäßig und irgendwie ruckartig. Ein Kamel war wie ein kleines Schiff auf dem Meer und konnte bei einem Reiter, der es gewohnt war, die Kontrolle zu haben, schnell das Gefühl von Seekrankheit hervorrufen. Sam beschloss, dass die Erfahrung auf diesem Tier ihn zum ersten Mal in seinem Leben Symptome dieser ihm sonst so unbekannten Krankheit beschert hatte. Er verließ sich nicht gerne auf Tiere. Sie waren unberechenbar und man konnte nicht darauf vertrauen, dass sie nicht zum ungünstigsten Zeitpunkt weglaufen würden. Er hatte vorgeschlagen, ein Langstreckenmotorrad, z. B. eine KLR 650 oder eine BMW HP2, für den Einsatz zu nehmen, aber diese Idee war schnell verworfen worden ... die USA durften sich nicht auf die Seite der Rebellen vor Ort schlagen. Jegliche Unterstützung musste aus der Ferne erfolgen, auch wenn so viel auf dem Spiel stand.

Wenn er und Tom erfolgreich sein würden, würde man vermuten, dass die US-Regierung involviert war. Aber zumindest hätten sie den Anschein gewahrt, allein zu agieren und könnten es leugnen. Schlimmer noch: Wenn sie nicht erfolgreich waren und stattdessen gefangen genommen wurden, mussten sie den Anschein wahren, dass es sich um zwei amerikanische Schatzsucher handelte, die sich auf der Suche nach Gold in der alten sagenumwobenen Stadt der Garamanten befunden hatten. Sam knirschte mit den Zähnen, als sein Tier eine weitere Sanddüne hinunterstürzte und ihm dabei den Rücken verdrehte. Er wünschte sich mehr als jemals zuvor auf dieser Reise, dass sie für die Suche nach der sagenumwobenen Stadt statt auf Kamele lieber auf Langstrecken-Motorräder gesetzt hätten.

Anstatt dagegen anzukämpfen, hatte Tom einen Weg gefunden, wie er sich mit der Bestie bewegen konnte und dabei völlig entspannt wie ein schlafender Mann aussah.

"Hätte es dich wirklich umgebracht, beim letzten Rastplatz auf einen Drink anzuhalten?", fragte Tom.

"Du kennst die Regeln", antwortete Sam.

"Ja, wir waren nie hier, das heißt, so wenig Kontakt wie möglich mit den Einheimischen. Glaubst du nicht, dass sie schon wussten, dass wir Ausländer sind?"

"Warum?", fragte Sam.

"Weil du auf einem Kamel reitest, als würdest du auf einem Pferd sitzen." Tom rutschte vorsichtig auf seinem Sitz hin und her, als sein Kamel von der Sanddüne einen steilen Abhang hinunterstieg. "Und damit du es weißt, du siehst auf einem Pferd genauso unkoordiniert aus. Außerdem ist es zu heiß, um tagsüber zu reisen ... kein echter Nomade würde so etwas tun."

Sam lachte. "Du magst den Thermoanzug nicht, den wir von der DARPA ausgeliehen haben?"

"Der Thermoanzug ist toll. Ich bezweifle nur, dass jemand glauben würde, dass er hier gekauft wurden ist."

"Nein. Da könntest du recht haben. Als Ike 1958 die DARPA gegründet hat, hatte er sicher nicht vor, einen Klamottenladen in Libyen zu eröffnen."

Tom lachte. Präsident Dwight Eisenhower hatte die Defense Advanced Research Projects Agency 1958 als Reaktion auf den Start von Sputnik durch die Sowjetunion gegründet. "Trotzdem glaube ich, dass diese Anzüge hier sehr beliebt wären."

"Sicher. Aber wer kann sich den Preis von über hunderttausend Dollar leisten?"

Sam dachte über die bemerkenswerten Thermoanzüge nach. Sie bestanden aus Tausenden von Mikroschläuchen aus Kohlefasern, die kalte oder warme Luft zirkulieren ließen, um die Kerntemperatur des Trägers konstant zu halten. Sam passte seine Position an. Ohne sie hätten sie eine so weite Reise durch die Mittagshitze nicht überleben können und Zeit war schließlich entscheidend, wenn sie einen Einfluss auf den Ausgang des Krieges haben wollten. Dieses Mal mussten sie alles richtig machen.

"Wie viel Zeit haben wir?", fragte Tom, fast als ob er Sams Gedanken gelesen hätte.

"Nicht viel. Vielleicht eine Woche, höchstens. Danach müssen wir uns entweder bekennen oder vergessen, dass wir etwas davon wussten."

"Weißt du, was das letzte Mal passiert ist, als wir einem Regime, von dem wir wollten, dass es gewinnt, Waffen geliefert haben?", fragte Tom.

"Ja, wir haben Saddam Hussein unterstützt - und der Rest der Welt hat uns das bis heute nicht vergessen lassen!"

"Also lasst uns sicherstellen, dass wir dieses Mal den richtigen Mann haben."

"Das stimmt. Ich glaube, er könnte wirklich etwas für die Stabilität in der Region bewirken. Außerdem lässt Gabe Ngige Saddam Hussein im Vergleich zu dem, was ich gesehen habe, wie einen der Guten aussehen.

Ngige wird von Außenstehenden finanziert, was seinem Regime die Möglichkeit gibt, sich in ganz Zentralafrika auszubreiten. Wir wissen nicht, woher er seine Unterstützung bekommt, aber es gibt Berichte, dass er Elitesöldner angeheuert hat, um seine schnell wachsende Armee auszubilden. Er kauft moderne Waffen und Militärfahrzeuge, darunter auch gepanzerte Autos und Panzer."

"Woher bekommt er wohl die finanziellen Mittel?"

"Wir haben keinen Schimmer. Das Geld fließt über eine Reihe von Proxy-Konten. Es ist unmöglich zu sehen, woher das Geld stammt, aber eines ist sicher. Dies ist die am besten finanzierte Rebellengruppe, die die Demokratische Republik Kongo je gesehen hat. Das ist es, was allen in Washington Angst macht - dieser Typ wird nicht aufhören, nachdem er die Kontrolle der DRK übernommen hat. Seine Rebellion wird sich nach Angola, Sambia und Simbabwe im Süden und in den Südsudan im Norden ausbreiten."

Tom fragte: "Glaubst du, dass er aufhören wird, wenn er so weit kommt?"

Sam sagte: "Auf keinen Fall. Hat Hitler aufgehört, als er siegreich war?"

"Nein. Er ist immer weiter vorgedrungen."

"Ganz genau. Die Informationen aus Washington deuten darauf hin, dass dies der bedeutendste Krieg sein könnte, der je von Afrika ausgegangen ist, mit weitreichenden globalen Auswirkungen."

"Meinst du, er hat eine neue Diamantenmine gefunden?"

"Wir wissen es nicht. Es geht nicht um Diamanten, so viel ist sicher. Wir hätten davon gehört, wenn jemand so viele Steine aus dem Land schaffen würde. Wenn Ngige so viele Blutdiamanten auf den Markt gebracht hätte, um seine Rebellion zu finanzieren, hätten wir davon erfahren. Der künstlich festgelegte Preis für Diamanten wäre plötzlich abgestürzt. De Beers hätte den Markt gestoppt."

"Okay, was ist mit Öl?"

"Nein. Das hätten wir zurückverfolgen können. Was auch immer es ist, Washington ist verängstigt und es wird noch mehr Regierungen in die Region locken. Es gibt Befürchtungen, dass Europa in diesen Krieg hineingezogen werden könnte. Deshalb ist es so wichtig, den Wechsel jetzt zu vollziehen und der Region etwas Stabilität zu verschaffen. Wir können auch nicht ausschließen, dass Ngige Gelder aus dem privaten Sektor außerhalb der DRK erhält."

"Glaubst du, sie haben eine neue Mine entdeckt, die für die Produktion benötigt wird?"

"Möglicherweise", sagte Sam. "Oder sogar Uran und wir wollen nicht daran denken, wer sie im Tausch gegen die Uranrechte finanziell unterstützen würde. Tatsache ist, dass Ngige irgendwie gut genug finanziert wird, um eine Armee zu gründen, die in der Lage ist, große Teile Afrikas zu erobern. Wenn Ngige seine Gewaltexzesse fortsetzen darf, wird die Kriminalität in den ohnehin schon von Krieg und Armut gezeichneten Ländern des Kontinents noch weiter steigen. Aber wenn sich jemand von innen heraus erhebt und das Gute das Böse besiegt, wird dies allen Prognosen zufolge einen Folgeeffekt haben. Es könnte der positivste Wandel sein, den Afrika seit vier Jahrhunderten erlebt hat."

"Das heißt, wenn er sich entscheidet, die Herausforderung anzunehmen."

"Das wird er."

"Aber wird er auch gewinnen?"

"Wenn wir ihm die Unterstützung liefern, die er braucht."

"Was ist, wenn wir die Diamanten nicht finden?"

"Dann wird die US-Regierung keine andere Wahl haben, als die ganze Sache fallen zu lassen. Wir haben einfach nicht die finanziellen Mittel, um damit an die Öffentlichkeit zu gehen. Außerdem beruht die Sache auf Gegenseitigkeit. Er muss beweisen, dass er in der Lage ist, seine Truppen teilweise zu finanzieren, und dass er sein Volk vereinen kann."

"Wie dem auch sei, wir werden morgen früh die letzte Oase erreichen. Es ist der letzte Ort auf der Liste. Wenn die Diamanten nicht dort sind, ist das Spiel vorbei."

Sam lächelte zuversichtlich. Er hielt sein Kamel an und kletterte herunter, um sich die Beine zu vertreten. Sam rief ein Echtzeit-Satellitenbild der letzten Oase auf. Wenn sie so weitermachten, würden sie sie morgen erreichen. "Sie werden dort sein. Und wir werden sie finden."

Tom schaute sich das Bild über Sams Schulter an. "Hey, was ist das für ein dunkler Bereich da drüben?"

Sam starrte einen Moment auf das Bild und schüttelte den Kopf. "Es sieht so aus, als wären wir nicht die einzigen Idioten, die versuchen, in dieser Hitze zu reisen ... das sieht aus wie eine große Wanderung von Nomaden. Ich schätze, dass fast fünfhundert Männer in diese Richtung unterwegs sind."

Kapitel Drei

Zara ging zügig auf die Sandgrube zu. Sie zwang sich bewusst, langsamer zu gehen, als sie sich unter der großen Plane duckte, die ihre Grube schützte und sich der ersten einer Reihe von Leitern näherte. Die sengende Hitze der Saharasonne ließ um unbedeutend erscheinende fünf Grad nach. Schritt für Schritt kletterte sie die erste der behelfsmäßigen Leitern hinunter, die aus hölzernen Sprossen gebaut und mit Schilfsträngen zusammengebunden war. Dr. Delacroix nahm zwei Sprossen auf einmal und spürte, wie ihr Herz vor Vorfreude raste.

War es das?

Ist die Suche bald vorbei?

Die Gruppe von Nostradamus hatte nur eine Metallkiste bei sich gehabt. Wenn sie ihm gehörte, musste es das sein, wonach sie gesucht hatte. Vorausgesetzt, sie hatten tatsächlich den Deckel eines Messingbehälters gefunden. Es hatte zwei Jahre gedauert, bis sie ihn gefunden hatten. Das Ergebnis ihrer Entdeckung würde über ihre Karriere entscheiden, nachdem sie mehr als ein Jahrzehnt lang danach gesucht hatte. Ihr Geldgeber war bereit, viel Geld dafür zu zahlen, um sie zu finden, aber selbst er hatte nach ihren letzten Misserfolgen das Interesse verloren. Der Gedanke war eine Erleichterung ... egal, wie die Suche ausgehen würde, das Buch des Nostradamus hatte das Leben ihrer Familie schon zu lange belastet. Mehr als zweihundert Menschen von mindestens einem Dutzend Stämmen waren von allen Enden der Sahara herbeigeströmt, um die Grube mit dem ungeduldigen Eifer derer auszuheben, die den Reichtum ihrer eigenen Goldmine teilen wollten. Nur dass das, was sie ausgraben wollte, viel wertvoller sein würde als alles Gold der Welt.

Zara erreichte die letzte Sprosse der sechsten Leiter. Sie hatte schon fast die Hoffnung aufgegeben, das Buch zu finden. Ihr wissenschaftlicher Verstand hatte bereits festgestellt, dass sie wieder am falschen Ort waren. Es erschien ihr unwahrscheinlich, dass das Ding noch tiefer im Sand vergraben war. Aber ihr waren die Grabungsstellen ausgegangen ... und mit dem Wissen, dass dies ihre letzte Chance war, hatte sie ihren Männern befohlen, weiterzugraben. Jetzt sah es so aus, als hätte sie die richtige Entscheidung getroffen und der Schatz könnte endlich unter einem Berg von Sand entdeckt worden sein.

Sie stieg von der Leiter und begann, durch den engen Sandtunnel zu gehen, der durch die jahrelange Kompression des Gewichts von über 18 Metern Sand gehärtet worden war. So weit unten war es merklich kühler. Sie folgte einem der Bagger zu dem Bereich, den sie durchsucht hatten. Der Tunnel mündete in ein breites Grubenloch.

Mindestens vierzig Menschen arbeiteten auf der unteren Ebene der Grube wie ein Schwarm schwarzer Ameisen, die nahtlos an einem gemeinsamen Ziel arbeiteten. Die Männer unterhielten sich angeregt in ihren eigenen Sprachen und Dialekten. Sie sahen zufrieden aus. Sie waren hier, weil sie gut bezahlte, aber sie hätten auch für sie gearbeitet, wenn sie es nicht getan hätte ... weil sie von ihrer Geschichte überzeugt waren, wonach ihr großes Land das Zentrum der gesamten menschlichen Existenz war. Einige bürsteten vorsichtig Sand von der Oberfläche des gerade entdeckten Bauwerks, andere säuberten die Ränder und eine Schaufelkette entfernte eilig den überschüssigen Sand.

Zaras Anwesenheit unterbrach augenblicklich jedes Geplänkel. Jeder ihrer Arbeiter hielt inne und starrte sie an, als wäre sie ihr Gott. Sie lächelte. Genau diese Fähigkeit war es, die Hunderte von Stammesnomaden dazu gebracht hatte, ihr bei ihrem Vorhaben zu helfen. Innerlich erschien ihr die Ironie ungerecht ... sie hatte eine Armee von Gläubigen geschaffen, für einen Zweck, an den sie nicht glaubte. Und all das nur, weil sie das Geld brauchte.

"Gut gemacht!", lobte sie sie. Zara kniete sich hin und fuhr mit ihrer Hand über die harte Oberfläche. Sie leuchtete golden und bestätigte, dass sie eine Messingkiste gefunden hatten. *Aber würde es die sein, nach der sie gesucht hatte? Und würde ES noch darin sein?* Es gab nur einen Weg, das herauszufinden. "Ihr fünf!", sagte sie und deutete auf eine Gruppe von Männern.

"Ja, *Malikat Alssahra*?", antworteten sie gleichzeitig.

"Ich möchte, dass ihr das Ding rausholt. Mal sehen, was wir da haben."

"Ja, Malikat Alssahra."

Wenige Augenblicke später hoben die fünf Arbeiter den großen Messingbehälter mit gepolsterten Eisenstangen auf. Die Anspannung ihrer drahtigen Muskeln zog sich über ihre dunkle Haut, während die Kiste versuchte, im Sand eingeschlossen zu bleiben. Beim vierten Versuch gab die Kiste ihren Kampf auf und löste sich aus dem Sand. Der einst verhärtete Sand an der Seite riss auf und einen Moment später schafften es die fünf Männer, die schwere Kiste heraus zu ziehen.

Zara strich vorsichtig den losen Sand von der Abdeckung. Dabei kam eine tiefe Markierung auf dem Gewölbe zum Vorschein, ein Wappen, das für den Besitzer der Truhe stand. Sie fuhr mit den Fingern in die Rillen. Sie lächelte und blies den restlichen Sand vorsichtig weg.

Sie stieß einen tiefen Seufzer der Erleichterung aus. Das Emblem stimmte mit dem Familienwappen von Michel de Nostradame überein.

Mein Gott! Sie haben es tatsächlich gefunden!

Ein Blick bestätigte alle ihre größten Hoffnungen und Befürchtungen. Sie legte zwei Finger an ihre Lippen und stieß einen hohen, scharfen Pfiff aus, der alle Arbeiter in der Grube zum Stillstand brachte. "In Ordnung. Ich will, dass alle rauskommen."

Die Männer wichen sofort von ihrer Entdeckung zurück.

Zara wandte sich an ihren eifrigsten Unterstützer. "Adebowale!"

"Ja, Doktor?"

"Ich möchte, dass du deine zuverlässigsten Krieger holst und sie zu meinem Zelt bringst. Wenn du drin bist, musst du die Tür bewachen und dafür sorgen, dass ich nicht gestört werde, während ich das Buch untersuche."

"Verstanden, Doktor."

Kapitel Vier

Es dauerte fast zwei Stunden, bis die massive Messingtruhe an der Oberfläche war und eine weitere Stunde, um sie in Zaras Zelt zu bringen. Sie blieb bei der Gruppe und behielt die Kiste im Auge, um sich zu vergewissern, dass nichts beschädigt worden war, bevor sie die Gelegenheit hatte, den Inhalt zu untersuchen.

Adebowale war der letzte, der ging. Er sah sie an, ohne ein Wort zu sagen. Seine Augen verrieten ihr, dass er die Wahrheit genauso sehr wissen wollte wie sie.

Zara lächelte ihn verständnisvoll an. "Du wirst der Erste sein, der es sieht, sobald ich weiß, was wir gefunden haben."

"Ich danke dir, Doktor." Adebowale wandte sich zum Gehen. "Ich bin vor der Tür, falls du mich brauchst."

"Ich danke dir auch, Adebowale."

Zara begann, die Messingtruhe allein zu untersuchen. Sie war durch einen komplizierten Schließmechanismus mit sieben Ziffernblättern verschlossen. Im oberen Teil waren neben dem Siegel von Nostradamus Worte eingraviert. Sie las die Worte laut vor -

Only the Chosen,
onceived with one faith and born on the day of truth may open;
To see the future, the correct date must be selected, or poison will be the next
ut, to run free like nine fires and flood the CODEX

*

Zara las die Nachricht erneut und seufzte. Es war ein einfacher Vierzeiler, der vierzeilige prophetische Vers, in dem Nostradamus alle seine Visionen niedergeschrieben hat. Er hatte hunderte davon in ein Buch geschrieben, fast wie ein Almanach und jedes Buch dabei nach einem Jahrhundert benannt. Das Grundkonzept des Vierzeilers war einfach, aber sie wusste, dass Nostradamus auf verschiedenen Niveaus arbeitete. Er baute in seine Verse Schicht um Schicht versteckte Bedeutungen ein.

In diesen Versen fehlte der erste Buchstabe in jeder zweiten Zeile. Vielleicht wurde er aus Versehen weggelassen oder war durch jahrelange Nutzung verschlissen, aber höchstwahrscheinlich wurde er absichtlich weggelassen ... und das bedeutete, dass Nostradamus wollte, dass sein Fehlen eine Bedeutung hatte. Sie nickte sich selbst zu und war bereit, das

Spiel mitzuspielen.

In seiner einfachsten Form wusste Zara, dass der Vierzeiler bedeutete, dass nur die auserwählte Person die Antwort kennen würde und dass ein Gift das Buch zerstören würde, wenn die falsche Zahl eingegeben würde.

Die gereimten Vierzeiler von Nostradamus waren hauptsächlich in französischer Sprache verfasst, in die sich ein wenig Italienisch, Griechisch und Latein mischte. Er verschlüsselte die Vierzeiler absichtlich mit Symbolen und Metaphern und änderte Eigennamen, indem er Buchstaben vertauschte, hinzufügte oder entfernte. Man behauptete, Nostradamus habe dies getan, um zu verhindern, dass er als Magier verurteilt wurde, obwohl Zara immer davon ausgegangen war, dass Nostradamus dies tat, um nicht als Betrüger und Scharlatan überführt zu werden, der eigentlich gar keine Ahnung von der Zukunft gehabt hatte.

Sie bemerkte, dass dieser Vierzeiler komplett auf Englisch geschrieben war, mit Ausnahme des letzten Wortes, das auf Latein und in Großbuchstaben geschrieben war. Auf den ersten Blick könnte es einfach nur darum gegangen sein, das englische Wort Book zu Codex zu machen, damit es sich auf Next reimt. Zara erinnerte sich daran, dass Nostradamus in mehreren Sprachen geschrieben hatte, aber für die einfacheren Sachen hatte er seine Muttersprache Französisch oder die Sprache des Zielpublikums verwendet. In ihrem Fall machte es Sinn, dass er Englisch oder Französisch benutzte. Wenn Latein verwendet worden war, hatte der Vierzeiler fast immer eine höhere, intellektuelle Bedeutung. Das bedeutete, dass Nostradamus mit dem Wort Codex etwas anderes ausdrücken wollte.

Damit wäre das geklärt, oder?

Ihre Mundwinkel verzogen sich zu einem Lächeln. Nostradamus war ein großer Bewunderer von Leonardo da Vinci gewesen. Eine von Da Vincis vielen Erfindungen war der Blutkodex - ein Schließmechanismus, der die darin gelagerten Wertsachen zerstören sollte, wenn jemand anderes als die auserwählte Person versuchte, ihn gewaltsam zu öffnen. Zara wünschte sich plötzlich, sie hätte sich in den Kryptologiekursen während ihres Archäologiestudiums besser konzentriert.

Na toll!

Also dürfen nur die Auserwählten diese verdammte Frage beantworten!

Das hilft mir nicht wirklich weiter, oder?

Zara fuhr mit ihren Fingern jede Rille entlang, um ein Gefühl für das ganze Wort zu bekommen. Ihr Finger blieb am Ende des letzten Wortes stehen: CODEX. Beim ersten Lesen hatte sie etwas übersehen. Zwischen den Buchstaben CODE und X befand sich eine leichte seitliche Einkerbung.

Könnte es sein, dass Nostradamus über den zehnten Code sprach?

Oder dass die Antwort auf den Code die Zahl zehn ist?

Oder das zehn das Ende ist.

Aber das Ende von was?

Zara dachte einen Moment lang darüber nach. Wenn es eine Endzahl gab, musste es auch einen Anfang geben. Sie starrte das Bild insgesamt an und versuchte, irgendeine zusätzliche Information zu erhalten. Sie versuchte, nach einer höheren Erklärung zu suchen. Irgendetwas, das Nostradamus getan haben könnte, um ihr einen weiteren Hinweis zu geben. Sie brachte ihr Gesicht ganz nah an das Bild heran und wich dann wieder zurück. Sie schaute es nicht in einer bestimmten Reihenfolge an, sondern ließ ihre Augen einfach entspannt hin und her wandern. Das war die gleiche Technik, mit der sie als Kind die magischen Bilder betrachtet hatte, bei denen das Bild normalerweise wie tausend wahllos angeordnete Punkte aussah, aber wenn man die Augen richtig entspannte, konnte der Verstand wie von Zauberhand ein einzigartiges Bild ableiten.

Zara fluchte laut. Sie war noch nie gut in diesen Spielen gewesen. Sie hob das Bild auf und las es einfach noch einmal laut vor. Es fehlten zwei Buchstaben. Der erste war höchstwahrscheinlich ein "C", um das Wort *Concieved* zu bilden. Der zweite war wahrscheinlich ein "O", um das Wort *Out* zu bilden. Es könnte aber auch ein „B" oder ein „H“ sein - aber weder *But* noch *Hut* ergaben in diesem Zusammenhang Sinn. Jetzt, wo sie sich den Vierzeiler ansah, ergab die ganze verdammte Sache kaum noch einen logischen Sinn. Die Zeilen waren seltsam formuliert und erweckten den Anschein, als hätte ein Schüler versucht, Gedichte und Reime zu schreiben und nicht ein großer Seher und Meister der Sprachen.

Sie hielt inne. Sie grinste breit und las dann nur die Worte auf der linken Seite.

Only.

Conceived.

To.

Out.

Oh Gott! Es ist ein vertikales Wort - OCTO! Das lateinische Wort für acht. Sie markierte die Buchstaben, damit sie einen Sinn ergaben und fügte eine leichte Delle in das Wort CODE - X ein, so dass es wie folgt aussah:

Only the Chosen,

Conceived with one faith and born on the day of truth may open;

To see the future, the correct date must be selected, or poison will be the next

Out, to run free like nine fires and flood the CODE-X

Auf der linken Seite steht das lateinische Wort OCTO... das bedeutet acht. Das letzte Wort ist Codex, was auf Lateinisch Buch heißt, aber auch Code... X, was die Zahl Zehn bedeutet.

Wir wissen also, dass er die Zahl acht und die Zahl zehn im Code haben will. Toll, jetzt muss ich nur noch alle anderen Zahlen herausfinden ...

Beginnt mit 8

Endet mit 10?

Zara fuhr mit ihren Händen über den Rest der Truhe und untersuchte sie auf der Suche nach Hinweisen oder Anhaltspunkten, die Licht auf die kryptische Botschaft werfen könnten. Auf der linken Seite befand sich eine Reihe von sieben Verschlüssen. Auf jedem befand sich ein separates Piktogramm, das aus einem vorstehenden Metallstück bestand, das ein ornamentales Ziffernblatt bildete. Vorsichtig drehte sie den ersten Verschluss und beobachtete, wie er sich um eine Achse drehte, auf der die Zahlen Null bis Neun in modernen Ziffern standen. Zara stellte das Ziffernblatt vorsichtig wieder auf Null, wo es sich zum Anfang befunden hatte.

Insgesamt gibt es sieben Ziffernblätter. Auf der rechten Seite des Kastens war zunächst ein Stab abgebildet, dann ein Fersenknochen, ein gewundenes Seil, eine Lotusblume, ein Zeigefinger, eine Kaulquappe und schließlich ein staunender Mann. Es handelte sich um altägyptische Ziffern, und durch Drehen der Wählscheibe erhöhte sie die Zahl der passenden Bilder. Jede Wählscheibe erhöhte die Zahl um einen Faktor von zehn.

So standen zum Beispiel drei Stäbe für drei, drei Fersenknochen für dreißig, drei gewundene Seile für dreihundert und so weiter. Aber wie und warum Nostradamus für seinen Blutkodex altägyptische Ziffern verwendet hatte, war ihr schleierhaft. Er war dafür bekannt, seine gelehrten Verse auf Latein zu schreiben, seine einfachen Reime auf Französisch und Italienisch ... aber sie hatte noch nie gehört, dass er auf Altägyptisch geschrieben hatte.

Plötzlich begann sie zu lachen. Sie schüttelte den Kopf und versuchte, eine Erklärung für das Unmögliche zu finden. Der Stein von Rosette wurde erst 1799 in Ägypten gefunden und Jean-Francois Champollion hat ihn erst 1822 erfolgreich übersetzt. Alles in allem war es fast zweieinhalb Jahrhunderte her, dass Nostradamus die Zahlen für den komplizierten Schließmechanismus geschrieben hatte. Das bedeutete, dass die Messingtruhe entweder eine Fälschung war, von jemandem gebaut worden war, der wusste, wie man auf Altägyptisch schreibt oder dass Nostradamus wirklich in die Zukunft gesehen hatte.

Zara sah sich wieder die altägyptischen Zahlen an. Langsam fuhr sie mit den Fingern über die Verriegelungsmechanismen und die Ziffernblätter und versuchte zu verstehen, wie die Truhe nach all den Jahren immer noch gesichert war. Wer auch immer die Truhe gebaut hatte, war ein echter Meister seines Fachs. Die Truhe ist so perfekt verarbeitet gewesen, dass man nicht mal erkennen konnte, wo die einzelnen Teile ineinander übergingen und das obwohl sie in einer Zeit gebaut worden war, als es noch keine Computer gab und die Schmiede noch komplett per Hand arbeiteten. Wie ein komplexes Puzzle fügten sich alle Teile wie von selbst zusammen.

Sie holte einen elektronischen Notizblock heraus und zeichnete jedes der sieben ägyptischen Symbole auf. Zara speicherte die Bilder, damit sie sie nach Belieben kopieren und einfügen konnte. Zara probierte etwa ein Dutzend Kombinationen aus, um zu sehen, ob eine davon ihren Instinkt anregte oder eine höhere Bedeutung hatte.

Nichts fiel ihr auf. Sie schüttelte den Kopf und machte sich Vorwürfe, weil sie es schon so oft versucht hatte. Die Wahrscheinlichkeit, dass sie zufällig die richtige Bilderserie auswählte, war astronomisch klein. Sie schloss die App und öffnete eine andere. Es handelte sich dabei um einen Übersetzer vom Englischen ins Alte Ägyptische.

Zeit, einen neuen Ansatz zu verfolgen ...

Sie begann, wichtige Daten in den Übersetzer für das Englische und Alte Ägyptische einzugeben. Sie versuchte es mit dem Geburtstag von Nostradamus, indem sie die europäische Schreibweise für Daten verwendete - 14. 12. 15. Das Ergebnis war 141215, was auf Altägyptisch durch das Bild eines staunenden Mannes dargestellt wurde, gefolgt von vier Kaulquappen, einem Zeigefinger, zwei Lotusblumen, einem gewundenen Seil und fünf Fersenknochen. Die Anfangs- und Endzahlen stimmten nicht überein. Sie versuchte es mit dem Tag, an dem er gestorben war - 2.7.15 -, hatte aber das gleiche Problem. Sie versuchte es mit dem Datum der angeblichen Expedition. Immer noch nichts.

Zara blieb stehen und betrachtete die altägyptischen Zahlen. Es vergingen ein paar Minuten, bis sie einen weiteren Hinweis bekam. Die alten Ägypter schrieben die Zahlen von rechts nach links ... das bedeutet, dass die Zahl, die sie suchte, mit zehn begann und mit acht endete, nicht umgekehrt.

Zara probierte die ursprünglichen Zahlen erneut aus und stellte fest, dass sie alle irgendwie falsch waren. Sie fügte der Liste zwanzig weitere ungerade Zahlen hinzu, die mit dem Vierzeiler übereinstimmen könnten, aber alle erfüllten nicht die Bedingung, mit zehn zu beginnen und mit acht zu enden. Zuletzt versuchte Zara eine Zahl, von der sie sicher war, dass sie nichts mit Nostradamus zu tun hatte.

Sie lächelte, als sie die Zahlen in den Rechner für die Umrechnung von Englisch in Altägyptisch eintippte. Es war dumm, es zu versuchen, aber sie beschloss, es trotzdem zu tun ... wenn auch nur, um ihren verstorbenen Vater zu besänftigen. Dann drückte sie die Eingabetaste und der Rechner zeigte ein Bild an, das sie schon kannte.

Nein, das ist unmöglich.

Es war ein Bild, das sie schon tausendmal gesehen hatte. Sie öffnete die obersten Knöpfe ihres Hemdes. Langsam und zögerlich, als hätte sie Angst vor dem, was sie entdecken könnte, nahm sie ein Medaillon heraus, das zwischen ihren kleinen Brüsten hing. Sie starrte es einen Moment lang an. Eine Familiengeschichte, die so unglaublich und fantastisch erschien, dass sie sicher war, dass alles an ihr eine Lüge war.

Auf der einen Seite des Bronzemedaillons war eine Insel abgebildet, die es nicht mehr gab - zumindest war sie auf keiner Navigationskarte, auf keinem Satellitenbild oder in keinem Seetagebuch eingezeichnet, das sie je gesehen hatte. Auf der anderen Seite befand sich eine Reihe von Piktogrammen, die altägyptische Ziffern darstellten.

Dazu gehörte ein Zeigefinger, gefolgt von zwei gewundenen Seilen, sieben Fersenknochen und acht Stäben. Zara hatte sie oft angestarrt, ohne jemals wirklich zu verstehen, was sie bedeuteten. Umgerechnet ins Englische bedeutete das Piktogramm die Zahlen 10.2.78.

Ihr eigenes Geburtsdatum.

Kapitel Fünf

Das Geräusch von Zaras Klopfen ließ Adebowale plötzlich wieder zu sich kommen. Seine Brust fühlte sich eng an und sein Herz raste. Es war ein unangenehmes Gefühl, das ihm immer vertrauter wurde. Er fühlte sich, als hätte er gerade einen Sprint um sein Leben absolviert. Schweißperlen bedeckten seine Haut, aber er fühlte sich innerlich kalt.

Er hatte wieder eine seiner Visionen gehabt.

Es war eine Mischung aus einem Albtraum und einem wunderbaren Traum. Er schlief nicht ganz, war aber auch noch lange nicht wach. Der Traum hatte nur einige Sekunden angedauert, es war eine Art Mikroschlaf, aber trotzdem fühlte er sich, als hätte er stundenlange, noch nicht gelebte Erinnerungen in seinem Kopf hinterlassen. Die Visionen überfielen ihn in diesen Tagen immer häufiger. Es war, als ob sie ihm sagten, dass die Zeit nahte. Seine Visionen über die Zukunft waren häufiger, lebendiger und intensiver geworden - und nicht weniger schmerzhaft als beim ersten Mal, als er sie erlebt hatte.

Adebowale hatte seinen Tod vorhergesehen, solange er denken konnte. Es war eine der ersten Erinnerungen seines Lebens und er hatte bis zu seinem fünften Lebensjahr gebraucht, um sich einen Reim darauf machen zu können. Er beklagte sich nicht darüber. Schließlich hatte er ein gutes Leben vor sich. Nicht unbedingt ein sonderlich langes Leben, aber trotzdem würde es länger als das vieler Anderen sein. Außerdem würde sein Leben einen Sinn und Zweck haben, der über das hinausging, was sich die meisten Menschen vorstellen konnten.

Er hätte versuchen können, seinem Tod aus dem Weg zu gehen, wie so viele es taten. Wenn Adebowale ihn wirklich vermeiden wollte, könnte er einfach beschließen, nicht in sein Heimatland zurückzukehren. Das Land, das seinem Vater vor fast dreißig Jahren weggenommen wurde, als er gerade drei Jahre alt gewesen war. Er hatte ganz sicher keine Lust, zurückzukehren. Und noch viel weniger wollte er dafür getötet werden, aber das war es, was er tun musste und so würde er eben sterben.

Es hatte keinen Sinn, das ändern zu wollen. Er wusste, dass die Zukunft fest in den Büchern der Zeit verankert war und dass er sie genauso wenig ändern konnte wie die Vergangenheit. Adebowale fragte sich, ob er wirklich so grausam sein konnte, die Rolle zu spielen, die ihm in dieser abscheulichen Prophezeiung zugedacht worden war. Er blickte zu seinen Männern, die in der Ferne feierten. Sie waren schwach, kaum mehr als Gefangene in ihrem eigenen Königreich, die gezwungen waren, für einen Fremden zu arbeiten, aber sie sahen glücklich aus und er war im Begriff zuzusehen, wie ihnen dieses Glück genommen wurde.

Adebowale stand Wache an ihrem Zelt. Er schaute zum klaren Himmel hinauf. Die Sterne leuchteten hell und wurden von keiner Wolke gestört. Das Wetter stimmte nicht mit seiner Vision überein, aber er war sich sicher, dass heute Nacht die Nacht war. Er schaute zu den Männern, die ihm gefolgt waren. Er überlegte, ob seine Rolle in der Prophezeiung wirklich wahr war. Der Gedanke machte ihm Angst, so sehr er sich auch danach sehnte.

Er grinste schadenfroh. Ja. Wenn der Rest der Prophezeiung eintraf, würde er seine Rolle spielen ... als Verräter.

Kapitel Sechs

Zara versuchte, jede mögliche Erklärung für den Zufall in Betracht zu ziehen. Die Wahrscheinlichkeit, dass es sich um einen reinen Zufall handelte, war mathematisch gesehen so astronomisch klein, dass man es mit gutem Gewissen als unmöglich ansehen konnte. Es gab zwei mögliche Erklärungen, dachte sie.

Der 10.2.78 war nicht ihr eigentliches Geburtsdatum. Ihr Vater hatte es einfach so eingetragen, damit sie eines Tages das Bild im Medaillon entziffern und an die Prophezeiung glauben würde. *Oder das Medaillon war eine Fälschung.* Etwas, das sich ihr Vater ausgedacht hatte, um sie an die Prophezeiung glauben zu lassen. Es gab noch eine dritte Möglichkeit, aber die war so unwahrscheinlich, dass sie sich weigerte, auch nur daran zu denken: *Die Prophezeiung war wahr und Nostradamus konnte tatsächlich die Zukunft sehen.*

Sie sah sich die Zahl noch einmal an und versuchte, einen Grund zu finden, warum ihr eigenes Geburtsdatum nicht in die Gleichung passte. Zara schrieb ihr komplettes Geburtsdatum auf die Tischplatte. Daneben kopierte sie die genaue Zahl, die auf dem Bronzemedaillon stand.

10.2.1978

10.2.78

Sie blickte wieder auf. Frustriert klopfte sie mit der Rückseite ihres Bleistifts auf den hölzernen Schreibtisch neben den beiden Zahlen, als ob die Antwort direkt vor ihr lag und sie nur zu dumm war, sie zu erkennen.

Die Zahlen Eins und Neun fehlten. Zara ignorierte fast die Bedeutung der beiden fehlenden Zahlen. Schließlich war es nicht ungewöhnlich, den 19. Teil des Jahres 1978 wegzulassen. Jeder wusste, dass man entweder in den 1900er oder 2000er-Jahren geboren war. Zumindest jeder, außer Nostradamus. Er wäre nicht so leichtsinnig gewesen, zwei Zahlen wegzulassen, die letztendlich für das richtige Geburtsdatum benötigt wurden.

Sie hatte sich also geirrt. Ihr Geburtstag passte nicht zu dem Bild auf dem Medaillon und auch nicht zu der Zahl, die in dem Vierzeiler stand, den Nostradamus ihr hinterlassen hatte. Wenn Nostradamus ihr Geburtsdatum gemeint hätte, hätte er es in dem Vierzeiler ausdrücklich erwähnt.

Sie las die ursprüngliche, unverfälschte Botschaft oben auf der Messingtruhe noch einmal.

Only the Chosen,
onceived with one faith and born on the day of truth may open;
To see the future, the correct date must be selected, or poison will be the next
ut, to run free like nine fires and flood the CODEX

Erst als sie die Nachricht ein drittes Mal durchgelesen hatte, sah sie, dass die Zahlen die ganze Zeit vor ihr gestanden hatten. Sie unterstrich das Wort, die Eins und die Neun aus dem Vierzeiler. Nostradamus hatte sie in die zweite und vierte prophetische Strophe geschrieben. Die gleichen zwei Zeilen, in denen Buchstaben fehlten.

Voller Freude schlug sie auf den Tisch. Ihr Herz raste und sie wollte schreien. Nostradamus hatte ihr gesagt, sie solle die 19 aus der Gleichung streichen. Er sagte ihr also, dass die erste Zahl eine Zehn sein würde, die letzte Zahl eine Acht, die Zahl Neunzehn würde fehlen - *was war mit der Zwei und der Sieben?*

Zara hatte das Gefühl, dass ihr langsam alles klar wurde. *Könnte die Zwei für die Anzahl der fehlenden Buchstaben stehen?* Der Gedanke kam ihr eher so vor, als würde sie sich an einen Strohhalm klammern. Selbst die Zahl Zwei genau das bedeuten würde, was ist dann mit der Sieben?

Sie schritt auf die Messingtruhe zu und fuhr mit ihren Händen über jedes der kunstvoll geschnitzten, ornamentalen, altägyptischen Ziffernblätter. Der staunende Mann. Die Kaulquappe. Zeigender Finger. Lotusblume. Seilspirale. Fersenbein. Stab ...

Großer Gott! Es sind sieben Ziffernblätter!

10278 - Die gesamte Zahlenreihe war erfasst worden. Ihre Zahlen. Das Datum ihrer Geburt. Zara schüttelte den Kopf. *Ich kann nicht glauben, dass ich das wirklich versuche.*

Sorgfältig gab sie ihr Geburtsdatum in den Blutkodex ein und starrte auf die Zahlen 10.2.78 - es fiel ihr schwer, einen Grund für diesen unmöglichen Zufall zu finden. Sie atmete tief ein und drückte die letzten beiden Aktivierungsnummern. Sie hielt den Atem an, als nichts geschah.

Das Geräusch von zwei knackenden Verschlüssen war zu hören, gefolgt von der Freisetzung von Flüssigkeit, die durch winzige Röhren im Inneren lief.

Zara fluchte. Sie hatte alles falsch verstanden. Das Gift war freigesetzt worden und das Buch des Nostradamus würde in wenigen Sekunden zerstört sein.

Kapitel Sieben

Zara betrachtete den massiven Deckel, fuhr mit den Händen an den versiegelten Rändern entlang und suchte verzweifelt nach einer Möglichkeit, den zerstörerischen Prozess zu stoppen. Es war unmöglich. Der Prozess hatte begonnen und falls Nostradamus ein solcher Bewunderer von Leonardo da Vincis Blutkodex gewesen war, wie man ihr weismachen wollte, hatte der Zerstörungsprozess nun begonnen.

Ein Lebenswerk zerstört in nur einigen wenigen Minuten!

Das Geräusch der laufenden Flüssigkeit hörte endlich auf. Zara suchte weiter nach einem Weg, um in die Messingtruhe zu gelangen. Sie hoffte, dass es wenigstens eine Möglichkeit gab, einige der verbliebenen Werke des Nostradamus zu bergen.

Plötzlich löste sich der Deckel und war nicht mehr durch den internen Schließmechanismus gesichert, der ihn zuvor festgehalten hatte. Sie atmete langsam aus und entfernte den versiegelten Deckel. Darin befanden sich zwei große Messingbehälter mit einer Flüssigkeit darin. Schnell zog sie beide heraus, nachdem sie sie umgedreht und vorsichtig auf dem Boden neben sich aufgestellt hatte. Ein Kupferrohr führte vom Deckel in das Innere eines zweiten versiegelten Behälters. Durch das Einstellen der Drehknöpfe an der richtigen Stelle hatte sie ein kompliziertes Rohrstück verschoben, das nun den Durchfluss der Tinte blockierte und es unmöglich machte, die Tinte in das Buch zu leiten. Nachdem sie die beiden Tintenflaschen entfernt hatte, untersuchte sie den Schließmechanismus. Hätte sie die Drehknöpfe in die entgegengesetzte Richtung gedreht, wäre der Inhalt in die zweite Truhe geflossen. Die freigesetzte Flüssigkeit veränderte den Druck im Inneren der Truhe und löste die Wasserstoffbindung, die sie zusammenhielt.

Sie entfernte den Verschlussmechanismus und schüttete den Inhalt des ersten Behälters in einen Eimer. Die Luft roch stechend und giftig. Einen Moment später bildete sich ein Loch in dem Holzeimer und die starke Säure brannte weiter. Zara vermutete Schwefelsäure, aber sie war

Archäologin und keine Chemikerin, also war das nicht mehr als eine Vermutung.

Zara seufzte. Sie war dankbar, dass sie die richtige Kombination gewählt hatte, um die alte Truhe zu öffnen. Sie ging zur anderen Kiste zurück. Diese war viel kleiner und befand sich in der Mitte der ursprünglichen Messingkiste. Sie war aus Eisen und mit einem geölten Tuch umwickelt worden, damit sie nicht kaputt ging. Vorsichtig löste sie den kleineren Behälter von den Riegeln, die ihn an seinem Platz hielten. Zwei kleine Löcher blieben dort zurück wo die Enden der Kupferrohre die starke Säure hätten verschütten können, wenn sie die falsche Zahlenkombination eingegeben hätte.

Sie wickelte das geölte Tuch vorsichtig aus und untersuchte die versiegelte Kiste. Das Metall schien in gutem Zustand zu sein. Es war so perfekt versiegelt, dass sie die leichte Einbuchtung, in der die beiden Seiten des Behälters zusammenkamen, kaum erkennen konnte. Die Schachtel wies keine Verzierungen, Kratzer oder Beschädigungen auf. Es sah so aus, als wäre sie nur für diesen Zweck gebaut und dann für immer weggeschlossen worden.

Ein einzelnes kleines Holzschild war fest in die Oberseite des Behälters eingearbeitet und bildete einen verschlungenen Griff. Darauf standen die einfachen Worte:

Hier ist der Beweis, den du suchst.

Zara lächelte erneut und fragte sich, ob ihr jemand einen höchst komplizierten Streich gespielt hatte. Oder ob Nostradamus wirklich so weitsichtig war, dass er wusste, dass sie einen Beweis für das Datum brauchte. Geduldig nahm sie das Holzstück heraus, steckte es in ein versiegeltes Stück Plastik und steckte es in ihre Seitentasche. Sie würde das Holz datieren lassen, wenn sie das Buch später im Labor untersucht. Der Käufer würde vor der Bezahlung einen Nachweis verlangen.

Zara drehte die Kiste in ihren Händen um. Sie wog etwa zwanzig Pfund. Auf der gegenüberliegenden Seite befanden sich vier Drehmechanismen. Jeder von ihnen war von eins bis neun nummeriert. Sie dachte an ihren Matheunterricht in der High School zurück. In einer Unterrichtsstunde über Permutationen und Kombinationen hatte sie gelernt, dass der vierstellige Code zwischen 0000 und 9999 liegen kann, es gab also 10.000 Kombinationen. Das wird eine lange Zeit dauern und erinnerte sie daran, wie sehr sie Mathe in der Schule gehasst hatte.

Es wird vier Jahrhunderte dauern, bis du sie öffnest;

Und bis dahin werde ich schon lange nicht mehr auf dieser Welt sein ...

Bis dahin wirst du das Jahr sehen, in dem mich die Wassersucht überkam;

Während andere vor dir es nie erfahren werden.

Zara las den zweiten Vierzeiler und grinste. Das war die Art von Spiel, für die Michel de Nostradame bekannt war. Die Art von Spiel, die er spielte. Die Antwort war, das Datum seines Todes in den Code einzutragen. Er konnte nicht wissen, dass er zu diesem Zeitpunkt sterben würde, es sei denn, er hatte wirklich in die Zukunft sehen können - was er ihrer Meinung nach nicht getan hatte.

Sie änderte die Zahlen, bis der Code 1566 lautete - das Jahr, in dem Nostradamus gestorben war.

Der Riegel öffnete sich und die verdammte Kiste ging auf. Zara fragte sich einen Moment lang, ob Nostradamus, der seinen Mythos auch nach seinem Tod aufrechterhalten wollte, im Jahr 1566 genau zu diesem Zweck Selbstmord begangen hatte.

Vorsichtig öffnete sie die Schachtel. Darin befand sich ein relativ kleiner Kodex. Sie schlug die erste Seite auf. Sie war aus Papier und mit dickem Leder zu einem festen, handgebundenen Lederkodex gebunden. Sie las den ersten Satz. Sie las ihn noch einmal. Sie setzte sich hin und fluchte. Denn die erste Seite des Kodex war an sie adressiert und mit einem Wachssiegel versehen, auf dem das heutige Datum stand.

Das bedeutete, dass alles, was sie geglaubt hatte, falsch war ... die Prophezeiung war wahr.

Kapitel Acht

Zara biss sich vorsichtig auf die Oberlippe, eine nervöse Angewohnheit, die sie sich als Kind angewöhnt hatte, aber jetzt fast nie mehr tat. Sie begann am Anfang und las die erste Seite des Buches von Nostradamus ganz durch. Wenn man den Geschichten Glauben schenken konnte, was sie bezweifelte, war dies das Lebenswerk des Meistersehers.

Ihre Gedanken rasten und sie versuchte, eine wissenschaftliche Erklärung für das zu finden, was sie gefunden hatte. Könnte es eine Fälschung sein? Die Kohlenstoffdatierung des in Leder gebundenen Kodex würde ihr Gewissheit verschaffen. Entweder wurde er in der Zeitspanne hergestellt, in der Nostradamus gelebt hatte oder nicht. Was, wenn jemand anderes ihn für sie hinterlassen hatte? Sie schüttelte den Kopf - unmöglich. Sie hatte beobachtet, wie die Arbeiter versucht hatten, die Kiste aus dem Sand zu heben. Die Kiste war fest verankert, was bedeutete, dass sie schon seit Jahrhunderten dort lag und nicht erst seit ein paar Tagen, Wochen oder Monaten wie bei einem Schwindel zu erwarten gewesen wäre.

Als alle möglichen logischen Erklärungen sich als falsch erwiesen haben, blieb nur eine übrig ... und zwar genau die, die sie nicht als Wahrheit akzeptieren konnte. Nostradamus konnte in der Tat die Zukunft sehen. Das bedeutete, dass alles andere auch wahr sein könnte und die Welt sich ihrer größten Gefahr näherte.

Sie las noch einmal die erste Seite.

*

Liebe Zara Delacroix,

ich schreibe diesen Brief zuerst. Das Abschreiben der Fülle an Informationen, die du in diesem Buch vorfindest, wird fast mein ganzes Leben in Anspruch nehmen. Für den Fall, dass mir die Zeit davonläuft, möchte ich, dass du zuerst die Wahrheit erfährst.

Ich war nicht der Erste, der vom Schicksal der Menschheit erfahren hat. Ich könnte aber der Letzte sein, wenn du nicht tust, was nötig ist. Leider weiß ich nicht, was das ist. Als Hellseher erhalte ich eine Fülle von Informationen. Sie wurden im Laufe der Zeit weitergegeben - aber einige Dinge halten die Meister vor mir geheim. Wie du vielleicht schon erraten hast, sehe ich sie nicht in chronologischer Reihenfolge. Manchmal kann ich erahnen, wann etwas passieren wird, weil das Ereignis nahe genug an meiner Gegenwart liegt, um die Verbindungen herzustellen.

Es kann zum Beispiel sein, dass ich jemanden aus einer Vision kenne. Meistens weiß ich genau, was passieren wird, aber ich habe keine Ahnung, wann das Ereignis stattfindet. Für mich haben diese Ereignisse bereits stattgefunden. Ich habe mein Leben damit verbracht, die wichtigsten Ereignisse zu dokumentieren. Alle Ereignisse beeinflussen die Zukunft, aber nur die großen haben genug Energie, um das Endergebnis zu beeinflussen.

Es ist das Endergebnis der Menschheit, das ich dir heute in diesem Buch präsentiere.

Ich habe mein Leben damit verbracht, nach einer Lösung zu suchen. Ich sehe die Zukunft als eine Reihe von Ereignissen, die von den Fäden der Zeit zusammengehalten werden. Wir alle können die Zeit sehen, aber aus irgendeinem Grund war ich immer in der Lage, die Beziehung zwischen diesen Fäden zu erkennen. Je näher die Fäden beieinander sind, desto mehr Veränderungen treten auf. Je weiter sie voneinander entfernt sind, desto besser. Große Fäden können nicht verändert werden, also versuche es gar nicht erst, denn ich habe es versucht und bin dabei immer gescheitert.

Alle Fäden haben eine Endzeit. Manche liegen sie nur Jahrzehnte in der Zukunft. Andere dauern Jahrtausende, aber alle Ereignisse führen zum gleichen Ergebnis - die Menschheit wird noch zu deinen Lebzeiten aussterben.

Es gab ein Ereignis, bei dem die Fäden der Zeit weiterlaufen dürfen. Aber es ist das Einzige, das darauf hindeutet, dass die Chance besteht, dass die Menschheit weiterleben könnte. Es ist keine Gewissheit und ich weiß nur sehr wenig darüber, was passieren wird, wenn du dies liest. Deine Zeitlinie könnte sogar noch Jahrtausende weiterlaufen, obwohl ich eher pessimistisch bin, dass sich der Lauf der Menschheit um so viel verlängert. Ich kann nicht beurteilen, wie das Leben aussieht, ob die Menschen glücklich oder traurig sind oder ob sie jemals erfahren werden, wie nahe sie dem Aussterben waren. Ich bin an diesem Punkt geblendet. Ich weiß sehr wenig über dich oder warum du ausgewählt wurdest - ich weiß nicht einmal, ob SIE dich ausgewählt haben oder ob du eine zufällig ausgewählte Anomalie im Gefüge unserer Existenz bist.

Weißt du, von welchem Ereignis ich spreche?

Du, Zara Delacroix, hast mein Buch gefunden.

Inzwischen hast du jahrelang daran gezweifelt, ob ich jemals die Zukunft gesehen habe oder nur ein Scharlatan war. In Wahrheit war ich beides. Ja, ich habe Teile der Zukunft gesehen, aber in Wirklichkeit habe ich nur Aspekte gesehen, die ich in diesem Buch niedergeschrieben habe. Ich hatte jeden einzelnen Tag Visionen. Hunderte von Visionen. Es war ein sehr unangenehmes Leben. Ich habe jahrelang versucht, sie zu verdrängen, aber sie kamen einfach immer stärker und lebendiger zurück. Ich dokumentierte diese Ereignisse, aber ich konnte mir nie einen Reim darauf machen, wann und wo sie stattfanden. Folglich lernte ich nur sehr wenig über die Zukunft. Es gibt eine Gleichung, die du auf dieses Buch anwenden musst, wenn du einen Sinn darin sehen willst. In einer meiner Visionen, die, wenn ich meinem Instinkt trauen darf, viele Jahrtausende in der Vergangenheit stattfand, wurde eine Gleichung aufgestellt, um den Zeitpunkt dieser Ereignisse zu bestimmen. Sie wurde von einer alten Zivilisation aufgestellt, die vor Jahrtausenden in der Antike verloren ging.

Ich weiß nicht, wer sie waren oder wo du ihre Gleichung finden wirst, aber ich weiß, dass du sie finden musst, wenn du die Wahrheit entschlüsseln und die Menschheit retten willst.

Wenn ich die Fäden der großen Ereignisse verfolge, ist dies das größte von allen. Es ist das Einzige, das das Potenzial hat, die Menschheit am Leben zu erhalten - und solange es Leben gibt, gibt es auch Hoffnung. Nimm also dieses Buch und verwende es so, wie du es für richtig hältst. Ich kann dir nicht sagen, was von dir erwartet wird, oder warum es die Welt verändert. Die Antworten in diesem Buch führen zu einer immensen Macht. Du kannst die Welt retten, aber du kannst genauso gut ihren Untergang beschleunigen.

Und um das zu tun, musst du am Leben bleiben. Ich wünschte, ich könnte dir alles sagen, was du wissen musst, aber ich habe schon zu viel geschrieben, und deine Zeit läuft ab - schnell!

Während du dies liest, verschwinden die letzten brennenden Sonnenstrahlen über dem Horizont der Sahara. Ich werde dir das Letzte sagen, was ich über deine Zukunft weiß. Sehr bald musst du einen langen Spaziergang in der Dunkelheit machen, bei dem du alleine gehen musst, um deinen Kopf freizubekommen.

SIE werden hinter dir her sein. Ich glaube, das Allerletzte, was SIE wollen, ist, dass du die Zukunft veränderst. Vergiss deine Vergangenheit. Alle werden dich verraten wollen. Beobachte das unendliche Sternenlicht und befreie deinen Geist von den Fesseln deiner Überzeugungen - sie sind dabei, für immer zerschlagen zu werden.

Fliehe jetzt oder du wirst sterben - und dann hat die Menschheit verloren.

Kapitel Neun

Zara spürte, wie ihre Lippen trocken wurden und ihre Kehle vor Angst brannte. Sie war noch nie abergläubisch gewesen, aber jeder Geist der vergangenen Generationen sagte ihr, dass sie rennen sollte. Sie schloss den Kodex und verriegelte den Verschluss. Das Buch wog weniger als ein oder zwei Kilogramm. Sie packte es in einen kleinen Rucksack, zusammen mit einer einzigen Flasche Wasser. Mit dem Wasser würde sie nicht weit kommen, aber der Plan, durch die Sahara zu laufen, wie Nostradamus es vorgeschlagen hatte, versprach generell wenig Erfolg, es war also egal, wie groß ihre Vorräte waren. Dann setzte sie den schweren Messingdeckel wieder auf die Truhe und drehte an den Einstellrädern, bis sie fest verschlossen waren. In der Gewissheit, dass ihr dies vor jedem Dieb zumindest eine kleine Pause verschaffen würde, atmete Zara den letzten Rest der warmen Wüstenluft ein und trat aus dem Zelt.

Im Lager herrschte reges Treiben. Lagerfeuer brannten. Zara roch das reichhaltige Aroma von Ashahi-Tee, dem traditionellen Getränk der Tuareg-Nomaden in Zeiten des Feierns. Er wurde aus grünem Gunpowder-Tee hergestellt, mit Zucker und Minze gemischt und aus einer Höhe von über einem Meter in kleine Teegläser mit Schaum auf der Spitze gegossen. Ihr Blick fiel auf den Himmel über ihr. Er war tiefschwarz und mit mehr Sternen übersät, als sie in einem ganzen Leben zählen konnte. Sie lächelte. Das bedeutete, dass es nirgendwo eine einzige Wolke gab.

Ein gewaltiges Gewitter heute Nacht? Was für eine Vorhersage, Nostradamus!

"Adebowale", begrüßte sie ihn. Ihre Stimme war ein trockenes Krächzen. Die einzigartige Mischung aus Angst, Freude und Erleichterung ließ ihre Zunge an ihrem Gaumen kleben. "Gibt es Probleme im Lager?"

"Nein, Frau Doktor - sollte ich mit welchen rechnen?", fragte er und schaute zu ihr hinunter, um in ihre starren Augen zu sehen.

Sie schüttelte den Kopf. "Ich glaube nicht. Mich beunruhigt nur die Tragweite der Entdeckung. Sicherlich keine Nachzügler, ein unerwarteter Kamelzug voller Nomaden vielleicht?"

"Nein, Doktor. Mach dir keine Sorgen, die Prophezeiung wird sicher sein. Was hast du gelesen, dass du so blass geworden bist? Ich dachte, du hättest gesagt, Nostradamus sei nur ein Scharlatan?"

"Das war er!", bekräftigte sie mit einem unschuldigen Lächeln. "Aber ein sehr guter."

"Das waren die besten Seher oft, habe ich gehört."

Sie schaute in den Himmel. Er war kristallklar und voller Sterne, im Umkreis von mehr als tausend Kilometern gab es keine Großstadt, deren Lichter den Abendhimmel ruinieren könnten. "Wie hoch schätzt du die Chancen für ein Gewitter heute Nacht ein?"

Adebowale lachte. "Unmöglich. Ich bin in dieser Wüste geboren. Ich habe hier mehr Zeit verbracht als irgendwo sonst auf der Welt, inklusive meinem Heimatland. Ich kenne dieses Wetter, als wäre es ein Teil von mir. Es ist fast wie eine Erweiterung meiner Arme und Beine und ich kann dir sagen, dass es heute Nacht kein Gewitter geben wird."

"Gut." Zara lächelte und fühlte sich etwas beruhigt. Vielleicht war es ja doch ein Scherz - wenn auch ein sehr guter. "Hör zu. Ich gehe für eine Stunde oder so in die Sanddünen, um meine Gedanken zu sortieren. Bereite dich darauf vor, das Buch zur Matan al-Sarra Air Base zu bringen. Ich werde den Käufer heute Abend kontaktieren und sicherstellen, dass er dort ein Flugzeug für uns bereithält. Ich muss es in einem Labor untersuchen lassen, bevor ich seine Herkunft bestätigen kann."

"Ja, Doktor - die Männer werden bereit sein, das verspreche ich."

"Gut. Kannst du persönlich das Buch bewachen und dafür sorgen, dass niemand mein Zelt betritt, bis ich zurück bin?"

Adebowale senkte ehrfurchtsvoll den Kopf. "Wie Sie wünschen, Doktor."

"Ich meine es ernst, überlass das nicht einem deiner Männer - es ist zu wichtig."

Adebowale schaute sie warm an. "Mach dir keine Sorgen, Doktor. Ich werde es mit meinem Leben beschützen."

Zara drehte sich um, um das Lager zu verlassen und hoffte inständig, dass Adebowales Worte sie nicht heimsuchen würden.

Kapitel Zehn

Zara erklomm die erste Sanddüne und ging in Richtung Süden. Es war dunkel. Sie wusste, dass es gefährlich war, sich allein weit vom Lager zu entfernen, aber sie musste dies allein tun. Die Entdeckung hatte die Grundlage der Theorie, auf der sie ihre gesamte akademische Karriere aufgebaut hatte, mit einem Schlag bestätigt und ihr gleichzeitig gezeigt, wie weit sie noch davon entfernt war, die Gleichung zu verstehen. Sie hatte lange behauptet, dass Nostradamus, selbst wenn er tatsächlich die Zukunft sehen würde, nicht in der Lage wäre, den Zeitpunkt der Ereignisse genau zu bestimmen. Das wäre so, als würde man in ein Kino gehen und sich eine einzige Szene ansehen. Ohne zu sehen, was davor geschah, könnte man weder die Zeit noch das Datum dieses Ereignisses bestimmen.

Sie erreichte die Spitze der zweiten Sanddüne. Zara hielt lange genug inne, um einen Blick auf das behelfsmäßige Lager zu werfen, das in den letzten drei Monaten ihr Zuhause gewesen war. Ihr letzter Versuch, das Buch zu finden. Die Lagerfeuer brannten hell. Sie konnte das laute, ausgelassene Lachen der vielen Männer hören, die für sie arbeiteten - sie klangen so glücklich.

Ihre Augen schweiften weiter über das Lager bis zum dunklen Horizont. Keine anderen Lichter brannten. Das Meer aus Sand verwandelte sich in Dunkelheit. Sie atmete tief durch - vielleicht hatte Nostradamus gelogen. Es gab keine Anzeichen dafür, dass dem Lager oder ihren Leuten etwas Schlimmes zustoßen würde. Der Gedanke war verrückt. Sie war auf einer archäologischen Expedition. Niemand, der bei Verstand war, glaubte wirklich, dass Nostradamus ein Buch mit unvorstellbarer Macht in der Wüste hinterlassen hatte - oder doch? Sie fragte sich, ob sie selber je richtig daran geglaubt hatte.

Zara drehte sich um und kletterte die nächste Sanddüne hinunter, ganze 18 Meter in die Tiefe. Sie erklomm die Dritte und dann die vierte. Sie atmete tief durch, während sich ihre Füße so schnell und geschmeidig wie sie auftraten, auch wieder aus dem sinkenden Sand erhoben. Sie gewann am riesigen Sandberg, den es jetzt zu erklimmen galt, langsam an Höhe.

Sie war die Königin der Sahara und fürchtete sich nicht vor dem Gang durch den Wüstensand.

Bei der vierten Sanddüne begann sie zu lachen. Auf dem Kamm angekommen, blickte sie zurück zum Lager, das nun mindestens zwei bis drei Kilometer entfernt sein musste. Das Licht des Lagers war deutlich zu sehen. Es bestand zwar keine Gefahr, es völlig zu verlieren, aber die Wüste der Sahara war ein gefährlicher Ort. Selbst in der Nacht hatten die extremen Wetterwechsel und plötzlichen Sandstürme oft tödliche Folgen.

Was hatte sie sich dabei gedacht?

Nostradamus konnte auf keinen Fall in die Zukunft sehen. Er war genauso wenig ein Seher wie sie. Der Gedanke war unmöglich. Es musste eine bessere Erklärung geben. Und selbst wenn er recht hätte und das Lager heute Nacht angegriffen würde - warum sollte sie ohne Essen und Wasser durch die Wüste laufen? Die Vorstellung war absurd. Sie würde innerhalb von ein oder zwei Tagen an Erschöpfung, Durst und Dummheit sterben.

Sie musste weg und ihre Gedanken sammeln - das war alles.

Außerhalb der Reichweite des Lachens und der Fröhlichkeit des Lagers fand Zara die Stille beruhigend. Selbst wenn dies ein großer Schwindel war, könnte sie jahrelange Forschungen finanzieren, bevor sie es beweisen konnte. Die Myriaden von Sternen versicherten ihr, dass alles im Universum einen Sinn hat. Ganz gleich, wie wichtig dieser ist. Das war einfach das, was sie mit ihrem Leben machen musste. Zara fragte sich, was ihr Geldgeber sagen würde, wenn er von ihrer Entdeckung hörte. Würde er ihre Suche weiterhin finanzieren? Es würde vielleicht Jahre dauern, aber die Ergebnisse würden es wert sein.

Würde er an die Nostradamus-Gleichung glauben?

Darüber dachte sie einige Augenblicke lang nach. Beruhigt durch die Stille öffnete Zara den alten Kodex. Sie überflog die erste Seite des Briefes, der von Nostradamus' eigener Hand an sie adressiert war. Sie machte sich eine mentale Notiz, um die Handschrift mit dokumentierten Briefen des Meisters der Seher zu vergleichen.

Es gab drei Versionen von Nostradamus' langfristigen Vorhersagen, genannt "Les Prophecies". Die vollständigste erhaltene Version ist eine Sammelausgabe, die nach seinem Tod im Jahr 1568 veröffentlicht wurde. Sie enthielt einen ungereimten und 941 gereimte Vierzeiler, die in neun Gruppen von 100 und eine von 42 gruppiert waren. Jede Gruppe wurde als Jahrhundert bezeichnet.

Sie starrte auf die erste richtige Seite dessen, was Nostradamus als das gefährlichste Buch der Welt bezeichnete - und fluchte laut.

Jahrhunderte VII

Zara las schnell die ersten paar Vierzeiler. Sie hatte das schreckliche Gefühl, Zeit verschwendet zu haben. Sie waren identisch mit denen, die sie Jahre zuvor gelesen hatte. Centurien VII konnte überall auf der Welt gekauft werden. Von allen Jahrhundert-Sammlungen war sie am bemerkenswertesten, denn im Gegensatz zu den anderen Sammlungen, die hundert einzelne Vierzeiler enthielten, enthielt sie nur 42.

*

1.

Der Bogen des von Achilles getäuschten Schatzes,

das Viereck, das den Zeugern bekannt ist.

Die Erfindung wird durch die königliche Urkunde bekannt gemacht;

eine Leiche, die vor den Augen des Volkes hängt.

*

2.

Eröffnet von Mars wird Arles keinen Krieg geben,

werden die Soldaten bei Nacht erstaunt sein.

Schwarz und Weiß verbergen Indigo auf dem Land

unter dem falschen Schatten wirst du Verräter ertönen sehen.

*

3.

Nach dem Seesieg Frankreichs

die Leute von Barcelona, die Saillinons und die von Marseille;

der Goldräuber, der Amboss, der in der Kugel eingeschlossen ist,

das Volk von Ptolon wird an dem Betrug beteiligt sein.

*

Zara hörte auf zu lesen. Es war alles umsonst. Sie wollte weinen, aber es kam nichts heraus. Die ganze Sache war ein ausgeklügelter Schwindel. Das Buch, das sie entdeckt hatte, hatte nichts Mächtiges oder Besonderes an sich. Es war nicht mehr als eine dekorative Version von Die Prophezeiungen. Schnell blätterte sie die restlichen Seiten durch.

Warum sollte mein Vater mir das antun?

Wie viele Generationen an Lügen?

Sie war wütend und fluchte ausgiebig, während sie die restlichen Seiten mit gnadenloser Geschwindigkeit durchblätterte und das vierhundert Jahre alte Papier zerriss, als wäre es ein Haufen Schrott. Zara war kurz davor, das Buch in den Sand zu werfen und hielt inne.

Denn diese Version enthielt die fehlenden Vierzeiler von Jahrhundert VII, nummeriert von 43-100.

Kapitel Elf

Zara fühlte ein Gefühl, das eine Mischung aus Furcht und Euphorie war. Sie war wieder nicht in der Lage, an etwas zu glauben, worauf sie ihr ganzes Leben lang hingearbeitet hatte. Sie schaute in das Sternenlicht und schrie laut auf. Als sie fertig war, verfiel Zara in ehrfürchtiges Schweigen und bemerkte einen zweiten Zettel für sie.

Er war an sie adressiert, handgeschrieben und unterschrieben, *Michel De Nostradamus*. Er war eilig auf die Seite des Kodex geschrieben, neben dem Vierzeiler Nummer 43.

*

Wie du sehen wirst, waren die folgenden Aussagen viel zu gefährlich, als dass sie jemals von einer einzigen Person bezeugt werden könnten! Ich habe sie geschrieben und dann sofort aus dem Jahrhundert VII entfernt, bevor großer Schaden angerichtet werden konnte. Ich war mir selbst nicht sicher, was ich von ihnen halten sollte, aber die Gefahr, die von ihnen ausgeht, ist eindeutig.

Ich bete, dass du, wenn du die Gleichung entdeckst, weißt, was du mit ihnen tun sollst.

Gott sei mit dir,

Michel de Nostradamus

*

Zara saß schweigend da und überlegte, was sie wohl finden würde, wenn sie die 58 fehlenden Vierzeiler lesen und untersuchen würde. Ihr Herz pochte in ihrer Brust und ihr Verstand flehte sie an, sofort zu suchen, aber sie wartete. Nach so vielen Jahren der Suche brauchte sie einen Moment, um das Ausmaß dessen zu begreifen, was sie gleich sehen würde. Ein seltsames, friedliches Gefühl machte sich in ihr breit, so als würde sich der Sinn ihres Lebens irgendwie offenbaren.

Das Gefühl war flüchtig und die Stille wurde bald durchbrochen.

Sie wurde durch das Krachen des Donners in der Ferne unterbrochen. Unmittelbar darauf folgte das Aufwirbeln eines leisen Sandsturms. Es war dieselbe Art von lokalem meteorologischem Ereignis, das für den Tod von mehr Menschen verantwortlich war als die Wüste selbst. Touristen, die ihre Camps verließen, um die Sterne zu beobachten und sich dann in einem heftigen Sandsturm verirrten. Zara machte sich Vorwürfe, dass sie nicht vorsichtiger gewesen war. Es war ein schöner Spaziergang gewesen, eine spontane Laune. Und am Ende würde es sie vielleicht das Leben kosten.

Zara duckte sich tief und bedeckte ihr Gesicht mit ihrer grünen Kopfbedeckung, um ihre Augen zu schützen. Sie schaute auf ihr Smartphone. Das GPS konnte über dem Sandsturm keine Satelliten orten. Sie wechselte zu ihrer Kompass-App und richtete sie in Richtung des Lagers, bevor ihr Lager vollständig verschwand. Dann duckte sie sich und machte sich langsam auf den langen Rückweg - voller Angst vor dem, was sie vorfinden würde, wenn sie es erreichte.

Regen prasselte aus einer Wolke auf sie herab, die von den schnell wehenden Winden getragen wurde. Diese Art des Niederschlags hatte sie in ihrem ganzen Leben auf einer Reise durch die Sahara noch nie erlebt.

"Das soll wohl ein Scherz sein?", sagte sie laut. Der Regen durchnässte ihre Kleidung und verschaffte ihr eine köstliche Abwechslung von der Hitze der Wüste und der eiskalten Angst in ihrem Herzen.

Ich glaube nicht, dass die Prophezeiung wirklich wahr wird! Noch während sie das dachte, zweifelte sie an sich selbst und vertraute darauf, dass eine wissenschaftliche Antwort das alles irgendwie erklären würde.

Der Wind wehte Zara in den Rücken. Sie rollte sich auf die Seite und kam schnell wieder auf die Beine. Mit gesenktem Kopf richtete sie ihren Blick nur auf die Kompasspeilung. Der Sturm hörte so schnell auf, wie er begonnen hatte. Der trockene Sand kämpfte darum, den Regen zu schlucken. Zwei Sanddünen weiter sah sie ein helles, orangefarbenes Leuchten, das vom Lager ausging. So ein intensives Leuchten hatte sie noch nie in der Wüste gesehen. Ihr Verstand suchte nach einer Antwort, fand aber keine Lösung. Stattdessen wurden ihre Gedanken durch das deutliche Geräusch von Schüssen unterbrochen.

Meine Leute! Sie werden alle abgeschlachtet!

Zara rannte in Richtung des Lagers. Sie musste dorthin zurückkehren. Alles andere, was Nostradamus geschrieben hatte, konnte gefälscht sein, aber niemand auf der Welt konnte gewusst haben, dass heute Nacht ein Sturm durch das Lager toben würde. Ihr Puls raste. Nicht wegen ihrer Anstrengung beim Laufen, sondern wegen der Bedeutung des Sturms. Sie erinnerte sich an die Warnung, die Nostradamus ihr gegeben hatte: *Befreie deinen Geist von den Fesseln deines Glaubens ... er wird für immer zerschmettert werden.*

Sie kroch auf die Spitze der Sanddüne, die ihrem Lager am nächsten war. Von dort unten sah sie die Zerstörung. Das große Netz aus miteinander verbundenen Planen war verschwunden. Was von den zusammengebundenen Holzstäben übrig geblieben war, die das Skelett des Lagers bildeten, war krumm oder fehlte ganz. Der trockene Sand hatte alle Spuren des jüngsten Regens verschluckt; das einzige Zeichen seiner Anwesenheit war die plötzliche Luftfeuchtigkeit, die für ein Land, das selten mehr als ein paar Zentimeter Regen pro Jahr erlebt, ungewöhnlich war. Sie sah Männer, die durch das Lager liefen. Sie schienen fieberhaft daran zu arbeiten, Ordnung in die Zerstörung zu bringen. Ihre Haut war dunkel und sie trugen grüne Tarnkleidung ... und hielten AK-47 Sturmgewehre in den Händen.

Zara spürte, wie sich ihre Kehle zuschnürte und ihre Brust pochte. Das Bild bestätigte gerade, dass der erste Schritt der Prophezeiung wahr geworden war und ihre Welt für immer zerstört werden würde.

Kapitel Zwölf

Zara rutschte vorwärts, bis sie einen guten Blick auf das Lager werfen konnte. Am nördlichen Ende des Lagers lagen Körper aneinander gekauert. Vielleicht schliefen sie, wahrscheinlich aber waren sie alle tot. In jedem Fall konnte Zara es nicht erkennen und selbst wenn sie es wüsste, könnte sie nichts tun, um einem von ihnen zu helfen. Mindestens hundert Kamele waren am Rande des Lagers zusammengepfercht und ihre Herren hatten alle Hände voll zu tun, um sie von der Flucht abzuhalten. Ihr Blick richtete sich direkt auf ihr Zelt. Die Plane war verschwunden, aber der Messingkastentresor war geblieben. Adebowale war verschwunden und für einen kurzen Moment erlaubte sie sich zu glauben, dass er es lebend herausgeschafft hatte. Sie erinnerte sich an seine Worte, als sie gegangen war ... *er würde das Buch mit seinem Leben beschützen* ... sie bezweifelte, dass er das Massaker überlebt hatte.

Sie hörte die Schüsse und sah die plötzlichen Lichtblitze, die aus dem Lauf der Waffe drangen. Einer der reglosen Körper, den sie zuvor am nördlichen Ende des Lagers hatte liegen sehen, bewegte sich für einen kurzen Moment. Daraufhin schoss einer der Angreifer sein ganzes Magazin in den Körper des Schwerverletzten, bis es keine Bewegungen mehr gab.

Wer zum Teufel sind diese Leute?

Das Geräusch brachte sie dazu, sich wieder auf ihr eigenes Leben zu konzentrieren. Nostradamus hatte geschrieben, dass sie überleben würde, aber sie würde nach Süden gehen müssen. Wie sollte sie das nur anstellen? Zwischen ihr und dem südlichen Rand der Sahara im Tschad lagen über tausend Kilometer Sand. Selbst wenn sie wüsste, wo sich die regelmäßigen Wasserlöcher und die wenigen Oasen befanden, könnte sie die Wüste niemals zu Fuß durchqueren.

Zara kroch an den Rand der Sanddüne und versuchte, sich so tief wie möglich in den Boden zu graben. Sie beobachtete zwei Männer, welche die Überreste ihres Zeltes betraten. Sie untersuchten Nostradamus Messingtresor. Die Kiste, in der eine der außergewöhnlichsten Reliquien aller Zeiten aufbewahrt worden war. Die beiden unterhielten sich angeregt miteinander.

"Meister, Ngige!", rief der zweite Mann in ein Funkgerät. "Ich glaube, wir haben es gefunden!"

Ein schwarzer Geländewagen fuhr mitten durch das Lager. Ein Range Rover Autobiography. Ein Fahrzeug, das so teuer war, dass es nur Königen, Superreichen und Filmstars gehören konnte. Sie hatte noch nie jemanden gesehen, der damit durch die Sahara fahren wollte. Nach dem, was sie gehört hatte, war es eine Mischung aus einem Rennwagen und einem Luxusfahrzeug mit Vierradantrieb, das überall hinfahren konnte. Ein Mann stieg aus dem Fahrzeug aus und ließ die Tür offen und den Motor laufen. Er trug eine dunkelgrüne Tarnkleidung, wie sie auch die anderen Männer im Lager trugen. Der Unterschied zu seinen Männern war, dass er auf seinen Schulterklappen kleine goldene Kronen trug.

Zara beobachtete, wie er auf die beiden Männer zuging, die neben der Messingkiste standen. Beide grüßten ihn und sie vermutete, dass der Mann mit den Kronen ihr Anführer war.

"Wir haben es gefunden, Ngige!", sagte der kleinere der beiden Männer.

Ngige schüttelte den Arm des Mannes. "Gut gemacht! Wir haben es gefunden!

Sie waren also wegen des Buches von Nostradamus gekommen. Zara blickte auf den schwarzen Range Rover. Er war ihre einzige Chance zu entkommen, und sie hätte genauso gut auf dem Mond sein können, so groß war ihre Chance, ihn zu erreichen. Selbst wenn sie es schaffte, konnte sie nicht wissen, ob noch jemand im Wagen saß oder nicht.

"Gabe Ngige! Gabe Ngige!" Die Männer fingen an, den Namen zu schreien und ihre AK-47 in die Luft abzufeuern wie Verrückte.

Im Lager herrschte Panik und Zara dachte, dass ihre Chancen, es zu schaffen, gerade auf einen Prozentpunkt über null gestiegen waren.

Gabe Ngige - warum kommt mir dieser Name so bekannt vor?

Kapitel Dreizehn

Zara rutschte den verbliebenen Rand der Sanddüne hinunter, während Chaos und Hysterie über das Lager hereinbrachen. Dies war ihre einzige Chance. Ihre einzige Möglichkeit zu überleben war, ihr Leben aufs Spiel zu setzen und Glück zu haben. Es war ein riskantes Unterfangen, aber sie musste es wagen. Sie hörte das unverwechselbare Rattern von mindestens fünfzig AK-47, die in die Luft abgefeuert wurden. Sie befand sich nun im Freien, betrat das Lager und nahm sich vor, den Range Rover zu stehlen. Zara konzentrierte sich auf das Fahrzeug und achtete nicht auf die Scharfschützen. Jeden Moment würde eine dieser Kugeln sie töten, aber daran konnte sie nichts mehr ändern - über die Zukunft war bereits entschieden worden.

Sie rannte das letzte Stück der Düne hinunter und erreichte zu ihrer eigenen Überraschung den Fahrersitz und schloss die Tür. Zara atmete tief ein und schaute sich um, immer noch in der Erwartung, dass jemand anderes drin saß. Dem war nicht so. Der Wagen war leer und sie war noch am Leben. Die Klimaanlage lief und bot ihr ein angenehmes Klima, etwas, das sie in den letzten zwei Jahren, seit sie in die Sahara gezogen war, nicht mehr erlebt hatte. Das Auto roch neu. Die cremefarbenen Nappaledersitze waren mit schwarzen Paspeln besetzt. Der Mann, der normalerweise am Steuer saß, war größer als sie, aber der Unterschied war nicht zu groß. Ihr Körper passte perfekt zu den Voreinstellungen des Sitzes.

Sie schaltete das Automatikgetriebe des Range Rovers auf Drive, löste die elektrische Handbremse und drückte den Fuß kräftig durch. Der aufgeladene Motor hatte eine tolle Beschleunigung. Besser als die von einem Motor mit Turbolader. Keine Verzögerung, kein Turboloch. Der High-End-Sport-SUV hob mit einem Ruck ab. Einen Moment herrschte Ruhe, dann bemerkten die Soldaten, dass es nicht ihr Anführer war, der in dem teuren Fahrzeug saß. Dann folgte lautes Geschrei und das Brüllen von Befehlen. Ein großer Soldat kam von vorne auf sie zu. Er winkte mit den Händen und rief etwas, das ungefähr so viel "Bleib stehen!" bedeuten musste.

Der Mann war um eine Millisekunde untätig geblieben und hatte seine Waffe noch immer nicht auf sie gerichtet. Stattdessen war er zwischen die beiden Sanddünen getreten, in denen das Lager errichtet worden war - was es ihr unmöglich machte, um ihn herumzufahren. Ohne nachzudenken, hupte sie, um ihn zu warnen.

Und sie warnte ihn tatsächlich.

Er hob seine AK-47 an und begann, die Motorhaube des Geländewagens zu bearbeiten. Funken flogen, als die Kugeln an der Windschutzscheibe des Militärfahrzeugs abprallten. Der Besitzer, vermutlich ein afrikanischer Drogenbaron, hatte die besten Schutzausrüstungen gekauft, die auf dem Markt verfügbar waren. Der Soldat starrte sie an - mit leeren Augen und offenem Mund, als wollte er schreien, aber er brachte kein Wort heraus. Im letzten Moment weiteten sich seine Augen und ihm wurde klar, dass er sterben würde. Sein Schicksal war bereits besiegelt. Zara dachte gar nicht daran, den Fuß vom Gaspedal zu nehmen. Sie drückte ihren Fuß stärker auf den Boden und wollte, dass der Range Rover noch schneller wurde.

Der Mann verschwand mit einem lähmenden Knirschen unter der Motorhaube, ohne dass der zweieinhalb Tonnen schwere Geländewagen auch nur erzitterte oder seine Geschwindigkeit sich verringerte. Zara verspürte keine Gewissensbisse. Stattdessen freute sie sich, am Leben zu sein und ein Stück Freiheit zurückerobert zu haben. Sie hatte es riskiert und eine Chance von eins zu hundert gehabt, um zu überleben - und gewonnen. Ihre Augen blickten in den Rückspiegel. Die grausige Mischung aus zerquetschten Knochen und Fleisch vertrieb sämtliche Siegesfreude. Mindestens ein Dutzend Männer hatten bereits ihre Kamele bestiegen, während noch mehr auf den Range Rover feuerten.

Sie lenkte nach links, um aus dem Lager zu klettern und eine direkte Sichtlinie für ihre Angreifer zu vermeiden. Der Geländewagen reagierte sofort. Zahnradlenkung. Schnelle Reaktion. Seine Desert Hawk-Reifen fraßen sich in den Sand.

Weitere Schüsse hallten durch das Sandtal und die Heckscheibe wurde schnell von Kugeln durchlöchert, die sternförmige Risse in das modifizierte kugelsichere Glas schlugen. Sie konnte offensichtlich nur eine bestimmte Menge aushalten. Die von Hunderten von Kugeln durchlöcherte Heckscheibe löste sich aus ihrer Halterung und fiel nach vorne auf die Rücksitze.

Zara duckte ihren Kopf nach unten. Jeden Moment rechnete sie damit, den Schmerz einer Kugel zu spüren, die mit unvorstellbarer Geschwindigkeit ihre Haut durchbohrte. Sie fragte sich mit der morbiden Faszination von jemandem, der sein Schicksal bereits akzeptiert hatte, ob sie überhaupt merken würde, dass sie getroffen wurde, bevor sie starb.

Stattdessen spürte sie ein anderes Gefühl. Der Inhalt ihres Bauches hob sich plötzlich und sie spürte, wie der Range Rover unter ihr die Bodenhaftung verlor. Es fühlte sich wie Minuten an, war aber weniger als ein paar Sekunden - der mächtige Geländewagen hatte die Spitze der Sanddüne hinter sich gelassen und befand sich nun im freien Fall auf der gegenüberliegenden Seite.

Sie landete mit einem Ruck, als der weiche Sand auf der Abwärtsseite der Düne über die Motorhaube gespritzt wurde und den Sand über die Windschutzscheibe verstreute. Das Lenkrad schwang wild hin und her. Zara kämpfte mit ihm und versuchte, den Geländewagen daran zu hindern, sich zu überschlagen. Wenn sich eines der Vorderräder in den Sand grub, war es mit ihrer Flucht vorbei - der Geländewagen würde rollen und selbst wenn sie den Aufprall überlebte, würde sie ihren Angreifern, die auf Kamelen hinter ihr her waren, nicht entkommen können.

Die Lenkung reagierte besser, als die Sanddüne flacher wurde. Sie drückte kräftig aufs Gaspedal und fuhr die folgende Anhöhe hinauf. Als sie den Kamm erreichte, hörte Zara keine Kugeln mehr hinter dem Geländewagen einschlagen. Sie lächelte. Sie muss die äußerste Grenze ihrer Schussweite erreicht haben Ihr Blick wanderte zum Rückspiegel. Ein Schweif aus leuchtend orangefarbenem Feuer raste auf sie zu. Sie brauchte nur einen Bruchteil einer Sekunde, um das Ende der Rakete zu erkennen.

Der Geländewagen fiel von der Kuppe steil ab, und die schlecht gezielte RPG flog mehrere Meter über sie hinweg. Sie hörte das Dröhnen des Raketenmotors, der über ihr explodierte. Sie seufzte vor Erleichterung. Es würde zu lange dauern, bis ihr Angreifer eine zweite Rakete geladen und abgefeuert hatte.

Zara erinnerte sich an den Blick aus ihrem Rückspiegel. Mehrere Angreifer auf Kamelen hatten ihre Verfolgung aufgenommen. Sie würden niemals mit dem schnellen Range Rover mithalten können, aber das mussten sie auch nicht. Zum ersten Mal seit dem Diebstahl des Fahrzeugs schaute sie auf das Armaturenbrett. Bei der derzeitigen Geschwindigkeit hatte der Geländewagen noch eine Restreichweite von 600 Kilometern in seinen beiden Tanks. Sie brauchte tausend, um die südliche Spitze der Sahara, tief im Tschad, zu erreichen. Sie könnte jede beliebige Oase erreichen, aber das würde ihr nicht viel helfen. Sie machte sich keine Sorgen darüber, zu verdursten. Aber es waren ihre Angreifer, die ihr den Tod bringen würden.

Trotz ihrer Bedenken raste Zara nach Süden, immer tiefer in die Sahara hinein. Ihr schwerer Range Rover hinterließ tiefe Spuren im Sand, denen ihre Verfolger leicht folgen konnten.

Kapitel Vierzehn

Zara lenkte den mächtigen Geländewagen nach Süden und fuhr weiter. Für den Moment war sie sicher, aber sie musste so viel Abstand wie möglich zwischen sich und ihre Verfolger bringen. Eines war sicher, als sie sah, wie ihr Treibstoff zur Neige ging - bei Sonnenaufgang würde sie nicht mehr fahren können. Die Söldner, die sie in ihrem Lager zurückgelassen hatte, würden hinter ihr her sein. Und wenn sie sie erreichten, würde sie sterben.

Wenn sie einen Vorsprung von zwei Tagen auf die Männer auf dem Kamelrücken herausholen konnte, würde sie sie vielleicht abhängen, jedenfalls wenn sie sich zu Fuß möglichst unauffällig fort bewegte. *Aber wohin sollte sie gehen?* Jeder, der die Gegend kannte, wusste, dass sie zur Bilma-Oase fahren musste. Sie war die einzige Oase in der Nähe, die sie noch erreichen konnte, bevor sie an Dehydrierung starb. Das wussten auch die anderen, was bedeutete, dass sie sie abhängen musste, nachdem sie die Oase erreicht hatte, oder besser noch, sie musste sie ganz umgehen und eine andere Oase finden.

Zara kannte eine. Sie lag noch mindestens 120 Kilometer hinter Bilma und war mit Sicherheit außer Reichweite. Es war unwahrscheinlich, dass sie selbst die erste Oase überhaupt erreichen würde. Sie schätzte, dass ihr mindestens 60 Kilometer vor der Oase der Treibstoff ausgehen würde. Sie verdrängte den Gedanken aus ihrem Kopf. Es gab nichts anderes, was sie tun konnte. Sie musste einfach auf ihren Treibstoff achten, abwarten und sehen, was passiert. Dann würde sie sich den Umständen anpassen und sehen, welche Möglichkeiten sich ihr boten. Vielleicht hatte sie Glück und traf auf ein paar Nomaden, die ihr helfen würden.

Zara stellte schnell fest, dass es beim Autofahren in der Wüste auf eine einzigartige Kombination aus Geschwindigkeit, Finesse und technischem Geschick ankam. Es war entscheidend, dass sie die Dünen mit Präzision anging. Der richtige Zeitpunkt, um Vollgas zu geben, und der richtige Zeitpunkt, um langsamer zu fahren, erforderten Erfahrung und ein gutes Urteilsvermögen. Zara hatte weder das eine noch das andere, aber sie lernte diese Fähigkeiten schnell und aus der Not heraus.

Um 2 Uhr morgens sah Zara den Gipfel des Emi Koussi aus dem linken Fenster des Range Rover. Mit einer Höhe von 3400 Metern warf der alte Vulkan im Tibesti-Gebirge im Norden des Tschad einen riesigen Schatten auf den nächtlichen Horizont. Er war auch eines der wenigen sichtbaren Wahrzeichen im Umkreis von vielen Kilometern. Zara notierte sich im Kopf, wo sie sich am ehesten befinden würde. In der Region gab es nur wenige topografische Veränderungen, an denen man sich orientieren konnte. Sie blickte nach rechts oben. Am Horizont im Westen waren die schwachen Ausläufer des Gebirges zu sehen, auch wenn sie sich nicht sicher war, dass es sich dabei nicht um eine Fata Morgana handelte. Sie schüttelte den Kopf und konnte nicht glauben, was sie als Nächstes vorhatte. Sie fuhr weiter nach Süden - in den Erg von Bilma.

Der Erg von Bilma in der Wüstenregion Ténéré in der südlichen Zentralwüste der Sahara war der letzte Ort, den sie jetzt aufsuchen wollte. Die Sandkörner des Erg wurden vom Harmattan, einem Nordostpassat, der fast das ganze Jahr über wehte, aus dem Tibesti-Gebirge herangeschafft. Der Erg von Bilma breitet sich südwestlich des Tibesti-Gebirges bis in den Tschad und Niger aus. Von dort aus waren es noch 1000 Kilometer, bis sie eine der tiefsten Sandgruben der Welt hinter sich gelassen hatte und weitere 600 Kilometer, bis sie völlig aus der Wüste Sahara heraus war.

Zwischen ihr und der Südspitze der Sahara im Tschad oder Niger lagen fast 1600 Kilometer unnachgiebiger Sanddünen. Die tieferen Sanddünen würden ihre Kilometerleistung weiter verringern und waren sicherlich nicht ihre erste Wahl. Zara überlegte, ob sie links abbiegen und nach Ägypten weiterfahren sollte, oder ob sie eine wilde und waghalsige Kehrtwende machen sollte, um über Libyen das Mittelmeer zu erreichen. Jeder dieser Wege wäre sinnvoller gewesen, wenn man berücksichtigte, dass sie sich damit weiter von ihrer Freiheit entfernte. Stattdessen fuhr sie nach Süden in einen Erg, den sie niemals überqueren konnte - weil Nostradamus ihr gesagt hatte, dass sie dorthin gehen würde.

Im Herzen des Erg, etwa 450 Kilometer weiter südlich und mindestens 80 Kilometer weiter entfernt, als der Range Rover noch Reichweite hatte, lag die Oasenstadt Bilma. Sie war einst ein florierender Handelsposten, der für die Transsahara-Handelsroute zwischen Zentralafrika und Libyen von entscheidender Bedeutung war. Das war allerdings schon lange her. Nach vielen Jahren der Vernachlässigung lebten jetzt nur noch weniger als 2500 Menschen in der Stadt. Wenn sie in Bilma ankam, bestand vielleicht die Chance, dass einer dieser Menschen bereit war, einen Weg zu finden, sie aus dem Land zu bringen.

All das hing natürlich stark von der Antwort auf eine Frage ab: Würde sie die Stadt vor ihnen Verfolgern erreichen?

Kapitel Fünfzehn

Erst in den frühen Morgenstunden - etwa um sieben Uhr morgens - begann der Motor seine Leistung zu verlieren und zu stottern. Die Tankanzeige zeigte an, dass der letzte Rest des Treibstoffs verbraucht worden war. Durch das restliche Benzin, was sich in den Leitungen und der Einspritzanlage befand, schaffte es der durstige V8-Motor trotzdem noch etwa fünf Minuten langsam weiterzufahren, bevor er endgültig den Geist aufgab.

Zara versuchte, den Anlasser zu betätigen.

Der Motor drehte sich, aber es zündete nichts. Sie drückte den Anlasserknopf noch dreimal und hielt dann an. Sie konnte den Geländewagen nicht dazu bringen, ohne Treibstoff durch die Wüste zu fahren. Sie schnallte sich ab und stieg aus, um im hinteren Teil des Fahrzeugs nach etwas Nützlichem zu suchen. Zwei große Kanister waren hinten an der Heckklappe neben dem Reserverad befestigt und beide waren voller Einschusslöcher und leer. Sie drückte den Hebeknopf und die Klappe öffnete sich. Darin befand sich eine halb leere Wasserflasche. Ansonsten war der Rest des Kofferraums leer.

Zara schüttelte den Kopf. *Wo wollten sie hinfahren, wenn sie das Buch des Nostradamus gefunden hatten?* Ohne zusätzlichen Treibstoff hätten sie es selbst nie aus der Sahara herausgeschafft, selbst wenn sie nach Norden gefahren wären. Die einzige Alternative war, dass die Kamele zusätzlichen Treibstoff mit sich führten. Egal, wie sie es durch die Wüste schaffen wollten, es würde ihr nichts nützen.

Zara schaute beim ersten Licht auf. Die Morgensonne kroch im Osten auf den Horizont zu. Es waren noch 60 oder 70 Kilometer bis zur Oase von Bilma. Sie verfluchte sich dafür, dass sie nach Osten ausgewichen war, um die Stadt zu umgehen und die zweite Oase zu erreichen. Diese Möglichkeit war nun ausgeschlossen. Wenn sie Glück hatte, konnte sie gerade lange genug überleben, um die erste Oase der Stadt zu erreichen. Sie schnappte sich die halb gefüllte Wasserflasche und zog ihre Kopfbedeckung wieder über ihr Gesicht. Es würde ein langer Marsch werden. Sie verließ den

Range Rover, drehte der aufgehenden Sonne den Rücken zu und begann, nach Westen in Richtung Bilma zu laufen.

Sie rechnete damit, dass sie es bis zur Abenddämmerung erreichen würde. Wenn es Winter wäre, hätte sie es leicht geschafft. Im Hochsommer waren ihre Überlebenschancen aber gering. Um acht Uhr morgens stand die Sonne schon so hoch, dass ihr extrem heiß war. Zara schützte mit ihrem grünen Shesh ihr Gesicht vor dem grellen Licht, das von den Dünen vor ihr reflektiert wurde und ging weiter. Normalerweise würde sie in der Hitze des Tages nicht einmal versuchen, durch die dicken Sanddünen zu laufen, aber sie musste Abstand zu ihren Verfolgern halten, wenn sie überleben wollte. Sie bewegte sich schnell, in einem Tempo, das irgendwo zwischen Gehen und langsamem Laufen lag. Leichtfüßig schritt sie voran und ließ ihre Füße nie lange genug im tiefen Sand versinken, bevor sie ohne übermäßige Anstrengung einen weiteren Schritt machen konnte.

Sie betete, dass das Barometer plötzlich sinken möge, damit der ansonsten stabile Harmattan-Passat in eine heftige Böe gerät, die die Sandkörner aufwirbelt und ihre Fußspuren begraben würde. Stattdessen stieg das Barometer weiter an und der Harmattan hörte ganz auf. Ohne Wind stieg die Temperatur noch weiter in die Höhe. Um ein Uhr nachmittags betrug sie mörderische 48 Grad Celsius. Bei dieser Hitze konnte sie den Marsch auf keinen Fall durchhalten. Sie fand den steilsten Abschnitt der geschwungenen Sanddüne und ließ sich in die Seite sinken. Die Temperatur sank nur geringfügig, aber der Unterschied könnte gerade so reichen, um zu überleben.

Sie zwang sich zu schlafen, bis die Sonne unterging und die Hitze erträglich wurde. Zara tröstete sich mit dem Wissen, dass ihre Angreifer und ihre Kamele ebenfalls warten mussten, bis die Temperatur gesunken war, bevor sie weiterzogen. Um sechs Uhr strich die Sonne über den westlichen Horizont und sie setzte sich wieder in Bewegung. Sie reiste die ganze Nacht hindurch und zwang sich immer weiterzumachen. Eine fünfminütige Pause pro Stunde war alles, was sie sich an Ruhe zugestand. Am Morgen war sie erschöpft, ihre Füße taten ihr weh und ihr Magen war leer. Sie wurde nicht mehr von der Adrenalinausschüttung nach ihrer unmittelbaren Nahtoderfahrung angetrieben. Jetzt setzten der Schmerz und die Müdigkeit ein. Zara bemühte sich bewusst, die Empfindungen zu ignorieren. Sie hatte noch 15 Kilometer vor sich, bevor sie Bilma erreichte.

Die Sonne erreichte den östlichen Horizont und stieg schnell über ihren Kopf. Es fühlte sich heißer an als am Tag zuvor, wenn das überhaupt noch möglich war. Zara hatte Mühe, Schritt zu halten und stützte sich auf große Schlucke des verbliebenen Wassers. Sie hörte auf zu rationieren und konzentrierte sich darauf, in der Hitze des Tages voranzukommen. Wenn sie die Oase nicht bis heute Abend erreichte, würden ihre Angreifer sie morgen einholen.

Um zwei Uhr nachmittags trank sie das letzte Wasser aus. Sie verfluchte sich dafür, dass sie nicht sparsamer mit ihren Rationen umgegangen war. Sie fühlte sich frustriert und verwirrt. Hatte sie die Entfernung zur Oase falsch eingeschätzt oder - was noch schlimmer war - sie ganz verpasst? Selbst als sie sich in der größten Hitze des Tages abmühte, fragte sie sich bei jeder Sanddüne, ob die Oase vielleicht schon hinter der nächsten Sanddüne versteckt lag.

Sie kontrollierte ihren Kompass und blieb ihrem Kurs treu. Ihr Verstand spielte ihr einen Streich. Er quälte sie mit dem Gedanken, dass Wasser in der Nähe war. Sie wollte ein provisorisches Lager errichten, um sich vor der Hitze der Sonne zu schützen und bis zur Dämmerung warten, bevor sie weiterging, aber dann würde es zu spät sein. Stattdessen zwang sie sich, weiterzugehen. Sie hatte noch nie den Fehler gemacht, in einer Wüste zu dehydrieren - und sie hatte diese Wüste schon öfter durchquert, als sie sich erinnern konnte. Natürlich wartete sie normalerweise auf das richtige Wetter, ritt auf einem Kamel - und rannte dabei vor allem nicht um ihr Leben.

Irgendwann nach vier Uhr nachmittags begann sie Halluzinationen zu haben, die wie bewusste Träume aussahen, und es fiel ihr schwer, zwischen ihrer Vergangenheit und ihrer Gegenwart zu unterscheiden. Sie erinnerte sich an Dinge über ihre Mutter und ihren Vater, an die sie seit fast zwei Jahrzehnten nicht mehr gedacht hatte, als sie noch ein Kind war. Zuerst machten ihr die Halluzinationen Angst, aber dann begrüßte sie sie. Sie versetzten sie an einen Ort, der voller Frieden und Glück war. Zara kämpfte darum, sich auf die Realität zu konzentrieren. Sie war sich bewusst, dass, wenn sie sich dem Genuss und dem Frieden der Träume hingeben würde, es die Letzten sein würden, die sie je hatte.

Ihre Gedanken wanderten zu ihrer Vergangenheit. An die übersprungene Kindheit, in der sie ihrem Vater bei seiner Besessenheit das Buch des Nostradamus zu finden, gefolgt war. Schon als Kind war sie sich sicher, dass die Prophezeiung nicht mehr als ein dummer Traum gewesen war, ausgedacht von einem ihrer großen Vorfahren, der sich wichtiger fühlen wollte, als er es eigentlich war.

Zaras Vater war ein Archäologe. Nur interessierte er sich wenig für die alte Geschichte. Ihn trieb der unerschütterliche Glaube an die Prophezeiung an und der Gedanke, dass sie beide zusammen die letzte Ruhestätte des Buches von Nostradamus finden würden. Anders als ihr Vater, der vor Besessenheit und fast religiösem Eifer dem Wahnsinn nahe war, hatte Zara nie wirklich an die Geschichten geglaubt.

Seine Besessenheit hatte ihre Mutter, Darius, in den Tod getrieben. Darius war Zaras Vater zunächst auf seinen Reisen gefolgt. In dem Jahr, in dem Zaras Mutter gestorben war, hatte ihre willensstarke Mutter sich aber anders entschieden und beschlossen, Zara nach Kairo zu bringen. Sie war der Meinung, dass es eine lächerliche Vorstellung war, ein junges Mädchen und eine Frau auf der Suche nach einer sagenhaften Prophezeiung durch die Wüste ziehen zu lassen.

Auf dieser Reise war der Wind in der Nacht besonders stark gewesen. Ihre Mutter war aus dem Zelt gegangen, um die Leinen zu verstärken und zu verhindern, dass es weggeweht wurde. Zur gleichen Zeit war ein ungewöhnlich großer, gelber *Leiurus Quinquestriatus*, der umgangssprachlich als Deathstalker-Skorpion bekannt ist, aus seinem Bau geklettert, um die seltsamen Vibrationen des starken Windes zu untersuchen.

Der Skorpion war besonders aggressiv gewesen da er gerade seinen eigenen Nachwuchs zur Welt gebracht hatte. Er hatte Zaras Mutter mehrere Male gestochen. Bei jedem Stich hatte der Skorpion sein Gift bestehend aus den gefährlichen Neurotoxinen Agitoxin und Scyllatoxin injiziert.

Ihre Mutter war innerhalb weniger Minuten gestorben.

Zaras männliche Führer hatten beschlossen, dass es die beste Lösung war, sie zu ihrem Vater zurückzubringen. Sie dachte oft, dass ihr Vater sie hätte wegschicken sollen. Stattdessen hatte er sie bei sich aufgenommen und beschlossen, dass dies ein Zeichen dafür war, dass die Prophezeiung bald eintreffen würde. Sie war mit ihm durch die Wüste der Sahara gereist und hatte nach einem Erg gesucht, der auf die Beschreibung einer Geschichte passte, die seit Generationen vom Vater an den Sohn weitergegeben wurde. Sie hatte die Zeit, die sie mit ihrem Vater verbracht hatte, geliebt, aber gleichzeitig hatte sie sich selbst gehasst, weil sie das Gefühl gehabt hatte, dass sie für den Tod ihrer eigenen Mutter verantwortlich gewesen war. Mit der Zeit hatte sie diese Schuldgefühle in Wut auf ihren Vater verwandelt, der sich immer mehr auf die Prophezeiung konzentriert hatte. Er war davon besessen gewesen und am Ende war er gestorben, ohne jemals das Buch des Nostradamus gefunden zu haben.

Zara wurde immer wieder wach. Ihr Verstand konzentrierte sich auf eine einzige Tatsache. Die Prophezeiung, die Reichtümer, das Ende der Menschheit - das war alles Blödsinn! Und jetzt würde sie in der Wüste sterben, weil sie zugelassen hatte, dass sie ein Teil davon wurde. Ihre Gedanken schweiften ab wie der Sand, der neben ihr die Düne hinunterrollte.

Aber es war kein Schwachsinn - ihr Vater hatte die ganze Zeit recht gehabt. Das Buch von Nostradamus bewies die Existenz der Prophezeiung. Sie hatte sich geirrt und ihr Vater hatte recht gehabt. Und jetzt würde sie mitten in der Sahara verdursten, ohne zu wissen, wer ihr Lager überfallen und alle getötet hatte, die sie in den letzten zwei Jahren bei ihrer Suche unterstützt hatten - zweihundert Männer und Frauen, die ihr treu gefolgt waren und darauf vertraut hatten, dass sie sie zum Ruhm der Prophezeiung des Nostradamus führen würde.

Am Fuße der steilen Düne rollte der Sand in das ruhige Wasser und verursachte kleinste Kräuselungen. Die Palmen spendeten Schatten und der ganze Ort sah aus wie eine Art Utopie aus Eden. Die Oase sah so echt aus, dass sie am liebsten in das kalte Wasser eingetaucht wäre, um sich von seinen mythischen und verjüngenden Kräften verwöhnen zu lassen. Zara versuchte, sich die Lippen zu lecken. Sie schmeckte nur das trockene Salz und es brannte so sehr auf ihrer Zunge, dass es wehtat. Sie konnte das Gleichgewicht nicht mehr halten und fiel fast im freien Fall die steile Sanddüne hinunter. Sie wusste nicht mehr, wie oft sie sich überschlug.

Am Fuße der Sanddüne tauchte sie mit einem Platschen in das kalte Wasser ein.

Das muss es sein. Ich bin ganz nah dran. Ich beginne zu halluzinieren - ich werde wirklich sterben.

Ich habe die Prophezeiung nicht erfüllt.

Kapitel Sechzehn

Zara brauchte ein paar Minuten, um zu realisieren, wo sie war. Ihre Körpertemperatur sank, als sie spürte, wie das kühle Wasser sie bis zum Hals bedeckte. Sie ließ das kalte Wasser in ihren Mund eindringen. Sie spülte es hin und her, bis ihr Mund und ihre Lippen beruhigt waren und spuckte es dann aus. Dann schluckte sie vorsichtig eine kleine Menge Wasser herunter. Sie hatte von Männern gehört, die mitten in einer großen Wüste auf eine Oase gestoßen waren und sich zu Tode getrunken hatten.

Sie nahm einen zweiten kleinen Schluck des frischen Wassers, tauchte ihren Kopf unter und tauchte dann langsam wieder auf. Ihre riesigen haselnussbraunen Augen blickten knapp über der Wasseroberfläche hervor, wie ein Alligator, der auf seine Beute wartete.

Es war das erste Mal, dass sie bemerkte, dass sie nicht allein war.

Auf der anderen Seite des Wasserlochs war ein Lager aufgeschlagen worden. Ein kleines Feuer brannte, und es duftete nach dem Tee des Nomadenvolkes der Tuareg. In der Nähe tranken drei Kamele, geschützt von den fünf Palmen, die den Rand der kleinen Oase umgaben. Ihre Augen suchten die Gegend nach einem Zeichen ihrer Reiter ab, aber sie konnte keine entdecken. Sie war am Rande der Bilma-Oase vorbeigekommen. Nicht die Hauptoase, in der die Stadt gebaut worden war, sondern eine kleinere Oase am äußeren Rand von Bilma. Damit war sie sechzig Kilometer weiter östlich, als sie erwartet hatte. Das war gut, denn so hatte sie etwas mehr Zeit, um Abstand zwischen sich und ihre Angreifer zu bringen. Ihre Augen suchten nach den Nomaden, denen die Kamele gehörten.

Zara stieg langsam aus dem Wasser und kletterte leise auf das Ufer der Sanddüne, um ihren Rucksack zu holen. Vorsichtig öffnete sie die Tasche und ignorierte die Holzkiste, in der sich das Buch des Nostradamus befand. Stattdessen öffnete sie den Reißverschluss eines Innenfachs und zog ein kleines Messer heraus. Es war ein rasiermesserscharfes Butterfly-Messer. Sie steckte es in ihre Hosentaschen und ging in die Hocke, um sich den Kamelen vorsichtig zu nähern. Ihr Instinkt sagte ihr, dass sie Fremden in der Wüste nicht trauen sollte.

"Hallo", rief sie. "Ist hier jemand?"

Keine Antwort.

"Ich werde eure Kamele stehlen, wenn mir nicht jemand antwortet."

Immer noch keine Antwort.

Zara suchte nach einem Ort, an dem die Besitzer schlafen könnten. Es gab fünf Bäume, ungefähr fünfzig Quadratmeter Wasser - und Sand. Ansonsten gab es auch hier nichts als Sand.

Sie tätschelte das Kamel, das ihr am nächsten war, am Hals. "Wo sind eure Herrchen?"

Das Kamel schnaubte und trank dann weiter. Das Tier sah müde und abgekämpft aus. Sein Besitzer hatte es hart geritten. Es gab keine Möglichkeit, ein solches Tier heute wieder zum Reiten zu verleiten.

"Du hattest einen harten Tag, nicht wahr?", sagte sie höflich. Die Kamele waren den Nomaden in der Sahara sehr vertraut, sie brauchten sie für alles, was sie taten. Es war unvorstellbar, dass jemand so unvorsichtig war, alle drei zu verlieren. "Ich hatte auch einen ziemlich beschissenen Tag", vertraute sie ihm an.

Zara füllte schnell ihre Wasserflasche auf und begann, das Kamel mit Vorräten zu beladen. "Ich werde deine Hilfe brauchen", sagte sie.

Das Kamel wich zurück.

Das war das erste Anzeichen dafür, dass es sich fürchtete.

Zara streckte ihre Hände aus. "Hey, ist schon gut. Ich kenne eine noch bessere Wasserstelle in der Nähe."

Das Kamel kniete sich hin, die Vorderbeine ausgestreckt und die Hinterbeine im Sand eingegraben. Es gab ein lautes Schnauben von sich und legte dann seinen Kopf in den Sand neben der Oase. Das Tier schloss die Augen und Zara beobachtete, wie seine Atmung langsam und entspannt wurde. Sie konnte das Tier auf keinen Fall dazu überreden, jetzt sofort los zu laufen. Am besten war es, wenn sie ihm ein paar Stunden Ruhe gönnte und dann versuchte, es zum Laufen zu bringen.

Sie klopfte dem Kamel auf den Hals. "Es ist alles in Ordnung. Mach eine Pause. In ein paar Stunden bringe ich dich an einen noch schöneren Ort."

Zara war so sehr damit beschäftigt, sich mit dem Kamel anzufreunden, dass ihre Ohren, die normalerweise sehr gut auf die Geräusche der Wüste eingestellt sind, nicht bemerkten, wie drei Reiter und ihre Kamele die Sanddüne in die Oase hinter ihr hinunter ritten, bis sie nur noch zwanzig Meter entfernt waren.

Als sie sich umdrehte, um zu rennen, sah sie sich dem Reiter eines vierten Kamels gegenüber.

Kapitel Siebzehn

Zara spürte, wie die Hände des Mannes ihre Arme packten, bevor sie etwas tun konnte. Sie warf einen Blick auf die drei Männer, die sich ihr näherten. Sie mussten sie ausgetrickst haben. Sie ritten auf Kamelen und hatten die drei Kamele in der Oase stehen lassen, um ihr vorzugaukeln, dass sie eine Chance hatte zu entkommen. Sie kämpfte einen Moment lang, um sich zu befreien, aber der Anblick der anderen drei Reiter, die sich näherten, reichte aus, um jede weitere Bewegung zu verhindern. Sie entspannte sich und ihre klugen haselnussbraunen Augen betrachteten die ganze Szene und suchten nach einem Ausweg aus einer Situation, aus der es keinen gab. Ihre Flucht war beendet. Sie hatte versagt. Und jetzt war alles verloren.

Drei Männer kamen auf sie zu, plus der, der sie festhielt und insgesamt sieben Kamele. Die Oase war mit ruhigem Wasser gefüllt. Es waren keine anderen Nomaden zu sehen. Das mussten die schnellsten ihrer Angreifer gewesen sein. Der Rest ihrer Feinde bewegte sich wahrscheinlich immer noch auf sie zu und versuchte, in der feindlichen Umgebung der Sahara zu überleben. Sie grinste, als sie sich daran erinnerte, wie erschöpft die drei Kamele gewesen waren, die sie untersucht hatte und fragte sich, wie viele ihrer Angreifer bei dem Versuch, sie einzuholen, gestorben waren. Wenn sie sich befreien konnte, war sie in der Wüste vielleicht immer noch schneller als sie. Sie war bereit, ihre überlegene Überlebensfähigkeit in der Wüste gegen über jeden dieser Männer zu beweisen.

Aber zuerst musste sie sich noch selbst befreien.

"Wo ist das Buch, Schätzchen?", fragte der Mann, der sie festhielt. Sein Atem roch übel und die Zähne, die er noch hatte, waren faul. Er verdrehte ihre Arme schmerzhaft hinter ihrem Rücken.

"Welches Buch?", antwortete sie.

Der Mann verstärkte den Druck auf ihre Arme, bis sie gezwungen war, sich auf die Lippe zu beißen, um nicht zu schreien. "Muss ich noch einmal fragen?"

"Oh, das Buch?" erwiderte Zara. Ihre Stimme war lässig, ohne jeden Anflug von Angst.

"Ich dachte, das würde deinem Gedächtnis auf die Sprünge helfen", sagte der Mann kichernd. "Du willst doch nicht, dass ich dich noch einmal frage, oder?"

"Es ist dort drüben", sagte sie und deutete auf die Kamele. "Gefallen dir die Kamele, die ich gefunden habe? Sie sahen ziemlich erschöpft aus. Du musst sie ganz schön gehetzt haben, um hierher zu kommen - ich habe es in die Tasche mit den Kamelen gepackt."

Der Mann ignorierte sie. Stattdessen wandte er sich an seinen Begleiter. "Durchsuche ihre Kamele. Sieh nach, ob du es findest!"

Ihre Kamele? Sie dachte an die drei ausgemergelten Kamele, die sie in der Oase gefunden hatte und die langsam tranken. *Wenn sie nicht ihm gehören, wem gehören sie dann?* Sie konzentrierte sich auf ihre Situation und überlegte, was sie tun könnte, anstatt sich von der Angst leiten zu lassen.

Sie stand vier Männern gegenüber. Alle waren mit einer AK-47 bewaffnet. Sie hatte ein Klappmesser in einer Tasche, an die sie nicht herankam. Sie waren alle größer und stärker als sie selbst. Alle vier waren todmüde von der harten Wüstendurchquerung. Das war sie auch, aber sie könnte wahrscheinlich trotzdem länger als die Angreifer in der Wüste überleben, wenn die Kamele verschwinden würden - trotzdem würde sie in der Falle sitzen.

Zara spürte, wie sie ihre Knöchel und Handgelenke mit schmalen Seilsträngen fesselten, die tief in das weiche Gewebe ihrer Handgelenke schnitten.

"Meine Männer haben mir erzählt, dass man dich die Königin der Sahara genannt hat, weil du all ihre sandigen Ergs durchsucht hast und dich frei bewegen konntest, ohne dich um die rauen Witterungsbedingungen oder Banditen zu scheren."

Zara schwieg und versuchte, ihre Hände aus den Fesseln zu befreien. Das war unmöglich. Die Banditen hatten das Seil so fest verknotet, dass es in ihre Handgelenke schnitt. Sie suchte weiter und überlegte in aller Ruhe ihren nächsten Schritt. Es gab immer eine Möglichkeit. Sie konnte nur keine sehen.

"Das viele Laufen ...", sagte ihr Entführer mitfühlend. „... muss dich durstig gemacht haben. Willst du etwas trinken?"

Zara starrte die Oase an. Obwohl sie nicht sehr weitläufig war, hatte sie gehört, dass sie ziemlich tief war. Sie schüttelte den Kopf und wurde sich ihrer Sache so sicher wie der Biss einer Todesotter. "Nein. Du musst das nicht tun. Du brauchst mich noch. Nur ich kann das Buch interpretieren."

"Nur du kannst das Buch interpretieren?", fragte er.

"Ja. Es sagt die Zukunft voraus, aber nicht auf eine logische Art und Weise. Nur ich kann aus Nostradamus Rätseln etwas Sinnvolles ableiten."

"Das ist nicht das, was Adebowale gesagt hat. Er hat gesagt, dass du keinen Schimmer hast, was die verdammten Rätsel bedeuten und dass du deshalb für unseren Meister wertlos bist." Ihr Entführer lachte. "Ironisch, nicht wahr? Die Königin der Sahara kann ungestraft durch alle Wüsten reisen, um die glühende Hitze zu ertragen, aber sie ertrinkt in einem Wasserloch. Meinst du nicht?"

"Nein. Du machst einen großen Fehler. Du brauchst mich!"

"Ich brauche niemanden. Am allerwenigsten dich."

Zara spürte, wie sich sein Stiefel in ihren Rücken grub und einen Moment später fiel sie mit dem Gesicht nach unten. Sie holte tief Luft und ließ sich ins Wasser fallen. Das Wasser fühlte sich kühl und erfrischend auf ihrer gequälten Haut an. Zara konzentrierte sich getreu ihrem Wort auf ihre nächste Aufgabe. Irgendwie musste sie ihren Kopf über Wasser halten. Sie hob ihre Knie bis zur Brust und trat zu. Das trieb sie vorwärts, aber nicht an die Oberfläche, wo sie eigentlich hin musste.

Es funktioniert - ich muss mich nur so positionieren, dass ich mich in die richtige Richtung bewege!

Sie drehte ihre Schultern, bis sie zur Oberfläche blickte und versuchte erneut zu treten. Sie versuchte es ein drittes und ein viertes Mal, ohne

Erfolg. Durch die ruckartigen Krämpfe bewegte sich ihr Körper auf die Oberfläche zu, kam aber nie ganz an. Ihre Lungen brannten und ihre Brust flehte sie an, den Mund zu öffnen und Luft zu holen.

Nur noch ein paar Versuche, das ist alles, worum ich bitte!

Beim siebten Versuch durchbrach ihr Kopf die Oberfläche. Sofort nahm sie einen tiefen Atemzug. Die Luft schmeckte himmlisch - süß und göttlich. Zara öffnete ihren Mund, um einen zweiten Atemzug zu nehmen, aber ihr Kopf war schon wieder unter Wasser.

Schnell versuchte sie wieder ihre Trittbewegung. Ein Gefühl der Panik durchströmte sie, als sie merkte, dass sie sank. Mit jedem Tritt schien die Oberfläche weiter weg zu sein. Sie hatte eine große Menge Wasser geschluckt, und ihr Körper hatte einen natürlichen negativen Auftrieb angenommen.

Ihr rationaler Verstand kämpfte um eine andere Lösung. Nostradamus hatte ihr gesagt, dass sie überleben würde und dass ihre Existenz den Weg ebnen würde, um eine Reihe von Ereignissen in Gang zu setzen, die das unvermeidliche Aussterben der Menschheit verhindern würden. Sie erinnerte sich nicht daran, dass er etwas über das Ertrinken in der Sahara gesagt hatte?

Der Gedanke brachte sie zum Lächeln. Ihrem sauerstoffarmen Verstand entging die Ironie nicht, trotz des Leids. Ihr Körper hörte auf zu kämpfen. Sie strampelte nicht mehr und versuchte nicht mehr, die Oberfläche zu erreichen. Diese Chance hatte sie bereits verloren. Ihre einzige Möglichkeit zu überleben, war ein Wunder. Die Welt über ihr wurde dunkel. Ihre Ohren schmerzten von dem erhöhten Druck.

Wer hätte gedacht, dass die Oase so tief reicht?

So hätte ich nicht sterben sollen.

Ich hätte doch die Welt retten sollen.

Das war der letzte Gedanke, den sie hatte, bevor sie die Kontrolle über die Muskeln des Zwerchfells verlor. Sie driftete immer mehr in die Bewusstlosigkeit und ihr Mund öffnete sich und gab dem unwillkürlichen Drang nach, einen tiefen Atemzug zu nehmen.

Es war Zeit zu sterben. Sie hatte ihr Bestes versucht und versagt. Ihr Verstand hatte sich gequält und versucht, die Situation zu analysieren, irgendwie einen Sinn darin zu sehen und eine Lösung zu finden. Es gab keine. Sie hatte ihr Bestes gegeben und verloren. Das machte sie glücklich. Es war nicht ihre Schuld. Es gab keinen Grund, weswegen sie sich schlecht fühlen müsste.

Zara atmete tief ein.

Das kalte Wasser war eine Wohltat für ihre brennende Lunge. Es fühlte sich gut an. Es schmeckte gut. Kalt und erfrischend. Sie atmete erneut ein. Irgendwie fühlte sich der zweite Atemzug noch besser an. Ihr Körper entspannte sich. Das Gefühl der durch Adrenalin ausgelösten Panik ließ endlich nach.

So muss es sein, wenn man ertrinkt.

Wer hätte gedacht, dass es so friedlich sein würde?

Die Dunkelheit schien zu verschwinden. Sie atmete wieder und öffnete ihre Augen. Ein neues Licht tauchte vor ihr auf. Ein Gesicht folgte dem Licht und sie fragte sich, was sie jetzt tun sollte - sollte sie sich auf das Licht zubewegen oder davor weglaufen? Ihr erster Instinkt war, vor dem Licht wegzulaufen. Niemals den Tunnel des Todes betreten. Ihr rationaler Verstand argumentierte gegen ihre Philosophie. Er argumentierte, dass sie auch dann tot sein würde, wenn sie versuchte, das Licht zu vermeiden.

Sie beschloss, nicht vor dem Licht wegzulaufen, aber sie fühlte sich auch nicht dazu berufen, sich darauf zuzubewegen. Zara atmete wieder ein und sah, wie das Gesicht langsam Gestalt annahm.

Es war das Gesicht eines Mannes.

Und es schien sie anzulächeln.

Das Gesicht kam immer näher. Obwohl sie nicht genau sagen konnte, ob es sich auf sie zubewegte oder ob sie war, die sich auf das Licht zubewegte. Sie konnte jetzt mehr davon sehen. Das Gesicht lächelte sie nicht wirklich an. Der Mund war schrecklich verzerrt.

Sie hörte das Geräusch der seltsamen, atmenden Kreatur. Sie wollte selbst atmen, aber etwas hielt sie davon ab. Das Gesicht veränderte sich wieder und es lächelte sie an. Irgendwie konnte sie in diesem Traum - wenn sie ihren Zustand zwischen Leben und Tod so nennen wollte - jetzt plötzlich wieder atmen. Es fühlte sich so gut an. Sie hatte immer angenommen, dass man im Tod nichts mehr spüren kann. Stattdessen spürte sie jedes Gefühl, nur noch intensiver.

Sie spürte, wie sich ihre Hände und Knöchel aus ihren Fesseln lösten. Wieder einmal blickte sie in das Gesicht eines Mannes. Sie hatte den Mann noch nie zuvor gesehen. Sie überprüfte ihr Gedächtnis, konnte sich aber nicht mehr an ihn erinnern. Wenn dies ihr Übergang ins Jenseits war, würde das letzte Gesicht, das sie gesehen hatte, sicherlich irgendeine Bedeutung für sie haben oder wichtig sein.

Sie starrte ihn an. Es gab wenig, das sie erkennen konnte. Es gab nicht einmal einen Hinweis darauf, dass er jemand war, den sie einst gekannt hatte, nicht einmal für einen flüchtigen Moment. Er trug etwas über seinem Gesicht, aber seine Augen waren sichtbar.

Sie hatten das intensivste Blau, das sie je gesehen hatte.

Kapitel Achtzehn

Zara atmete zögernd einen weiteren langsamen Atemzug ein. Ich atme durch einen Tauchregler? Beim Ausatmen spürte sie, wie die Luftblasen über ihr Gesicht liefen. Ihre Augen, die sich inzwischen an das Wasser gewöhnt hatten, erkannten die Gestalt des Mannes, der ihr das Leben gerettet hatte. Er trug eine Tauchermaske, einen Atemregler und Boardshorts. Das gab ihm das Aussehen eines Tauchers an einem Korallenriff auf einer paradiesischen Insel. Weit entfernt von einem Schatzsucher in einem der wenigen Wasserlöcher in der Sahara, die tief genug sind, um den Kopf unter Wasser zu tauchen. Das spielte keine Rolle, der Mann würde hingerichtet werden, sobald er auftauchte.

Ihre Gedanken rasten zu der Stelle, an der sie ihn und seinen Begleiter gestern gesehen hatte. Aber wo war der Begleiter? Der Taucher hatte sie befreit und es war ein gutes Gefühl, ihre Arme und Beine wieder bewegen zu können. Er hatte ihr das Leben gerettet - vorerst. Aber wie lange würde ihre Begnadigung andauern? Wenn sie nach Luft schnappten, würden die Männer sie alle drei töten. Vorausgesetzt, der zweite Taucher war nicht schon tot.

Ihre Gedanken wurden durch etwas in ihrer Hand unterbrochen. Es war kalt und sie hatte es nicht dort hingelegt. Es dauerte einen Moment, bis sie merkte, dass der Mann neben ihr es ihr in die Hand gegeben hatte. Er winkte ihr, es sich anzusehen. Es war ein rechteckiges Stück aus dunklem Stein. Mit Kreide waren Worte darauf geschrieben.

GEHT ES DIR GUT?

Klar, wenn du dazu zählst, dass alles, was du für eine Lüge gehalten hast, sich als Wahrheit herausgestellt hat und dass ein Mann, dem du noch nie begegnet bist, dich durch die Wüste gejagt hat, um dich zu töten ... dann ja, mir geht es gut.

Ihr Verstand holte sie langsam wieder ein und sie schrieb eine Antwort.

OK.

VIER MÄNNER OBEN WERDEN UNS TÖTEN, WENN WIR AUFTAUCHEN.

WIR MÜSSEN SO LANGE WIE MÖGLICH HIER BLEIBEN.

Der Taucher nickte mit dem Kopf. Sie spürte, wie sich die Taucherklappe entfernte, während er eine neue Nachricht schrieb.

WARTE HIER 10 MINUTEN.

Er nahm seine Tauchflasche, den Bleigurt und die Tarierweste ab und drückte ihr alle drei in die Hand. Sie teilten sich seinen primären und sekundären Atemregler, die aus derselben Flasche kamen. Es fiel ihr sofort leichter, auf dem sandigen Boden des Wasserlochs zu bleiben. Sie beobachtete, wie der Taucher seinen Atemregler aus dem Mund nahm und sie anlächelte. Es war ein selbstbewusstes Lächeln. Ein Lächeln, das man von jemandem erwartet, der es gewohnt ist, erfolgreich zu sein.

Dann begann der Taucher an die Oberfläche zu schwimmen.

Zara streckte ihre Hand aus und packte ihn am Knöchel. Der Mann kehrte zu ihr zurück. Sie schrieb schnell auf die Schiefertafel, die er ihr gegeben hatte.

WOHIN GEHST DU?

Der Taucher griff lässig nach dem Mundstück des Sekundärreglers und atmete einmal tief ein, als ob er darüber nachdenken wollte, während er auf dem Grund der Oase war. Er nahm die Tauchtafel in die Hand, wischte ihre Frage ab und schrieb eine Antwort. Einen Moment später reichte er ihr die Tafel zurück und schwamm zur Oberfläche.

Zara schaute auf die Schiefertafel.

VERHANDELN

Kapitel Neunzehn

Sam kletterte auf die Sanddüne am Rande der Oase. Er trug Boardshorts, eine Armbanduhr und hielt seinen Schnorchel in der Hand. Die Soldaten, wer auch immer sie waren, unterhielten sich lautstark auf Französisch, was ihre Herkunft auf eines der nordwestlichen Länder Afrikas eingrenzte. Sam hörte ein paar Minuten lang aufmerksam zu und war dankbar, dass er als Kind drei Jahre in Frankreich verbracht hatte.

Einer der Männer, der Kronen auf seinen Schulterklappen trug, rief immer wieder etwas über ein Buch. Sam konnte nicht genau erkennen, wie das Buch hieß oder warum es so wichtig war. Er beobachtete, wie die Männer seine Reisetaschen und die wenige Ausrüstung, die er in die Wüste mitgenommen hatte, auseinander nahmen. Sie fanden die beiden Uzis, die in den Kameltaschen verstaut waren und entleerten sofort mit Begeisterung alle zweiunddreißig Patronen aus jeder Waffe.

"Lasst sie liegen!", brüllte der Anführer. "Wo ist das Buch?"

"Es ist nicht hier, Sir!", sagte einer der Männer.

"Es muss hier sein! Wo hätte sie es sonst lassen sollen?"

Sam entdeckte den kleinen Rucksack im Sand. Er sah auch die Fußspuren, die zur Oase und zurück zu der Stelle führten, an der die Frau, der er geholfen hatte, wahrscheinlich seine Kamele durchsucht hatte. Schnell öffnete er den Rucksack und hoffte, dass sie darin eine Waffe aufbewahrt hatte. Ein Gewehr wäre optimal, aber auch ein Messer wäre hilfreich. Stattdessen fand er ein großes Buch, das in einen Kodex aus Leder und Messing gebunden war. Es war kein großer Schritt zu vermuten, dass dies das Buch war, hinter dem die Soldaten her waren. Außer dem Buch fand er für sich nichts anderes von Wert.

"Ich weiß nicht einmal, ob das ihre Kamele sind", sagte einer der Männer in militärischer Tarnkleidung.

Der Mann mit den Schulterklappen brüllte eine Antwort. "Natürlich sind es ihre Kamele."

"Nein. Sie hat den Range Rover gestohlen. Wir haben eine einzige Fußspur im Sand gefunden. Sie war definitiv zu Fuß unterwegs."

"Das heißt, jemand anderes war hier und hat ihr geholfen? Verteilt euch. Findet sie!"

Sam grub das Buch schnell im Sand ein. Wer auch immer sie waren und aus welchem Grund sie das Buch wollten, Sam war sich sicher, dass er es ihnen nicht überlassen wollte.

Da er der Konfrontation nicht ausweichen konnte, trat er über die Sanddüne und hielt seinen Tauchschnorchel in den Händen.

Zwei der Soldaten entdeckten ihn sofort. Sie richteten ihre AK-47 auf ihn und Sam betete zum Teufel, dass die beiden die Disziplin hatten, zu warten, bis ihr Kommandeur ihn durchsucht hatte, bevor sie ihn töteten.

Sam lächelte. Es war geübt und bedeutete - *ich habe etwas wirklich Dummes getan, aber es ist okay, ich komme da wieder raus. Er sprach in seinem überschwänglichen und selbstbewussten amerikanischen Akzent.* "Hallo, ihr!"

Der Anführer drehte sich um und sah ihn direkt an.

Sam schüttelte den Kopf und hielt den Schnorchel in seiner Hand. "Ihr werdet nicht glauben, wie weit ich mich verirrt habe!"

Kapitel Zwanzig

Der Mann mit den Schulterklappen blickte zu ihm auf. "Wer zum Teufel bist du?" Der Mann wirkte selbstsicher, als er sprach; seine braunen Augen musterten ihn und sein Gesicht war das eines Mannes, der Erfahrung im Verhören anderer hatte. "Und was tust du hier?"

"Sam Reilly", antwortete er und musterte den Fremden. Er war eindeutig der älteste der drei Männer, die er gesehen hatte. Er sprach Englisch ohne Akzent. Sein Gesicht wies mehrere Narben auf. Mindestens drei Zähne fehlten offensichtlich und die, die noch vorhanden waren, waren verfault. Im Gegensatz zu den anderen beiden Söldnern, die AK-47 trugen, trug er eine Pistole und im Vertrauen auf seine Männer war seine Waffe zudem in ihrem Holster geblieben. Sam verschränkte die Arme. "Ich suche nach den verborgenen Schätzen der alten Garamanten."

Der Kommandant lachte. Es war laut und ungestüm und hörte so plötzlich auf, wie es begonnen hatte. "Ich bin General Gabe Ngige. Hattest du Glück?"

Sam atmete leise ein, als er den Namen hörte. Der Zufall war verblüffend. *Aber was machte er in der Sahara, um nach einem alten Buch zu suchen?* "Verzeihung, was wolltest du wissen?"

"Hast du die alte Stadt aus Gold gefunden?" fragte General Ngige. "Die Garamanten-Zivilisation ist durch Jahrhunderte der Gier, Mythen und Legenden verloren gegangen."

Sam grinste. "Du glaubst doch nicht, dass sie existiert, oder?"

"Nein. Und ich glaube auch nicht, dass Sie danach gesucht haben, Mr. Reilly." Ngige schaute auf die beiden Uzis neben den Kamelen. "Bist du immer bewaffnet, wenn du nach Schätzen suchst?"

"Ja, man weiß ja nie, was für Leute man in einer großen Wüste wie dieser trifft. Nicht alle von ihnen sind so freundlich wie du."

"Weißt du, was ich denke?" Der General verschränkte seine Arme.

"Was?", fragte Sam und täuschte Gleichgültigkeit vor, während die beiden anderen Männer in getarnten Wüstenuniformen ihn nach Waffen durchsuchten.

Ngige starrte ihn an. Sein Gesicht war hart und intensiv. "Ich glaube, du bist mit dem Mädchen hier. Ich glaube, du warst auf der Suche nach dem Buch des Nostradamus."

"Darum geht es also?" fragte Sam. "Du bist hinter einem alten Lügenbuch von Michel Nostradamus her? Was zum Teufel erwartest du zu finden?"

"Antworten! Ich erwarte, Antworten zu finden!"

"Worauf?"

"Auf die Zukunft natürlich!" General Ngige lächelte grimmig. "Ich glaube, deine Zukunft ist jetzt schon besiegelt. Du wirst mir das Buch jetzt geben, oder ich werde Dinge mit dir machen, bei denen du dir wünschst, dass du auf der Stelle stirbst. Also, sag mir, wo hast du das Buch des Nostradamus versteckt?"

Sam machte sich ein Bild von seiner Situation. Da waren drei Typen. Er wusste, wer einer von ihnen war. General Ngige war im Moment wahrscheinlich die gefährlichste Person auf der ganzen Welt. Sein kürzlich erfolgreicher Putsch zum Sturz des demokratisch gewählten Präsidenten der Demokratischen Republik Kongo führte zu einem beispiellosen Aufstieg an die Macht. Seit Fidel Castro 1959 Fulgencio Batista stürzte und zum neuen Diktator von Kuba wurde, hat kein Mann in so kurzer Zeit so viel Macht erlangt. Wer auch immer hinter ihm stand, musste etwas wissen, was der Rest der Welt nicht wusste, denn eines war sicher - General Ngige wurde gut finanziert.

Er knirschte mit den Zähnen. Damit blieben nur noch die beiden anderen Männer übrig. Söldner, vermutete er. Wahrscheinlich waren sie keine Banditen oder Rebellen - sonst wäre er schon tot. Stattdessen waren sie diszipliniert. Jeder von ihnen hatte auf den Befehl seines Kommandanten gewartet und verzichtet selbst etwas unüberlegtes zu unternehmen. Und der Kommandant hatte gewartet, um ihn zu verhören - um herauszufinden, wer er war und warum er dort war.

Der General trug eine halbautomatische Beretta M9. Sam kannte die Waffe gut. Er hatte sie als Offizier im Korps erhalten. Sie enthielt ein Magazin mit 9×9 mm Parabellum, der häufigsten militärischen Handfeuerwaffenpatrone der Welt. Die Waffe war auch für ihre Zuverlässigkeit bekannt. Sie war in der Lage, durchschnittlich 35000 Schuss abzugeben, bevor eine Fehlzündung auftrat. Wenn er lange genug lebte, um die Waffe abzufeuern, war Sam froh um da Wissen, dass die Wahrscheinlichkeit groß war, dass sie auch funktionieren würde.

Sam lächelte. "Na gut. Ich werde dir zeigen, wo sie sie versteckt hat. Aber vorher würde ich gerne eine rauchen."

"Keine Zigaretten. Hast du nicht gehört, dass sie schlecht für die Gesundheit sind?" Der General lachte über seinen eigenen Scherz.

"Ich schätze, ich werde nicht mehr lange genug leben, um mir über die schädlichen Effekte Sorgen machen zu müssen!" Auch Sam lachte auf seine Kosten mit. "Im Ernst, du willst mich umbringen und gibst mir nicht mal eine letzte Zigarette?"

Der Söldner neben Sam sah den General an.

Ngige nickte. "Gib ihm eine."

Der Soldat reichte Sam eine Zigarette. Sam nahm sie an. "Danke." Er steckte sie sich in den Mund und lächelte. "Darf ich dich um Feuer bitten?"

Sam beobachtete, wie der Soldat seinen Befehlshaber um Zustimmung bat. Der General nickte und der Soldat zündete die Zigarette an. Sam atmete tief ein. Sein Vater hatte ihm eine feine kubanische Zigarre angeboten, als er gerade fünfzehn Jahre alt war, nachdem er seine erste Segelregatta gewonnen hatte. Das Ding schmeckte damals wie Scheiße und er hatte nie eine Vorliebe für das Zeug entwickelt. Er schaffte es zwar, die Zigarre zu Ende zu rauchen, obwohl er mehrmals heftig husten musste, aber er fühlte sich trotzdem gut. Nicht wegen des Geschmacks, nicht wegen des Gefühls, sondern wegen der Bedeutung, die die Zigarre für ihn hatte: Sein Vater, der immer der Beste in allem war, was er unternahm, hatte ihm die Zigarre als Anerkennung dafür gegeben, dass er etwas erreicht hatte.

Als er neben General Ngige stand, nahm Sam einen weiteren Zug und schnippte ein paar Stücke Asche ins Wasser. Er schaute Ngige an. "Warum willst du das Buch so sehr? Ich habe gehört, dass du eine kleine Armee geschickt hast, um es zu bekommen."

Der General sah sich um, als ob er eine wichtige Entscheidung darüber treffen wollte, ob er reden sollte oder nicht. Die objektive Seite seines Verstands versagte und seine arrogante Seite siegte. "Weißt du, ein großer Mann kam zu mir, als ich noch ein Kind war. Er sagte, er hätte die Zukunft gesehen. Ich dachte mir, der Typ wäre verrückt, also habe ich ihn gehen lassen."

"Erzähl weiter. Was hat er dir erzählt?"

Ngige lächelte. Es war echt und zeigte seine Zuneigung zu der Erinnerung. "Er sagte, ich sei in ganz Afrika zu großer Macht aufgestiegen. Er sagte mir, er sei ein Baumeister. Eine Art Meisterarchitekt, der den Bau einer neuen Zukunft plante - und dass er darin eine gewaltige Veränderung gesehen hatte. Er gab mir eine lange Liste von Vorhersagen für mein Leben. Eine Vorhersage war erschütternder als die andere. In ein paar Jahren sollte ich eine Erbschaft von einem reichen Verwandten erhalten, von dem ich noch nie etwas gehört hatte. In seinem Testament wurde festgelegt, dass das Geld für ein Studium an der Universität von Kapstadt verwendet werden sollte. Dort lernte ich einen Mann kennen, der einige extreme Ansichten zur Politik im Nahen Osten hatte. Ich bot meine Dienste an um einer Rebellentruppe zu helfen, die für eine Sache kämpfte, von der ich nichts verstand. Was ich daraus aber gelernt habe ist, dass ich es liebe zu kämpfen. Und nur deshalb habe ich in elf weiteren Konflikten in Afrika und im Nahen Osten als Söldner gekämpft, bis ich den Ruf eines der besten Kämpfer der Welt hatte."

"Als Kind hat man dir also gesagt, dass du dein Leben damit verbringen würdest, in den Kriegen anderer Leute zu kämpfen?"

"Ja. Das war seltsam, denn damals hatte ich selbst auf die Konflikte in meinem eigenen Land wenig Lust. An diesem Punkt fragte ich den Fremden, was das alles damit zu tun hat, reich zu werden und eine Revolution in meinem eigenen Land zu starten. Weißt du, was er gesagt hat?"

"Nein", sagte Sam.

"Er sagte, er würde mich treffen, wenn das Land mich am meisten braucht, und mir das Geld geben, um einen Krieg zu finanzieren. Er sagte, er würde mir alles Geld geben, das ich brauche, um die Welt zu erobern. Eines Tages würde ich eine Revolution anführen, die ganz Afrika erobern und Wellen der Angst, der Verzweiflung und blutigen Krieges über die ganze Welt schicken würde - und wenn alles vorbei wäre, würde Afrika als eine Nation vereint sein. Die größte Nation der Welt!"

"Was hast du gesagt?"

Der General lachte. "Ich war zehn Jahre alt und lebte in den Siebzigerjahren in Zaire. Ich war nie zur Schule gegangen und das Einzige, was ich konnte, war, die Zuckerrohrfelder meiner Eltern zu pflegen, bevor sie brutal ermordet wurden. Ich überlebte acht Jahre, in denen ich die Kriege der Rebellion miterlebte. Das war meine Zukunft. Das war es, was ich kannte. Wenn ich Glück gehabt hätte, wäre ich vielleicht Kindersoldat bei einer Rebellengruppe geworden, die mich unter ihre Fittiche genommen und beschützt hätte. Aber ich würde nie eine Revolution anführen. Außerdem hatte ich kein Interesse daran!"

"Wie viele seiner Prophezeiungen sind also wahr geworden?"

"Alle. Mein Großonkel starb und hinterließ ein Vermögen für meine Bildung. Ich ließ mich mit einem Mann ein, der predigte, dass wirkliche Veränderung Gewalt erfordere, und beschloss aus einem Grund, den ich nie erfahren werde, dass ich diese gewalttätige Veränderung in einem fernen Land beobachten wollte, um selbst zu entscheiden, ob sie notwendig war. Es stellte sich heraus, dass ich mit der Gewalt einverstanden war und sie mit mir."

"Hast du den Mann jemals wiedergesehen?" beharrte Sam.

"Den Baumeister?" Der General nickte. "Vor drei Monaten. Ich hatte gehört, dass die Lage in der Demokratischen Republik Kongo, wie sie heute heißt, ziemlich schlecht war. Der Präsident war schwach und hatte das Land in den Ruin getrieben. Als ich dort ankam, tauchte derselbe Fremde wieder auf, der all die Veränderungen in meinem Leben vorhergesagt hatte. Ich schwöre dir, der Mann war nicht einen Tag gealtert! Manchmal frage ich mich, ob er nicht die Hand Gottes war, die mir sagte, was ich zu tun hatte?"

"Und was hat er dir gesagt, was du tun sollst?"

"Er gab mir ein Vermögen in Gold. Nicht in Goldbarren, sondern in seltsamen religiösen Artefakten und anderen Dingen. Eines der Dinge, die er mir gab, war dieser massive goldene Schädel. Das Ding sah hässlich aus, aber gleichzeitig auch irgendwie schön. Ich habe ihn gefragt, was ich damit machen soll ... und weißt du, was er mir gesagt hat?"

Sam schüttelte den Kopf. "Was?"

"Rette die Welt. Dann sagte er mir, ich solle eine Armee aufstellen und die derzeitige Regierung stürzen. Sobald ich das getan hätte, sagte er, würde ich ganz Afrika vereinen. Er war so zuversichtlich und alles, was er mir gesagt hatte, war wahr geworden, dass ich mir sicher war, dass ich eine höhere Aufgabe von Gott selbst erhalten hatte. Und weißt du was er mir sagte, als ich mich so mächtig fühlte?" Der General machte eine Pause, um seine Worte wirken zu lassen. "Er erzählte mir, dass es ein Buch gibt, das von Nostradamus geschrieben wurde. Er sagte mir, dass er eine Frau dafür bezahlt hat, das Buch zu finden und dass ich es zerstören muss."

"Was steht in diesem Buch?"

Der General blinzelte ihn an und beantwortete die Frage schräg. "Ich habe den seltsamen Erbauer der Zukunft gefragt ..."

"Und was hat er gesagt?"

"Er sagte, er wüsste nicht, was darin geschrieben steht. Nur, dass die Welt, wenn es jemals gelesen würde, auf einen Irrweg geschickt würde. Einen Weg, den sie nie hätte gehen sollen. Es mag dich mit deiner westlichen Denkweise überraschen, aber der alternative Weg in die Zukunft könnte viel schlimmer sein. Deshalb zerstöre ich das Buch, mobilisiere die größte Armee seit dem Zweiten Weltkrieg und vereinige Afrika."

Sam sah den General an und überlegte kurz, um zwei Fragen zu beantworten.

Woher wusste Ngige oder sein mysteriöser Wohltäter von einer Zukunft, die so sehr dem Worst-Case-Szenario ähnelte, das von den klügsten Köpfen der Geheimdienste in den USA und im Ausland vorhergesagt wurde?

Und was stand in dem Buch von Nostradamus, das verhindern sollte, dass diese Zukunft eintrat?

Kapitel Einundzwanzig

"Ich fürchte, es ist an der Zeit, dass du die Zigarette zu Ende rauchst und mir das Buch gibst", sagte der General. "Die Sonne geht auf und es wird Zeit, dass ich mich auf den Weg mache."

Sam nickte und nahm zwei lange, tiefe Züge von seiner Zigarette. Er beobachtete, wie kleinste Luftblasen aus dem sonst so ruhigen Wasser am Rande der Oase auftauchten. Seine Lunge brannte, als er den Rauch einatmete und er musste sich bewusst anstrengen, nicht zu husten. Der Zigarettenstummel glühte in der sauerstoffreichen Luft und brannte mit einer unvorstellbaren Hitze. Er zog die Zigarette lange genug zurück, um zu sprechen.

"Es liegt im Sand." sagte Sam, während er beobachtete, wie die winzigen Luftblasen die Oberfläche des ansonsten stillen Wassers am Rande der Oase erreichten.

"Wo?", fragte General Ngige.

Weitere Luftblasen tauchten auf, einen Meter hinter dem General. "Ich habe es etwa zwanzig Meter weiter da drüben vergraben", sagte Sam und zeigte von der Oase weg. Etwa auf halber Höhe der Sanddüne. "Du solltest noch den kürzlich aufgewühlten Sand sehen, wo ich es vergraben habe."

"Deng", sagte Ngige. "Sieh nach, ob er die Wahrheit sagt."

"Ja, Sir", antwortete der Söldner.

General Ngige sah Sam an. Sein Mund war hart, aber seine Stimme war sanft und verriet fast ein Gefühl des Verlustes bei dem, was er zu tun gedachte. "Wo wollen Sie die Kugel hinhaben?"

Sam zuckte mit den Schultern. "Wenn Sie mir die Wahl lassen, würde ich sie am liebsten auf einer einsamen Insel in der Karibik haben, in etwa fünfzig Jahren."

"Sehr witzig, Mr. Reilly." Der General formte seine Finger zu einer Pistole und sagte: "Zwischen die Augen oder in den Hinterkopf?"

"Nun, wenn Sie so ungeduldig sind, würde ich zwischen die Augen bevorzugen. Dann können sie mir beim Sterben in die Augen sehen."

"General!" Der Söldner am Rande der Sanddüne brüllte. "Ich hab's!"

"Nun ... Ich muss Ihnen für Ihre Ehrlichkeit danken, Mr. Reilly", sagte General Ngige. "Ich mag die Folter wirklich nicht, auch wenn sie unter bestimmten Umständen die einzige Möglichkeit ist. Ich bin so froh, dass Sie dies nicht erzwungen haben."

Sam holte tief Luft, als wäre es sein letzter Atemzug. Die Zigarette brannte bis auf den Stummel herunter. Der Söldner neben ihm legte ein volles Magazin in seine AK-47.

In der Ferne hörten die drei Männer den zweiten Söldner etwas schreien. Alle drei drehten sich um und sahen ihm dabei zu, wie er hektisch mit beiden Händen herum fuchtelte.

"Was will dieser Narr?", fragte der General.

"Es scheint, als wolle er euch vor etwas warnen", sagte Sam fröhlich.

"Was?", fragte der General.

"Das hier!" brüllte Tom und zog die Pistole aus dem Holster des Generals. In der gleichen Bewegung richtete er die Beretta auf den nächststehenden Söldner - der mit seiner AK-47 auf Sam zielte - und drückte ab.

Der Söldner schwang seine Waffe herum. Aber er war zu langsam. Als er sich seinem Angreifer zuwandte, trafen zwei Beretta 19 mm Parabellum seine Stirn, die sich im Nu in eine rosa Gischt verwandelte. Sein Waffenfinger zog am Abzug und entleerte alle 32 Patronen in einem weiten Bogen, als sein Körper auf dem Boden aufschlug.

Der General reagierte mit Reflexen, die viel schneller waren, als sein Alter hatte vermuten ließen. Er schwang seinen rechten Arm und schlug Tom in den Bereich, den Boxer als "Sweet Spot" an der Seite seines Kiefers bezeichnen. Die Trägheit zwingt den Unterkiefer zur Seite und schickt möglicherweise die gesamte Restenergie in den Hirnstamm, was die meisten Gegner mit großer Wahrscheinlichkeit für eine Weile außer Gefecht setzt.

Tom Bower war allerdings alles andere als durchschnittlich.

Er war ein Riese von einem Mann - 2 Meter groß und über 100 Kilogramm schwer. Seine riesige Muskelkraft war zudem durch lebenslange schwere körperliche Arbeit abgehärtet worden. Er hatte nie professionell geboxt, aber als er jünger war, hatte er einige Kneipenkämpfe bestritten, und er hatte keine Probleme, sich zu behaupten. Wenn es jemals einen Mann gab, dessen Kiefer so gebaut war, dass er Schläge einstecken konnte, dann war Tom dieser Mann.

Sam beobachtete, wie die Faust des Generals Toms Kiefer traf. Er war sich sicher, dass der Aufprall den General ebenso verletzte wie Tom. Der Aufprall erschütterte Tom kurzzeitig, reichte aber bei Weitem nicht aus, um ihn zu Fall zu bringen. Der General sah überrascht darüber aus, dass Tom noch stand. Ngige stürzte sich auf die Berretta, die immer noch in Toms massiger Hand lag. Wie ein Wahnsinniger biss er auf Toms Hand und versuchte, die Waffe zu befreien.

Sam rammte den Stummel seiner achthundert Grad heißen Zigarette tief in das rechte Auge des Generals. Der General schrie vor Schmerz auf, aber anstatt zu kämpfen, drehte sich der General um und rannte davon.

Kapitel Zweiundzwanzig

Sam rannte dem General hinterher und tauchte dann zu Boden. AK-47-Geschosse schlugen einige Meter neben ihm in den Sand ein. Der zweite Söldner, der gegangen war, um das Buch des Nostradamus zu holen, hatte keine Angst mehr, seinen Kommandanten zu treffen und schoss auf sie.

"Ist alles in Ordnung, Tom?", fragte Sam.

"Mir gehts gut", antwortete Tom. "Er hat mich nur mit einem glücklichen Haken getroffen, das ist alles."

Sam schlurfte auf seinen Ellbogen und Knien nach vorne. Er hob die AK-47 auf, die gefallen war, als Tom den ersten Söldner getötet hatte. "Hoffen wir nur, dass der Typ keinen Glückstreffer landet."

"Du schnappst ihn und ich schnappe mir den wichtig aussehenden Kerl!", sagte Tom und rannte auf den General zu.

Sam richtete das Fadenkreuz auf den Söldner in der Ferne aus. Er atmete tief ein. Er zwang sich, sich zu entspannen und langsam auszuatmen. Bewusst verlangsamte er dabei seinen Herzschlag. Mitten im Ausatmen hielt er kurz inne und drückte den Abzug - er gab drei Kugeln ab.

Die Schüsse verfehlten ihr Ziel um mehrere Meter, trotzdem fiel der Söldner in den Sand. Die Waffe war nicht richtig kalibriert worden. Sam biss die Zähne zusammen und suchte erneut nach dem Söldner. Er hatte beobachtet, wie der tote Söldner, von dem Sam die AK-47 genommen hatte, sein Magazin nachgeladen hatte, kurz bevor Tom eintraf. Sam rechnete im Geiste nach. Mindestens zehn Schuss waren abgegeben worden, bevor der Söldner gestorben war, plus die drei, die er gerade abgefeuert hatte. Damit blieben ihm noch siebzehn aus dem ursprünglichen Magazin mit dreißig Schuss.

"Hast du den Schützen im Visier?", fragte Tom.

Sam suchte die Sanddüne in der Ferne ab und blieb stehen. Der hintere Teil der Beine des Mannes war gerade noch über dem Sand zu sehen. Nichts, worauf man schießen konnte, aber solange der Kopf des anderen unten blieb, waren sie sicher. "Ich habe ihn. Er hat sich da drüben verschanzt."

"Sind noch andere da?"

"Nein. Nur er und der Typ, der den Lucky Punch gesetzt hat."

"Okay. Du kümmerst dich um den Schützen und ich schnappe mir den anderen Typen!", sagte Tom.

"Klingt gut."

Sam sah zu, wie Tom in die Hocke ging und in die Richtung rannte, in die der General geflohen war. Toms Größe und sein massiver Körperbau machten ihn zu einem furchterregenden Gegner. Sam richtete seinen Blick schnell wieder auf seinen Angreifer.

Der Schütze hob den Kopf, unfähig, dem Ziel zu widerstehen. Sam korrigierte die Ungenauigkeit seiner Waffe und drückte den Abzug der AK-47 erneut ab.

Sand, etwa einen Meter links vom Kopf des Schützen, verwandelte sich in eine kleine Staubwolke. Sam beobachtete, wie der Kopf des Schützen wieder verschwand. Sam knirschte mit den Zähnen. Er hatte zu stark korrigiert.

Über der Sanddüne, wohin Tom gerannt war, hörte Sam das deutliche Knallen der Beretta, die abgefeuert wurde. Er hoffte, dass das Geräusch bedeutete, dass der General erschossen worden war, aber es bestand immer die Gefahr, dass der General eine zweite Waffe hatte.

Sam verlegte seinen Standort etwas nach rechts, um eine bessere Sicht zu haben, hatte aber keinen Erfolg. Alles, was er sehen konnte, waren der Knöchel und der Stiefel des Mannes. Es sah so aus, als wäre der Schütze jetzt wenig daran interessiert, sein Gesicht zu zeigen.

Sam fluchte. Er könnte stundenlang in dieser Pattsituation warten. Keiner von ihnen hatte eine freie Schussbahn, bis einer von ihnen sich aus der Deckung begab. Sam ließ sich in eine entspannte Schussposition sinken. Vorsichtig stellte er seinen Fokus ein. Er bewegte sich etwa einen Meter weiter nach rechts und stellte sich dann schussbereit hin.

Er atmete langsam ein. Und dann atmete er noch langsamer aus. Mit jedem Atemzug veränderte er die Position seiner Waffe ein wenig, bis er sich seines Ziels sicher war. Beim dritten Atemzug drückte Sam den Abzug - und sah wie der Stiefel seines Feindes sich in einen roten Sprühregen verwandelte.

Sam grinste. Endlich feuerte die AK-47 richtig.

Er hörte den Kerl in seiner Muttersprache schreien. Es spielte keine Rolle, dass Sam kein Wort davon verstand. Fluchen hört sich überall auf der Welt gleich an. Sam konzentrierte sich auf die Stelle, an der er den Schützen verwundet hatte.

Dort war nichts als Sand.

Das bedeutete, dass der Söldner gut ausgebildet war. Selbst ein guter Soldat wäre geneigt, sich vor Schmerzen zu wälzen. Das wäre aber ein Fehler gewesen, und wenn der Schütze diesen begangen hätte, hätte Sam ihn auf der Stelle getötet.

Der Söldner war gut ausgebildet. Und diszipliniert. Und das bedeutete mehr Warten. Sam hörte das Geräusch von drei Schüssen aus der Beretta, gefolgt von dem mechanischen Klicken einer leeren Kammer.

Sam war die Zeit ausgegangen. Wenn Tom die Kugeln ausgegangen waren, war er in Schwierigkeiten. Er stand auf und rannte auf den verletzten Söldner zu. Sams Finger drückte auf den Rand des Abzugs. Er war bereit, die ersten Schüsse abzugeben, wenn es sein musste. Ohne zu zögern, rannte er die Sanddüne hinauf.

Der Söldner griff nach seiner Waffe. Mit steifem Mund und hasserfüllten Augen zielte der Verletzte mit der AK-47 direkt auf Sam. Doch seine Reaktion war zu langsam.

Sam feuerte mehrere Schüsse in schneller Folge ab. Er beugte sich hinunter und durchsuchte den leblosen Körper des Söldners. Er nahm zwei volle Magazine als Ersatz für seine AK-47 und rief dann nach Tom.

"Ist alles in Ordnung, Tom?"

Keine Antwort.

Verdammt! Sam rannte durch die hohe Sanddüne und folgte den tiefen Abdrücken, die durch Toms schwere Füße entstanden waren.

Er umrundete den ersten Kamm und entdeckte Tom, der langsam wieder auf ihn zuging.

"Sag mir, dass du ihn erwischt hast!", sagte Sam.

"Nein. Er war schnell für einen Mann, der gerade sein Auge verloren hat. Als ich den zweiten Kamm erreichte, wusste ich, dass ich ihn nicht mehr einholen würde. Ich habe versucht ihn mit einem Glücksschuss aus der Beretta zur Strecke zu bringen, aber er verschwand über den hinteren Grat."

Sam fluchte. "Wie konntest du ihn entkommen lassen?"

Tom lachte. "Was soll ich sagen, ich war noch nie ein besonders guter Läufer. Übrigens, gern geschehen."

"Für was?"

"Ich habe dir gerade das Leben gerettet!"

"Und ich weiß das zu schätzen. Ich wünschte nur, du hättest ihn dir nicht durch die Lappen gehen lassen."

"Mach dir keine Sorgen", antwortete Tom und schaute auf die brennende Sonne, die über dem Horizont aufging. "Ohne Wasser wird die Wüste ihn noch vor Einbruch der Nacht erledigt haben. Wer war er eigentlich?"

"General Ngige. Der Rebellenführer der Demokratischen Republik Kongo - und zugleich der gefährlichste Mann in ganz Afrika."

Sam und Tom drehten sich um und gingen zurück zur Oase.

"Was macht er so weit im Norden?", fragte Tom.

"Das weiß ich nicht. Er sagt, er sei gekommen, um das Buch des Nostradamus zu finden."

"Warum? Was hat er erwartet, darin zu lesen? Seine Zukunft?"

"Nein. Er glaubt, er kennt seine Zukunft bereits."

"Warum wollte er es dann haben?"

"Er sagte, er müsse es zerstören, um seine Zukunft zu schützen."

In der Ferne, auf der anderen Seite der Oase, konnte Sam eine Gestalt sehen, die zur Oberfläche schwamm. Über ihr schwebten mehrere Blasen. Die Frau, deren Leben er gerettet hatte, war dabei, an die Oberfläche zu kommen. *Gut. Sie wird mir vielleicht Antworten auf einige meiner Fragen geben.* Er warf einen Blick auf die andere Seite der Oase und sah einen vierten Mann - einen weiteren Söldner, der eine AK-47 trug und auf sie zulief.

Kapitel Dreiundzwanzig

Zara wartete so lange wie möglich, bis sie aus ihrem Unterschlupf unter dem gekühlten Wasser der Oase Bilma auftauchte. Je länger sie dort blieb, desto wahrscheinlicher war es, dass ihre Angreifer verschwinden oder von dem Schatzsucher getötet werden würden, der ihr das Leben gerettet hatte. Die Wahrscheinlichkeit, dass der Schatzjäger stattdessen getötet wurde, war immer noch hoch.

Sie starrte mit verschwommenen Augen auf die Tauchanzeige, ohne dabei den Schutz einer Tauchermaske nutzen zu können . Die Anzeige zeigte 10 BAR oder vielleicht 70 BAR an. Je länger sie mit verschwommenen Augen auf das Instrument starrte, desto weniger konnte sie zwischen der Eins und der Sieben unterscheiden. Zara hatte vor Jahren während eines Kurzurlaubs am Roten Meer vor der Küste Ägyptens einen Tauchkurs absolviert. BAR, so erinnerte sie sich, war eine Messeinheit die dem standartmäßigen Druck der Atmosphäre entsprach. Ein BAR bedeutete theoretisch also den Druck der Atmosphäre auf Meereshöhe. Zehn BAR bedeuteten, dass der Druck, den die Luft auf die Flasche ausüben würde, wenn sie sich auf Meereshöhe befände, zehnmal so hoch war wie der atmosphärische Druck. Je nach Größe der Tauchflasche entspricht ein BAR je einem anderen Wert der Luft. Eine 3-Liter-Flasche fasst zum Beispiel deutlich weniger Luft als eine 12-Liter-Flasche. Für jedes BAR Druck in der größeren der beiden Flaschen hätte der Taucher viermal so viel Luftvolumen.

Sie konnte sich nicht an alle technischen Details erinnern, aber Zara wusste, dass 10 BAR bedeuteten, dass es nur noch wenige Minuten dauern würde, bis der Tank leer war. Langsam manövrierte sie sich in Richtung Oberfläche. Sie stoppte ihren Aufstieg bei etwa drei Metern unter der Oberfläche, da sie Schüsse in der Nähe des Wassers gehört hatte.

Sie blieb auf dieser Tiefe, bis es schwer wurde, Luft aus dem Atemregler zu ziehen. Als sie nicht mehr atmen konnte, bewegte sie sich bis zum Rand der Oase und tauchte auf. Zara ließ nicht mehr als ihre Augen und ihre Nase an die Oberfläche kommen und selbst dann befand sie sich direkt an der Wasseroberfläche. Die Schüsse waren verstummt. Sie drehte sich im Wasser um und suchte die Oase ab. Das Lager der Schatzsucher, das sie vorhin entdeckt hatte, war in Schutt und Asche gelegt worden. Alle Kamele waren entlaufen. *Bedeutete das, dass die Schatzsucher ohne sie abgereist waren?* Sie würden wahrscheinlich ihre Tauchausrüstung zurückhaben wollen. Es war wahrscheinlicher, dass die Tiere durch die Schüsse aufgeschreckt wurden und weggelaufen waren.

Ihr Blick blieb an der Stelle hängen, an der sie zuerst in die Oase gefallen war. Zaras Blick folgte den Fußspuren vom Wasser die Sanddüne hinauf bis zu der Stelle, an der sie das Buch des Nostradamus fallen gelassen hatte. Neben ihren alten Fußabdrücken gab es eine zweite Reihe von tiefen Abdrücken im Sand. Vermutlich stammten sie von einem großen Mann, der die sanften Bewegungen, die beim Durchqueren von tiefem Sand erforderlich sind, nicht gewohnt war. Ihr Blick blieb etwa ein Drittel des Weges auf der ersten Sanddüne stehen - genau an der Stelle, an der das Buch jetzt fehlte.

Sie spürte Panik in sich aufsteigen. *Verschwunden! Jetzt kann es doch nicht verschwunden sein!* Sie wollte laut schreien: "Gib es zurück!", wie ein Kind auf dem Spielplatz, das etwas Wertvolles verloren hatte. Sie zwang sich, sich zurückzuhalten. Kein Buch war es wert, dass sie dafür ihr Leben verlor.

Zara machte vorsichtig eine 360-Grad-Drehung. Sie überprüfte die Gegend in mehreren 90-Grad-Bögen, bis sie sicher war, dass der Ort leer war. Gerade als sie sich sicher war, hörte Zara die fröhlichen Stimmen von zwei Männern, die sich näherten. Die Frage war, ob es die Schatzsucher waren, die ihr das Leben gerettet hatten, oder die rebellischen Soldaten, die es ihr wegnehmen wollten.

Sie duckte sich weiter ins Wasser und wartete. Sie brauchte nicht lange zu warten. Zwei Männer schlurften die steile Sanddüne auf der gegenüberliegenden Seite der Oase hinunter. Einer war groß und der andere mittelgroß, beide hatten die kräftige Statur von Männern, die den größten Teil ihres Lebens an harte Arbeit gewöhnt waren. Sie trugen beide Boardshorts und sahen aus, als wären sie im Urlaub am Strand, außer dass der Kleinere eine AK-47 bei sich trug.

Wer sind diese Leute?

Zara stand auf und war bereit es herauszufinden. Auf der anderen Seite der Oase hob der Taucher, der ihr das Leben gerettet hatte, seine AK-47 und zielte auf sie. In dem Moment, in dem sie das Unmögliche begreifen konnte, versuchte sie, sich unter Wasser zu ducken, um dem Kugelhagel zu entgehen, der nur wenige Meter von ihr entfernt über das Wasser und den Sand fegte.

Im nächsten Moment wurde Zara klar, dass sie nicht schnell genug reagiert hatte - und nun vielleicht mit ihrem Leben bezahlen musste.

Kapitel Vierundzwanzig

Zara spürte, wie sich der schwere Arm um ihren Hals legte und sie festhielt. Ihr Entführer kannte genau das richtige Maß an Druck, um sie daran zu hindern, sich zu bewegen, während sie bei Bewusstsein blieb. Sie versuchte, ihr Klappmesser in der Hosentasche zu erreichen, konnte aber nicht weit genug nach unten greifen. Stattdessen schlug sie mit beiden Händen nach dem Arm und versuchte, sich zu befreien. Er war hart wie Leder und so dick, als wäre er von einem Bodybuilder. Sie grub ihre kurzen Fingernägel so fest sie konnte in die Haut, aber ihr Entführer schien keinerlei Reaktion darauf zu zeigen. Sie versuchte, eine verwundbarere Stelle für ihren Angriff zu finden. Ihre Fingernägel kratzten an seinem Gesicht. Der Druck an ihrer Kehle verstärkte sich und hinderte sie augenblicklich daran zu atmen.

"Mach das noch einmal und ich breche dir das Genick", sagte er.

Zara gab keine Antwort.

"Jetzt wirst du mir sagen, wo das Buch ist, du Schlampe!"

Zara versuchte zu sprechen, aber ihr Entführer drückte so fest auf ihren Hals, dass ihre Luftröhre gequetscht wurde. Sie brachte nur ein dumpfes, unverständliches Geräusch hervor. Ihr Blick richtete sich auf die beiden Schatzsucher auf der anderen Seite der Oase. Beide rannten die Sanddüne hinunter und auf sie zu. Sie grinste. *Würden sie ihr wirklich zweimal an einem Tag das Leben retten?* Sie musste Zeit gewinnen. Zara deutete auf ihren Hals und versuchte erneut zu sprechen. Es kamen weitere verstümmelte Geräusche heraus, aber nichts Verständliches.

"Wenn ich den Druck verringere, wirst du dann reden?", fragte er.

Zara nickte. Sie spürte, wie der Druck etwas nachließ und atmete tief ein. "Ja."

"Gut. Also, wo hast du das Buch des Nostradamus versteckt?"

"Ich kann mich nicht erinnern", antwortete Zara. "Die letzten Ereignisse haben mich ein wenig aus dem Konzept gebracht. Ich bin fast ertrunken und jetzt versuchst du, mich zu erwürgen."

"Erinnere dich bald, damit du nicht wie ein Hühnerknochen unter meinem Arm zusammenbrichst", erinnerte ihr Entführer sie.

Zara beobachtete, wie sich die beiden Männer auf der anderen Seite der Oase aufteilten. Einer lief im Uhrzeigersinn um die Oase, der andere gegen den Uhrzeigersinn. Sie wollten sich auf ihren Entführer stürzen und ihn von beiden Seiten angreifen. Sie murmelte leise etwas Unzusammenhängendes. Der Druck auf ihre Kehle ließ spürbar nach.

"Ich habe es im Sand vergraben."

"Wo?"

"Auf der anderen Seite der Oase. Ich kann nicht genau sagen, wo, aber du wirst es schon finden."

"Du musst mir genau zeigen, wo du es vergraben hast."

Sie senkte den Kopf, als hätte sie nicht mehr die Kraft oder den Willen zu leben. Ihr Entführer zog sie an den Haaren, bis ihr Kopf ihm zugewandt war. Er war dunkelhäutig und trug eine getarnte Uniform wie die anderen, die versucht hatten, sie zu ertränken. Seine braunen Augen waren groß und er lächelte, als sich ihre Blicke trafen. Er hatte eine gut ausgeprägte Kieferpartie und schwere Gesichtszüge, die durch sein angenehmes Lächeln unterbrochen wurden. Es gab ihm das Aussehen eines Mannes, der ihr nicht wehtun wollte, sich aber dazu zwingen würde, wenn es der einzige Weg war, sein Ziel zu erreichen.

Er sah wirklich glücklich aus. Sie vermutete, dass die Schatzsucher die anderen drei Männer, einschließlich ihres Anführers, irgendwie besiegt hatten - warum also war er so glücklich? Die Antwort traf sie hart. *Er will das Geld, die Rebellion ist ihm egal. Er denkt, dass er reich werden wird!*

Sie sah, wie der kleinere, mit der AK-47 bewaffnete, Schatzsucher, sich leise näherte. Sie murmelte etwas Unverständliches.

"Sprich lauter!", forderte ihr Entführer.

Zara schaute ihm direkt in die Augen. "Fahr zur Hölle."

"Zweifellos werde ich das. Aber zuerst will ich reich werden, und dafür brauche ich dieses Buch."

Der Soldat sah ihr in die Augen, als ob sie verraten würde, wo sie es versteckt hatte. Sie starrte zurück und forderte ihn heraus, wegzuschauen. Plötzlich wurde sein Grinsen hart, als er bemerkte, dass ihre Augen nach links blickten. Gleichzeitig spürte Zara, wie sich der Druck in ihrer Kehle so sehr verstärkte, dass sie fast ohnmächtig wurde. Der Mann drehte sich um und sah den Mann an, der sie gerettet hatte.

"Das ist nah genug. Noch weiter und ich breche ihr das Genick. Ich könnte es im Handumdrehen tun. Es wäre als ob man einem schönen Schmetterling die Flügel ausreißt."

"Was willst du?", fragte der kleinere Mann, ohne seine AK-47 zu senken.

"Ich will das Buch."

Der Schatzjäger lächelte selbstbewusst. Es wirkte ehrlich und ungeübt. Sie bemerkte, dass sich die Linien seines Lächelns leicht formten, wie bei einem Mann, der oft lächelte. Aber es steckte mehr dahinter. Etwas, das sagte: *Ich kann alles im Leben haben*. Bequem. Zuversichtlich. Dann zuckte er mit den Schultern. "Oder ich könnte dich jetzt erschießen?"

"Das würde nicht funktionieren", antwortete ihr Entführer, ohne den Druck von ihrer Luftröhre zu nehmen.

"Warum nicht?"

"Du könntest mich treffen oder du könntest danebenschießen. So oder so hätte ich genug Zeit, ihr das Genick zu brechen. Und glaube nicht, dass ich den zweiten Mann zu meiner Linken nicht bemerkt habe."

Der Schatzsucher wirkte völlig gleichgültig. "Ich kann so oder so damit leben."

"Hör zu. Die Situation könnte so oder so schlimm werden. Aber wenn du mir das Buch gibst, kommen wir alle davon."

"Was macht dieses Buch so verdammt wertvoll?"

"Das Buch des Nostradamus sagt uns die Zukunft voraus. Du kennst die Zukunft und weißt, was an der Börse, im Lotto und so weiter passieren wird, das Buch hat die Antworten - ein Mann ohne Moral könnte mit einem solchen Buch sehr gut auskommen. Ich hatte ein hartes Leben, aber jetzt nicht mehr. Jetzt will ich bezahlt werden. Ich bekomme das Buch oder das Mädchen stirbt."

"Mir wäre es lieber, wenn du das nicht tun würdest ..."

"Das ist nichts zwischen dir und mir. Also verpiss dich!"

"Aber ich glaube, ich kann es zwischen uns beiden regeln. Denn obwohl ich nichts über Nostradamus und dieses blöde Buch weiß, von dem alle reden, bin ich mir ziemlich sicher, dass ich es vorhin gefunden habe. Willst du es haben?"

"Ich habe dir schon gesagt, dass das Mädchen stirbt, wenn ich das Buch nicht bekomme."

"Nun. Das können wir doch jetzt nicht gebrauchen, oder?" Der kleinere der beiden Taucher griff in eine Tasche, die er bei sich trug und holte einen Kodex aus Leder und Messing heraus.

Zara starrte ihn an. Verdammt noch mal. *Bitte gib es ihm nicht!*

Der Soldat lockerte seinen Griff, als er das Buch sah. "Schön, dass du dich entschlossen hast, mitzuspielen."

"Was jetzt?"

"Du gibst mir das Buch und machst dann weiter mit dem, was du hier draußen gemacht hast."

Der kleinere der beiden Taucher grinste. "Okay. Sicher."

Sie sah das Buch durch die Luft wirbeln. Ein 400 Jahre altes Dokument, geschrieben von Michel de Nostradamus, und jetzt warf es irgendein Idiot durch die Luft. Es landete hinter ihr im Wasser.

Der Druck auf ihre Kehle ließ nach, als ihr Fänger versuchte, das Buch zu fangen. Dabei konnte sie sich gerade so weit herunterbeugen, dass sie ihr Butterflymesser erreichen konnte. Sie öffnete das Messer und schickte die

Klinge in einer einzigen fließenden Bewegung direkt zwischen den vierten und fünften Zwischenrippenraum ihres Geiselnehmers. Die Klinge durchtrennte seinen Aortenbogen. Es war ein Todesurteil, das in wenigen Sekunden vollstreckt werden würde.

Der Mann versuchte zu schreien, aber er bekam einfach keine Luft mehr. Sie zog das Messer zurück, und das Blut spritzte mit der Kraft eines Düsentriebwerks aus der offenen Wunde. Zara spürte, wie der Druck um ihre Kehle nachließ und der massive Mann auf ihren Rücken fiel. Sie rollte sich auf die Seite und das tote Gewicht fiel in das nun rötliche Wasser.

Sie rannte zu der Stelle, an der das Buch auf das Wasser aufgeschlagen war. Der schwere Messingkodex zog es wie ein Stein unter das Wasser. Sie tauchte nach dem Buch, merkte aber schnell, dass sie die Tauchausrüstung brauchen würde, um es zu erreichen. Das Buch war bereits auf den Grund gesunken. Wenn sie es erreichte, würde das Buch höchstwahrscheinlich zerstört sein.

Zara tauchte auf und ging auf die beiden Schatzsucher zu. "Habt ihr eine Ahnung, was ihr getan habt?"

Der kleinere der beiden Schatzjäger wich zurück, als sie ihn angriff. "Ja, wir haben dir gerade zum zweiten Mal heute das Leben gerettet."

Ohne ein weiteres Wort zu sagen, blieb sie am Ufer der Oase stehen. Sie wusch das Blut von der Klinge ihres Messers ab und faltete die Kanten sorgfältig in sich zusammen, sodass die Klinge nicht mehr sichtbar war.

Der kleinere der beiden Schatzsucher grinste. "Ich bin mir allerdings nicht so sicher, ob ich es ein drittes Mal machen würde."

Kapitel Fünfundzwanzig

Sam schaute sie an. Sie war sehr schön und er hätte sie für ziemlich umwerfend gehalten, wenn sie nicht so wütend gewesen wäre. Sie hatte einen dunklen, olivfarbenen Teint der ihr natürlicher Hautton war und nicht auf monatelanger starker Sonneneinstrahlung beruhte. Sam vermutete, dass sie ägyptischer Abstammung war, obwohl sie Englisch mit einem leicht französischen Akzent sprach.

Sie hatte glänzendes schwarzes Haar, smaragdgrüne Augen, lange dunkle Wimpern und hohe Wangenknochen, die ihrem Gesicht ein königliches Aussehen verliehen. Ihm war aufgefallen, dass ihr kleiner Mund schnell zu lächeln begann, nachdem er sich gefragt hatte, ob er sich die Mühe machen würde, ihr Leben ein drittes Mal zu retten. Sie hatte eine Selbstsicherheit und ein Gefühl der Autorität, wie es normalerweise nur Adelige oder reiche Leute hatten. Diejenigen, die in ihrem Herzen glaubten, dass sie besser waren als andere. Sie trug ein blaues Akhebay, das locker sitzende Gewand, das alles unterhalb der Schultern einer Nomadenfrau schützte und am häufigsten vom Volk der Tuareg in der Sahara getragen wird. Aber er war bereit, darauf zu wetten, dass sie ihr Leben auf keinen Fall in der Wüste verbracht hatte. Ihre dunkle Haut war makellos, ihre Hände sahen sauber aus und ihre Sandalen stammten von der Hightech-Wanderbekleidungsfirma Gore-Tex.

Die großen Mengen an dunkelrotem Blut, die ihr nasses Gewand befleckten, schienen sie nicht zu stören. Er fragte sich, ob sie vielleicht doch nicht so hochmütig war, wie er zunächst angenommen hatte. Er bemerkte, dass sie das Butterfly-Messer schnell einsteckte und ihren toten Geiselnehmer hektisch durchsuchte. Da sie nicht fand, wonach sie suchte, schlurfte sie zum Rand der Oase und versuchte, hinauszuklettern.

"Ist alles in Ordnung mit dir?", fragte er und bot ihr seine Hand an, um ihr aufzuhelfen.

Sie lehnte seine Geste ab und richtete sich selbst auf. "Mir geht es gut. Ich wünschte nur, du hättest mein Lebenswerk nicht ins Wasser geworfen."

"Keine Sorge, das haben wir nicht", antwortete Sam.

"Ich habe gesehen, wie du den Kodex mit dem Messingüberzug in die Oase geworfen hast", sagte sie.

Sam zuckte mit den Schultern. "Das war ein sechshundert Jahre altes Buch mit Originalkarten der Region. Wir haben es gekauft, um das zu finden, was wir suchten."

"Ihr wart auf der Suche nach der alten Goldenen Stadt der Garamanten, nicht wahr?"

"Ja. Wir sind den Karten und Aufzeichnungen der frühen Entdecker der Region gefolgt."

"Und hattet ihr Glück?"

"Nein. Es scheint, dass die Goldene Stadt der Garamanten ein Mythos ist."

"Das hätte ich dir auch sagen können. Die Garamanten haben viele Städte in der Sahara gebaut, aber keine davon so weit im Süden und keine von ihnen war mit Gold gefüllt." Ihre Stimme klang selbstbewusst und gebieterisch. Ihre Augen huschten zwischen Tom und Sam hin und her. Dann entdeckte sie den Rucksack, den Sam vorhin gefunden hatte. Er lag am Ufer des Wassers. Schnell zog sie ihn heraus und leerte ihn hektisch aus. Sie stellte sich dicht neben ihn, begegnete ihm Auge in Auge und forderte ihn heraus. "Wo ist es?"

"Wo ist was?", fragte Sam.

"Mein Buch!" Sie ging um die Oase herum, bewegte sich auf die nächste Leiche zu und begann zu suchen. "Wenn ihr es gestohlen habt, schwöre ich bei Gott, dass ich euch beide umbringen werde."

"Es tut mir leid. Fangen wir noch einmal an. Mein Name ist Sam Reilly und das ist Tom Bower. Wie ist dein Name?"

Sie ignorierte seine Frage und beharrte: "Wo hast du es versteckt?"

Sofort wurde Sam klar, dass er sich in ihr getäuscht hatte. Sie war nicht in den Adel oder Reichtum hineingeboren worden. Ihr Sinn für Autorität rührte von ihrer Führungserfahrung her. Allerdings hatte er keine Ahnung, wen sie angeführt haben konnte.

"Meinst du einen ledergebundenen Kodex mit Messingeinband?"

Ihre Augen zeigten, dass sie ihn sofort erkannte. "Wo ist er? Was hast du mit ihm gemacht?"

Sam lächelte und zeigte auf die Sanddüne weiter hinten. "Er ist im Sand vergraben."

"Du hast ihn also genommen!"

"Nein. Ich habe ihn nur vergraben, um ihn sicher aufzubewahren - was auch immer es ist. Ich dachte mir, dass man diesen Typen alles vorenthalten sollte, wofür sie töten würden, um es in die Finger zu bekommen."

Sie schaute auf die Stelle, an der er das Buch vergraben hatte und sagte nichts. Dann ging sie die nächste Sanddüne hinauf. Sie sah sofort, wo der Sand umgewälzt worden war, und grub den Kodex mit ihren Händen aus.

Sam drehte sich zu Tom um, der fasziniert grinste. "Na, was hältst du davon?"

"Ich glaube, sie mag dich nicht, Sam."

"Nein. Zu schade. Aber nach dem, was ich bisher gesehen habe, kann ich auch nicht sagen, dass ich sie besonders mag."

Sie folgten ihr und beobachteten, wie sie das ledergebundene Buch fand und den Sand abschüttelte. Als sie sicher war, dass es trocken ist und sich kein Sand mehr auf ihm befand, öffnete sie den Verschluss und stellte fest, dass alle Seiten noch vorhanden waren. Sie lächelte. Es war nicht gerade das Lächeln eines Models. Stattdessen war es eher das einer Kaiserin. Es drückte ihre Erleichterung aus, zeigte aber auch, dass sie die Situation im Griff hatte.

Sie schloss den Kodex und drehte sich wieder zu ihm um. "Also, wo sind die Kamele? Wir müssen von hier verschwinden!"

Sam steckte die Hände in seine Taschen und seufzte. "Nun. Was das angeht. Ich fürchte, eines der Kamele hat sich im Kreuzfeuer mit dem Kopf eine Kugel eingefangen und die anderen sind vor Schreck weggerannt."

Sie spuckte auf den Boden. "Ihr Narren! Wie konntet ihr sie entkommen lassen?"

"Es tut mir leid", sagte Sam, ohne den Sarkasmus in seiner Stimme zu verbergen. "Ich war zu der Zeit etwas beschäftigt - und zwar damit, dir schon wieder das Leben zu retten!"

Sie ignorierte ihn und ging zurück in die Richtung, in der die Kamele gestanden hatten. Sie fand ihre grüne Kopfbedeckung und wickelte sie um ihren Kopf und ihr Gesicht, sodass sie gerade noch genug Platz hatte, um hinauszusehen. Sie nahm einen großen Plastikwasserbehälter und steckte ihn in ihren Rucksack, dann ging sie nach Süden, weiter in den Erg von Bilma.

"Wo zum Teufel willst du hin?", rief Sam.

Sie drehte sich kurz um und schaute nach Norden. Eine riesige Sandwolke war einige Kilometer weiter hinten am Horizont zu sehen. Sam dachte, es sei entweder ein kleiner Sandsturm oder eine Legion von Rebellen auf Kamelen. "Ich muss weg - bevor der Rest seiner Männer ankommt."

Sam drehte sich zu Tom um, der bereits sein Fernglas auf den Sandsturm gerichtet hatte. "Sag mir, dass es nicht das ist, wofür sie es hält!"

Toms Kiefer wurde steif. "Ich schätze, dass es mindestens fünfhundert Männer auf Kamelen sind, vielleicht sieben Kilometer entfernt von hier. Es könnten aber auch eher tausend sein."

"Oh, Gott ..." Sam fluchte und hob die beiden verbliebenen Tragetaschen auf, die er am Vortag von den Kamelen genommen hatte, um das Lager einzurichten. Schnell zogen er und Tom ihre Kühlanzüge an und wickelten ihre Nomadengewänder darüber. Sam schnappte sich seine volle Wasserflasche und die Sandbrille. Er überprüfte die verbliebene Uzi. Die Kammer war leer. Im Magazin befanden sich keine Kugeln mehr und die Ersatzpatronen waren in dem verbliebenen Rucksack, der noch an den Kamelen befestigt war, die in die Wüste gelaufen waren. Die zweite Uzi war von einem der Soldaten ins Wasser geworfen worden. Tom reichte ihm eine AK-47, die er von einem der toten Männer gestohlen hatte. Sam überprüfte sie - das Magazin war voll.

"Dafür habe ich auch fünf Ersatzmagazine gefunden", sagte Tom.

"Danke."

"Also, was willst du tun?"

Sam drehte sich nach Süden, wo zwei helle Fußspuren tiefer in den Erg von Bilma führten. "Jetzt folgen wir der seltsamsten Frau, die mir seit Langem begegnet ist."

Kapitel Sechsundzwanzig

Adebowale hörte das Geräusch von tosendem Wasser, das sich seinen Weg durch den Tunnel bahnte. Das Geräusch wurde immer lauter. Es wurde durch den unvorstellbaren Druck von oben angetrieben, während sich der Strom mit der Energie eines Tsunamis durch die engen Gänge und Schluchten der Mine wälzte. Verglichen mit dem herannahenden Ansturm wirkte Adebowales massive und athletische Struktur schwach und zerbrechlich. Es gab keine Möglichkeit zu fliehen. Mit einem Vorsprung von zehn Minuten würde das Wasser ihn erreichen, bevor er überhaupt entkommen konnte. Es gab keinen Ausweg und trotzdem versuchte er zu rennen.

Das tat er immer.

Jedes Mal war es genau dasselbe. Er spürte das Brennen in seinen Beinen und Armen, als die Ausschüttung von Adrenalin seine Kampf- oder Fluchtreaktion anregte. Er hatte in den USA College-Football als Quarterback gespielt und war trotz seiner massigen Statur in der Lage, sich schnell zu bewegen, wenn er wollte. Er spürte, wie die Sehnen seiner Waden, die für kurze Stöße und Sprints ausgelegt waren, ihn wie einen Rennwagen antrieben. Es fühlte sich gut an. Vielleicht würde er es dieses Mal schaffen.

Das Geräusch des aufgewühlten Wassers wurde lauter und er stellte sich vor, dass er jeden Moment sterben würde. Trotz seiner Schnelligkeit fühlte er sich, als würde er durch Schlamm laufen. Mit jeder Bewegung wurden seine Beine gebremst, als würde eine unsichtbare Spule sie zurückhalten.

Vor ihm teilte sich der Gang in zwei Richtungen. Links und rechts. Adebowale wählte links. Irgendwie fühlte sich das richtig an. Der schmale Tunnel wies eine deutliche Steigung auf, was bedeutete, dass er an Höhe gewann. Er hatte die richtige Wahl getroffen! Die einzige Möglichkeit, dem Wasser zu entkommen, war, über das Wasser hinauszukommen.

Der Tunnel erschien vor ihm dunkel. Die schwachen Lichter, die den Schacht säumten, sahen aus, als wären sie plötzlich ausgeschaltet worden. Er rannte mit voller Geschwindigkeit weiter, wie es nur ein Sportler konnte und dann hielt er an. Direkt vor ihm hatte ein großer Einsturz seinen Weg versperrt.

Er hatte keine Möglichkeit mehr zu entkommen! Er drehte sich um und sah zu, wie das Wasser mit tödlicher Wucht auf ihn zuraste. Wie beim letzten Mal wurde Adebowale sofort klar, dass er schon einmal hier gewesen war. Und wie jedes Mal zuvor, traf ihn das Wasser mit solcher Wucht, dass er das Bewusstsein verlor, bevor sein Verstand das kalte Wasser auf seiner Haut überhaupt wahrnehmen konnte.

Er wachte auf und rang nach Atem. Seine Brust pochte und seine Lunge brannte. Schweiß tropfte von seiner blutleeren Haut. Adebowale blickte in die Sonne. Die Schmerzen hielten diesmal länger an als sonst. Das Atmen fiel ihm immer noch schwer und seine Zunge fühlte sich trocken und rissig an. Seine rechte Schulter pochte.

Er hatte wieder geträumt.

Das gab Adebowale ein gutes Gefühl. Zum ersten Mal war er froh über die Visionen, die ihn so lange er sich erinnern konnte, verflucht hatten. Es beruhigte ihn, dass er an einem ganz anderen Ort sterben würde als dem, an dem er jetzt gefangen war.

Er versuchte erneut, seine Arme zu bewegen, um zu sehen, ob er sich mehr bewegen konnte als beim letzten Mal - bevor er ohnmächtig geworden war. Die Fesseln waren gut angelegt worden. Obwohl das Seil seine Handgelenke fesselte und ihm erlaubte, seine Hände zu bewegen, waren sie zu weit auseinander, als dass er sie mit den Fingern hätte erreichen können. Er versuchte, seine Knie zu beugen und seine Position anzupassen, aber auch sie waren so gut gefesselt worden, dass er seit seiner Verletzung gezwungen war, stehen zu bleiben.

Sie hatten ihm dreimal in die Brust geschossen. Die Kugeln, so schätzte er, hatten ihn knapp über der rechten Lunge durchschlagen und ihn damit nur knapp nicht tödlich verwundet. Die Schüsse waren absichtlich dorthin gerichtet worden. Es war nie die Absicht seines Feindes gewesen, ihn einen schnellen Tod sterben zu lassen. Stattdessen ließ man ihn unter der Hitze der Sonne sterben - der tödlichsten Waffe der Sahara. Wenn die Dehydrierung ihn nicht heute oder morgen tötete, würde seine Wunde eitern und ihn in ein Delirium voller Albträume über seine Zukunft versetzen.

Er schaute in die Sonne und lachte. Die Hitze würde heute besonders schlimm sein. Ein gesunder Mensch hätte Glück, wenn er bis zum Sonnenuntergang überleben würde, aber jemand mit seinen Verletzungen würde mit Sicherheit sterben. Er hatte keine Angst. Er hatte seinen Tod gesehen und wusste, dass er nicht heute eintreten würde. Das Lachen wurde lauter. Es war das verrückte Geschrei eines Mannes, der herausgefunden hatte, dass der Vorteil, des Wissens über die Umstände des eigenen Todes, darin besteht, dass er bis zu diesem Zeitpunkt unsterblich ist.

Kapitel Siebenundzwanzig

Sam brauchte fast fünfzehn Minuten, um die Frau einzuholen, deren Leben er gerade gerettet hatte. Er folgte ihren Spuren in einem Tempo, das irgendwo zwischen zügigem Gehen und Joggen lag, und verlangsamte dann seine Geschwindigkeit auf etwas mehr als Schritttempo, um ihr zu folgen. Sie beachtete ihn kaum. Tom folgte den beiden mit einigen Metern Abstand.

Sam fragte sich, wie lange sie so weitermachen konnte, denn er wusste, dass es ein Todesurteil für sie sein würde, sobald die Sonne über ihr stand. Er und Tom hatten immer noch ihre experimentellen DARPA-Kühlanzüge, aber sie hatte nichts außer ihrem Gewand. Die Stadt Bilma lag weitere 60 Kilometer südlich. Vielleicht würden sie sie tatsächlich erreichen, aber er bezweifelte, dass sie das tun würde, wenn sie so schnell weiterlief.

Er sagte: "Hallo. Fangen wir noch einmal an. Mein Name ist Sam Reilly und mein Freund, der hinter mir folgt, ist Tom Bower. Wie heißt du?"

"Zara Delacroix." Ihr Blick wich nicht vom Horizont. "Doktor Delacroix."

"Medizin oder Philosophie?", fragte Sam.

"Philosophie. Archäologie. Warum fragst du?"

"Ich bin nur neugierig." Sam lächelte. "Was ist deine Vorgeschichte?"

Sie ging weiter und sagte nichts. Ihr Gesicht war durch den fein gewickelten grünen Kopfschmuck kaum zu erkennen. Von dem, was er sehen konnte, konnte er eine Entschlossenheit ableiten, die sich in der Position ihres Kiefers und der Fixierung ihrer Augen auf den Horizont zeigte.

"Hey, ich habe dir gerade das Leben gerettet!", beharrte Sam.

"Nein, hast du nicht!" Ihr Blick richtete sich auf ihn, ohne dass sie ihren Gang unterbrochen hätte. "Du hast meinen Tod um einen Tag oder so hinausgezögert. Mehr nicht."

"Warum? Wer ist hinter dir her?"

Sie blieb stumm, konzentriert und entschlossen.

"Wir können dir helfen, dich zu verteidigen", sagte Sam und hielt ihr die AK-47 hin, die er einem der toten Männer gestohlen hatte. "Sag mir einfach, was hier los ist."

Sie schüttelte den Kopf. "Ich würde mir nicht die Mühe machen, deine Energie damit zu verschwenden, die AK-47 zu tragen."

"Warum nicht?"

"Wenn sie uns einholen, sind wir tot. Egal, welche Waffen wir haben. Es sind zu viele von ihnen. Ich schätze, es sind fast tausend. Vielleicht werden uns nur fünfhundert rechtzeitig erreichen, aber das wird ausreichen." Sie sprach gutes Englisch, wenn auch mit einem starken französischen Akzent.

"Wer sind sie?", fragte Sam.

Sie zuckte mit den Schultern. "Söldner, Nomadenstämme, Rebellen aus irgendeinem der unzufriedenen Länder Afrikas, wer weiß das schon? Er wird ein hohes Kopfgeld auf die Rückgabe des Buches ausgesetzt haben, das ich bei mir trage. Es wird genug Gold geben, um jeden Mann zu einem Meister zu machen. Und alle diese Männer wollen ihr eigener Herr sein."

"Meinst du General Ngige?", fragte Sam.

Sie nickte. "Das ist er."

"Der aktuelle Rebellenführer, der anscheinend den erfolgreichsten Militärputsch in der Geschichte der Demokratischen Republik Kongo inszeniert hat?"

"Ja. Er kam mit einer Armee von Söldnern aus ganz Afrika hierher, um ein Buch zu stehlen, nach dem ich mein Leben lang gesucht habe. Aber warum er plötzlich ein neues Interesse an Archäologie entdeckt hat, ist mir ein Rätsel."

Er hielt mit ihr Schritt und sagte nichts.

"General Ngige gehörte zu der Gruppe von Männern, die versucht haben, mich in der Oase zu töten. Du musst ihn getötet haben, als du mir das Leben gerettet hast." Sie sprach sachlich, ohne einen anerkennenden Ton oder einen Hauch von Dankbarkeit. "Du kannst froh sein, dass du es getan hast. Ich habe gehört, dass er wahrscheinlich einer der größten Militärstrategen unserer Zeit war. Er forderte von seinen Soldaten eine Loyalität, die an religiösen Fanatismus grenzte. Im Gegenzug kümmerte er sich gut um sie. Sie wurden gut finanziert, gut ausgebildet und allen seinen Männern wurde Land angeboten, sobald sie den Krieg gewonnen hatten."

"Du weißt eine Menge über ihn?", fragte Sam. "Wenn du eine Zeit lang in der Wüste der Sahara nach diesem Buch gesucht hast, wundert es mich, dass du so viel über die Geschehnisse in der Demokratischen Republik Kongo weißt."

"Ich habe selbst eine große Anhängerschaft." Wieder sagte sie es als Feststellung, nicht als Angeberei. "Aus ganz Afrika sind Leute gekommen, um mir bei der Suche nach diesem Buch zu helfen. Einer von ihnen kam aus dem Königreich Zaire, bevor es zur Demokratischen Republik Kongo wurde. Er hat bei dem Putsch Anfang der Neunzigerjahre alles verloren und die letzten dreißig Jahre damit verbracht, seine Rückkehr mit einer Armee zu planen. Er hält mich gut auf dem Laufenden. Glaube mir, wenn ich sage, dass du großes Glück hattest, Ngige zu töten, als du die Chance dazu hattest. Wenn er noch am Leben wäre, würde ich dir empfehlen, dich jetzt zu töten, bevor er dich gefangen nimmt, was er unweigerlich tun würde."

Sam seufzte. "Ich denke, jetzt ist ein guter Zeitpunkt, um dir zu sagen, dass wir General Ngige nicht getötet haben. Obwohl ich bezweifle, dass er den Tag überleben wird, geschweige denn lange genug, um uns zu erwischen."

"Was meinst du damit? Er hätte uns niemals entkommen lassen, wenn du ihn nicht getötet hättest!"

"Tom hat seine Pistole gestohlen und ich habe ihm eine Zigarettenkippe ins rechte Auge gebrannt. Er rannte in die Wüste, während wir gegen seine Söldner kämpften. Als Tom ihn verfolgte, hatte Ngige schon einen zu großen Vorsprung. Wir dachten uns, dass die Wüste ihn schon vor Sonnenuntergang erledigt haben würde. Er hatte kein Wasser dabei."

"Ich glaube, du unterschätzt General Ngige. Der Mann könnte hier draußen wochenlang ohne Nahrung, Wasser, Kompass oder Kleidung überleben. Die Position des Anführers wurde ihm nicht einfach so gegeben. Er wurde in diese Position hineingeboren. Er ist der perfekte Soldat. Er wird am Leben sein und er wird stinksauer sein. Also werde ich morgen tot sein und ihr auch."

Sam dachte an die Beschreibung des Generals, wie er von einem seltsamen Mann, der in die Zukunft sehen konnte, zum Rebellenführer ernannt worden war. Er bezweifelte sehr, dass der Mann nicht genauso sterblich war wie jeder andere. Genau wie jeder andere würde er schnell sterben, wenn man ihm eine Kugel in den Kopf jagte. Er dachte sich, dass jetzt der falsche Zeitpunkt war, um zu erwähnen, dass General Ngige genau so den Job des Anführers der Rebellion bekommen hatte.

"Was ist so wichtig an dem Buch?", fuhr Sam fort.

"Sie glauben, es wird sie reich machen. Es enthält den Schlüssel zu dem, was bisher geschehen ist und was in Zukunft geschehen wird. Am wichtigsten ist, dass sie es wegen der Prophezeiung wollen."

"Welche Prophezeiung?"

"In den Fünfzigerjahren, bevor Nostradamus krank wurde, unternahm er eine Reise in die Wüste Sahara. Mit einer kleinen Gruppe von auserwählten Anhängern betrat er die Küste von Barbary an der heutigen Küste von Libyen und Ägypten. Die Gruppe ging ohne Schutz in die brennende Wüste, ohne zu wissen, was sie vorfinden würde, und das alles nur, weil Nostradamus ihnen versicherte, dass sie die Welt retten würden."

"Wovor?"

"Vor einem Krieger, der die Welt erobern würde."

Sam lächelte herablassend. "General Ngige glaubt, wenn er das Buch bekommt, wird er derjenige sein, der die Welt erobern wird!"

"Das glaube ich auch."

"Haben Nostradamus und seine Anhänger also die Welt gerettet?" Sam starrte sie an. Seine stechenden blauen Augen mustern ihre Antwort.

"Wenn die Prophezeiung wahr ist, wovon ich langsam ausgehe, gelangten sie tief in die Sahara im heutigen Südlibyen. Dort entwickelte sich ohne Vorwarnung ein großer Sandsturm, der fast alle Mitglieder der Gruppe tötete und das Buch von Nostradamus vergrub."

"Ein Buch mit Prophezeiungen?", fragte Sam. "Es geht also um eine sagenhafte Prophezeiung?"

"Ja. Aber es steckt noch ein bisschen mehr dahinter. Es gab nämlich außer Nostradamus selbst noch einen Überlebenden. Dieser Überlebende sollte eines Tages einen Sohn bekommen, der wiederum einen Sohn bekam, und so ging es weiter, bis eines Tages eine Tochter geboren wurde. Die Geburt dieser Tochter würde bedeuten, dass die Zeit für die Erfüllung der Prophezeiung nahe war. Die Tochter würde den Ort entdecken, an dem das Buch seit fast vierhundert Jahren im Sand vergraben war und damit die Menschheit retten."

"Und das Mädchen wurde geboren?", fragte Sam.

"Ich war das Mädchen."

"Es geht also um ein dummes Buch von Nostradamus?" Sam fuhr wieder fort.

"Ja."

"Warum überlassen wir es dann nicht denen, die es finden sollen und machen mit unserem Leben weiter?"

Sie schüttelte den Kopf und machte sich daran, den steilen Abhang einer großen Sanddüne hinunterzusteigen. "Das kann ich nicht tun."

Sam hatte Mühe, sich auf den Beinen zu halten, als sie geschmeidig die nächste Sanddüne hinunterhüpfte. Er verlor das Gleichgewicht und rutschte auf den Boden der Düne. Sam sah zu, wie Tom seinem Beispiel folgte und vorsichtiger weiterrutschte.

Sam beschleunigte, um Zara wieder einzuholen und machte dort weiter, wo das Gespräch aufgehört hatte. "Warum? Brauchst du das Geld so dringend?"

"Nein."

"Was ist es dann?", fragte Sam.

"Was ich jetzt mit dem Buch mache, ist sehr wichtig. Es wird die Zukunft beeinflussen."

"Auf welche Weise?", beharrte Sam.

"Frag nicht. Du würdest es nicht glauben, wenn ich es dir sage. Ich habe es auch nicht geglaubt, als mein eigener Vater es mir erzählt hat und ich gerade mal fünf Jahre alt war. Stattdessen musste ich es mit meinen eigenen Augen sehen."

Sam grinste. Er hatte in seiner Zeit schon einige erstaunliche Phänomene gesehen. "Versuch's mal mit mir."

"Okay, was ich jetzt mit dem Buch mache, wird darüber entscheiden, ob die Menschheit weiter existieren wird - oder ob sie ausstirbt."

Sam machte sich über sie lustig. "Was sollst du also mit dem Buch tun, um die Menschheit zu retten?"

"Das ist es ja gerade. Ich habe überhaupt keine Ahnung - und Nostradamus auch nicht."

Kapitel Achtundzwanzig

Zara hielt einen Moment inne und nahm einen Schluck Wasser aus der Flasche, die sie dem toten Söldner abgenommen hatte, der sie in der Oase fast umgebracht hatte. Es war Mittagszeit. Der Himmel war hellblau und so heiß, dass er fast weiß aussah. Die Sonne blendete diffus und verwischte die Linien der Sanddünen und des Himmels zu einem einzigen Hitzewrack, als ob sie überall wäre. Sie blinzelte, als sie sich zwang, zurück zum Horizont zu schauen, wo sie hergekommen waren.

Eine Sandfahne ragte unbeholfen in den Himmel wie ein riesiger Schornstein eines alten Dampfers. Sie kamen immer näher. Sie warf einen Blick auf ihren neuen Begleiter. Er hatte es auch bemerkt, sagte aber nichts. Sein Mund war hart und entschlossen, seine blauen Augen waren nachdenklich und er sah aus, als hätte er genau das Gleiche vermutet wie sie - ihre Verfolger kamen schnell näher, holten stündlich deutlich auf und wurden von Gier zu ihrem Ziel getrieben.

Zara schloss den Deckel der Flasche, sah ihn an und sagte: "Sie sind bestenfalls einen halben Tagesritt entfernt." Ohne seine Antwort abzuwarten, setzte sie ihren Weg fort.

"Zu Fuß werden wir sie niemals einholen", sagte Sam, stellte seinen Flachmann ab und versuchte, mit ihr Schritt zu halten.

"Nein. Ich hoffe, dass wir das auch nicht müssen."

"Glaubst du, wir sind den Kamelen nahe?"

"Nein. Ich hoffe, dass wir weiter weg sind."

Sam schaute sich den Sand vor ihnen an. "Weiter weg?"

"Hast du in letzter Zeit Spuren gesehen?", fragte sie.

"Nein. Ich habe sie aus den Augen verloren, als ich die tiefe Sanddüne herunterkam. Ich dachte, du verfolgst sie immer noch."

"Das tat ich auch, bis mir klar wurde, dass wir die Kamele niemals rechtzeitig einholen würden. Selbst wenn wir sie einholen würden, sahen sie aus, als wären sie in einem schlechten Zustand, und es war unwahrscheinlich, dass sie uns hier raus tragen konnten."

"Du hast dich also bewusst für einen Richtungswechsel entschieden, in der Hoffnung, dass deine Verfolger den schwereren Kamelspuren im Sand folgen würden, anstatt langsamer zu werden und unsere zu bemerken?"

Sie nickte und sagte nichts.

"Werden sie uns nicht am Horizont sehen?"

"Könnte schon sein, wenn wir nicht schnell genug sind."

"Und sind wir das?"

Sie nickte wieder. "Sie werden anhalten und ihre Tiere tränken müssen, bevor sie weiterziehen. Sie werden während der größten Hitze des Tages ruhen, in der Erwartung, dass sie uns danach leicht einholen können. Was uns betrifft, so müssen wir durch die schlimmste Hitze weiterlaufen. Schaffen Sie das, Mr. Reilly?" Das letzte Wort war eine Herausforderung.

"Es sieht so aus, als hätten wir keine andere Wahl, oder Dr. Delacroix-"

"Nur, Zara", korrigierte sie ihn. "Ich glaube, wir sind schon weit über Nachnamen hinaus, ob wir nun wollen oder nicht."

"Freut mich, dich kennenzulernen, Zara." Sam lächelte sie an und enthüllte ein freundliches Gesicht und schöne blaue Augen.

"Das wirst du nicht mehr sein, wenn sie uns einholen, was sie mit Sicherheit tun werden."

"Wow, du steckst ja voller Optimismus. Sieh mal, Tom und ich sind im Laufe der Jahre schon ein paar Mal in gefährlichen Situationen gewesen - wir sind nicht so leicht zu töten. Wir werden einen Ausweg aus der Sache finden."

"Das ist nicht der Ozean, Mr. Reilly. Ich denke, du wirst feststellen, dass die Sahara weit weniger verzeihend ist als jedes Meer, das du je besucht hast."

"Woher wusstest du, wer ich bin?" fragte Sam.

"Ich bin Archäologe. Ich habe deine Dissertation über das Mahagonischiff gelesen."

"Was hast du gedacht?"

"Ich denke, dass die Sahara eine viel größere Wüste ist als alles, was man in Australien vorfindet und viel gefährlicher, als du ihr zugestehst."

Kapitel Neunundzwanzig

Sam hielt auf dem Kamm der nächsten höheren Sanddüne an. Er prüfte seinen Kompass und schaute hinaus. Mindestens sechs weitere Dünen waren in der Ferne gut zu erkennen. Eine kleine Stadt, kaum mehr als ein Handelsposten, verschmolz mit dem Horizont wie eine Fata Morgana. "Was glaubst du, wie lange es dauert, bis wir sie erreichen?"

Er beobachtete, wie Zara sich ihren Standort notierte. Zara hatte keine Navigationsausrüstung, keinen Kompass, keinen Sextanten und kein GPS, aber sie sprach mit der Autorität von jemandem, der seit vielen Jahren durch die Gegend reiste und ihren Standort genau kennt. "Ich könnte es in drei Tagen schaffen. Mit dir brauchen wir vielleicht vier. Wir müssen in diesem Tempo weitergehen. Es wird ein harter Marsch, bis wir Mao erreichen. Vorausgesetzt, du und dein Freund überleben die Reise überhaupt."

"Mao?" Sam schaute ihr ins Gesicht, um zu sehen, ob er sie falsch verstanden hatte. Er erinnerte sich vage daran, dass er den Ort schon einmal auf einer Karte gesehen hatte, aber er und Tom hatten ihn ausgeschlossen, da Mao zu weit südlich lag, als dass der amerikanische Agent die Übergabe der Diamanten hätte schaffen können, also hatten sie es gelassen. "Meinst du den Wüstenausläufer, der tief im Tschad liegt und an den Niger grenzt?"

"Ja." Sie lächelte ihn an. "Was dachtest du denn, wo ich hin will?"

"Ich weiß nicht, wie es dir geht, aber Tom und ich sind auf dem Weg in die Gemeinde Bilma. Sie liegt weniger als 20 Kilometer westlich von uns. Dort sollten wir jemanden bezahlen können, der uns rausholt."

Sie lachte. "Was glaubst du, mit wem du es zu tun hast? Jemand in General Ngiges Rebellenarmee wird ein Satellitentelefon haben. Nigige wird inzwischen seine Kontakte in Bilma angerufen haben. Wenn wir dorthin gehen, werden wir mit Sicherheit gefangen genommen." Sie schüttelte den Kopf. "Lieber hier draußen sterben, als von einem von Nigiges Männern gefangen genommen zu werden."

"Okay, also selbst wenn du den Weg zu Fuß schaffst - wie weit ist es, 300 Kilometer?"

"Dreihundertfünfzig", sagte sie, ohne eine Pause fürs Rechnen zu machen.

"Was dann?"

"Dann verschwinden wir aus der Sahara und verlassen damit den ganzen verdammten afrikanischen Kontinent. Ich finde heraus, was Nostradamus mit seinem verdammten Buch vorhatte, oder verkaufe es und verdiene ein Vermögen. Und du kannst dich wieder auf die Suche nach dem machen, was du hier wirklich wolltest. Denn ich bin mir ziemlich sicher, dass du mehr Verstand hast, als so weit im Süden nach der Goldenen Stadt der Garamanten zu suchen."

Sam sagte nichts und sah zu, wie Tom sie einholte. Er wirkte völlig unbeeindruckt von den Strapazen des fast sechsstündigen Marsches durch die Wüste. Wie Sam erwartet hatte, würde Tom mit seiner langsamen aber sicheren Methode das Rennen gewinnen.

Tom schaute die beiden an. "Wohin wollt ihr gehen?"

"Das klären wir gerade", sagte Sam und sah Zara an. "Sie will Bilma auslassen und weiter südlich nach Mao laufen. Was hältst du davon?"

"Ich denke, eine Wüstendurchquerung zu Fuß mit nur ein paar Wasserflaschen ist verrückt.

"Du meinst also, wir sollten nach Bilma gehen?" fragte Sam.

Tom schüttelte den Kopf. "Nein. Die Wüste zu Fuß zu durchqueren ist verrückt, aber nach Bilma zu gehen ist Selbstmord. Es müssen fast tausend Männer sein, die unsere Spur verfolgen. Wer eine so große Armee in der Gegend hat, muss auch Leute haben, die sie mit Nachschub versorgen können. Da Bilma bei weitem am nächsten liegt, bezweifle ich, dass wir eine Stunde überleben, bevor uns jemand dem General übergibt." Er grinste. "Und nachdem du ihm ein Auge ausgebrannt hast, kann ich mir nicht vorstellen, dass er sehr verständnisvoll ist, wenn er dich erwischt."

Sam schaute wieder zu Zara. "Okay, dann also Mao. In welche Richtung geht es?"

Zara zeigte in die Richtung und sowohl Sam als auch Tom richteten ihre Armbanduhren nach dem Kompass aus.

"In Ordnung, wir treffen uns dort", sagte Tom und ging langsam und gleichmäßig die nächste Sanddüne hinunter.

Zara ging neben Tom und achtete darauf, dass niemand in die Fußstapfen des anderen trat, damit die Spur schwerer zu verfolgen war, falls Ngiges Männer sie überhaupt aufnahmen. Sam folgte als Letzter und warf einen letzten Blick über seine Schulter auf die Sandfahne, das einzige Anzeichen dafür, dass die Armee auf sie zukam. Sie hatte sich in Richtung Westen bewegt und war zum ersten Mal, seit sie die abgelegene Bilma-Oase verlassen hatten, kleiner geworden - was bedeutete, dass ihre Verfolger den Köder geschluckt hatten und den Spuren des Kamels folgten und nicht den ihren.

Sam grinste und schloss zu Zara auf. "Wie viele Einwohner hat Mao?"

"Ungefähr neunzehntausend", antwortete Zara.

"Hat Ngige dort nicht auch Kontakte?"

"Natürlich hat er das, aber ich bezweifle, dass er glaubt, dass wir so dumm sind, die Wüste zu Fuß zu durchqueren."

"Ohne einen Ort, an dem wir Wasser auftanken können, werden wir es nie schaffen, oder?"

"Ich bin in diesen Wüsten aufgewachsen." Ihre haselnussbraunen Augen schimmerten im Sonnenlicht dunkelgrün. Sie waren groß und voller Geheimnisse. Ihr Gesicht hatte etwas Hartes an sich, das Sam nicht recht einordnen konnte. Es schien im Widerspruch zu ihrer natürlichen Schönheit zu stehen. Es hatte die durchschlagende Zuversicht und Entschlossenheit einer Person, die in ihrem Leben schon so viel Schmerz erfahren hatte, dass er einfach ein Teil von ihr geworden war. Sie hatte ihn als Tatsache akzeptiert. Es war weder gut noch schlecht. Trotzdem war sie in der Lage, die Schönheit in einigen der einzigartigsten Erfahrungen des Lebens zu sehen. Ihr verhärtetes Gesicht wurde von einem Grinsen durchbrochen. Er hatte diese Art von Grinsen schon einmal im Spiegel gesehen. Es bedeutete, dass sie überstehen würde, was auch immer passieren würde." Dieser Ort ist voller Wasser, wenn man weiß, wo man suchen muss."

"Und du weißt, wo du suchen musst?"

Sie nickte und sagte nichts.

"Wenn wir es schaffen und Ngiges Männer uns in Mao nicht gefangen nehmen - wie sollen wir hier rauskommen, ohne erwischt zu werden?"

"Ich habe einen Freund. Einen guten Freund. Er kommt und geht von Zeit zu Zeit. Er besitzt ein kleines Flugzeug. Eine Beechcraft Bonanza 36. Er betreibt einen privaten Charter- und Lieferservice in der ganzen Region. Er wird uns rausholen. Vorausgesetzt, wir überleben lange genug, um Mao zu erreichen."

Kapitel Dreißig

Sie wanderten den ganzen Tag und fast die ganze Nacht hindurch und hielten nur selten an, um zu trinken und sich auszuruhen. Zara seufzte erleichtert auf, als sie feststellte, dass die Sandwolke am Horizont nicht mehr zu sehen war, und das erste Licht der Vormittagssonne am nächsten Morgen endlich durchbrach.

Bis zum Mittag stieg das Thermometer auf 49 Grad Celsius an. Sie hielt an, um zu trinken und starrte ihre beiden Begleiter an. Sie sahen beide müde aus, aber bei Weitem nicht so sehr, wie sie es eigentlich hätten sein sollen. Sie erinnerte sich daran, irgendwo gelesen zu haben, dass Sam Reilly eine Zeit lang in einer Art militärischer Spezialeinheit verbracht hatte, bevor er eine einzigartige Karriere in der Meeresbiologie und der maritimen Archäologie einschlug. Über seinen Freund Tom wusste sie nur wenig.

Gehörten sie beide auch noch zu einer bewaffneten Elitetruppe?

Oder waren sie als Söldner hier?

Sie bezweifelte es. Sam Reilly war viel zu reich, um seine Dienste als Söldner anzubieten. Außerdem hatte sie noch nie von einem Tuareg-Nomaden gehört, der die Wüste so leicht zu Fuß durchquerte, was bedeutete, dass sie eine Art mechanisches Hilfsmittel benutzten. Aber welches, das konnte sie sich nicht vorstellen.

Sie beobachtete die beiden Männer aus der Ferne. Sie schienen miteinander zu plaudern, als wären sie alte Freunde, die unbekümmert spazieren gehen. Ein Teil von Sams Wüstengewand hatte sich gelockert und war hinten offen. Sie sah, dass er darunter ein Hemd trug. Es war silbern und schimmerte auffallend. Einen Moment lang fragte sie sich, ob es die große Hitze war, die ihren Augen einen Streich spielte, wie eine Fata Morgana - dann grinste sie verständnisvoll.

Hab ich euch, ihr Mistkerle!

Sorgfältig setzte sie den Deckel ihrer Wasserflasche wieder auf und schwang sich den Riemen über die Schulter, bevor sie sich beeilte, zu den beiden Männern aufzuschließen, die nun plaudernd nebeneinander herliefen. "Also gut, will mir einer von euch sagen, warum ihr wirklich hier seid?", fragte sie.

"Was meinst du?", fragte Sam.

Tom zuckte mit den Schultern, als ob das Gespräch nichts für ihn wäre, und beschleunigte sein Tempo, um Abstand zu gewinnen. Sie beobachtete, wie er denselben Weg einschlug, den sie in den letzten vierundzwanzig Stunden gegangen waren.

"Zuerst dachte ich, du und Tom wärt abgehärtete Ex-Soldaten, die übermenschliche Ausdauer haben. Ich habe noch nie einen Westler gesehen, der zur heißesten Tageszeit durch die Sahara läuft und sich von der brütenden Hitze kaum beeindrucken lässt. Dann wurde mir klar, dass ihr eine Art Temperaturanzug trägst. Ich habe darüber gelesen. Sie sind sehr teuer. Sie werden vor allem beim Militär eingesetzt. Irgendwie experimentell, aber wenn ich mir euch zwei so anschaue, sind sie wohl nicht mehr experimentell."

Sie starrte auf Sams Gesicht und wartete auf eine Reaktion, aber er schwieg und zeigte keine.

"Also, wie lautet deine Geschichte?"

"Welche Geschichte?"

"Was hast du wirklich in der Sahara mit diesen Tauchflaschen gemacht?" Ihre Augen fixierten ihn mit einem faszinierenden Blick.

Sam begegnete ihrem Blick und bot ihr zu seiner eigenen Überraschung die Wahrheit an, oder zumindest eine sehr nahe Version davon. "Wir waren auf der Suche nach Rohdiamanten im Wert von etwa fünf Millionen Dollar."

"Warum?", fragte sie.

"Braucht man überhaupt eine Begründung, um fünf Millionen Dollar finden zu wollen?"

"Ich meine, warum interessiert dich das?", fragte Zara. "Ich habe vielleicht ein bisschen mehr als die eine Dissertation über das Mahagonischiff gelesen. Ich weiß ein wenig über dich. Deinem Vater gehört Global Shipping und du leitest einen seltsamen Ableger namens Deep See Projects. Bis vor Kurzem haben die meisten Leute angenommen, du wärst die typische dritte Generation einer wohlhabenden Familie."

Sam starrte sie ausdruckslos an und zeigte wenig Anerkennung.

Sie lächelte. "Die dritte Generation einer wohlhabenden Familie gibt oft das Vermögen aus, das die beiden vorangegangenen Generationen angesammelt haben. Interessanterweise hast du es in den letzten Jahren selbst zu einigem Reichtum gebracht, bedeutende archäologische Funde gemacht, mehreren Regierungen bei komplexen Meeresproblemen geholfen und dir einen Namen als Problemlöser gemacht."

Zara starrte ihn an und wartete auf ein Zeichen der Bestätigung. Entweder eine Bestätigung, dass sie recht hatte oder einen Versuch, ihre Version seiner Lebensgeschichte aufzuklären. Als sie keine Antwort erhielt, fragte sie: "Du suchst also nach Diamanten?"

Er nickte mit dem Kopf, schwieg aber.

"In der Sahara?" Sie lächelte. Es war ein geübtes, verführerisches Lächeln, mit dem sie jeden Mann dazu bringen konnte, sich ihr zu öffnen. "In der Sahara werden nur selten Diamanten gefunden, das weißt du doch."

"Ich weiß, wir haben auch keine gefunden", sagte Sam.

"Wirst du mir irgendetwas verraten oder sollen wir lieber getrennte Wege gehen?"

"Das kommt darauf an", sagte Sam.

"Worauf?"

"Darauf, wie viel du über die Vereinigte Souveränität von Kongo weißt?"

"Nichts", log sie. "Sollte ich das denn?"

"Sie waren eine kleine Gruppe von Menschen, die die derzeitige Diktatur in der Demokratischen Republik Kongo stürzen wollten. Ihr Anführer entstammt einer modernen Bundu dia Kongo-Sekte, die die Wiederbelebung des ursprünglichen Königreichs Kongo in seiner Form vor der Spaltung von Angola, der Republik Kongo, der Demokratischen Republik Kongo und Gabun befürwortet."

Sie machte einen gleichgültigen Eindruck, musste aber sofort an ihren selbst ernannten Leibwächter in der Sahara, Adebowale, denken. Er hatte ihr einmal erzählt, dass seine Familie, die Anführer der Bundu dia Kongo-Bewegung, getötet worden waren, als er noch ein kleiner Junge war, und dass er sein ganzes Leben damit verbracht hatte, eine Möglichkeit zur Rückkehr zu finden. Adebowale hatte ihr erzählt, dass ihre beiden Leben seit Jahrhunderten miteinander verflochten waren, weil sein Urahn, ein kongolesischer König, von ihrem Urahn gerettet worden war - und dass sich eines Tages die große Prophezeiung erfüllen würde und ihre Familien Afrika mit einem Erfolg vereinen würden, den es in der Geschichte noch nie gegeben hatte.

"Also, was gibt es Neues?", fragte sie.

"Diesmal hat die Bewegung die Unterstützung der US-Regierung."

Kapitel Einunddreißig

Sie ging eine Weile schweigend weiter. Sie dachte darüber nach, was Sam ihr erzählt hatte. Es erschien ihr unmöglich, aber bis vor achtundvierzig Stunden schien ihr auch die Prophezeiung als unmöglich.

„Ist es möglich, dass Nostradamus wusste, dass ich Sam Reilly treffen würde?“ fragte sie sich. "Ich dachte, ihr nehmt nicht mehr an nicht gewählten Rebellionen und Umstürzen teil. Habt ihr eure Lektion nicht gelernt, nach Saddam Hussein?"

Sam lächelte, als hätte er das gleiche Argument schon einmal gehört. "Das tun wir nicht. Zumindest nicht in der Öffentlichkeit. Aber sie haben einen neuen Anführer, und dieser Typ scheint der Richtige zu sein. Jemand, der vielleicht die Chance hat, das Karussell der wechselnden Diktaturen zu stoppen, die alle noch rücksichtsloser und gefährlicher sind als ihre Vorgänger. Die Geheimdienste auf der ganzen Welt glauben, dass der derzeitige Diktator Afrika in einen der größten Kriege stürzen wird, den die Welt je gesehen hat. Im Gegensatz dazu hat unsere Person die Chance, der Region langfristig echte Stabilität zu bringen. Er zahlte hundert Millionen Dollar in ungeschliffenen Diamanten im Tausch gegen moderne Waffen, um seinen Putsch zu initiieren. Ein amerikanischer Agent bestätigte den Diamantenaustausch und war gerade dabei, die Diamanten zu bergen, als er verschwand."

"Wer ist der Typ?", fragte sie.

"Welcher Typ?"

"Wer ist der Anführer der Vereinigten Föderation des Kongos?"

"Das wissen wir nicht wirklich."

Sie starrte ihn verblüfft an. "Eure Regierung hat Waffen im Wert von hundert Millionen Dollar angeboten, um einen Putsch zu finanzieren, dessen Anführer ihr nicht einmal kennt?"

"Wir wissen über ihn Bescheid. Ich weiß. Das klingt lächerlich."

"Es ist lächerlich", sagte sie mit Nachdruck.

"Die Wahrheit ist, dass die gesamte Bewegung im Untergrund agiert. Als die Ostberliner vor dem Fall der Mauer 1988 über einen Regierungswechsel sprachen, konnten sie das nicht offen tun. Stattdessen hatten sie eine Reihe von Kommunikationscodes, Handgesten und Zeichen, um zu zeigen, auf welcher Seite sie stehen. Unsere Agenten schätzen, dass bei einer wirklich demokratischen Wahl in der Demokratischen Republik Kongo der Führer der USK mit einer Zustimmungsrate in den hohen Achtzigern gewinnen würde. Außerdem glauben wir, dass er die Möglichkeit hat, einen Teil Afrikas zu vereinen, der seit vielen Jahren mit Rebellenkriegen und Hungersnöten zu kämpfen hat."

Sie zuckte mit den Schultern, als ob es ihr egal wäre, was mit dem kriegsgebeutelten Land passiert. "Und was ist dann passiert? Er hat die Diamanten in der Wüste verloren, und die US-Regierung hat dich geschickt, um sie wiederzufinden?"

Sam grinste. "Ja, du wärst überrascht, wie nah ihr euch seid ..."

"Warum sollte man sich die Mühe machen? Warum nicht dem Diktator, den sie unterstützen wollen, gleich die Waffen schicken? Das würde demselben Zweck dienen? Warum die Suche nach Diamanten?"

"Weil, wie du schon sagtest, die amerikanische Regierung in der Außenpolitik keine Partei ergreift. In diesem Fall verkaufen wir lediglich Waffen an einen privaten Investor."

"Das klingt nach einer ziemlich schwachen Ausrede", sagte Zara. "Wie bist du dann hierher gekommen?"

"Der Anführer der USK schöpfte Blutdiamanten aus der Demokratischen Republik Kongo, um sein Regime zu finanzieren. Es war ein gefährliches Spiel, aber er hat eine so große Anhängerschaft, dass er große Risiken eingehen konnte. Es gelang ihm, an die Diamanten heranzukommen, aber das Problem kam, als er sie aus der Region bringen wollte. Die am wenigsten bewachte und damit sicherste Route führte durch die Sahara."

"Was ist also passiert?"

"Es gab ein System. Einer seiner Männer reiste in die Wüste, sammelte die Diamanten ein und kehrte dann ins Lager zurück. Dann würde jemand von unserer Seite außerhalb der Region dorthin gehen und die Diamanten holen."

"Was ist also schief gelaufen?"

"Vor sechs Monaten verschwand der Transporter von außerhalb - unser Mann -". Sam hielt inne. "Ohne die Möglichkeit, herauszufinden, dass sein Partner tot war, hat der erste Mann im Prozess die Diamanten weiter deponiert. Er hat ein Vermögen gehortet. Das ist jetzt über sechs Monate her."

"Und du glaubst, er hat sie in ein Wasserloch geworfen?"

"Ja. Wo sollte man sie sonst hinbringen?"

"Warum vergräbst du sie nicht im Sand?"

"Du hast lange genug in der Wüste gelebt, um zu wissen, dass man eine Person im Sand immer aufspüren kann. Vor allem, wenn man jede Woche in die Wüste kommt. Nein, er ist zu einem Wasserloch gekommen, hat seine Diamanten in einem sicheren Tresor deponiert und ist dann zurückgekehrt. Wenn er befragt wird, kann er einfach behaupten, dass er auf der Suche nach Wasser war und zurückgekehrt ist. Alle Wasserlöcher sind mit Fußspuren übersät."

"Du bist also immer noch beim Militär?"

"Nein." Sam lachte. "Ich bin fertig mit diesem Leben. Tom und ich sind hier nur noch als Schatzsucher, die von der amerikanischen Regierung angeheuert wurden, um gestohlene Diamanten zu bergen."

"Plausible Bestreitbarkeit, falls etwas schief geht?"

"So in etwa."

"Hast du sie schon gefunden?"

"Nein."

"Wirklich nicht?"

"Sehe ich so aus als hätte ich ein paar zusätzliche Säcke mit hochpreisigem Kohlenstoff dabei?"

Sie schaute ihn an und schüttelte den Kopf. "Wo wolltet ihr denn als Nächstes suchen?"

"Wollten wir nicht", sagte Sam mit Nachdruck. Er zog eine Karte aus seiner oberen Tasche. Sie sah alt aus. Vielleicht aus den 1950er-Jahren, aber seit dieser Zeit hat sich in der Sahara relativ wenig verändert. Sie war kürzlich laminiert worden, um sie vor Wasser zu schützen. Sam reichte die Karte an sie weiter. "Wir haben alle Wasserlöcher in dieser Region betaucht, ohne Erfolg. Morgen wollten wir eigentlich nach Hause fahren. Jedenfalls war das der Plan, bevor wir dich getroffen haben."

"Habt ihr versucht, euer Suchgebiet auszuweiten?", fragte sie und wusste nicht, warum es sie überhaupt interessierte, ob die amerikanische Regierung ihre Diamanten zur Finanzierung eines Krieges erhielt, von dem sie wenig wusste und der sie noch weniger interessierte.

"Nein. Wir sind sicher, dass sie da drin sind."

"Wie könnt ihr das sein?"

"Weil jemand unseren Mann in den letzten sechs Monaten bis zu seinem Verschwinden beobachtet hat. Wir wissen genau, wo er sich aufgehalten hat. Wir kennen jede einzelne Wasserstelle, an der er gewesen ist."

"Ihr habt ihn ausspioniert?"

"Zunächst einmal waren nicht wir es. Es war unser Arbeitgeber. Und zweitens - natürlich haben sie ihren eigenen Agenten ausspioniert. Glaubst du, sie würden einer Einzelperson Rohdiamanten im Wert von hunderten Millionen anvertrauen, ohne ein Auge auf ihre Investitionen zu haben?"

"Hast du eine Karte mit allen Orten, an denen er deiner Meinung nach unterwegs war?"

Sam nickte und reichte sie ihr.

Zara schüttelte den Kopf. "Kann ich mir deine Karte noch einmal ansehen?"

"Sicher, aber wie ich schon sagte, wir haben jetzt schon jede Einzelne von ihnen betaucht. Wir müssen uns irgendwie geirrt haben. Er muss eine andere Technik benutzt haben."

Sie starrte sie eine Minute lang an. "Woher weiß ich, welche ihr besucht habt und welche nicht?"

"Zunächst einmal haben wir sie alle besucht."

"Alle von ihnen?" Sie biss sich leicht auf die Unterlippe, als sie über die Region nachdachte. Sie war schon viele Male durch die Gegend gereist und hatte jeden Brunnen und jedes Wasserloch irgendwann einmal benutzt. "Bist du dir sicher?"

"Ja. Alle auf dieser Karte."

"Und die Wasserlöcher auf dieser Karte sind mit einem kleinen Kreis markiert?"

Sam nickte. "Ein U innerhalb des Kreises bedeutet unterirdisch, z. B. ein Brunnen, und ein O innerhalb des Kreises bedeutet oberirdisch, z. B. eine Oase."

Zara sah sich die Karte noch einmal an. "Was ist mit denen, die nicht auf der Karte eingezeichnet sind?"

"Es gibt keine anderen Wasserstellen in der Region. Auf dieser Karte sind sie alle eingezeichnet. Das ist die gleiche Karte wie die unseres Agenten."

Zara grinste. "Dann habt ihr eine übersehen."

"Nein. Wir haben jedes einzelne Wasserloch auf dieser Karte betaucht."

Ihre Augen blickten auf das gute Dutzend Wasserlöcher und blieben dann stehen. "Ihr habt eins übersehen."

"Nein. Wir haben seine Bewegungen mit Satellitenbildern verfolgt. Dies sind die einzigen Orte, an denen er auf seinen Rundreisen von Süden nach Norden und zurück mit dem anderen Verkäufer in Kontakt gekommen ist."

Sie schüttelte den Kopf. "Nein. Du hast definitiv etwas übersehen. Hier ist ein geheimer Brunnen gegraben worden. Er ist sehr alt, tief und abgedeckt, wenn er nicht benutzt wird. Es heißt, die alten Berber hätten ihn vor mehr als tausend Jahren gebaut. Nur wenige benutzen ihn noch. Und die, die es wissen, versuchen, es ihn geheim zu halten. Aber er ist definitiv da."

"Wie kannst du dir so sicher sein, dass er noch existiert?"

"Weil ich ihn vor zwei Monaten selbst benutzt habe."

Sie zeichnete ein Sternchen auf die Karte, etwa 15 Kilometer vor ihnen. "Es ist genau hier."

Sie sah zu, wie Sam die Karte studierte und grinste. "Kommen wir an dieser Stelle vorbei, wenn wir so weitergehen?"

Sie erwiderte sein Lächeln. "Und ob wir das werden! Ich hoffe, dass ich in weniger als vierundzwanzig Stunden meine Wasserflasche an diesem Brunnen auffüllen kann."

Zara schaute Sam an. Er sah erfreut, aber nicht überrascht aus. Wie ein Mensch, der es gewohnt ist, Glück zu haben oder es trotzdem irgendwie zu schaffen, wenn er kein Glück hat. Sein Grinsen sagte, dass das Leben ein einziges großes Spiel war und er jede Minute davon genießen wollte. Es war arrogant und süß zugleich. Natürlich war sie froh, dem Mann zu helfen, der ihr in den letzten Tagen zweimal das Leben gerettet hatte. Aber ein kleiner Teil von ihr, wenn auch kein besonders guter, wenn sie ehrlich sein sollte, wünschte sich fast, er würde den Brunnen durchsuchen und feststellen, dass die Diamanten nicht dort waren - nur um zu sehen, wie das selbstgefällige Grinsen aus seinem Gesicht verschwand.

Einen Moment später sah sie, wie sein Gesicht im Falle von Schwierigkeiten aussehen würde. In der Ferne hörte sie das Geräusch eines einmotorigen Flugzeugs im Tiefflug, was entweder bedeutete, dass sie großes Glück hatten und bald gerettet werden würden, oder dass General Ngige ein Aufklärungsflugzeug in der Luft hatte und alles, was sie erreicht hatten, umsonst gewesen wäre.

Man sollte aufpassen, was man sich wünscht ...

Kapitel Zweiunddreißig

Der Motor des Leichtflugzeugs brummte in der weiten, mit Sand gefüllten Fläche des Erg von Bilma. Die Lautstärke nahm mit jeder Sekunde zu. Sam suchte den bläulich-weißen Himmel hinter den dreien nach dem ersten Zeichen der Maschine ab. Er wünschte, Tom wäre nicht so weit vorausgeeilt. Aber das machte nichts, Tom konnte genauso gut hören wie er und hätte bereits gehandelt. Sam beobachtete, wie das winzige Flugzeug, nicht mehr als ein einmotoriges Flugzeug für vier Personen, den Horizont über einer entfernten Sanddüne durchbrach.

Es flog in einer Höhe von ungefähr 300 Metern, schätzte er. Viel zu niedrig für ein Charterflugzeug, das Passagiere zwischen den Oasenstädten transportiert. Das bedeutete, dass es auf der Suche nach etwas war - es suchte nach ihnen.

Er sah Zara an und rief: "Versteck dich!"

Zara rutschte den Kamm der Sanddüne hinunter. Sam folgte ihr. Jeder von ihnen bewegte seinen Körper von einer Seite zur anderen, bis er größtenteils vom Sand verschluckt wurde. Sie taten alles, um den Piloten und die Beobachter zu täuschen. Er schaute sie direkt an. Wenn die Piloten jemanden bemerkt hätten, wäre er es gewesen und nicht sie. Sie sah aus, als wäre sie mit dem Sand verschmolzen.

Ihre Augen waren groß, zeigten aber keine Angst. "Glaubst du, das wird funktionieren?"

"Ich bezweifle es."

Sam hörte, wie das konstante Brummen des Motors leiser wurde. Der Pilot hatte etwas gesehen und ging runter, um einen besseren Blick zu erhaschen. Das Flugzeug hörte sich an, als würde es nahe genug herankommen, um zu landen, obwohl Sam wusste, dass man keinen Piloten dazu überreden konnte, ein Flugzeug in einem so tiefen und hügeligen Sand abzusetzen. Er holte tief Luft und vergrub sein Gesicht im Sand - als das Flugzeug nur wenige Meter über der Düne flog.

Er rollte sich auf die Seite und sah, dass das feste Fahrwerk des Flugzeugs so niedrig war, dass er fast hätte hochspringen und es greifen können. Einen Moment später erhöhte der Motor den Pitch und das Flugzeug stieg auf.

"Verdammt!", sagte Sam, als er seinen Rucksack abwarf und die AK-47 herauszog, die er über die Schulter gehängt trug.

Sam lud das 32-Schuss-Magazin in den Bolzen und zielte auf das Flugzeug, das bereits zu einem kleinen Punkt am Himmel wurde. Er verfluchte sich dafür, dass er sich nicht früher zum Schießen vorbereitet hatte. Es wäre ein leichtes Ziel gewesen, schließlich flog das verdammte Flugzeug nur wenige Meter über seinem Kopf hinweg. Jetzt stieg es schnell auf, was es fast unmöglich machte, es zu treffen. Es bestand kein Zweifel, dass sie entdeckt worden waren. Es gab keinen anderen Grund für das Flugzeug, genau an ihrer Position so zu manövrieren, wie es das so eben getan hatte.

Falls er noch Zweifel an den Absichten des Piloten hatte, wurden sie zerschlagen, als der Pilot im Steigflug eine dicke Rauchfahne ausstieß. Der Bastard schoss einen Pfeil in den Himmel. Das Flugzeug kreiste dann und begann in einer Linie neben dem ersten zu sinken.

Sam wartete nicht ab, um herauszufinden, was der Pilot zu schreiben versuchte. Auf jeden Fall war es offensichtlich, dass er versuchte, ihnen eine Zielscheibe auf den Rücken zu malen, damit die Verfolger sie finden würden. Sam stieß sich den Kolben der AK-47 fest in die Schulter. Er schloss sein linkes Auge und richtete das Korn mit dem rechten Auge auf die Windschutzscheibe des Flugzeugs aus.

Seine Atmung fiel ganz natürlich in einen Rhythmus.

Er atmete langsam ein.

Und langsam aus.

Bei der ersten natürlichen Atempause - dem Moment, in dem sich das Zwerchfell auf natürliche Weise entspannt und die Lunge weder ein- noch ausatmet - drückte Sam den Abzug. Er entleerte das gesamte 32-Schuss-Magazin bei seinen Versuchen das Cockpit zu treffen. Die Schüsse gingen daneben und der Pilot steuerte das Flugzeug weiter. Es wäre unmöglich gewesen, ihn zu treffen, und so war es wirklich keine Überraschung, dass er ihn verfehlt hatte. Das Flugzeug drehte aus dem Sturzflug ab und flog auf Zara und ihn zu.

Hatte der Pilot Zugriff auf ein Maschinengewehr?

Das schien unwahrscheinlich. Sonst hätte er sie einfach erschossen, als er die Chance dazu gehabt hatte, und die Beute ganz für sich allein beansprucht. Sams Augen fixierten das Gesicht des Piloten an. Er war noch zu weit weg, um etwas erkennen zu können, aber die Augen sahen konzentriert aus und das Flugzeug kam direkt auf sie zu. Sein Mund, wenn es überhaupt das war, was Sam sah, schien zu einem finsteren Grinsen verzogen zu sein. Zara rannte bereits die Sanddüne entlang und so tauchte Sam die Düne hinunter, um den Abstand zwischen den beiden zu vergrößern.

Und dann hörte er das Stakkato von Schüssen, die abgefeuert wurden.

Kapitel Dreiunddreißig

Sam drehte sich um und atmete tief ein. Er blickte auf das Flugzeug, das nun an ihm vorbeiflog. Es flog waagerecht und parallel zur Sanddüne. Die rechte Flügelspitze war nicht mehr als einen Meter von der Düne entfernt. Seine Schulter tat weh, wo er gelandet war, aber er fühlte sich gut. Er berührte sein Gesicht und seinen Hinterkopf und schaute dann auf seine Hände. Es war kein Blut zu sehen. Sein Kopf war in Ordnung. Dann fuhr er mit den Händen über seinen Oberkörper, seine Hüften und Beine. Immer noch kein Blut. Er stand auf. Seine Schulter schmerzte, aber er konnte sie gut bewegen. Die Verletzung war nichts, was ihn umbringen würde. Er schüttelte den Kopf. Er konnte sich nicht vorstellen, wie ein Pilot einen solchen Schuss verfehlen konnte, und dann fiel ihm ein, wie genau ein Pilot einen solchen Schuss verfehlen konnte.

"Zara!" Er rannte schräg die Sanddüne hinauf zu ihr.

Sie stand auf und kam ihm entgegen. "Mir gehts gut."

Er erreichte sie und schlang seine Arme um sie. Es war halb eine Umarmung und halb der panische Wunsch zu sehen, wo sie getroffen worden waren. Er fuhr mit seinen Händen über ihre Schultern und ihren Rücken. Dann zog er sich von ihr zurück und schaute ihr ins Gesicht.

"Dreh dich um", sagte er.

"Warum?"

"Ich muss sehen, ob du angeschossen wurdest."

"Nein, wurde ich nicht!"

Er ging um sie herum und musterte sie. Sie sah gut aus.

Sie lächelte ihn an. "Mir geht es gut, Sam. Aber es ist schön zu wissen, dass du dich sorgst."

Er grinste plötzlich. Er sah sie nicht mehr an. Er sah zu, wie die rechte Flügelspitze des Flugzeugs die Sanddüne streifte und den steilen Abhang hinunterrutschte. Sand riss durch den Propeller und über die Flügel. Es schleuderte, bis es schließlich 150 Meter entfernt zum Stehen kam.

Sam sagte: "Tom muss die Schüsse abgefeuert haben!" Dann hob er seine AK-47 auf, lud ein weiteres 32-Schuss-Magazin und betrachtete das abgestürzte Flugzeug. "Komm schon Zara, lass uns gehen."

Sie sagte: "Ich will dich nicht enttäuschen, aber du wirst es nicht reparieren können, wenn du das denkst."

Er ignorierte ihre Bemerkung und rannte weiter.

Sam hinterließ tiefe Fußabdrücke in der Sanddüne, als er der Spur folgte, die das Flugzeug hinterließ, als es die Düne hinunterrutschte. Das gesamte vordere Ende des Flugzeugs war im Sand begraben. Ein abgetrennter Arm des Propellers ragte aus dem Sand, der einzige Hinweis auf den Motor darunter. Die Windschutzscheibe war größtenteils verschüttet.

Er hob die AK-47 und richtete sie auf die Tür.

"Ist da drinnen noch jemand am Leben?", rief er.

Keine Antwort.

Zara legte ihm die Hand auf die Schulter. "Er wurde schwer getroffen, als die Nase in den Sand gerammt wurde. Ich glaube nicht, dass wir ihn lebend finden werden."

Sam nickte. Er hoffte, dass sie recht hatte. Dann entdeckte er Tom, der auf sie zulief. Er wartete, bis Tom ankam. Es gab keinen Grund, sich aus Ungeduld von einem fast toten Piloten erschießen zu lassen.

Er hörte Toms schweres Atmen, das sich näherte. "Guter Schuss, Tom."

"Danke." Tom sah sich das Flugzeugwrack an. "Was habe ich verpasst?"

"So wie es aussieht, nichts. Wir versuchen herauszufinden, ob wir einen lebenden Piloten haben oder nicht. Gibst du mir Deckung, und ich finde heraus, ob er noch lebt?"

Tom hob seine Waffe und zielte auf die Tür. "Mach schon."

Sam trat vor und entriegelte den Türgriff. Der Sand hielt die Tür fest verschlossen. Er grub mit den Händen ein Sandbündel weg, bis er die Tür ein wenig öffnen konnte. "Wenn du da drinnen noch lebst, wirst du wissen, dass wir dich da rausholen werden. Aber ich würde mich freuen, wenn ich dabei nicht erschossen werde."

Keine Antwort.

"Wenn du weißt, was ich meine ...", sagte Sam.

Er zog kräftig an der Tür und sie öffnete sich sofort. Innen sah das Cockpit intakt aus. Die Elektronik leuchtete und das Funkgerät empfing immer noch eine Art Rauschen. Dem Piloten war es nicht so gut ergangen. Seine Beine hatten die meiste Wucht abbekommen, als das vordere Ende des Flugzeugs in den Sand eingeschlagen war und seine Oberschenkelknochen, die langen Beinknochen, in seinen Rumpf geschleudert hatte. Überraschenderweise sah sein Gesicht unversehrt aus. Seine Augen waren weit geöffnet und starrten leer vor sich hin.

Sam sagte: "Du kannst dich entspannen, Tom. Der Pilot ist nicht mehr in der Stimmung um zu kämpfen."

Tom fragte: "Braucht er medizinische Hilfe?"

"Ich glaube, für ihn kann selbst die moderne Medizin nichts mehr tun."

"Soll ich mit reinkommen?"

"Nein. Warte draußen. Ich bin gleich wieder da."

Sam schaute an den grotesken Überresten des Piloten vorbei und griff nach zwei ungeöffneten Wasserflaschen in dem Fach hinter ihm. Er warf einen Blick auf den offenen Heckraum, um nach Essen zu suchen. Und fand die Tasche mit den Notrationen. Darin befanden sich zwei weitere Wasserflaschen, mehrere Pakete mit dehydrierter Nahrung, einige medizinische Hilfsmittel und drei Leuchtstäbe. Er hob die Tasche auf und kletterte aus dem kaputten Wrack.

Er schloss die Tür und öffnete sie schnell wieder, denn er hörte das vertraute Rauschen aus dem Flugzeugfunk.

"Melde dich Zogbi! Melde dich, Zogbi!"

Sams Blick fiel auf den Schriftzug an der Seite des Flugzeugs.

Dort stand: "*Zogbis Charterflüge*".

"Zogbi. Wir haben deine letzte Übertragung verstanden. Drei Personen 80 Kilometer südöstlich von Bilma gesichtet. Wir sind auf dem Weg. Wir werden innerhalb von fünf Stunden vor Ort sein. Gute Arbeit!"

Sam spürte, wie ihm die Galle in den Hals stieg. Seine Stimmung war schon längst im Keller. Er drehte sich um und sah Tom und Zara an. "Wir könnten da ein Problem haben."

Kapitel Vierunddreißig

Sam sah sich Zaras Gesicht an. Ihre sonst so harte Fassade hatte Risse bekommen. Die Aussicht, dass sie alle sterben würden, hatte ihre Selbstzufriedenheit beeinträchtigt. Ihre haselnussgrünen Augen tränten, aber sie weinte nicht.

Sie sagte: "Es tut mir leid, dass ich dich und Tom in den Tod gerissen habe."

Sam schüttelte den Kopf. "Noch nicht, das hast du nicht."

"Mindestens fünfhundert Männer stürmen auf Kamelen auf uns zu. Sie sind müde, sie haben Durst und sie sind gierig. Angetrieben von dem Traum von großen Reichtümern, die uns die Eroberung bescheren wird, werden wir ihnen auf dem Weg nach Mao auf keinen Fall entkommen."

"Was ist mit der Wasserstelle?", fragte er.

"Der Brunnen ist mit einer Stahltür abgedeckt, die wiederum mit Sand gefüllt ist, um ihn geheim zu halten, aber die Spurenleser werden ihn trotzdem schnell finden. Bestimmt weiß einer von ihnen sogar schon von der Existenz des Brunnens."

"Das ist schon okay, dorthin, wo ich mich verstecken will, werden sie mir nicht folgen."

"Wie meinst du das?", fragte sie.

"Du wirst schon sehen. Finde einfach den Brunnen und ich werde dir ein Versteck für die Ewigkeit suchen."

"Das ist es aber gerade. Ich möchte lieber nicht dort sterben."

Sam sagte: "Ich auch nicht. Unser Agent sprach von einem uralten Zufluchtsort, der unter dem Sandmeer versteckt ist und an dem er und sein Kollege regelmäßig mit Diamanten handeln konnten, ohne dass jemand sie findet. Ein Ort, von dem ich jetzt annehme, dass er von den Garamanten erbaut wurde, von denen wir beide glaubten, dass sie es nie so weit nach Süden geschafft haben."

"Sie werden unsere Fußspuren bis zum Brunnen verfolgen."

Sam zuckte mit den Schultern. "Das spielt keine Rolle, sie werden uns nie darin finden."

"Wenn sie sicher sind, dass wir da drin waren, werden sie den Brunnen mit bloßen Händen ausgraben."

"Nein, das werden sie nicht. Sie werden versuchen, uns von außen zu umkreisen und nach unseren Spuren zu suchen. Der ganze Ort wird mit Fußspuren übersät sein und sie werden sich fragen, warum sie ihre größte Beute verloren haben, nachdem sie so nah dran waren."

"Was ist, wenn du dich irrst und dies nur ein Brunnen wie jeder andere ist?", fragte sie.

Sam verschränkte seine Arme. "Dann werden wir dort sterben."

Kapitel Fünfunddreißig

Vier Stunden später kamen sie der Quelle immer näher. Während sie die Sanddüne hinunterstieg, machte sich Zara mehrere Notizen über ihren Standort. Sie könnten den Brunnen innerhalb einer Stunde erreichen. Ihre Stimmung verbesserte sich zusehends. Wenn sie den Brunnen rechtzeitig erreichten und Sam Reilly mit der Schmugglerhöhle Recht hatte, konnte sie die Sache vielleicht doch noch lebend überstehen.

Von ihren Gedanken abgelenkt, sah sie die Wüsten-Hornviper nicht. Sie war halb im Sand eingegraben, nur ihr Kopf ragte heraus. Ihre Augenhörner ragten in die Höhe wie die Hörner des Teufels. Erschrocken rieb die sonst so ruhige Kreatur ihre Schuppen aneinander und gab dabei ein unverwechselbares, rasselndes Geräusch von sich.

Dieses Geräusch, das furchterregender war als das einer Klapperschlange, ließ Zara aufschrecken.

Sie schrie einen bösartigen Fluch und sprang ihm aus dem Weg. Sie rannte mehr als zehn Meter die Sanddüne hinunter, bevor sie auf der Seite landete und sich überschlug. Als sie zum Stehen kam, stand sie schnell auf und schaute die Sanddüne hinauf, wo sie bereits die Schlange sehen konnte, die schnell in die entgegengesetzte Richtung ausgewichen war.

Zara atmete ein und sanft wieder aus. Sie hatte noch nie besondere Angst vor Schlangen gehabt, aber ein früher und schmerzhafter Tod durch Vergiftung gefiel ihr auch nicht besonders. Sie griff nach ihrer Tasche und fluchte erneut. Sie war immer noch zwanzig Meter über ihr auf der Düne.

Schnell kletterte sie hinauf, um ihre Tasche zu holen. Als sie sie aufhob, bemerkte sie, dass sie leichter war, als sie hätte sein sollen.

Das Buch ist weg!

Ihr Blick suchte die Gegend ab und entdeckte das Buch des Nostradamus halb geöffnet im Sand. Sie rannte hinüber und schnappte es sich, bürstete schnell den Sand ab und legte es zurück in seine Hülle. Dann hielt sie inne und hielt den Atem an, weil ein kleines Blatt gefaltetes Papier aus dem Kodex gefallen war.

Zara hob das Papier auf und faltete es auseinander. Winzige Löcher im Papier bildeten sich in der Falte, was darauf schließen ließ, dass es schon seit Jahrhunderten dort war. Sie warf einen Blick auf das Papier und schüttelte den Kopf. Es war ein sorgfältig geschriebener Zettel, der mit derselben Hand geschrieben war wie der andere Zettel, der angeblich von Nostradamus stammte.

Sie begann ihn zu lesen ...

Heute wirst du einen Mann treffen, der von einem weit entfernten Ort angereist ist. Er wurde zu einem ganz bestimmten Zweck in dieses Land gesandt. Du darfst nicht zulassen, dass er diesen Zweck erfüllt. Egal, wie sehr du es dir auch wünschst.

Sie las die zweite Hälfte des Zettels zu Ende, unfähig zu glauben, was dort stand, und doch sicher, dass es wahr war.

"Was liest du da?", unterbrach Sam sie.

Sie lächelte. "Ich lese gerade einen weiteren Zettel, den Nostradamus mir hinterlassen hat. Aber wie bei allem, was ich bisher gelesen habe, weiß ich nicht genau, was ich davon halten soll."

"Kann ich dir helfen?", fragte er.

Sie faltete den Zettel, schob ihn in den Einband und schloss den Kodex wieder. "Nein. Das muss ich alleine machen."

"Okay." Sam stand nach ihrer fünfminütigen Pause auf und ging weiter nach Süden.

Sie sah ihm beim Gehen zu. Seine Füße sanken schwer in den Sand, als er schritt. Sie wusste, dass Sam den Zettel nie sehen würde. Wenn er jemals die zweite Hälfte des Zettels sehen würde, würde er ihr nie wieder vertrauen.

Wie sollte er auch? Sie biss sich auf die Unterlippe. Ich traue nicht einmal mir selbst mit den neuen Informationen.

Kapitel Sechsunddreißig

Sam lief den allmählich abfallenden Sand hinunter, bis er sich abflachte. Seine blauen Augen suchten die Gegend ab, auf der Suche nach einem Hinweis auf den Brunnen, von dem Zara ihm erzählt hatte. Die gesamte Region war mit Sand gefüllt, der sich sanft in gleichmäßigen Wellen zu perfekten Dünen wogte. Der Sand, der einst von den Luftbergen und dem Ténéré-Gebirge abgetragen wurde, war über Tausende von Jahren durch die Ebenen getragen worden.

Da er nichts außer Sand sehen konnte, drehte er sich zu Zara um. "Wo ist es?" fragte Sam.

Zara lächelte. "Direkt vor uns."

"Wo? Ich kann nichts sehen?"

"Ich werde es dir zeigen. Siehst du die Stelle da drüben, wo der Sand aussieht, als wäre er kürzlich verbrannt worden?"

Sam warf einen Blick darauf und nickte. Es könnte eine Stelle sein, an der einheimische Nomaden kürzlich ein Feuer zum Teekochen gemacht hatten. Auf jeden Fall war es nicht eindeutig genug, um als Orientierungspunkt zu dienen, es sei denn, man wusste genau, wonach man suchte.

Zara ging langsam auf den verdunkelten Sand zu. "Hier stand früher der *Baum von Ténéré*, der einst als der isolierteste Baum des Planeten galt. Eine uralte *Acacia raddiana*. Das letzte Überbleibsel von Bäumen in der Region, als der Erg von Bilma noch ein Sumpfgebiet gewesen war, in dem das Leben pulsiert hatte. Man weiß, dass Akazien bis zu 650 Jahre alt werden können, aber dieser Baum könnte noch viel länger existiert haben. Bis vor Kurzem waren sie und der *Arbre Pe*rdu, der verlorene Baum im Norden, die einzigen Bäume, die auf einer Karte im Maßstab 1:4.000.000 als Orientierungspunkte auf den Karawanenrouten durch die *Ténéré*-Region in der Sahara verzeichnet waren."

"Er muss aus einem Grundwasserspiegel irgendwo unter uns geschöpft haben."

Zara nickte erneut. "Im Winter 1938-1939, als die Angst vor einem Krieg in Nordafrika immer größer wurde, grub man in der Nähe des Baumes einen Brunnen, um den Versorgungsbedarf aus Niger und Tschad zu verbessern. Weißt du, was sie gefunden haben?"

Sam schüttelte den Kopf. "Was?"

"Die Wurzeln des Baumes erreichten den Grundwasserspiegel in einer Tiefe von 1,5 m."

"Ist das der Brunnen, den wir suchen?", fragte er.

"Nein. Dieser Brunnen wurde 1941 von Mussolinis Truppen zugeschüttet, um den Nachschub aus dem Süden zu blockieren. Der Brunnen, den wir suchen, ist ganz in der Nähe."

"Was ist mit der Raddiana-Akazie passiert?", fragte Sam.

"Das Wasser ist ausgetrocknet und mit ihm alle Arten von Vegetation gestorben."

Sam grinste. "Nein. Ich meine, was ist mit dem letzten Baum passiert?"

Zara seufzte. "Irgendein betrunkener Idiot ist mit seinem Geländewagen dagegen gefahren."

Sam lachte und schaute sich um. In allen Richtungen gab es nichts als Sand bis zum Horizont. "Hier draußen?"

Sie nickte und blieb vor dem verdunkelten Sand stehen. "Ich fürchte ja."

Sam beobachtete, wie sie ihren genauen Standort in Bezug auf die Sonne einnahm und sich nach links drehte. Sie ging mit kleinen, bedächtigen Schritten vorwärts. Er folgte ihr, als Zara fünfundsechzig Schritte abzählte und dann stehen blieb. Ohne ein Wort zu sagen, begann sie mit ihren bloßen Händen im Sand zu graben.

Sam und Tom schlossen sich ihr schnell an. Innerhalb weniger Minuten hatten sie den obersten Sand weggeschaufelt und fanden einen großen Eisendeckel. Der ursprüngliche Brunnen hatte wahrscheinlich nie eine Abdeckung. Sam vermutete, dass er erst in jüngerer Zeit hinzugefügt wurde, von einem reisenden Schmuggler, der den Weg für die meisten

Reisenden versperren wollte. Nimmt man eine wichtige Wasserversorgung in der Wüste weg, schließt man die Reisewege aus.

Sam und Tom zogen die Abdeckung auf. Sie war schwer. Selbst zu dritt hatten sie Mühe, sie zu bewegen. Sie räumten den Rest des Sandes beiseite. Am Boden versperrte ein altes Vorhängeschloss den Eingang.

"Mein Gott!", sagte Zara. "Wer verschließt das einzige Wasser im Umkreis von Hunderten von Kilometern mit einem Vorhängeschloss?"

"Ein Neuling?", fragte Tom.

Sie nickte. "Die einzige Wasserquelle im Umkreis von Hunderten von Kilometern zu verschließen, ist wie ein Todesurteil für jeden der auf sie angewiesen ist. Ich kann mir nicht einmal vorstellen, wer das tun würde."

"Jemand, der nicht will, dass es verschwindet." Sam nahm den Kolben seiner AK-47 und schlug damit auf das Vorhängeschloss ein. Beim vierten Versuch gab das verrostete Schloss nach.

Sam half Tom, den schweren Deckel mit den Scharnieren zu öffnen und alle drei starrten in den Brunnen. Er sah tief aus. Viel tiefer, als er erwartet hatte. Zara hatte den Brunnen auf etwa 30 Meter tief beschrieben und dabei hatte sie definitiv nicht übertrieben. Der Brunnen war wahrscheinlich sogar noch tiefer. Er war eng genug, dass sie sich leicht an den Seiten abstoßen und langsam zum Wasser hinunter hangeln konnten, aber nicht so eng, dass es schwierig war, sich zu bewegen. Sam fragte sich, ob sie es schaffen würden, wieder herauszuklettern, sobald ihre Füße nass waren. Er beschloss, dass jetzt der falsche Zeitpunkt war, um seine Bedenken zu äußern.

"Es ist tiefer, als ich erwartet habe", gab Sam zu.

"Er ist 180 Meter tief", sagte Zara.

"Es gibt einen zweiten Grundwasserspiegel?"

Sie freute sich, dass er den Zusammenhang erkannt hatte und lächelte. "Ja."

Sam nahm den Notfallkoffer, den er aus Zogbis Flugzeugwrack geholt hatte, und ließ ihn neben dem Brunnen auf den Boden fallen. Seine Augen blickten zu etwas auf, das am Horizont glitzerte. Er blinzelte gegen die Sonne und versuchte, genau zu erkennen, was er sah.

"Was ist das?", fragte Zara.

Sam seufzte. "Wir haben Besuch."

Toms Augen huschten zum Horizont. Er hatte das Glück, mit einem Sehvermögen von 20:10 geboren worden zu sein, das heißt, er konnte in der Ferne doppelt so genau sehen wie der Durchschnittsmensch mit einem Sehvermögen von 20:20. "Da sind drei Reiter auf dem Kamm. Nein. Warte. Es sind vier. Sie haben sich vor den Rest unserer Verfolger geschlichen. Sie reiten auf Kamelen und sind ziemlich schnell, wie es aussieht."

Zara betrachtete den Horizont. "Sie müssen aus Bilma gekommen sein. Sie reiten auf frischen Tieren."

"Wie lange haben wir noch?", fragte Sam und berief sich dabei auf Zaras lebenslange Erfahrung mit Reisen in der Region.

"Eine Stunde. Vielleicht auch weniger?", antwortete sie.

Sam starrte auf die Reiter, die sich auf der Sanddüne in der Nähe des Horizonts näherten. Sie waren mindestens drei, vielleicht sogar vier Kilometern vor ihren Verfolgern gewesen. Sie kamen schnell näher. Ihre Tiere, die wahrscheinlich aus Bilma stammten, waren frisch und bereit, sich zu einer schnellen Bewegung provozieren zu lassen. Es waren insgesamt vier Reiter. Sie waren gekommen, um sie alle zu töten und ihre Beute zu sichern - das Buch des Nostradamus.

Aus irgendeinem Grund kamen ihm die vier Reiter der Apokalypse in den Sinn: Krieg, Hungersnot, Angst und Tod. Er wusste nicht welcher von ihnen, zu ihnen kommen würde, aber er hielt den Tod für am wahrscheinlichsten. Es schien so unglaublich ungerecht zu sein. Nach all den Kilometern, die sie zurückgelegt hatten, würden sie ausgerechnet beim Klettern in den alten Brunnen und damit dem Erreichen ihres Verstecks erwischt werden. Hinter den vier Reitern breitete sich eine Staubfahne bis zum Horizont aus. Der Rest ihrer Verfolger lag etwa drei bis vier Kilometer hinter ihnen verstreut.

Zara sah zu ihm auf, als könne sie seine Gedanken lesen. "Wenn du sie jetzt nicht tötest, wissen sie mit Sicherheit, dass wir im Brunnen sind."

Tom lud das restliche Magazin in die Kammer seiner AK-47. "Dann müssen wir dafür sorgen, dass sie uns nicht reingehen sehen."

"Okay", sagte Sam. "Ich werde den Brunnen überprüfen. Zara, du und Tom, ihr geht zurück und legt ein paar zusätzliche Spuren in den Sand, die sie verfolgen können. Hoffentlich denken sie, dass wir unsere Wasserflaschen gefüllt haben und weiter nach Süden, zum Tschadsee, gegangen sind. Wir könnten sie ja immer noch abhängen."

Kapitel Siebenunddreißig

Sam öffnete die Notfallausrüstung, die er aus Zogbis abgestürztem Flugzeug gestohlen hatte, und holte zwei grüne Leuchtstäbchen heraus. Er steckte den Ersten ein und knackte dann den Zweiten, indem er die Röhre verbog. Er beobachtete, wie der Aktivator, Wasserstoffperoxid, aus der zerbrochenen Ampulle in den Phenyloxalatester und den fluoreszierenden Farbstoff floss, wo er sich vermischte und die chemische Lumineszenz erzeugte. Die Röhre leuchtete hellgrün. Er steckte ihn in seinen Gürtel und warf einen letzten Blick in die Ferne. Die vier Reiter waren eine Sanddüne hinunter gegangen und fürs Erste verschwunden - er würde schnell sein müssen.

Er setzte sich auf den Rand des Brunnens und stellte den linken Fuß nach vorne und das rechte Bein nach hinten. Mit einer bei Kletterern beliebten Technik, dem sogenannten Stemming, begann er den Abstieg in den Brunnen. Das Prinzip besteht darin, Hände und Füße auf die gegenüberliegenden Enden der Felswände zu setzen und nach außen zu drücken, als ob man versuchen würde, sich durchzudrücken.

Mit so viel Druck von außen wie möglich begann Sam seinen Abstieg. Er schlurfte nach unten. Er verlagerte sein Gewicht von einer Seite auf die andere, um abzusteigen und benutzte seine Hände hauptsächlich für das Halten des Gleichgewichts. Abgesehen von der Gefahr eines lebensgefährlichen Sturzes, wenn er ausrutschte, war der Vorgang recht einfach und erforderte im Vergleich zum herkömmlichen Klettern keine große Anstrengung. Er dachte nicht darüber nach, welche Folgen ein Ausrutschen hätte, denn wenn er nicht bald ein Versteck finden würde, würden Ngiges Männer ihn sowieso schnell töten.

Innerhalb weniger Minuten erreichten seine Füße das ruhige Wasser am Fuße des Brunnens. Vorsichtig senkte er den linken Fuß ins Wasser, während er mit den Händen verstärkt einen Gegendruck ausübten. Dann tauchte Sam langsam beide Beine ins Wasser und ließ sich fallen.

Sein Kopf tauchte unter die Wasseroberfläche und seine Füße erreichten den Boden nicht. Er kam schnell wieder an die Oberfläche. Das war ein gutes Zeichen. Das Wasser war tief. Wäre es seicht gewesen, wäre seine Theorie bereits widerlegt gewesen.

Er atmete ein paar Mal tief ein und aus, ein Vorgang, der als Hyper-Sauerstoffversorgung bekannt ist und tauchte dann seinen Kopf wieder unter Wasser. Er öffnete seine Augen im kühlen Wasser. Das Wasser war offensichtlich seit mindestens einem Monat unberührt, denn es war glasklar. Sam nahm den Leuchtstab von seinem Gürtel und hielt ihn vor sich.

Das Wasser im Brunnen leuchtete grün bis auf den sandigen Grund.

Das Wasser vermittelte den Eindruck, dass der Brunnen nicht sehr tief war. Ein klassischer Fehler beim Freitauchen ist es, anzunehmen, dass der Grund des Wassers flacher ist, als er in Wirklichkeit ist, weil das Wasser so klar aussieht.

Er schwamm mit seinen Armen in langen, ausladenden Zügen nach unten, während er kräftig mit den Beinen strampelte. Der Brunnen endete etwa vierzig Meter unter der Wasserlinie. Das massive Steinmauerwerk, das die Innenwand des Brunnens bildete, reichte bis zum Grund, der mit Sand gefüllt zu sein schien.

Sam hyperventilierte und tauchte dann mit dem Gesicht nach unten auf den Grund. Das Wasser war tief, aber es war kaum eine Anstrengung für ihn. Er machte sich mehr Sorgen um Zara, aber er nahm an, dass er sich darum kümmern würde, wenn die Zeit gekommen war.

Wenn er die verlorene Kammer fand ...

Das alte Gemäuer hörte ein paar Meter vor dem sandigen Boden auf. An seiner Stelle lagen mehrere große Steine. Sie sahen aus, als gehörten sie zum Brunnen. Wahrscheinlich handelte es sich um Steinstücke, die beim Bau des Brunnens abgeschlagen worden waren.

Sam fuhr mit seinen Händen an den großen Steinen entlang. Nichts bewegte sich. Sie waren alle fest. Durch den unangenehmen Schleier seiner ungeschützten Augen konnte er nichts erkennen, was seiner Sache zuträglich war. Kein Platz, der groß genug war, um sich zu verstecken, nicht einmal für kurze Zeit. Er hatte gehofft, dass es zumindest einen geschützten Vorsprung geben würde, wo sie sich verstecken konnten, während ihre Verfolger vorbeikamen. Er rechnete damit, dass sie Hunderte von Patronen in den Brunnen schießen würden, aber er bezweifelte, dass viele daran interessiert gewesen wären, ihnen hinterher zu klettern.

Stattdessen fand er eine solide, umlaufende Steinmauer, die bis zum Boden hinunterreichte. Es gab nicht einmal enge Vorsprünge, unter denen er hindurchrutschen oder sich hindurchzwängen konnte. Langsam fuhr er mit den Händen durch den Sand. Er wollte den Schlick nicht aufwirbeln, aber er musste finden, was er suchte. Vielleicht hatte sein Agent vergraben, was er brauchte?

Sein Herz begann zu rasen. Sams Körper wurde nicht auf die Probe gestellt. Er war Freitaucher, seit er ein kleiner Junge gewesen war. Wenn er hier sterben würde, dann nicht durch Ertrinken.

Was ist, wenn ich in der falschen Quelle bin?

Er drehte sich langsam im engen Raum um, um direkt nach oben zu schauen. Er war froh, dass der Brunnen nicht noch enger gegraben worden war, sonst hätte er Mühe gehabt, sich darin umzudrehen. Um sich zu helfen, hielt er sich mit der rechten Hand an dem größten der fünf Felsbrocken am Boden des Brunnens fest. Er zog kräftig daran und drehte seinen Körper so, dass er nach oben blickte.

Glücklich, die Drehung geschafft zu haben, hielt er sich wieder an dem Stein fest, um nicht sofort wieder aufzutauchen.

Im Nu begann der Stein, sich mit ihm zu heben.

Ist mir gerade die Hand ausgerutscht?

Sam bewegte den Leuchtstab so, dass er den Stein sehen konnte. Er schien immer noch fest an der Stelle zu sitzen, an der er ihn vorhin gesehen hatte. Er drückte fester, aber es machte keinen Unterschied. Seine Lungen brannten und seine Tauchuhr zeigte an, dass er schon fast zwei Minuten getaucht war. Sam schüttelte den Kopf, unfähig zu erklären, was sich bewegt hatte und schwamm schnell an die Oberfläche.

Über der Wasseroberfläche blies er das überschüssige Kohlendioxid, das sich beim Tauchen gebildet hatte, mit langsamen, tiefen Atemzügen aus. Zwei Minuten später drehte er sich um und tauchte erneut ab.

Diesmal tauchte er sofort zu dem großen Stein, von dem er dachte, dass er sich bewegt hatte, um ihn erneut zu untersuchen. Sam war sich fast sicher, dass sich das Ding bewegt hatte. Er versuchte, ihn nach links und dann nach rechts zu schieben. Keiner von beiden erlaubte es ihm, den riesigen Stein auch nur einen Zentimeter zu verschieben. Er drückte kräftig auf den Stein. Wieder bewegte sich nichts. Er schüttelte den Kopf, er musste sich das alles nur einbilden.

Es gab kein geheimes Gewölbe.

Und das bedeutete, dass alles vorbei war. Er hatte sich geirrt. Vielleicht hatte ihr Agent die Diamanten doch nicht in einem Brunnen vergraben. Sam benutzte denselben Stein, um sich wieder nach oben zu drehen. Er würde es den anderen sagen müssen. Es war Zeit, einen neuen Plan zu schmieden.

Vielleicht hatten sie noch genug Zeit, die vier nächsten Reiter zu töten und ihre Kamele zu nehmen?

Er stieß sich von dem großen Stein ab und schwamm in Richtung Oberfläche. Nur dieses Mal bewegte er sich wieder. Er hatte es sich nicht eingebildet. Es gab definitiv eine Bewegung, als er sich abstieß. Sam blieb stehen und starrte den riesigen Stein an, wie ein Chirurg, der sich auf eine Amputation vorbereitet. Er ging dieselben drei Bewegungsachsen durch, die möglich waren, und versuchte dann die eine Achse, die unmöglich war - den massiven Stein nach oben zu heben.

Der Stein war riesig. Er war fast einen Meter hoch und sah aus, als wäre er tief in der Wand verkeilt, sodass es unmöglich war, ihn anzuheben. Er erwartete keine große Reaktion, als er versuchte, den Stein anzuheben, aber stattdessen konnte er ihn ungehindert vom Boden heben und eine Öffnung im Inneren freigeben.

Mit der anderen Hand bewegte er den Leuchtstab so, dass er im Inneren leuchtete. Die Öffnung war ziemlich groß, wenn man erst einmal den ersten Eingang überwunden hatte. Er versuchte, ihn wieder herunterzulassen, und hob ihn dann leicht wieder an.

Sam grinste.

Das verdammte Ding ist perfekt auf einem Drehpunkt ausbalanciert!

Er biss die Zähne zusammen, hielt den Leuchtstab vor sich und zog sich schnell durch die geheime Öffnung.

Kapitel Achtunddreißig

Der Eingang führte zu einem viel größeren Tunnel. Er verlief in horizontaler Richtung für ungefähr zwanzig Meter, bevor er sich allmählich nach oben drehte. Die Entfernung machte ihm keinen Stress, aber für einen Nicht-Freitaucher wäre es fast unmöglich. Er hatte nicht einmal darüber nachgedacht, ob es auf der gegenüberliegenden Seite überhaupt Luft gab.

Er hatte den Punkt, an dem es kein Zurück mehr gab, bereits überschritten. Jetzt konnte er nur noch in die Dunkelheit schwimmen und beten, dass er einen sicheren Ausgang finden würde. Er strampelte mit den Beinen und schwamm schräg nach oben, bis sein Kopf die dunkle Oberfläche durchbrach.

Die andere Seite öffnete sich zu einer großen Lichtung, die wie ein unterirdischer See aussah. Das leuchtend grüne Licht seines Leuchtstabs reichte mindestens fünfzig Meter weit nach vorne und zeigte die bogenförmige Form des Sees. Sam schwamm nach oben, bis sein Kopf die Wasseroberfläche durchbrach und er sich in einer riesigen unterirdischen Höhle wiederfand. Er nahm einen tiefen Atemzug. Die Luft fühlte sich kühl und süß in seiner Kehle an. Er spürte, wie sich sein Herzschlag beruhigte und sich sein ganzer Körper entspannte.

Das grüne Glühen erstreckte sich bis zum anderen Ende der Höhle - etwa 15 bis 18 Meter entfernt. Der ganze Ort sah aus wie eine halbkuppelförmige Höhle über einem unterirdischen See. Es würde ein kalter, nasser Ort sein, an dem sie für einige Tage Zuflucht finden würden, während ihre Verfolger weiter zögen, aber es würde genügen. Seine größte Sorge war, dass sie erfrieren würden, wenn sie nicht aus dem Wasser herauskämen.

Sam drehte sich um, um sich zu orientieren und den schnellen Weg zurück zum Brunnen zu finden, um die anderen zu holen. Dabei bemerkte er, dass die kleinen Wellen, die er auf der Oberfläche erzeugt hatte, alle an der gleichen Stelle in der Mitte des Sees aufhörten.

Er grinste. In der Mitte des Sees befand sich eine Insel.

Sam hielt nicht an, um sie zu untersuchen. Er hatte gefunden, was sie brauchten, um sich vor ihren Verfolgern zu verstecken und dem Tod ein Schnippchen zu schlagen. Jetzt musste er schnell zu Tom und Zara zurückkehren. Er fand die Öffnung des ursprünglichen Tunnels und folgte ihm bis zum Ende, wo der große Stein seinen Weg versperrte. Das Licht seines Leuchtstabs wurde schwächer und ohne ihn erschien der Tunnel extrem dunkel.

Der Tunnel wurde immer enger, bis der Stein sein Vorankommen blockierte. Sam legte seine Hände fest auf den Boden und versuchte, sich nach unten zu drücken, als würde er einen Liegestütz machen, wobei der Stein schwer auf seinem Rücken lag. Es brauchte nicht viel Kraft und der Stein kippte nach hinten und öffnete den Tunnel vollständig.

Er kletterte durch die Öffnung. Als er wieder im Brunnen war, drehte er sich zum Licht und stieß sich vom sandigen Boden ab. Mit einem kräftigen Tritt schwamm er an die Oberfläche. Sein Kopf durchbrach die Oberfläche und er atmete wieder tief ein.

Sam setzte den linken Fuß vorne und den rechten hinten an. Er nutzte die entgegengesetzte Kraft seiner Beine, um sich aufzurichten, sodass sein Oberkörper über die Wasseroberfläche ragte. Er nutzte seine Hände zum Ausbalancieren, verlagerte sein Gewicht auf die Fußballen und drückte sich nach unten.

Sein linkes Bein hielt, aber sein rechtes rutschte ab und er fiel sofort zurück ins Wasser. Das Wasser machte den Brunnen zu rutschig für das Klettern. Er versuchte es erneut und erzielte das gleiche Ergebnis. Beim vierten Mal griff er mit seiner rechten Hand nach einem gebogenen Stein in der Brunnenwand und zog sich aus dem Wasser. Langsam schüttelte er einen Teil des Wassers an seinen Füßen ab und begann erneut zu klettern. Es dauerte etwa vier bis fünf Minuten, bis er die Spitze des Brunnens erreicht hatte. Sam kletterte heraus und sah Zara, die ihn anschaute.

"Ich habe es gefunden!", sagte er und sah sie an. Er lächelte. Es war schadenfroh und kam ganz natürlich. "Ich habe dir doch gesagt, dass es hier sein würde."

Zara starrte ihn an, sagte aber nichts. Sie blinzelte und ihre langen dunklen Wimpern öffneten sich. Im Nachmittagslicht wirkten ihre Augen dunkel und unleserlich. Hinter ihm hörte Sam das unverwechselbare laute Klicken eines großen Magazins, das nach hinten geschoben und im Magazinschacht einer AK-47 gesichert wurde.

Sam machte sich nicht die Mühe, sich umzudrehen. Seine Augen trafen sofort auf die von Zara. Sie verrieten ihm sofort die Verzweiflung über ihr Schicksal.

Sie zuckte mit den Schultern. "Es tut mir leid, Sam. Sie haben uns zuerst gefunden."

Sam holte tief Luft und atmete langsam aus. Er hielt es für ein gutes Zeichen, dass sie ihn noch nicht getötet hatten. Er drehte sich lässig um und sah, dass alle vier Reiter direkt auf die beiden zielten. Er hob nachgiebig die Arme und lächelte. "Ich habe mich schon gefragt, wann ihr endlich aufholen würdet."

Kapitel Neununddreißig

Sam warf einen Blick auf seine eigene AK-47. Sie stand aufrecht, etwa einen Meter entfernt und der Kolben der Waffe steckte im Sand neben dem Brunnen, wo er sie in der Hoffnung zurückgelassen hatte, die Waffe vor dem Sand zu schützen, während er in den Brunnen tauchte. Zara hatte ihm gesagt, dass es noch mindestens eine Stunde dauern würde, bis die Reiter sie einholten. Trotzdem hätte er besser vorbereitet sein müssen. Er hätte schneller in den Brunnen hinunter- und wieder hinaufsteigen müssen. All das war jetzt egal - denn er hatte alles falsch gemacht. Es könnte der letzte Fehler sein, den er in seinem Leben machen würde.

Sein Blick schweifte zurück zu seinen Angreifern. Sie trugen die indigoblauen Gewänder der Tuareg-Nomaden und waren bis auf die Augen mit einem Schutztuch bedeckt. Einer hielt eine AK-47 lässig auf ihn gerichtet, als wüsste der Reiter, dass er sie nicht brauchen würde, um ihn zur Herausgabe des Buches zu bewegen. Die anderen drei trugen Sterling-Maschinenpistolen. Alle vier wirkten amateurhaft in der Art, wie sie ihre Waffen hielten. Sie sahen eher aus wie Kinder, die gerade ein Spielzeug bekommen hatten, als wie Profis. Dennoch zeigte Kony 2012, wie gut die AK-47 von Kindersoldaten in ganz Afrika eingesetzt wurde, um viele Menschen zu töten. Auf den ersten Blick sah die AK-47 sauber und gut geölt aus, während die anderen drei Waffen alt und schlecht gewartet waren.

Sam warf einen Blick auf die Sterling-Maschinenpistolen.

Der Verschluss war offen und die funktionierenden Teile befanden sich auf der Rückseite der Waffe. Wie bei anderen Waffen mit offenem Verschluss fährt der Verschluss nach vorne, wenn der Abzug betätigt wird, und befördert eine Patrone aus dem Magazin in das Patronenlager und feuert sie ab. Wie bei allen anderen Selbstladewaffen ohne externe Stromversorgung wird der Verschluss durch die Energie des Schusses in Gang gesetzt, der den Bolzen nach hinten schickt, die leere Patronenhülse auswirft und den nächsten Schuss vorbereitet. Das bedeutete, dass es keine große Anstrengung brauchte, um mehrmals zu schießen.

Er bemerkte, dass die Bolzen schraubenförmige Rillen in die Oberfläche geschnitten hatten. Der Zweck war, Schmutz und Ablagerungen von der Innenseite des Gehäuses zu entfernen, um die Zuverlässigkeit in der Sahara, wo es viel Sand gab, zu erhöhen. Ausnahmslos alle Rillen schienen mit Sand verstopft zu sein und die Männer waren unwissend oder zu faul, sie auszubauen und zu reinigen. Die Waffen waren schon sehr lange nicht mehr auseinandergenommen und geölt worden. Wenn er Glück hatte, würde in einem Feuergefecht wahrscheinlich mindestens eine der Waffen klemmen und fehlzünden - aber drei funktionierende Waffen gegen keine war immer noch ein sehr ungleicher Kampf.

Sam schaute seine Angreifer an. Seine Hände blieben flehend in der Luft. "Also gut, was jetzt?"

Die Reiterin mit der AK-47 stieg von ihrem Kamel ab. Sie sprach mit der Autorität einer Person, die es gewohnt ist, dass man ihr gehorcht. "Jetzt übergibst du das Buch des Nostradamus."

"Welches Buch?"

Sie lächelte ihn an. "Niedlich. Aber ich fürchte, ich habe nicht viel Zeit. Du hast es vielleicht noch nicht bemerkt, aber wir werden von einer Armee verfolgt, und die wird nicht ganz so nett sein, wenn sie hier ankommt. Deine Freundin hat mir schon erzählt, dass sie das Buch gestohlen hat und du es für sie im Brunnen versteckt hast."

Sam zwang sich zu einem Lächeln. "Wenn du also weißt, wo es ist, warum holst du es nicht selbst?

"Weil ich nicht vorhabe, in den Brunnen zu klettern", sagte sie. "Stattdessen zähle ich auf deine Freundlichkeit."

"Freundlichkeit! Glaubst du, dass General Ngige den Menschen in der Demokratischen Republik Kongo eine große Freundlichkeit erweisen wird?"

Die Befehlsempfängerin lachte. "Du glaubst immer noch, dass General Ngige hier die Kontrolle hat, oder?"

Sam fragte: "Hat er das nicht?"

"Nein."

Sam war von dieser neuen Information wirklich überrascht. "Nach allem, was ich gehört habe, ist er der Anführer der Rebellion?"

"Das liegt daran, dass die Welt auf die Marionette schaut und selten auf den Puppenspieler."

"Jemand anderes zieht die Fäden?"

"Ja."

"Wer?"

"Jemand, der daran interessiert ist, den größten Krieg zu beginnen, den Afrika je erlebt hat, und der nicht gefunden werden will. Jemand, der will, dass das Buch des Nostradamus zerstört wird, bevor die Zukunft unwiederbringlich ist."

"Ich fürchte, ich kann dir nicht helfen", sagte Sam.

"Mr. Reilly, ich glaube, du verstehst nicht, was hier auf dem Spiel steht. Sie setzen die Zukunft der größten Gefahr aus, die sie je gesehen hat."

Die Erwähnung seines Namens schockierte ihn. Bis zu diesem Zeitpunkt hatte Sam angenommen, dass die Reiter Nomaden waren, die mit einem Kopfgeld an schnellen Reichtum kommen wollten. Sie waren auf der Jagd nach Zara Delacroix, aber sie sollten keine Ahnung haben, wer er war. "Wer sind Sie?"

"Mein Name ist nicht wichtig. Ich bin nicht wichtig. Ich bin eine Tuareg-Nomadin. Eine Wanderin und ein Niemand. Ich erfülle einzigartige Aufgaben in den rauen Gegenden der Sahara. Heute bin ich nur ein Bote. Und ich bin hier, um dir zu sagen, dass es Zeit ist, die Seiten zu wechseln. Die US-Regierung hat die falsche Person unterstützt und die Zukunft wird das nicht tolerieren."

Zara starrte sie an, ohne ein Wort zu sagen.

"Die Zukunft wird das nicht tolerieren?", fragte Sam. "Mir war nicht klar, dass die Zukunft etwas will."

"Das ist eines der vielen Dinge, die du in letzter Zeit falsch verstanden hast. Die Zukunft ist festgelegt. Sie weiß, was passieren soll. Nicht was einfach ist, sondern was notwendig ist. Mein Meister weiß, was sie will. Nostradamus wusste, was sie wollte und war zu schwach, um ihrem Willen zu gehorchen. Er beschloss, die Zukunft herauszufordern und wurde stattdessen von ihr getötet."

"Die Zukunft hat Nostradamus getötet?", fragte Sam. "Ich dachte, er ist in seinem Bett gestorben, nachdem er jahrelang an Gicht und Wassersucht gelitten hatte?"

"Nach seiner Reise in die unkartierte und gefährliche Sahara, um sein Buch zu vergraben, lebte Nostradamus viele Monate lang von Muscheln an der nordafrikanischen Küste, bis er von einem europäischen Sklavenschiff aufgegriffen wurde."

Sam starrte sie an und konnte ihrem Gedankengang nicht folgen. "Und weiter?"

"Muscheln sind reich an Purinen."

"Tut mir leid, ich kann dir immer noch nicht folgen."

"Purine werden zu Harnsäure abgebaut, die sich als Kristalle in den Gelenken ablagern und Schmerzen und Entzündungen verursachen."

"Und du glaubst, die Zukunft hat das getan, um Nostradamus davon abzuhalten, ihren Weg in Frage zu stellen?"

"Nein. Nostradamus hatte bereits seinen Versuch unternommen, das zu ändern, was geschehen wird und geschehen muss."

"Warum wurde er dann vergiftet?"

"Die Zukunft wollte ihn bestrafen."

Sie redet, als wäre die Zukunft ein lebendes, atmendes, böses Wesen. "Okay, damit ich das richtig verstehe. Nostradamus dachte, er hätte einen Weg gefunden, die Zukunft zu besiegen, also schrieb er ein Buch und vergrub es in der Wüste Sahara, wo niemand es finden konnte, bis Dr. Delacroix kam."

Seine Entführerin nickte und sagte nichts.

"Also, was steht in dem Buch von Nostradamus?" fragte Sam.

Keiner antwortete.

"Was will die Zukunft nicht ändern?", beharrte er.

Seine Entführerin drehte sich zu Zara um. "Willst du ihm sagen, was du im Buch des Nostradamus entdeckt hast?"

Zara schüttelte den Kopf. "Nein. Das kann ich nicht!"

Ihre Entführerin richtete die AK-47 auf Zara. "Du kannst und du musst!"

"Ich habe es noch nicht herausgefunden. Ich weiß es nicht!"

"Doch, du weißt es. Du weigerst dich nur, es zu akzeptieren! Jetzt sag es ihm!"

Zara schaute auf die Waffen, die auf sie gerichtet waren, und dann wieder auf ihn. Ihr Kiefer war fest und ihr Blick durchdringend, als hätte sie eine Entscheidung mit schrecklichen Folgen getroffen. "Es tut mir leid."

"Dann werde ich es ihm sagen!", sagte ihre Entführerin. "Die Zukunft wird...", ihre Worte verstummten, als eine Vielzahl von Kugeln ihre Brust durchbohrte.

Zara war die erste, die sich wieder erholte. Sie duckte sich und warf eine Handvoll Sand in die Augen der anderen drei Angreifer. Sam griff denjenigen an, der ihm am nächsten war, und drückte ab, so dass die Kugeln in einem weiten Bogen in die Luft flogen.

Neben ihm kämpfte der zweite Nomade mit dem Bolzen des Sterlings, der sich verklemmt hatte. Während Sam darum kämpfte, den Nomaden, den er angegriffen hatte, unter Kontrolle zu bekommen, zielte der dritte Angreifer direkt auf ihn. Der Mann machte drei Schritte auf ihn zu und stieß den Lauf seiner Maschinenpistole hart gegen ihn.

Sam spürte den Druck an seiner Schläfe. Der Mann wollte sichergehen, dass er nicht danebenschießt und den anderen Kerl erwischt. Seine Zuversicht bedeutete, dass Zara bereits tot war. Er biss die Zähne zusammen, als ob sein Wille allein ihren Tod irgendwie aufhalten könnte.

Einen Moment später hörte er den Abzug klicken und den Schuss abfeuern.

Hörst du wirklich das Geräusch des Schusses, der dich tötet? Einen Sekundenbruchteil später spürte Sam, wie der Druck des Maschinenpistolenlaufs von seiner Schläfe abfiel. Er drehte seinen Kopf leicht und sah an der Stelle, an der sein Angreifer gefallen war, einen feinen roten Nebel.

Sam richtete seinen Blick auf den sandigen Kamm in der entgegengesetzten Richtung. Dort, hoch oben auf der Sanddüne hinter ihnen, stand Tom auf und hatte den Mann einen Moment, bevor er schießen konnte, ausgeschaltet.

Gleichzeitig kniete Zara dem verbleibenden Nomaden in die Leiste. Er ließ die Sterling-Maschinenpistole mit dem klemmenden Bolzen fallen. Die Waffe fiel auf den Boden. Sie landete auf dem harten Rand des Brunnens. Durch die Wucht löste sich der Bolzen und die Sterling entleerte alle vierunddreißig Patronen ziellos.

Sam ließ sich in die Düne fallen. Das scharfe Heulen der Kugeln, die an ihm vorbeiflogen, ließ ihn sich verzweifelt an den Boden klammern. Als die Maschinenpistole endlich aufhörte zu schießen, stand Sam auf. Er hatte die beiden verbliebenen Angreifer getötet. Schnell rannte er zu der Frau, die das Kommando übernommen hatte. Sie war in die Brust getroffen worden und blutete stark. Es gab nichts, was er tun konnte, um ihr Leben zu verlängern.

Sam sagte: "Bitte. Ich muss es wissen. Was soll das alles?"

Sie drehte sich um und sah ihn an. Mit jedem Atemzug floss Blut aus ihrem Mund. Sam setzte sie auf und stützte sie mit dem Rücken gegen sein Knie. Sie hustete und noch mehr schäumendes Blut floss aus ihrem Mund. Sie versuchte zu sprechen, aber die Worte wollten nicht herauskommen.

"Was ist los?", fragte Sam verzweifelt. "Was soll ich für dich tun?"

"Beschütze die Zukunft!"

Kapitel Vierzig

Sam beobachtete, wie die Fremde, die wenige Minuten zuvor noch seine Entführerin gewesen war, den Willen aufgab zu atmen. Sie hustete noch ein paar Mal, während ihr Körper vergeblich versuchte, das Blut aus der Lunge zu drücken und hörte dann ganz auf. Sam machte sich nicht die Mühe, nach einem Puls zu suchen. Ohne eine sofortige chirurgische Einrichtung und ein Team von Herz-Thorax-Chirurgen waren ihre Verletzungen nicht zu überleben. Sie würde bald tot sein und es gab nichts, was er tun konnte, um sie so weit zu wecken, dass sie ihm die Frage beantworten konnte, auf die er so dringend eine Antwort haben wollte.

Zara wischte sich ein paar Fliegen aus dem Gesicht, die bereits vom Geruch des Todes angezogen wurden. "Nun, das hat gut funktioniert. Ich habe mir schon Sorgen gemacht, dass Tom das Interesse an dem Plan verloren hat - es hat so lange gedauert, bis er geschossen hat."

Sam sagte: "Ich wünschte, er hätte früher geschossen."

Zara bückte sich, um eine Sterling-Maschinenpistole von einem der Verstorbenen zu nehmen und nach Ersatzmagazinen zu suchen. "Was zum Teufel soll das heißen?"

Sam schnappte sich die neuere AK-47 und drei weitere volle Magazine. "Es bedeutet, dass ich wissen will, was wirklich in dem Buch von Nostradamus steht."

"Ich habe dir gesagt, dass ich nicht weiß, was in dem Buch steht. Es ist voll von Rätseln. Seit ich das verdammte Buch gefunden habe, beschäftige ich mich damit, am Leben zu bleiben. Wie ich schon sagte, beschrieb der Brief, den Nostradamus an mich richtete, seine Zukunftsvisionen als eine Reihe von bedeutsamen Ereignissen. Wendepunkte, die alles veränderten. Große Veränderungen. Diese haben sich durch die Jahrhunderte hindurch fortgesetzt. Bei jedem möglichen Ereignis sah er die darauf folgenden Fäden für beide Zukunftsoptionen. Aber in meiner Generation hören alle menschlichen Fäden auf zu existieren."

"Das heißt?"

"Die menschliche Rasse wird zu meiner Lebenszeit aussterben."

Sam deutete auf die nun tote Frau neben ihm. "Diese Frau hat mir gesagt, dass du genau weißt, was in dem Buch von Nostradamus steht. Sie sagte, dass ich auf der falschen Seite stehe und dass ich die Zukunft schützen muss. Was hat sie damit gemeint?"

Zara wich seinem Blick aus und beobachtete stattdessen Tom, der die steile Sanddüne hinunter zu ihnen lief. "Ich weiß es nicht. Ich schwöre, ich habe keine Ahnung."

"Das ist doch Quatsch!" Sam packte sie an der Schulter, um sie daran zu hindern, von ihm wegzulaufen. "Sie war ziemlich deutlich. Sie hat zu dir gesagt: "Willst du es ihm sagen, oder soll ich?"

"Sie hat sich geirrt. Ich hatte kaum Zeit, das verdammte Buch durchzublättern. Es ist voller Rätsel, die zu entschlüsseln Jahre dauern wird, wenn es überhaupt jemand schafft!"

Sam sagte: "Aber du hast innegehalten. Du hast innegehalten. Ich habe dein Gesicht gesehen. Du warst innerlich zerrissen."

Sie fluchte und sah weg. "Du würdest mir nicht glauben, wenn ich es dir sage."

"Versuch es doch." Sam schaute sie an. Ihre haselnussgrünen Augen glühten vor Leidenschaft und Intelligenz, aber da war auch noch etwas anderes. Etwas, das er noch nie gesehen hatte - schämte sie sich? "Aus welchem Grund sollte Nostradamus den ganzen Weg in die Wüste der Sahara zurückgelegt haben, nur um seinen wertvollsten Besitz zu vergraben und zu verstecken - das Buch, das ihm all seine Macht gegeben hatte?"

"Weißt du, wie Nostradamus die Zukunft vorausgesagt hat?", fragte sie.

"Ich habe immer angenommen, dass er sich das nur ausgedacht hat, Glück hatte und der beste Freund des Königs wurde."

"Nein. Er war ein wahrer Seher."

"Wirklich? Als Wissenschaftlerin kannst du nicht erwarten, dass ich das glaube."

Sie ignorierte seine Beschwerde. "Die Art, wie er es tat, war nicht magisch. Es war reine Wissenschaft. Er konnte den Ausgang jedes bedeutenden Ereignisses verfolgen, das zu einem weiteren und noch einem weiteren führte, bis der endgültige Ausgang eines Ereignisses eintrat. Das heißt, am Ende von mehreren Hundert Ereignissen konnte er den Ausgang eines bestimmten Ereignisses sofort vorhersagen."

"Der Schmetterlingseffekt?"

"Nein. Es ist nicht ganz so einfach, wie es in den Filmen gerne dargestellt wird."

"Du denkst, die Filme haben die Wissenschaft der Zukunftsvorhersage nicht ausreichend erforscht?"

Sie ignorierte seinen Sarkasmus. "Es funktioniert folgendermaßen. Stell dir vor, du fährst auf einer geraden, langen, flachen Straße in der Wüste. Es gibt einige Gabelungen auf der Straße, aber du hältst das Lenkrad gerade und fährst immer weiter. Jetzt stell dir vor, ein Motorrad oder ein kleineres Auto stößt mit dir zusammen. Du könntest gezwungen sein, von der Straße abzudriften, aber so lange du am Steuer bleibst, kannst du es einfach wieder auf Kurs bringen."

"Du sagst, die Zukunft ist vorherbestimmt und egal, welche kleinen Unebenheiten auf dem Weg liegen, die Zukunft wird sich selbst wieder richten."

"Genau."

"Warum versuchen wir dann, sie zu ändern?"

"Wenn du mit dem Auto auf der langen, geraden Straße fährst, aber diesmal ein Lastwagen mit dir zusammenstößt, wird das Auto für immer zerstört. Damit entsteht ein ganz neuer Weg. Wenn du die Zukunft stark genug herausforderst, wird sie es nicht mögen, aber vielleicht lässt sie sich überreden, sich zu ändern."

"Welches Ereignis?"

"Das hat er nicht gesagt. Einfach das Ende der Welt."

"Wie?"

"Hat er nicht gesagt."

"Okay, warum hat er dann nicht einfach die Dinge zu seiner Zeit verändert, um die nötige Veränderung zu schaffen. Warum ist er durch die Wüste gelaufen?"

"Weil die Zukunft bereits vorherbestimmt ist. Bestimmt von einer höheren Gottheit. Er hat nicht an den Schmetterlingseffekt geglaubt - er hat es mehrfach versucht. Er konnte kleine Dinge verändern, aber die Dinge, auf die es wirklich ankam, wehrten sich einfach, bis das Schicksal der Menschen wieder in seine ursprüngliche Bahn zurückkehrte. Er versuchte es, glaub mir. Er hat es wirklich probiert. Aber alle Linien führten zu demselben katastrophalen Ereignis, das zum Untergang der Menschheit führte."

Sam sagte: "Du legst dich mit der Zukunft an und sie legt sich mit dir an?"

"Nein", schüttelte sie den Kopf. "Nichts so Unheimliches. Es werden einfach neue Ereignisse eintreten, die letztendlich das gleiche Ergebnis auslösen werden."

"Na, das ist ja toll. Jetzt wissen wir also, dass die Zukunft vorbestimmt ist und wir nichts tun können, um sie zu beeinflussen - was ist dann der Sinn des Lebens?"

"Ganz genau."

"Wann soll diese Katastrophe denn eintreten?"

"Jetzt."

"Wann jetzt?"

"Dieses Jahr, um genau zu sein."

"Wenn er also wusste, dass wir alle einfach verschwinden würden, warum hat er sich dann die Mühe gemacht, sein blödes Buch zu vergraben?"

"Weil er von den Milliarden von Zukunftszeilen, die er untersucht hat, nur eine einzige mit einer unklaren Zukunft gefunden hat."

"Er kann nicht alles sehen?"

"Alles, außer den Ausgang eines Ereignisses. Alles, was er wusste, war, dass, wenn dieses eine Ereignis eintritt, alles danach neblig wird."

"Als würde die Welt untergehen?"

"Nein, es wäre, als ob eine neue Linie geschaffen worden wäre, deren Zukunft nicht bekannt ist."

"Es war ein riskanter Versuch, aber er hat ihn unternommen."

"Was war das für ein Bild von dem Ereignis, das alles verändert hat?"

"Mich."

"Du?"

"Ich habe sein Buch gefunden."

Sam sah ihr in die Augen. Sie waren wunderschön und gleichzeitig wirklich trügerisch. Selbst ein Spezialist für Verhöre aus den gefährlichen Jahren des Zweiten Weltkriegs hätte nicht ihren Willen brechen können. "Da ist noch etwas anderes, nicht wahr?"

"Ja."

"Aber du wirst es mir nicht sagen."

"Das kann ich nicht. Es tut mir leid. Du musst mir in dieser Sache einfach vertrauen. Wenn Nostradamus sich so viel Mühe gemacht und sein eigenes Leben dramatisch verkürzt hat, um die Zukunft zu ändern - dann musst du darauf vertrauen, dass ich auf der richtigen Seite dieses Ereignisses stehe."

"Ich finde es schwer zu glauben, dass irgendjemand auf der richtigen Seite steht."

Tom stellte sich zwischen die beiden. "Was ist hier los?"

"Nette Schießerei", sagte Zara.

"Danke, Tom. Guter Schuss." Sam lächelte.

Tom fragte: "Was ist hier los?"

"Zara hat uns gerade erklärt, warum sie das größte Geheimnis der Welt vor uns verbergen muss, um die Zukunft zu schützen."

Tom nickte, ohne ein Zeichen des Verständnisses. Sein Blick war auf eine Sandwolke gerichtet, die sich in der Ferne zusammenbraute. "Sie sind nah dran. Ich schlage vor, dass wir diese Diskussion versteckt im Brunnen beenden."

Kapitel Einundvierzig

Zara beobachtete, wie Sam und Tom ihre Gewänder und Stiefel ablegten. Darunter trugen sie ein dünnes, silbriges Unterkleid, das wie ein dreiviertellanger Neoprenanzug aussah und schimmerte, wenn sie sich bewegten. Sie sahen aus wie aus einem schlechten Science-Fiction-Film aus den Siebzigerjahren, aber sie vermutete, dass die von der DARPA finanzierten Thermoanzüge für ihre Funktion und nicht für ihr Aussehen gedacht waren.

Sie zog ihr eigenes, locker sitzendes Gewand, ihren Kopfschmuck und ihre Sandalen aus und steckte sie in eine Plastiktüte. Es wäre unmöglich, in diesen Anzügen zu klettern oder zu schwimmen. Darunter trug sie ein türkisfarbenes Tanktop aus Baumwolle und dazu passende kurze Unterwäsche. Ihr langes dunkles Haar band sie zu einem Dutt zusammen. Die zwei Jahre, in denen sie auf Expedition durch die Wüste gezogen war, hatten sie schlank und athletisch gemacht. Gleichzeitig hatte ihr persisches und französisches Blut ihr von Natur aus ein exotisches Aussehen gegeben.

Tom, so stellte sie fest, hatte sich pflichtbewusst umgedreht. Sam hingegen grinste und drehte sich dann schnell um.

Sie sagte: "Denk nicht einmal daran, etwas zu sagen, Sam."

Sam ignorierte sie. Stattdessen zerbrach er die restlichen zwei Leuchtstäbe. Die Chemikalien darin wirbelten und vermischten sich, sodass sie grün leuchteten. Er reichte ihr einen.

Sam sagte: "Wir haben zwei Leuchtstäbe. Ich trage einen und du den anderen. Du folgst meinem Licht und Tom wird deinem folgen. Wir müssen nicht allzu weit gehen. Folge meinem Licht und du kommst sicher durch den Tunnel. Verstanden?"

"Klar."

Zara beobachtete, wie Sam den Brunnen hinunterkletterte. Er hatte ihr vorher genau beschrieben, wie sie mit ihren Händen und Füßen zwischen den Steinwänden des Brunnens hinunterklettern musste, um eine

Gegenkraft zu erzeugen. Sie beobachtete, wie die vier Kamele über die Sanddüne im Süden verschwanden. Wenn sie Glück hatten, würden ihre Verfolger annehmen, dass sie die vier Reiter getötet, ihre Kamele gestohlen hatten und nach Süden geritten waren. Wenn ihre Verfolger den Köder nicht schluckten, mussten sie beten, dass Sams versteckte Schmugglerhöhle wirklich so gut war, wie er sagte.

Zara bahnte sich ihren Weg in den engen Brunnen. Es war nicht schwierig. Das war auch nichts Neues. Ihr Vater hatte sie als Kind immer zum Wasserholen zu ähnlichen Brunnen geschickt. Auch wenn es nicht so war, dass sie Sam Reilly davon je erzählen würde. Sie kletterte schnell hinunter und Tom folgte ihr einige Meter über ihr. Sie beobachtete, wie Sam ins Wasser fiel, und folgte ihm dann. Es war nicht viel Platz auf der Wasseroberfläche, da sie und Sam sich auf den Tauchgang vorbereiteten. Tom saß einige Meter über ihr und hatte beide Beine nach vorne gestreckt und lehnte mit dem Rücken an der Steinwand, als ob er auf sein Mittagessen warten würde.

Sam schaute sie an. "Ihr kennt den Plan?"

Zara strampelte mit den Beinen und hielt ihren Kopf über Wasser. "Ich komme schon klar."

"Gib mir zehn Sekunden, nachdem ich abgetaucht bin, und dann folge mir nach unten."

Sie nickte. "Ich sagte, ich hab's verstanden."

Zara beobachtete, wie sich das weiche Limonengrün in ein dunkles Grün verwandelte, das eher Seetang ähnelte, als Sam tief unter ihr verschwand. Sie spürte, wie sie unwillkürlich zu hyperventilieren begann, als sie sah, wie tief der Brunnen war. Nicht, aber weil sie Angst hatte, sie könnte darin ertrinken. Obwohl sie in der Sahara aufgewachsen war, schwamm sie sehr gerne und war auch ziemlich gut darin. Wenn ihr Vater irgendwo lange genug an einem Wasserloch verweilte, tauchte sie oft hinunter, um zu sehen, wie weit sie unter Wasser kommen konnte, und tat so, als ob sie nach einem versunkenen Schatz suchen würde. Schwimmen konnte sie, aber die enge des Raumes zwischen den Mauern war es, die ihr eine Heidenangst machte - aber auch das würde sie Mr. Reilly auf keinen Fall erzählen.

Zara atmete noch zweimal tief ein und aus. Sie sah auf und erblickte Tom, der aussah, als würde er in einem Schullandheim herumlungern.

"Ich bin gleich hinter dir", sagte er.

Zara nickte und tauchte dann mit dem Kopf voran ins Wasser. Sie öffnete ihre Augen. Das kalte Wasser brannte in ihnen und ihre ganze Welt sah aus wie ein Tunnel, der von einem trüben grünen Schein erfüllt war. Sie schwamm nach unten und deckte ihren eigenen Leuchtstab zu. Ihre Augen begannen sich an das Wasser zu gewöhnen und sie konnte das Licht auf dem Grund des Brunnens von ihrem eigenen unterscheiden.

Sam sah zu ihr auf. Sie konnte ihn jetzt deutlich im Licht sehen. Er sah gar nicht so weit weg aus. Zara strampelte mit den Füßen und schwamm nach unten, aber es schien sehr lange zu dauern, bis sie den Grund erreichte. Sie öffnete ihren Kiefer und versuchte, den Druck in ihren Ohren auszugleichen, der sich aufbaute und ihr das Gefühl gab, dass ihr Kopf implodieren würde.

Sie beobachtete, wie Sam einen riesigen Stein bewegte, der auf dem Grund des Brunnens wippte und dann in einer geheimen Öffnung verschwand. Einen Moment später kehrte der Stein in seine ursprüngliche Position zurück, aber zwischen dem Stein und dem Sand befand sich Sams Leuchtstab. Sie erreichte den Geheimgang und bewegte den Stein sofort, genau wie Sam es ihr zuvor erklärt hatte.

Die Öffnung war nicht sehr groß und sie fragte sich, wie Sam so schnell hindurchgeschlüpft war. Sie spürte, wie ihr Herz raste, als sie hineinschlüpfte. Es fühlte sich klein an und sie spürte sofort, dass sie eine Panikattacke bekam. Eine Panikattacke, wie sie sie als Kind immer hatte, wenn sie mit ihrem Vater in einem Minenschacht feststeckte, den sie erforschte. Dieses Gefühl hatte sie nie vergessen. Die Wände fühlten sich an, als hätten sie sich bewegt und wären auf sie zugekommen. Sie drückten auf alle Seiten ihres Körpers, bis sie ihren Brustkorb nicht mehr genug ausdehnen konnte, um zu atmen.

Sie konnte sich nicht vorwärts bewegen und es hatte keinen Sinn, zurück zu gehen. Sie musste es schaffen. Normalerweise hätte sie sich gezwungen, langsam zu atmen und sich zu beruhigen.

Aber ich kann nicht atmen, oder???

Ich bin mehr als vierzig Meter unter Wasser und 50 Meter unter der Erde!

Rational gesehen wusste sie, dass sie es durch den Tunnel schaffen musste, um zu entkommen. Es gab keine anderen Möglichkeiten. Ein vernünftiger Mensch würde es schaffen. Wenn Sam Reilly es schaffte, konnte sie das auch. Verdammt, wenn Tom Bower, dieser Riese von einem Mann, es nach ihr schaffen wollte, dann musste sie es auch schaffen können. Trotzdem schlossen sich die Wände um sie herum.

Sie begann, sich dagegen zu wehren, indem sie ihren Oberkörper krümmte und mit den Händen an den Wänden zog und kratzte. Es half nichts. Das Einzige, was es bewirkte, war, dass die Wände noch näher kamen. Sie war sich sicher, dass sie ihren Brustkorb zwischen den beiden Wänden eingeklemmt hatte und nun spürte, wie das gesamte Gewicht der 12 Meter Wasser über ihr ihre Lungen zerdrückte.

Aber der Schmerz war zu groß. Sie wollte ihren Mund öffnen und schreien!

Stattdessen spürte sie, wie etwas von hinten gegen ihre Füße stieß. Sie rutschte weiter nach vorne und ihre rechte Hand stieß gegen etwas. Die Hand eines anderen Menschen. Sie ergriff ihre Hand und drückte sie fest zurück. Einen Moment später zog die Hand sie durch, bis sich der Tunnel zu einer großen, unter Wasser liegenden Leere öffnete.

Die plötzliche Erleichterung wurde schnell verdrängt, als das glühende Licht die Oberfläche der Höhle erhellte. Sie war groß und neigte sich generell nach oben, aber es gab keine Anzeichen von Luft. Die Logik sagte ihr, dass sie, wenn sie 12 oder 15 Meter abwärts getaucht war, noch einmal so weit aufsteigen musste, um wieder an die Oberfläche zu kommen.

Das war ihr schlimmster Albtraum. Sie hatte ihr kurzes Gefühl des klaustrophobischen Schreckens überlebt, nur um festzustellen, dass sie in einem unterirdischen Wasserregal gefangen war. Bevor sie ihre neue Umgebung richtig wahrnehmen konnte, spürte sie, wie jemand an ihren Händen zog und sie durch den flachen Tunnel nach vorne warf.

Ihr Kopf durchbrach schließlich die Oberfläche. Sie keuchte. Ihre Hände und Beine fühlten sich taub an. Die Welt war dunkel. Im Kampf um die Oberfläche hatte sie ihren Leuchtstab fallen lassen. Sie atmete tief ein. Die kalte Luft beruhigte sie. Sie befand sich in einem riesigen unterirdischen Hohlraum. Es gab keine natürlichen Geräusche, aber ihr schnelles Atmen hallte in der Höhle wider.

Wo bin ich?

"Bist du da, Sam?"

Sie hörte das Echo ihrer eigenen Stimme, aber keine andere Antwort.

Es kann nicht sein, dass ich es geschafft habe und Sam nicht?

"Tom? Bist du da?"

Wieder kam keine Antwort.

Zara dachte über die Möglichkeiten nach, die ihr jetzt offen standen. Es war sehr wahrscheinlich, dass sie es als Einzige geschafft hatte. Vielleicht war Sam bei dem Versuch, sie zu retten, ohnmächtig geworden? Oder war er vielleicht zurückgegangen, um Tom durch den Geheimgang zu ziehen? Wie auch immer, sie war lange genug an der Oberfläche, damit sich ihre Atmung wieder normalisieren konnte. Das bedeutete, dass Sam und Tom beide lange unter Wasser gewesen waren.

Zu lange, um zu überleben?

Ihr Albtraum schien nie zu enden. Der Gedanke, in der dunklen Leere festzusitzen, ohne Licht und ohne die Möglichkeit, den Weg nach draußen zurückzuverfolgen, sagte ihrem rationalen Verstand, dass es für sie nur einen Ausgang der Lage geben konnte - sie würde hier sterben.

Zara wartete ein paar Minuten und rief dann nach jemandem, der sie hören konnte. Sie wartete weitere dreißig Sekunden und versuchte es erneut. Irgendwie klangen ihre Worte noch trauriger und lähmender, denn sie waren durch das Echo der Höhle die Einzigen, die zurückkamen.

Sie zwang sich, langsam und tief einzuatmen, bevor sie noch langsamer ausatmete, um ihre Gedanken zu beruhigen. Eines war sicher, niemand konnte fünf oder mehr Minuten unter Wasser ohne Tauchausrüstung überleben. Das konnte nur eines bedeuten. Sie war ganz allein in einer dunklen Welt - ein Sarkophag, den sie selbst gebaut hatte.

Sam hatte gesagt, dass es in der Mitte des Sees eine kleine Insel gab.

Dort konnte sie wenigstens aus dem Wasser klettern und trocken werden. Selbst wenn Sam und Tom nicht zurückkehrten, konnte sie sich ausruhen, ihre Gedanken sammeln und Pläne für die Zukunft schmieden.

Sie schwamm in die Dunkelheit. Langsame, vorsichtige und leise Züge. Wenn sie nicht viel Lärm machte, konnte sie sicher sein, dass sie hören würde, wenn jemand nach ihr suchte. Nach etwa fünf Minuten schlug ihre Hand gegen etwas Hartes. Es war wie eine Steinmauer. Sie fuhr mit der Hand daran entlang und erreichte schließlich die Spitze. Die Oberfläche war flach.

Zara zog sich vorsichtig aus dem Wasser und setzte sich auf die unterirdische Insel. Sie legte sich hin, schloss die Augen und entspannte sich. Es war der erste Erfolg, den sie hatte, seit sie den Brunnen betreten hatte. Nostradamus hatte ihr gesagt, dass sie es schwer haben würde, zu entkommen, aber sie würde überleben. Im Moment hatte sie keine Ahnung, wie sie diese Vorhersage wahr machen sollte.

Aber sie war noch am Leben! Sie grinste und entspannte sich. *Erst mal ausruhen und dann überlegen, wie ich lange genug leben werde, um die Nostradamus-Gleichung zu finden.*

Kapitel Zweiundvierzig

Sam atmete tief ein, als er an die Oberfläche kam. Es war nicht gerade ein Keuchen, aber die Entfernung schien in der Dunkelheit größer zu sein. Der Ort schien kleiner zu sein. Ohne Licht konnte er das nicht mit Sicherheit sagen, aber er war sich trotzdem ziemlich sicher, dass es so war. So wie eine Termite instinktiv weiß, wie viel Holz sie fressen muss, damit ein Haus nicht seine Struktur verliert und zusammenbricht, wusste Sam, dass das Luftloch, in dem er aufgetaucht war, kleiner war als das davor.

Als er Zara half, an die Oberfläche zu kommen, hatte er seinen Leuchtstab fallen lassen und war zurück zum geheimen Tunnel geschwommen, um sicherzugehen, dass Tom den Weg finden würde. Tom hatte sich an seinem Bein festgehalten und war dann seiner Bewegung zur Oberfläche gefolgt.

Neben ihm hörte er, wie Tom auftauchte und lässig einatmete, als ob er einen morgendlichen Tauchgang am Strand gemacht hätte.

"Ist alles in Ordnung, Tom?", fragte er.

"Mir gehts gut. Wie geht es Zara, nachdem sie festsaß?"

"Ich habe keine Ahnung. Sie ist nicht hier."

"Verdammt!", sagte Tom. "Du hast sie ertrinken lassen?"

"Das glaube ich nicht. Ich habe sie an die Oberfläche gebracht. Ich weiß, dass ihr Kopf die Oberfläche berührt hat. Ich habe sogar gehört, wie sie tief eingeatmet hat. Es schien ihr gut zu gehen. Ich habe aber nicht gewartet, um nachzusehen. Es war dunkel, ich hatte den Leuchtstab fallen lassen und war besorgt um dich."

"Zara!", rief Tom. "Bist du hier?"

Das Echo prallte schnell zurück, als ob sie in einer kleinen Höhle wären. Es gab fast keine Verzögerung zwischen dem Ertönen und dem Wiederkehren der Stimme. Außer Toms Stimme gab es keine Antwort und die beiden warteten auch nicht auf eine. Stattdessen schwammen die beiden in entgegengesetzte Richtungen durch den Raum.

"Wir sind in einer großen Kuppel", sagte Sam. "Wenn du deine linke Hand an der Wand hältst und ich meine rechte an der Wand, treffen wir uns irgendwo in der Mitte."

"Ich hab`s!", sagte Tom.

Sam schwamm schnell durch den dunklen Raum und verfluchte seinen Fehler, den Leuchtstab verloren zu haben. Er hätte den einzig verbliebenen mitnehmen sollen, aber er wollte ihn nicht leichtfertig benutzen, denn er war das einzige Ersatzlicht, das sie dort unten haben würden. Seine rechte Hand schleifte an der glatten Wand entlang.

Er rief nicht noch einmal nach ihr. Stattdessen lauschte er. Er wartete auf Atemgeräusche oder andere Anzeichen dafür, dass Zara noch am Leben war. Es war ein großer unterirdischer See, und es konnte einige Zeit dauern, bis er die andere Seite erreichte.

Sam bewegte sich schnell.

Seine rechte Hand fühlte sich an, als hätte sie sich um einen Winkel von neunzig Grad gedreht. Vielleicht war es auch weniger. Vielleicht auch nur fünfundvierzig, aber er folgte definitiv nicht mehr der kreisförmigen Wand, die er erwartet hatte. Er schwamm einige Meter den Tunnel hinunter und hielt dann an. Aus dem Tunnel kam ein leichter Luftzug. Die Luft schmeckte frisch und bewegte sich. Im Gegensatz zu dem unterirdischen See, in dem er vorhin getaucht war und wo die Luft völlig ruhig war, gab es in diesem Tunnel einen deutlichen Luftzug. Die Enthüllung überraschte ihn zutiefst.

Wir sind in einer anderen Höhle!

Sam drehte sich um und stützte sich mit der linken Hand an der Wand ab, sodass er wieder in die Richtung blickte, aus der er gekommen war. "Tom, bist du noch da?"

"Ich bin noch da. Die Wand ist nicht mehr rund. Wo bist du?"

"Ich bin in einem Tunnel. Warte dort und ich komme zu dir, damit wir uns nicht verirren. Wir müssen den Weg zurück zur Haupthöhle finden, wo ich Zara zurückgelassen habe."

Sam schwamm den Weg zurück, den er gekommen war.

Tom sagte: "Sie wird stinksauer auf dich sein, Kumpel. Das Mädchen war schon verängstigt und jetzt haben wir sie in dieser dunklen Leere zurückgelassen.

"Sie wird uns verzeihen, wenn wir zurückkommen. Die Hauptsache ist aber, dass wir überhaupt zurück kommen."

Sam blinzelte ein paar Mal und versuchte, seine Augen an die Dunkelheit zu gewöhnen. Sie befanden sich mehr als 160 Meter unter dem Boden. Es war unmöglich, dass Licht sie erreichte. Aber vor ihm entdeckte er das erste Licht, das er seit dem Auftauchen gesehen hatte. Es sah blau aus und schimmerte. Seine Augen konnten nicht genau erkennen, was es war. Er schwamm schneller und stieß dann mit dem Kopf voran mit Tom zusammen.

Beide Männer fluchten.

"Ist alles in Ordnung mit dir?", fragte Sam.

"Mir geht es gut, was ist mit dir?"

"Mir gehts gut."

"Warum grinst du wie ein Idiot, Sam?"

"Es wird dich gleich treffen."

Tom fluchte. "Mein Gott! Ich kann dein Gesicht sehen! Es ist blau und irgendwie unheimlicher, als ich es in Erinnerung habe, aber wenigstens kann ich es sehen."

"Das sind unsere DARPA-Wärmeanzüge", sagte Sam, der bereits in die Richtung zurückschwamm, aus der sie gekommen waren. "Ihre Chemikalien verändern die Farbe von grau zu blau, um das kalte Wasser abzuschwächen."

"Wir müssen also nur kalt bleiben, um sehen zu können?"

"Ja, so in etwa."

"Was ist, wenn wir die gewünschten Temperaturparameter erhöhen?"

Sam justierte den kleinen Temperaturmesser an seinem rechten Oberarm. "Du hast recht. Das wird die Energie schneller verbrauchen, aber wir sollten in der Lage sein, sie in kurzen Intervallen zu nutzen, immer dann, wenn wir die Leuchtkraft stark erhöhen wollen."

Tom überprüfte sein eigenes Energiemodul. "Bei der derzeitigen Verbrauchsrate reicht mein Anzug noch etwa drei Tage."

"Dann lass uns die Energie nicht verschwenden."

Als Sam durch die kleine Höhle schwamm, sah er sich ihre neue Umgebung an. Es war eine weitere Kuppel, genau wie die, die er zuvor gefunden hatte. Nur war sie nicht so riesig, sondern hatte nur einen Durchmesser von etwa einem Meter. Die Decke war eine perfekt geformte Kuppel.

Tom schaute auf die Decke darüber. "Was denkst du, Sam?"

"Ich bezweifle, dass sich ein Schmuggler die Mühe gemacht hat, so etwas Fortschrittliches zu bauen. Das heißt, es muss von den alten Garamanten gebaut worden sein."

"Du meinst, wir sind über die Goldene Stadt gestolpert? Die gleiche fiktive Stadt, die wir als Alibi dafür benutzt haben, warum wir Tauchflaschen in die Sahara transportiert haben?"

"Es sieht so aus."

"Ich frage mich, ob du glaubst, dass die anderen Geschichten über die Goldene Stadt wahr sind?" fragte Tom.

"Mich interessiert mehr, ob die unterirdischen Aquädukte wirklich Hunderte von Kilometern zwischen den Städten zurückgelegt haben."

Kapitel Dreiundvierzig

Zara rollte sich auf die Seite. Irgendetwas hatte sich in ihrer Umgebung verändert. Man sagt, wenn man einen seiner Sinne verliert, werden die anderen Sinne empfindlicher, um den Ausfall zu kompensieren. In diesem Fall wusste sie nicht einmal, was sich verändert hatte. Nur, dass sich etwas verändert hatte. Ihre Augen hatten sich daran gewöhnt, in völliger Dunkelheit zu leben, aber jetzt färbte sich die Dunkelheit irgendwo in der Ferne zu einem leichten Blau.

Sie setzte sich kerzengerade auf und stand dann auf. Auf der anderen Seite des Sees konnte sie eindeutig etwas sehen. Es war nicht viel. Ein blauer Schleier unter dem Wasser. Es war nicht hell genug, um zu erkennen, was es war, diente aber doch zumindest als eine Bestätigung, dass sie nicht allein war. Sie starrte es an und wollte, dass es größer wurde. Und das Licht nahm tatsächlich zu. Ein zweites Licht folgte dahinter. Beide Objekte bewegten sich schnell unter der Wasseroberfläche.

Es gab gerade genug Licht, um die Insel, auf der sie stand, zu erkennen. Sie entdeckte den wasserdichten Rucksack, den Sam vorhin heruntergebracht hatte und in dem sich ihre Gewänder und Notvorräte befanden. Neben dem Rucksack lagen drei kleine Säcke mit Steinen.

Instinktiv bückte sie sich, hob den größten auf, den sie finden konnte, und machte sich bereit, ihn auf den Feind zu werfen, der sich ihr näherte. Das Ding sah aus wie zwei abscheuliche blaue Monster. Sie fragte sich, ob es sich um eine Art Fisch handeln könnte, der sich entwickelt hatte, um unter dem Brunnen in vollkommener Dunkelheit zu leben. Ihr Herz raste und sie hob einen zweiten Stein auf, um ihn zu schleudern.

Das erste Monster brach mit einem Keuchen an die Oberfläche, gefolgt von dem zweiten. Sie waren beide auf der anderen Seite der Höhle. Sie drehten sich um und standen ihr direkt gegenüber.

"Zara! Gott sei Dank, dir geht es gut."

Zara erkannte die zuversichtliche Stimme von Sam. Sie drückte den kalten Stein in ihrer Hand und war versucht, ihn trotzdem auf ihn zu werfen.

Sie sagte: "Wo seid ihr beide hin? Ich dachte, ihr wärt beide tot!"

"Tut mir leid. Ich habe den Leuchtstab fallen lassen, als ich Tom holen wollte. Als wir auftauchten, waren wir in einer anderen Höhle und ohne Licht, also hatten wir keine Ahnung, dass wir nicht dort waren, wo wir sein sollten."

Tom tauchte mit dem Kopf aus dem Wasser auf, ein paar Meter neben Sam. Er sah ruhig aus und es gab keinen Hinweis darauf, dass er die Luft angehalten hatte. Tom schaute sie direkt an und lächelte sie beruhigend an. "Geht es dir gut, Zara?"

"Ja", sagte sie.

Zara beobachtete, wie die beiden Männer schnell zur Insel schwammen und herauskletterten. Sie sahen aus wie riesige blaue, leuchtende Fische. Einzigartige Tiefseekreaturen, die sich entwickelt hatten, um an einem solchen Ort wie diesem zu leben. Ihre Thermoanzüge waren nicht mehr silbrig, sondern schimmerten blau.

"Du hast also herausgefunden, wie du dein eigenes Licht machen kannst?", sagte sie.

"Ja, das war ein Glücksfall", sagte Sam und öffnete den Rucksack, um sich mit seinem Mantel zu trocknen. "Ich habe nie bemerkt und schon gar nicht erwartet, dass ich den Thermoanzug brauche, um Licht zu erzeugen. Sie werden nicht allzu lange halten. Der Strom wird ausgehen. Die Zeit läuft also ab, wenn du verstehst, was ich meine?"

"Die Zeit für was?", fragte Zara.

"Um einen Ausweg zu finden, natürlich!" Sam blieb stehen. Sein Blick wanderte zu dem kalten Stein, den sie immer noch in der rechten Hand hielt. "Was hat es mit dem Stein auf sich? Siehst du aus, als wolltest du damit jemandem den Kopf einschlagen?"

Zara sagte: "Bring mich nicht in Versuchung! Du hast mich allein gelassen. Ich dachte, ich würde hier sterben, an diesem kalten, dunklen Ort."

Sam sagte: "Ich sagte, es tut mir leid."

Tom grinste. "Entschuldige die Unterbrechung. Ihr beide könnt euch später darüber streiten, wer den anderen mehr hasst. Darf ich fragen, wo du den Stein gefunden hast?"

"Da drüben", sagte Zara und zeigte auf drei kleine Taschen aus Gazellenfell.

Sam lächelte. Er ging auf den ersten zu und öffnete den Kordelzug. Darin befanden sich genug Diamanten, um eine Revolution zu finanzieren. "Die sehen für mich nach nicht viel mehr aus als dreckige Steine?"

"Weißt du etwas über Diamanten?", fragte sie.

"Ich weiß, dass sie die am meisten künstlich überteuerte Ware der Welt sind, aber abgesehen davon, nein."

"Diese elenden Steine sind genug wert, um ein Dutzend Militärputsche zu finanzieren."

Kapitel Vierundvierzig

Sam drehte die Temperatur an seinem Thermoanzug auf die höchste Stufe. Zur gleichen Zeit schaltete Tom seinen Anzug komplett aus, um Energie zu sparen. Sie würden die Batterien so lange wie möglich brauchen, um zu funktionieren. Sams Körper schimmerte tiefblau, als er sich schnell auf eine unangenehme Temperatur aufheizte. Das Licht leuchtete und durchdrang jeden Winkel der unterirdischen Höhle. Alle drei blickten erstaunt auf. Sie standen direkt unter dem Bullauge einer riesigen Kuppel.

Sam grinste, als seine Augen den Konturen der riesigen Kuppel nach unten folgten, bis er Zara ansah. "Erinnert dich dieser Ort an etwas?"

Zaras haselnussgrüne Augen starrten fasziniert nach oben. Ihre Lippen kräuselten sich nach oben, sie biss sich auf die Unterlippe und schrie dann: "Das römische Pantheon!"

Sam nickte. "Das heißt?"

"Die Römer sind so weit in den Süden vorgedrungen?"

Sam schüttelte den Kopf. "Nein. Ganz im Gegenteil."

Zara machte sich nicht die Mühe, ihre Skepsis zu verbergen. "Du glaubst, die Garamanten haben Rom erobert?"

"Nicht erobert. Aber sie haben die Entwicklung der römischen Architektur stark beeinflusst."

"Das ist absurd. Das Römische Reich war dem Rest der Welt zu dieser Zeit weit voraus. In den Künsten, den Wissenschaften und der Technik. Es gab keinen Vergleich. Und die Vorstellung, dass ihre Entwicklung von einem alten Nomadenstamm infrage gestellt wurde, ist lächerlich."

"Und doch ist es wahr."

Sie lächelte. "Mein Gott! Das ist dein Ernst! Warum?"

Sam neigte seinen Kopf zur Seite, bis ein Grinsen zu seiner Neigung passte. "Oh, ich habe meine Gründe."

Zara schüttelte den Kopf. "Nein. Es gibt keine Beweise dafür, dass die Garamanten jemals so weit in den Süden gereist sind. Außerdem ist diese Kuppel zu komplex, um von ihnen gebaut worden zu sein. Ich vermute eher, dass sie älter sind, als wir denken. Ich glaube, die alten Römer haben sie gebaut, bevor die Sahara austrocknete und zu Sand wurde."

Sam grinste. "Nein. Ich kann es hier und jetzt beweisen, dass die Römer diese Kuppel nicht gebaut haben. Ich werde es dir beweisen, wenn du mir zuhörst!"

"Was denkst du, Tom?" Zara lächelte Tom an, der es sich bereits auf einem der Steinsäcke gemütlich gemacht und ausgestreckt hatte. "Wurde diese Kuppel von Römern oder Garamanten gebaut?"

Tom plusterte den Sack mit den Steinen auf wie ein Kissen und drehte sich weg. "Es ist mir ehrlich gesagt völlig egal, wer sie gebaut hat. Ich weiß nur, dass wir seit fast achtundvierzig Stunden auf Adrenalin laufen, nur um am Leben zu bleiben, und davor haben Sam und ich fast eine Woche in der Wüste verbracht. Jetzt bin ich einfach nur froh, dass es die Kuppel gibt und ich mich ausruhen kann, während ihr beide neue Methoden für unseren Untergang ausheckt."

Zara drehte ihre Handflächen nach außen und sah Sam an. "Ist er nicht mal ein bisschen neugierig?"

"Nicht besonders", meinte Sam. "Er ist eher ein praktischer Typ."

"Du glaubst also nicht, dass das eine ausgeklügelte Schmugglerhöhle war?", scherzte sie.

"Kennst du Schmuggler, die es mit den römischen Architekten von damals aufnehmen können?"

"Du glaubst also, dass es von den Römern gebaut wurde!"

"Nein. Ich glaube, sie wurde mit einer ähnlichen Technologie wie die der Römer gebaut. Man ist sich schon lange einig, dass die Garamanten und die Römer ähnliche architektonische und technische Entwürfe für ihre Aquädukte hatten."

"Ja. Und ich dachte, man ist sich weitgehend einig, dass die Garamanten ihr Handwerk von den Römern gelernt haben. Ich denke, dass das Vorhandensein dieser Kuppel hier darauf hindeutet, dass die Garamanten beim Bau römische Ingenieure eingesetzt haben. Vielleicht haben sie mit ihnen wegen des geistigen Eigentums gehandelt?"

"Ich glaube, wenn du lange genug auf die Decke starrst, wirst du sehen, warum sie nicht von den Römern gebaut wurde. Jedenfalls nicht zwischen 500 v. Chr. und 700 n. Chr., als die Garamanten gelebt haben sollen."

Er beobachtete, wie ihre Augen die große Kuppel untersuchten. Sie begann mit der Basis einer der vier großen Pendentifs. Das waren die dreieckigen Segmente einer Kugel, die unten spitz zulaufen und sich oben ausbreiten, um die durchgehende kreisförmige oder elliptische Basis zu bilden, die für die Kuppel benötigt wurde. Ihre Augen untersuchten den Rand zwischen den Sockeln, wo das Wasser auf die Kuppelwände traf, und wanderten dann an den Steinwänden entlang nach oben, die immer noch größtenteils mit einer Kalksteinmischung bedeckt waren, die wie Zement aussah. Ihr Blick blieb an dem riesigen Loch in der Decke direkt über ihnen hängen. Wahrscheinlich war es 18 oder mehr Meter hoch. Die Öffnung sah aus wie eine winzige Öffnung zu den Sternen. Sam wusste, dass die Größe eine optische Täuschung war und die Öffnung ziemlich breit sein konnte.

Zara blieb stehen. Ihre Augen trafen seine. "Okay. Ich bin Archäologe, kein Architekt. Sag mir, warum das nicht von den Römern gebaut wurde?"

"Du warst so nah dran", sagte Sam. "Der römische Einfluss ist unbestreitbar, aber die Römer hätten das hier niemals in der Zeit vor Christus bauen können."

"Aber die Garamanten gab es bis 700 nach Christus!"

"Stimmt, aber ein Bauwerk wie dieses hätte mindestens hundert Jahre gedauert und sie hätten es nur gebaut, wenn sie noch genug Wasser gehabt hätten, um es zu pflegen."

"Und?", fragte sie.

Sam sagte: "Die Römer entwickelten die Hängebrücke erst im 6. Jahrhundert. Sie wurde erstmals beim Bau der oströmischen Kirche, der Hagia Sophia in Konstantinopel, verwendet!"

Zara warf wieder einen Blick auf die massiven Hängezäune. "Wer auch immer hier gebaut hat, wusste schon viel früher als im 6. Jahrhundert, wie man Pendel verwendet."

"Genau."

Zara fragte: "Worauf willst du hinaus?"

Sam sagte: "Ich vermute, dass dieser Ort von den Garamanten gebaut wurde und dass sie viel fortschrittlicher waren, als die Geschichte uns glauben lässt."

"Es gibt seit Langem eine Debatte über die Ähnlichkeit der von den Garamanten und den Römern gebauten Aquädukte. Einige haben behauptet, die Garamanten hätten ihre Ideen von den Römern gestohlen, aber andere haben sich gefragt, ob es nicht die Römer waren, die von den Garamanten gelernt haben?"

"Das ist toll, aber selbst für einen Archäologen interessiert mich im Moment mehr, wie wir entkommen werden. Wir müssen nur lange genug hier unten bleiben, bis unsere Verfolger vorbeikommen und dann können wir auftauchen."

Sam schüttelte den Kopf. "Du weißt, dass das nicht möglich ist."

"Warum nicht?"

"Selbst wenn wir eine Woche warten würden, was das Minimum ist, um zu entkommen, säßen wir immer noch in der Wüste fest. Bis dahin hätten wir eine Woche lang von den winzigen Rationen gelebt, die wir aus dem abgestürzten Flugzeug mitgenommen haben. Wir wären unterernährt, würden hungern und wären nicht in der Lage, die Wüste zu Fuß zu durchqueren. Und wenn wir es in den Tschad oder nach Bilma schaffen, werden dort zu viele Menschen nach uns suchen."

"Hast du denn einen besseren Plan?"

"Ja, den habe ich in der Tat."

Kapitel Fünfundvierzig

Durch die Öffnung kann der Regen eindringen und auf den Boden fallen, wo er durch Abflüsse abgeleitet wird. Die Öffnung sieht zwar klein aus, hat aber einen Durchmesser von 8 Metern und erhellt das Gebäude so, wie die Sonne die Erde erhellt. Außerdem hält der Regen das Gebäude in den heißen Sommermonaten kühl."

Zara trödelte und wusste nicht, worauf er hinauswollte.

"Den Römern ist es jedoch nicht gelungen, den richtigen Umgang mit dem Pendentif zu finden - eine Vorrichtung, die unerlässlich ist, um eine Kuppel über einem quadratischen Raum zu platzieren -, was schließlich den byzantinischen Erbauern der Hagia Sophia in Konstantinopel um 532 bis 537 n. Chr. gelang. Die Pendentifs, dreieckige Segmente einer Kugel, verjüngen sich unten zu Spitzen und spreizen sich oben, um eine durchgehende kreisförmige oder elliptische Basis zu schaffen, die für die Kuppel benötigt wird. Im Mauerwerk nehmen die Pendentifs das Gewicht der Kuppel auf und konzentrieren es auf die vier Ecken, wo es von den darunter liegenden Pfeilern aufgenommen werden kann. Vor der Entwicklung des Pendelpfeilers wurden die Kragsteine oder der Knick in den Ecken eines Raumes verwendet. Die ersten Versuche mit Hängezwickeln wurden von den Römern unternommen, aber erst die Byzantiner haben die Form in der Hagia Sophia in Konstantinopel vollendet. Pendentifs wurden häufig in Kirchen der Renaissance und des Barocks verwendet, wobei oft eine Trommel zwischen Kuppel und Pendentif eingefügt wurde."

"Das hast du mir alles schon erzählt!", sagte Zara. "Was ich wissen will, ist, wie du vorschlägst, dass wir entkommen sollen?"

Sam fuhr fort, als ob Zara nichts gesagt hätte. "Wenn wir annehmen, dass die Garamanten die Technologie hatten, ein Pendel zu bauen, können wir auch die Hypothese akzeptieren, dass sie ein ausgeklügeltes unterirdisches Bewässerungssystem nutzten und wohlhabende Berberkönigreiche oder Stadtstaaten im Fezzan-Gebiet in Libyen und im Tschad, direkt in der Sahara, gründeten."

"Du glaubst, sie bauten Bewässerungstunnel zwischen ihren anderen Städten?"

Sam nickte. "Zu den bekannten Ruinen gehören zahlreiche Gräber, Festungen und Friedhöfe. Die Garamanten bauten ein Netz von unterirdischen Tunneln und Schächten, um das fossile Wasser aus der Kalksteinschicht unter dem Wüstensand abzubauen. Die Datierung dieser Foggara ist umstritten, sie tauchen zwischen 200 v. Chr. und 200 n. Chr. auf, wurden aber mindestens bis zum 7. Jahrhundert und vielleicht noch später genutzt. Das Netzwerk ermöglichte eine florierende Landwirtschaft, aber es wurde durch ein System von Sklavenarbeit aufrechterhalten."

"Was wirst du tun? Diese Foggoras finden und von hier verschwinden?"

"Ja, so in etwa."

Sam schaltete seinen Thermoanzug aus. Der Strom schaltete sich langsam ab und das Licht wurde schwächer. In der Dunkelheit schnarchte Tom. Sam stieß ihn sanft mit seinem Stiefel in den Rücken. Tom rollte sich auf die Seite und hörte auf zu schnarchen. In der Höhle wurde es still, denn es war dunkel.

"Was jetzt?", fragte Zara.

"Jetzt ruhen wir uns aus."

"Und danach?"

"Wir werden einen Weg aus diesem Schlamassel finden."

Sam hörte zu, wie sie auf dem Boden schlurfte, als ob sie sich unwohl fühlte und sich bemühte, eine Position zum Schlafen zu finden.

Sie fragte: "Was ist mit den Leuten, für die du arbeitest?"

Sam lächelte über die Naivität. "Werden sie uns holen kommen?"

"Ja."

"Sie könnten wirklich ernsthafte Schäden in den internationale Beziehungen riskieren, wenn sie mit Waffengewalt kommen, um zwei amerikanische Schatzsucher zu holen."

"Aber werden sie kommen?", beharrte sie.

Sam sagte: "Darauf kannst du deinen Arsch verwetten, sie würden kommen. Die Leute, mit denen ich zusammenarbeite, würden die Welt um ihre Achse drehen, um unser Leben zu retten. Sie würden mit Waffengewalt anrücken, bis sie uns gefunden haben, wenn ..."

"Was?"

"Wenn sie nur wüssten, dass wir verschwunden sind. Ich hatte einen GPS-Tracker dabei, aber der ist auf einem der Kamele, die wir verloren haben. Soweit meine Leute wissen, wandere ich ziellos durch die Sahara - das heißt, wir sind fürs erste auf uns allein gestellt."

Zara gab keine Antwort. Stattdessen saß sie starr in der Dunkelheit. Sie wirkte nachdenklich. Sam drehte sich um. Er war froh, das Gespräch für die Nacht ruhen zu lassen. Bis zu einem gewissen Grad fühlte er sich immer noch schuldig, dass er seine Mission nicht besser geplant hatte. Wenn er mit seinem Team an Bord der Maria Helena hätte kommunizieren können, wären sie jetzt alle schon längst aus dem Schlamassel heraus.

Der Boden war hart und ungemütlich. Sam hatte im Laufe der Jahre schon an schlimmeren Orten geschlafen, aber sein Verstand konnte nur schwer abschalten. Nach etwa fünf Minuten wurde die Stille gebrochen.

Zara fragte: "Was denkst du, ist mit deinem Agenten passiert?"

Sam hielt inne. "Wer?"

"Der Diamantenschmuggler."

Sam wartete nicht darauf, darüber nachzudenken. "Er ist hingerichtet worden."

"Woher weißt du, dass er getötet wurde?"

"Weil er am Treffpunkt in Marokko nicht aufgetaucht ist."

"Du glaubst also, dass General Ngiges Männer ihn erwischt haben?"

"Da bin ich mir sicher. Die Satellitenbilder zeigen, dass seine Truppen ihn am Tag bevor wir den Kontakt zu ihm verloren haben, verfolgt haben."

"Vielleicht haben sie ihn also gefangen genommen und er lebt noch?"

"Nein. General Ngige nimmt keine Gefangenen, es sei denn, sie sind wertvoll. Und der General hat keine Forderungen gestellt, also wissen wir, dass er unseren Mann nicht am Leben gelassen hat. So einfach ist das."

Sie fragte: "Wie war er denn so?"

Überrascht von dieser Frage, dachte Sam einen Moment lang nach. Zara kam ihm nicht wie eine sentimentale Frau vor. Er konnte keinen Grund erkennen, warum sie sich für einen amerikanischen Agenten interessieren sollte. "Ich weiß es nicht. Ich habe den Mann nie getroffen. Ich bin schon vor Jahren aus dem Militär ausgestiegen."

Sie lachte. "Das ist richtig. Du bist nur als Schatzsucher hier."

"Richtig", bestätigte Sam.

"Was weißt du über ihn?"

"Nichts." Sam dachte einen Moment darüber nach. "Nicht viel. Er hatte eine doppelte Staatsbürgerschaft in den USA und Ägypten. Sein Bruder lebt und arbeitet noch immer in der Region. Sein Vater war ein Wüstenbewohner. Ein Nomade aus der Sahara, der sich sein Geld mit dem Handel in einer Reihe von entlegenen Gebieten verdient hat. Über seine Mutter wissen wir nichts. Sie starb wahrscheinlich, als er noch sehr klein war."

"Wie war sein Name?" Sie sprach die Worte leise aus. Es lag eine gewisse Zärtlichkeit in ihrer Stimme, die er vorher nicht gehört hatte.

"Mikhail. Ich kenne seinen Nachnamen nicht. Er hatte einen ausgezeichneten Ruf in der Region."

Sie gab einen Laut von sich. Er war kaum hörbar. Aber es verriet ihm sofort alles, was er wissen musste - und warum sie sich so sehr für den Mann interessierte.

Sam sagte: "Du kanntest ihn?"

Er spürte, wie Zara ihre Arme um seinen Hals warf und ihn festhielt. Feuchte Tränen kullerten auf seinen Hals.

Sie sagte: "Ja, wir liebten uns."

Kapitel Sechsundvierzig

Mikhail stand auf, um sich zu strecken. Seine Wirbelsäule war leicht gekrümmt, aber dieser Zustand war so nah an der Freiheit, wie er während seines Aufenthalts in der Lithiummine am Tumba-See kommen würde. Er hatte aufgehört zu zählen, wie viele Tage er schon dort war. Für ihn war das alles egal. In der Mine ging es jeden zweiten Tag um Leben und Tod. Wenn er leben wollte, musste er alle um sich herum besiegen. Er hatte eine Menge Gewicht verloren. Wenn er noch mehr Kraft verlor, würde er es vielleicht nicht schaffen. Nur wenige Menschen hielten es in der Mine sehr lange aus. Diejenigen, die es schafften, mussten sich schnell Freunde machen oder sehr mächtige Feinde besiegen.

Dikembe war einer dieser Freunde, die Mikhail gefunden hatte. Er war der größte Mann, den Mikhail je getroffen hatte. Er musste fast zwei Meter groß sein und war dazu sehr kräftig. Rationen gab es für diejenigen, die am meisten Lithium-Sole unter dem Berg hervorholten. Dikembe, der der größte war, hatte viele Jahre lang große Mengen der flüssigen Sole gefördert. Er bekam so viele Rationen, wie er brauchte.

Um die Kontrolle über seine Sklaven zu behalten, versorgte General Ngige die Männer der Mine alle vierundzwanzig Stunden mit der gleichen Menge an Nahrung und Wasser. Die Zahl der Gefangenen schwankte zwischen fünfhundert und eintausend Männern. Es spielte keine Rolle, ob sich diese Zahl erhöhte oder verringerte, solange die Gefangenen die erforderliche Menge an Lithium-Sole an die Oberfläche brachten.

Alle lebten unter der kalten, versunkenen Erde, in einem Labyrinth aus Minenschächten, Tunneln und Ausgrabungsstätten. Es gab vierundachtzig einzelne Ebenen. Die Minen bestanden aus vertikalen Schächten und horizontalen Tunneln. Es gab eine Reihe von Minenschächten, die entlang entgegengesetzter Arme getrieben wurden, sodass es viele zusätzliche Wege gab, um die Oberfläche zu erreichen, falls ein Einsturz in einem Tunnel oder Schacht eintrat.

Die Lake Tumba Lithium Mine hatte fast vier Jahrzehnte lang als Goldmine existiert. Als die Goldadern versiegten oder nicht mehr rentabel waren, wurde die Mine mehrmals verkauft, bis sie keinen Käufer mehr fand.

Dort ruhte sie, bis General Ngige einen neuen Verwendungszweck für sie entdeckte. Eine funktionierende Mine war schon immer als Gefängnis nützlich. Sie diente zur Abschreckung und zur Goldgewinnung. Aber jetzt diente sie zusätzlich dazu, die größten Lithium-Sole Erträge der ganzen Welt zu liefern - was sie natürlich zu einem der wertvollsten Grundstücke der Welt machte.

Wenn man den Legenden Glauben schenken darf, kannten sich General Ngige und Dikembe bestens in der Mine aus, nachdem sie vor fast zwanzig Jahren als Kinder gezwungen wurden, dort zu arbeiten. Beide Männer schworen sich, die Welt, in der sie lebten, zu verändern. Dikembe betete dafür, sie zu einem besseren Ort zu machen, während Ngige nichts anderes als Rache wollte.

Mikhail sah zu, wie Dikembe seine Schüssel mit Essen aufaß. Reis, gemischt mit Fisch. Er aß wie ein Tier. Schnell und ohne einen Krümel übrig zu lassen - Er war völlig ausgehungert gewesen.

Mikhail fragte: "Was jetzt?"

Dikembe stand auf. Seine gebeugten Schultern schlugen gegen die Decke des Tunnels. "Jetzt ruhen wir uns aus, damit wir morgen viel erreichen können."

Mikhail hatte das Argument schon viele Male gehört. Der Mann hatte die Geduld von Gandhi. "Was ist mit dem Plan?"

"Wenn die Zeit reif ist."

"Und wann wird das sein?" Mikhail schaute auf einige der anderen Männer, die auf dem Boden lagen und nicht mehr in der Lage waren, ihre geschwächten Körper zu stützen. "Deine Männer haben bereits die Waffen, die ihnen versprochen wurden. Wann werden wir angreifen?"

"Wenn die Zeit reif ist und alles bereit ist."

Wäre der Kerl nicht doppelt so groß wie er, würde Mikhail ernsthaft erwägen, ihn zu schlagen. "Siehst du das nicht? Dikembe, deine Männer sterben um dich herum. Ihr einst starkes und gesundes Leben verkümmert und begrüßt den Tod - und das für nichts!"

Dikembe ging weg und stieg schweigend weiter in die Mine hinab.

"Bist du ihnen nicht einen besseren Tod schuldig?" Mikhail hielt ihn auf, indem er mit seiner Hand die massive Schulter des Riesen berührte. "Und du schuldest mir eine bessere Erklärung, nach allem, was ich für deine Sache getan habe."

Dikembe sah ihn an. Seine graublauen Augen wirkten in dem schlechten Licht irgendwie schaurig. "Du weißt nichts über diese Mine, oder?"

"Nein. Aber ich weiß, dass ich nicht vorhabe, hier umsonst zu sterben, während ein Feigling auf seine eigene Vergangenheit wartet."

Der Riese blieb stehen. Er drehte sich abrupt um. Für eine Sekunde dachte Mikhail, der Riese würde ihn mit bloßen Händen töten. Stattdessen blickte der Mann auf den Boden unter ihm. Mit seinem massiven Finger zeichnete er eine Reihe von horizontalen und vertikalen Linien. Es waren vier einzelne Minen, die sich kilometerweit in einer Reihe von Tunneln in alle Richtungen erstreckten. Die vier Minen waren alle durch einen rechteckigen Tunnel verbunden, der sich auf Ebene zehn befand. Und darüber verliefen drei Tunnel in aufsteigender Richtung, bis alle drei zusammenkamen und schließlich die Oberfläche erreichten.

Dikembe sagte: "Das ist die Lake Tumba Lithium Mine. Es gibt vierundachtzig Ebenen. Wie du weißt, müssen wir in einem Vierundzwanzig-Stunden-Zyklus insgesamt zehn Tonnen Lithium aus diesem Labyrinth herausholen. Dazu gehören sowohl das Metall, das in den Eruptivmineralien von anderen Elementen getrennt ist, als auch die Lithiumsalze, die aus dem Wasser und den Solen gewonnen werden."

Mikhail nickte und sagte nichts. Dikembe erzählte ihm nichts, was er nicht schon wusste.

Dikembe zeichnete eine Linie über die oberen Ebenen der Mine. "Nachts verriegeln Ngiges Männer die Tore in diesem Bereich und halten uns unter der zehnten Ebene gefangen.

"Ja, aber wenn du mir genug Zeit gibst, werde ich diese Tore durchbrechen."

Dikembe ignorierte seine Bitte. Stattdessen zeichnete er die drei Haupttunnel ein, die zu dem einzigen Tunnel führten, der bis an die Oberfläche reichte. Dann sah er Mikhail in die Augen. "Weißt du, was sich direkt über diesen drei Tunneln befindet?"

"Nein."

"Der Tumba-See und damit eine Milliarde Liter Wasser."

Mikhail nickte. Wenn jemand versuchte, einen Tunnel zu graben, konnte er nicht wissen, wann und wo er den Grund des Sees erreichen würde. Selbst wenn sie nicht versuchten zu fliehen, musste General Ngige befohlen haben, Dynamit in die Decke eines dieser Tunnel zu bohren. Beim ersten Anzeichen einer Revolte würde das Dynamit gesprengt und sie würden alle ertrinken.

"Es muss doch etwas geben, was wir tun können?" sagte Mikhail. "Vielleicht können wir irgendwie unsere eigene Barriere bauen. Oder einen anderen Tunnel nach draußen finden?"

Dikembe nickte. "Das wird schwer sein. Die Arbeit muss gemacht werden, nachdem das Lithium für den Tag abgebaut wurde. Und sie muss leise durchgeführt werden. Nur mit einem Meißel, um einen Riss in die Decke des Tunnels zu graben. Und er muss völlig unsichtbar sein, wenn die ersten Wachen morgens den Tunnel betreten."

"Aber das muss doch möglich sein!"

"Es ist möglich. Da bin ich mir sicher." Dikembe sprach mit der langsamen, tiefen und fast ehrfürchtigen Stimme eines geistlichen Führers. Ein Mann, der geboren wurde, um Menschen zu Großem zu führen. "Es hat fast ein Jahr gedauert. Aber die Arbeit wird Ende der Woche abgeschlossen sein."

Kapitel Siebenundvierzig – Malta

Die Maria Helena lag an der Ostseite des großen Hafens von Malta und drehte sich lässig um hundertachtzig Grad auf ihrem Anker, als die Flut ihren Höhepunkt erreichte. Das äußere Erscheinungsbild deutete darauf hin, dass sie einst kaum mehr als ein Eisbrecher war, der erst kürzlich umgebaut wurde, um den Ansprüchen ihres wohlhabenden Eigners gerecht zu werden, der an allen Enden der Welt Seefahrer spielen wollte. Auf dem Achterdeck befand sich ein großer Hubschrauberlandeplatz, und über der vier Stockwerke hohen Brücke waren mehrere Wetter- und Navigationsinstrumente zu sehen. Ansonsten war das Schiff relativ karg. Es hatte einen verstärkten Stahlrumpf mit scharfen, kantigen Linien, der es auf See besonders stabil machte.

Auf dem Rumpf standen die Worte "Deep Sea Projects".

Im Inneren befanden sich einige der modernsten Marine- und U-Boot-Ausrüstungen, die auf der Welt zu kaufen gab. Um diese Ausrüstung zu verwalten und die verschiedenen Tiefseeprojekte rund um den Globus zu unterstützen, war ein einzigartiges Team hochintelligenter Menschen zuständig, die alle Spezialisten auf ihrem jeweiligen Gebiet waren. Nach drei Wochen im Hafen hatten die meisten dieser Experten den Punkt überschritten, an dem sie ihre Pause genossen hatten, und fanden nun, dass sie sich gründlich langweilten.

Die östliche Mauer des großen Hafens von Malta färbte sich golden, als die untergehende Sonne darauf fiel. Elise saß allein an einem Arbeitsplatz auf der Brücke und rief die GPS-Tracking-Karte auf. Sie starrte ein paar Augenblicke darauf und überprüfte dann die letzten achtundvierzig Stunden, um ihre Bedenken zu bestätigen.

Sie biss sich vorsichtig auf den oberen Mundwinkel. Sie seufzte und rief dann. "Matthew, beweg deinen Arsch hierher."

"Was gibt es denn?" Matthew, der Kapitän des Schiffes, antwortete, während er die Stahltreppe vom unteren Deck hinaufstieg.

Sie wartete nicht, bis Matthew auf der Brücke war, um es zu erklären. "Das ist der GPS-Peilsender, den Sam benutzt hat. Entweder hat er völlig die Orientierung verloren und läuft ziellos umher oder sein Satellitentelefon ist an seinem Kamel und er hat sein Kamel verloren."

Matthew lächelte beschwichtigend. "Ich würde mir nicht zu viele Sorgen machen - Sam hasst das Reiten. Es würde mich nicht wundern, wenn er etwas Dummes macht und sein Kamel los geworden ist, weil er mit dem verdammten Ding nicht umgehen kann."

Elise fragte: "Er hasst es, auf Kamelen zu reiten?"

Matthew nickte. "Pferde, Kamele, Esel. Wir haben ihn im Laufe der Jahre auf allen ausprobiert. Er kann sich nicht entspannen, weißt du. Er hasst es, die Kontrolle zu verlieren. Er wird schon klarkommen. Er müsste schon etwas ziemlich Dummes tun, um mitten im Nirgendwo in Schwierigkeiten zu geraten."

"Genau davor habe ich Angst."

"Und genau deshalb ist Tom dort - er sorgt dafür, dass Sam nichts dummes tut."

Elise rief das Bild der letzten Wasserstelle auf, von welcher die Kamele vor drei Tagen einen direkten Weg genommen hatten. "Wir wissen, dass jemand die Kamele an dieser Stelle geführt hat. Die Linien sind zu direkt, um zufällig zu sein. Danach scheinen sie sich im Kreis zu drehen, bevor sie immer wieder zu derselben Oase zurückkehren."

"Wo ist die Oase?"

"Sie heißt Mini-Bilma-Oase. Irgendwo im Niger, an der Grenze zum Tschad."

"Okay, kannst du mir aktuelle Satellitenbilder besorgen?", fragte er.

"Ich bin schon dabei. Der Computer kommuniziert gerade mit den Satelliten über uns. Ich werde jeden Moment ein Bild für dich haben."

Drei verschiedene Bilder erschienen auf dem Bildschirm. Jedes wurde von einem anderen Satelliten aufgenommen und stellte eine

Momentaufnahme des Ortes dar. Elise klickte auf das erste Bild. Das Bild verschwamm für einen Moment, während die Auflösung sich erhöhte.

Das Bild wurde sofort wieder klar. Elise starrte es ein paar Sekunden lang an und dann trafen sich ihre Augen mit denen von Matthew. Seine haselnussbraunen Augen hatten die stählerne Entschlossenheit eines Mannes mit jahrzehntelanger Führungserfahrung. Ein Mann, der weiß, wann er Entscheidungen treffen muss, die das Unternehmen ein Vermögen kosten können, oder noch schlimmer, das Leben seiner Leute.

Matthew drückte das Mikrofon für das interne Lautsprechersystem. "In Ordnung, Team. Der Urlaub ist vorbei. Ich will, dass alle sofort auf die Brücke kommen."

Kapitel Achtundvierzig

Elise wartete, bis die letzte Person der Besatzung den Raum betreten hatte, bevor sie sprach. Sie schaute sich im Raum um. Veyron, ihr Ingenieur, Genevieve, ihre Köchin und Tausendsassa, und Matthew, ihr Kapitän. Sie waren alle Profis. Jeder von ihnen war der Beste auf seinem Gebiet. Diszipliniert. Hartnäckig. Präzise Menschen, die alles erreichen können, was sie sich vorgenommen haben. Elise lächelte, als sie sich daran erinnerte, wie sie Teil eines solchen Teams geworden war.

Sie war bei Weitem die jüngste Person im Raum. Die meisten Leute schätzten sie auf Mitte zwanzig. Elise kannte ihr genaues Alter nicht. Sie war bei ihrer Geburt verwaist und wurde Jahre später bei einem zufälligen IQ-Test und einem Test zum kryptischen Denken entdeckt, den die CIA in allen Schulen und öffentlichen Kinderzentren durchgeführt hatte. Ihre Ergebnisse waren überragend und die CIA nahm sie auf und zog sie als ihr eigenes Kind auf. Ihre ganz eigene Waffe, um die nächste Generation von Computerhackern zu schlagen. Sie fühlte sich sofort mit Computern verbunden und entwickelte sich mit ihnen zu einer Zeit, als das Internet langsam in den Haushalten auf der ganzen Welt eingeführt wurde. Eines Tages beschloss sie, dass sie nicht mehr für die CIA arbeiten wollte und schrieb sich einfach eine neue Identität. So kam sie dazu, für Sam Reilly an Bord der Maria Helena zu arbeiten.

Und jetzt steckten Sam Reilly und Tom Bower in ernsten Schwierigkeiten.

Trotz ihres Alters hörten ihr die Leute zu, wenn sie sprach. "Vor drei Tagen haben wir die Spur von Sam und Tom verloren. Irgendwo tief in der Wüste der Sahara. Das letzte Mal, als wir die beiden Männer fotografisch überwachen konnten, befanden sie sich etwa 300 Kilometer südlich von Libyen an der Grenze von Niger und Tschad in einer Oase, wo sie ein Nachmittagsbad nahmen."

Elise öffnete das erste der Bilder auf dem Overheadprojektor. Es zeigte die kleine, quallenförmige Oase inmitten eines Meeres von Sanddünen. Es gab fünf Palmen. Neben dem Wasser auf der Nordseite befanden sich einige Müll- und Schuttteile. Sie vergrößerte diesen Teil des Bildes und die

Körper von zwei Menschen war plötzlich deutlich zu sehen. Sie trugen die Dschungel-Tarnuniform einer beliebigen Rebellengruppe, die man viel weiter südlich im Sudan, im Kongo, in Nigeria, in der Zentralafrikanischen Republik oder sogar in der Demokratischen Republik Kongo findet.

Keiner sprach.

Elise klickte, um das Bild einer dritten verstorbenen Person auf der Südseite der Oase weiter zu vergrößern. "Jetzt ist mein Tag wirklich zur Katastrophe geworden!"

Der tote Mann lag auf dem Rücken und seine Uniform war zwar ziemlich gerötet, hatte aber das Emblem einer Schlange, die eine AK-47 hielt. Es sah fast wie eine Karikatur aus, wenn es nicht so ernst wäre. Es war das Zeichen der Vereinigten Souveränität Kongo. Und wenn sie so weit im Norden waren, konnte das nur eines bedeuten. Sie wussten über Sam Reilly Bescheid und waren gekommen, um ihn aufzuhalten.

"Ah, Scheiße!" Veyron war der erste, der die Bedeutung erkannte. "Wann brechen wir auf, um sie zu holen?"

Elise schaute Matthew an. "Meinst du, der Verteidigungsminister würde die Hilfe der USS Mississippi genehmigen? Sie ist derzeit im Mittelmeer stationiert."

"Willst du mich verarschen?" Matthew schüttelte den Kopf. "Bei einer verdeckten Operation wie dieser müsste sie ihren Agenten opfern. Selbst wenn sie es war, die Sam als ihren persönlichen Problemlöser rekrutiert hat."

"Wir müssen Tom und Sam verfolgen", sagte Genevieve. "Ihre eigene Regierung kann das nicht - wenn sie also in Schwierigkeiten stecken, müssen wir ihre Lösung sein."

Elise sagte: "Es gibt noch eine Sache, die ich nicht erwähnt habe. Ein riesiger Haufen von General Ngiges Männern ist da draußen in der Wüste. Sie sind langsam durch den Erg von Bilma nach Süden gezogen. Die gute Nachricht ist, dass sie zwar unterwegs sind, Sam und Tom aber noch nicht haben. Die schlechte Nachricht ist, dass wir nicht wissen, warum der General das Risiko eingeht, so viele seiner Soldaten so weit weg von der

Demokratischen Republik Kongo zu bringen. Aber wir müssen annehmen, dass er einen verdammt guten Grund hatte. Der Wahrscheinlichste ist, dass er weiß, dass Sam Reilly hinter den Diamanten her ist."

Genevieve nickte. Sie hatte jedes Wort gehört und nichts davon machte einen Unterschied für sie. "Okay. Matthew, flieg uns so nah wie möglich an die libysche Küste heran, ohne dass wir dabei getötet werden. Ich werde den Sikorsky steuern. Wir werden zwei Browning-Maschinengewehre montieren, falls wir in Schwierigkeiten geraten. Veyron und Elise, ihr macht die Maschinengewehre scharf und wir gehen rein und holen unsere Jungs zurück."

Keiner hatte eine bessere Idee.

Elise lächelte. Deshalb liebte sie ihre Familie. Diese Menschen würden die Welt verändern, um sich gegenseitig zu helfen. Es gab keine Diskussion darüber, ob die US-Regierung ihren Rettungsversuch gutheißen würde. Selbst wenn sie mit einem schwer bewaffneten Hubschrauber den libyschen Luftraum überflogen hätten, wären sie wahrscheinlich abgeschossen worden und hätten einen Krieg ausgelöst, aber das Team konnte das umgehen. Sie müsste sich in die libysche Zivilluftfahrtbehörde hacken und eine Sondergenehmigung für den Flug innerhalb des Luftraums ausstellen. Vielleicht könnte sie den Hubschrauber mit einer der Ölgesellschaften in Libyen in Verbindung bringen. Die wären zwar aufgeschmissen, wenn jemand ihren Hubschrauber und seine Bewaffnung sehen würde, aber es würde reichen, um die libysche Luftwaffe davon abzuhalten, sie innerhalb der ersten Minuten nach dem Eindringen in den libyschen Luftraum vom Himmel zu schießen.

Es war machbar.

Matthew stand auf. Er war bei Weitem der konservativste an Bord des Schiffes. Alle sahen ihn an. Er war der Einzige, der Einwände erheben konnte. Und er war auch derjenige, der am ehesten berechtigte Gründe für einen Einspruch finden würde. Und davon gab es viele.

Sein Gesicht war konzentriert und seine Augen entschlossen. "Okay. Denk daran, dass unsere Jungs in der Wüste festsitzen und eine Horde Verrückter hinter ihnen her ist. Lasst uns loslegen!"

Kapitel Neunundvierzig

Wüstenstadt Bilma - Niger

Die Sikorsky flog eine Gesamtstrecke von 1300 Kilometern von der libyschen Küste direkt in die Wüstenstadt Bilma an der nordöstlichen Grenze des Niger. Der Flug hatte fünf Stunden gedauert und ihre Langstreckentreibstofftanks fast vollständig geleert. Der Erg von Bilma war eine der größten Sandgruben der Welt und scheinbar eine der lebensfeindlichsten Umgebungen überhaupt. Der vorherrschende Wind kam aus Nordosten, der sogenannte Harmattan, der den Sand neun Monate im Jahr mit einer Geschwindigkeit von über 70 Knoten aufwirbelte. Die riesigen, wogenden Sanddünen waren die heißesten, trockensten und unwirtlichsten Regionen der Sahara. Die Stadt meldete eine jährliche Niederschlagsmenge von weniger als zwei Zentimetern und die nächsten bekannten Brunnen in der Region waren Hunderte von Kilometern entfernt.

Genevieve steuerte den Hubschrauber nach rechts und flog an den Kaouar-Felsen entlang. Die 100 Meter hohe Felswand hob sich weiß vom umgebenden Sand ab und bot ihr die erste visuelle Navigationshilfe, seit sie den großen Erg betreten hatte. Etwa drei Minuten später konnte sie einen Blick auf die Stadt erhaschen. Einst war sie eine blühende Metropole, in der Reisende, die die Karawanenrouten der großen Sahara von Azalai nach Agadez benutzten, anhalten und sich mit Proviant versorgen konnten. Die Kaouar-Oasen waren noch immer berühmt für die Salz- und Dattelproduktion und sind noch immer der einzige Ort, an dem man sich entlang der großen Karawanenroute von Bornu nach Fezzan versorgen kann. Bis zum 19. Jahrhundert war diese Route der wichtigste Kontaktpunkt zwischen der afrikanischen Sahelzone und den Mittelmeerzivilisationen. Damals lebten hier weniger als 1600 Menschen, die ausschließlich vom Dattelanbau und der Salzgewinnung durch Verdunstungsteiche lebten.

Sie blickte auf die Oasenstadt hinunter. Eine kleine Stadt aus Lehmziegelbauten säumte die Ebene, wo der Kaouar-Steilhang im Norden sie vor den ständigen Nordostwinden schützte. Östlich der Stadt waren große Salzpfannen in den Rand der Stadt gegraben worden. Genevieve fand sofort, dass der Ort eher wie eine Kulisse für einen frühen Star-Wars-Film aussah, als ein Ort, an dem tatsächlich Menschen lebten.

Genevieve warf einen Blick auf Veyron. "Bist du sicher, dass wir hier zuverlässiges Flugbenzin finden können?"

Veyron nickte. "Ganz sicher. Ich habe heute Morgen mit einem Mann gesprochen, der sagt, er fliegt mit einer zweimotorigen Beech G36 Bonanza durch die Region. Er sagt, er transportiert hauptsächlich Post und frische Waren, die nicht in der Stadt produziert werden können. Manchmal nimmt er auch einzelne Passagiere mit, aber nicht oft. Er sagt, es gibt eine Landebahn in Bilma und dort gibt es gutes Flugbenzin. Er benutzt es jede Woche."

"Du willst mich wohl verarschen?"

Veyron lächelte. "Er sagt, dass ihn dort ein Kerl total übers Ohr haut, aber was soll er tun? Er muss sein Flugzeug irgendwo in der Sahara auftanken. Und es gibt nicht viele Lieferanten, denen man in dieser Region vertrauen kann."

Genevieve senkte den Steuerknüppel, wodurch sie an Höhe verloren und den Sinkflug einleiteten. "Gut, ich werde neben der Landebahn landen. Muss ich uns irgendwo absetzen?"

"Einfach irgendwo", sagte Veyron. "Unser Kontaktmann wird zum Tanken rausfahren.

Genevieve schwebte knapp über dem Boden und senkte dann das Kollektiv vollständig auf den Boden, wobei sie die Kufen fest in den Sand setzte. Die Rotorblätter heulten im Leerlauf auf. Sie ließ ihren Blick über eine Reihe von Instrumenten schweifen. Nachdem sie sich vergewissert hatte, dass alles in Ordnung war, stellte sie den Schalter auf "Aus" und schaltete die Triebwerke ab.

Elise löste ihren Sicherheitsgurt und starrte auf die schlammige und verstaubte Stadt. "Warum sollte jemand hier draußen leben wollen?"

Genevieve lachte. "Ich glaube nicht, dass viele Leute das geplant haben. Sie wurden hier hineingeboren und haben nie einen Weg gefunden, dem zu entkommen."

Elise schob die Hubschraubertür auf und kletterte als Erste hinaus. Veyron folgte und Genevieve stieg als Letzte aus. Sie sah zu, wie die Rotorblätter zum Stillstand kamen, bevor sie vorsichtig um das Fluggerät herumging und es auf Schäden untersuchte, die sie während des langen Fluges erlitten hatten. Wenn sie es eilig hatten, diese Stadt zu verlassen, wollte sie sichergehen, dass ihr Fluggerät in Ordnung war.

Sie bemerkte, wie Elise versuchte, ihr Tesirnest zu binden, ein traditionelles Stück Stoff, das die Tuareg-Frauen über einem leichten Kleid tragen. Sie wickelte das indigoblaue Gewand sorgfältig um ihren Körper und legte es schließlich um ihren Kopf, während sie ihr Gesicht frei ließ. Genevieve erinnerte sich, dass die Tuareg die einzige islamische Kultur auf der Welt sind, in der die Männer in der Stadt einen Schleier tragen und die Frauen einen Kopfschmuck mit offenem Gesicht. Sowohl Tuareg-Männer als auch -Frauen trugen traditionell indigoblaue Gewänder. Der Farbstoff, der zum Färben des Stoffes verwendet wurde, sickerte mit der Zeit in die Haut des Trägers ein und färbte das Gesicht leicht bläulich. Dadurch erhielt das nomadische Wüstenvolk den Namen "Blaues Wüstenvolk", der sich über Jahrhunderte bis in die Gegenwart gehalten hat.

Genevieve überprüfte das Rotorheck auf Späne, Öllecks, Sand oder Schäden, die während des Fluges entstanden sein könnten. Sie fuhr mit ihrer Hand liebevoll am Heck des Hubschraubers entlang und zurück zur Öffnung, wo Elise das letzte Stück ihres Stoffes mit einem speziellen Knoten über ihre Schultern band.

Die Tuareg-Frauen waren auch in der sozialen Struktur der Gesellschaft als ranghöher anerkannt, wobei die Männer in der Ordnung des Familienhaushalts unter den Frauen standen. Frauen durften sich von ihren Männern scheiden lassen und hatten ein uneingeschränktes Anrecht auf die Ersparnisse ihres Haushalts, während Männer sich nicht scheiden lassen durften.

Elise drehte sich zu ihr um. "Was denkst du?"

Das tiefblaue Gewand, das ihr Gesicht enthüllte, und das dunkelblaue Make-up, das sie für ihr Gesicht verwendet hatte, betonten das tiefe Violett von Elises Augen. Wenn es möglich wäre, würde diese Stil Elise noch atemberaubender machen, als sie normalerweise schon aussah.

Genevieve lächelte. "Ich glaube, wenn ich lesbisch wäre, würde ich dich bitten, mich zu heiraten."

"Danke." Eine unangenehme Falte bildete sich in Elises Lippenwinkel. "Ich denke das ist die richtige Antwort? Mich interessiert mehr, ob du glaubst, dass wir als Tuareg-Nomaden durchgehen?"

"Auf keinen Fall. Ich denke, sie werden einen Blick auf dich werfen und sich fragen, welche Kaiserin hier angekommen ist."

Elise schloss ihre Augen. Sie sah aus, als würde sie sich vorstellen, dass eine Kaiserin in die Stadt kommt. Sie nickte und sagte: "Das wird reichen, solange sie uns die Informationen geben, die wir brauchen."

"Apropos. Was denkst du, wie wir vorgehen sollen? Glaubst du, ein paar Tuareg-Frauen können einfach auf einen öffentlichen Platz in Bilma gehen und jemand wird uns sagen, wo Sam und Tom gelandet sind?"

Als sie vor dem Hubschrauber stand, stellte Elise eine metallene Aktentasche auf den Boden des Sikorsky. Sie tippte einen Code ein und der Waffenkoffer öffnete sich. Darin befanden sich eine israelische Uzi, eine Glock 19 und zwei Granaten aus deutscher Produktion. "Ja, ich glaube, so etwas können wir auch gebrauchen."

Elise nahm die Uzi heraus und zerlegte sie. Dann überprüfte sie den Abzug und baute sie wieder zusammen, bevor sie mit der Glock das gleiche Prozedere begann. Sie war schnell. Das war sie schon immer gewesen. Das war Teil ihrer inneren Psyche. Sie hatte von Natur aus einen scharfen, systematischen und analytischen Verstand und erledigte den gesamten Vorgang in weniger als einer Minute.

Genevieve beobachtete, wie Elise hinüberschaute, um zu sehen, wie weit sie mit ihren Waffen gekommen war. Es war eine Herausforderung. Es brachte sie zum Lächeln. Für Elise war es immer noch ein Spiel. Ein Spiel, das sie gut beherrschte und für einen Neuling in relativ kurzer Zeit sehr gut beherrschte.

Aber Genevieve hatte ihr Leben mit Waffen verbracht. Für sie war es kein Spiel. Es war ein Teil des Lebens. Genevieve blinzelte, ohne ein Wort zu sagen. In nur etwa der Hälfte der Zeit hatte sie ihre Waffen bereits auseinander- und wieder zusammengebaut. Sie hatte ihr ganzes Leben lang nichts anderes gemacht, als mit militärischem Gerät zu arbeiten, jedenfalls bevor sie der *Maria Helena* beigetreten war.

Kapitel Fünfzig

Elise steckte die Uzi in eine Halterung, die in ihre Robe integriert war. Die Glock steckte sie in einen Knöchelriemen an ihrem rechten Bein und befestigte zwei Granaten an einem Waffengürtel unter ihrer Robe. Wenn General Ngiges Rebellenarmee immer noch die Stadt durchsuchte, war das Letzte, was sie tun wollte, in ein Feuergefecht zu geraten und dabei schlecht ausgerüstet zu sein.

Sie sah zu, wie Genevieve ihr Gewand zu Ende schnürte. Sie hatte ein ähnliches Arsenal an Waffen mitgebracht, mit einer Ausnahme: ein rasiermesserscharfes, 33 Zentimeter langes Jagdmesser. Auf den ersten Blick war die Klinge aus Damaszenerstahl. Elise war keine Messerexpertin, aber sie erkannte das gehärtete Metall an den charakteristischen Mustern aus Bändern und Flecken, die an fließendes Wasser erinnerten. Solche Klingen galten als zäh, bruchfest und konnten zu einer scharfen und widerstandsfähigen Schneide geschliffen werden, die bei Jägern beliebt war. Der Griff war aus karelischer Birke gefertigt und in einem abgenutzten Braunton gehalten. Am Fuß der Klinge stand ein einziges Wort in russischer Sprache.

"Was steht auf der Klinge?", fragte Elise.

Genevieve grinste. "Ein paar Geheimnisse, die ich lieber für mich behalten möchte."

"Klar." Sie zog ihren Mantel über die Schulter, um die Uzi zu verbergen. "Also gut. Sollen wir unsere Jungs nach Hause bringen?"

Genevieve nickte und sagte nichts.

Sie überließen es Veyron, sich um den Hubschrauber zu kümmern und die Qualität des Treibstoffs zu testen, bevor er welchen kaufte. Elise und Genevieve betraten die gedrungene Stadt durch eine Öffnung in der Mauer. Sie sah weniger wie ein Tor aus, sondern eher wie eine Beschädigung dieses schlecht gebauten Bauwerks. An der Südseite der Stadt waren keine weiteren Öffnungen zu sehen. Die Luft fühlte sich zum Atmen eindeutig zu heiß an. Das Quecksilber des Thermometers zeigte weit über 40 Grad Celsius und ein starker Geruch von Ziegenmist gemischt mit Elend wehte aus dem Inneren. Elise hörte in der Ferne spielende Kinder und das Geräusch von Salzkegeln, die an die Salzpfannen geknackt wurden. Sie analysierte jedes Geräusch, das sie hörte, und entspannte sich dann. Es gab keine Geräusche von großen Gruppen von Männern, die schrien oder Waffen abfeuerten, wie man es erwarten würde, wenn General Ngiges Armee anwesend wäre.

Sie holte tief Luft und trat ein.

Die Temperatur sank sofort. Mindestens zehn Grad, schätze sie. Die Öffnung führte zu einem kleinen, halb überdachten Lehmhaus, das aus einer Reihe von Lehmhaufen bestand, die zu weiteren Gebäuden derselben Art führten. Drei Ziegen waren an einem Eisenring angebunden, der aus der Lehmwand ragte. Die Tiere zeigten keine Reaktion, als sie eintraten.

Sie drangen tief in die Wüstenstadt ein, durch eine Reihe von engen Gassen, Korridoren und Tunneln. Weiter drinnen gab es einen Schwarm von Lehmhäusern. Nichts so geordnetes wie Lehmziegel, sondern einfach Lehm auf Lehm aufgeschichtet, um den primitiven Schutz eines Lehmhauses zu bilden. Es gab keine Türen zum Schutz der Privatsphäre. Es gab nur Öffnungen, wo der Lehm entweder zusammengebrochen oder absichtlich frei gelassen worden war.

Es war still. Draußen hörte man die Geräusche spielender Kinder und arbeitender Männer, aber hier drinnen hörte sie nur die Geräusche der wenigen Ziegen. Sie gingen ungefähr dreihundert Meter in die Stadt hinein, ohne zu sprechen.

Sie hielten sich in nördlicher Richtung und folgten einem Weg, der ins Herz der Gemeinde führte. Es war weder eine Straße noch eine Gasse. Das meiste davon war auf die eine oder andere Weise bedeckt. Aber es war auf jeden Fall ein Hauptweg vom Süden in den Norden der Stadt, der sich ungeordnet durch eine Vielzahl von Lehmhäusern schlängelte, die überall miteinander verwoben waren. Elise hatte das Gefühl, durch eine alte Westernstadt zu gehen, in der eine Schießerei unvermeidlich war und die Bewohner alle ins Innere ihrer Häuser gegangen waren, um dem Kampf zu entgehen.

Elise warf einen Blick auf Genevieve. "Kommt es dir hier nicht ein bisschen zu ruhig vor?"

"Nein. Ich glaube, alle sind draußen am Arbeiten." Genevieve sprach laut und flüsterte dann. "Sie folgen uns."

Elise spürte, wie ihr Herz raste, als das Adrenalin eine Kampf- oder Fluchtreaktion in ihrem Körper auslöste. Ihre Augen huschten von einer Öffnung zur anderen und ihre Ohren spannten sich an, um ihre Angreifer zu hören. Es beunruhigte sie zu wissen, dass Genevieve bereits mitbekommen hatte, dass sie verfolgt wurden, sie selber aber, konnte immer noch nichts hören oder sehen, was darauf hindeutete. Da war nur ein Gefühl. Ein Gefühl, als ob man beobachtet würde. Sie ließ es auf sich beruhen und beschleunigte ihr Tempo, indem sie dem Gewirr von niedrigen Lehmbauten folgte, das sich wahllos und ungeordnet durch die Salzebene schlängelte. Weiter vorne gab es eine Öffnung im Dach, wo sich die Stadt nach oben verschob und eine alte Salzpfanne zuvor von Hand ausgegraben worden war.

Das war das Ziel. Von dort aus konnten sie sich vielleicht gegen die Verfolger verteidigen. Außerdem würde die Öffnung an der Seite des Hügels es Veyron ermöglichen, ein Feuergefecht zu beobachten, falls es dazu kommen sollte. Nicht, dass er viel tun könnte, um zu helfen.

"Da", flüsterte Geneviève.

Elise scannte die Reihe von Öffnungen in dem Gebäude rechts von ihnen. Da waren Augen, die sie anstarrten. Sie waren braun und konzentriert.

Elise fragte: "Hast du einen Plan, wie du das machen willst, Gen?"

Genevieve lächelte. "Nein. Ich bin mit dir hier. Ich dachte, du hättest dir die Sache gut überlegt."

"Das war dumm von dir."

"Wie auch immer die Lage ist, was willst du tun?"

Elise seufzte. "Wir gehen bis zum Ende der Hauptstraße, bis wir an der Wand stehen, und dann stellen wir sie zur Rede."

"Das ist ein dummer Plan. Die Mauer sieht eher aus wie ein Platz für ein Erschießungskommando und es gibt keinen Fluchtweg."

"Hast du eine bessere Idee?"

"Nein."

"Dann bleiben wir wohl bei meiner."

Elise blieb an der festen Wand stehen und drehte sich um. Ihre Augen suchten den Bereich vor ihnen ab. Noch war niemand auf sie zugekommen, aber sie konnte all die Augen sehen, die sie anstarrten. Sie atmete ein und griff nach ihrer Waffe, spürte aber Genevieves Hand auf ihrer Schulter. Genevieve sagte kein Wort, aber ihre Augen sprachen für sich - sie sagten ihr, dass es zu viele sind, um das hier zu gewinnen, wenn es zu einem Feuergefecht kommt. Es wäre also die deutlich bessere Idee, die eigenen Waffen so lange wie möglich versteckt zu halten.

Elise hob ihre Hände. "Ihr könnt jetzt alle rauskommen."

Nichts geschah. Sie wechselte zu Französisch, der einzigen anderen Sprache, die sie beherrschte. "Ihr könnt jetzt rauskommen."

Genevieve folgte ihr und flüsterte. "Das ist deine Vorstellung von einem Plan?"

"Ich warte noch auf einen besseren."

Sie warteten und nichts geschah.

Nur Stille.

Und dann näherte sich eine Menschenmenge von mehr als hundert Personen.

Kapitel Einundfünfzig

Elise beobachtete, wie sich die Menge langsam näherte. Es war kein Geschrei zu hören, jedenfalls kein Kriegsgeschrei. Sie starrten alle wie besessen in ihr Gesicht. Sie bewegten sich auf sie zu, einen Schritt nach dem anderen in perfekter Harmonie. In der Menge befanden sich Männer, Frauen und Kinder. Die Kinder standen an der Spitze der Menge, gefolgt von den Frauen und dann den Männern. Keiner trug eine Waffe. Einzeln war die Menge ihren Uzis nicht gewachsen, aber ihnen würden definitiv die Kugeln ausgehen, bevor alle tot waren.

Trotz der extremen Armut gab es in der Stadt Bilma kaum Verbrechen. Warum sollte es auch? Da hier alle Menschen arm waren, gab es kaum Möglichkeiten zu stehlen. Die Familien lebten in einer Kommune und teilten sich ein gemeinsames Dach und die Wasserversorgung mit den anderen Bewohnern der Stadt.

Die Erwachsenen blieben stehen.

Aber die Kinder machten schweigend weiter.

Elise hielt ihre Uzi bereit und grüßte sie alle mit ausgestreckten Handflächen. „Hallo. Mein Name ist Elise und das ist Genevieve. Und wir brauchen eure Hilfe.“

Die Kinder verlangsamten ihre Schritte, wenn das überhaupt noch möglich war. Sie machten alle zehn Sekunden gleichzeitig einen Schritt. Ihre Augen waren auf Elise fixiert und ignorierten Genevieve völlig.

Genevieve sagte: „Das ist ziemlich seltsam.“

Elise lächelte und nahm ihren Kopfschmuck ab, um ihr Gesicht zu zeigen. „Hey, wenigstens zielen sie nicht mit ihren Waffen auf uns.“

Die Kinder blieben stehen.

Einen Moment später öffneten sich die Münder der Kinder weit und identisch zueinander. Die Frauen dahinter standen auf, als wollten sie etwas Wertvolles bewachen, während die Männer die Arme verschränkten und einen Halbkreis um die ganze Gruppe bildeten, der sie und Genevieve an die Wand drückte.

Elise sagte: „Okay. Jetzt wirds unheimlich.“

Genevieve antwortete: „Findest du?“

Ein seltsamer, kraftvoller Laut ertönte aus den stillen Mündern der Kinder. Ihre großen, besessenen Augen starrten auf Elise. Das unheimliche Geräusch hielt mindestens zwei Minuten lang an. Es änderte weder Lautstärke noch Tonhöhe. Es war scharf, ergreifend und schön zugleich.

Obwohl der Klang angesichts der Situation erschreckend war, wäre er eines Monteverdi-Chores würdig gewesen.

Als es aufhörte, kamen die Kinder auf sie zu.

Elise warf einen Blick auf Genevieve. „Bring niemanden um."

Genevieve lächelte zurück. „Ich werde mein Bestes tun, aber wenn sie wieder anfangen zu singen, muss ich vielleicht doch zur Uzi greifen."

Elise beobachtete, wie die Kinder mit überraschender Kraft an Genevieve zogen und sie in den hinteren Teil der Menge trieben. Dort angekommen, zwangen die Frauen sie, sich zu ihnen zu stellen.

„Haltet euch verdammt noch mal fern!", fluchte Genevieve.

Aber die Frauen ignorierten sie. Sie taten ihr nicht weh. Stattdessen packten sie sie einfach jedes Mal, wenn sie versuchte, sich zu bewegen, und zwangen sie, still zu stehen.

Elise atmete tief ein und dann langsam wieder aus. Sie zwang sich, sich zu entspannen und hielt die Handflächen nach oben. Die Kinder griffen nach ihren Händen. Ihre Berührungen waren behutsam. Jedes Kind nahm der Reihe nach Kontakt auf und tauschte dann mit einem anderen Kind.

Ihre Augen sagten ihr alles, was sie wissen musste. Sie waren nicht geweitet und starr, weil sie ihr wehtun wollten, sondern weil die Kinder von etwas an ihr fasziniert waren. Sie wollten die Hand ausstrecken und sie mit ihren Fingerspitzen berühren, so wie sie es bei einem Gott tun würden.

Aber sie war definitiv keine Göttin.

Mitten in der Menge, wo die Frauen immer noch versuchten, Genevieve dazu zu zwingen, stehen zu bleiben, sah Elise etwas, das ihr Herz höherschlagen ließ.

Nein, Genevieve, kannst du nicht sehen, dass diese Leute uns nichts Böses wollen?

Genevieve war einst eine tödliche Mörderin gewesen. Niemand wusste es genau, aber jeder an Bord der *Maria Helena* hatte schon lange vermutet, dass sie eine gewalttätige Vergangenheit hinter sich gelassen hatte. Als Elise sie jetzt beobachtete, wusste sie es ganz genau.

Sie bewegte sich wie eine Attentäterin. Eine einzige, geschickte Bewegung. Das Ergebnis war, dass Genevieve ihren rechten Arm um die Kehle einer der Frauen gelegt hatte und ihr Messer mit der Damastklinge an der Halsschlagader der Frau ansetzte. „Also gut, Leute. Ich habe gesagt, ihr sollt verdammt noch mal zurückbleiben!"

Aber niemand rührte sich.

Elise beobachtete, wie die ganze Menge auf sie allein fixiert blieb.

Selbst die Frau, die jetzt gefangen gehalten wurde, hatte ihren Blick nicht von ihr abgewandt.

Elise beugte sich vor und stand auf, um sich aufzurichten. Dabei fiel ihre Sonnenbrille auf den Lehmboden. „Genug! Hört auf damit!“

Ein lautes Keuchen hallte gleichzeitig durch die Menge. Gleich darauf verbeugten sich alle vor ihr. Elise beobachtete, dass die einzigen beiden Menschen in der Menge, die sich nicht verbeugten, Genevieve und ihre Gefangene waren. Die Gefangene kämpfte gegen die scharfe Waffe aus Damaszenerstahl, bis Genevieve den Kampf aufgab und ihr erlaubte, sich zu verbeugen.

Kapitel Zweiundfünfzig

Elise ließ das Schweigen dreißig Sekunden lang andauern, ehe sie ihm ein Ende bereitete. Sie lächelte freundlich. Falls in diesem Moment jemand aus dem Publikum Zweifel daran hatte, dass sie eine Göttin war, wurden diese schlagartig beseitigt, als ihre Sonnenbrille herunterfiel und sie ihre lila Augen sahen.

Sie fragte: „Wer hat hier das Sagen?“

Keine Antwort.

„Wer spricht für eure Gemeinschaft?“, beharrte sie.

Ein Mann im hinteren Teil der Menge nahm seinen Schleier ab. „Ich.“

Elise lächelte freundlich. „Wie heißt du?“

„Nayram.“ Der kleine Mann erwiderte ihr Lächeln und verbeugte sich. „Und du musst Elise sein. Die *Retterin*.“

„Ich bin Elise, aber es ist das erste Mal, dass ich *Retterin* genannt werde.“

„Es ist vielleicht das erste Mal, aber ich verspreche dir, es wird nicht das letzte Mal sein.“

„Woher weißt du, wer ich bin?“

„Weil ich hier aufgewachsen bin. Mein Vater wurde hier geboren, genau wie sein Großvater.“ Nayram sprach, als ob das, was er gesagt hatte, die ganze Situation irgendwie rechtfertigte.

Elise sagte: „Ich danke euch allen für euren herzlichen Empfang, aber jetzt muss ich mit Herrn Nayram unter vier Augen sprechen.“

Alle Anwesenden zerstreuten sich sofort. Die Leute kehrten zu ihren täglichen Aufgaben zurück. Die Kinder spielten am Rande der Stadt. Frauen pflückten Datteln von den Bäumen, die die Oase säumten und Männer machten sich wieder daran, Salztöpfe zu knacken.

Elise beobachtete, wie Nayram Genevieve anschaute und dann wieder zu ihr blickte. Seine Augen huschten zwischen den beiden hin und her und zwischen seinen Brauen bildete sich ein besorgter Strich. „Willst du, dass ich sie loswerde?“

„Nein. Sie kann bleiben.“

Er schien über ihre Entscheidung unsicher zu sein, nickte aber trotzdem.

„Danke“, sagte Genevieve auf Englisch.

Elise fragte: „Weißt du, warum ich heute hierher gekommen bin?“

Er lächelte und sprach mit einer Gewissheit, die sie bei ihm noch nie gesehen hatte. „Natürlich, du bist hier, um die Zukunft in Ordnung zu bringen."

Elise lachte. „Okay, jetzt weiß ich, dass du mich mit jemand anderem verwechselst. Weißt du denn, wie ich die Zukunft wieder in Ordnung bringen soll? Es klingt unwahrscheinlich. Ich wusste nicht einmal, dass sie kaputt ist."

„Sie ist kaputt. Das steht fest. Seltsame Zeiten haben uns auf den falschen Weg gebracht." Er lächelte vergnügt. „Deshalb bist du ja hier. Um das Ereignis zu reparieren und die Zukunft dort zu halten, wo sie hingehört."

„Sicher", nickte Elise unsicher. „Wir sind auf der Suche nach zwei Freunden von uns. Einem großen, kräftigen Kerl und einem etwa mittelgroßen. Beide sind wie Sherman-Panzer gebaut. Amerikaner. Schatzsucher. Sie sehen verdammt unbeholfen aus auf ihren Kamelen. Sie sind vor ein paar Tagen verschwunden. Ich nehme nicht an, dass du etwas über sie weißt?"

Er schüttelte den Kopf. „Ich fürchte, ich weiß nichts über deine Freunde. Wo waren sie, als du sie verloren hast?"

„Nördlich von hier. Vor zwei Tagen haben sie in der Mini-Oase von Bilma Wasser getankt. Das muss etwa 90 Kilometer nordöstlich von hier sein?"

„Hundert."

„Sie waren auf dem Weg nach Süden, also haben wir angenommen, dass sie Bilma passiert haben. Könnte es sein, dass sie Bilma übersprungen haben und nach Mao weitergefahren sind?"

„Nein. Alle halten hier auf ihrer Durchreise." Er schüttelte den Kopf. „Aber es gab einen Überfall auf eine Ausgrabungsstätte ein paar Hundert Kilometer nördlich von hier."

Sie fragte: „Eine archäologische Ausgrabung?"

„Ja. Eine große archäologische Ausgrabungsstätte. Im Nordosten ist ein Lager. Sie waren auf der Suche nach einem heiligen Buch. Viele unserer Männer sind dorthin gegangen, um zu arbeiten. Vor drei Tagen wurde es von einer großen Gruppe von Kriegern angegriffen, die viele Waffen trugen. AK-47s, große Gewehre, ein gepanzertes Auto. Viele Menschen sind gestorben, vielleicht willst du dort nachsehen. Deine Freunde, falls sie dort waren, wurden wahrscheinlich getötet."

Elise nickte. „Ich verstehe."

„Können wir sonst noch etwas für dich tun?", fragte er.

„Man hat uns gesagt, ihr könntet Treibstoff für unseren Hubschrauber besorgen?"

„Ja natürlich. Wir werden sofort einen Lkw losschicken, um euren Hubschrauber aufzutanken. Meine Freunde werden euch mit Erfrischungen und Wasser für eure Reise versorgen."

„Danke."

Nayram führte die beiden durch die alte Wüstenstadt. Er hielt kurz an, während drei Frauen ihnen eine kleine Schale mit getrockneten Früchten und eine Flasche mit Wasser gaben. Elise und Genevieve bedankten sich bei den Frauen und nahmen das Essen gerne an, bevor sie weitergingen.

Genevieve schaute sie ausdruckslos an, da sie dem schnellen Gespräch auf Französisch nicht folgen konnte. „Was hast du in Erfahrung bringen können?"

„Nicht viel. Jedenfalls nichts Gutes. Ein Lager wurde nordöstlich von hier angegriffen. Er glaubt, dass unsere Freunde in das Gefecht verwickelt gewesen sein könnten.

Genevieve zuckte mit den Schultern. „Das hört sich nach etwas an, das Sam und Tom tun könnten, wenn sie auf sich allein gestellt sind und weder du noch ich sie auf ihre Fehler hinweisen können. Was ist mit dir?"

Elise fragte: „Was soll mit mir sein?"

Genevieve lächelte. „Du willst doch nicht so tun, als hätten wir nicht gerade gesehen, wie diese Leute dich zu ihrer Gottheit gemacht haben, oder?"

„Es hat mit meinen Augen zu tun. Ich habe von Natur aus lila Augen."

„Wirklich? Ich dachte immer, das wären Kontaktlinsen?"

„Nein. Lila ist meine echte Farbe. Ich trage nur Kontaktlinsen, wenn ich die Leute täuschen will."

„Okay, sie mögen also kein Lila?"

„Es gibt eine alte ägyptische Legende über ein helles Licht, das über den Horizont schießt. Es war die Hand Gottes. Jeder Mensch, der mit dem Licht in Berührung gekommen ist, hat dauerhaft Narben bekommen und leuchtende lila Augen. Sie wurden unsterblich und hochintelligent. Eine Gruppe von Reisenden war Zeuge dieses Ereignisses. Man nannte sie die *Sechshundert*. Sie reisten durch die Länder und lebten ein freies und mächtiges Leben. Aber den meisten von ihnen wurde es irgendwann langweilig. Götter bleiben nicht gerne Freunde von einfachen Sterblichen. Also sind die meisten gegangen. Aber der Legende nach streifen noch einige wenige durch die Wüste. Das sind die Zurückgebliebenen. Diejenigen, die Himmel und Hölle nicht sehen wollten. Das waren die Unholde, vor denen man sich fürchten musste. Sie wurden von den Lebenden bis zur Ausrottung gejagt, bis nur noch die Allerreinsten übrig waren."

„Was ist also wirklich passiert?" Genevieve sah aus, als hätte sie ihr kein Wort geglaubt, das sie gesagt hatte.

Elise grinste und starrte sie an. „Was steht auf deiner Klinge geschrieben?"

Genevieve hielt inne und zog ihre Waffe aus der Scheide. Trotz des hohen Alters glänzte die Klinge, als ob sie erst heute geschmiedet worden wäre. Ihre Augen starrten auf die Klinge und das Wort, aber Elise konnte sehen, dass sie es nicht wirklich ansah. Stattdessen erinnerte sich ihr Geist an etwas, das schon lange her war. Etwas aus einer Welt, die sie nur mit Mühe hinter sich lassen konnte.

Genevieve schaute auf. Ihre Augen begegneten Elises festem Blick. „Solntsevo."

„Was bedeutet das?"

„Es ist ein bestimmter Ort."

Elise fragte: „In Russland?"

Genevieve nickte. „Im Bezirk der Oblast Kursk."

Elise grinste als Antwort, schwieg aber. Sie hatte das einzigartige Privileg, etwas über Genevieves Vergangenheit zu erfahren. Die Besatzung der Maria Helena hatte es aufgegeben, eine Wette darüber abzuschließen, woher sie kam und was sie vor ihrer Anstellung gemacht hatte. Stattdessen akzeptierten sie sie einfach als ein Gespenst - eine Person ohne Vergangenheit.

„Was ist so wichtig an Solntsevo?"

„Dort wurde mein Vater geboren. Er war dort ein bekannter Geschäftsmann. Sehr erfolgreich. Aber auch gefährlich und gemein, wenn er es sein musste. Das war in seinem Beruf leider nötig. Wir haben uns vor vielen Jahren zerstritten. Ich bin weggelaufen und habe dafür gesorgt, dass er mich nie wieder findet. Mein Vater war nicht die Art von Mann, die man herausfordert und dann am Leben lässt. Der Name ist eingraviert, weil ich nie vergessen will, woher ich komme ... und was ich zu verlieren habe."

Elise hörte schweigend zu. Sie erkannte an, dass Genevieve ihr nicht alles erklären musste. Sie alle hatten irgendwo eine Vergangenheit. Manchmal war sie nicht so angenehm oder ehrenhaft wie ihre Gegenwart.

Genevieve sah sie an und lächelte. Sie war sich bewusst, dass sie nicht weitersprechen musste, aber gleichzeitig wollte sie es. „Ich habe ein früheres Leben an einem Ort hinter mir gelassen, an dem niemand eine zweite Chance bekommt. Jedes Mal, wenn ich mit dieser Klinge töte, möchte ich mich an die Welt erinnern, die ich zurückgelassen habe, damit ich trotz des Drangs nie wieder zurückkehren muss.“ Genevieve zog die Klinge aus der Scheide und drehte sich zu ihr um. „Also, was hat es mit deinen Augen auf sich?“

„Es gibt nichts, was so geheimnisvoll ist. Tatsache ist, ich habe keine Ahnung. Ich hatte schon immer lila Augen. Man nennt es Alexandrias Genesis, aber die meisten Ärzte streiten sich immer noch darüber, ob die Krankheit echt ist oder nicht. Es handelt sich nicht um eine seltene Form von Albinismus, wie die meisten Leute vermuten würden. Ich habe keine Probleme, im hellen Sonnenlicht zu sehen. Ich habe meine Eltern nie kennengelernt, also weiß ich nicht, woher sie kommen.“ Sie lachte. „Und wenn ich unsterblich bin, habe ich noch viel Zeit, das herauszufinden.“

„Okay, woher weißt du dann von der Legende?“

„Es gibt verschiedene Versionen davon im Internet. Die meisten sind komplett falsch, aber einige beziehen sich auf die *Sechshundert*, die im alten Ägypten unsterblich gemacht wurden. Wie wir alle schon gemerkt haben, haben die fesselndsten Legenden oft ein winziges bisschen Wahrheit in sich.“

„Zumindest genug Wahrheit, um den Eingeborenen hier eine Heidenangst einzujagen.“

„Wir haben keine Angst vor euch“, sagte Nayram in perfektem Englisch. „Wir verehren dich für das, was du eines Tages für unser Volk tun wirst.“

„Ihr habt mich als *Retterin* bezeichnet, aber ihr habt keine Ahnung, wovor ich euer Volk rette. Was macht dich so sicher, dass ich derjenige bin, den du suchst? Was macht dein ganzes Volk so sicher? Ich hätte irgendjemand sein können. Ich habe bis zum Schluss eine Sonnenbrille getragen. Die Kinder hatten sich schon versammelt.“

„Die Kinder haben dich auf die Probe gestellt.“

„Wie?“

Nayram sagte: „Wir wussten alle, dass du eine von ihnen bist ... den *Sechshundert*. Aber wir konnten nicht sicher sein, ob du vom Himmel oder von der Hölle abgewiesen wurdest. Die Schreie der Kinder hätten einen bösen Gott zum Angriff gezwungen. Aber du standest da und hast sie mit deinem freundlichen Lächeln begrüßt.“

„Aber warum ich? Was hat mich so außergewöhnlich gemacht, dass deine ganze Stadt davon Notiz nehmen sollte?“

„Ich möchte, dass du dir ein Bild ansiehst. Es befindet sich auf dem Weg nach draußen. Komm, ich werde es dir zeigen. Es ist schon sehr lange hier. Jeder kennt das Bild.“

„Was ist auf dem Bild zu sehen?"

„Es zeigt zwei Frauen, die sich aus der Luft nähern, auf einem Tier mit Flügeln, das sich schneller dreht, als die Augen sehen können. Sie sind hierhergekommen, um nach etwas zu suchen. Wir versorgen sie mit Erfrischungen und sie verlassen uns, damit eine der Frauen die *Retterin* werden kann. Diese Frau hatte die violetten Augen der *Sechshundert*, also bist du sie."

„Das verstehe ich nicht", sagte Elise. „Dein Volk hat doch bestimmt schon mal Hubschrauber gesehen?"

„Ja. Aber dieses Bild wurde 1562 von einem alten Mann gemalt, der vor dem schlimmsten Sandsturm in der Geschichte von Bilma geflüchtet war. Er hat gesagt, sein Name sei Nostradamus und dass diese Frau hier die Zukunft vor einer Katastrophe bewahren würde."

Nayram blieb stehen und sie betrachteten das Bild, das auf die Steinwand gemalt war. Es zeigte zwei Frauen, die aus einem Hubschrauber stiegen. Die eine war unter ihrem indigoblauen Gewand kaum zu erkennen - sie hatte einen dunklen Schatten über ihrem Gewand, der wie ein Heiligenschein des Bösen aussah, während die Andere, wie die reinste Tugend leuchtete. Die gute Frau hatte ihr Tesirnest so gebunden, dass ihr Gesicht zu sehen war. Es war wunderschön. Das Gesicht war offensichtlich eurasischer Abstammung und eine Mischung aus verschiedenen Kulturen. Seidiges dunkles Haar, hohe Wangenknochen und exotische violette Augen, die voller Intelligenz und Freundlichkeit waren. Die Art von Gesichtszügen und künstlerischen Übertreibungen, die von einem alten Volk geschaffen wurden, um eine fiktive Göttin von unvorstellbarer Schönheit darzustellen.

Genevieve schnappte als Erste nach Luft - denn die Frau auf dem Gemälde sah genau aus wie Elise. Unterhalb des Bildes war eine Reihe von Zahlen in den Stein gemeißelt. Vor fast vierhundert Jahren von Hand in den weichen Stein gemeißelt, zeigten die Zahlen das heutige Datum an. „Wenn du die *Retterin* mit dem weißen Heiligenschein bist, was bin dann ich?"

Elise betrachtete den dunklen Schleier, der das Bild von Genevieve überschattete. Es hätte jeder sein können, aber alles andere auf dem Bild deutete darauf hin, dass es sich um sie und Genevieve handelte, die aus dem Hubschrauber kamen. Es war schwer, sich vor dem Bild, das Nostradamus von ihrer Freundin gemalt hatte, nicht zu fürchten.

„Die Freundin *der Retterin* und eine verdammt gute Beschützerin, wenn man sie braucht und ich glaube, im Moment braucht die Zukunft jede Hilfe, die sie bekommen kann." Elise lächelte. Es war beruhigend, ohne herablassend zu wirken. „In Ordnung, wir haben genug gesehen. Wenn die Zukunft so sicher ist, dass ich Leben retten muss, sehe ich keinen Grund, warum ich nicht damit anfangen sollte, Sam und Tom zu retten."

Kapitel Dreiundfünfzig

Adebowale hörte das tosende Geräusch von Wasser, das sich durch den Tunnel auf ihn zubewegte. Angetrieben von Abermillionen Pfund Druck von oben, stürmte der Strom mit der Energie eines Tsunamis durch die engen Gänge und Schluchten. Verglichen mit dem herannahenden Ansturm wirkte Adebowales massive und athletische Struktur schwach und zerbrechlich. Er konnte nirgendwo hinlaufen. Auch wenn er zehn Minuten Vorsprung hatte, würde das Wasser ihn erreichen, bevor er überhaupt entkommen konnte. Es gab nichts, was er tun konnte, und doch versuchte er zu rennen.

Das tat er immer.

Jedes Mal war es genau dasselbe. Er spürte das Brennen in seinen Beinen und Armen, als das freigesetzte Adrenalin seine Kampf- oder Fluchtreaktion stimulierte. Er hatte in den USA College-Football als Quarterback gespielt und war trotz seiner massigen Statur in der Lage, sich schnell zu bewegen, wenn er es wollte. Er spürte, wie die Sehnen seiner Waden, die für kurze Stöße und Sprints ausgelegt sind, ihn wie einen Rennwagen antrieben. Es fühlte sich gut an. Fast so, als ob er es dieses Mal vielleicht schaffen würde.

Das Geräusch des aufgewühlten Wassers wurde lauter und er stellte sich vor, dass er jeden Moment sterben würde. Trotz seiner Geschwindigkeit hatte er das Gefühl, durch Schlamm zu laufen. Mit jeder Bewegung wurden seine Beine gebremst, als ob eine unsichtbare Spule sie zurückhielt.

Vor ihm teilte sich der Gang in zwei Richtungen. Links und rechts. Adebowale wählte links. Irgendwie fühlte sich das richtig an. Der schmale Tunnel wies eine deutliche Steigung auf, was bedeutete, dass er an Höhe gewann. Er hatte die richtige Wahl getroffen! Die einzige Möglichkeit, dem Wasser zu entkommen, war, sich über das Wasser zu erheben.

Der Tunnel erschien vor ihm dunkel. Die schwachen Lichter, die den Gang säumten, sahen aus, als wären sie plötzlich ausgeschaltet worden. Er rannte mit voller Geschwindigkeit weiter, wie es nur ein Athlet kann, und dann blieb er stehen. Direkt vor ihm hatte ein großer Höhleneinsturz sein Weiterkommen blockiert.

Er hatte keine Möglichkeit mehr zu entkommen! Er drehte sich um und sah zu, wie das Wasser mit tödlicher Wucht auf ihn zuraste. Wie beim letzten Mal wurde Adebowale sofort klar, dass er schon einmal hier gewesen war. Und wie jedes Mal, wenn ihn das Wasser mit solcher Wucht traf, verlor er das Bewusstsein, bevor sein Verstand das kalte Wasser auf seiner Haut überhaupt wahrnehmen konnte.

Er wachte auf und rang nach Atem. Seine Brust pochte und seine Lunge brannte. Schweiß tropfte von seiner blutverschmierten Haut. Adebowale blickte in die Sonne. Die Schmerzen hielten diesmal länger an als sonst. Er hatte immer noch Schwierigkeiten beim Atmen und seine Zunge fühlte sich trocken und rissig an. Seine rechte Schulter pochte. Irgendetwas stimmte nicht. Das Wasser hätte ihn töten müssen. Es gab keinen Grund, warum er Schmerzen in der linken Schulter haben sollte.

Adebowale keuchte.

Er hatte wieder geträumt. Er zwang sich bewusst dazu, tief einzuatmen und die Augen zu öffnen. Alles war noch dunkel. Es hätte Nacht sein können, aber er spürte, wie die Hitze auf seiner Haut brannte. Nein, es war nicht Nacht. Seine Sicht hatte sich stark verschlechtert.

Irgendetwas wollte ihn aus dieser Welt entführen. Er drehte seine Handflächen flehend nach außen. Den Tod, den er so viele Jahre gefürchtet hatte, sehnte er sich jetzt herbei.

Er spürte Vibrationen an dem Pfosten, an den er gefesselt war. Adebowale öffnete seine Augen. Das Licht wurde besser, aber nur ein bisschen. Die Sonne öffnete sich wieder, als ob sie von etwas verdeckt worden wäre. Und dieses Etwas bewegte sich auf ihn zu.

Die Vibrationen verwandelten sich in ein Geräusch, das er erkannte. Die Rotorblätter eines großen Hubschraubers dröhnten über ihm und das Licht kehrte zurück, als das Flugzeug nach links abdrehte.

Kapitel Vierundfünfzig

Elise saß auf dem Beifahrersitz des Sikorsky, als Genevieve den Hubschrauber in die Kurve neigte, um einen besseren Blick auf das zerstörte Lager zu haben. Es sah so aus, als wären mehr als ein paar Hundert Arbeiter an der Ausgrabungsstätte beschäftigt gewesen. Die Zelte, Habseligkeiten und Geräte waren alle verbrannt worden. Die Glut der Feuer war schon Tage zuvor erloschen.

Erst beim zweiten Durchgang bemerkte Elise sie.

Sie waren in eine große Öffnung im Sand gekippt worden, vermutlich dort, wo sich bis vor Kurzem die Hauptausgrabungsstätte befunden hatte. Der gesamte Boden unter ihnen schien sich zu bewegen. Ein schwarzes Meer wogte zurück und kroch dann unheimlich vorwärts, als würde es von der Monotonie der Meeresflut angetrieben. Elise brauchte ein paar Sekunden, um zu begreifen, was sie da sah. Ihre Augen und ihr Verstand waren nicht in der Lage, die Fakten zu akzeptieren.

Die Männer waren in die Hauptgrube geworfen und verbrannt worden, ebenso wie ihre einfachen Habseligkeiten. Ihre Leichen waren großer Hitze ausgesetzt gewesen und mit dem Sand zu einer verstümmelten Masse aus geschwärztem Glas und menschlichen Überresten verschmolzen. Darüber hatten sich Fliegen eingenistet, die von dem entsetzlichen Geruch angelockt worden waren. Aus dem Cockpit der Sikorsky hoch oben sah es aus wie ein sich bewegendes, lebendiges, geschwärztes Meer. Ein Meer, wie es sich in einer stürmischen Nacht bildet.

Genevieve schwenkte den Hubschrauber absichtlich herum und verließ das Totenmeer. Sie hatten genug gesehen. Ein weiterer Anblick würde ihnen nichts als Albträume bescheren. Hier war eine Gräueltat geschehen. Aber jetzt konnten sie nichts mehr für sie tun.

Am nördlichen Ende des Lagers waren drei Männer an Holzpfähle gefesselt worden. Ihre Arme waren nach außen gestreckt, als hätte man sie in der extremen Hitze gekreuzigt. Elise starrte sie an, als sie vorbeiflogen. Es sah aus, als wären sie gefoltert worden, bevor sie durch ein Erschießungskommando hingerichtet worden waren. Ihre Gesichter waren noch immer vom verzerrten Anblick des blanken Entsetzens und unvorstellbarer Schmerzen geprägt.

Eines der Gesichter sah immer noch so aus, als würde es vor Entsetzen ständig schreien. Der Hubschrauber drehte sich um die schreckliche Vision und Elise wollte Genevieve gerade sagen, dass sie weiter zur Wasserstelle fliegen sollte - ihr Problem hatte nichts mit einem lokalen Stammeskrieg zu tun. Doch dann schien ihr das Gesicht zu folgen und sie aufzufordern, die Wahrheit über die schreckliche Tat herauszufinden, die geschehen war.

Aber es schien sich nicht nur zu bewegen. Es war ihr wirklich gefolgt. „Mein Gott! Der Mann lebt."

„Bist du sicher?", fragte Genevieve.

„Absolut sicher", bestätigte Elise. „Sieh dich noch einmal um, um sicherzugehen, dass wir keine weitere noch lebende Gesellschaft haben und dann setz uns auf den Boden."

„Willst du dich wirklich darauf einlassen?", sagte Genevieve und wies rücksichtslos darauf hin, dass ihre Mission nicht aus humanitären Gründen erfolgte.

„Willst du damit sagen, dass wir den Mann sterben lassen sollen?"

„Ich will damit sagen, dass er ziemlich bald tot sein wird, egal was wir für ihn tun. Laut deinen Freunden in Bilma fand dieser Überfall vor drei Tagen statt. Es ist unmöglich, dass jemand so lange in der Sonne ohne Wasser überlebt."

„Er könnte wissen, was mit Sam und Tom passiert ist."

„Er wird auf keinen Fall bei Bewusstsein sein, um es uns zu erzählen."

„Ich will es trotzdem versuchen. Wenn er zu weit weg ist, gebe ich ihm Morphium und wir erlösen ihn von seinem Leid.

Veyron griff die Lafette des schweren Browning-Maschinengewehrs an der offenen Steuerbordtür, als Genevieve landete. Genevieve ließ die Motoren laufen und schaute Elise an.

„Du hast fünf Minuten Zeit", sagte Genevieve. „Danach werde ich ihn selbst erschießen."

Kapitel Fünfundfünfzig

Die Sikorsky landete etwa dreißig Meter von den drei an Spießen gebundenen Männern entfernt. Elise war sich sicher, dass einer von ihnen noch am Leben war, aber jetzt, wo sie auf dem Boden war, konnte sie bei keinem von ihnen ein deutliches Lebenszeichen erkennen. Veyron holte das schwere Browning-Maschinengewehr zu Hilfe, um sie zu decken. Elise kletterte aus dem Sikorsky und hielt ihren Kopf gesenkt, während die Rotorblätter über ihr weiter mit hoher Geschwindigkeit schwirrten, falls sie sich beeilen mussten. Ihr rechter Finger hielt sanft am Abzug ihrer Uzi inne, während sie die Gegend überprüfte. Ihr Blick schweifte von der Ausgrabungsstätte mit der Grabstätte zu den Überresten der verbrannten Planen und zurück zu den drei Männern, die an Spieße gebunden waren.

Selbst nach drei Tagen wehte der beißende Geruch verkohlter Körper durch die Luft. Unwillkürlich spürte sie, wie ihr die Galle hochstieg. Der Tod war nie intensiver, als wenn man ihn mit der Nase wahrnahm. Vor ihr wetteiferten die Geräusche einer unfassbaren Menge von Fliegen mit dem Lärm der rotierenden Hubschrauberblätter.

Elise kämpfte gegen den Drang an, sich zu übergeben. Ihr Selbsterhaltungstrieb meldete sich und sagte ihr, dass sie weglaufen sollte. Sie sollte nicht auf einen Hinterhalt warten. Also rannte sie auf den Mann zu, der aus der Luft lebendig erschienen war. Er stand rechts von ihr und schien 30 Zentimeter größer und 20 Kilogramm schwerer als die anderen Männer. Die ersten beiden Männer waren eindeutig tot. In ihren Kopf- und Brustschusswunden hatten sich bereits Maden gebildet.

Die dritte Person, von der sie geglaubt hatte, dass sie sich aus der Luft bewegt hatte, schien fast genauso leblos zu sein. Er war am Hals an den vertikalen Pfosten gefesselt, während seine Handgelenke an den Enden eines horizontalen Balkens festgebunden waren. Es sah aus, als hätte eine behelfsmäßige und billige Version einer Kreuzigung stattgefunden, bevor er erschossen worden war. Seine Atmung, falls er überhaupt noch atmete, war flach und kaum wahrnehmbar. Er hatte drei große Einschusswunden auf der linken Seite seiner Brust. Auf seiner Stirn war ein einzelnes Einschussloch zu sehen. Sie trat näher an den Mann heran. Es gab keine Austrittswunde. Manchmal verliert eine verirrte Kugel an Geschwindigkeit, sodass sie nur genug Kraft hat, um in das menschliche Fleisch einzudringen, aber nicht genug, um es wieder zu verlassen. Trotzdem war klar, dass wenn eine Kugel in den Kopf eindringt, meist auch das Gehirn getroffen wird und das Gehirn ist wahrlich nicht sehr verzeihend, was Verletzungen dieser Art angeht. Als eine Fliege aus der offenen Wunde krabbelte, zuckte das Gesicht des Mannes nicht einmal.

Elise spürte wieder die Galle in ihrem Magen aufsteigen. Diesmal konnte sie die unwillkürliche Reaktion nicht kontrollieren und musste sich übergeben. Sie strich sich die Haare aus dem Gesicht und drehte sich um. Sie hatte genug gesehen. Wenn dieser Mann noch am Leben war, würde er es nicht mehr lange sein. Ihre Augen folgten dem Geruch der verbrannten Körper im Lager. Sie waren ganz allein. Alle waren tot. Sie würde hier unten keinen weiteren lebenden Menschen finden. Elise schaute zurück zum Hubschrauber und begann in seine Richtung zu laufen.

„Wasser!“, sagte eine tiefe Stimme, die nicht lauter als ein Flüstern war.

Sie drehte sich um und sah einen Mann, der definitiv eher einer Leiche glich und sie mit offenen graublauen Augen ausdruckslos anstarrte. Aus den grotesken Wunden in seiner Brust krabbelten immer noch Fliegen. Der Mann würde bald tot sein. Es gab eindeutig nichts, was sie für ihn tun konnte.

Hatte er wirklich gesprochen?

„Bitte!“, flehte der Mann.

Elise starrte in das Gesicht des Mannes. Er blickte direkt durch sie hindurch, als wäre er blind. Es gab nichts, was sie tun konnte, um sein Leben zu retten. Aber sie konnte ihn auch nicht so leiden lassen, wie er war. Sie griff ihre Uzi und hob sie auf das Gesicht des Mannes. Das war vielleicht das Menschenfreundlichste, was sie für ihn tun konnte.

Elise, die Retterin ... sie erinnerte sich an die Worte, die Nayram zu ihr gesagt hatte und senkte ihre Waffe.

„Es tut mir leid“, sagte sie. „Ich habe Morphium. Möchtest du, dass ich dir etwas gebe? Du musst wissen, dass ich dich nicht retten kann. Das Einzige, was ich tun kann, ist deine Schmerzen zu lindern.“

Er gab keine Antwort.

Stattdessen sackte sein Kopf nach unten, als hätte er den Willen aufgegeben, den Tod noch länger abzuwehren. Sie ließ ihre Waffe sinken. *Vielleicht wollte er nur von jemandem hören, dass es in Ordnung ist, zu sterben?* Er atmete mehrmals langsam und tief ein. Diese sogenannten Cheyne-Stokes-Atemzüge sind oft die letzten Atemzüge, die ein Mensch vor seinem Tod macht.

Elise wollte gehen, aber irgendwie hatte sie das Gefühl, dass sie es dem Mann schuldig war, ihm beim Sterben zuzusehen. Er atmete tief ein und dann langsam wieder aus. Sie beobachtete, wie dies mehrere Atemzüge lang geschah. Sie erwartete, dass jeder Atemzug der Letzte sein würde. Beim neunten Atemzug hob er den Kopf. Seine grässlichen Augen öffneten sich wieder. Und dieses Mal sahen sie sie mit Anerkennung an.

Er lächelte und entblößte dabei ein ganzes Gebiss weißer Zähne, die so gar nicht zu seinem vernarbten Gesicht und dem Körper eines Kriegers passen wollten. „Ich brauche kein Morphium."

„Was brauchst du dann?" Sie eilte an seine Seite und bot ihm etwas Wasser aus ihrer Flasche an.

„Ich habe gewartet." Seine Stimme war tief, ruhig und fast hypnotisierend.

„Auf was?"

Sein ganzer Körper wurde starr. Jeder Muskel spannte sich einzeln an, als ob sich ein Strom durch seinen ganzen Körper entladen hätte. Als es aufhörte, hob er seinen Kopf an und starrte sie an. „Ich habe auf dich gewartet, Elise."

„Hast du?"

„Ja. Die Vereinigte Souveränität des Kongos hat auf deine Hilfe gewartet."

„Du weißt von der USK?"

„Mein Name ist Adebowale, aber du kennst mich vielleicht als *Mtu Wa Watu Moja*."

Elise übersetzte seinen Namen aus dem alten Swahili. *„Mann des einen Volkes"*. Das waren die einzigen Worte, die sie in der Sprache kannte, und auch nur, weil sie die letzten drei Monate damit verbracht hatte, so viel wie möglich über den Mann herauszufinden. „Du bist der Anführer der USK?"

Kapitel Sechsundfünfzig

Elise schnitt die Seile von seinen Handgelenken und seiner Kehle. Befreit von den Fesseln des Spießes, taumelte der Mann vorwärts und fiel zu Boden. Seine von tagelanger Dehydrierung und Stagnation geschwächten Muskeln waren nicht mehr in der Lage, seine massive Gestalt zu halten.

Sie streckte die Hand aus, um ihm zu helfen, doch er stieß sie weg. „Nein. Nicht. Ich bin dreimal so groß wie du, ich werde dich erdrücken. Lass mich fallen."

Elise ließ ihn auf den Boden fallen.

Er rollte sich auf die Seite und versuchte, sich mit seinen Armen aufzurichten, aber sie stießen nur vergeblich in den Sand. Er lächelte und sah sie an. „Mehr Wasser bitte."

Sie reichte ihm ihre Flasche. „Du bist Amerikaner?"

Er nahm einen Schluck und schüttelte den Kopf. „Nein. Meine Familie stammt aus Zaire, das heute als Demokratische Republik Kongo bekannt ist. Wie du weißt, gibt es in diesem Land aber nur sehr wenig, was demokratisch gewählt wurde. Meine Familie war einst ein stolzes Volk ... Könige des ganzen Kongos. Als ich noch ein Junge war, schlug ein Rebellenführer meinen Vater mit einer Machete nieder, als wäre er ein Hund und übernahm das Land. Zum Glück sind er und einige andere Rebellen in den vergangenen Jahren gestorben ... aber der Schmerz sitzt immer tief in meinen Wunden."

„Du willst dich rächen?", sagte Elise.

„Nein. Der Mann, der für den Tod meines Vaters verantwortlich war, wurde getötet, als ich noch ein kleiner Junge war, von einem kindischen Rebellen, der geglaubt hat, er könnte einen König stürzen und dabei selbst einfach so die Macht übernehmen. Der Kreislauf hat sich viele Male fortgesetzt und noch immer leidet mein Land darunter. Ich träume davon, mein Land so zu vereinen, dass es für immer Stabilität und Wachstum in einer einst stolzen Region hinterlässt, die sehr gelitten hat, seit Portugal sie im 16. Jahrhundert kolonisiert hat."

„Okay und wie bist du dann in Amerika gelandet?"

Er starrte schweigend ins Leere. Entweder hat er sie nicht gehört oder er wollte die Frage nicht beantworten.

„Warst du ein Flüchtling?"

„Nein." Adebowale schüttelte den Kopf. „In der Nacht, als mein

Vater gestorben ist, hat mich meine Mutter weggeschickt. Ich bin weggelaufen, weiter, als ich es mir je hätte vorstellen können. Ich habe ein Boot gestohlen und bin auf dem Zaire-Fluss nach Norden gefahren. Als ich den Fluss nicht mehr befahren konnte, bin ich ausgestiegen und zu Fuß weiter nach Norden gegangen. Schließlich habe ich Arbeit gefunden und für einen Mann in Ägypten gearbeitet. Er war ein Archäologe, der in der Sahara auf der Suche nach einem alten Relikt unterwegs war. Ein Buch von Nostradamus, das Visionen über die Zukunft der Menschheit enthielt. Damals hat er nicht viel mit uns gesprochen, stattdessen hat er uns gesagt, wo wir graben sollen, und dort haben wir dann auch gegraben. Als ich sechzehn Jahre alt war und nach vier Jahren ständiger Arbeit und gutem Essen noch einmal etwa 50 Kilogramm Muskeln aufgebaut hatte, hat er mich angesprochen und gefragt, ob ich jemals American Football gespielt hätte. Ich schüttelte den Kopf und dachte, er sei verrückt. Wann hätte ich denn Zeit gehabt, ein Spiel zu spielen, von dem ich noch nie gehört hatte? Dann hat er mir gesagt, dass er mir eine amerikanische Schule besorgen kann, wenn ich diese Sportart probieren will."

„Du bist also nach Amerika gegangen, um Fußball zu spielen?"

„Nein. Ich bin nach Amerika gegangen, um eine Ausbildung zu machen, damit ich eines Tages aufstehen und meinem Volk, das sich so verzweifelt nach Frieden sehnt, Ordnung und Stabilität bringen kann."

Sie lächelte freundlich. „Wie lange hast du Football gespielt?"

Er schloss die Augen, während er darüber nachdachte, und öffnete sie dann wieder. „Sechs Jahre. Ich habe es ziemlich weit gebracht, denke ich. Es war ein Mittel zum Zweck. Ich habe die Ausbildung bekommen, die ich brauchte und bin dann nach Afrika zurückgekehrt, um mein neues Leben zu beginnen."

„Warum bist du nach Libyen gegangen, wenn dein Kampf in der Demokratischen Republik Kongo stattfand?"

„Um der Tochter des Mannes zu helfen, dem ich so viel verdanke ... und um den Beginn einer großen Prophezeiung einzuleiten."

„Und welche Prophezeiung ist das?", fragte sie.

Er setzte sich auf, als wäre er von einem Dämon besessen. Seine graublauen Augen bohrten sich in ihre Seele, als er mit seiner tiefen Stimme sprach ... die Stimme von jemandem, der schon lange tot war, ein Leichnam, der einen Dienst an der Gesellschaft verrichtet. „Dieselbe Prophezeiung, die dich nach Afrika gebracht hat! Ich spreche von derselben Prophezeiung, die das größte Interesse und die größte Zusammenkunft von Nationen in der Geschichte ausgelöst hat."

„Sprich weiter", sagte sie.

Er blinzelte. „Der Grund, warum Sam Reilly in die Sahara kam, ist um die USK an die Macht zu bringen, bevor der nächste Weltkrieg ausbricht - diesmal um eine seltene natürliche Ressource.“

Kapitel Siebenundfünfzig

Elise hörte schwere Schritte hinter sich. Sie schaute auf und sah Veyron, der ein schweres Browning-Maschinengewehr trug. Er musste die Waffe aus der Hubschrauberhalterung gelöst haben. Schweiß rann ihm über das Gesicht. Er atmete schwer.

„Zeit zu gehen", sagte Veyron. „Wir haben Gesellschaft."

„Wer?"

„Eine Gruppe von Nomaden. Etwa einen Kilometer südlich von hier. Sie sind bewaffnet. Genevieve hat auf dem Radar gesehen, wie sie über eine der Sanddünen kommen."

„In Ordnung", sagte Elise. „Wir müssen den Mann zum Hubschrauber bringen."

Veyron beugte sich hinunter, um Adebowales Puls zu fühlen. Die Augen des Mannes waren geschlossen und er ließ sich nicht mehr wecken. Es sah so aus, als hätte er seine letzte Energie verbraucht, um bis hierher am Leben zu bleiben. „Er wird nicht mehr lange leben."

„Doch, das wird er."

„Wohin sollen wir ihn bringen? Es gibt keine Krankenhäuser in der Nähe und ohne Operation wird er es nicht mehr lange schaffen."

Elise sah Veyron an. Ihr Kiefer war fest entschlossen und ihre violetten Augen flehten ihn an zu helfen. „Wir bringen ihn zur Maria Helena und ich werde die Kugeln selbst entfernen."

„Das soll wohl ein Witz sein!"

Genevieve rannte hinüber. „Warum dauert das denn so lange? Wir müssen los!"

Veyron schaute sie an. „Elise will unbedingt, dass wir ihn mitnehmen."

Elise erwiderte den strengen Blick von Genevieve. „Das erkläre ich, wenn wir in der Luft sind. Jetzt müssen wir ihn erst einmal an Bord bringen. Er ist wichtig."

„Für was?"

„Für alles."

Genevieve fluchte. „Oh, Gott! Du meinst es ernst, nicht wahr?"

Elise nickte, ohne ein Wort zu sagen.

Veyron reichte Elise das schwere Maschinengewehr und bückte sich dann, um Adebowale mit einer alten Feuerwehrhebebühne anzuheben. Mit bemerkenswerter Kraft gelang es ihm, den riesigen Mann zu heben.

Elise folgte den beiden zurück zum Sikorsky.

Veyron legte Adebowale im Mittelteil des Hubschraubers auf den Rücken. Als Genevieve sie wieder in die Luft brachte, schloss Elise rasch die Seitentür und führte schnell eine intravenöse Kanüle in die große Vene an der Armbeuge, die sogenannte Cubitalgrube, ihres Patienten ein. Genevieve legte an Höhe zu und drehte nach rechts ab, um der ankommenden Gruppe bewaffneter Nomaden auszuweichen. Elise füllte eine Infusionsleitung mit Kochsalzlösung, schloss sie an die Kanüle an und öffnete sie vollständig. Die Flüssigkeit würde helfen, die starke Dehydrierung des Mannes auszugleichen und vielleicht sogar seine Nieren vor irreparablen Schäden bewahren, aber er würde Bluttransfusionen brauchen, um zu überleben - und jemand musste die Kugeln aus seinem Kopf und Rumpf entfernen.

Genevieve schaute über ihre Schulter zu ihr zurück. „Willst du mir sagen, worum es hier geht, Elise?"

„Wir müssen das Leben des Mannes retten."

„Er sieht aus, als würde er sterben", sagte Genevieve.

„Das wird er nicht."

„Warum bist du dir da so sicher?"

„Ich weiß nicht, was ich dir sagen soll, Genevieve. Es war, als wüsste er genau, warum wir in die Sahara gekommen sind. Und dass er der Mittelpunkt von allem war, was Sam und Tom in der Sahara getan haben."

„Das ist unmöglich. Wir sind nicht mal in der Nähe der Demokratischen Republik Kongo. Nichts, was wir getan oder gesagt haben, würde ihn darauf hinweisen, dass wir deshalb hier sind."

Elise lächelte. „Und doch wusste er es."

„Selbst wenn er es nicht gewusst hat", sagte Geneviève. „Allein der Zufall ist schon unheimlich."

„Also, wo bringen wir ihn hin?"

„Zurück zur *Maria Helena*."

„Warum nicht in ein Krankenhaus?"

Elise zuckte mit den Schultern. „Er sagt, er braucht unsere Hilfe."

Genevieve sagte: „Ohne einen Arzt wird er sterben."

„Er sagt, ich kann die Kugel entfernen und er wird leben."

Genevieve zuckte mit den Schultern. „Es geht um sein Leben. Ich bin aber trotzdem nicht sehr glücklich darüber."

„Warum?"

„Es ist mir eigentlich egal, ob er lebt oder nicht. Ich bin viel mehr daran interessiert, Sam und Tom zu finden."

„Da ist noch etwas anderes. Er sagt, er muss sofort mit Sam Reilly sprechen."

„Das will ich auch. Hast du ihm gesagt, dass es egal ist, worüber sie geredet haben, bevor er ankam, denn jetzt ist er irgendwo in der Sahara verschollen."

„Ich weiß. Ich habe es ihm schon gesagt."

„Was hat er gesagt?"

„Er sagte, dass die drei noch am Leben sind und ihren eigenen Weg zurück zur *Maria Helena* finden werden, wenn er wieder zu sich kommt.

Veyron sah zum ersten Mal von dem auf, was er im hinteren Teil des Hubschraubers tat. „Wer ist die dritte Person?"

„Das hat er nicht gesagt."

Genevieve warf einen Blick auf den Mann, der auf der Bahre des Hubschraubers lag. Seine Atmung war unregelmäßig. Veyron hatte ihr gesagt, dass sein Puls kaum spürbar war.

Sie schüttelte den Kopf. „Ich weiß es nicht, Elise. Ich glaube, du vertraust zu sehr auf eine Leiche."

„Er sagte, du würdest ihm kein Wort glauben."

„Was hat er denn gedacht, was ich tun würde?"

„Er sagte, du würdest ihn zurück zur *Maria Helena* bringen, wo Sam und Tom dich zu einem Gläubigen machen würden."

Kapitel Achtundfünfzig

Zara öffnete ihre Augen. Sie war von Dunkelheit umgeben. Völlige Dunkelheit, die einen vernünftigen Menschen in den Wahnsinn treiben konnte. Die Art von Pechschwarz, die nur Blinde erkennen können. Sie atmete tief ein. Die Luft war kühl. Möglicherweise sogar kalt. Sie spürte, wie sich die feinen Härchen an ihren Armen aufstellten. Sie saß in einer kuppelförmigen Höhle, fünfzig Meter unter der Oberfläche der Sahara. Ihr Körper war wie erstarrt. Sie lauschte der Stille wie ein verängstigtes Kind in der Nacht. Zara drehte plötzlich ihren Kopf. Sie hatte etwas gehört. Es hörte sich an wie ein leises Plätschern von Wasser an der Seite ihrer kleinen Insel. Ihre Augen konzentrierten sich auf das Geräusch, aber sie sah nichts.

Sie atmete leise.

Es bestand immer die Möglichkeit, dass ihre Verfolger den Weg in die Kuppel gefunden hatten. Das war unwahrscheinlich. Aber nicht unmöglich. Sie atmete langsam aus, als sich ein schwaches Licht unter dem Wasser zu zeigen begann. Es war nicht hell genug, um es deutlich zu sehen, aber es sah aus wie ein einzelner Punkt, der unter Wasser herumhüpfte. Im Augenwinkel war es wie ein Hintergrundbild - da, aber gleichzeitig irgendwie auch wieder nicht da.

Ihre Augen konzentrierten sich auf das Licht. Als es größer wurde, begriff sie es. Das Licht färbte sich blau. Es befand sich auf der Seite, die am weitesten von der Stelle entfernt war, an der sie die Kuppel betreten hatten und näherte sich langsam der Oberfläche.

Zara grinste, als sie Sam Reilly beim Auftauchen beobachtete. Er fuhr mit seinen Händen vorsichtig an der Außenwand der Kuppel über das alte Mauerwerk. Ohne zu wissen, dass sie ihn beobachtete, arbeitete er sich um die Kuppel herum. Nachdem er den Kopf geschüttelt hatte, tauchte er unter das Wasser und verschwand für einige Augenblicke aus dem Blickfeld, bevor er am anderen Ende des Raumes wieder auftauchte.

Am gegenüberliegenden Ende des Kuppelsees untersuchte er weiterhin die alten Mauern. Sie dachte, er würde gleich wieder abtauchen, als er sich umdrehte und ihr direkt gegenüberstand. Dieses Mal hatte er sie bemerkt. Ihre Blicke trafen sich und er strahlte wie ein Kind, das am Strand spielte.

Zara fragte: „Was machst du da?“

Sam sagte: „Ich suche nach einem Ausweg.“

Sie lachte. „Wir kennen den Weg nach draußen. Er führt durch die Falltür, die du entdeckt hast, und führt dann an die Oberfläche, wo etwa fünfhundert Männer, die auf ein Leben mit großen Reichtümern aus sind, darauf warten, uns zu töten."

„Das ist sicherlich eine der Möglichkeiten", stimmte Sam zu. „Aber es gibt zwei Probleme. Erstens. Wie du schon sagtest, sind ein paar Hundert Soldaten auf der Jagd nach uns. Und zweitens, je länger wir hier unten warten, desto wahrscheinlicher ist es, dass wir verhungern, bevor wir die Wüste durchqueren können."

„Du bist fünfzig Meter tief in einem Brunnen unter der Wüste Sahara! Was glaubst du, wo du hingehen kannst?" Sie sah ihn an, als sei er ein Narr. „Ich weiß nicht, ob du es bemerkt hast, aber das Land über uns ist über Hunderte von Kilometern in alle Richtungen mit Sand gefüllt. Das bedeutet, dass es über Hunderte von Kilometern keinen Weg an die Oberfläche gibt. Selbst wenn du die Garamante Fogaaras findest, gibt es keinen Grund, warum die alten unterirdischen Bewässerungstunnel noch intakt sein sollten. Und zu glauben, dass es einen Weg gibt, die Oberfläche am anderen Ende der Tunnel zu erreichen ist noch unsinniger. Dafür gibt es einfach keinen Anhaltspunkt."

Sam nickte, als hätte er schon so ziemlich das Gleiche herausgefunden wie sie. „Trotzdem werde ich mich mal umsehen." Sam zuckte gleichgültig mit den Schultern. Er untersuchte die Wand, die ihm am nächsten war. Zara fand, dass er aussah aus wie ein Kind, das am Strand Muscheln sammelte. Er sprach zu sich selbst, nicht zu ihr. „Diese Mauern wurden vor langer Zeit gebaut. Es ist schwer, etwas zu bauen, das so lange hält."

„Wie kommst du darauf, dass es noch einen anderen Weg nach draußen gibt?"

„Das Wasser hier ist frisch. Wenn du das Wasser beobachtest, wirst du merken, dass es sich gar nicht so langsam in diese Richtung bewegt." Er zeigte auf die Wand vor uns. „Die Logik legt nahe, dass sich hier ein großer unterirdischer Grundwasserspiegel entlang bewegt ... und dieses Wasser muss irgendwo herauskommen."

„Deine Theorie hat zwei Fehler", sagte Zara mit einem herablassenden Lächeln. „Erstens. Hier gibt es im Umkreis von mindestens 100 Kilometern keine Wasserlöcher. Zweitens. Du hast bereits alle anderen Wasserlöcher im Umkreis von 130 Kilometern abgesucht. Und drittens: Selbst wenn das Wasser uns irgendwo hinbringt, wo wir rauskommen können, würden wir dabei ertrinken, denn ... falls du es nicht bemerkt hast ... das Wasser bewegt sich unterirdisch, was bedeutet, dass wir dabei nicht atmen können!“

Sam lächelte verblüfft. „Ich glaube, ich werde trotzdem schwimmen gehen. So vertreibe ich mir wenigstens die Zeit.“

Zara stand auf, um zu widersprechen, aber sie spürte eine sanfte Hand an ihrem Handgelenk, die sie zurückhielt. Zara blickte nach unten und sah Tom.

„Lass ihn in Ruhe. Das ist seine Angelegenheit. Lass ihn sich abreagieren.“ Ohne ein weiteres Wort zu sagen, legte sich Tom auf den Rücken und machte es sich bequem, um schnell einzuschlafen. „Nach der ganzen Wanderung bin ich froh, dass ich Zeit habe, mich zu entspannen. Schlaf, wenn du kannst ...“

„Selbst wenn du recht hast und dieser uralte Grundwasserspiegel 130 Kilometer weit reicht, gibt es keinen Ort, an dem man die Oberfläche wieder erreichen kann.“

„Keinen sicheren Ort, meinst du?“, korrigierte Sam sie und tauchte dann wieder unter das Wasser.

Sie beobachtete, wie er für eine wesentlich längere Zeit verschwand. Aus dreißig Sekunden wurde eine Minute. Gefolgt von zwei. Sie sah Tom an, der gleichgültig wirkte. Nicht nur gleichgültig. Eher wie ein gelangweiltes Kind, das darauf wartete, nach Hause zu gehen.

„Tom, ich glaube, dein Freund ist gerade ertrunken.“

„Sam? Nein, er ist ein ziemlich guter Schwimmer.“ Tom lächelte. „Wenn er nicht redet, hat er stundenlang genug Puste.“

Knapp eine Minute später stand sie auf und verpasste Tom einen Tritt. „Hey, ich bin mir ziemlich sicher, dass Sam gerade ertrunken ist. Wirst du etwas unternehmen?“

Tom setzte sich auf, streckte sich, als hätte er tief geschlafen und ging zum Ufer des Wassers. An der Oberfläche bewegte es sich relativ langsam, aber sie hatte schon von starken Unterströmungen gehört, die einen Menschen mit in den Tod reißen konnten.

„Er scheint länger die Luft anzuhalten, als ich erwartet hätte“, sagte Tom und setzte sich wieder hin.

„Das wars!“, rief sie.

Tom nickte. „Wenn die Strömung stark genug ist, um Sam zu ertränken, kann ich auch nichts tun, um sie zu überwinden.“ Er starrte auf das dunkle Wasser. „Schade eigentlich. Ich mochte den Kerl.“

Sie schüttelte ungläubig den Kopf.

Einen Moment später tauchte Sam wieder auf und holte ein paar Mal tief Luft.

Zara sagte: „Mein Gott, Sam! Ich dachte, du hättest dich gerade umgebracht."

Er schüttelte den Kopf. „Nein. Aber ich glaube, ich habe gerade unseren Weg nach draußen gefunden. Der Tunnel, auf den Tom und ich vorhin zufällig gestoßen sind, ist sehr eng. Es wird schwer sein, da durchzukommen, aber wenn wir die andere Seite erreichen, könnte er uns weiterführen."

Kapitel Neunundfünfzig

Zara wich vom Rand der Insel zurück und sagte: „Oh nein! Nicht ich ... auf keinen Fall!"

Sam schwamm an der Oberfläche auf sie zu. „Warum? Ziehst du es vor, hier zu warten und das Risiko einzugehen, dass die Männer von General Ngige den Brunnen bewachen und in diesem Moment herausfinden, wie sie zu uns kommen können?"

„Im Gegensatz zu dir habe ich Angst vor engen Räumen. Alles, was eng ist und unter Wasser liegt, macht mich nicht glücklich. Ich glaube, ich würde lieber gegen Ngiges Männer kämpfen oder lange genug warten, um im Sand der Sahara zu verhungern."

„Ja, ich hasse beengte Räume auch. Aber ich habe wirklich keine Alternative und du auch nicht."

Sam senkte den Kopf und verschwand wieder unter Wasser, als wolle er sich nicht mit ihr streiten.

Sie schaute Tom an. „Wirklich? Ich dachte, er wäre einer der weltbesten Höhlentaucher?"

„Ist er auch. Aber er hat es immer gehasst. Seine Mutter hat ihm die dumme Idee eingetrichtert, dass man versuchen muss, seine Ängste zu überwinden, und er hat sein Leben damit verbracht, genau das zu tun. Es ist ein bisschen extrem, das gebe ich zu. Ich glaube, insgeheim liebt er den Untergrund mittlerweile."

Zara fragte: „Was ist mit dir?"

Tom zuckte mit den Schultern. „Was soll mit mir sein?"

„Du siehst nicht gerade wie ein Taucher aus? Wie viel wiegst du - 100 Kilo?"

„125."

„Wie bist du denn zum Höhlentauchen gekommen? Für einen Mann deiner Größe ist das doch nicht selbstverständlich."

Tom lachte. „Ich leide nicht unter Klaustrophobie. Das Problem hatte ich noch nie. Vielleicht kam das Höhlentauchen deshalb für mich ganz natürlich."

„Wirklich?" Zara war überrascht. Erstens, weil sie gehört hatte, dass Sam Reilly Höhlen hasste und zweitens, weil Tom Bower, ein Riese, sich in Höhlen immer wohlgefühlt hatte. „Wie das?"

Tom lächelte. Er wirkte nicht verlegen. Eher wie eine sanfte Seele und ein großes Kind, dessen Herz sich nie verändert hat, seit er ein Kind war und seine ersten richtigen Träume für die Zukunft hatte. „Seit ich klein war, habe ich mich immer in Dinge hineingesteigert. Ich war immer zu groß für alles. In dieser Hinsicht habe ich mich beim Höhlentauchen immer zu Hause gefühlt."

Sam tauchte an der Seite der Insel wieder auf. „Ich habe nachgedacht und einen Entschluss gefasst."

„Worüber?", fragte sie.

„Ich dachte, Tom und ich sehen uns den Tunnel an, den ich gefunden habe. Wenn es eine Chance gibt, dass er irgendwo hinführt, kommen wir zurück und holen dich."

„Toll. Und was soll ich in der Zwischenzeit tun?"

„Es wird dunkel sein. Du kannst dich ganz einfach ausruhen."

Zara hatte die gewölbte Höhle im Dunkeln gesehen. Sie mochte sie definitiv nicht. Eines der wenigen Dinge, vor denen sie noch mehr Angst hatte als durch einen weiteren engen Unterwassertunnel zu schwimmen, war der Gedanke, hier zu bleiben und abzuwarten, ob Sam und Tom jemals zurückkommen würden, oder ob sie ertrinken und sie in der Dunkelheit gefangen zurücklassen lassen würden.

Sie biss sich auf die Unterlippe und lächelte dann. „Wenn ich es mir recht überlege, wie wäre es, wenn ich jetzt gleich mitkomme?"

Kapitel Sechzig

Sam ging zurück zu der kleineren der beiden Kuppeln, in der er und Tom bei ihrer Ankunft irrtümlich aufgetaucht waren. Sam ging voran, während er langsam an die Oberfläche des engen Tunnels schwamm, in dem er und Tom sich auf der Suche nach Zara fast verirrt hatten. Er fand den engen Tunnel schnell. In diesem Tunnel befanden sich einige Zentimeter Luft über dem Wasserspiegel, sodass sie beim Schwimmen atmen konnten. Zara schwamm in der Mitte der Gruppe und Tom folgte ihr. Abwechselnd nutzten sie den einen wasserdichten Sack als Schwimmhilfe und machten damit jeweils eine kurze Pause vom anstrengenden Schwimmen.

Sie folgten dem ständigen, fast unmerklichen Wasserstrom im Tunnel. Da der Tunnel vollkommen rechteckig war und keine erkennbaren Veränderungen in der Form oder Beschaffenheit der Wände aufwies, war es schwierig zu beurteilen, wie schnell sie sich bewegten. Tom und Sam hielten gelegentlich an, um zu testen, ob sie gegen die Strömung schwimmen konnten, falls es später nötig war. Sie markierten die Steinwände des Tunnels mit Kreide und schwammen dann eine Minute lang. Danach hielten sie an und maßen die Strecke. Jedes Mal, wenn sie anhielten, um dies zu tun, war Sam von der Stärke der Strömung überrascht, aber auch ermutigt durch sie. So viel Wasser kann sich nicht bewegen, wenn es nicht irgendwo hinfloss und obwohl es aufgrund der gleichmäßigen Beschaffenheit des Tunnels nicht offensichtlich war, trieb die Strömung sie weiter.

Nach drei Stunden im Wasser sahen sie die erste Veränderung im Tunnel und die war nicht gut. Die Wasserhöhe stieg an der Wand des Tunnels an, was bedeutete, dass es weniger Abstand zwischen dem Wasser und der Decke gab - und damit weniger Platz zum Atmen.

Zara schloss zu Sam auf und klopfte ihm auf die Schulter. Sie fragte: „Hast du einen Plan?"

Sam warf einen flüchtigen Blick an die Decke, die sich nur noch einen halben Meter über seinem Kopf befand. Er sagte: „Wie wir damit zurechtkommen, dass wir immer weniger Platz zum Atmen haben?"

Sie nickte.

Er sagte: „Nicht wirklich. Ich hatte nur gehofft, dass sich das Problem von selbst lösen würde.

„Das wars also?" Sie fluchte und murmelte etwas vor sich hin, dass sie einem Mann wie Sam Reilly niemals hätte vertrauen sollen. „Mehr hast du nicht zu bieten?"

„Wenn du dich dadurch besser fühlst, ich habe das Gefühl, dass sich unser Problem bald von selbst lösen wird. Das wird nicht lange dauern. Die Garamanten, die diese Tunnel gebaut haben, waren sehr anspruchsvolle Leute. Sie haben nicht einfach beschlossen, die Höhe des Tunnels zu verändern. Ich vermute eher, dass es weiter hinten einen Einsturz gegeben hat, der hier einen Wasserrückstau verursacht oder die Tiefe unter uns erweitert hat. Wie dem auch sei, wenn wir hier durch sind, sollte alles in Ordnung sein."

„Können wir da überhaupt durch?", fragte sie.

„Das ist die große Frage, aber ich bin ziemlich zuversichtlich, dass wir es schaffen werden."

Zwei Minuten später legte Sam seine Hand auf die Decke und hielt ihre Fahrt an. Zara schwebte zu ihm und blieb stehen.

Sie fragte: „Was ist los?"

Sam sagte: „Ich weiß es nicht. Das könnte das sprichwörtliche Ende der Fahnenstange sein. Warte hier und ich gehe vor und schaue, ob wir daran vorbeikommen. Wenn das für dich in Ordnung ist?"

„Geh", sagte sie. „Ich bleibe hier."

Als Tom sie einholte, streckte er seine Hand nach oben, berührte die Decke und hielt inne. „Soll ich schon mal vorgehen und nachsehen, was los ist?"

„Nein. Wir haben schon abgemacht, dass ich nachsehe", sagte Sam. „Warte hier und pass auf Zara auf. Ich schaue kurz nach, ob es möglich ist. Falls ich nicht zurückkomme, kennst du die Abmachung?"

„Ich werde nicht nach dir suchen. Ich werde Zara zurückbringen, wir warten so lange wie möglich und dann klettern wir wieder den Brunnen hoch und fliehen durch die Wüste."

„Das wirst du auf jeden Fall tun. Du weißt, dass ich das auch tun würde, wenn die Rollen vertauscht wären, oder?"

„Das bezweifle ich sehr", sagte Tom. „Aber ich bin besser darin, Befehle zu befolgen, also sei vorsichtig. Du weißt, dass ich lieber hier unten im kühlen Wasser bin, als durch die brennende Wüste zu wandern."

Sam nickte. „Ich werde mein Bestes tun."

Dann tauchte er seinen Kopf unter die schmale Decke und verschwand.

Kapitel Einundsechzig

Sam ließ sich durch den Tunnel treiben und hatte dabei nur ein oder zwei Zentimeter Luft zwischen dem Wasser und der Decke. Während er auf dem Rücken schwebte, hielt er die Augen offen. Das blaue Licht seines DARPA-Thermoanzugs reflektierte von der Decke auf ihn herab, als wäre sie ein Spiegel. Gelegentlich, etwa alle zwanzig Meter, bildete sich eine Lücke, in der das Licht von einem dunklen Bereich absorbiert wurde. Diese Bereiche, so fand er bald heraus, waren entstanden, als die Decke eingestürzt war und eine kleine Öffnung hinterlassen hatte.

Er schwebte in die erste große Öffnung, die er fand. Sie war dort entstanden, wo drei Steine, die jeweils nicht größer als eine Getränkedose waren, von der Decke gefallen waren. Sie war nicht groß genug, um seinen ganzen Kopf zu bedecken, war aber groß genug, um seinen Mund hineinzustecken und die Luft einzuatmen, die darüber eingeschlossen war.

Die Luft war nicht abgestanden und faulig, sondern fühlte sich in seiner Kehle kühl und angenehm an.

Sam wartete etwa zehn Sekunden, während er nach Luft schnappte, denn er wollte nicht noch länger warten, um nicht auch noch den letzten Rest der Luft zu verbrauchen. Er tauchte wieder ab und schwebte unter der Decke weiter. Es waren mindestens weitere 12 oder 15 Meter, bis er eine weitere Öffnung erreichte.

Diese war viel größer und konnte seinen ganzen Körper beherbergen. Es schien ihm klar zu sein, dass ein großer Teil des Tunnels eingestürzt war. Er tauchte auf und holte ein paar Mal tief Luft. Seine Augen suchten den Bereich ab. Die Öffnung schien auf eine andere Ebene zu führen. Das Licht seines Anzugs leuchtete etwa zehn Meter nach oben, bis es eine weitere, stark beschädigte Decke erreichte. Kalkstein- und Sandbrocken vermischten sich in dem klaffenden Loch, durch das die Decke eines zweiten Tunnels führte - hier war der Einsturz.

Sam wartete, bis sich seine Augen an die neue Umgebung gewöhnt hatten, dann grinste er. Es gab tatsächlich einen zweiten Tunnel, etwa drei Meter über dem Ersten. *Zwei Tunnel sind besser als einer - vor allem, wenn der zweite Tunnel hoch gelegen und damit trocken ist*. Er versuchte, sich an den verbliebenen Steinwänden festzuhalten und zu klettern. Die Felsen, auf die er sein Gewicht legte, fielen in seinen Händen auseinander. Er versuchte erneut zuzugreifen, dann noch einmal. Jeder dieser Felsen zerbrach in seinen Händen und ließ noch mehr Steine herunterfallen.

Er starrte zum zweiten Tunnel. Jetzt, da er ihn erkannt hatte, war er deutlich zu sehen. Er schüttelte den Kopf und fluchte vor sich hin. Nur *drei Meter und ich komme nicht mal ein paar mickrige Zentimeter weit?*

Sam ließ sich zurück ins Wasser fallen und schwamm weiter durch den überfluteten Tunnel. Er kam nicht sehr weit. Ein zweiter großer Einsturz versperrte ihm den Zugang zum Tunnel. Das Wasser raste an ihm vorbei, weil sich sein Druck auf zwei kleine Risse in der Kalksteinwand beschränkte. Keiner davon war groß genug, damit Zara hindurchschlüpfen konnte. Für ihn war er definitiv zu klein, um es zu schaffen.

Sam machte einen Salto gegen den Steinhaufen, der seinen Weg durch den ursprünglichen Tunnel versperrte, und schwamm hart gegen die Strömung an. An der großen Öffnung tauchte er auf, um Luft zu holen und schwamm dann den ganzen Weg zurück zu der Stelle, an der er Tom und Zara zurückgelassen hatte. Es war viel schwieriger, gegen die Strömung zurückzuschwimmen.

Als er an die Oberfläche kam, atmete er mehrmals tief durch. Tom hielt seinen rechten Arm fest, um zu verhindern, dass er mit der Strömung abgetrieben wurde und wartete.

Zara fragte: „Hattest du Glück?"

Sam sagte: „Vielleicht."

Sie sah ihn an, als wäre er ein Narr. „Was heißt vielleicht? Entweder wir schaffen es, oder wir schaffen es nicht. Was von beidem ist es?"

Sams Augen verengten sich. „Ich weiß es noch nicht. Das ist die Bedeutung des Wortes „vielleicht". Aber ich bin bereit, es zu versuchen."

Tom fragte: „Was wissen wir?"

„Etwa 25 Meter vor uns ist ein Einsturz. Die Strömung fließt immer noch durch zwei kleine Risse im Kalkstein. Richtig kleine Risse. Selbst Zara würde da nicht durchpassen, das heißt, dass es auch für uns beide keine Option sein wird. Etwa drei Meter weiter hinten gibt es eine Öffnung in der Decke, wo ein weiterer Einsturz stattgefunden hat. Darüber kann ich einen zweiten Tunnel sehen. Hoch und trocken. Das sieht nach einer guten Option aus. Aber wir haben ein Problem ..."

Zara runzelte die Stirn. Sie sagte: „Haben wir das nicht immer? „Was ist das Problem?"

Sam sagte: „Der Tunnel liegt drei Meter über uns und die Wände sind zu instabil, um sie zu erklimmen."

Tom sagte: „Okay, aber das können wir doch sicher überwinden. Ich meine, zu dritt können wir eine Art menschliche Leiter bilden und das Hindernis von drei Metern überwinden?"

„Ich glaube, du wirst feststellen, dass wir eine menschliche Pyramide brauchen würden“, korrigierte ihn Zara.

Tom zuckte mit den Schultern. „Wie dem auch sei, es muss doch möglich sein?“

Kapitel Zweiundsechzig

Zehn Minuten später tauchten alle drei in der großen Öffnung auf, in der Sam den zweiten Tunnel gefunden hatte. Die Öffnung war gerade breit genug, dass sie alle drei hineinpassen konnten. Sam beobachtete, wie Tom und Zara sich umsahen, um ihre Lage zu beurteilen.

Zara war die Erste, die es erkannte. „Wir haben ein Problem."

Sam sagte: „Ja, ich habe auch eine Weile gebraucht, um es herauszufinden. Aber es muss einen anderen Weg geben."

Tom sagte: „Wo ist das Problem? Ich könnte den zweiten Tunnel fast alleine erreichen. Wenn ich etwas hätte, worauf ich stehen könnte."

Einen Moment lang waren alle still.

Toms Lächeln verschwand. „Es gibt nichts, worauf ich stehen kann, oder?"

„Leider nicht", sagte Sam. „Das heißt, wir können keine Menschenpyramide machen, weil die Person, die unten steht, einfach tiefer ins Wasser sinkt, bis wir alle unter Wasser sind."

Zara sagte: „Es muss einen Weg geben!"

Tom nickte. „Wir müssen nur ein paar dieser Steine festhalten und ich kann den zweiten Tunnel erreichen."

Sam sah zu, wie Tom den ersten Stein versuchte, den er erreichen konnte. Er fiel genauso weg wie die anderen, die Sam versucht hatte. Dann versuchte er, mit entgegengesetzter Kraft zwischen den beiden Seiten des Einsturzes nach oben zu klettern, aber die Öffnung war zu breit, als dass das etwas genützt hätte.

Nach dem vierten Sturz hielt Tom inne und sah Zara an. „Willst du es auch mal versuchen? Du bist doch viel leichter als wir?"

„Klar."

Zara griff nach einem viel niedrigeren Stein und hielt ihn fest. Geschmeidig und wendig, wie eine Katze schaffte sie es, einen Griff zu benutzen, um einen zweiten Stein zu erreichen. Sie verteilte ihr Gewicht auf beide Griffe und lehnte sich beim Klettern nach vorne, um den Druck gleichmäßig zu verteilen. Zwei Meter vor dem oberen Ende stützte ein dritter Stein ihr Gewicht. Dort hielt sie inne, während sie den Weg nach oben betrachtete. Sie musste springen, um den höchsten Punkt zu erreichen. Es war kein einfacher Sprung, aber es war auch nicht unmöglich.

Sie winkelte ihre Arme und Beine an und erhöhte langsam die

Spannung in ihren Muskeln, um sich auf den Sprung vorzubereiten. Sam beobachtete, wie sich ihre Muskeln mit der explosiven Kraft eines Hochleistungssportlers zusammenzogen. Der Sprung fiel ihr leicht - bis die beiden Steine, an denen sie sich abgestoßen hatte, unter dem starken Druck zerbrachen.

Zara fiel rückwärts ins Wasser.

Sam packte sie an der Schulter und half ihr, wieder in die Öffnung zu kommen. Er beobachtete, wie sie wieder zu Atem kam. „Das hast du gut gemacht. Besser als Tom oder ich."

„Aber nicht gut genug." Sie schüttelte den Kopf.

„Du kannst es noch einmal versuchen. Du schaffst das schon. Lass dir nur Zeit", sagte Tom.

Sie ließen sich Zeit, aber trotz aller Bemühungen erreichten sie den zweiten Tunnel auch nach einer weiteren Stunde der Kletterversuche nicht mehr.

Zara verfluchte die Öffnung. „Nach allem, was wir getan haben, um hierher zu kommen, scheitern wir jetzt an drei lausigen Metern!"

Sam sagte: „Es ist noch nicht vorbei."

„Was meinst du?" Sie sah aus, als wollte sie ihn und seine Zuversicht attackieren. „Natürlich ist es das. Wir haben den einzigen Weg nach draußen gefunden. Und es ist unmöglich, ihn zu erreichen. Das Wasser ist zu niedrig, um jemals die Spitze der Mauer zu erreichen."

Sam blieb hartnäckig. „Trotzdem wird es einen Weg geben. Es könnte nur eine Weile dauern."

Zaras Mund war fest verschlossen. Ihr sonst so ausdrucksstarkes Gesicht verriet nichts anderes als die trostlose Vorstellung, dass es unmöglich war, jemals wieder aus diesem Tunnel zu kommen. „Wie? Du kannst den Wasserspiegel doch nicht anheben."

Sam grinste plötzlich. „Vielleicht können wir das?"

Kapitel Dreiundsechzig

Beide Männer atmeten ein Dutzend Mal tief ein und aus. Durch das Hyperventilieren reduzierten sie ihren Kohlendioxidgehalt und machten ihr Blut leicht alkalisch. Das hatte den Vorteil, die unvermeidliche Übersäuerung auszugleichen, die entstehen würde, wenn sie während des Freitauchens für längere Zeit die Luft anhielten und damit ihr Bedürfnis zu atmen reduzierten.

Sam bemerkte Toms Blick und nickte. Es war Zeit. Er tauchte seinen Kopf unter Wasser und zurück in den Unterwassertunnel. Er schwamm schnell mit der Strömung abwärts, bis er die Einsturzstelle erreichte, die etwa 25 Meter vor ihm lag.

Er warf einen Blick auf die beiden kleinen Risse im Kalkstein, durch die noch Wasser floss. Der eine war wie die gezackte Öffnung des Mauls, eines großen Fisches oder eines kleinen Hais geformt, während der andere größer und rechteckiger war. Sam legte seine Hand weit über die Öffnung und betrachtete die Formen, während er im Geiste versuchte, einen Weg zu finden, den Wasserstrom zu blockieren. Er spürte, wie sein Arm in Richtung der kleineren der beiden Öffnungen gezogen wurde. Der große Wasserstrom, der aus dem gesamten Tunnel strömte, wurde durch die beiden kleinen Öffnungen gepresst, wodurch die Geschwindigkeit und die Kraft der Strömung zunahmen, ähnlich wie bei einem Düsentriebwerk.

Sam bewegte sich von der Öffnung weg. Tom nickte und schwamm zu einem Steinhaufen, der auf dem Boden des Tunnels lag. Gemeinsam bewegten sie eine Reihe kleinerer Steine, bis sie den kleineren der beiden Risse blockieren konnten. Sofort nahm die Stärke der Strömung in der größeren Öffnung zu. Dann schwammen sie beide zurück zur Öffnung an der Decke, wo Zara wartete.

Zara schaute die beiden an. „Was meint ihr, ist es möglich?"

Sam spürte, wie seine Brust beim Atmen schmerzte. Er drehte sich zu Tom um, als wollte er fragen: „Ist es möglich?

Tom sah sie beide mit einem unbekümmerten Lächeln an. „Das kommt ganz darauf an."

„Worauf?", fragte sie.

„Davon, ob wir einen geeigneten Felsen finden, der groß genug ist, um die verbleibende Lücke zu schließen. Selbst dann wird es nur eine Frage der Zeit sein, bis das Wasser wieder einen Weg hindurch stößt. Wenn es das einmal geschafft hat, wird es das auch wieder tun", sagte

Tom.

Es dauerte fast fünf Minuten, bis sie wieder zum Freitauchen bereit waren. Sam wiederholte den gleichen Prozess des Hyperventilierens, tauchte ins Wasser und kehrte zu der Einsturzstelle zurück. Dort lagen mehrere große Steine. Einige würden unmöglich zu bewegen sein, während andere definitiv zu klein waren. Sie wählten den Ersten, der ungefähr richtig aussah. Er hatte die Form eines Drachens mit einer breiten Basis und einer schmalen Spitze.

Gemeinsam wuchteten Sam und Tom den mittelgroßen Stein sechs Meter weit, bis er in der Nähe des verbleibenden Risses in der Kalksteinwand landete. Sam stellte den Stein so auf, dass die breitere Basis auf dem Boden lag und schob ihn dann vorsichtig an beiden Enden der Basis hin und her, bis der Stein direkt vor der Öffnung stand. Das war alles, was sie tun mussten. Die starke Strömung zog den Stein hinein wie ein Stück Treibgut, das in einen Abfluss geraten ist.

Er stopfte das Loch und das Wasser hörte auf zu fließen. Sam griff auf den Boden und hob eine Handvoll kleiner Steine und Sand auf. Er streute die Trümmer über den drachenförmigen Stein und war erfreut zu sehen, dass keiner der kleineren Steine von irgendeiner Strömung weggezogen wurde.

Sam sah einen Moment lang zu und kehrte dann zur Öffnung zurück, wo Zara auf sie wartete.

Zara begegnete seinem Blick und fragte: „Hat es geklappt?“

Zwischen zwei Atemzügen sagte Sam: „Sieht so aus.“

„Was jetzt?“, fragte sie.

Sam zog einen kleinen Stein vom Rand des Einsturzes ab und legte ihn oberhalb der Wasseroberfläche ab. „Jetzt warten wir ab und schauen, ob das Wasser steigt.“

Kapitel Vierundsechzig

Es dauerte insgesamt vier Stunden, bis das Wasser so hochgestiegen war, dass sie in den Tunnel oberhalb des Einsturzes klettern konnten. Sam schaute in beide Richtungen des Tunnels. Gegenüber der Seite, auf die er geklettert war, schien der Tunnel durch den Einsturz völlig zerstört worden zu sein. Es gab also nur noch eine Richtung: Süden.

Sie kamen schnell voran, wobei sie abwechselnd joggten und rannten. Sam fühlte sich gut. Aus den Geschichten, die er über die alten Bewässerungstunnel gehört hatte, ging hervor, dass einige von ihnen zwischen Städten verliefen und Hunderte von Kilometern lang waren. Dieser Tunnel könnte durchaus bis in den Tschad führen.

Nach etwa zwei Stunden hielt er an, denn ein zweiter Einsturz würde bedeuten, dass dieser Tunnel sie nirgendwohin führen würde.

Zara fluchte laut. „Sag mir, dass wir diesen Schutt wegschaffen können!“

Sam fuhr mit seinen Händen über die schweren Felsbrocken, die ihnen den Weg versperrten. „Es könnte möglich sein, aber es wird viel Zeit und Glück in Anspruch nehmen.“

Tom kam schneller zu dem unvermeidlichen Schluss. „Beides haben wir im Moment nicht. Das Wasser überflutet immer noch die beiden Tunnel. Wenn wir jetzt umdrehen, können wir den Stöpsel vielleicht gerade noch lösen. Aber wenn wir warten, werden wir nicht einmal den Einsturz erreichen, durch den wir hierhergekommen sind. Das Wasser wird diesen Tunnel wie eine Sturzflut hinunterfließen und es wird keinen Ausweg geben.“

„In Ordnung“, sagte Zara. „Ich habe kein Interesse daran, unter der Sahara oder sonst wo zu ertrinken. Lasst uns zur unterirdischen Insel zurückkehren und dann versuchen, durch die Wüste in den Tschad zu gelangen.“

Als alle drei zugestimmt hatten, rannten sie zurück zur ursprünglichen Höhle. Beim Näherkommen strömte ihnen Wasser entgegen. Es war nicht mehr als fünf oder sechs Zentimeter hoch, aber es machte es schwer, den Tunnel hinaufzugehen.

Tom, mit seinen längeren Beinen, zog vor Sam und Zara. Sam hob seine Beine beim Laufen so gut er konnte, um mitzuhalten. Das war die gleiche Technik, die Ironmen beim Rennen durch die Brandung anwenden, um ihren Widerstand zu verringern. Trotz seiner Anstrengung war Tom vor ihnen verschwunden.

Fast dreißig Minuten später erreichte Sam den Höhleneinschnitt, durch den sie den Tunnel betreten hatten. Jetzt sah der ganze Bereich eher wie ein See aus als ein klaffendes Loch in einem Tunnel. Sam begann zu hyperventilieren, um sich auf den langen Freitauchgang vorzubereiten. Doch bevor er ins Wasser eintauchen konnte, erschien Tom an der Oberfläche.

„Hast du es geschafft?“, fragte Sam.

„Der Stöpsel ist weg und das Wasser fließt wieder ab.“ Tom schaute sich das Wasser an, das immer noch durch den Tunnel floss. „Es könnte eine Weile dauern, bis das ganze Wasser verschwunden ist und noch länger, bis wir zur unterirdischen Insel zurückschwimmen können.“

Es dauerte acht Stunden, bis das Wasser im unteren Tunnel wieder seinen normalen Stand erreicht hatte und sie gegen die Strömung schwimmen konnten. Und dann dauerte es weitere vier Stunden, bis sie die unterirdische Insel erreichten. Sam zog sich auf die Insel hinauf, dann hoben er und Tom Zara aus dem Wasser. Jeder Muskel in seinem Körper tat weh.

Zara sagte: „Das wars dann wohl. Wir müssen so lange warten, wie unsere Essensrationen reichen und dann versuchen, die Wüste zu durchqueren und in den Tschad zu kommen.“

Sam schüttelte den Kopf. „Ich habe die Suche nach einem Weg hier raus noch nicht aufgegeben.“

„Wirklich?“, fragte sie. „Du willst nach einem dritten Bewässerungstunnel suchen?“

„Warum nicht?“, fragte Sam. „Wenn es zwei gibt, können es genauso gut drei sein. Wir brauchen nur einen, der weit weg von hier an die Oberfläche führt.“

„Was willst du tun, Tom?“ fragte Zara. „Willst du einen weiteren Versuch unternehmen, einen dritten Tunnel zu finden?“

Tom zuckte mit den Schultern, als ob er noch gar nicht darüber nachgedacht hätte. „Jetzt werde ich mich erst einmal abtrocknen und ausruhen.“

Sie wandte sich wieder an Sam. „Wann wirst du einen zweiten Versuch unternehmen?“

„Erst in einer Weile. Ich brauche einen Tag, um mich auszuruhen und zu erholen.“

Sie fragte: „Willst du schlafen gehen?“

„Noch nicht.“ Sam holte sein Wüstengewand heraus und trocknete sich damit ab. „Erzähl mir von Nostradamus. Wenn dieser Hochstapler vor vierhundert Jahren herausgefunden hat, wie er mich verarschen kann, will ich wissen, wie und warum."

Zara schaute ihn an. Ihre Augen waren voller Begeisterung und Weisheit. „Was möchtest du wissen?"

Sam grinste. „Alles."

Kapitel Fünfundsechzig

„Es wurden Namen geändert, Daten geändert und Wörter umgeschrieben. In den späten 1550er-Jahren waren die Prophezeiungen eines der am meisten verbreiteten und gelesenen Bücher der Welt. Die Prophezeiungen waren in keiner chronologischen Reihenfolge geschrieben und schienen teilweise mehr Kauderwelsch zu sein als etwas wirklich Logisches und Gehaltvolles. Jetzt frage ich mich, ob er einen ganz anderen Grund hatte, warum er so chaotisch schrieb."

Sam fragte: „Zum Beispiel?"

„Was wäre, wenn Nostradamus nur kleine Teile seiner Visionen empfangen konnte. Wie winzige Ausschnitte aus einem Film über die Zukunft. Was, wenn er sie in der Reihenfolge aufgeschrieben hat, in der er sie gesehen hat?"

Sam fragte: „Du glaubst, er hat wirklich die Zukunft gesehen?"

„Ja. Das tue ich jetzt. Und wenn das der Fall ist, dann hat Nostradamus die ganze Zeit die Wahrheit gesagt, als er behauptete, die Zukunft vorhersagen zu können. Die Logik legt nahe, dass die Mathematik, wenn sie richtig angewandt wird, die Reihenfolge der Prophezeiungen so umstellen kann, dass sie eine klare und chronologische Beschreibung dieser Zukunft ergibt."

Sam unterbrach ihn. „Okay, lass uns ein wenig weiter vorne anfangen. Wie ist Nostradamus überhaupt zu diesen Visionen gekommen?"

„Willst du das wirklich hören?", fragte sie.

Sam nickte.

Zara begann ganz am Anfang. „Michel de Nostradame wurde im Süden Frankreichs in Saint-Remy-de-Provence geboren. Er war eines von neun Kindern von Reyniere de St-Remy und ihrem Ehemann Jaume de Nostradame, einem wohlhabenden Getreidehändler und Teilzeitnotar jüdischer Abstammung. Sein Großvater Guy Gassonet, war ein halbes Jahrhundert zuvor zum Katholizismus konvertiert und hatte den Familiennamen in Nostradame geändert, auch um einer Verfolgung während der Inquisition zu entgehen." Sie hielt einen Moment inne. „Zu viele Informationen?"

Sam lächelte geduldig. „Nein. Ich möchte unbedingt herausfinden, was es mit Nostradamus auf sich hat und was uns dazu gebracht hat, einen Wahrsager zu verehren."

Ihre weißen Zähne strahlten im blauen Licht vor Begeisterung, als sie sprach. „Über seine Kindheit ist wenig bekannt, aber es gibt Hinweise darauf, dass er sehr intelligent war und die Schule schnell absolviert hat. Schon früh wurde er von seinem Großvater mütterlicherseits, Jean de St. Remy, unterrichtet, der in seinem Enkel großes Potenzial sah. In dieser Zeit lernte der junge Nostradamus die Grundzüge von Latein, Griechisch, Hebräisch und Mathematik. Man vermutet, dass sein Großvater ihn auch in die alten Rechte der jüdischen Tradition und in die Himmelskunde der Astrologie einführte und Nostradame so zum ersten Mal mit der Idee des Himmels und der Steuerung des menschlichen Schicksals in Berührung kam."

Sam betrachtete ihr Gesicht. „Erzähl weiter."

„Im Alter von vierzehn Jahren trat Nostradame in die Universität von Avignon ein, um Medizin zu studieren. Wegen eines Ausbruchs der Beulenpest musste er sie nach nur einem Jahr wieder verlassen. Seinen eigenen Angaben zufolge reiste er in dieser Zeit durch die Lande, erforschte pflanzliche Heilmittel und arbeitete als Apotheker. 1522 trat er in die Universität von Montpellier ein, um seinen Doktortitel in Medizin zu erwerben. Manchmal war er mit den Lehren der katholischen Priester nicht einverstanden, die seine Vorstellungen von Astrologie ablehnten. Es gibt Berichte, dass die Universitätsbeamten von seinen früheren Erfahrungen als Apotheker erfuhren und dies für Grund genug hielten, ihn von der Schule zu verweisen. Offensichtlich war die Schule gegen jeden, der in einem Beruf tätig war, der als handwerklich galt. In den meisten Berichten heißt es jedoch, dass er nicht von der Schule verwiesen wurde und 1525 die Lizenz zur Ausübung der Medizin erhielt. Zu dieser Zeit latinisierte er seinen Namen - wie es bei vielen mittelalterlichen Akademikern üblich war - von Nostradame zu Nostradamus. Von da an wurde das Leben für Michel schwierig."

Sam sagte: „Die Große Pest hat Europa heimgesucht, bevor sie die Renaissance ausgelöst hat."

„Genau. Nostradamus war wahrscheinlich der bekannteste Pestarzt. Er empfahl seinen Patienten, nur abgekochtes Wasser zu trinken, in sauberen Betten zu schlafen und infizierte Städte so schnell wie möglich zu verlassen. In den nächsten Jahren reiste Nostradamus durch Frankreich und Italien und behandelte die Opfer der Pest. Damals gab es kein bekanntes Heilmittel; die meisten Ärzte verließen sich auf Quecksilbertränke, den Aderlass und das Anziehen von mit Knoblauch getränkten Kleidern. Nostradamus hatte einige sehr fortschrittliche Methoden für den Umgang mit der Pest entwickelt. Er ließ seine

Patienten nicht bluten, sondern sorgte für effektive Hygiene und ermutigte sie, die infizierten Leichen von den Straßen der Stadt zu entfernen. Bekannt wurde er durch die Erfindung der Rosenpille, einer Kräuterpille aus Hagebutten, die reich an Vitamin C war und Patienten mit leichten Fällen der Pest Linderung verschaffte. Seine Heilungsrate war beeindruckend, aber das lag vor allem daran, dass er seine Patienten sauber hielt, ihnen fettarme Diäten verabreichte und für viel frische Luft sorgte. Mit der Zeit wurde Nostradamus durch seine Behandlungen zu einer lokalen Berühmtheit und erhielt von vielen Bürgern der Provence finanzielle Unterstützung. Im Jahr 1531 wurde er eingeladen, mit einem der führenden Gelehrten seiner Zeit, Jules-Cesar Scaliger, in Agen im Südwesten Frankreichs zu arbeiten. Dort heiratete er und bekam in den nächsten Jahren zwei Kinder. Im Jahr 1534 starben seine Frau und seine Kinder - vermutlich an der Pest ... während er zu einer medizinischen Mission nach Italien gereist war. Da er seine Frau und seine Kinder nicht retten konnte, fiel er in der Gemeinde und bei seinem Gönner Scaliger in Ungnade."

„Kein sehr guter Seher, wenn er seine Frau und Kinder nicht retten konnte", sagte Sam.

Zara nickte. „Im Jahr 1538 wurde Nostradamus wegen einer unbedachten Bemerkung über eine religiöse Statue der Ketzerei angeklagt. Als er sich vor der Inquisition verantworten musste, entschied er sich klugerweise, die Provence zu verlassen und für mehrere Jahre durch Italien, Griechenland und die Türkei zu reisen. Man glaubt, dass Nostradamus während seiner Reisen zu den alten Mysterienschulen ein übersinnliches Erwachen erlebte."

„Wie?"

„Er starrte stundenlang in eine mit Wasser und Kräutern gefüllte Schale, bis er tranceartige Visionen hatte." Zara fuhr fort. „Als er glaubte, lange genug weg gewesen zu sein, um vor der Inquisition sicher zu sein, kehrte Nostradamus nach Frankreich zurück und nahm seine Praxis zur Behandlung von Pestopfern wieder auf. Im Jahr 1547 ließ er sich in seiner Heimatstadt Salon-de-Provence nieder und heiratete eine reiche Witwe namens Anne Ponsarde. Gemeinsam bekamen sie sechs Kinder ... drei Jungen und drei Mädchen. Zu dieser Zeit veröffentlichte Nostradamus auch zwei Bücher über Medizin. Eines davon war eine Übersetzung von Galen, dem römischen Arzt, und das zweite Buch, *Les Traite des Fardemens*, war ein medizinisches Kochbuch zur Behandlung der Pest und zur Herstellung von Kosmetika."

„Er klang eher wie ein Mann der Wissenschaft als ein Autor von

Belletristik.“ Sam konzentrierte sich auf ihr Gesicht und fragte: „Wie ist er dazu gekommen, Rätsel zu schreiben?“

„Einige Jahre nachdem er sich in Salon niedergelassen hatte, begann Nostradamus, sich von der Medizin abzuwenden und sich dem Okkulten zuzuwenden. Man sagt, dass er nachts stundenlang in seinem Arbeitszimmer vor einer mit Wasser und Kräutern gefüllten Schale meditierte. Die Meditation löste eine Trance und Visionen aus. Man nimmt an, dass die Visionen die Grundlage für seine Zukunftsvorhersagen waren. Im Jahr 1550 schrieb Nostradamus seinen ersten Almanach mit astrologischen Informationen und Vorhersagen für das kommende Jahr. Almanache waren damals sehr beliebt, denn sie lieferten nützliche Informationen für Bauern und Händler und enthielten unterhaltsame Teile der lokalen Folklore und Vorhersagen für das kommende Jahr. Nostradamus begann, über seine Visionen zu schreiben und sie in seinen ersten Almanach einzubauen. Die Veröffentlichung fand großen Anklang und trug dazu bei, seinen Namen in ganz Frankreich zu verbreiten, was Nostradamus ermutigte, mehr zu schreiben.“

Sam fragte: „Aber zu diesem Zeitpunkt gab es keine Anzeichen dafür, dass er tatsächlich an die Visionen glaubte?“

Sie antwortete: „Nein. Das Buch wurde in einer Zeit gedruckt, in der Nostradamus sehr beliebt war, weil er in Gedichten die Erwartungen für das kommende Jahr darstellte. Diese Gedichte waren astrologisch begründet und bestanden entweder aus vier oder sechs Zeilen, wobei jede jährliche Veröffentlichung in der Regel zwölf bis vierzehn Verse umfasste, die ungefähr jedem Monat des kommenden Jahres entsprachen. Die Gedichte waren eine Art Rätsel mit vielen Wortspielen und Metaphern, die den Leser dazu zwangen, die „versteckte“ Bedeutung herauszufinden. Da die meisten Menschen die Absicht sofort verstanden und sein Sinn für witzigen Sarkasmus von seinen Lesern angenommen wurde, waren die Almanache bei allen beliebt.“

„Erzähl weiter.“

„Diese Beliebtheit führte zu einer Nachfrage nach solchen Veröffentlichungen.“

Sam sagte: „Er hat eine Einkommensquelle gefunden, mit der er seine große Familie ernähren konnte und die besser bezahlt wurde als die des Pestarztes.“

Sie nickte. „Scheinbar als Reaktion darauf hatte Nostradamus zunächst die Prophezeiungen mit insgesamt 353 Versen veröffentlicht, allesamt vierzeilige Gedichte mit einem ABAB-Reimschema. Das tat er im Mai 1555, wobei er diese Anzahl von Vorhersagen in vier Kapitel unterteilte, als Unterteilungen von 100 Prophezeiungen, die mit *Jahrhundert* betitelt waren. Natürlich hat er trotzdem siebenundvierzig Vierzeiler ausgelassen."

„Aber die Prophezeiungen umfassten viel mehr als 353 Verse?"

„Stimmt. Vor der zweiten Auflage von 1557 hatte König Heinrich II. genehmigt, dass weitere 291 Vierzeiler in das Buch aufgenommen wurden, sodass es insgesamt 642 Verse in sieben Jahrhunderten gab. Jahrhundert Vier, das ursprünglich nur 53 Vierzeiler enthielt, war auf hundert angewachsen, aber das neue Jahrhundert Sieben endete mit nur 42 Versen. Über die Rätsel der ersten Ausgabe wird immer noch gegrübelt."

„Niemand konnte sie entschlüsseln?" Sam grinste. „Er hat seine Rätsel auf ein neues Level gebracht."

Zara lächelte. „Das Problem war, dass niemand eines dieser neuen Rätsel lösen konnte. Während die Freude an den Almanachen immer noch groß war, lasen die Leute dieses neue Buch und dachten, Nostradamus verliere sein Gespür für das, was den Menschen gefällt. Manche dachten vielleicht, er sei verrückt geworden. Deshalb wurde sein Antrag auf Genehmigung von 300 letzten Vierzeilern, womit sich die Gesamtzahl der Jahrhunderte auf zehn erhöhte und das siebte Jahrhundert immer noch nur 42 Vierzeiler enthielt, de facto abgelehnt, bis er erklärt hatte, was das alles bedeutet."

„Und was hat das alles zu bedeuten?"

„Nostradamus behauptete, dass seine veröffentlichten Vorhersagen auf der juristischen Astrologie beruhen - der Kunst, zukünftige Ereignisse durch die Berechnung der Positionen und Bewegungen der Planeten und Himmelskörper im Verhältnis zur Erde vorherzusagen. Zu seinen Quellen gehören Passagen aus klassischen Geschichtsschreibern wie Plutarch und mittelalterlichen Chronisten, von denen er reichlich abgeschaut zu haben scheint. Viele Gelehrte glauben, dass er antike Weltuntergangsprophezeiungen aus der Bibel übernommen hat und dann durch astrologische Deutungen der Vergangenheit diese Ereignisse in die Zukunft projiziert hat. Es gibt auch Hinweise darauf, dass nicht jeder von Nostradamus Vorhersagen begeistert war. Er wurde von den professionellen Astrologen seiner Zeit für seine Inkompetenz kritisiert und für seine Annahme, dass die vergleichende Horoskopie die Zukunft vorhersagen könne. Seine Methode beruhte auf dem Vergleich zukünftiger Planetenkonfigurationen mit denen, die mit bekannten vergangenen Ereignissen einhergegangen waren."

Zara sagte: „Die einzigartigen und bedeutenden Ereignisse, die in den einzelnen Vierzeilern beschrieben wurden, schienen in einem Durcheinander von nicht-chronologischer Reihenfolge zu stehen. Die Vierzeiler sprangen vorwärts und rückwärts durch die Geschichte und beschrieben eine Kombination aus einigen Ereignissen, die bereits stattgefunden hatten, und vielen, die noch kommen sollten. Er verschleierte die Vierzeiler absichtlich durch den Gebrauch von Symbolen und Metaphern sowie durch die Veränderung von Eigennamen, indem er Buchstaben vertauschte, hinzufügte oder entfernte. Es wird behauptet, dass er dies tat, um zu verhindern, dass man ihn als Magier verurteilt."

Sam fragte: „Was machte die Prophezeiungen zu einem Erfolg?"

Zara sagte: „Weißt du, die Schriften von Nostradamus wurden im Europa des sechzehnten Jahrhunderts von vielen Menschen aus allen Gesellschaftsschichten geschätzt. Je nobler seine öffentlichen Bewunderer waren, desto mehr Menschen wollten seine Vorhersagen lesen. Seine größten Bewunderer waren die königliche Familie von Frankreich. Er wurde an den Pariser Hof von Heinrich II. und seiner Frau Catharine de Medici eingeladen. Die Medicis waren für ihre europaweiten politischen Ambitionen bekannt, und die Königin hoffte, dass Nostradamus ihr Ratschläge für ihre sieben Kinder geben könnte. Angeblich kam Nostradamus im August 1556 auch nach Paris, um den Vierzeiler 35 aus dem ersten *Jahrhundert* zu erklären, der sich vermutlich auf König Heinrich II. bezieht."

Zara blätterte vorsichtig durch die ersten Seiten von *Jahrhundert* Eins und reichte ihm dann das Buch. „Das ist Vierzeiler 35 aus dem ersten Jahrhundert. Wahrscheinlich die bemerkenswerteste und einflussreichste aller Vorhersagen des Nostradamus."

Sam las den Vierzeiler vorsichtig laut vor.

*

Der junge Löwe wird den älteren besiegen
Auf dem Schlachtfeld im Einzelkampf
Er wird ihm durch einen goldenen Käfig die Augen ausstechen
Aus zwei Wunden wird eine, dann stirbt er einen grausamen Tod.

*

Sam zuckte mit den Schultern. „Und was bedeutete das?"

„Nostradamus sagte dem König, er solle in seinem 41. Jahr keine feierlichen Turniere veranstalten, was auch der Astrologe des Königs bestätigt hatte. Nostradamus verbrachte die nächsten Jahre inmitten des Luxus des königlichen Hofes, erhielt aber die Nachricht, dass die katholischen Behörden erneut Verdacht wegen seiner Wahrsagerei geschöpft hatten und eine Untersuchung gegen ihn einleiten wollten. Er kehrte in seine Heimatstadt Salon zu seiner Frau und seinen Kindern zurück. Nachdem er die Bände VIII bis X fertiggestellt hatte, begann er auch mit der Arbeit an zwei weiteren Bänden, den Centurien, die zum Zeitpunkt seines Todes noch unvollendet waren. Am 28. Juni 1559, in seinem 41. Lebensjahr, wurde Heinrich II. bei einem Ritterturnier zur Feier zweier Hochzeiten in seiner Familie verletzt. Vor den Augen Tausender Zuschauer durchbohrte die Lanze seines Gegners das goldene Visier des Königs, drang hinter dem Auge in seinen Kopf ein, blendete ihn und drang dann tief in sein Gehirn ein. Zehn qualvolle Tage lang kämpfte er um sein Leben."

Sam sagte: „Harter Schlag."

„In Frankreich war Nostradamus bereits eine berühmte Persönlichkeit, die die Bevölkerung sowohl in Ehrfurcht als auch in Angst und Schrecken versetzte. Seine anderen Prophezeiungen über Frankreichs königliche Linie wurden konsultiert und die meisten schienen nur Tod und Tragödie vorauszusagen. Heinrichs überlebende Witwe, die jetzige Königin Regentin Catharine de Medici, besuchte ihn während ihrer königlichen Reise 1564 in Salon und er sagte ihr, wie schon bei der Erstellung ihrer Astrologiekarten, dass alle vier ihrer Söhne Könige werden würden. Doch alle Kinder nahmen ein ebenso trauriges Ende: Ein Sohn wurde König von Polen, wurde aber von einem Priester ermordet; ein anderer starb, bevor er ein Komplott zur Ermordung eines anderen Bruders ausführen konnte; zwei starben ebenfalls jung; auch die drei Töchter hatten ein tragisches Schicksal. Das Haus Valois starb mit dem Begräbnis von Königin Margot aus."

„Und was wurde aus Nostradamus?"

„Er starb im Jahr 1566. Er litt seit Langem an Gicht und sagte natürlich sein eigenes Ende voraus, obwohl die Quellen sagen, dass er um ein Jahr daneben lag. In den Generationen nach seinem Tod erschienen viele Übersetzungen seiner Centurien und Abhandlungen über ihre Bedeutung, die bis heute beliebt sind. Interpreten behaupten, Nostradamus habe Adolf Hitlers Aufstieg zur Macht und die Explosion der US-Raumfähre Challenger im Jahr 1986 vorhergesagt. In regelmäßigen Abständen sind auch Biografien des Sehers erschienen. Zwei Jahrhunderte lang gab der Vatikan den *Index* heraus, eine Liste mit verbotenen Büchern und *Jahrhundert* stand immer darauf."

„Das war also das Ende von Nostradamus?"

Sie nickte. „In den Jahrhunderten seit seinem Tod haben die Menschen ihm zugeschrieben, dass er andere wichtige Ereignisse der Geschichte genau vorausgesagt hat, von der Französischen Revolution über den Aufstieg Adolf Hitlers bis zu den Terroranschlägen vom 11. September 2001. Laut Nostradamus wird die Welt im Jahr 3797 untergehen. Die Frage ist nur, ob die menschliche Rasse dann noch am Leben sein wird."

„Und seit Nostradamus Tod ist nichts mehr passiert?"

Zara lächelte. „Bis jetzt. Als ich fast vierhundert Jahre später sein Buch ausgrub, wurde mir gesagt, dass nur ich das Aussterben der Menschheit verhindern kann."

Kapitel Sechsundsechzig

Sam wartete schweigend. Er lächelte und sagte: „Na gut."

Zara fragte: „Na gut, was?"

„Was glaubst du, wie er es herausgefunden hat?"

„Was herausgefunden?"

„Alles, was er bis jetzt richtig gemacht hat", sagte Sam. „Ursprünglich hatte ich angenommen, dass er sich Vorhersagen ausdenkt, sie vage formuliert und dann später das Ergebnis manipuliert, damit berichtet wird, dass er das Ereignis vorhergesagt hat. Wie ein Hellseher, ein Wahrsager oder ein Geistheiler."

„Aber dann?"

„Einige seiner Vierzeiler waren zu nah an der Wahrheit. Sie konnten sogar durch eine nachträgliche Analyse manipuliert werden. Ich habe mich gefragt, ob einige seiner nützlichsten Vorhersagen, was den beruflichen Fortschritt angeht, zu willkürlich waren, um natürlich zu sein. Was ist also passiert? Hat er einige der Ereignisse, die er in seinen Vierzeilern beschrieben hat, geplant und ausgeführt? War er wie ein moderner Magier, der clevere Tricks wie Taschenspielertricks, Ablenkungsmanöver und fingierte Szenarien anwendet, um die Wahrhaftigkeit seiner Erzählungen zu verbessern?"

„Du glaubst, er hat den Mord an König Heinrich II. vorgetäuscht?"

Sam schüttelte den Kopf. „Vielleicht hatte er eine Affäre mit seiner Frau?"

„Du bist verrückt. Wenn er sich auf eine königliche Affäre eingelassen hätte, wäre er derjenige gewesen, der getötet worden wäre."

„Vielleicht ist er Henry unter die Haut gegangen?" Sam sah sie an und lächelte. „Du weißt schon. Er hat den Keim eines Zweifels gepflanzt. Er hat ihm gesagt, dass er bei einem Turnierunfall sterben würde. Er hat ihn ermutigt, seine Helme zu wechseln, bis sie zu schwer wurden und seine Agilität behinderten. Schließlich war es dann die Saat des gestreuten Zweifels, die ihn unweigerlich umgebracht hat."

Zara lachte. „Das bezweifle ich."

„Was glaubst du also, was es wirklich war?"

„Er war wirklich ein Seher."

„Wirklich? Als Wissenschaftlerin kannst du doch nicht erwarten, dass ich das glaube."

Sie ignorierte seine Beschwerde. „Die Art, wie er es gemacht hat, war nicht magisch. Es war reine Wissenschaft. Er konnte den Ausgang eines jeden bedeutenden Ereignisses verfolgen, das zu einem weiteren und einem weiteren führte, bis das endgültige Ergebnis eines Ereignisses eintrat. Das heißt, dass er am Ende von mehreren Hundert Jahren den Ausgang eines bestimmten Ereignisses heute vorhersagen konnte."

„Der Schmetterlingseffekt?"

„Nein."

„Was dann?"

„Verglichen mit unserer Fähigkeit, im Voraus zu denken, war Nostradamus ein Schachmeister. Er war in dieser Hinsicht unglaublich intelligent, oder er hatte einfach eine natürliche Begabung für Extrapolationen. Er konnte jede Reihe von Ereignissen bis zum Ende durchschauen. Und jede davon führte zu demselben katastrophalen Ereignis auf der Erde."

„Die Auslöschung der menschlichen Rasse?"

Sie nickte, blieb aber stumm.

Sam fragte: „Wie?"

Zara zuckte mit den Schultern. „Das hat er nicht gesagt."

„Okay, warum hat er dann nicht einfach die Dinge zu seiner Zeit verändert, um etwas an der Zukunft zu verbessern? Warum ist er durch die Wüste gewandert und hat nach einem ausgeklügelten Plan gesucht, der sich über Jahrhunderte erstreckte und eine komplexe Prophezeiung nutzte?"

Sie holte tief Luft und seufzte, als wüsste sie, dass das, was sie sagen wollte, verrückt war. „Weil die Zukunft bereits vorherbestimmt ist. Bestimmt von einer höheren Gottheit. Nicht, dass Nostradamus nicht an den Schmetterlingseffekt geglaubt hätte, er wusste, dass er nicht funktionieren würde ... er hatte es schon mehrmals erfolglos versucht. Er konnte kleine Dinge verändern, aber die Dinge, auf die es wirklich ankam, wehrten sich einfach, bis das Schicksal der Menschheit wieder in seine ursprüngliche Bahn zurückgebracht hatte. Er suchte, glaub mir, er suchte. Aber alle alternativen Linien führten zu demselben katastrophalen Ereignis, das wiederum zum Untergang der Menschheit führte."

Er sagte: „Du legst dich mit der Zukunft an und sie legt sich mit dir an?"

Sie lächelte und schüttelte den Kopf. „Nein, nichts so Vulgäres oder Finsteres. Es werden einfach neue Ereignisse eintreten und diese werden schließlich zu Auslösern führen, die das gleiche Ergebnis erzielen."

„Na, das ist ja toll. Jetzt wissen wir also, dass die Zukunft vorbestimmt ist und wir nichts tun können, um sie zu beeinflussen - was ist dann der Sinn des Lebens?"

„Ganz genau."

„Wann soll diese Katastrophe denn eintreten?"

„Jetzt."

„Wann jetzt?"

„Dieses Jahr, um genau zu sein."

Sams Augen verengten sich. „Wenn er also wusste, dass wir alle einfach verschwinden würden, warum hat er sich dann die Mühe gemacht, sein blödes Buch zu vergraben?"

„Weil er von den Milliarden von Zukunftslinien, die er untersucht hat, nur eine einzige mit einer unklaren Zukunft gefunden hat."

„Er kann nicht alles sehen?"

„Alles außer den Ausgang eines Ereignisses. Alles, was er wusste, war, dass, wenn dieses eine Ereignis eintritt, alles danach neblig wird."

„Als würde die Welt untergehen?"

„Nein, es war, als ob eine neue Linie ohne bekannte Zukunft geschaffen worden wäre. Die einzige Linie, in der die Welt *nicht* untergeht!"

„Es war ein weiter Weg, aber er hat ihn genommen."

Sam fragte: „Was war das für ein Bild, das alles verändert hat?"

Zara sagte: „Ich."

„Du?"

„Ich habe sein Buch gefunden."

Sam schaute ihr in die Augen und versuchte, sie zu verstehen. „Und was erwartet er, dass du mit diesem Buch machst?"

Sie zuckte mit den Schultern. „Er weiß es nicht."

„Wegen der Sache mit den Fragmenten im Kino?"

„Wahrscheinlich. Er hat es nicht gesagt. Wie ich schon erklärt habe, sieht Nostradamus nicht die ganze Zukunft. Nur kleine Ausschnitte. Irgendwie weiß er, dass die Szene, in der ich das Buch finde, die Zukunft verändert. Wir befinden uns an einem Wendepunkt. Ein Wendepunkt, an dem das Leben in beide Richtungen gehen kann."

„Was steht in dem Buch?"

„Ein Achtundfünfziger Vierzeiler, der im Jahrhundert VII fehlt."

„Konntest du damit etwas herausfinden?"

„Nicht viel. Ich werde viel mehr Zeit brauchen, um ihn zu entziffern. Auf den ersten Blick bezweifle ich, dass ich viel tun kann, um die Zukunft zu ändern."

„Lass mich raten, es sind alles nur Rätsel und schlecht geschriebenes Kauderwelsch?"

Sie zuckte zusammen. „So in etwa."

„Hat er dir irgendetwas Nützliches gesagt?"

„Er hat gesagt, dass ich eine Gleichung finden muss, die er noch nie gesehen hat, von der er aber weiß, dass sie existiert."

„Was für eine Gleichung?"

„Ich habe sie die Nostradamus-Gleichung genannt, aber er hat sie nicht geschrieben. Tatsächlich hat er einen Großteil seines Lebens damit verbracht, sie zu finden, und er ist sich sicher, dass ich bereits wusste, was sie ist und wo man sie findet, als er mir in seinem Buch schrieb."

„Aber was macht es?"

„Nostradamus hat immer nur Teile der Zukunft gesehen. Wie du gerade gesagt hast, wie winzige Szenen aus einem Film. Er hat im Laufe seines Lebens Tausende dieser Visionen aufgezeichnet, aber er hatte genauso wenig Ahnung wie du oder ich, wann diese Ereignisse eintreten würden."

„Und so konnte die Gleichung auf seine Visionen angewendet werden?"

„Ja. Die Gleichung konnte genau mit seinen Vorhersagen aus dem Jahrhundert abgeglichen werden."

Sam fragte: „Wenn du die Gleichung findest, kannst du genau sehen, wann diese Ereignisse eintreten werden?"

Sie sagte: „Genau."

„Aber du kannst sie nicht ändern?"

„Nostradamus glaubt, dass es fast unmöglich ist, sie zu ändern. Aber wenn er die Fäden der Zeit verfolgt, sieht er, dass einer weiter geht. Und dieser eine bin ich. Nachdem ich das Buch des Nostradamus gefunden und die Gleichung darauf angewendet habe."

„Richtig. Aber du hast keine Ahnung, wo die Nostradamus-Gleichung ist?"

„Keinen Schimmer", bestätigt sie.

„Aber Nostradamus war sich sicher, dass du sie schon gefunden hast?" sagte Sam. „Oder zumindest wusstest, wo sie zu finden ist?"

„Ja. Er hat es so geschrieben, als wäre es eine Tatsache."

„Du hast gesagt, dass dein Vater dir von dieser Prophezeiung erzählt hat, seit du ein kleines Mädchen warst. Hat er dir noch etwas anderes erzählt? Irgendetwas, das dir helfen könnte, die Gleichung zu finden?"

„Nein."

Sam fragte: „Überhaupt nichts."

„Nein." Dann lächelte sie und schwieg für einen Moment. „Ich habe dieses blöde Medaillon bekommen."

Sam schaute es an. Seine Finger fuhren über die zarten Inschriften. „Könnte das eine Karte sein?"

„Das ist lächerlich. Glaubst du, Nostradamus hat meinen Ur-, Ur-, ich weiß nicht, wie vielen Großvätern eine Karte hinterlassen, damit ich eines Tages die Gleichung ausrechnen kann, die er braucht, um sein Buch über die Zukunft zu vervollständigen?"

„Nein. Du hast recht - es ist lächerlich. Andererseits ist es auch nicht lächerlicher als die Tatsache, dass er dir vor vierhundert Jahren einen Brief geschrieben und ihn mit dem Datum unterschrieben hat, an dem du ihn gefunden hast?"

„Mein Vater hat es für eine Karte gehalten."

Sam untersuchte das Messingmedaillon unter seinem Blaulicht. Auf einer Seite waren altägyptische Hieroglyphen zu sehen. Er drehte es um. Auf der Vorderseite befand sich das Bild einer Insel. Sie bildete die Form einer Acht auf ihrer Seite. In der Mathematik bedeutete diese Form die Unendlichkeit.

„Warst du schon einmal auf dieser Insel?"

„Nein."

Sam fragte: „Warum nicht?"

Zara atmete ein und seufzte dann. „Weil es sie nicht gibt. Zumindest auf keiner Karte, die ich je in die Finger bekommen habe."

Kapitel Siebenundsechzig

Sam reichte Zara das Medaillon zurück, nachdem er es einige Minuten lang angestarrt hatte. Wenn die Insel existierte, dann gab es an Bord der *Maria Helena* Leute, die sie finden würden. Das war zumindest eine Spur. Nicht viel, aber besser als nichts. Und bis vor Kurzem hatten sie nichts gehabt.

Tom näherte sich. Er trug eine der Taschen aus Gazellenfell, in der sich die Rohdiamanten befanden, mit denen der Vereinigte Souverän von Kongo Waffen gekauft hatte. Die Tasche war geöffnet worden, seit Sam sie bei den anderen beiden auf der Insel gelassen hatte. Er lächelte. „Du wirst nicht glauben, was ich gerade gefunden habe."

Sam grinste. „Ich glaube, die Leute, für die wir arbeiten, wollen die Diamanten zurück?"

„Nicht die Diamanten. Wir wissen beide, dass sie eigentlich keinen echten Wert haben. Was ich habe, wird etwas ändern."

„Was hast du gefunden?"

Tom nahm ein kleines Stück Papier heraus. Nichts Ausgefallenes. Nur ein Stück Altpapier mit dem hastigen Gekritzel einer Person, die es nicht gewohnt ist, mit der Hand zu schreiben. „Ein Zettel. Adressiert an Mikhail."

Bei der Erwähnung von Mikhail weiteten sich Zaras Augen, aber sie blieb stumm.

Sam nahm das Stück Papier an sich. „Ist es wichtig?"

„Lese es einfach", sagte Tom.

Sam nickte und begann zu lesen.

*

Lieber Mikhail,

Es ging nie um Diamanten. General Ngige hat die größten Lithiumvorkommen der Welt entdeckt. Es wird von einer Armee von Gefangenen abgebaut. Nach unseren Schätzungen werden derzeit mindestens fünftausend Gefangene gezwungen, tief im Inneren zu arbeiten. Wir sind mit den Waffen zufrieden, aber wir werden nicht kämpfen, bis unsere Brüder aus der Lithiummine befreit sind. Sie haben es so eingerichtet, dass sie sie alle ertränken können, wenn es zu einer Rebellion kommt. Anstatt als Aufwiegler zu wirken, hat es den gegenteiligen Effekt. Die Nachricht hat sich unter unseren Unterstützern verbreitet, von denen viele Angehörige in der Mine haben, und nun wollen sie den Aufstand besänftigen, bis die Gefangenen befreit sind.

Ich wünschte, es gäbe einen anderen Weg. Unsere Bewegung hat nichts mehr, womit sie handeln könnte. Trotzdem bitten wir dich um deine Hilfe. Die Mine liegt unterhalb des Tumba-Sees. Jetzt, wo du verstehst, worum es hier geht, kannst du hoffentlich die extremen Auswirkungen erkennen. General Ngige wird von jemandem in Europa gut finanziert. Lithium ist im Begriff, das wertvollste Element der Erde zu werden - und das bedeutet, dass die Demokratische Republik Kongo im Begriff ist, das wertvollste Stück Land der Welt zu werden. Wenn du nichts unternimmst, musst du verstehen, dass die Welt in einen immerwährenden Kampf um Land hineingezogen wird, der Öl als unbedeutend erscheinen lassen wird.

Wir müssen einen Weg finden, sie zu befreien, bevor wir rebellieren können.

Tu das und die USK wird sich um alles kümmern. Isoliere uns jetzt, und die ganze Welt wird unseren Schmerz teilen.

*

Sam hörte auf, den Zettel zu lesen. Er war noch nicht unterschrieben.

„Daher bekommen sie also ihre Gelder!“, sagte Sam und blickte auf. „Und deshalb gewinnt General Ngige. Er wird von jemand anderem finanziell unterstützt. Das Geld fließt in Waffen und Männer. Das einfache Volk der Demokratischen Republik Kongo könnte da nie mithalten.“

Tom sagte: „Die Frage ist, wer sie finanziert?“

Sam zuckte mit den Schultern. „Wer denn?“

Zara sagte: „Es könnten die Saudis sein. Ohne Lithiumbatterien kann man kein Elektroauto bauen. Sie hätten sicherlich das Motiv und die Mittel, um die Rebellion zu finanzieren.“

„Es könnte aber auch jedes andere Land sein, das gerade dabei ist, sein eigenes Elektroauto zu bauen“, sagt Sam. „Wenn wir schon in diese Richtung schauen, gibt es keinen Grund, nicht auch die Möglichkeit zu diskutieren, dass Unternehmen, die bereits Elektroautos bauen, beteiligt sind“, sagte Tom.

Zara fragte: „Wie zum Beispiel?“

„Tesla ist das Erste, das mir einfällt. Aber auch Mercedes, BMW und Lexus haben ihre eigenen Elektro- und Hybridversionen. Sie alle haben Milliarden von Dollar in Elektroautos investiert.“

„Und all diese Investitionen sind wertlos, wenn sie nicht genug Lithium finden, um sie anzutreiben.“

„Wusstest du, dass es nur eine einzige Lithiummine in Nordamerika gibt?

„Das ist ein verdammt gutes Motiv, um einen Warlord zu sponsern."

„Jemand muss es wissen. Das ändert alles. Wenn die Geheimdienstanalysten zu Hause diese Informationen verarbeiten könnten, wäre das US-Verteidigungsministerium sicher an viel mehr interessiert, als der USK militärische Ausrüstung im Wert von zehn Millionen Dollar zu verkaufen."

Zara schaute ihn an. „Du denkst, dass dies genau der Wendepunkt sein könnte, den Nostradamus vorausgesagt hat?"

Sam nickte. Er hatte ihr immer noch nicht alles abgekauft, was sie über Nostradamus gesagt hatte, aber er war auch nicht scharf darauf, die größte Vorhersage zu übersehen, die der Meisterseher je über die Zukunft der Menschheit gemacht hatte - vor allem, wenn sie mit ihrer aktuellen Situation zusammenfiel. „Okay, ich stimme dir zu, aber dazu müssen wir einen Ausweg finden."

„Wir haben vielleicht nicht mehr viel Zeit", sagte Tom. „Und ich kann mir nicht vorstellen, dass wir einen anderen Weg hier rausfinden."

Sam sagte: „Ich glaube, ich habe eine Entscheidung getroffen."

„Was?", fragten Tom und Zara gleichzeitig.

Sam schaltete seinen DARPA-Anzug ab, um Energie zu sparen. „Wir ruhen uns heute Nacht aus und morgen früh klettern wir wieder in den Brunnen."

„Das würden wir nicht überleben. Es ist noch zu früh. Es werden noch Hunderte von Ngiges Söldnern nach uns suchen."

„Sicher", stimmte Sam zu. „Aber vielleicht müssen wir nicht alle von ihnen töten. Vielleicht töten wir ein paar und nehmen ihr Satellitentelefon mit?"

„Wir könnten einen nach dem anderen am Brunnen erledigen. Sobald wir ein Telefon haben, kontaktieren wir die *Maria Helena* und lassen uns abholen."

Zara sagte: „Das klingt wie ein unmöglicher Plan."

„Das ist es auch", sagte Sam. „Aber ich habe keinen anderen - und uns läuft die Zeit davon."

In der Dunkelheit schloss er die Augen und zwang sich zur Ruhe. Das würde er auch brauchen, wenn er morgen klar denken wollte.

In der völligen Dunkelheit hatte Sam keine Ahnung, wie lange er geschlafen hatte. Es war ein tiefer Schlaf. Er hatte einen Traum gehabt. Er war lebhaft gewesen. Einer dieser Träume, in denen man aufwacht und sich immer noch fragt, was real und was eingebildet war.

Er durchquerte nachts eine Wüste und orientierte sich an den Sternen. Aber er hatte sich verirrt. Irgendetwas Schreckliches war mit dem Himmel passiert, und statt einer unendlichen Vielzahl von Sternen und Sternbildern sah er nichts als die dunkle Leinwand des Weltraums. Er war auf einer Reise, auf der Suche nach etwas Wichtigem. Er konnte sich nicht mehr genau erinnern, was er suchte, aber er wusste, dass es die wertvollste und wichtigste Suche war, die er je unternommen hatte. Er war kurz davor, die Hoffnung aufzugeben, es zu finden - was auch immer es war.

Er hatte aufgehört zu laufen, weil er Angst hatte, sich noch mehr zu verirren, je mehr Zeit verging. Er wollte weinen. Er fühlte sich so nah und gleichzeitig so weit weg von dem an, was er suchte. Er legte den Kopf schief und schaute nach oben.

Über ihm brach ein winziger Punkt zu einem Feuerball in der pechschwarzen Leinwand auf. Das Licht wurde immer heller, bis er es nicht mehr ansehen konnte, ohne sich die Augen zu verletzen.

Sam öffnete seine Augen. Die massive Kuppelstruktur war so hell, dass er den ganzen Ort sehen konnte. Erschrocken warf er einen Blick auf Tom und Zara. Beide lagen noch immer neben ihm auf der Insel. Es dauerte einen Moment, bis Sam die Bedeutung erkannte.

Wenn alle schlafen, wer hat dann das Licht angemacht?

Sams Augen folgten dem Bogen der Kuppel bis zu ihrem Scheitelpunkt. An der Spitze der Kuppel befand sich ein riesiger Rundbau mit einem Durchmesser von vielleicht dreißig Metern, der nicht mehr nur Dunkelheit zeigte. Stattdessen brach nun das Sonnenlicht hervor, das sich in der gesamten unterirdischen Höhle spiegelte.

Zara öffnete ihre Augen. „Was zum Teufel ist das?"

Sam grinste. „Ich glaube, das ist der Ausgang, von dem du gesagt hast, er sei unmöglich zu finden."

Kapitel Achtundsechzig

Das Licht wanderte durch den Oculus nach unten und zur Insel. Von dort prallte es mit zunehmender Intensität an der Kuppel ab, bevor es durch die ursprüngliche Öffnung zurückstrahlte. Sam starrte auf den Oculus. Das Licht, das nach unten drang, schien rechteckig zu sein, aber als es vom Wasser, das die Insel umgab, reflektiert wurde, erschien das Licht in Form eines Dreiecks. Das überraschte ihn, denn die Insel hatte eindeutig die Form eines gleichmäßig geformten Kreises, der genau unter dem Okular lag. Das Licht hielt nicht länger als eine Viertelstunde an, dann verschwand es und ließ sie in völliger Dunkelheit zurück.

Sam erhöhte die Temperatur seines DARPA-Thermoanzugs und die Dunkelheit verwandelte sich langsam in ein stabiles blaues Leuchten. Er sah Zara an und lächelte: „Siehst du, ich habe dir doch gesagt, dass wir einen Ausweg finden würden."

Sie erwiderte sein Lächeln. „Welchen Ausweg? Du hast uns doch noch gar nicht hier rausgebracht!"

„Das Licht. Das war das Sonnenlicht. Wo es reinkommt, kommen wir auch wieder raus."

Sie lachte. „Das ist das Dümmste, was ich dich je sagen hörte. Das Licht hätte genauso gut durch ein uraltes Rohr kommen können, das nicht größer als eine Münze im Durchmesser ist. Das Licht kommt rein, aber nichts kommt raus."

„Das ist eine Möglichkeit", räumte Sam ein. „Aber ich habe eine andere Idee."

Tom schaute ihn an. Sein Mundwinkel zog sich nach oben, nicht ganz zu einem Grinsen, aber auf jeden Fall als Hinweis – *das sollte besser etwas Gutes sein*! „Nur zu, Sam. Lass es uns hören."

Sam öffnete seinen Mund, um zu sprechen. Er hielt inne und grinste dann, als hätte er plötzlich eine Offenbarung gehabt. „Es ist das Licht. Das Licht, das nach oben reflektiert wurde, hatte die Form eines Dreiecks."

Stille.

Zara fragte: „Was genau ist es, das dich an dem dreieckigen Licht so fasziniert, Sam?"

„Das Licht, das durch den Oculus nach unten gefallen ist, hatte die Form eines Rechtecks, aber als es von den Gewässern um die Insel reflektiert wurde, hatte es die Form eines Dreiecks."

Tom fragte: „Aber die Insel ist ein Kreis?"

„Gut erkannt, Mr. Bower!“ sagte Sam. „Ich habe eine Theorie, dass die Insel gar keine Insel ist. Ich glaube stattdessen, dass sie schwimmt. Zumindest war das früher der Fall, als der Wasserstand noch viel höher war als heute.“

„Die Insel schwimmt?“, fragte Zara.

„Früher“, korrigierte Sam sie. „Wahrscheinlich schwimmt sie immer noch, wenn der Wasserstand jemals wieder hoch genug steigt.“

Tom lächelte. „Du denkst, das war ein riesiger Wasserspeicher, so etwas wie das Herz der letzten großen Wasserspeicher der Garamanten. Er wurde geschützt und überwacht. Das Licht scheint durch die Öffnung hinunter auf die Insel. Wenn der Wasserstand niedrig ist, zeigt es ein Dreieck, wenn er hoch ist, zeigt es ein Rechteck und wenn er voll ist, zeigt es einen Kreis.“

„Genau“, sagte Sam. „Vielleicht war dies der tiefste Punkt im Garamanten-Reich. Da das Wasser nach unten fließt, mündeten alle Bewässerungstunnel in diese Kammer hier. Die damaligen Herrscher müssen gewusst haben, dass sie enorme Mengen an fossilem Wasser verbrauchten, um ihr trockenes Land zu bewässern. Sie müssen Angst gehabt haben, dass es eines Tages verschwinden würde. Also haben sie diese Kammer gebaut und von Zeit zu Zeit Licht durch einen Tunnel leuchten lassen, um die Tiefe des Wassers ablesen zu können.“

Zara fragte: „Warum sind sie nicht einfach hinuntergegangen und haben es gemessen?“

Sam schüttelte den Kopf. „So einfach ist das nicht. Dieser Ort könnte Hunderte von Kilometern von der Stadt entfernt sein. Es würde Tage oder Wochen dauern, jemanden zu schicken, um den Wasserstand zu messen. Stattdessen waren sie großartige Ingenieure und haben ein System aus reflektierenden Steinen gebaut, um mit Sonnenlicht in ihren Vorratstank zu leuchten.“

Keiner sagte etwas dazu.

Sam lächelte. „Und was denkst du?“

Zara lächelte. „Ich denke, du hast eine fantastische Vorstellungskraft, aber selbst wenn du recht hättest, hilft uns das nicht, hier rauszukommen.“

„Warum nicht?“, fragte Sam.

„Weil der Oculus 25 Meter über uns sein muss und es keinen Weg gibt, ihn zu erreichen.“

Sam warf einen Blick auf den Fuß der Kuppel, wo die dreieckigen Pendelstützen auf das Wasser trafen. „Da hatte ich auch schon eine Idee.“

„Was?“, fragte sie.

Sam lächelte. „Warst du schon mal in Florenz?“

Kapitel Neunundsechzig

Sam sprach langsam. Seine Augen starrten ausdruckslos auf die riesige Kuppel, aber seine Gedanken schweiften ab, als ob er sich an die Zeit vor fast zwanzig Jahren erinnerte, als sein Vater mit ihm die italienische Stadt Florenz besucht hatte.

Sam sagte: „Es ist schon viele Jahre her, seit ich das letzte Mal in der großen Stadt war, aber ein Anblick ist mir von meiner Reise geblieben. Eine Vision, die so fantastisch war, dass sich ihr Eindruck irgendwo in dem Teil meines Gehirns festgesetzt hat, der wertvolle Informationen dauerhaft speichert." Er grinste. „Zwischen den Konturen der Türme und Kuppeln dominiert ein königliches Bauwerk die Silhouette der Stadt."

Zara lächelte. „Die Kathedrale von Florenz."

Sam nickte. „Der Bau des Duomo di Firenze, wie er von den Einheimischen genannt wird, begann 1296 im gotischen Stil nach einem Entwurf von Arnolfo di Cambio. Aber er wurde erst 1436 fertiggestellt, weil bis dahin niemand wusste, wie man eine so riesige Kuppel aus Mauerwerk bauen konnte, ohne dass das Gewicht das Bauwerk während des Baus zum Einsturz brachte. Weißt du, wer herausgefunden hat wie man Bauen musste?"

Sie nickte. Ihre Augen weiteten sich. „Filippo Brunelleschi, ein Goldschmiedemeister."

Tom setzte sich. Die Enttäuschung darüber, dass er eine weitere Geschichtsstunde hören musste, bevor er fliehen konnte, stand ihm ins Gesicht geschrieben.

Sam fuhr fort. „Der Bau einer solchen Kuppel aus Mauerwerk hätte viele technische Probleme mit sich gebracht. Brunelleschi schaute sich die große Kuppel des Pantheons in Rom als Lösung an. Die Kuppel des Pantheons bestand aus einer einzigen Schale aus Beton, deren Rezeptur längst vergessen war. Die mit Silbermünzen gefüllte Erde hatte die Kuppel des Pantheons in der Luft gehalten, während der Beton aushärtete. Das konnte bei einer Kuppel dieser Größe nicht die Lösung sein, und ein massiver Stützpfeiler würde die Kirche unbrauchbar machen. Für die Höhe und Breite der Kuppel, die 52 Meter über dem Boden beginnt und 44 Meter überspannt, gab es in der Toskana nicht genug Holz, um die Gerüste und Formen zu bauen. Möchte jemand von euch eine Vermutung wagen, wie Brunelleschi dieses Problem überwunden hat?"

„Er hat eine zweite Schale aus Sandstein und Marmor verwendet", sagte Tom.

Sam schaute ihn an und nickte. Ein leicht schiefes Lächeln bildete sich auf seinen Lippen. Manchmal hörte sein Freund tatsächlich auf die Geschichte. „Brunelleschis Kuppel sollte aus zwei konzentrischen Schalen bestehen, einer inneren, die vom Inneren der Kathedrale aus sichtbar ist, und einer breiteren, höheren äußeren Kuppel. Um der Spannung entgegenzuwirken, verband er die Wände mit Spannringen aus Stein, Eisen und Holz, wie Reifen an einem Fass. Die ersten 14 Meter baute er aus Stein, danach verwendete er leichtere Materialien wie Spugna und Ziegel. Er schaffte das alles, ohne ein herkömmliches Gerüst am Boden zu benutzen."

Zara unterbrach ihn. „Das ist toller Geschichtsunterricht, aber ich verstehe nicht, wie uns das helfen soll, die Spitze des Oculus zu erreichen?"

Sam lächelte. „Schau dir die Größe dieser Kuppel an. Sie ist nicht ganz so groß wie der Dom von Florenz, auch wenn sie nur ein paar Meter kleiner ist. Das bedeutet, dass die Ingenieure und Handwerker, die dieses außergewöhnliche Bauwerk errichtet haben, beim Bau ähnliche Hindernisse überwunden haben müssen."

Zara fragte: „Du glaubst, das ist ein Dom?"

Sam lächelte. „Da bin ich mir sicher."

„Wie soll uns das weiterhelfen?", fragte sie.

Sam lächelte wieder. „Weil du dir diesen Ort ganz ohne Wasser vorstellen musst. Was befindet sich auf der anderen Seite der Innenkuppel des Doms?"

Ihre Augen verengten sich. „Das Gewölbe des Klosters!"

Kapitel Siebzig

Zara sah zu, wie Sam in das kühle Wasser glitt. Ihr Gesicht war eine Mischung aus Vorfreude und einer gewissen Angst vor Enttäuschung. Sie sah, wie Sam sanft an der Oberfläche entlang bis zum Rand der Kuppel schwamm, wo die Anhängevorrichtung auf das Wasser traf. Die großen Muskeln in seinem Rücken bildeten bei jedem Zug scharfe Winkel. Er bewegte sich gegen den Uhrzeigersinn an der Oberfläche entlang.

Tom tauchte auf der gegenüberliegenden Seite der Insel ins Wasser ein. Er ließ sich wie eine Stecknadel fallen und tauchte kurz darauf wieder auf. Er drehte sich zu Sam um. „Ich wette mit dir um ein Bier, dass ich den Eingang zuerst finde."

Sam lächelte. „Ich bin dabei!"

Zara lachte. Sie verhielten sich genau, wie man es von typischen Jungs erwarten würde. Es war, als würde man Kinder am Strand bei der Suche nach einem versteckten Schatz beobachten. Nur dass in diesem Fall der Schatz echt war, die Piraten echt waren, der Tod echt war und die Folgen möglicherweise das Leben oder den Tod der Menschheit zur Folge hatten.

Und trotzdem sahen sie aus, als hätten sie Spaß.

Sam und Tom verschwanden unter der Oberfläche. Das Licht in der Kuppel verblasste schnell, als sich der blaue Dunst ihrer DARPA-Anzüge im Wasser verbarg. Innerhalb einer Minute färbte sich die Kuppel in ein tiefes Grau und schließlich wurde sie durch eine völlige Dunkelheit verborgen. Sie starrte auf das Wasser. Oder besser gesagt, dorthin, wo sie glaubte, dass das Wasser sein sollte und wartete darauf, dass das Licht zurückkehrte. Sie trug keine Armbanduhr und hatte keine Möglichkeit, um herauszufinden, wie viel Zeit vergangen war, aber die Zeit schien sich in die Länge zu ziehen.

Als sie sicher war, dass mehr als nur ein paar Minuten vergangen waren, setzte sie sich hin. Zara spürte das Klopfen ihres Herzens, als sich die Klaustrophobie einschlich. Sie atmete tief ein und versuchte, der Angst zu widerstehen, die sie zu überwältigen versuchte.

Sie zwang sich zu lächeln. *Es vorzutäuschen ist die halbe Miete*. Sie wusste, dass sie nicht ertrunken waren. Noch nicht und nicht beide. Sie hatten wahrscheinlich etwas gefunden. Einen Unterwasservorsprung oder eine andere Höhle. Irgendetwas, damit sie eine Weile atmen und weiterforschen konnten.

Sie stand wieder auf und merkte, dass sie auf die beiden Männer wütend wurde. Wenn sie etwas gefunden haben, warum kommen sie dann nicht hoch und sagen ihr Bescheid? Warum ließ man sie warten und leiden - in völliger Dunkelheit?

Ungefähr zehn Minuten später, aber vielleicht war es auch viel weniger, entdeckte Zara einen winzigen blauen Punkt im Wasser. Sie lächelte, als sie sah, wie er langsam auftauchte und das vertraute blaue Leuchten mit sich brachte.

Einen Moment später erstrahlte die Insel in einem seltsamen blauen Licht.

Zara drehte sich um. Die Insel leuchtete geradezu. Was zur Hölle? Sie warf einen Blick auf das Wasser, wo sich das blaue Licht immer noch näherte. Das zweite Licht kam von einer ganz anderen Stelle. Sie schaute nach oben und lächelte. Sie lehnte sich an den Rand des Okulars und mehr als 25 Meter über ihr, sah sie plötzlich das Gesicht von Sam Reilly.

Sie kniff die Augen zusammen, um die Gestalt zu erkennen. Selbst aus dieser Entfernung schien der Mann ein arrogantes, selbstbewusstes Grinsen aufzusetzen. „Guten Morgen, Zara. Ich habe dir doch gesagt, dass ich auf die Spitze der Kuppel kommen werde! Wie wäre es, wenn du mitkommst, die Aussicht ist fantastisch!“

„Ich freue mich schon darauf!“, rief sie zurück.

Sie lächelte und einen Moment später tauchte Tom auf. Sein Gesicht war fröhlich, als er direkt zu prahlen anfing: „Ich habe gewonnen. Ich habe es zuerst gefunden!“

Ich sitze mit zwei Kindern in einem unterirdischen Höllenloch fest!

Zara fragte: „Hast du einen Ausweg gefunden?“

„Nein. Ich habe einen Weg auf die Spitze der Kuppel gefunden. Sam konnte es nicht ertragen, geschlagen zu werden, also hat er um eine weitere Wette gebeten, dass er die Kuppel vor mir erreichen kann. Ich weiß nicht, ob ich so weit gehen würde sie als Ausweg zu bezeichnen, aber ich habe einen Weg auf die Spitze der Kuppel gefunden.“ Tom lächelte. „Hast du lange gewartet?“

Sie schüttelte den Kopf und lächelte über seine Besorgnis. „Was jetzt?“

„Wenn du mir jetzt folgst, bringe ich dich auf die Spitze der Kuppel und wir hoffen sehr, dass der alte Tunnel irgendwohin führt, wo es sich lohnt, hinzugehen.“

Kapitel Einundsiebzig

Zara tauchte in die Tiefen des unterirdischen Sees hinab. Sie folgte dem blauen Licht, in dem Tom vor ihr herschwamm. Sie versuchte zu schlucken und ihren Kiefer zu bewegen, alles, um den Druck in ihrem Mittelohr etwas zu lindern. Der Druck veränderte sich und sie konnte ohne weitere Schwierigkeiten absteigen.

Der Eingang lag zehn oder vielleicht sogar 12 Meter unter der Wasseroberfläche. Es handelte sich um eine gewölbte Tür, die zu einer schmalen Treppe führte. Abgesehen davon, dass sie unter Wasser war, sah die Öffnung nicht anders aus als die Tausenden von mittelalterlichen Bögen und Steintreppen, die man in ganz Europa findet. Sie folgte Tom, der schnell durch den Bogen und in das Treppenhaus schwamm.

Du musst schnell schwimmen, wenn du drinnen bist, sonst kommst du nie an! Sie erinnerte sich an Toms Worte, die er ihr vor dem Tauchen gesagt hatte.

Zara erreichte das obere Ende des Torbogens und zog sich hindurch. Sie hatte den tiefsten Punkt des Tauchgangs erreicht. Jetzt musste sie nur noch lange genug leben, um die Oberfläche zu erreichen. Im Inneren passten die identischen Treppen genau zwischen die innere und die äußere Kuppel, in einem Raum, der nicht breiter als zwei Meter war. Die Treppe führte steil im Uhrzeigersinn nach oben.

Sie schwamm hindurch und begann die gefährliche Reise, indem sie sich abwechselnd mit den Füßen abstieß und an der Treppe nach oben zog, ähnlich wie ein Astronaut, der in einer Raumstation manövriert.

Ihr Kopf pochte. Der Sauerstoffmangel wirkte sich langsam auf ihr Gehirn aus. Sie konzentrierte sich auf das blaue Licht vor ihr. Da sie kein sichtbares Bild mehr von Tom erkennen konnte, stellte sie sich vor, dass es wirklich ein Geist war, der sie zu etwas führte.

Aber war es das, wohin sie gehen wollte?

War es ein guter oder ein böser Geist?

Ihr Verstand kämpfte damit, zu begreifen, was sie erreichen wollte. Der Raum war dunkel, mit massiven Wänden aus Mauerwerk auf beiden Seiten, während sie in einer kontinuierlichen Kurve nach oben stieg. Es war unmöglich zu wissen, wie weit sie hinaufstieg. Sie stellte sich vor, dass sich die Treppe rund um die innere Kuppel schlängelte, bis sie einen ganzen Kreis bildete, vielleicht sogar mehrere Runden. Sie fand einen Rhythmus und schon bald waren das Unbehagen in ihrer Brust und die

Unschärfe in ihrem Kopf nicht mehr von Bedeutung. Sie bewegte sich, stieg auf, und das musste doch etwas Gutes bedeuten, oder?

Einen Moment später kehrte die Angst zurück - sie hatte das blaue Gespenst aus den Augen verloren.

Zara geriet in Panik. Es gab keinen anderen Ausweg. Sie war an der Grenze ihrer Belastbarkeit angelangt. Sie versuchte, sich einen Reim darauf zu machen, aber das Einzige, woran sie sich erinnern konnte - die Tatsache, dass sie dem blauen Licht folgen musste - war ihr genommen worden.

Sie ging weiter in Richtung Uhrzeigersinn. Ständig stieg sie in einer gleichmäßigen Kurve nach oben, aber schon bald war sie nicht mehr in der Lage, ihre Arme oder Beine zu bewegen. Sie machte sich keine Sorgen mehr darüber, ob sie die Luft anhalten konnte oder nicht. All diese Probleme spielten keine Rolle mehr.

Zara spürte, wie sie auf den Rand der Steintreppe sank. Das Letzte, woran sie sich erinnerte, war die Wärme. Alles fühlte sich so warm, gut und sicher an. Sterben war gar nicht so schlimm. Die Dunkelheit hatte sich wie eine warme Decke um sie gelegt. Sie verschlang alle ihre Sinne und ließ sie nichts mehr spüren.

Kapitel Zweiundsiebzig

Sam sah Tom an, als er sich durch die schmale Treppe zwängte, wo das Wasser auf den trockenen Teil traf. Er betrachtete Toms verhärteten Gesichtsausdruck, während er tief durchatmete. „Bist du okay, Tom?“

Tom nickte, sagte aber nichts.

Sam watete zu den überfluteten Stufen der Treppe. „Wo ist Zara?“

„Sie war gerade noch hinter mir.“

Sam fluchte und tauchte dann mit dem Kopf voran unter das Wasser. Er folgte der absteigenden Treppe gegen den Uhrzeigersinn. Er hörte das plötzliche Pochen seines eigenen, in Panik geratenen Herzens, das das Blut in seinen Ohren pochen ließ. Er stieg etwa zwanzig Sekunden lang hinunter, bevor er sie sah.

Oh Gott! Sie ist tot!

Er wartete nicht, um ihre Lebenszeichen zu überprüfen. Er packte Zara an den Schultern und zog sie rückwärts und im Uhrzeigersinn die Treppe hinauf. Sam bewegte sich mit der Geschwindigkeit, die ihm sein Adrenalin verlieh, aber es war viel langsamer, als wenn er alleine hinunterschwamm. Es fühlte sich an, als hätte es ewig gedauert, bis sein Fuß auf dem trockenen Stein aufsetzte und er sie aus dem Wasser zog.

Ihr Körper schien leblos zu sein. Sie atmete nicht. Ihre normalerweise dunkle Haut wirkte blass und wächsern. Sam legte sie auf die Seite und mit dem Kopf nach unten in die schmale Treppe, damit ihr Kopf abtropfen konnte.

Ihr Mund war offen und das Wasser sprudelte heraus.

Sam beobachtete, wie es weiter ablief. Eines der schwierigsten Dinge, die man in einer Notsituation tun kann, ist einfach nichts zu tun. Manchmal muss man einfach abwarten. Es gibt keinen Grund, ihr beim Atmen zu helfen, wenn ihre Lungen immer noch voller Wasser sind. Vielleicht hätte es nur Sekunden gedauert. Vielleicht waren es aber auch nur Minuten. Sam konnte es nicht sagen. Er wusste nur, dass das Wasser ihre Lungen vollständig gefüllt haben musste.

Sie muss tief eingeatmet haben, während sie noch unter Wasser war, dachte Sam mit einem mulmigen Gefühl. Es muss eine bewusste Entscheidung gewesen sein. Sie hat ihren Tod akzeptiert.

Tom warf einen Blick auf sie. Sein Mund wurde starr. „Hat sie einen Puls?“

Sam legte zwei Finger auf Zaras Hals, direkt neben ihre Luftröhre. Er wartete einen Moment lang. „Sie hat einen Puls. Er flattert zwar, aber er ist da!"

Einen Moment später hörte das Wasser auf abzulaufen.

Zara hustete mehrere Male und hörte dann auf. Dann begann sie von selbst zu atmen. Ihre Augen waren noch geschlossen und sie sah aus, als würde sie schlafen. Es gab keine Möglichkeit, jetzt festzustellen, ob ihr Gehirn durch den Sauerstoffmangel Schaden genommen hatte.

Tom fragte: „Was sollen wir jetzt tun?"

Sam atmete ein und seufzte dann. „Nichts. Jetzt müssen wir abwarten."

Kapitel Dreiundsiebzig

Die warmen und euphorischen Träume waren vorbei. Stattdessen beherrschten Albträume ihren Geist. Sie hatte ein brennendes Gefühl in ihrer Brust. Es fühlte sich an, als hätte sie Feuer geschluckt und egal, wie viel sie ausatmete, die Flamme blieb. Sie hustete noch ein paar Mal und spürte, wie sich ihre Lunge mühsam ausdehnte. Es fühlte sich an, als würden sie von einem großen Gummiband festgehalten, das sie daran hinderte, sich vollständig zu öffnen. Sie spürte, wie sich etwas veränderte. Die klebrige und feurige Flüssigkeit floss aus ihrem Mund. Als sie nicht mehr ausatmen konnte, versuchte sie einzuatmen.

Nichts geschah. Die Muskeln ihres Zwerchfells hatten das Interesse verloren. Sie versuchte es erneut. Nichts.

Bin ich schon tot?

Das Gummiband über ihrer Brust riss und jetzt durfte sie endlich einatmen. Die Luft fühlte sich eiskalt und süß auf ihren verbrannten Lungen an. Sie hustete noch zweimal. Es schien länger zu dauern, als sie dachte, dass es normal war, einen zweiten Atemzug zu nehmen. Es war, als ob ihr Zwerchfell immer noch überlegte, was es tun sollte. Sie atmete wieder. Und noch einmal. Beim fünften Mal schien der Vorgang natürlicher zu werden. Aber er war alles andere als normal. Ihre Atmungsmuskeln arbeiteten nicht mehr über autonome Reflexe. Stattdessen musste sie sie bewusst dazu zwingen, sie am Leben zu erhalten. Aber zumindest schien sie jetzt eine gewisse Kontrolle über den Prozess zu haben.

Nein. Sie war nicht tot.

Zara versuchte, ihre Arme zu bewegen. Nichts geschah. Sie versuchte zu sprechen. Sie wollte sprechen. Und sie wollte sagen, dass alles in

Ordnung war. Was auch immer passiert war. Was auch immer schief gelaufen war. Es war jetzt in Ordnung. Sie war in Ordnung.

Sie konnte sich nicht erinnern, was sie versucht hatte zu tun, oder was schief gelaufen war. Aber irgendwie fühlte sich alles gut an. Es gab ein Bild von einer Insel. Das seichte Wasser um sie herum war türkisfarben. Die Insel war wie eine perfekte Acht geformt und lag auf der Seite. Die eine Seite der Insel war völlig flach, während sich in der Mitte der anderen Seite ein kleiner Sandberg hundert oder mehr Meter in die Luft erhob.

Das ist richtig! dachte sie. Ich war auf dem Weg zu einer Insel.

Es schien ihr auf einmal unglaublich wichtig, dass sie die Insel erreichte. Dass sie dort die Antworten auf alle Fragen finden würde, die ihr so wichtig waren. Allerdings hatte sie im Moment keine Ahnung, was sie fragen wollte. Wenn sie ehrlich war, wusste sie nicht einmal den Namen der Insel oder wie sie ihre Fragen beantworten sollte.

Zwei Stimmen stritten sich.

Die eine sagte: „Wir hätten den Aufstieg besser planen sollen." Es war kurz und knapp. Wie eine Zurechtweisung.

„Was hätten wir tun können?", fragte die zweite Stimme.

„Ich weiß nicht, sie besser vorbereiten? Dann hätte sie einen anderen Ausweg gehabt. Jetzt wissen wir nicht, wie es weitergehen wird. Du hattest es so eilig. Du hast mir nur gesagt, dass ich sie hochbringen soll. Und du hast gesagt, dass sie es schaffen wird."

„Und das wird sie auch", antwortete die zweite Stimme. Sie war abrupt und voller Autorität.

„Wie kannst du dir da so sicher sein?"

Die Stimme hielt inne. Als ob es ihrem Besitzer schwerfiel, eine solche Antwort überhaupt in Betracht zu ziehen. Sie seufzte. Die Stimme zwang sich, die Wahrheit zu verraten, obwohl sie es nicht wollte. „Weil Nostradamus nicht erwähnt hat, dass sie ertrunken ist!"

Nostradamus. Sie wiederholte den Namen leise in Gedanken. Was hat er mit ihrer Zukunft zu tun?

Sie öffnete ihre Augen. Ihre Sicht wurde nicht ganz scharf. Alles um sie herum erschien blau. Sie lag auf einer Reihe von Steinstufen. Sie taten ihr im Rücken weh. Die Stufen waren schmal und auf jeder Seite befand sich eine gemauerte Wand.

Die zwei Männer begannen, ihr Fragen zu stellen. Sie verstand keinen von ihnen. Sie leuchteten beide mit einem blauen Schleier, wie eine gespenstische oder geisterhafte Erscheinung. Sie hätte sich erschrocken, wenn die beiden Männer nicht so erleichtert gewirkt hätten, als wäre ihre Ankunft die beste Nachricht des Tages gewesen. Sie sahen freundlich aus. Besorgt. Und unterstützend.

Sie öffnete ihren Mund, um zu sprechen. Ihre Stimme war leise und noch nicht in der Lage, eine große Wirkung zu erzielen. Ihre tiefen Augen starrten vor sich hin.

„Was ist los?“, fragte die erste Stimme.

„Sprich weiter. Wir konnten dich nicht hören“, sagte die Zweite.

Zara grinste. „Ich weiß genau, wo wir hinmüssen!“

Kapitel Vierundsiebzig

Zara spürte, wie sich ein Mann zu ihr lehnte und ihr half, sich aufzusetzen. Es war kaum Platz und keiner der beiden Männer hätte sich neben sie setzen können. Ihre beiden Schultern ruhten auf den gegenüberliegenden Seiten der gemauerten Wände, die das Gewölbe ihrer Gefangenschaft bildeten. Sie spürte, wie einer der Männer seine Hände auf ihren Rücken legte, um sie am Umfallen zu hindern.

„Wie fühlst du dich?"

„Ich habe schon bessere Tage erlebt." Sie sah den Mann an der sprach und erkannte ihn. Seine Stimme war ihr bekannt, aber sie brauchte einen Moment, um sich an seinen Namen zu erinnern. „Sam Reilly."

„Zu Ihren Diensten, Ma'am."

„Wo ist Tom?", fragte sie.

„Ich bin hier oben, Zara. Es ist kein Platz für uns drei."

Sie nickte. Der Raum fühlte sich ohnehin schon eng und beengt an. „Was ist passiert?", fragte Sam.

Sam sagte: „Du bist Tom in die gewölbte Treppe zwischen den unterirdischen Domen gefolgt. Die Distanz war zum Schwimmen zu lang und dir ging die Luft aus. Du hast es fast geschafft. Ungefähr zwei Meter weiter musst du das Bewusstsein verloren haben. Wir schleppten dich auf die trockene Treppe und legten dich mit dem Kopf nach unten, während dir literweise Wasser aus der Lunge lief."

„Ich bin euch in ein unter Wasser stehendes, unterirdisches und enges Treppenhaus gefolgt, das zwischen zwei gemauerten Kuppeln gewölbt ist?"

„Ich fürchte ja", bestätigte er.

Sie lächelte. „Das hört sich nicht gerade nach etwas an, das ich freiwillig tun würde."

„War es auch nicht. Wir saßen irgendwie fest. Wir sind gerade dabei, einen Weg nach draußen zu finden. Weißt du noch, was wir hier gemacht haben?"

Zara dachte einen Moment darüber nach. „Die Nostradamus-Gleichung."

„Stimmt, du hast in ein echtes Hornissennest gestochen und eine Armee von General Ngiges Männern ist oben in der Wüste Sahara auf der Suche nach dir. Du sagtest, du wüsstest, wo wir hinmüssen. Weißt du das noch?"

„Ja. Aber ich kann mich beim besten Willen nicht daran erinnern, was es bedeutet."

„Wo?"

„Ein Ort namens Infinity Island." Sie blickte zu Sam auf. „Ergibt das einen Sinn für dich?"

Er nickte. „Du hattest ein Medaillon. Etwas, das dir dein Vater gegeben hat. Er sagte, es würde eines Tages einen Sinn ergeben und wichtig für dich sein. Auf einer Seite des Medaillons ist eine Insel abgebildet. Die Insel ist wie eine Lemniskate geformt, das mathematische Symbol für Unendlichkeit."

„Dann sollten wir besser diese Insel suchen gehen. Ich hatte viele Träume, während ich unterwegs war. Die meisten waren Albträume, aber einige waren auch in Ordnung. Bei einem bin ich mir sicher, dass er real war."

„Was war es?"

„Ich weiß es nicht. Aber ich bin mit dem einen Gedanken aufgewacht: Wir müssen Infinity Island erreichen, wenn wir wollen, dass es uns gut geht."

„Okay", sagte Sam. „Kannst du laufen?"

Sie fragte: „Kannst du mich diese schmale Treppe hochtragen?"

Er schüttelte den Kopf.

Zara lächelte. „Dann sollte ich wohl besser anfangen zu laufen."

„Lass dir Zeit."

Zara stand vorsichtig auf. Sie spürte, wie ihr das Blut in den Kopf schoss, als würde sie gleich ohnmächtig werden. Sie hielt inne. Sie atmete tief ein und dann langsam wieder aus, bis das Gefühl verging. Sie machte einen Schritt nach vorne und spürte, wie Sam ihre Hand zur Unterstützung nahm.

Sie drückte sie und ließ sie dann los. „Mir geht es gut."

Es dauerte fast vierzig Minuten, bis wir die Spitze des Doms erreichten. Die Steintreppen führten im Uhrzeigersinn um die innere Kuppel herum und gewannen allmählich an Höhe. Der Abstand zwischen der inneren und der äußeren Kuppel wölbte sich nach innen, je höher sie kam, was bedeutete, dass sie sich in Richtung der inneren Kuppel lehnen musste, wenn sie sich dem Oculus näherte. Sie wusste nicht mehr, wie oft sie den Umfang der massiven Kuppel umrundet haben musste, bevor sie in die Hauptöffnung kroch, die sich zur Höhle darunter öffnete.

Die schmale Treppe führte als Tunnel um die Kuppel herum, bevor sie eine Schleife bildete und den Weg zurückging, den sie gekommen waren. Ein separater Tunnel bog nach links ab und ermöglichte es ihnen, auf die Spitze der zweiten Kuppel zu klettern. Sie folgte Sam durch den nach oben führenden Tunnel. Die Steintreppe sah jetzt eher wie eine Leiter aus, da die Steigung fast senkrecht anstieg.

Sie kletterte hindurch und schaute sich um. Sie befanden sich nun in einem horizontalen Tunnel, der in Größe und Form demjenigen ähnelte, den sie zuvor gefunden hatten, der durch einen Einsturz blockiert und überflutet worden war. In einer Richtung verlief er so weit, dass sie nicht sehen konnte, wo der Tunnel endete. In der entgegengesetzten Richtung sah sie ein poliertes Messingstück am Rand der Decke. Es war in einem Winkel von fünfundvierzig Grad angebracht, so dass das Licht, wenn sie mit einer Taschenlampe darauf leuchtete, durch den offenen Rundgang reflektiert wurde.

Zara fragte: „Weißt du, wie weit dieser Tunnel geht?“

Sam schüttelte den Kopf. „Nein. Aber ich denke, es ist an der Zeit, dass wir es herausfinden.“

Kapitel Fünfundsiebzig

Sam führte die Gruppe in den Tunnel. Er verlief etwa einen Kilometer lang schnurgerade, bevor er einen zweiten Tunnel erreichte, der senkrecht zu dem ihren verlief. Wasser floss durch den Tunnel. Es war seicht und bewegte sich schnell. Ein grober Einbaum schwamm in der Mitte des Aquädukts. Ein massives Stück Stein in der Länge des Tunnels verhinderte, dass das Boot den Tunnel hinuntergetragen wurde. Der Begriff „Boot“ wurde sehr großzügig verwendet. Es war aus dem Stamm einer einzelnen Akazie geformt. Sein Inneres war zu einem kleinen Boot ausgehöhlt worden. Es ähnelte den Kanus aus hohlem Holz von Völkern in aller Welt. Es war lang genug, um vier oder fünf Personen Platz zu bieten und die Breite entsprach fast genau der des Aquädukts.

Er erinnerte sich daran, dass Zara ihm erzählt hatte, dass die *Raddiana-Akazie* einst in der Sahara weit verbreitet gewesen war und mehr als fünfhundert Jahre überlebt hatte. Das harte Holz musste in der Lage sein, Jahre im Wasser zu überleben, aber selbst dann war es unmöglich, sich vorzustellen, dass ein solches Bauwerk seit der Zeit der Garamanten, also seit vierzehnhundert Jahren, überlebt haben könnte.

Sam sah Tom an und fragte: „Was hältst du davon?“

„Sieht aus wie ein Rettungsboot“, sagte Tom. „Als ob die alten Garamanten es dort gelassen hätten, damit ein Späher schnell hineinklettern und in die Hauptstadt zurückkehren konnte.“

Zara starrte das Boot an. „Ich weiß nicht, aber kannst du dir vorstellen, dass sie ihre Boote nach der Fahrt durch das Aquädukt überhaupt wieder in die Tunnel bringen konnten?“

„Nein“, sagte Sam. „Wenn ich es mir recht überlege. Wie haben sie das Boot hierher zurückgebracht?“

Zara sagte: „Vielleicht, weil sie nie dafür gebaut wurden, bis ganz nach unten zu gehen?“

Tom sagte: „Oder vielleicht war es eine Notfahrt?“

„Eine was?“, fragte sie.

„Eine Notfahrt mit dem Boot. Stell dir vor, die alten Garamanten hätten Späher in der Wüste postiert. Einer bemerkt eine anrückende römische Armee. Er könnte in den Brunnen hinabsteigen, ein Boot besteigen und zurück zur Hauptfestung rasen, um vor der bevorstehenden Schlacht zu warnen.“

Sam sagte: „Wenn das stimmt, wo zum Teufel ist dann diese

Zitadelle, zu der wir angeblich gehen?“

Zara legte ihre Hand auf das Boot. Das Holz war trocken und steif. „Es schwimmt noch.“

Sam nickte. „Für mich ergibt das alles keinen Sinn. Wenn die Garamanten im sechsten Jahrhundert ausgestorben wären, wäre dieses Boot schon längst zu Staub verrottet. Das bedeutet, dass das Boot entweder viel besser konstruiert war als alles, was unsere Schiffbauer heute bauen können, oder das Boot ist viel jünger, als wir denken.“

Zara fragte: „Glaubst du, dass noch jemand vor dem sechsten Jahrhundert hier unten war?“

Sam sagte: „Entweder wurde das Boot in den letzten hundert Jahren von jemandem heruntergebracht, zum Beispiel von einem Schmuggler, oder ...“

„Was?“, fragte Tom.

„Oder die Garamanten sind noch am Leben!“

Tom zuckte mit den Schultern, als ob es ihm egal wäre. „Das Boot schwimmt. Das Wasser fließt in diese Richtung. Lasst es uns nehmen!“

Zara warf einen Blick auf Sam. „Ist das klug?“

Sam setzte sich in den vorderen Teil des Bootes. Es trug sein Gewicht problemlos und schien im Wasser stabil zu sein. Er lächelte. „Wahrscheinlich nicht. Aber ich sehe keinen besseren Weg, um zum Ende des Aquädukts zu kommen, also können wir es auch versuchen.“

Er wartete, bis Zara und Tom an Bord geklettert waren. Das Boot schien stabil zu sein, als sie alle drei an Bord waren. Sam drehte sich um. „Sind wir alle bereit?“

Zara schluckte schwer. „So bereit, wie wir es nur sein können.“

Tom nickte. Er grinste wie ein Kind in einem Freizeitpark.

„Gut, dann lasst uns gehen.“

Sam entfernte den Steinblock und das Boot, das nun frei war, sprang eifrig vorwärts. Das flache Wasser floss schnell, obwohl der Winkel des Tunnels eher horizontal als abfallend war.

Der schwache Schein ihrer DARPA-Anzüge erlaubte es ihnen kaum zu sehen, was vor ihnen lag. Sie trieben fast 30 Meter weit, bevor das Wasser noch schneller wurde. Es war, als würden sie sich einem Wasserfall nähern.

Tom grinste. „Hast du das Gefühl, dass wir uns dem lustigen Teil der Fahrt nähern?“

Zara hielt sich an den Seiten des Bootes fest, bis ihre Knöchel weiß glänzten. „Ja, es ist toll. Wie in Disneyland, nur mit dem zusätzlichen Vorteil, dass man nicht weiß, ob man gleich ertrinkt oder nur auf die

Felsen am Grund kracht."

Sam sagte: „Die Garamanten waren offensichtlich sehr gute Ingenieure. Glaubst du wirklich, sie hätten hier ein Boot gebaut, um das Aquädukt zu bedienen, wenn die Tunnel unpassierbar wären?"

Keiner hörte seine Worte. Stattdessen übertönte das Tosen der Stromschnellen vor ihnen alle Geräusche. Sam blickte in die Dunkelheit vor sich. Das Aquädukt sah aus, als würde es gleich gegen eine massive Steinwand stoßen. Ein reflektierender Messingspiegel, wie der auf der Spitze des Doms leuchtete zu ihm zurück.

Er stieß einen bösartigen Fluch aus und das Boot tauchte ein und fiel steil hinunter. Das Boot raste nach unten und fiel neun oder zwölf Meter tief, bevor der Abhang sich ausglich und das Boot unten wieder herausgeschossen kam.

Kapitel Sechsundsiebzig

Das Wasser beruhigte sich wieder und Sam drehte sich zu seinen Begleitern um.

Toms Augen waren groß und sein Mund stand offen. Er sagte: „Wer will mir helfen, das Boot wieder hochzuziehen und das Ganze zu wiederholen?"

„Ich nicht", sagte Zara. „Wenn wir es jemals lebend aus diesem verdammten Ort herausschaffen, will ich keinen von euch je wieder sehen."

Sam zuckte mit den Schultern. „Manche Menschen wissen aber auch gar nichts zu schätzen."

Die Strömung des Wassers wurde zu einem angenehmen Fluss.

Zara sagte: „Alles, was wir über die Garamanten wissen, deutet darauf hin, dass ihr Erfolg auf ihrem unterirdischen Wassergewinnungssystem beruhte, einem Tunnelnetz, das auf Berberisch foggaras genannt wird. Es ermöglichte nicht nur, dass ihr Teil der Sahara wieder aufblühte, sondern setzte auch einen politischen und sozialen Prozess in Gang, der zu Bevölkerungswachstum, Urbanismus und Eroberung führte. Aber um ihren neu gewonnenen Wohlstand zu erhalten und auszubauen, mussten sie vor allem die Tunnelsysteme zur Wassergewinnung instand halten und erweitern ... und dafür mussten sie sich viele Sklaven anschaffen."

Sam lächelte. „Zum Vorteil für die Garamanten und großem Nachteil für ihre Nachbarn, verschaffte das Bevölkerungswachstum der Garamanten der neuen saharischen Macht einen demografischen und militärischen Vorteil gegenüber anderen Völkern in der Sahara und im südlicheren Afrika, sodass sie ihr Territorium ausdehnen, andere Völker erobern und große Mengen an Sklaven erwerben konnten."

„Dank ihrer aggressiven Mentalität und der Sklaven und des Wassers, die sie produzierten, lebten die Garamanten in Planstädten mit einer guten Lebensqualität." Zara sagte: „Archäologische Ausgrabungen haben gezeigt, dass sie sich von lokal angebauten Trauben, Feigen, Sorghum, Gerste und Weizen ernährten, aber auch von importierten Luxusgütern wie Wein und Olivenöl." Zara betrachtete den perfekt geformten Tunnel, der fast tausend Jahre nach dem Untergang der Garamanten immer noch wie vorgesehen funktionierte. „Die Kombination aus Sklavenhandel und der Beherrschung der Foggara-

Bewässerungstechnik ermöglichte es den Garamanten, einen Lebensstandard zu genießen, der den aller anderen alten Sahara-Gesellschaften weit übertraf. Ohne Sklaven hätten sie kein Königreich gehabt, geschweige denn auch nur einen Hauch dieses guten Lebens. Sie hätten in relativer Armut überlebt, wie es die meisten Wüstenbewohner vor und nach ihnen getan haben."

Sam sagte: „Am Ende läutete die Erschöpfung des leicht abbaubaren fossilen Wassers den Todesstoß für das Königreich Garamantia ein. Nachdem sie über einen Zeitraum von 600 Jahren mindestens 30 Milliarden Liter Wasser gefördert hatten, stellten die Garamanten fest, dass das Wasser buchstäblich zur Neige ging. Um das Problem in den Griff zu bekommen, hätten sie zu den bestehenden Tunneln weitere, von Menschenhand geschaffene unterirdische Zuflüsse hinzufügen und zusätzliche, tiefere und viel längere Wasserentnahmetunnel graben müssen. Dafür hätten sie viel mehr Sklaven gebraucht, als sie hatten. Die Wasserprobleme müssen zu Nahrungsmittelknappheit, einem Bevölkerungsrückgang und politischer Instabilität geführt haben. Die Eroberung weiterer Gebiete und die Anwerbung weiterer Sklaven waren daher militärisch einfach nicht machbar. Die magische Gleichung zwischen Bevölkerung und militärischer und wirtschaftlicher Macht auf der einen Seite und der Fähigkeit zum Sklavenerwerb und zur Wassergewinnung auf der anderen Seite stimmte nicht mehr."

Zara sagte: „Das Wüstenkönigreich zerfiel in kleine Häuptlingstümer und wurde von der aufstrebenden islamischen Welt absorbiert. Wie sein berühmterer römischer Nachbar wurde das einst große Sahara-Königreich nach und nach zu einem Mythos und einer Erinnerung."

„Nur ihre Bewässerungstunnel sind geblieben."

In den nächsten zwei Tagen setzten sie ihre seltsame Reise schweigend fort. Abwechselnd ruhten sie sich aus und schliefen. Um die wenigen Stunden Batteriestrom zu sparen, die jedem DARPA-Anzug noch verblieben, schalteten Sam und Tom ihre Maschinen aus. Im Moment gab es nichts, was sie tun konnten, um die Richtung ihrer Bewegung zu ändern, also konnten sie es genauso gut in der Dunkelheit tun und sie nur gelegentlich wieder einschalten, um ihre Umgebung zu überprüfen.

Sam schwebte an diesem seltsamen Ort, irgendwo zwischen Bewusstsein und Unbewusstem. Bequem und ungemütlich. Er war dem Schlaf nahe, als das Boot aufhörte, sich vorwärtszubewegen. Es gab keine große Veränderung. Es muss allmählich langsamer geworden sein.

„Geht es allen gut?", fragte er.

Tom sagte: „Ja und dir?"

„Mir gehts gut."

„Wo sind wir?", fragte Zara.

Sam schaltete seinen DARPA-Anzug ein und die Umgebung leuchtete in dem bekannten blauen Dunst. Er warf einen Blick vor das Boot. Der Tunnel schien unverändert, aber das flache Wasser fehlte jetzt. Dahinter sah das Wasser aus, als würde es sanft fließen.

Sam drehte sich zu Zara und Tom um. „Es muss einen Riss im Tunnel geben, durch den das Wasser jetzt in einen tieferen Tunnel fließt."

Tom nickte. „Ich denke, es ist Zeit zu gehen."

Zara fragte: „Glaubst du, das bringt uns weiter? Vielleicht gehen wir nur tiefer in die alten Bewässerungstunnel!"

„Wir wissen es nicht", sagte Sam. „Aber wir werden auf keinen Fall den ganzen Weg zurückschwimmen, also können wir nur weitergehen.

Zara nickte in stillem Protest.

Sie gingen an dem trockenen Aquädukt entlang. In der unteren Hälfte des Tunnels befand sich eine Linie, die ungefähr einen Meter hoch war und zeigte, wo einst das Wasser stand. Darüber befand sich eine weitere Höhle von etwa drei Metern Höhe. Wäre sie noch niedriger gewesen, hätte sich Tom fast den Kopf an der Decke gestoßen.

Es dauerte etwa eine Stunde, bis sie eine Pause machten. Im Tunnel gab es keine Veränderung. Die alten Garamanten wussten definitiv, wie man einen perfekt symmetrischen Tunnel über Hunderte von Kilometern baut. Die Luft war kühl und ein leichter Luftzug strömte an ihnen vorbei. Er hatte dieselbe Richtung, in die sie sich fortbewegten. Die Brise war neu und erfrischend, und sie gab ihnen den Antrieb, mit neuem Elan weiterzugehen.

Sie gingen wieder weiter und wurden schneller. Zehn Minuten später änderte sich etwas. Sam eilte fünfzig Meter voraus. Die Höhe des Tunnels verringerte sich, bis es offensichtlich war, dass sie sich alle bücken mussten, um durchzukommen. So ging er etwa fünf Meter weiter, bis sich der Tunnel öffnete und in einen riesigen, gewölbten Raum endete. Das trockene Aquädukt verlief in der Mitte des Raumes wie der Bahnsteig einer alten Stadt, in der schon lange kein Zug mehr verkehrte.

Kapitel Siebenundsiebzig – Die Goldene Stadt

Sam starrte auf die gewaltige Kuppel über ihm. Sie ließ das römische Pantheon wie ein Spielzeug aussehen. Sie hatte einen Durchmesser von mindestens dreißig Metern. Der trockene Bewässerungskanal teilte sich in der Mitte des Raumes, bevor er auf der anderen Seite durch einen dunklen Tunnel weiterführte. Im Inneren der massiven Struktur befanden sich die Überreste eines Amphitheaters. Es bestand aus Kalksteinstufen und erstreckte sich in einem Halbkreis mindestens 30 Meter in die Höhe. Auf der gleichen Seite befanden sich mindestens zwanzig Gebäude, alle im klassischen Stil, als wären es griechische oder römische Tempel. Auf der gegenüberliegenden Seite des Kanals befanden sich weitere dreißig ähnliche Gebäude in verschiedenen Größen. Mindestens 60 Meter über ihm erinnerte ihn ein riesiger Oculus, der kein Licht zeigte, daran, dass er sich immer noch tief unter der Erde befand.

Zara fragte: „Wo sind wir, Sam?“

Sam sagte: „Ich würde sagen, wir sind in der sagenumwobenen Goldenen Stadt des Königreichs der Sande - dem Schatz des Garamantenreiches.“

„Das ist toll“, sagte Tom. „Aber wo ist das Gold?“

„Es hat nie wirklich Gold gegeben! Der Begriff stand für den Reichtum an Wissen, der sich darin befand. Hierher kamen die Großen, um die Zukunft zu besprechen. Stell dir einen Ort vor, der mit den großen Menschen ihrer Zeit gefüllt ist. Ihre Versionen von Leuten wie Michelangelo, Platon, Da Vinci und Einstein. Dies war ein Ort, an den die Großen kamen. Und Nostradamus! Deshalb nannte man sie auch die Goldene Stadt!“ Sam schritt auf das Amphitheater zu. „Was glaubst du, wofür dieser Ort genutzt wurde?“

„Es war ein Versammlungsort.“ Zara sprach selbstbewusst. Für eine Person, die vor zwei Tagen noch jeden Glauben daran zerstört hatte, dass die Garamanten es jemals so weit nach Süden, in die Sahara, geschafft hatten, besaß sie jetzt ein außergewöhnliches Wissen über die alte Zivilisation. „Ein Symbol für ihre technologische Macht. Denk an Rom in seiner Blütezeit. Florenz. Es könnte auch eine ältere Version von Washington D. C. sein, wenn du es dir ansiehst. Vielleicht kamen ihre

Anführer hierher, um wichtige Angelegenheiten vor der Regierung zu besprechen."

Tom lachte. „Ich hätte gerne ihre Ansichten über den Klimawandel gehört."

Zara lächelte. „Nach dem, was wir über die Garamanten wissen, haben sie sich nicht um ihre Umwelt gekümmert. Stattdessen setzten sie schwere Sklavenarbeit ein, um Wasser für die Bewässerung und den Anbau zu gewinnen. Sie machten sich ihre Umwelt so zurecht, wie sie sie zum Überleben brauchten. Als das Wasser ausging, starben sie aus."

„Kommt dir das bekannt vor?", fragte Sam.

Sie drehte sich zu ihm um. „Was?"

„Du sagtest, Nostradamus hätte dir gesagt, dass die Menschheit aussterben würde, und jetzt erzählst du mir, dass diese Menschen aufgrund des Klimawandels ausgestorben sind?"

Sie schüttelte den Kopf. „Nein. Das Klima hat sich nicht verändert. Aber die Garamanten schöpften ihr Wasser aus uralten Tafeln mit fossilem Wasser, das sich in etwa vierzig Millionen Jahren angesammelt hatte. Es war nur eine Frage der Zeit, bis die Wasservorräte erschöpft waren und der Wasserverbrauch ihrer Zivilisation ihre Fähigkeit, Wasser zu produzieren, überstieg."

„Ja ... wie ich schon sagte. Eine Wirtschaft, die auf technologischen Veränderungen basierte, die wiederum das Klima in einer nicht nachhaltigen Weise veränderten. Ökologie 101. Sie haben versagt ... und wir folgen ihrem Beispiel."

„Wo wir gerade von Tunneln sprechen. Es gibt einen Haufen davon in dieser Richtung", sagte Tom. „Ich werde mir das mal ansehen. Wir müssen immer noch einen Weg an die Oberfläche finden."

Sam nickte. Sie würden sich aufteilen und schnell einen Weg an die Oberfläche finden müssen - falls es den überhaupt noch gab. Er schaute sich in der riesigen Kammer um. Es hätte ein ganzes Fußballfeld hineinpassen können. Der Ort sah aus wie der Hauptversammlungsort in einer schlechten Sci-Fi-Serie. Eine Stadt, die im Inneren eines Asteroiden oder eines Mondes begraben war. Überall gab es kaputte und unförmige Räume. Wenig deutete auf den Zweck dieser Räume hin, aber er stellte sich einen blühenden Markt vor. Stände mit frischen Lebensmitteln, exotischen Speisen von weit entfernten Orten, Bordelle, Zimmerleute, Ingenieure, Mediziner - sie alle würden dort zu finden sein.

Er blieb stehen und grinste. „Dieser Ort war nicht nur ein Treffpunkt. Das war ihre Stadt. Das war der große Hauptbahnhof! Schau. Was, wenn der Grund, warum Archäologen nur primitive Dörfer auf der Oberfläche entdeckt haben, darin liegt, dass es sich um Nachzügler oder sogar um eine ganz andere Rasse handelt? Was, wenn die Menschen damals nicht nur ein 5000 Kilometer langes Netz von Bewässerungskanälen gebaut haben - was, wenn sie ein 5000 Kilometer langes Transportnetz aufgebaut haben?“

Zara neigte den Kopf nach links und dachte über die Möglichkeiten nach. „Es wäre viel einfacher, Lebensmittel, Wasser und Menschen mit dem Schiff unter die trockene Wüste zu bringen als über sie.“

Sam nickte, als er sich eine Welt vorstellte, in der Lebensmittel und andere Vorräte zusammen mit frischem Wasser über die alten Bewässerungskanäle transportiert wurden. Er ging durch die kleinen Gebäude, die einst die Elite der Stadt beherbergten. Nach heutigen Maßstäben von Luxus waren sie einfach, aber zu ihrer Zeit waren sie der Gipfel der Dekadenz. Wie die Römer schienen auch die Garamanten sich selbst am besten zu dienen.

Er fragte: „Was wäre, wenn diese Leute und die Überreste der alten Berberzivilisation auf der Oberfläche dasselbe wären?“

„Aber du hast doch gerade gesagt, dass sie unterschiedlich sind?“

„Was ist, wenn sie einst dieselbe Zivilisation waren, aber als das Wasser versiegte, begannen sich die Verhältnisse zu ändern.“

Zara fragte: „Was für Veränderungen?“

Sam sagte: „Die gleichen, die immer eintreten, wenn die Nahrung knapp wird ... die Reichen werden reicher und die Armen werden ärmer.“

„Sie ließen ihre Sklaven und die allgemeine Bevölkerung im Stich, damit ihre Denker und Lenker weiter in Dekadenz leben konnten. Während der eine Teil ihrer Gesellschaft vor fast vierzehnhundert Jahren ausstarb, gedieh der andere noch tausend Jahre lang!“

Tom betrat den Raum. Selbst in dem trüben blauen Licht wirkte sein Gesicht gerötet. Er atmete schwer, als ob er gerannt wäre. Seine braunen Augen waren groß und voller Adrenalin.

„Was ist los?“ fragte Sam.

Tom hielt inne. Er schluckte schwer. „Ich habe etwas gefunden. Ich glaube, das werdet ihr beide sehen wollen.“

Zara drehte sich zu ihm um. „Was hast du gefunden?“

„Es gibt hier einen Raum, den ihr beide euch ansehen solltet und zwar sofort!“

„Klar, was ist es? Was hast du gesehen?“, beharrte Zara.

Tom schaute sie an. Er schüttelte den Kopf und sagte: „Ich glaube, es ist eine Nachricht für dich.“

Kapitel Achtundsiebzig

Der Eingang zu dem seltsamen Raum stach aus zwei Gründen aus dem Rest der Gebäude unter der Kuppel heraus. Der erste Grund überraschte Zara sehr und der zweite ließ ihr einen Schauer über den Rücken laufen.

Erstens hatte dieser Raum im Gegensatz zu allen anderen Gebäuden, die sie gesehen hatten, eine Tür. Sie war aus massivem Messing, in das verschlungene Bilder von Pferdewagen eingearbeitet waren. Keines der anderen Gebäude hatte eine Tür und auch sonst hatte sie kein Zeichen von Messing in der Kuppel gesehen. Zweitens, und das war noch beunruhigender, waren die Worte die auf der Tür geschrieben waren. Sie starrte sie an und wünschte sich, sie würden ein anderes Wort oder einen anderen Namen bedeuten. Aber sie konnte nichts dagegen tun. Die Wahrheit war unumstößlich.

Die Worte lauteten: *Zara Delacroix*.

Sie versuchte, die Tür aufzudrücken. Sie war schwer. Die großen Scharniere kämpften gegen die Jahrhunderte an, ohne sich zu bewegen. Sam und Tom setzten ihr ganzes Gewicht ein und schließlich öffnete sich die Tür mit einem lauten Knarren.

Im Inneren befand sich ein unauffälliger Raum, der sich nicht allzu sehr von den anderen Räumen unterschied, die sie bereits gesehen hatten, außer dass er einen Sarkophag in der Mitte des Raumes hatte. Die Wände waren aus massivem Kalkstein gehauen, genau wie der Rest der Gebäude. An den Wänden war nichts geschrieben. Man konnte einen Sockel sehen, der in eine kleine Nische getreten war. Wasser tropfte aus einer Öffnung in der Decke und füllte den Sockel. Ein Loch im Boden, das durch die Jahrhunderte abgenutzt war, fing das überlaufende Wasser auf und floss in eine verborgene Öffnung darunter. Ansonsten war der Raum leer.

Zaras Blick fiel wieder auf den Sarkophag. Er war das Herzstück des Raumes, und wenn jemand wollte, dass sie etwas fand, vermutete sie, dass es sich höchstwahrscheinlich darin befinden würde. Zara ging um den Sarkophag herum. Wahrscheinlich war es die letzte Ruhestätte eines der großen Könige des Sandes. Auf der anderen Seite blieb sie stehen.

Ihr Mund öffnete sich, um zu sprechen, aber es kamen keine Worte heraus.

„Was ist los?“, fragte Sam, der einen Blick auf die alte Schrift warf.

Zara erwiderte seinen Blick. „Ich weiß es noch nicht. Aber irgendetwas daran erkenne ich."

„Ich dachte, du hättest nie etwas über die Garamanten gelernt?"

„Habe ich auch nicht." Sie biss sich auf die Unterlippe. „Das ist alles in der Sprache des modernen Berberischen geschrieben."

„Das ist toll", unterbrach Tom sie. „Aber wenn wir nicht bald herausfinden, wie wir hier rauskommen, werden wir ihr Grab mit ihnen teilen müssen."

„Das könnte wichtig sein", sagte sie.

„Es ist auch wichtig, am Leben zu bleiben", sagte Tom fröhlich.

„Warte. Ich kann das lesen."

„Gut. Lass uns nicht im Ungewissen. Was steht da drin?", sagte Sam.

Sie schluckte schwer. „Unser Problem ist gerade noch viel größer geworden."

Kapitel Neunundsiebzig

Zara spürte, wie sich ihre ganze Welt drehte. Sie stellte sich vor, dass es eine ähnliche Erfahrung war wie bei den frühen Seefahrern, die glaubten, die Welt sei flach und plötzlich entdeckten, dass sie kugelförmig war. Aber es war ein noch schlimmerer Schreck. Es war, als ob die Seefahrer der damaligen Zeit plötzlich entdeckten, dass die Welt Satelliten hoch oben in der Erdumlaufbahn benutzten, um Nachrichten zu senden, die es Computern ermöglichten, ihre genaue Position auf der Erde mithilfe eines GPS zu triangulieren. Alles, woran sie geglaubt hatte, war gerade auf den Kopf gestellt worden.

Sam fragte: „Was hat sich verändert, Zara?"

„Alles!"

„Was?", sagte Tom.

„Dieser Ort wurde 1557 von Nostradamus besucht." Zara wartete, bis sie den Gedanken verinnerlicht hatte.

Sam und Tom starrten sie schweigend an.

Sie fuhr fort. „Nach dem gewaltigen Sandsturm, bei dem alle außer meinem Urahn ums Leben kamen, muss Nostradamus in einen der Bewässerungstunnel der Garamanten gegangen sein und sich auf den Weg zu dieser alten Stadt gemacht haben."

Sam fragte: „Warum? Was hatte er hier zu suchen?"

Zara hielt inne. „Er kam, um den allerletzten Garamanten zu begraben. Ein König ohne Volk. Und er kam, damit ich erfahre, was er gelernt hatte."

„Was hat Nostradamus gelernt?" Sam schaute sie an. „Hat er nicht alles, was du wissen musst, in seinem Buch hinterlassen?"

„Nein. Nachdem er sein Buch im Sand der Sahara vergraben hatte, hatte Nostradamus die Zukunft verändert. Folglich hatten sich auch seine nächsten Visionen verändert."

Tom fragte: „Was hat er geschrieben?"

„Es ist eine Geschichte, die von kommenden Zeiten handelt."

Sam fragte: „Was steht darin?"

„Es geht um den Untergang der Menschheit. Über eine große Zivilisation. Das Reich der Garamanten. Von ihren Erfolgen und ihren Verlusten. Über ihren Reichtum und ihre Gier. Über ihre Größe und ihre Fehlbarkeit. Am Ende der Geschichte heißt es, dass der Mensch nicht besser ist als die Heuschrecken, die sich zu zerstörerischen Plagegeistern vermehren. Wenn die menschliche Rasse überleben soll, müssen wir das in einer kleineren Zahl tun. Das Land kann sich nur bis zu einem gewissen Grad dehnen und biegen, um unseren Ansprüchen gerecht zu werden - und wenn das alles vorbei ist, wird unsere Zeit auf der Erde enden, genauso wie die der vielen anderen Tiere vor uns."

„Wow", sagte Sam. „Scheint ziemlich genau das zu sein, was Nostradamus gesagt hat."

„Sicher." Tom schüttelte den Kopf. „Schade, dass er uns nicht wirklich gesagt hat, was wir tun sollen."

„Doch hat er."

Tom lächelte. „Wirklich?"

„Ja", sagte Zara. „Stand in dem Brief an Mikhail nicht, dass es nicht um eine neue Diamantenmine ging? Es ging um Lithium. Der Dritte Weltkrieg würde um Lithium geführt werden - und die größten Lagerstätten der Welt befanden sich in der Demokratischen Republik Kongo."

„Ja", bestätigte Sam. „Willst du damit sagen, dass die Menschheit aufhören wird, sich fortzupflanzen, wenn sie unseren Mann unterstützt?

„Nein. Ich glaube, Nostradamus wollte, dass wir sie einen Krieg führen lassen." sagte Zara. „Ich meine es ernst. Vielleicht wusste Nostradamus, dass ich dir über den Weg laufen und dich davon abhalten würde, die Guten zu unterstützen."

Sam schüttelte den Kopf. „Oder vielleicht wollte er, dass wir die Vereinigte Souveränität des Kongos unterstützen, damit das Lithium abgebaut werden kann und die Welt ökologischer leben kann."

„Aber für wie lange?"

„Bis es nicht mehr tragbar ist."

„Aber wann wird das sein? Wann wird es zu viele Menschen auf diesem Planeten geben? Weißt du, was die beste Schätzung der Gesamtbevölkerung des Planeten um die Jahrhundertwende war?"

„Ich weiß es nicht, eine Milliarde?", fragte Tom.

„Etwas über zweihundert Millionen", sagte Sam. Er sprach mit der Gewissheit eines Mannes, der die Statistik kannte und so besorgt war, wie es nur irgendjemand sein konnte. „Es hat fast fünfzigtausend Jahre gedauert, bis wir die Zahl von zweihundert Millionen erreicht haben, und nur zweihundert Jahre später sind wir bei über sieben Milliarden angelangt. Die Vereinten Nationen sagen derzeit voraus, dass die Bevölkerung allein bis zum Ende dieses Jahrhunderts achtzehn Milliarden erreichen wird. Und ich weiß, dass das keine Panikmache ist. Es ist nüchterne Wissenschaft."

Zara seufzte. „Nein, diese Statistik ist falsch.“

Sam zuckte mit den Schultern. „Das ist eine Vorhersage der Vereinten Nationen. Es ist eine grobe Schätzung.“

„Laut Nostradamus wird die Bevölkerung bis zum Ende des Jahrhunderts dreißig Milliarden erreichen. Weißt du, wie hoch die Bevölkerung im Jahr 2100 sein wird?“

Sam und Tom schüttelten beide den Kopf.

Sam schaute sie an. „Die Frau, die Tom getötet hat, bevor wir den Brunnen betreten haben, hat gesagt, dass du etwas Schreckliches weißt. Damals hast du es geleugnet, aber ich dachte, ich hätte dich wegschauen sehen. Es war sehr subtil. Eine Sekunde lang habe ich daran gezweifelt. Aber jetzt, wo ich es wieder sehe, weiß ich, wo ich diesen Blick gesehen habe. Es ist das eindeutige Bild einer Person, die versucht, die schmerzhafte Wahrheit zu verbergen. Du hast etwas verheimlicht, nicht wahr?“

Sie nickte.

„Ich sehe jetzt denselben Blick in deinem Gesicht“, sagte Sam. „Was versuchst du zu verbergen?“

„Ich habe im Buch des Nostradamus eine zweite Notiz gefunden, die an mich gerichtet war. Die Erste war eindeutig. Nostradamus sagte, es sei das Erste gewesen, was er geschrieben hat, bevor er sein ganzes Werk begonnen hat. Die Zweite war nicht einmal an den Kodex geheftet. Stattdessen hatte er sie auf ein Stück Papier gekritzelt. Es war eine sehr einfache Notiz, eine Art von Nachtrag.“

Sam fragte: „Was stand dort?“

Zara sagte: „Ich hatte eine Wahl. Er hatte diesen Teil der Zukunft nie gesehen. Aber jetzt wusste er, dass ich eine Entscheidung zu treffen hatte. Er konnte mir nicht sagen, was ich tun sollte, weil er nichts in meiner Zukunft gesehen hatte.“

„Was war die Wahl?“

„Er sagte, ich könne nichts tun und die menschliche Rasse würde aussterben, wenn meine Blutlinie in dreihundert Jahren erloschen ist.“

„Welche Alternative hat er dir gegeben?“

Sie blieb stumm. Ihre Augen wichen seinem Blick aus und starrten auf den Sarkophag.

„Sprich weiter. Jetzt bist du schon so weit gekommen.“

„Er hat gesagt, ich könnte versuchen, die Zukunft zu ändern.“

„Und?“

„Und wenn ich erfolgreich bin, wird die menschliche Rasse noch weiter in der Zukunft existieren.“

„Aber?“

„Wenn ich versage, ändert sich die Bevölkerungszahl am Ende dieses Jahrhunderts. Jedes Kind, das heute geboren wird, hat gute Chancen, dieses Ereignis noch zu erleben. Wir reden hier nicht von Hunderten von Jahren in der Zukunft. Wir reden über das Ende dieser Generation.“

„In Ordnung“, sagte Sam. „Das interessiert mich. Was hat uns Nostradamus für die Bevölkerung am ersten Januar 2101 vorausgesagt?“

Sie sah ihn an. Ihr Kiefer war starr und ihr Blick konzentriert. „Nichts ... die menschliche Rasse wäre ausgerottet.“

„Okay. Du hast also eine Wahl. Du kannst nichts tun und die menschliche Rasse wird noch dreihundert Jahre überleben. Das ist gar nicht so schlecht. Oder du gehst das Risiko ein und tötest möglicherweise alle Menschen am Ende dieser Generation.“

„Das waren die verfügbaren Möglichkeiten, ja.“

„Du meinst, das sind die Möglichkeiten“, korrigierte Sam sie.

„Nein. Sie waren. Vergangenheitsform. Dies ist eine neue Nachricht. Nostradamus hatte offensichtlich eine andere Vision, seit er das Buch des Nostradamus in der Wüste Sahara vergraben hatte.“

„Warum? Was hat sich geändert?“

„Hier steht, dass wenn meine Tochter zweiundachtzig Jahre alt wird, die menschliche Bevölkerung auf der Erde den Nullpunkt erreichen wird.“

Sam rechnete nach. „Damit das stimmt, müsstest du jetzt schon schwanger sein?“

Sie atmete langsam und tief ein. Sie schloss die Augen und atmete aus. „Ich bin im zweiten Monat schwanger. Mein Liebhaber weiß es nicht einmal. Verdammt. Ich habe es nur vermutet, als ich Nostradamus Nachricht gelesen habe. Ich habe es nicht wirklich geglaubt. Aber die Dinge ändern sich. Ich war noch nicht beim Arzt, aber ich kann dir mit dem Wissen einer Mutter sagen, dass ich schwanger bin und ich will, dass mein Kind lebt.“

Kapitel Achtzig

Zara hielt den Atem an. Sie wartete auf eine Antwort von Sam oder Tom. Sie hatte ihr Vertrauen missbraucht. Aber wie hätte sie es ihnen auch früher sagen können? Sie hatte das Leben aller Menschen auf dem Planeten aufs Spiel gesetzt, weil sie es für besser hielt, die Zeitlinie für die menschliche Rasse zu verlängern und damit zweihundert Jahre menschlichen Lebens aufs Spiel gesetzt.

„In Ordnung", sagte Sam. „Lass mich das klarstellen. Willst du sagen, dass sich die Zukunft bereits verändert hat?"

Zara nickte. „Ja. Wie ich schon gesagt habe, kann Nostradamus nicht alles sehen. Er hat Visionen und diese Visionen sind wie Szenen in einem Film oder Kapitel in einem Buch. Sie sind sehr klar und liefern viele Informationen über ein bestimmtes Ereignis, aber nicht unbedingt die Zeit und das Datum des Ereignisses. In diesem Fall haben sich die ursprünglichen Daten, an denen Nostradamus gearbeitet hat, verändert. So wie es jetzt steht, glaubt er, dass ich auf dem Weg bin, die Menschheit zu vernichten."

Sam nickte stumm und sah sich im Raum um. Sie war sich nicht sicher, ob er gehört hatte, was sie zu sagen hatte, und sie völlig ignorierte, oder ob er jetzt einfach auf etwas ganz anderes konzentriert war. Auf jeden Fall sah er so aus, als wäre er weit weg und nicht an ihrem Geständnis interessiert.

Stattdessen wandte sie sich an Tom. „Ist alles in Ordnung mit dir?"

„Ja. Nenn mich egoistisch, aber ich mache mir immer noch mehr Gedanken darüber, wie ich hier rauskomme und bis zu meinem nächsten Geburtstag überlebe, als über die prognostizierte Lebenserwartung der Menschheit nach dem nächsten Jahrhundert. Ich denke, ich werde mich noch einmal draußen umsehen. Mal sehen, ob es einen Weg gibt, die Oberfläche zu erreichen."

Zara nickte, als er ging. Dann drehte sie sich um und sah zu, wie Sam die leeren Wände, die Seiten des Sarkophags, die Türen, einfach alles untersuchte. Trotz der katastrophalen Nachricht, die er gerade erhalten hatte, zeigte Sams Gesicht seine normale Unbekümmertheit, die sie gleichzeitig bewunderte und verachtete. Er lächelte, als ob er den Spielstand eines Rasenturniers der feinen Gesellschaft erfahren hätte.

Zara fragte: „Hast du ein Wort von dem gehört, was ich gesagt habe?"

Sam lächelte. „Ich bin mir nicht sicher. Ich glaube schon. Ich könnte es auf jeden Fall gehört haben. Es tut mir leid, ich war abgelenkt. Wo hast du aufgehört?"

„Wo bist du gelandet?"

„Du hast versehentlich das Aussterben der menschlichen Rasse beschleunigt." Sam fuhr mit seiner Hand weiter an einem kleinen Spalt zwischen zwei Teilen der leeren Wand entlang. Sein Gesicht wirkte fasziniert und neugierig und zeigte dabei nichtmal den Hauch von Besorgnis. „Habe ich danach etwas Wichtiges verpasst?"

„Nein. Das ist so ziemlich das Wichtigste."

Sam lächelte. „Gut. Dann ist das ja geklärt."

Zara folgte ihm und merkte plötzlich, dass er weder beunruhigt war, noch sich für die Nachricht interessierte, die Nostradamus ihr hinterlassen hatte. Sie blickte in sein Gesicht. „Wonach suchst du?"

„Antworten."

„Worauf?"

„Den nächsten Hinweis", sagte Sam und schüttelte den Kopf, als ob es offensichtlich wäre. „Der nächste Schritt. Denk mal darüber nach. Wenn Nostradamus sich die Mühe gemacht hat, all das zu tun, um die Menschheit vor dem Aussterben zu bewahren, warum sollte er dann jetzt aufhören und eine Nachricht schreiben, in der er dir mitteilt, dass du versagt hast und nun die gesamte dunkle Zukunft zweihundert Jahre früher stattfinden wird?"

Sie fragte: „Was willst du also damit sagen?"

Sam sagte: „Ich glaube, Nostradamus versucht immer noch, dir zu helfen, das zu finden, was er nie hatte. Das einzige Hilfsmittel, das es dir ermöglichen könnte, die Zukunft richtig zu verändern."

„Die Nostradamus-Gleichung!"

„Genau." Dann blieb er vor dem Podest stehen. „Ah, und hier ist es."

„Hier ist was?", fragte sie.

„Der nächste Anhaltspunkt."

Zara starrte den Sockel an. Er passte nicht in den heiligen Raum, in dem der letzte Überlebende des Königreichs Sands von Nostradamus selbst zur Ruhe gelegt worden war.

Plötzlich grinste sie. Da war noch ein Zettel. Er war in demselben Gekritzel geschrieben, das sie als von Nostradamus' Hand stammend erkannt hatte.

Auf der Suche nach Antworten?

Lege den Schlüssel in den Sockel und erfahre die Wahrheit.

„Was meinst du?", fragte sie. „Ist das eine weitere Nachricht von

Nostradamus?“

„Ich glaube, du klammerst dich an einen Strohhalm. Es ist ein alter runder Sockel, der eine bemerkenswerte Ähnlichkeit mit deinem Medaillon hat, aber mehr auch nicht.“

„Du meinst also, ich soll mich nicht darum kümmern?“

„Nein. Du kannst es genauso gut versuchen. Ich sage nur, dass du nicht erwarten kannst, dass etwas passiert.

Zara nickte. Vorsichtig zog sie das Messingmedaillon unter ihrem Tank-Top hervor und legte es ins Wasser. Ein einzelner Wassertropfen fiel von oben darauf, aber es passierte nichts. Die Wahrheit, so schien es, ging ihr aus dem Weg.

„Was dachtest du, würde passieren?“, fragte Sam.

„Ich weiß es nicht. Irgendetwas. Irgendwas. Jedenfalls nicht nichts.“

Zara griff nach dem Medaillon, um es aus dem Wasser zu holen, und hielt dann inne...denn das Wasser begann sich zu verfärben und heftig zu sprudeln.

Kapitel Einundachtzig

Zara sah eine Minute lang zu und war von Spannung gefesselt. Sie würde die Wahrheit erfahren. Nostradamus hatte recht gehabt. Er wusste alles. Er hatte gewusst, dass sie in dieser alten Stadt landen würde. Alles würde ihr offenbart werden. Sie brauchte nur zu warten.

Erst der beißende Geruch und der ätzende Rauch machten sie auf ihren Fehler aufmerksam. Der Sockel war nicht für ihr Medaillon gedacht. Er war als Folterinstrument gedacht oder als Strafe, um zu sehen, wer wirklich geeignet und dazu bestimmt war, König zu sein. Ein Test der Stärke und des Willens.

Und jetzt verbrannte die Säure ihre einzige Hoffnung, die Wahrheit herauszufinden!

Zara zog schnell am Ende der Kette und lief zu den alten Garamanten-Bädern, in denen langsam Wasser floss. Sie wusch ihr Medaillon. Das Messing schien den Missbrauch überstanden zu haben, aber kleine Schwachstellen in der Metallarbeit zeigten sich, als die Säure sich weiter durchfraß. Sie konnte nichts tun, um dem Schaden entgegenzuwirken, denn die Säure fand jeden winzigen Fehler des ursprünglichen Metalldesigns. Als sich die Säure verflüchtigt hatte, starrte sie auf ein Medaillon, das viele Löcher aufwies. Klein, aber groß genug, um Licht durchzulassen.

Sam sagte: „Okay, Zara. Was auch immer es ist, wir werden es hier nicht finden. Wir müssen hier raus, bevor wir verhungern und zu schwach werden, um zu fliehen."

Sie nickte. Es war die Wahrheit, aber sie verstand immer noch nicht, was Nostradamus ihr mit dem Betreten des Raumes sagen wollte.

Tom betrat wieder den Raum. „Ich glaube, ich habe einen Weg an die Oberfläche gefunden."

Sam nickte und wandte sich an Zara. „Wir müssen gehen."

„Ich weiß. Aber eines Tages werden wir zurückkommen und die Wahrheit herausfinden."

Tom führte sie in einen anderen Raum. Er hatte eine Reihe von Stufen, die in den Kalkstein gehauen waren und eine einfache Leiter bildeten. Der Raum war schmal wie eine Rutsche und führte mehr als 10 Meter in die Höhe. Etwa alle sieben Meter kreuzten sich die Stufen und wechselten die Seiten, dazwischen befand sich ein kleiner Landeplatz. Das hatte zur Folge, dass die maximale Fallhöhe nie mehr als etwa einen Meter betrug.

Tom kletterte als Erster. Sie folgte und Sam kletterte zuletzt. Es war anstrengend und nach ein paar Tagen relativer Trägheit, wenig Ruhe und ohne Essen brannten ihre Beine beim Klettern. Auf der Spitze des achten Abschnitts, nachdem sie insgesamt 50 Meter aufgestiegen waren, hielten sie an einer Sackgasse an.

Dieser Landeplatz war etwas größer als die anderen, aber bei Weitem nicht so groß. Alle drei konnten stehen, ohne in die Öffnung zu fallen, in der die Leiter stand, aber es gab nicht genug Platz, um mehr als das zu tun. Über ihnen war fester Kalkstein, wo sie eine Luke oder eine Öffnung zur Oberfläche erwartet hatte.

„Was jetzt?", fragte sie.

Sam untersuchte die Wände und fuhr mit seinen Fingern über die Lücken. „Das weiß ich nicht."

„Es wird eine Öffnung geben", sagte Tom. Er sprach selbstbewusst, während er die leere Decke absuchte. „Es gibt keinen Grund, sich die Mühe zu machen, einen solchen Ort zu bauen, ohne dass er zu einem Ausgang führt."

Zara verschränkte ihre Arme. „Vielleicht wurde er zugeschüttet, als sich die Garamanten-Elite von ihren niederen, auf der Oberfläche lebenden Verwandten trennte?"

Sam sagte: „Oder vielleicht haben sie eine Türklinke hinterlassen?"

Alle drei starrten auf den einzelnen Stein, der fehl am Platz wirkte. Er war dunkel, während die anderen Steine cremefarben waren. Ein kleines

Piktogramm zeigte einen kleinen Trichter, der durch eine Öffnung führte und durch den Sand lief. Zara legte ihre rechte Hand auf den Stein und drückte, bis er sich nach innen bewegte.

Es passierte nichts.

Sam und Tom sahen sie beide an. Ihre Gesichter sagten: „Lass es mich mal versuchen. Sie bewegten sich sogar auf sie zu, als ob sie es schaffen würden. Doch sie erreichten den Stein nicht. Stattdessen änderte ein donnerndes Gebrüll von oben ihre Meinung.

„Sucht euch etwas, woran ihr euch festhalten könnt!", rief Sam. Seine Stimme war kaum zu hören, als das Grollen von der Decke kam.

Zaras Blick schweifte zu dem Stein, den sie gerade gedrückt hatte. Er war einige Zentimeter nach innen gerutscht. Eine leichte Rille an der Lippe des Blocks darunter gab ihr einen festen Halt. Sie rückte so nah wie möglich an die Wand heran und starrte an die Decke darüber.

Ein langer Riss spaltete den Kalkstein darüber. Er fing klein an und breitete sich schnell mit dem spinnennetzartigen Muster eines Steinbruchs aus, der gegen ein Fenster schlug. Es war eine einfache Schlussfolgerung für das, was als Nächstes geschah. Zara schloss ihre Augen und hoffte auf das Beste.

Ein Donnerschlag erschütterte ihre Plattform, als die Decke einstürzte, angetrieben von dem Gewicht darüber. Einen Moment später fielen Tausende von Tonnen Sand durch die Öffnung. Er floss an ihnen vorbei, durch das Leitersystem und begrub das alte Garamanten-Königreich der Sande unter sich.

Die ganze Flut dauerte nicht länger als eine Minute. Als es vorbei war, öffnete sie ihre Augen. Kein Licht drang ein. Eine kleine Menge Sand wehte von oben herab. Sie richtete ihre Augen aus und entdeckte etwas in der Dunkelheit. Lichtflecken zogen ihre Aufmerksamkeit auf sich. Es dauerte einen Moment, bis sie erkannte, was sie da vor sich hatte.

Zara grinste, als sie die Vision erkannte ... *das unendliche Sternenlicht über der Sahara*.

„Du zuerst Zara!", sagte Sam.

„Gut gemacht!" sagte Tom.

Zara griff durch die Öffnung in der Kalksteindecke nach oben und spürte nichts als Sand. Sie schaute Tom an. „Kannst du mir hier oben einen Anschub geben?"

„Klar."

Sie stellte ihren rechten Fuß in Toms Hände und trat in die Öffnung. Es reichte, um einen halben Meter in den offenen Raum zu gelangen. Oben gab es keine weiteren Leitern. Die Öffnung führte zu einer sandigen

Senkgrube.

Zara zog sich durch die Öffnung und kletterte dann mit Händen und Beinen den steilen Hang aus Sand hinauf, bis sie die Oberfläche erreichte. Der Harmattan, der vorherrschende Nord-Ost-Wind, blies mit zwanzig Knoten. Bis zum Morgen würde er das Erdloch mit Sand füllen und alle Spuren der alten Stadt des Garamanten-Volkes begraben.

Sie starrte in alle Richtungen, wo die Sterne auf den Horizont trafen. Die Wüste umgab sie in allen Richtungen. Sie blinzelte und atmete tief ein, dann entspannte sie sich und atmete langsam aus. Sie öffnete ihre Augen und grinste wie ein Kind am Weihnachtsmorgen. Zwischen den Sternen am Horizont waren die Lichter von Mao zu sehen - einer der nördlichsten Städte des Tschad.

Kapitel Zweiundachtzig

Der Himmel war vollkommen grau. Es war die düstere Morgendämmerung und der letzte Rest von Frieden, bevor die sengende Hitze wie an jedem Tage das Land überwältigte, als die Sonne über den Horizont kam und die Sahara wieder mit ihrem brennenden Licht überzog. Sie wanderten alle durch die Nacht und erreichten die nördliche Wüstenstadt im Morgengrauen. Sam und Tom folgten Zara zur Landebahn. Jeder von ihnen spürte auf seine Weise einen leisen Seufzer der Erleichterung, als sie ankamen und die Beechcraft Bonanza 36 dort vorfanden, wo Zara sie vermutet hatte.

Sam war der Erste, der einstieg. Er warf einen Blick auf das kleine Cockpit und fragte sich, wie man das kleine Flugzeug ohne Zündschlüssel zum Fliegen bringen könnte. Tom hätte es vielleicht mit genügend Zeit zum Starten bringen können, aber die Sonne kletterte bereits über den Horizont und es würde nicht mehr lange dauern, bis es jemand bemerken würde.

Zara bemerkte seine Besorgnis. „Mach dir keine Sorgen. Er wird schon kommen. Er fliegt jeden Morgen beim ersten Licht."

„Und du bist sicher, dass wir ihm vertrauen können?" Sam schlurfte weiter in den Frachtraum, wo er und Tom fast außer Sichtweite waren.

„Entspann dich." Sie lächelte beruhigend. „Ich kenne den Kerl. Er ist der Freund von jedem in der Sahara."

„Du hast zurzeit nicht viele Freunde in der Region. Ist dir nicht aufgefallen, dass viele seiner Freunde auch deine Feinde sind?"

„Nein."

„Wirklich nicht?"

Sie lächelte. „Nein. Ich bin mir sicher, dass viele seiner Kunden viel dafür bezahlen würden, wenn er uns mit dem Buch ausliefern würde.

„Aber du vertraust ihm trotzdem?" fragte Sam.

„Ja."

„Warum?", beharrte Sam.

„Pst! Da kommt jemand!", sagte sie.

Sam bedeckte seinen Kopf mit der blauen Plane. Er lauschte, als sich die Tür zum Cockpit öffnete. Einen Moment später begann der Pilot, Schalter umzulegen. Das Hintergrundlicht beleuchtete die Avionik mit einem sanften roten Schein. Er hörte das Knirschen des Motors, der sich drehte. Er brauchte drei Anläufe und zündete dann. Der Motor wurde aufgewärmt und dann auf die maximale Drehzahl gebracht, zwei Minuten lang da gehalten und dann in den Leerlauf geschaltet.

Der Pilot löste die Handbremse und rollte auf das Ende der sandigen Landebahn zu. Sam hielt sich an der Seite des Flugzeugs fest, während er herumgeschleudert wurde, während die Beechcraft über die verfallene Landebahn rollte.

Am Ende der Landebahn trat der Pilot kräftig auf die Bremse. Sam beobachtete, wie der Pilot durch eine Reihe von Landkarten blätterte und eine Show abzog, um seine Route zu planen. Sam griff nach einem Messer und schlurfte nach vorne. Es gibt keinen Grund, warum ein Pilot, der jeden Tag dieselbe Route fährt, seine Karten überprüfen sollte.

Der Pilot legte seine Hand auf etwas Niedriges, wo die Karten gelegen hatten. Sam griff nach dem Griff seines Messers, aber Zara schlurfte zuerst nach vorne. Der Pilot fummelte an etwas herum, während seine Augen durch den Frachtraum huschten.

Zara drückte seinen Arm nach unten. „Das wird nicht nötig sein."

Der Pilot hielt inne und drehte sich dann um, um sie zu umarmen. „Mein Gott, Zara! Weißt du, wie viele Leute gerade nach dir suchen?"

„Ein paar, würde ich schätzen."

„General Ngige hat ein Kopfgeld von hunderttausend Dollar auf dein Leben ausgesetzt." Seine Augen trafen Sams und kehrten zu den ihren zurück. „Wen zum Teufel hast du mitgebracht?"

„Khalid, das sind Sam und Tom. Sie haben mir in den letzten Tagen sehr geholfen."

„Sam Reilly und Tom Bower?"

„Ja, sehr erfreut", sagte Sam, schlurfte nach vorne und bot seine Hand an. Sein Blick schweifte zum Ende des Laderaums, wo Tom jetzt seine Beine ausstreckte. „Ich glaube nicht, dass mein Freund hier in nächster Zeit umziehen wird."

Khalid nahm die Hand und schüttelte sie fest. Ihre Blicke trafen sich, als der Pilot ihn musterte und ihn irgendwie beurteilte. Es war klar, dass er Zara kannte und ihr vertraute, aber gleich zwei neue Fremde könnten ihre Freundschaft überstrapazieren. „Da ist eine Frau, die nach dir sucht. Eurasierin. Lila Augen. Kommt dir das bekannt vor?"

Sam nickte. „Eine besorgte Verwandte."

Khalid nickte. „Sie hat den aktuellen Standort der *Maria Helena* angegeben. Sie hat versprochen, dieses Flugzeug zum dreifachen Tagespreis zu chartern, wenn ich dich finde."

„Ein Schnäppchen."

„Ich habe ihr gesagt, dass meine Dienste mindestens das Vierfache kosten würden."

„Immer noch ein Schnäppchen."

„General Ngige bietet 100.000 Dollar für Zara und ihr Buch. Sehr verlockend." Er sah Zara liebevoll an und lächelte. „Aber Zara und ich, wir kennen uns schon sehr lange. Ich liebe diese Frau so sehr wie meine eigene Schwester. Ich schätze, heute ist euer Glückstag. Und du hast Glück, Zara, dass ich meine Schwester immer noch liebe!"

Kapitel Dreiundachtzig

Sechs Stunden später landete die Bonanza auf dem Tripoli International Airport in Libyen. Die Räder rollten über die löchrige Landebahn, bevor sie zum Stillstand kamen. Der internationale Flughafen war geschlossen worden, nachdem er 2014 während des zweiten libyschen Bürgerkriegs schwer beschädigt worden war. Die Beechcraft war klein und langsam genug, dass die libysche Luftwaffe ihre Landung auf einem nicht genehmigten Flughafen ignorierte. Neben der Stelle, an der ihr Flugzeug angehalten hatte, stand eine Sikorsky Nighthawk, deren Rotorblätter sich noch drehten.

Sam schüttelte die Hand des Piloten. „Danke, Khalid."

Der Pilot schüttelte den Kopf. „Du brauchst mir nicht zu danken. Ich habe es für Zara getan. Jetzt sorge dafür, dass du sie aus dem Land bringst, bevor jemand entscheidet, dass das Geld mehr wert ist als ihr Leben."

Sam nickte. „Wir werden uns um sie kümmern."

Veyron näherte sich dem Cockpit und reichte dem Piloten ein ordentliches Bündel Hundert-Dollar-Scheine. Khalid nahm das Geld, nickte und schaltete die Triebwerke seines kleinen Flugzeugs auf Maximum, sodass die Beechcraft über die Landebahn rollte und sich wieder in die Luft erhob.

Dreißig Sekunden später saßen Sam, Tom, Zara und Veryon im Sikorsky und auch sie waren wieder in der Luft. Der Flug war kurz. In weniger als zwanzig Minuten landeten sie auf dem Hubschrauberlandeplatz im hinteren Teil der *Maria Helena*.

Sam schob die Seitentür des Sikorsky auf und kletterte heraus. Tom stieg als Nächster aus, gefolgt von Zara. Veyron öffnete die Seitentür des Navigators und kam in den verdeckten Bereich direkt hinter dem Hauptpilotenhaus der *Maria Helena*.

Veyron schüttelte Sams Hand. „Willkommen zurück. Wir dachten schon, ihr hättet die Diamanten gefunden und wolltet mit ihnen abhauen."

„Wir haben die Diamanten gefunden. Wir wären auch gerne mit ihnen abgehauen, wenn wir nicht auf diese junge Frau gestoßen wären, die anscheinend die Hälfte der Menschen in der Sahara umbringen will." Sam wandte sich an Zara: „Das ist Veyron. Er ist unser Chefingenieur. Veyron, das ist Zara Delacroix. Sie ist eine bekannte Archäologin in dieser

Region."

Veyron schüttelte ihr die Hand. „Freut mich, sie kennenzulernen, Ma'am."

Sie nickte. „Danke, dass du uns aus Libyen rausgeholt hast."

Das laute Heulen der Sikorsky-Motoren verstummte schließlich und die Rotorblätter setzten sich langsam ab und hörten auf, sich zu drehen. Sam beobachtete, wie Genevieve aus dem Cockpit kletterte. Ihr Gesichtsausdruck sagte, *mir ist im Moment scheißegal, was andere denken*. Ihr dunkelbraunes, fast schwarzes Haar war kurz geschnitten und ordentlich zurückgebunden, was ihr das Aussehen einer Elfe verlieh. Wahrscheinlich die tödlichste Elfe auf dem Planeten. Sie hatte tiefblaue, intelligente Augen und lange Wimpern. Sie trug überhaupt kein Make-up. Das hat sie nie getan. Ihr natürlich gebräunter Teint schien immer eher das Ergebnis stundenlanger Arbeit unter der Sonne zu sein als ein genetisches Erbe.

Sam lächelte, als sie direkt auf Tom zuging und ihre Arme um seinen Hals warf. Sie küsste ihn leidenschaftlich auf seine Lippen. Es dauerte etwa dreißig Sekunden, dann löste sie ihre intime Verbindung und ging wortlos davon.

Sam lächelte ihr im Vorbeigehen zu. „Danke, dass du gekommen bist und uns abgeholt hast, Genevieve."

Genevieve begegnete seinem Blick, ignorierte seinen Kommentar und sagte: „Kein Wort, Sam. Ich will kein einziges Wort hören."

Er drehte sich um, um zu Veyron eine schelmische Bemerkung zu machen, aber der Mann drehte sich schnell um, um eine Reihe von Sicherheitschecks am Sikorsky durchzuführen.

Elise betrat das Deck. „Du hast es also geschafft."

Sam lächelte. „Wir haben es geschafft. Ich habe gehört, dass ihr uns gesucht habt. Vielen Dank."

„Ach, vergiss es. Mir war das eigentlich egal. Ich dachte mir, wenn du dir das Problem selbst eingebrockt hast, kannst du dich auch selbst da rausholen. Aber Genevieve war ziemlich scharf darauf, euch beide zu holen, und ebenso scharf darauf, jeden zu töten, der sich ihr in den Weg stellt."

„Ja, jetzt wissen wir wohl, warum sie so nachdrücklich war." Er wandte sich an Zara: „Das ist Zara Delacroix. Sie ist der Grund, warum wir zu spät gekommen sind."

Elise sah Zara an und studierte sie wie ein schönes Gemälde. Sie lächelte beruhigend. „Du hast also überlebt. Was ist mit dem Buch? Ist es immer noch in deinem Besitz?"

Zara nickte. „Ja."

„Gut."

Sam fragte: „Woher weißt du von Zara und dem Buch?"

Elises Lächeln war schelmisch und quälend zugleich, ohne etwas von dem zu verraten, was sie wusste. „Wir haben einen Besucher, Sam. Du wirst ihn sofort kennenlernen wollen. Wir haben ihn in einem archäologischen Lager in Libyen gefunden. Er sagt, dass er stark in die Vereinigte Souveränität des Kongos verwickelt ist und deine Hilfe braucht. Oh, und bring das Mädchen mit, sie wird auch hören wollen, was er zu sagen hat."

Kapitel Vierundachtzig

Adebowale setzte sich auf, als er seine Besucher eintreten sah. Seine Wunden heilten gut, obwohl es erst zwei Tage her war, dass Elise und Genevieve ihn im Lager gefunden und die Kugeln aus seinem Unterleib entfernt hatten. Sie machten sich nicht die Mühe, die Kugel in seinem Kopf zu finden. Elise hatte ihm gesagt, dass er in ein paar Monaten sterben würde, wenn er nicht von einem Neurochirurgen operiert würde. Er hatte sich geweigert, die Zeit zu verlieren, die er brauchen würde, um zu einem Krankenhaus auf dem Festland zu reisen und dort den riskanten Eingriff vorzunehmen. Außerdem, was kümmerte es ihn? Er wusste bereits, wie er sterben würde und an einer Gehirnentzündung würde es definitiv nicht liegen, das stand fest.

Er lächelte und bot seine Hand an. „Sam Reilly. Es freut mich, dich kennenzulernen."

Sam ergriff seine Hand warmherzig. „Adebowale. Es ist auch schön, dich kennenzulernen. Ich muss dir sagen, dass ich in der Sahara nur als Schatzsucher tätig war, um verlorene Diamanten zu finden, und dass ich nicht befugt bin, im Namen meiner Regierung irgendwelche Geschäfte zu machen."

„Das ist in Ordnung. Ich brauche die Hilfe deiner Regierung nicht, um zu tun, was getan werden muss. Was ich brauche, ist deine Hilfe."

„Meine Hilfe?"

„Das werde ich dir gleich erklären." Adebowale warf einen Blick zu Zara, die schweigend neben Sam stand. „Frau Doktor, ich glaube, ich habe dich noch nie so sprachlos gesehen."

Sie errötete. „Es tut mir leid, Adebowale. Ich dachte, du wärst tot, weil ich selbst versagt habe. Ich habe gerade gehört, dass du die USK-Bewegung gegründet hast. Ich habe gehört, dass du von General Ngiges Männern ziemlich übel verwundet und für tot gehalten wurdest. Geht es dir besser?"

Er lächelte freundlich. Das breite, volle Lächeln eines geborenen Anführers. „Es gibt nichts, was die Zeit nicht heilen könnte. Sag mir, hast du das Buch noch?"

„Ja."

„Gut. Behalte es. Bald wird die Zeit kommen, in der du es brauchst, um die Antworten zu finden. Ohne sie wird alles verloren sein. Du bist eine sehr intelligente Frau, ich denke, du wirst schon noch herausfinden, was es bedeutet."

„Rechtzeitig für was?"

„Um die menschliche Rasse vor dem Aussterben zu bewahren, natürlich."

Sie hielt inne. Ihre Augen waren groß und ihr Mund leicht geöffnet. Sie hielt ihre Zunge zwischen den Zähnen und grinste dann. „Woher willst du das wissen?"

„Weil General Ngige eine Heidenangst vor dem Buch hat. Er glaubt, dass das Buch des Nostradamus das Einzige ist, was ihn davon abhalten kann, die Welt zu beherrschen."

Zara fragte: „Was wird seiner Meinung nach passieren, wenn das Buch zerstört wird und er die Welt regieren kann?"

„Er hat mir gesagt, dass die Menschheit in dreihundert Jahren aufhören wird zu existieren."

Zara starrte ihn an. „Und das macht ihm nichts aus?"

„Nein. Er hat mir gesagt, dass es keine Rolle spielt, weil er dann schon lange tot ist."

Sam setzte sich neben ihn. „Was soll ich für dich tun?"

Adebowale öffnete ein Computertablett. Er tippte eine Reihe von GPS-Koordinaten ein und drückte die Eingabetaste. Der Computer durchlief schnell eine Reihe von Suchprogrammen, bis er den Ort identifizierte und ihn mit aktuellen Satellitenbildern vergrößerte. Das Bild zeigte einen See in der nördlichen Region der Demokratischen Republik Kongo. Er reichte das Tablet an Sam weiter.

Sam nahm es an sich, warf einen Blick darauf und fragte: „Wie kann das das Ende der Menschheit bedeuten?"

„Unter diesem See verläuft eine Mine. Sie lieferte einst große Mengen Gold in die Welt, wurde aber vor Jahrzehnten aufgegeben, da sie nicht mehr wirtschaftlich war. Jüngste geologische Untersuchungen haben jedoch riesige Lithiumvorkommen in der Mine aufgedeckt. Sie sind groß. Sehr groß. Sie sind fast fünfzigmal so groß wie die derzeit bekannten Lithiumvorkommen auf der Welt."

„Glaubst du, das wird einen dritten Weltkrieg auslösen?"

Adebowale nickte.

Sam fragte: „Wegen Lithium? Willst du mich verarschen?"

Adebowale starrte ihn an. Seine Augen waren starr. „Ist dir klar, wie wertvoll Lithium bald werden wird?"

„Ich weiß es nicht. Deinem Blick nach zu urteilen, wohl schon. Wofür wird es außer für Batterien und Verrückte noch verwendet?"

„Genau das. Weißt du, welche Batterien derzeit besonders gefragt sind?“

Sam sagte: „Batterien für Elektrofahrzeuge.“

Adebowale nickte. „Aktuelle Prognosen gehen davon aus, dass im nächsten Jahrzehnt fast fünfundzwanzig Prozent aller verkauften Autos rein elektrisch sein werden. Das ist eine gute Nachricht für den Planeten, aber wie willst du so viele Lithium-Ionen-Batterien herstellen?“

„Ich wusste nicht, dass Lithium so selten ist?“

„Ist es auch nicht. Nicht in den Mengen, für die wir es früher verwendet haben. Aber jetzt reden wir darüber, das Spiel komplett zu ändern. Weißt du, wie viele Lithiumminen es in ganz Nordamerika gibt?“

„Zehn oder zwanzig?“ Sam hat wild herumgeraten.

„Eine.“

„Du verarschst mich doch!“

„Schau nicht so schockiert. Äthiopien, Venezuela, Deutschland und Australien haben derzeit die höchsten Lithiumreserven. Alle zusammen reichen aber nicht aus, um den erwarteten Bedarf des nächsten Jahrzehnts zu decken.“

„Und jetzt können wir die Demokratische Republik Kongo auf die Liste setzen - mit potenziell fünfzig Mal mehr Lithiumreserven als der Rest des Planeten.“

„Das macht sie zum wertvollsten Stück Boden auf der Erde.“

„Und das Problem ist, dass das Land derzeit von einem Despoten regiert wird. Wenn wir ihn gewähren lassen, werden alle möglichen Länder mit ihm verhandeln wollen. Und wenn er sich nicht darauf einlässt, wird es Krieg geben. Davor müssen wir uns schützen.“

„Aber mit General Ngige an der Macht werden wir das niemals schaffen.“

Sam sagte: „Ihr habt die Waffen. Ihr habt die Unterstützung von fast achtzig Prozent eures Volkes. Warum hast du nicht den Gegenaufstand gestartet?“

Adebowale schloss die Augen, als ob er nachdenken würde. Als er sie öffnete, sprach er mit der langsamen Zuversicht eines Mannes, der zur Führung geboren ist. In seiner tiefen Stimme klangen göttliche Geduld und Logik mit. „Die Zeit, um die korrupte Rebellion zu stürzen, ist fast gekommen. Eine Rebellion braucht Zeit und Geduld. Du musst warten, bis die Situation überkocht und das Volk bereit ist zu kämpfen.“

„Ist das Volk bereit?“

„Ja.“

„Warum hat die USK dann nicht angegriffen?“

„Weil sie warten?“

„Auf was?“

Adebowale seufzte. Er sah aus, als hätte er körperliche Schmerzen. „Auf die Freilassung von fast fünftausend ihrer Brüder.“

„Von wo?“

„Als General Ngige durch die Städte der Demokratischen Republik Kongo zog und Verwüstung anrichtete, nahm er Gefangene mit. Diese Gefangenen werden jetzt gezwungen, in der größten Lithiummine zu arbeiten, die die Welt je gesehen hat.“

„Dann rebelliere also. Befreie dein Volk und führe es zum Sieg!“

„So einfach ist das nicht.“

„Warum nicht?“

„Die Mine liegt unter dem Tumba-See begraben.“

Sam fragte: „Das heißt, wenn du angreifst ... “

Adebowale vervollständigte den Satz: „ ... wird General Ngige eine Bombe in einem Tunnel unter dem See zünden und mindestens fünftausend meiner Verwandten ertränken.“

„Und wie könnte man das Problem lösen?“

„Ich habe einen Plan.“ Adebowale lächelte. Es sah unnatürlich freundlich aus, wenn es von einem so brutalen Gesicht kam. „Aber ich fürchte, ich werde wieder einmal deine Hilfe brauchen.“

Kapitel Fünfundachtzig

Sam stieg vier Treppenstufen hinauf und betrat die Brücke. Matthew saß an seinem Steuerungstisch und studierte eine Reihe von Karten für die Westküste von Afrika.

Matthew blickte auf. „Willkommen zurück, Sam."

Sam sagte: „Danke. Hast du Elise irgendwo gesehen?"

„Sie ist in ihrem Computerraum, unten."

„Okay, danke."

Sam lief die Treppe hinunter, bis er Elises Computerraum erreichte. Die Tür war einen Spalt breit geöffnet und er klopfte an, bevor er einen Moment später eintrat. Sie saß an einem Schreibtisch, an dem vier Computerbildschirme gleichzeitig angeschlossen waren, und tippte ein stetiges Stakkato von Daten in die Tastatur.

Er fragte: „Was machst du da?"

Elise lächelte ihn an. „Ich suche nach allen bekannten Informationen über die Lake Tumba Mine."

„Gut." Er nahm gegenüber von ihr Platz. „Hat die Verteidigungsministerin dem Plan zugestimmt?"

„Nein. Sie wollte nichts davon hören."

„Warum schauen wir uns dann die Karten der Lake Tumba Mine an?"

Elise grinste. Es lag auf halbem Weg zwischen unschuldig und teuflisch. „Mir ist klar geworden, dass wir den Plan einfach anpassen müssen. Dieselbe Prämisse wie vorher, aber diesmal sind viel weniger Leute beteiligt. Für das US-Verteidigungsministerium ist das völlig unauffällig. Nur du, Tom und Genevieve. Du folgst seinem Plan, die Gefangenen aus der Mine zu befreien, und er sagt, dass die Rebellion damit eingeläutet wird."

Sam nickte. Mit diesen Bedingungen konnte er arbeiten. Er stand auf, um zu gehen, und blieb dann stehen. Er hörte das deutliche Geräusch eines kleinen Diesels, der sich drehte, gefolgt von dem Geräusch der Ankerglieder, die durch die Bugrolle und in den Kettenkasten liefen. Er hatte das Einholen des Ankers schon Tausende Male gehört und konnte das Geräusch unmöglich mit einem anderen verwechseln. Er schüttelte den Kopf. Er hatte vor weniger als zehn Minuten mit Matthew gesprochen und ihm wurde gesagt, dass sie für die nächste Woche bleiben würden, wo sie waren, während sie ihre Belagerung der DRC Lithium Mine planten.

Matthew betrat den Raum. „Planänderung."

Sam stand auf. Sein Kiefer war plötzlich angespannt und starr. „Was ist passiert?“

„Die libysche Regierung hat beschlossen, dass wir nicht mehr willkommen sind. Wir werden verlegt.“

Kapitel Sechsundachtzig

Sam fand Zara Delacroix im Missionszimmer, wo sie sorgfältig jeden einzelnen der achtundfünfzig zusätzlichen Vierzeiler im Buch des Nostradamus las.

Er fragte: „Hattest du Glück?"

Zara sagte: „Nein, überhaupt nicht. Wie schon 1552, als die *Prophezeiungen* zum ersten Mal veröffentlicht wurden, ergibt keine von ihnen einen Sinn. Es ist alles Kauderwelsch. Selbst die Rätsel, die ich verstehe, ergeben keinen Sinn."

„Das ist schade. Bleib dran, du bist klug, du wirst es schon herausfinden. Bist du sicher, dass wir dich nicht überreden können, mit uns zu kommen?" fragte Sam. „Es ist eine edle Sache und Adebowale scheint davon überzeugt zu sein, dass sich eure beiden Wege in diesem entscheidenden Moment der Geschichte kreuzen sollten."

Sie schüttelte den Kopf. „Es ist sein Krieg, nicht meiner."

Sam fragte: „Wohin wirst du gehen?"

„Nach Paris. Es wird immer ein Job im Louvre auf mich warten. Matthew sagte, dass du nach Malta gehst. Wenn ich mit dir mitfahren kann, nehme ich von dort einen Linienflug nach Paris."

„Das willst du wirklich?"

Sie nickte. „Das ist es, was ich will."

„Was ist mit der Nostradamus-Gleichung?"

„Ich werde versuchen, Nostradamus und seine verdammten Vorhersagen zu vergessen. Er sagte mir, dass er die Visionen nur in flüchtigen Zeitsprüngen sah und keine Ahnung hatte, wie ich die Auslöschung der Menschheit aufhalten sollte. Vielleicht hattest du recht, vielleicht war er wirklich nichts weiter als ein Scharlatan? Wie auch immer, es spielt keine Rolle." Sie zog ihr Medaillon heraus und starrte auf die Insel, die sie wegen ihrer Form, die dem mathematischen Symbol für Unendlichkeit ähnelt, Infinity genannt hatte. „Ich habe Elise und Matthew gebeten, verschiedene Datenbanken mit bekannten Inseln zu durchsuchen, und diese Insel gibt es nirgendwo. Und die Nostradamus-Gleichung auch nicht. Ich bin also raus. Vielleicht hat sich Nostradamus dieses Mal geirrt."

„Und Mikhail?"

„Was ist mit ihm? Du hast selbst gesagt, dass er tot ist. Es bringt nichts, wenn ich für die Erinnerung an einen vorübergehenden Liebhaber sterbe.“

„Na gut. Du hast es dir überlegt. Tom und ich haben ein Treffen mit jemandem auf Malta. Wir fahren jetzt los. Ich weiß, dass du nichts zu packen hast, also warum kommst du nicht einfach mit?“

„Okay, super.“ Zara nickte. „Sam.“

„Ja?“

„Für den Fall, dass ich es noch nicht geschafft habe ... Danke.“ Sie lächelte ihn an. „Dafür, dass du mein Leben gerettet hast, dass du mich durch die alten Bewässerungsfogarras gebracht hast, für alles. Ich weiß das wirklich zu schätzen.“

Sam hielt im Türrahmen inne und grinste zurück. „Gern geschehen.“

Er drehte sich um und ging auf den Sikorsky zu. Tom hatte den Sikorsky bereits hochgefahren und eine Reihe von Sicherheitschecks durchgeführt. Sam schob die Seitentür auf und Zara kletterte hinein. Sie stellte ihre Tasche mit dem Computer und dem Buch von Nostradamus auf den Stuhl neben sich. Sam schloss die Tür und kletterte auf die Seite des Navigators im Cockpit.

Sam setzte sein Headset auf und wandte sich an Tom. „Wie siehts aus?“

Tom sagte: „Vollgetankt. Der Motor ist warm. Der Öldruck ist gut. Wir sind startklar.“

„Gut. Dann lasst uns losfahren.“

Tom sagte: „Warte mal kurz.“

Genevieve öffnete die Tür neben Tom. Er schaute sie an und fragte: „Alles in Ordnung?“

Sie antwortete nicht. Stattdessen küsste sie Tom leidenschaftlich auf die Lippen. Es dauerte etwa dreißig Sekunden, dann zog sie sich zurück. „Pass auf dich auf und lass dich von Sam nicht in Schwierigkeiten bringen.“

Sam grinste und wandte sich ab.

Genevieve sah seinen Gesichtsausdruck und sagte: „Sag es nicht.“

„Was?“, fragte Sam und grinste.

„Ich sagte, sag es nicht.“

Sam nickte mit dem Kopf. Genevieve war eine sehr verschlossene Frau. Er hatte noch nie gehört, dass sie ihre Zuneigung in der Öffentlichkeit gezeigt hätte, schon gar nicht vor dem Rest der Crew. Er fing Toms Blick auf. Ein Blick und er wusste, dass er den Mund halten musste. Es war eine Sache, dass Genevieve Tom küsste, als er an Bord der *Maria Helena* kam, nachdem sie ihn für tot gehalten hatte, aber eine ganz andere, dies unter normalen Umständen zu tun. Es ließ sie normal erscheinen, statt wie üblich hartherzig zu sein.

Genevieve schloss die Cockpittür und ging weg.

Tom lächelte. „Ich schätze, jetzt können wir loslegen.“

Kapitel Siebenundachtzig

Zara war die Erste, die den winzigen Fleck einer Insel auftauchen sah. Sie lag irgendwo zwischen dem Horizont und dem unendlichen türkisfarbenen Wasser des Mittelmeers verkeilt. Die Erste der drei maltesischen Inseln, aus denen die winzige Inselgruppe im Mittelmeer besteht. Dort angekommen, würde sie einen Linienflug nach Paris besteigen und Sam Reilly würde aus ihrem Leben verschwinden.

Die Rotorblätter des Sikorsky machten ein dröhnendes Wuup, Wuup Geräusch, das in ihrem Kopf widerhallte, während sie auf sie zuflogen. Sie atmete langsam und tief ein. Ihre haselnussgrünen Augen starrten ausdruckslos auf die Insel, während ihre Gedanken nachdenklich in ihre Vergangenheit abschweiften. Eine Prophezeiung, die sich bis zu ihren Vorfahren erstreckt hatte. Ein Leben auf der Suche nach einem Buch, an das sie erst jetzt glaubte. Die Entdeckung des Buches von Nostradamus. Die fehlenden 58 Vierzeiler. Es war ein wilder Ritt gewesen. Der Höhepunkt von allem war, dass jemand, von dem sie noch nie gehört hatte, sie tot sehen wollte.

General Ngige war die Waffe, die diese Person begehrte. Aber sie hatte immer noch keine Ahnung, wer das Buch so sehr wollte, dass er sie dafür töten würde. Sie würde das Buch natürlich dem Louvre spenden müssen. Das wäre die einzige Möglichkeit, sich zu schützen. Sie würden Kopien anfertigen und eine digitale Datenbank anlegen, die an Universitäten auf der ganzen Welt studiert werden könnte. Das war die einzige Möglichkeit, dem Buch seine unkontrollierbaren Gefahr zu nehmen.

Auf ihrem Weg hatte sie viele interessante Menschen kennengelernt. Keine aber war so faszinierend wie Sam Reilly. Er war ein Held der etwas anderen Art. Er hatte so viele gute Eigenschaften an sich. Er war hart, gut aussehend und rechtschaffen. Seine stechend blauen Augen zeugten von seiner Intelligenz, aber auch von seiner Freundlichkeit. Sein selbstbewusstes Grinsen ließ ihn jugendlich und schelmisch erscheinen. Er war konzentriert, aber in jeder Situation gelassen. Er war sachkundig, hörte aber auch gerne zu und lernte von denen, die mehr wussten als er selbst. So wie sie es sah, diente er seinem Land, aber sein Patriotismus reichte über die Grenzen des amerikanischen Bodens hinaus. Er diente seinen Mitmenschen und setzte sich für das Gute in der Menschheit ein, an das er trotz der vielen Anzeichen von Zwietracht in der Welt oft mit

Nachdruck glaubte.

Obwohl er in einer privilegierten Welt voller Reichtum, Politiker und Diplomaten aufwuchs, war er kein bisschen eingebildet. Er war reich genug, um nie wieder arbeiten zu müssen, aber er entschied sich trotzdem anderen zu dienen. Er arbeitete freiwillig, einfach weil es ihm Spaß machte, und weil eine bestimmte Aufgabe erledigt werden musste, zu der kein anderer so fähig wie er war. Er glaubte an die Pflicht und das, was richtig ist, und nicht an Selbstbefriedigung und eigene Wünsche. Auch wenn er zufrieden aussah, als Nomade durch die Wüste zu ziehen und sich von der einheimischen Küche zu ernähren, stellte sie sich vor, dass er sich auf einer Cocktailparty mit führenden Politikern und Milliardären genauso wohl fühlen würde.

So einen Mann hätte sie definitiv lieben können. Sie atmete langsam wieder aus.

In einem anderen Leben.

Und in einer anderen Zeit.

Denn im Moment hatte sie einen Job zu erledigen. Sie war Nostradamus so weit gefolgt, wie sie konnte. Jetzt musste sie die Zukunft selbst erforschen. Sehen, was sie für sie geplant hatte. Mit ihrer Entscheidung, die Suche nach der Nostradamus-Gleichung fortzusetzen, riskierte sie bereitwillig das Leben zukünftiger Generationen. Sie würde riskieren, dass die gesamte menschliche Rasse an der Wende zum zweiundzwanzigsten Jahrhundert ausgelöscht wird, nur um alles auf die geringe Chance zu setzen, dass sie die Zukunft verändern könnte. Eine Zukunft, in der die menschliche Rasse in dreihundert Jahren ausgelöscht wird.

Sie wusste immer noch nicht, warum sie es getan hatte. Was hatte sie dazu gebracht, ein so gewaltiges Risiko einzugehen? Es war nicht einmal ihre Entscheidung - es war nicht ihr Risiko. Zara dachte einen Moment lang darüber nach. Tief in ihrem Inneren kannte sie die Antwort, auch wenn es ihr schwerfiel, es sich einzugestehen.

Weil Nostradamus ihr gesagt hatte, dass sie Erfolg haben würde ...

Und weil sie nicht in einer Welt leben konnte, in der ihre ungeborene Tochter die letzte Generation der menschlichen Rasse war!

Der Hubschrauber neigte sich stark nach rechts und flog direkt nach Norden. Sie spürte, wie sich ihr Magen durch die plötzliche Veränderung des Drucks aufbäumte, und gleichzeitig ihr die Galle unangenehm in die Kehle stieg. Ihr Blick fiel auf Tom, der den Hubschrauber souverän zu steuern schien. Neben ihm tippte Sam einen neuen Kurs in das GPS ein.

Zara lehnte sich vor. „Malta liegt in dieser Richtung. Wohin fliegst du?“

Sam schüttelte entschuldigend den Kopf. „Es gab eine Planänderung.“

„Warum? Was ist denn los?“

„Wir haben gerade einen Notruf erhalten. In den Gewässern südlich von Sizilien hat es ein großes Unterwasserbeben gegeben. Ein Seismograph in Portopalo Di Capo Passero an der Südspitze Siziliens zeigte eine Stärke von 8,2 auf der Richterskala an. Das Epizentrum liegt schätzungsweise etwa 45 Kilometer südlich der Küste Siziliens. Das Wasser ist dort sehr flach. Es wird einen massiven Tsunami geben. Die Sikorsky hat eine große Tragfähigkeit und Kraftstofftanks für große Entfernungen. Wir wurden gebeten, an der Küste nach Überlebenden zu suchen.“

Sie nickte. „Wie nah sind wir?“

„Wir werden innerhalb einer Stunde da sein. Wir können niemanden vor der ersten Welle retten, aber wir könnten einigen Menschen helfen, die danach aufs Meer hinausgeschwemmt werden. Die Maria Helena hat bereits gewendet und macht sich ebenfalls auf den Weg dorthin.“

Zara fragte: „Werden die Menschen an der sizilianischen Küste überleben?“

Sam sagte: „Das kommt darauf an. Wenn ihr Tsunami-Frühwarnsystem gut ist, werden die Menschen Zeit haben, sich zu evakuieren. Der größte Feind ist Selbstgefälligkeit. Tsunamis sehen selten gefährlich aus, wenn sie sich nähern. Erst wenn sie auf die Küste treffen, wird ihre potenziell verheerende Kraft deutlich.“

Sie nickte, sagte aber nichts.

Hatte die Zukunft gerade ihre Entscheidung infrage gestellt, die Warnung des Nostradamus zu ignorieren und weiter nach der Nostradamus-Gleichung zu suchen?

Kapitel Achtundachtzig

Die südliche Küstenstadt Pozzallo in der sizilianischen Provinz Ragusa war einst ein strategischer Landepunkt für die Handelsbeziehungen mit Spanien, die bis in die Renaissance zurückreichten. Heute ist sie, wie so viele andere Küstenstädte, vor allem auf den Tourismus angewiesen. Die Menschen kamen aus der ganzen Welt, um die unberührten Strände und das ruhige Wasser zu besuchen.

Ein Tourist, der auf einer alten Steinfestung namens Pandolfo-Palast stand, lächelte. Er war schon an viele Orte gereist, aber dieser hier war tatsächlich so schön, wie es in den Reisemagazinen angepriesen worden war. Es schien der perfekte Sommertag zu werden. Die Sonne stand direkt über ihm. Er starrte hinaus auf das ruhige türkisfarbene Wasser.

Der Tsunami raste mit einer Geschwindigkeit von 135 Kilometern pro Stunde auf die tief liegenden Küsten Südsiziliens zu. Der Kamm der Welle war kaum einen Meter hoch. Für den Touristen gab es keinen Grund, an seiner Sicherheit zu zweifeln. Ein Blick der Strandbesucher würde vermuten lassen, dass sich das Mittelmeer heute normal verhielt, mit flachen Wellen und ohne heftige Kämme. Eingelullt von dem unberührten Wasser des Mittelmeers beschloss der Tourist für ein paar Minuten im Meer schwimmen zu gehen.

Als Angestellter eines europäischen Automobilherstellers hatte er kürzlich einen Deal im Wert von einer Milliarde Euro ausgehandelt, um Lithium für die kommenden Elektrofahrzeuge zu beschaffen. Der Deal bedeutete, dass das Unternehmen, für das er arbeitete, nicht mehr um Lithium konkurrieren musste und sich stattdessen auf die Technologien konzentrieren konnte. Außerdem war er dadurch sehr reich geworden. Er wurde mit Aktienoptionen bezahlt. Wenn es funktionierte, und er wusste, dass es das tun würde, würde er in den nächsten Jahren ein sehr reicher Mann werden.

Zufrieden mit diesem Gedanken, stieg er in das warme Wasser, bis er hüfttief darin stand. Er schloss die Augen und ließ sich auf dem Rücken treiben. Die Wärme der Sonne erreichte jeden Zentimeter seines Körpers, während sein Rücken eine perfekte Temperatur behielt. Nicht heiß. Nicht kalt. Wenn es jemals so etwas wie den Himmel auf Erden gegeben hat, dann muss es das hier gewesen sein.

Der Tourist setzte seine Füße fest in den Sand. Das Wasser reichte ihm bis knapp unter die Taille. Er starrte auf den Strand. Irgendetwas war passiert. Alle rannten auf etwas zu. Er bemerkte kaum, wie das Wasser zurückging. Die Leute schrien. Es muss einen Unfall gegeben haben.

Hoffentlich ist niemand ernsthaft verletzt worden ...

Das Wasser zog sich weiter zurück und er stand jetzt nur noch im nassen Sand, während sich das Wasser weiter zurückzog. Irgendwo in seinem Hinterkopf hatte er das Gefühl einer totalen Verwirrung. Unter normalen Umständen hätte er sich umgedreht und hinter sich geschaut, mehr aus Neugierde als aus Sorge. Aber jetzt war seine Aufmerksamkeit auf das unbekannte Drama gerichtet, das sich am Strand abspielte.

Er hörte das Dröhnen von tausend Motorbooten, die mit Vollgas liefen und drehte sich um, um über seine Schulter zu schauen. Da waren keine Motorboote. Zumindest keine, die er sehen konnte. Stattdessen raste eine mindestens drei Meter hohe Wasserwand auf ihn zu.

Woher kam die denn jetzt so plötzlich?

Der Tourist blieb stehen. Er rannte nicht. Stattdessen sah er zu, wie sein Tod mit jetzt fast 800 Kilometern pro Stunde auf ihn zustürzte. Einen Sekundenbruchteil später schlug das Monster zu - und seine Welt löste sich für immer auf.

Kapitel Neunundachtzig

Sam blickte auf die offene Weite des dunkelblauen Wassers. Selbst bei voller Geschwindigkeit würde es mindestens eine Stunde dauern, um die sizilianische Küste zu erreichen. Im Inneren des Sikorsky waren alle drei still. Sie warteten auf eine Meldung von der sizilianischen Küste. Der Bericht informierte sie darüber, dass die Küste von einem drei Meter hohen Tsunami heimgesucht wurde, die Zahl der Todesopfer aber relativ gering war. Sie sahen sich gegenseitig schweigend an. Sie hatten alle den gleichen Gesichtsausdruck - *haben wir gerade die Geschichte verändert?*

Sam sagte: „Wie lange noch, Tom?"

Er grinste. „Sag du es mir. Du navigierst doch."

„Nein. Ich meine, wie lange sind du und Genevieve schon ein Paar?"

„Du glaubst doch nicht, dass ich so dumm bin, Genevieve zu verraten, oder?"

„Komm schon, ich bin es, dein bester Freund!"

„Und es geht um Genevieve. Du weißt, dass die Frau eine Attentäterin oder so etwas war? Du hast sie doch gesehen. Es ist, als wäre sie eine Geiselnehmerin gewesen. Eine Verhörspezialistin, die die Rechte der Genfer Konvention für Kriegsgefangene strikt ablehnte. Ich würde keine zwei Minuten überleben, wenn wir zurückkommen. Sie würde genau wissen, wie viel ich dir erzählt habe."

„Und wenn ich dir etwas erzähle?"

„Was zum Beispiel?"

„Zum Beispiel ..."

Tom fluchte. „Heilige Scheiße, sie war eine Vernehmerin! Auf keinen Fall. Ich erzähle dir nichts, bevor sie es dir nicht gesagt hat."

„Okay, vergiss, wie lange. Was ich wissen will, ist, wie es weitergehen soll."

„Nachdem Billie gegangen war, habe ich gewartet. Ich dachte wirklich, sie würde finden, was sie suchte und zu mir zurückkommen. Mit der Zeit wurde mir klar, dass das nie passieren würde. Aber dann habe ich gewartet, denn wie kann man jemanden mit Billie vergleichen?"

„Ja, wie denn?"

„Dann sind die Dinge mit Genevieve und mir passiert ..."

„Und?"

„Es war ein Unfall. Ein Riesenspaß. Mehr nicht. Darauf folgte ein weiterer Unfall. Bald freuten wir uns beide auf unsere Unfälle und zum ersten Mal seit einem Jahr hatte ich vergessen, wie sehr ich Billie vermisst hatte."

„Wow. Du kannst sie dir aussuchen, nicht wahr?"

„Was soll das denn heißen?"

„Erst verliebst du dich in Billie, die, seien wir ehrlich, zwar wunderschön, aber auch ganz schön hart ist. Jetzt siehst du aus, als wärst du in Gen verliebt. Habe ich schon erwähnt, dass sie ihren letzten Freund umgebracht hat?"

Tom schaute vom Pilotensitz zur Seite und begegnete seinem Blick. „Willst du mich verarschen?"

„Haha, hab dich." Sam klopfte ihm auf die Schulter. „Du weißt, dass ich Genevieve sehr bewundere. Sie ist eine wirklich wunderbare Frau."

„Danke. Hey, wir nähern uns dem Epizentrum des Erdbebens."

Sam studierte einen Moment lang die Karte. „Bist du dir sicher?"

„Ja. Ganz sicher. Schau dir die GPS-Koordinaten an. Wir nähern uns ihm gerade. Warum?"

Sam schaute auf eine Insel unter ihm. Sie hatte die Form einer seltsam geformten Acht an ihrer Seite. Eher wie das Symbol für Unendlichkeit oder eine Lemniskate. „Diese Insel ist nicht auf der Karte."

Tom steuerte den Hubschrauber nach rechts und umkreiste die Insel. Sie war immer noch triefend nass. Seetang, Algen und Fische säumten die festen Sandsteinflächen, während auf dem einzigen Berg ein riesiger Hummer stand. „Kommt es dir auch so vor, als wäre die Insel gerade erst geboren worden?"

„Nein. Für mich sieht es so aus, als wäre die Insel schon vor langer Zeit geboren worden - die tektonische Verschiebung hat sie aber erst jetzt wieder an die Meeresoberfläche gebracht."

„So etwas habe ich noch nie gesehen."

Zara beugte sich wieder in Richtung Cockpit. „Kannst du tief genug kommen, um mich auf der Insel abzusetzen?"

Sam lächelte zum ersten Mal in der letzten Stunde. „Ja. Ich bin sicher, dass wir tief genug kommen, um abzusteigen. Ich werde dich begleiten."

Tom begegnete seinen Augen. „Machst du Witze? Machst du dir keine Sorgen wegen der sekundären Tsunamis?"

„Nein", sagte Sam. „Wenn dies das Epizentrum ist, werden sich die Tsunamis von hier aus nach außen bewegen. Dieser Ort ist aktuell einer der sichersten Küstenabschnitte überhaupt."

Tom kreiste weiter über der Insel, ohne seine Flughöhe zu verringern. „Warum zum Teufel willst du sie gerade jetzt erkunden?"

„Weil diese Insel identisch ist mit der, die Nostradamus Zara zu finden riet - was bedeutet, dass die Zukunft uns entweder absichtlich hierher gebracht hat oder ihr Bestes getan hat, um uns von der Landung abzuhalten. Egal was es auch ist, ich will wissen, was auf dieser Insel ist."

Kapitel Neunzig

Sam sah zu, wie der Hubschrauber abhob. Er fühlte sich ein wenig schuldig, weil er Tom nicht bei ihrer ursprünglichen Mission, an der sizilianischen Küste nach Überlebenden zu suchen, unterstützt hatte. Sein unerschütterlicher Pragmatismus überwältigte das Gefühl. Diese ganze Sache hatte offenbar mit einer Art göttlichem Plan zu tun; eine Zukunft, die nur Nostradamus gesehen hatte. Wenn diese Insel der Schlüssel zur Nostradamus-Gleichung war, dann musste er sie finden.

Der Hubschrauber neigte sich nach Norden und das dröhnende Geräusch der Rotorblätter verschwand schnell. Sam sicherte seinen Rucksack und sah Zara an.

Sie fragte: „Hast du einen Plan?“

Er nickte. „Ja. Jetzt müssen wir die Nostradamus-Gleichung finden.“

Zara lachte. „Ja, guter Plan!“

Sam starrte die Insel an. Tom hatte sie auf der westlichen Seite der Insel zurückgelassen. Die Seite, die größtenteils flach war, während das gegenüberliegende Ende einen kleinen Berg in der Mitte hatte. Die gesamte Insel war von einem Ende zum anderen etwas weniger als einen Kilometer lang. Dazu war Sie vielleicht knapp einen halben Kilometer breit. Zwei kreisförmige Inseln, die nebeneinander lagen, mit einer etwa drei Meter langen Trennwand aus Sandstein, die beide Kreise zu einer einzigen Insel zusammenfügte.

Der Boden war größtenteils mit weißem Sand bedeckt. Obwohl er neun Meter unter dem Meeresboden lag, gab es kaum Algen oder andere Anzeichen für pflanzliches Leben. Ab und zu konnte man Fische sehen, die dort starben, wo sie gestrandet waren. Krustentiere, die durch die seltsamen Ereignisse verwirrt waren, verließen ihr Zuhause und wanderten auf der Suche nach dem Meer umher. In der Luft lag ein starker Geruch von Meeresleben. Noch war er nicht anstößig, weil die Insel noch nicht lange genug aus dem Wasser war, damit die Meerestiere sterben und sich zersetzen konnten, aber in ein oder zwei Tagen würden sie eine Maske brauchen, um auf dieser Insel atmen zu können.

Sie liefen in einem weiten Kreis gegen den Uhrzeigersinn um den westlichen Umfang der Insel. Der Rand der Insel ragte fast drei Meter aus dem Wasser und bestand aus gehärtetem Sand. Sam vermutete, dass es schwer sein würde, wieder hochzuklettern, wenn er über die Kante fallen würde. Die senkrechten Sandbänke, die den Rand der Insel markierten, hatten bereits begonnen, wegzubrechen und ins Wasser zu fallen. Sam hatte das Gefühl, dass die Zukunft ihm bereits entgegeneilte, als das Meer begann, sich die Insel mühsam zurückzuerobern.

Ein großer Brocken aus verhärtetem Sand fiel ins Wasser. Sam trat einen Schritt zurück und machte sich eine Notiz, nie wieder so nah an den Rand zu gehen. „So nahe werde ich nicht mehr kommen."

Zara fragte: „Meinst du, das ist alles Sand?"

„Die Insel?"

„Ja."

Sam starrte auf den weißen Sand, der den westlichen Kreis bildete. Er sah aus wie eine Postkarte von einer einsamen Insel. „Nein. Der Rand könnte aus gehärtetem Sand bestehen, aber Sandburgen überleben im Meer nicht. Dieser Ort muss in seinem Kern aus gehärtetem Stein bestehen."

Als sie das andere Ende erreichten, fuhren sie mitten durch die Insel und blieben dort stehen, wo Tausende von polierten schwarzen Steinen übereinander geschichtet waren und ein Bindegewebe zwischen den beiden Kreisen der Insel bildeten. Jeder Stein war in Form und Farbe identisch. Sie sahen fehl am Platz aus zwischen den sandigen runden Inseln. Es sah eher so aus, als hätte jemand jeden einzelnen Stein genau dort aufgeschichtet, wo er jetzt saß.

Sam hockte sich hin und hob einen der Steine auf. Er war klein genug, um in seine Handfläche zu passen, aber schwer wie eine Hantel, was bedeutete, dass er wahrscheinlich durch und durch massiv war. Der Stein war so perfekt poliert, dass er sein eigenes Spiegelbild sehen konnte.

„Das ist Obsidian", sagte Sam.

Zara hob einen anderen Stein auf, um ihn zu untersuchen. „Obsidian gehört nicht hierher."

„Wirklich nicht?"

„Nein. Obsidian ist ein natürlich vorkommendes vulkanisches Glas. Es entsteht, wenn Lava, die aus einem Vulkan austritt, schnell abkühlt und dabei nur wenige Kristalle bildet. Am häufigsten findet man es in Obsidian-Lavaströmen, wo die chemische Zusammensetzung von Siliziumdioxid extrem hoch ist, was die geschmolzene Flüssigkeit extrem zähflüssig macht."

„Wie bitte?" Sam grinste über ihre sachkundige Erklärung.

„Das bedeutet, dass sich die Flüssigkeit langsam bewegt, weil sie dickflüssig und klebrig ist, sodass sich nur schwer Kristalle bilden können. Das Endergebnis dieses Prozesses ist, dass Obsidian hart und spröde ist. Es bricht an scharfen Kanten, die in der Steinzeit zum Schneiden und Durchbohren beliebt waren."

„Okay. Was macht dich also so sicher, dass es nicht hierher gehört?"

„Weil ich die alten Ägypter ausgiebig studiert habe und sie sich große Mühe gegeben haben, Obsidian für Waffen und Werkzeuge zu finden. Sie mussten dafür handeln, denn die einzigen beiden Orte im Mittelmeer, an denen der Stein gefunden wurde, waren die Türkei und Italien. Und in beiden Fällen wurden sie nicht an der Küste gefunden."

„Das heißt?"

Zara steckte ihre Zunge zwischen die Zähne und lächelte dann. „Diese Steine wurden absichtlich hierher gebracht."

Kapitel Einundneunzig

Da er keinen Sinn oder Zweck in den Steinen erkennen konnte, ging Sam über die Obsidianbrücke auf die Ostseite der Insel. Er und Zara folgten der Küste im Uhrzeigersinn. Wie der westliche Kreis war auch das Ufer aus gehärtetem Sand geformt. Dieser Sand wurde nun durch das ständige Plätschern des Mittelmeers langsam abgetragen.

Um ein Uhr dreißig am Nachmittag umrundeten sie die Küste der östlichen Insel. Die Küste sah fast genauso aus wie die Westküste der Insel. Sie bildete einen perfekten Kreis, der genau dem Durchmesser ihrer westlichen Schwester entsprach. Abgesehen von ein paar verirrten und traurig aussehenden Meeresbewohnern war der Boden karg. Der weiße Sand bot das perfekte Bild einer einsamen Insel für Touristen.

Der Unterschied zwischen der östlichen und der westlichen Seite lag in der Mitte der Insel. Anders als ihr Gegenstück, das völlig flach war, hatte diese Seite einen kleinen Berg in der Mitte. Sie schlugen einen nördlichen Weg in die Mitte ein, bis sie den Fuß des Berges erreichten.

„Siehst du etwas?“, fragte er.

Zara schaute einige Augenblicke lang nach oben, dann antwortete sie. „Ich sehe eine verlassene Insel und einen kleinen Berg.“

„Kommt dir das seltsam vor?“

„Alles hier kommt mir seltsam vor“, sagte sie. „Hast du dich auf etwas Bestimmtes bezogen?“ Ihre Antwort war knapp und fast schon kämpferisch.

Er schaute sie an. „Du weißt schon, dass ich hier bin, um dir zu helfen, oder?“

„Tut mir leid. Ich bin nur sauer, weil ich das Gefühl habe, dass Nostradamus ein großes Spiel mit mir treibt. Nichts ergibt einen wissenschaftlichen Sinn. Wenn er nur ein Spiel spielt, nehme ich ihm das übel. Und wenn er kein Spiel gespielt hat und seine Visionen richtig waren, dann bedeutet das, dass die Zukunft alles tun wird, um mich davon abzuhalten, die Nostradamus-Gleichung zu finden.“

Sam richtete seinen Blick auf den Berg. „Es ist okay. Ich verstehe es auch nicht besser als du. Willst du wissen, was ich sehe?“

„Klar, schieß los.“

„Der Berg scheint ganz aus gehärtetem Sand zu bestehen.“

Sam lehnte sich gegen den Fuß des steilen Berges und drückte seine Finger tief in den Sand. Der Berg leistete einen Moment lang Widerstand und gab dann dem Druck seiner Finger nach. Es war gehärteter Sand. Aber trotzdem Sand. Er schaute in ihr Gesicht. Sie sah neugierig aus. Aber da war auch noch etwas anderes in ihrem Gesicht. Sie schien sich zu amüsieren, als wäre dies der wahre Grund, warum sie in die Fußstapfen ihres Vaters auf dem Weg in die Archäologie getreten war.

Er fragte: „Hast du schon mal gehört, dass eine Sandburg überlebt hat, nachdem das Meer sie verschluckt hat?“

Zara versuchte, ihre Hand durch den verhärteten Sand zu drücken. „Ich weiß eigentlich eine Menge über Sand. Ich bin in der Sahara aufgewachsen. Unter dem Meer verhält er sich nicht so. Vielleicht hat die tektonische Verschiebung, die das Unterseebeben verursacht hat, den Meeresboden so nach oben gedrückt?“

„Das glaube ich nicht. Der Sand sieht aus, als ob er schon seit Jahren in dieser Form liegt. Die Linien des Berges sind zu starr, als dass sie das Ergebnis einer tektonischen Verschiebung sein könnten.“

„Was glaubst du dann, was es ist?“ fragte Zara.

„Ich weiß es nicht. Vielleicht war es vor vielen Jahren ein von Menschenhand geschaffenes Bauwerk, das aus Sandstein gebaut war, und jetzt sind die Schichten der Struktur zerbröckelt und haben sich wieder in Sand verwandelt.“

„Das ist unwahrscheinlich, aber möglich.“ Ihre Augen blickten nach oben. „Es gibt nur einen Weg, das herauszufinden. Sollen wir hinaufklettern?“

Sam nickte und begann zu klettern. Die Steigung war steil, aber nicht unmöglich zu bezwingen. Etwa alle zehn Meter bildete der Berg einen kleinen Vorsprung, auf dem man sich ausruhen konnte. Der Abstand zwischen den Vorsprüngen schien unnatürlich gleich zu sein. Der harte Sand bot perfekten Halt für Hände und Füße. Er trat mit den Füßen in den Sand, bis dieser einen kleinen Halt bildete, und grub dann seine Finger oben ein. Oben angekommen, blieb er stehen und ruhte sich auf der Kante aus.

Der schwierigste Teil des ganzen Prozesses war es, die Hand- und Fußgriffe überhaupt erst in den Sand zu bekommen. Zara folgte ihm, indem sie die gleichen Hand- und Fußgriffe benutzte. Nach jedem Abschnitt tauschten sie und die andere Person baute die nächste Reihe von Griffen, bevor sie den nächsten Vorsprung erreichten.

Als sie die fünfte Kante erreichten, wo der nasse und verhärtete Sand zu trocknen begann, wurde es einfacher, Hand- und Fußgriffe zu machen. Gleichzeitig wurde es aber auch schwieriger, sich zu halten. Nach mehreren Versuchen stellte Sam, der nachkam, fest, dass die Griffe abzubrechen begannen. Die einzige Lösung war, dass jeder seine eigenen Griffe baute, während er kletterte.

Am sechsten Felsvorsprung blieb er stehen. Das war zwei Drittel des Weges nach oben. Sam drehte sich um und schaute auf die westliche Insel unter ihm. Er beobachtete, wie das Wasser und die Sandbank der Insel aufeinandertrafen. Ein großer Spalt, vielleicht 8 bis 10 Meter lang, spaltete die Insel. Das Wasser strömte durch die Öffnung und machte sie breiter.

Sam begann schnell zu klettern. „Komm schon, wir müssen uns beeilen."

Zara schaute ihn an. Ein schiefes Lächeln bildete sich, als sie mit seinem Tempo mithalten konnte. „Warum, was hat sich verändert?"

„Schau dir das Ufer der Insel an. Was siehst du da?"

„Gehärteten Sand."

„Richtig. Und was macht gehärteter Sand, wenn er mit Wellen in Berührung kommt, auch wenn es nur kleine sind?"

„Er bricht auseinander."

„Und was passiert dann?", fuhr Sam fort.

„Das Meer holt sich die Insel zurück."

„Das stimmt und es geht sehr schnell. Die Insel hat leider nur eine kurze Lebenserwartung." Sam starrte sie mit seinen durchdringenden blauen Augen an. „Und das bedeutet, dass wir nur noch Tage, höchstens eine Woche haben, um die Nostradamus-Gleichung zu finden."

Kapitel Zweiundneunzig

Die Bergspitze bestand aus einem kleinen, abgeflachten, kreisförmigen Sandhügel. Nicht mehr als 1,5 Meter im Durchmesser. Sam fuhr mit den Fingern durch den aufgeweichten Sand und versuchte, etwas zu finden, obwohl er gar nicht wusste, was er zu finden erwartete. Er starrte vor sich hin, als seine Finger durch den Sand fuhren und nichts als noch mehr Sand zum Vorschein kam.

Er stand auf und untersuchte ihre Umgebung. Er hatte eine hervorragende Sicht auf beide Seiten der Insel, die eine perfekte Lemniskate bildete. Der weiße Sand unter dem seichten Wasser der Umgebung hatte eine sanfte grüne Farbe. Beide Seiten der Insel hatten den gleichen Umfang. Im Süden konnte er gerade noch den blassen Dunst einer Insel am Horizont ausmachen. Er erinnerte sich, dass er einmal gelesen hatte, dass man an einem schönen Tag von Malta aus Italien sehen konnte. Er drehte sich in die andere Richtung und sah den Dunst der sizilianischen Küstenlinie.

Plötzlich überkam ihn ein schlechtes Gewissen. Er hatte seine ursprüngliche Mission, das Leben von Menschen zu retten, die Hilfe brauchten, eingetauscht, um etwas zu finden, das es nicht gab. Er hoffte inständig, dass der Tsunami nicht annähernd so schlimm war, wie sie es erwartet hatten.

Sam ging zum westlichen Rand der Bergspitze und schaute hinunter. Ungefähr ein Drittel des Weges nach oben hatte sich das Wasser auf dem Bergvorsprung angesammelt. Es sah ungefähr rechteckig aus und war nur etwa einen Meter lang. Er starrte es einen Moment lang an und grinste dann.

„Was, wenn wir uns geirrt haben?", fragte Sam.

Zara schlurfte zum Rand des Berggipfels, um zu sehen, was er ansah. „Worüber?"

„Über die Unendlichkeitsinsel."

„Okay. Was haben wir dann falsch gemacht?", fragte sie. „Ich wüsste nicht, dass wir bis jetzt viel richtig gemacht haben."

„Wir haben nur angenommen, dass Nostradamus sie als Vision eines aktuellen Ortes gesehen hat. Was, wenn diese Insel einst über dem Meeresspiegel lag? Was, wenn Nostradamus wusste, was sie einmal war und dass ihr heute darüber stolpern würdet?"

„Du meinst, sie war schon vor Tausenden von Jahren bewohnt?"

„Ja."

„Die Insel sieht für mich ziemlich öde aus. Es gibt keine Anzeichen von Zivilisation."

„Das liegt daran, dass die ganze Insel mit Sand bedeckt ist. Was, wenn im Inneren dieses Berges einst eine alte Zivilisation lebte? Was ist, wenn es die Überreste einer Stadt sind?"

„Ich habe keine Hinweise auf eine Zivilisation gesehen."

„Siehst du den rechteckigen See?", fragte er und deutete auf den See, den er auf einem Drittel des Berges gesehen hatte.

Sie nickte und folgte seiner Richtung. „Ja, was ist damit?"

„Ich glaube nicht, dass es immer ein See war und ich glaube auch nicht, dass dieser Berg immer ein Berg war."

„Was glaubst du dann, was es ist?", fragte sie.

„Sieh ihn dir genauer an. Wenn du ein paar Tausend Jahre Meeresleben weglässt, was siehst du dann? Hast du diese Form schon mal woanders gesehen?"

Sie keuchte, als sie die Augen zusammenkniff und begann, es auch zu sehen. „Es ist eine Pyramide!"

„Genau. Und wo hast du diese Art von See in einer Pyramide gesehen?"

„Ich weiß nichts über südamerikanische Pyramiden, aber ich habe noch nie einen See in einer ägyptischen Pyramide gesehen."

„Nein. Aber das ist doch kein See, oder? Es ist eine Öffnung, die jetzt mit Wasser gefüllt ist."

„Es ist ein Eingang!"

„Hast du jemals die Pyramiden von Gizeh besucht?"

„Ich war mein ganzes erwachsenes Leben lang als Archäologin in Afrika. Davor war mein Vater ein Archäologe in Afrika. Was denkst du?"

Sam ignorierte ihren Sarkasmus. „Die Anatomie der alten Pyramiden der ägyptischen Könige enthält oft eine Königinnenkammer und eine Königskammer. Die der Königin liegt unten und die des Königs oben. Die Königinnenkammer wird überflutet sein, aber ich hoffe, dass in der Königskammer ein Luftpolster eingeschlossen ist."

„Was macht das für einen Unterschied, wenn die Kammer geflutet wurde?", fragte sie. „Was erwartest du dort zu finden?"

„Die Nostradamus-Gleichung natürlich."

Zara lächelte. Ihre haselnussgrünen Augen, die voller Intelligenz steckten, forderten den Gedanken akut heraus. Ihr Lächeln, das vor Vorfreude und Schalkhaftigkeit nur so strotzte, zeigte, dass sie bereit war, mitzuspielen, bis sie vom Gegenteil überzeugt war. „Okay, ich sage nicht, dass ich dir deine Theorie abkaufe, aber nehmen wir mal an, ich tue es. Was schlägst du vor, was wir tun sollen? Es ist nicht so, dass wir hineingehen können. Das ganze Gebäude ist überflutet.“

Sam grinste. „Na ja. Wenigstens dafür habe ich vielleicht eine Lösung.“

Kapitel Dreiundneunzig

Es war kurz vor Einbruch der Dunkelheit, als der Sikorsky auf die Insel zurückkehrte. Sam hatte früher am Tag mit Tom gesprochen und erfahren, dass der Tsunami viel schwächer war als erwartet und die Südküste Siziliens gut davongekommen war. Bislang war nur der Tod eines Touristen gemeldet worden. Ein Mann, der sich zu dem Zeitpunkt im Wasser befunden hatte und einfach nicht begriffen hatte, dass die kleine Welle, die sich näherte, die Kraft hatte, ihn zu töten. Ansonsten war es an der sizilianischen Küste sehr gut gelaufen.

Die *Maria Helena* war immer noch unterwegs und suchte nach Überlebenden, die auf das Meer gespült worden waren. Als die Nacht hereinbrach, hatte Tom aufgetankt und die Ausrüstung geholt, die Sam brauchte.

Sam hörte, wie das Heulen des Motors die Tonlage änderte, als Tom ihn abstellte. Er nickte Tom anerkennend zu und wartete nicht, bis die Rotorblätter aufhörten, sich zu drehen, bevor er die Seitentür öffnete und die benötigte Ausrüstung herausholte und auf dem Sand auslegte. Die Zeit war nicht auf ihrer Seite. Die Insel war dabei, vom Meer zurückerobert zu werden, also musste er schnell arbeiten.

Da waren drei Kisten voll mit Tauchausrüstung. Tarierwesten, Tauchmasken, Atemregler, Flossen und Tauchcomputer. Er und Tom hatten ihre eigene Ausrüstung. Der dritte Behälter war mit Ausrüstung gefüllt, die Elise geliehen hatte, mit Ausnahme des Neoprenanzugs, der für sie zu klein gewesen wäre. Der dunkelblaue Neoprenanzug, keiner seiner üblichen Tauchanzüge, sah alt aus, war aber kaum benutzt. Er hatte ihn schon einmal irgendwo gesehen. Elise muss ihn aus einem der älteren Schränke geholt haben.

Zara hob den Neoprenanzug auf. „Ich ziehe mich jetzt um. Wenn sich einer von euch umdreht, während ich das tue, werdet ihr noch bereuen, dass ihr mir das Leben gerettet habt."

„Ja, Frau Doktor", antworteten beide Männer pflichtbewusst.

Sam wandte sich von Zara ab und schloss seine Tauchflasche an sein BCD und den Tauchcomputer an. Dann öffnete er die Flasche vollständig und drehte die Düse eine halbe Umdrehung zurück, um die Wahrscheinlichkeit eines Festfressens des O-Rings zu verringern. Er zog sein Poloshirt und seine Cargo-Shorts aus. Seine Unterwäsche ließ er an, bevor er seinen 3/16 Zoll Neoprenanzug anzog. Er war wahrscheinlich etwas zu warm für die örtlichen Wassertemperaturen, aber er vermutete, dass es in den tiefen Kammern der Pyramide etwas kühler sein würde als in den umliegenden Gewässern.

Tom griff nach seinem Neoprenanzug und begann, sich umzuziehen. Er lachte, als er auf den Berg aus verhärtetem Sand blickte. „Ich vertraue dir, dass du den versteckten Tempel findest."

„Danke, dass du die Ausrüstung mitgebracht hast", sagte Sam.

„Nein, danke, dass du mich mitgenommen hast."

Zara schritt flink über den Sand auf die beiden zu. Sie schaute auf und sagte: „Gut, ihr könnt euch jetzt umdrehen, Jungs."

Sam blickte zu ihr auf. „Hey, er passt dir!"

Das Neopren schmiegte sich schmeichelhaft an die athletischen Rundungen ihres Körpers. Sie war groß, nur ein paar Zentimeter unter 1,80 m und ihre Figur passte perfekt zu ihrer Größe. Plötzlich erkannte er den Tauchanzug. Es war der gleiche, den Aliana, seine Ex-Freundin, beim Tauchen in der Karibik getragen hatte. Sein Anblick ließ sein Herz einen Moment lang innehalten. Bis zu diesem Moment war ihm nicht bewusst gewesen, wie ähnlich sich die beiden Frauen waren. Beide waren äußerst intelligente, karrierebewusste Expertinnen in ihren jeweiligen Fachgebieten. Beide waren gleich groß und hatten die gleiche athletische Figur. Aliana war blond, hatte blaue Augen und war attraktiv, wie ein Model aus einem Modemagazin, während Zara dunkles Haar, haselnussgrüne Augen und olivgrüne Haut hatte, was sie exotisch und sexy machte.

Zara lächelte ihn an, während sie ihre Tauchausrüstung zusammenstellte. „Was ist los?"

„Nichts. Du erinnerst mich nur an jemanden, das ist alles."

„Nun, willst du nur so dastehen, oder sollen wir ein paar Antworten finden, bevor diese Insel verschwindet?"

Und Zara ist eine viel härtere Frau als Aliana es je gewesen ist. Sam lächelte. „Lass uns die Nostradamus-Gleichung finden."

Kapitel Vierundneunzig

Sam stand am Eingang des kleinen rechteckigen Sees. Die Ränder der Öffnung waren felsenfest. Entweder aus Sandstein oder aus Sand, der mit einer Art Zement vermischt war. In jedem Fall bestätigte es seine ursprüngliche Theorie, dass die Öffnung von Menschenhand geschaffen wurde und zu einer Art Bauwerk führte. Das Wasser erschien dunkel und ließ nicht erkennen, wie tief der Tunnel war.

Er schaltete seine Taschenlampe ein. „Bist du sicher, dass du mit uns kommen willst?"

Zara biss sich auf die Unterlippe. „Nein. Ich bin mir nicht sicher. Ich hasse jeden Aspekt dieses Plans."

„Willst du hier warten?" fragte er ehrlich.

„Ja. Aber ich werde auf keinen Fall zulassen, dass ihr den ganzen Spaß allein genießt. Wenn dieses Ding wirklich zu einer altägyptischen Kammer und der Nostradamus-Gleichung führt, werde ich sie euch auf keinen Fall ohne mich erkunden lassen."

„In Ordnung. Schön für dich. Stell dich deinen Ängsten. Wenn du stecken bleibst, denk daran, dass ich direkt vor dir bin und Tom hinter dir, versuche aber bitte nicht umzudrehen. Der Tunnel sieht dafür zu eng aus. Deine Tauchflasche wird an den Wänden stecken bleiben. Wir benutzen die Push-to-Talk-Funkverbindung. Wenn du Hilfe brauchst, melde dich bei uns. Am Ende des Tunnels wirst du umkehren können."

„Und wenn nicht?", fragte sie.

„Wenn wir in eine Sackgasse geraten, nehme ich meine Tauchflasche ab und drehe um. Sobald ich in die richtige Richtung schaue, helfe ich dir mit deiner. Mach dir keine Sorgen. Ich habe in so etwas schon ein- oder zweimal getaucht. Bleib einfach ruhig. Wir haben genug Luftvorräte." Sam schaute sie an. Angst strahlte aus ihren Augen. „Willst du immer noch mitkommen?"

Sie grinste. „Na klar."

Sam ging zuerst ins Wasser. Er passte seinen Auftrieb an und tauchte langsam bis auf drei Meter ab. Ihm folgten Zara in der Mitte und Tom, der das Geschehen von hinten im Auge behielt. Der rechteckige See fiel schräg nach unten ab. Seine Computermessung sagte ihm, dass der Durchgang mit einem Gefälle von vierzig Grad verlief. Er leuchtete mit seiner Taschenlampe erst nah und dann weit in den abfallenden Tunnel hinein, aber bis jetzt konnte er nicht sehen, wo er endete. Die Wände schienen aus massivem Stein gehauen zu sein, als hätte jemand vor langer Zeit Jahre damit verbracht, den Tunnel nach unten zu meißeln. Er setzte sein Tauchmesser an der Decke an und drückte kräftig zu. Das Messer bewegte sich nicht weiter. Er atmete leise und war sich sicher, dass die Struktur solide war und nur der äußere Teil zu Sand zerfallen war.

In etwa 25 Metern Tiefe bemerkte er einen zweiten Tunnel, der sich nach oben hin auftat. Der Tunnel nach oben hatte genau das gleiche Gefälle, nur in die entgegengesetzte Richtung. Sam nahm ein Stück rote Kreide und machte einen großen Kreis am Eingang des neuen Tunnels. Dann schrieb er die Zahl eins hinein.

„Tauchen wir zuerst nach oben?“, fragte Zara über das Funkgerät.

Sam schüttelte den Kopf und setzte seinen Abstieg fort. „Nein. Ich möchte in der tiefsten Kammer beginnen und mich dann nach oben vorarbeiten. So kann ich unsere Stickstoffwerte besser kontrollieren.“

„Tauchen für Anfänger“, sagte sie.

„Ja, so ähnlich.“

In einer Tiefe von 55 Metern öffnete sich der schräge Gang in eine große, leere Kammer. Sam leuchtete mit seiner Taschenlampe an den Wänden entlang. Da war nichts. Ein völlig leerer Raum, der wahrscheinlich ein ganzes Jahrzehnt ausgehöhlt worden war. Er fragte sich, welchen Zweck er einmal gehabt hatte.

Sam drehte sich mit einer schnellen Bewegung um, um an die Oberfläche zu kommen. „Okay, lasst uns mit dem Aufstieg beginnen.“

Als er die Öffnung in der Dachlinie erreichte, die in die entgegengesetzte diagonale Richtung verlief, drehte er sich um und begann, dem neuen Gang zu folgen. Dieser hatte den gleichen Winkel von vierzig Grad wie der ursprüngliche Gang, aber statt nach unten zu führen, ging es hier schräg nach oben. 18 Meter weiter öffnete sich ein zweiter Gang. Dieser verlief horizontal.

Sam holte seine rote Kreide heraus und zeichnete einen weiteren Kreis. Diesmal platzierte er die Zahl Zwei darin. „Hat dieser Ort eine Bedeutung für dich, Zara?“

„Ja. Ich habe das Gefühl, dass wir eine Miniaturausgabe der Pyramide von Gizeh besichtigen.“

Sam leuchtete mit seinem Licht voraus, aber er konnte das Ende des Ganges immer noch nicht erkennen. „Wenn das so ist, müssen wir auf dem Weg zur Kammer der Königin sein.“

Tom schaltete sich in das Gespräch ein. „Die Frage ist, ob sie die Nostradamus-Gleichung in der Königs- oder in der Königinnenkammer versteckt haben.

„Ich schätze, sie wird in der Königskammer sein“, sagte Sam.

„Seltsam. Ich hätte eher auf die Königin getippt“, antwortete Zara.

Der Durchgang öffnete sich zu einer kleinen Kammer. Sie war völlig leer, bis auf einen einzigen, versiegelten Sarkophag in der Mitte. Es gab keine Inschriften und nur ein paar ägyptische Piktogramme.

Zara schwamm neben ihm her und blieb stehen. „Das sind die Gemächer der Königin.“

„Siehst du hier einen Hinweis auf Nostradamus?“, fragte Sam.

Sie schüttelte den Kopf. „Nein. Das ist ein stilles Gebet für ihre Seele. Mehr nicht.“

„Was ist mit der Zukunft?“, warf Tom ein.

Sie untersuchte die anderen Seiten des Sarkophags. „Nein. Nichts.“

Sam fragte: „Gibt es Anzeichen dafür, dass Nostradamus hier war?“

Zara sagte: „Nein. Und es sollte auch keine geben. Vergiss nicht, Nostradamus hat einen Großteil seines Lebens damit verbracht, die Gleichung zu finden. Er wusste, dass sie da war, und er wusste, dass ich sie finden würde, aber er hatte sie in seinem wirklichen Leben nie zu Gesicht bekommen.“

Sam drehte sich um. „Okay, lass uns umkehren und unseren Aufstieg fortsetzen. Wir können später immer noch hierher zurückkommen, wenn wir in der Kammer des Königs nichts finden.“

Er erreichte den schrägen Gang, drehte sich um und setzte seinen Aufstieg fort. Sechs Meter weiter oben hörte das Wasser auf. Sam kletterte eine Reihe von Stufen hinauf, bis er in einem trockenen Gang stand. Er nahm seine Gesichtsmaske ab und atmete langsam durch die Nase ein. Die Luft roch abgestanden, aber man konnte sie atmen.

„Bist du sicher, dass die Luft zum Atmen geeignet ist?“, fragte Zara.

„Sicher. Das ist ein Luftloch, das von der Überschwemmung des Mittelmeers übrig geblieben ist.“

„Das war vor 3,5 Millionen Jahren, als der Atlantische Ozean die Gebirgskette zwischen Europa und Afrika durchbrach, das und das Gebiet unter welchem sich heute das Mittelmeer befindet überflutete und alles in ein Meer verwandelte.“

Sam zuckte mit den Schultern. „Okay, ich weiß nicht, wie sie diese Pyramide unter dem Wasser gebaut haben, aber ich stimme dir zu, dass es auf keinen Fall 3,5 Millionen Jahre her sein kann. Und das ist auch nicht wichtig. Wichtig ist nur, dass die Pyramide irgendwann überflutet wurde und die Luft in den oberen Kammern eingeschlossen wurde. Sie ist abgestanden, aber man kann sie atmen.“

Tom unterbrach die Diskussion. „Zara, vielleicht sollten wir beide unsere Masken für ein paar Minuten aufbehalten. Wir werden sehen, ob Sam Anzeichen einer Hypoxie oder Vergiftung zeigt. Wenn es ihm in fünf Minuten gut geht, können wir unsere Masken auch abnehmen."

„Wie du willst", sagte Sam und stieg weiter die Treppe hinauf.

Am Ende des aufsteigenden Ganges flachte der Tunnel wieder ab und öffnete sich dann in eine große Kammer. Vermutlich war es die Kammer des Königs, aber es gab keinen Sarkophag. Stattdessen stand ein verzierter Sockel in der Mitte. Er schaute nach oben. Die Decke war eine große, runde Kuppel. Ihre Oberfläche war sowohl mit Schriften als auch mit Zahlen bedeckt.

Zara nahm ihre Tauchmaske und den Atemregler ab. „Die Schriften sind eine Mischung aus Piktogrammen, Hieroglyphen und Symbolen. Es sieht aus wie eine uralte Abwandlung der ägyptischen Piktografie, aber ich kann mir keinen Reim darauf machen. Ich habe noch nie eine ähnliche Schriftsprache gesehen, du etwa?"

Sam grinste. „Ja, ich habe diese Sprache schon öfters gesehen."

„Wirklich?" Ihre Augen weiteten sich. „Ich habe fünf Jahre lang antike Linguistik studiert und bin nie auf so etwas gestoßen."

Sam begegnete ihrem Blick. Sein Kiefer spannte sich an, als er schluckte. „Wir nennen sie die Sprache der Baumeister und es gibt sie schon sehr lange."

Kapitel Fünfundneunzig

Sam starrte an die Decke und versuchte, sich einen Reim auf das zu machen, was größtenteils wie uraltes Kauderwelsch aussah. Obwohl die gewölbte Decke voller Schrift war, war keines der Wörter zusammenhängend. Stattdessen sah es so aus, als hätte ein Kind sie wahllos vollgekritzelt. Die wahrscheinlichere Alternative war, dass die einzelnen Wörter etwas für sich selbst bedeuteten.

Zara fragte: „Was steht da?"

Sam sagte: „Ich weiß es nicht. Es kann Stunden dauern, ein einziges Wort in dieser alten Sprache zu entziffern. Ich werde meinen Notizblock-Computer brauchen. Er enthält alle bekannten Formen und Bilder. Wir müssen ihn erst wiederfinden, bevor ich mir einen Reim darauf machen kann."

Er senkte den Blick und untersuchte schweigend den Rest des Raumes. In der Kammer des Königs gab es keinen Sarkophag. *Vielleicht war der König noch am Leben, bevor die Pyramide geflutet wurde?* Stattdessen befand sich in der Mitte ein einzelner Sockel. Auf seiner Spitze glitzerte ein kleines Stück Glas oder ein durchsichtiger Stein. Es sah wie eine Kugel aus und war dennoch wertvoll. Es ragte aus dem Sockel heraus, wobei eine Art metallisches Material, etwa wie Messing, nur goldener, die umliegenden Seiten blockierte und das Licht lenkte, was ihn an eine Mikroskoplinse erinnerte. Sam leuchtete mit seiner Taschenlampe darauf. Das Licht verteilte sich in der kleinen Kammer wie ein Prisma.

Am oberen Ende der messingartigen Seitenwände, wo die klare Kugel stolz stand, befanden sich eine Reihe von Markierungen, die den Kreis in achtundfünfzig gleiche Teile unterteilten. Das erste Feld war mit dem römischen Symbol für 43 nummeriert und das letzte Feld mit 100.

Zara sagte: „Wenigstens wissen wir, dass wir am richtigen Ort sind."

Sam erwiderte ihren Blick, seine Augen waren groß. „Was macht dich so sicher?"

„Das Buch von Nostradamus hat die letzten achtundfünfzig Vierzeiler enthalten. Dieses Gerät nimmt irgendwie darauf Bezug. Die Frage ist nur, wie wir es benutzen können."

Sam versuchte, den Sockel zu drehen. Das Gerät bewegte sich nicht. Er versuchte es noch fester, aber es hätte genauso gut mit dem Steinboden verschraubt sein können. Er betrachtete die Markierungen auf dem Messing und versuchte, das Messing selbst zu bewegen, aber ohne weiteren Erfolg. Dann ging er zum unteren Teil des Sockels, wo eine Reihe von Piktogrammen eine einzelne abgeschrägte Messingscheibe in Form eines Speers umgab.

Tom erkannte das Bild als Erster. „Das ist ein Schauglas!"

„Ein was?", fragte Zara.

Sam trat näher an den Sockel heran und schaute direkt auf die makellose Kugel. Im Moment war sie undurchsichtig, aber er hoffte, das zu ändern. „Tom hat den ersten der Spiegel in einer Pyramide gefunden, die fast 150 Meter unter dem Golf von Mexiko liegt. Die Steinkugel ist härter als Diamant und fast zweihundertmal lichtdurchlässiger, was bedeutet, dass Licht und Schall viel weiter und schneller durch sie hindurchdringen können als durch jedes andere bekannte Material auf der Erde."

Zara folgte ihm und untersuchte den Stein. „Okay, und wozu dient er?"

„Um andere Teile der Welt zu sehen", sagte Sam. „Stell dir eine antike Version von Facetime oder Skype vor, lange bevor es das Internet gab."

Sie lächelte, ohne zu versuchen, ihre Skepsis zu verbergen. „Das ist toll. Also, wo suchen wir?"

Sam drehte die Wählscheibe, die wie ein Kriegerspeer geformt war, wartete und grinste dann, als hätte er gerade das letzte Kartenspiel gewonnen. „Hier."

Sie richtete ihren Blick auf die Kugel, als ob sie durch die Linse eines Mikroskops schauen würde. Die Undurchsichtigkeit der Kugel hatte sich aufgelöst und gab den Blick frei auf ein sehr klares Bild. „Es ist ziemlich dunkel, aber es sieht so aus, als gäbe es unter uns eine weitere Kammer?"

„Du hast recht, aber sie ist nicht unter uns."

„Ach nein?"

„Nein. Die Kammer, auf die du schaust, gehört zu einer ganz anderen Pyramide, die vielleicht Hunderte oder sogar Tausende von Kilometern entfernt ist."

„Das glaube ich dir nicht", sagte sie. „Das ist nicht möglich."

„Doch, das ist es und ich werde es dir beweisen."

Sam beugte sich vor, bis sein Auge fast auf der Kugel ruhte. Vorsichtig drehte er den Drehknopf, bis er hörte, wie die seltsame Vorrichtung fest einrastete. Er starrte auf das Bild. Es sah aus wie irgendwo tief im Ozean. Die Kammer leuchtete fluoreszierend, als ob jemand ein starkes ultraviolettes Schwarzlicht in der Hand hätte. Unter normalen Bedingungen ist UV-Strahlung für das menschliche Auge unsichtbar, aber wenn man bestimmte Materialien mit UV-Strahlung beleuchtet, wird sichtbares Licht ausgestrahlt, das diese Stoffe in verschiedenen Farben leuchten lässt. In der Kammer leuchteten satte Violett-, Grün- und Blautöne, die den Eindruck erweckten, dass sie mit glänzenden Edelsteinen gefüllt war.

Zara lächelte, als sie durch die Kugel blickte. „Okay, die ist hübsch. Aber ich bin immer noch nicht überzeugt, dass uns die Kugel etwas zeigt, was sich Hunderte von Kilometern von uns entfernt befindet."

Sam drehte den Drehknopf erneut und das Bild wechselte zu einer anderen dunklen und leeren Kammer. Die Wände bestanden aus Kalksteinblöcken.

Sam fragte: „Überzeugt?"

„Nein. Das sind alles Standbilder. Vielleicht ist dieses Gerät einfach eine alte Version eines Kaleidoskops?"

Sam atmete tief ein und drehte den Drehknopf noch einmal. Die nächste Vision zeigte eine Draufsicht auf eine große Kammer. Sie war fast identisch mit der Königskammer, in der sie sich befanden, allerdings mit zwei Ausnahmen. Erstens war der Raum mindestens zehnmal so groß. Und zweitens arbeiteten darin Menschen. Sie bauten etwas.

„Sag mir, was du hier siehst und dann sag mir, wie sie eine solche Darstellung mit einem Kaleidoskop hinbekommen haben."

Zara richtete ihr Auge direkt darauf und fluchte.

Sie sagte: „Es sind Stammesangehörige. Ziemlich dunkelhäutig. Ihre Gesichter sind blau bemalt. Sie sind fast völlig nackt, mit Ausnahme einer Art Lendenschurz. Sowohl die Frauen als auch die Männer sind barbusig. Und alle arbeiten eifrig daran, die Kammer fertig zu bauen."

„Ihre Gesichter sind blau?", fragte Sam. „Wie die Tuareg-Nomaden, deren Gesichter mit einem Farbstoff gefärbt sind, der sie blau macht?"

„So ähnlich, aber diese Leute sehen ganz anders aus als alle Tuareg, die ich kenne. Ihre Gesichtszüge sind nicht so eckig und haben keine so starken Kieferlinien. Sie könnten vielleicht ein entfernter Verwandter sein, aber ich bezweifle es. Sie sind auch größer. Die Frauen sind vielleicht 1,80 m groß, während die Männer eher 1,90 m groß sind."

„Was siehst du noch?"

„Sie sehen alle sehr konzentriert aus. Sie sind fast wie hypnotisiert von ihrem Wunsch, ihre Aufgabe zu erfüllen. Sie arbeiten hart und konstant. Keiner peitscht sie an. Niemand leitet sie an. Aber wie eine Gruppe von Ameisen arbeiten sie alle daran, ihre individuellen Aufgaben zu erledigen, damit das Hauptprojekt abgeschlossen werden kann."

„Sie arbeiten als Kollektiv!" sagte Sam. „Niemand gibt oder nimmt

Befehle. Sie tun einfach das, wozu sie programmiert worden sind. Sie arbeiten roboterhaft als Einheit."

Zara schaute durch das Glas und wieder zu ihm. „Glaubst du, sie sind Sklaven?"

„Das ist möglich. Es ist bekannt, dass die Baumeister schon früher Sklaven eingesetzt haben. Sie sind auch dafür bekannt, dass sie als Götter angesehen werden, und nach den Maßstäben von vor zwei- oder dreitausend Jahren wären sie durch ihre Fähigkeit, Dinge zu bauen, sicherlich als Götter erschienen. Ich habe nie in Betracht gezogen, dass sie noch am Leben sein könnten und heute versuchen, eine weitere Pyramide zu errichten."

„Du glaubst also, dass es sich um ein lebendiges Bild handelt und nicht um eine alte Aufzeichnung?"

„Wir sind diesen Spiegeln schon öfter begegnet und sie scheinen uns immer Ansichten aus der Ferne zu zeigen, die nicht lange zurückliegen", antwortete Sam.

Zara lächelte. „Eine neue Person hat gerade den Raum betreten. Sie ist nicht wie die anderen. Ihr genetisches Erbe unterscheidet sich deutlich von dem der anderen."

„Inwiefern?", fragte er. „Sieht sie aus, als würde sie sie anführen? Vielleicht ist sie eine der Meisterinnen?"

„Nein. Sie ist eine Arbeiterin wie die anderen. Ihr Gesicht ist wie hypnotisiert von dem, was sie tut, als würde sie das Werk der Götter verrichten. Aber sie ist etwas kleiner als die anderen Frauen, ihr Teint ist viel heller als der ihre, aber auch nicht kaukasisch. Sie sieht möglicherweise eurasisch aus. Während alle Männer und Frauen dort muskulös aussehen, wirkt sie eher geschmeidig und athletisch. Eine andere Art von Knochenbau. Sie trägt hellbraune Cargoshorts und ein weißes Tank-Top. Sie hat eine kleine Tätowierung in Form einer Pyramide über ihrer rechten Schulter. Sehr hübsch."

„Willst du mich etwa verkuppeln?"

„Nein. Ich gebe dir nur die Fakten."

Sam lächelte geduldig. „Okay, kann ich sie sehen?"

Zara ging ihm aus dem Weg. „Sicher."

Er schaute durch die Kugel. Der Spiegel zeigte mehr als fünfzig Menschen, die in dem großen Raum arbeiteten. Einige waren Männer, andere Frauen, aber die gesamte Gruppe schien homogen zu sein. Jeder von ihnen schien von seiner Arbeit gefesselt zu sein.

Nicht gefesselt, sondern hypnotisiert.

„Die Hübsche ist weg", sagte Sam.

„Ich dachte, du bist nicht an einem Date interessiert?“, stichelte sie.

„Bin ich auch nicht. Ich hatte gehofft, ich könnte herausfinden, woher sie kommt. Dann können wir vielleicht herausfinden, wo dieser Tempel ist. Irgendetwas hier muss Antworten auf die Nostradamus-Gleichung haben. Wenn nicht, verstehe ich nicht, warum Nostradamus uns hierher geschickt hat.“

„Er hat uns nicht hergeschickt. Er hat eine Version der Zukunft gesehen, in der ich hier war und die Nostradamus-Gleichung entdeckt habe.“

„Toll.“ Sam wich von dem Gerät zurück und machte Platz für Tom. „Du hast den ersten Spiegel in der U-Boot-Pyramide gefunden. Er enthielt Ansichten von verschiedenen Tempeln und antiken Bauwerken. Hast du an diesem etwas erkannt, das uns helfen könnte, herauszufinden, wo er ist oder warum wir ihn finden sollten?“

Tom zuckte mit den Schultern. „Ich werde sehen, ob ich etwas erkenne, aber alte Tempel und Piktogramme sind nicht mein Fachgebiet.“

Zara sagte: „Versuch es. Irgendetwas, das dir auffällt.“

Sam beobachtete, wie Tom sein Auge direkt an den Spiegel hielt, als wäre es ein Teleskop. Er starrte ein paar Minuten lang hindurch. Seine Augen huschten von links nach rechts und blieben dann stehen. Sein Blick war nun auf ein bestimmtes Detail gerichtet. Seine Pupillen weiteten sich. Das Heben und Senken seines Brustkorbs wurde immer häufiger, als hätte er etwas gesehen, das ihm Angst machte.

Zara legte ihre Hand auf Toms Schulter. Das hatte nichts Sexuelles an sich. Es war eine einfache, fürsorgliche Geste. „Was hast du gesehen, Tom? Ist die Frau wieder in Sichtweite gekommen?“

„Was ist los, Tom?“ fragte Sam.

Tom trat vom Spiegel zurück. Seine Augen starrten ausdruckslos an ihnen beiden vorbei. Auf seiner Stirn bildeten sich Schweißperlen und das Blut war aus seiner Haut gewichen.

„Mein Gott!“ Zara war die Erste, die es bemerkte. „Du erkennst sie, nicht wahr?“

„Ja.“ Tom schlang seine Arme um Zara, wie ein Kind. „Ihr Name ist Dr. Billie Swan ... und vor nicht allzu langer Zeit war ich kurz davor, sie zu heiraten.“

Kapitel Sechsundneunzig

Das Geräusch von gurgelndem Blut drang an Toms Ohren und sein Herz raste. Der Anblick von Billie hatte eine Urreaktion und eine plötzliche Ausschüttung von Adrenalin ausgelöst. Er spürte, wie die Galle in seinem Magen aufstieg und er wusste nicht, ob er sich übergeben sollte oder er seinen Darm öffnen wollte. Ein leichtes Zittern ergriff seine sonst so ruhigen und harten Hände.

Er schaute Sam an. „Das ist nicht Billie. Sie wollte die Baumeister finden und nicht von ihnen versklavt werden. Sie haben ihr etwas angetan und wir müssen ihr helfen."

„Natürlich müssen wir das." Sams Mund stand leicht offen und seine Augen waren verständnislos. „Ich weiß nur nicht, wo ich anfangen soll. Dieser Ort könnte überall sein."

Tom trat von der Kugel weg. „Was zum Teufel haben sie mit ihr gemacht?"

Zara sagte: „Sie sieht wie betäubt aus."

Tom fragte: „Wie konnte sie sich betäuben lassen?"

„Vielleicht ist sie es nicht?" schlug Sam vor. „Vielleicht tut sie nur so. Du weißt, dass sie ihr ganzes Erwachsenenleben und einen großen Teil ihrer Kindheit mit der Suche nach den Baumeistern verbracht hat. Sie war überzeugt, dass es noch welche gibt, die wie Götter über uns wachen."

Tom sagte: „Wir müssen sie retten!"

Zara fragte: „Was ist mit der Nostradamus-Gleichung?"

Tom fluchte. „Scheiß auf die Nostradamus-Gleichung. Ich bin raus. Ich will sie einfach nur finden."

„Wir müssen die Gleichung finden, das ist wichtiger als alles andere", sagte Zara. „Ich verstehe, dass sie dir viel bedeutet - euch allen, aber du musst verstehen, wenn wir die Nostradamus-Gleichung nicht finden, ist das alles egal."

Tom schlug mit der offenen Hand auf die Seite des Podestes. „Du kannst hierbleiben und versuchen, die Nostradamus-Gleichung zu finden. Ich werde gehen."

Sam fragte: „Wohin? Du hast keine Ahnung, wo du suchen sollst! Der Tempel könnte überall auf dem Planeten sein!"

Toms Kinnlade war fest verschlossen. Seine braunen Augen waren wild entschlossen, als er sagte: „Nein. Aber wir kennen jemanden, der es weiß."

Sam schaute ihn an. Er schluckte. „Du hast recht. Ich denke, es ist an der Zeit, dass wir die Vatikanstadt besuchen."

„Und dann werde ich ihn umbringen!", sagte Tom und seine Stimme war voller Vehemenz.

„Nein, Tom. Ich glaube fast, das du dazu fähig wärst, aber dann wären wir nicht besser dran als jetzt. Deshalb habe ich einen Vorschlag. Warum bleibst du nicht hier und beobachtest den Spiegel? Vielleicht kannst du herausfinden, wie sie Billie kontrollieren. Ich werde Zara mitnehmen. Wir werden den Vatikan vor Geschäftsschluss erreichen und IHN hierher zurückbringen, um Antworten zu bekommen."

Tom schüttelte den Kopf. Sein Instinkt und seine Pflicht waren die einzigen Dinge, die ihn auf dem Boden der Tatsachen hielten. „Okay."

„Bist du bereit, mit mir in den Vatikan zu kommen?" Sam schaute Zara an. „Ich erkläre dir auf dem Weg dorthin, warum."

„Klar", sagte sie. Ihr Blick wirkte distanziert.

„Was ist los?"

„Nichts."

„Was ist es?" Sam blieb hartnäckig. „Du siehst besorgt aus."

„Nichts."

„Sag es."

Sie schüttelte abweisend den Kopf.

Sam sagte: „Sag es einfach!"

Zara schluckte. „Hat die Zukunft gerade versucht, uns von der Nostradamus-Gleichung wegzuführen?"

Kapitel Siebenundneunzig – Die Vatikanstadt

Das weiße Taxi, ein elektrischer Nissan Leaf, fuhr lautlos an der Engelsburg vorbei. Es fuhr weiter die Via Di Porta Angelica entlang und hielt unerlaubt an der Seite des Viale Vaticano. Die 120 Meter hohe Steinmauer verbarg die Vatikanstadt auf der gegenüberliegenden Straßenseite. Dahinter ragte der Petersdom hoch in den Himmel.

Es war der kleinste unabhängige Nationalstaat der Welt. Er umfasste 109 Hektar innerhalb einer drei Kilometer langen Grenze. Dazu besaß der Staat allerdings noch weitere 160 Hektar Besitz an abgelegenen Orten auf der ganzen Welt. Neben den jahrhundertealten Gebäuden und Gärten unterhielt der Vatikan ein eigenes Bank- und Telefonsystem, ein Postamt, eine Apotheke, eine Zeitung sowie Radio- und Fernsehsender, Websites und Satellitenübertragungen. Zu den 600 Bürgern des Vatikans gehörten das Gendarmeriekorps, die Zivilpolizei des Vatikans, und die Mitglieder der Schweizergarde, eine Sicherheitseinheit, die seit 1506 mit dem Schutz des Papstes beauftragt war - und die trotz ihrer albern aussehenden Uniformen so gut ausgebildet und hingebungsvoll war wie ein Seal Team.

Sam gab dem Taxifahrer vierzig Euro und stieg aus, ohne auf das Wechselgeld zu warten. Der stechende und allgegenwärtige Geruch von Kaffee und Zigarettenrauch wehte durch seine Nasenlöcher. Der Staub der antiken Ruinen, einer der wohl größten Zivilisationen, die je gelebt hat, wehte von den zentralen Ruinen herab.

Zara folgte ihm und schaute zum Eingang hinauf. Eine lange Schlange von Touristen, die darauf warteten, die Heilige Stadt zu besichtigen, erstreckte sich über mehrere Hundert Meter, bevor sie im Eingangsbogen des Vatikanischen Museums verschwand.

Sie biss sich auf die Unterlippe. „Wir könnten hier stundenlang stehen!"

„Nein, werden wir nicht." Sam ging direkt auf den gewölbten Eingang zu. „Komm mit mir und halte nicht an, bis dich die Schweizergarde verhaftet hat."

„Das ist dein Plan?"

„Ja."

Sie fragte: „Bist du sicher, dass der Typ reden will?"

Sam sagte: „Ganz sicher.“

„Woher kennst du diese Person?“

„Sie hat den Decknamen „Testimonium Architectus“ benutzt.

„Zeuge der Bauherren?“, sagte sie ungläubig.

Sam nickte. „Vor drei Monaten sind wir einer alten Himmelskarte zu den Falklandinseln gefolgt. Dort sind wir in ein Wasserloch getaucht und haben einen verborgenen Raum entdeckt, der komplett aus Obsidian besteht. An den Wänden haben Sternenkonstellationen geleuchtet, die den Nachthimmel aus verschiedenen Blickwinkeln auf den Planeten darstellten. Unter dem Obsidiangewölbe haben wir einen versteckten Tunnel gefunden. Wir sind ihm gefolgt und ganz am Ende fanden wir ein offenes Buch.“

Sie grinste leicht. Als wüsste sie, dass sie absichtlich in die Geschichte hineingezogen wurde. „Was stand in dem Buch?“

„Eine Reihe von Einträgen, die mehr als zweitausend Jahre umfassen. Jeder Eintrag steht für ein bedeutendes Ereignis im Leben der Baumeister. Der letzte Eintrag wurde erst vor wenigen Wochen gemacht. Anstatt das Buch zu nehmen, beschlossen wir, das Obsidian-Gewölbe zu beobachten.“

„Wonach?“

„Für jemanden, der die Baumeister bezeugt und uns eine Verbindung zu ihnen liefert. Sechs Wochen vergingen und unsere Entscheidung zu warten und zu beobachten, zahlte sich aus, da ein weiterer Eintrag gemacht wurde. In diesem Eintrag stand ein einziger Vermerk - das Buch des Nostradamus wurde gefunden.“

Sie nickte, sagte aber nichts.

Sam fuhr fort. „Damals dachten wir uns wenig dabei. Der Zeuge wurde verfolgt, bis zurück in den Vatikan. Ich wollte mich dort vorstellen und sehen, was ich herausfinden kann, aber dann wurde ich abgelenkt, weil ein Agent in der Sahara vermisst wurde.“ Er schüttelte den Kopf und lächelte. „Im Nachhinein wäre es vielleicht besser gewesen, zuerst hierher zu kommen.“

Sie lächelte ihn an. „Für dich vielleicht, aber ich wäre dabei draufgegangen.“

Er zuckte mit den Schultern. „Diese Möglichkeit besteht immer.“

„Aber wird er auf dich hören?“

„Das wird er nicht wollen. Ich vermute, dass die Schweizer Garde versuchen wird, uns zu vertreiben.“

„Und wenn sie das tun?“

„Dann erwähnen wir, dass wir die Nostradamus-Gleichung gefunden haben.“

Sam erreichte den Haupteingang des Vatikanischen Museums und bahnte sich einen Weg durch die Menschenmassen, als ob er und Zara hinein gehörten. Der Trick war, keinen Moment zu zögern. Nur ein Narr oder eine Person, die dazu bestimmt war, dort zu sein, würde sich durch eine Menschenmenge drängen, die schon seit Stunden auf den Eintritt wartet.

Er schritt unter dem großen Eingangsbogen hindurch. Darüber befanden sich Statuen, die die beiden großen Künstler darstellten, die so viel Zeit ihres Lebens damit verbrachten, den Reichtum des Vatikans zu vergrößern. Auf der linken Seite stand das Genie der Renaissance, Michelangelo, mit dem Bildhauerhammer in der Hand. Auf der rechten Seite der junge Maler Raffael mit seiner Palette und seinem Pinsel.

Zara schaute sich die beiden großen Künstler an. „Erstaunlich, was die beiden in ihrer Zeit auf der Erde erreicht haben."

Sam nickte, ohne zuzuhören. Er überlegte immer noch, was er als Nächstes sagen sollte, wenn die Schweizergarde nicht an seiner Geschichte interessiert war. Oder noch schlimmer ... wenn er sich in Bezug auf den Zeugen der Baumeister irrte.

Er ging hinein und durch die Metalldetektoren, die von zwei Polizisten des Vatikans überwacht wurden. In ihren blauen Uniformen trugen die Gendarmen eine Glock 17 an ihrem Seitenholster, als sie die Touristen durchwinkten.

Sam und Zara drängten sich durch die Schwärme von Touristen vor. Sie passierten das Atrium de Corazze auf der linken Seite, durchquerten das Atrium der vier Tore und betraten den Hof der Pigna. Sam erinnerte sich daran, dass der Hof gebaut wurde, um den Apostolischen Palast mit der Sixtinischen Kapelle zu verbinden. Es gab drei Ebenen, die durch elegante Treppen miteinander verbunden waren und von Galerien flankiert wurden, die von Pilastern mit breiten Bögen gekrönt wurden. Sowohl die Pflasterung als auch die Galerien waren leicht zur Sixtinischen Kapelle hin geneigt, sodass der Hof von den päpstlichen Gemächern aus noch größer wirkte, als er es tatsächlich war.

Er wandte sich nach links und trat durch den zweiten Torbogen in einen ruhigen Innenhof. Zara blickte ihn an und ihr Gesicht zeigte ihre unbewusste Enttäuschung darüber, dass sie den weiten Weg hierher gekommen war, nur um dann die Sixtinische Kapelle auszulassen. Am Ende des Hofes schützten zwei päpstliche Schweizergardisten eine Holztür. Vermutlich führte diese Tür in die echte Vatikanstadt. Die nicht-touristische Stadt, in der der kleinste Städtestaat der Welt die manchmal banalen und alltäglichen Aufgaben der Staatsführung erledigte. Sie trugen die traditionelle Uniform in den Farben Blau, Rot, Orange und Gelb und hatten ein ausgeprägtes Renaissance-Aussehen.

Als Leibwächter des Papstes wurden die päpstlichen Schweizergardisten vom Heiligen Stuhl unterhalten und waren für die Sicherheit des Papstes verantwortlich, einschließlich der Sicherheit des Apostolischen Palastes. Beide Männer waren sowohl mit traditionellen Hellebarden als auch mit modernen Schusswaffen ausgerüstet. Seit dem Attentat auf Papst Johannes Paul II. im Jahr 1981 wurden die nicht-zeremoniellen Aufgaben der Garde viel stärker betont und die Ausbildung im unbewaffneten Kampf und an Handfeuerwaffen verbessert. Rekruten der Garde müssen unverheiratete katholische Schweizer Männer zwischen 19 und 30 Jahren sein, die eine Grundausbildung bei der Schweizer Armee absolviert haben. Sie sind de facto das Militär der Vatikanstadt. Die Päpstliche Schweizergarde wurde 1506 unter Papst Julius II. gegründet und ist eine der ältesten Militäreinheiten, die noch immer im Einsatz ist.

Sam lächelte beide Männer an. „Es tut mir leid, dass ich Sie unterbreche. Mein Name ist Sam Reilly, und ich muss mit Mr. Testimonium Architectus sprechen."

Beide Männer warfen sich Blicke zu, die darauf hindeuteten, dass sie sich in einer unerwarteten und gefährlichen Situation befanden. Sam seufzte erleichtert auf. Hätten sie den Namen noch nie gehört, hätten sie ihm das gesagt und ihn entlassen. Ihr Zögern war nichts anderes als die Bestätigung, dass der Mann da drin war. Beide Wachmänner schienen sich unwohl zu fühlen. Einer senkte seine rechte Hand, möglicherweise um nach seiner Pistole zu greifen.

Sam blieb standhaft. Mit der Autorität eines Mannes, der es gewohnt ist, zu führen, sagte er: „Eine sehr dringende Angelegenheit, meine Herren. Der Sand der Zeit wird buchstäblich gerade weggespült."

Die beiden Wachen wechselten leise und schnell ein paar Worte in ihrer eigenen Sprache. Dann verschwand der eine hinter einem Torbogen am Ende des Raumes, während der Zweite nach vorne trat. „Bitte warten Sie hier, während wir mit unseren Vorgesetzten sprechen."

Sam lächelte warmherzig. „Danke."

Einen Moment später kam ein zweiter Wächter und nahm den Platz des verschwundenen Wächters ein. Insgesamt vergingen sechs Minuten, bis der erste Wächter mit einem anderen Mann zurückkehrte.

Er trug ein dunkelblaues Gewand. Sein braunes Haar war dicht und kurz geschnitten. Seine blauen Augen waren intensiv, als ob er das Gewicht der Welt auf seinen Schultern trüge, aber sein Lächeln war warm und freundlich. Er hätte ein hochrangiges Mitglied des Klerus sein können, aber sein Alter ließ Sam schnell daran zweifeln. Der Mann mochte Mitte 40 sein und war keinesfalls älter als 50. Der jahrelange, sitzende und gelehrte Lebensstil hatte seinen einst muskulösen Körperbau in Fett verwandelt. Darunter schienen aber etwas seiner Kraft und Schnelligkeit geblieben zu sein. Er hatte eine gute Körperhaltung, fast wie ein Boxer. Er trug er das gelb-rot-orangefarbene Abzeichen der päpstlichen Schweizergarde am Gürtel und sein Alter machte deutlich, dass er schon lange kein Rekrut mehr war.

Sam schluckte schwer.

Seine Probleme hatten sich gerade in etwas viel Gefährlicheres verwandelt.

Der Fremde steckte einen eisernen Schlüssel in die schwere Holztür und entriegelte das Schluss. „Mr. Reilly, Sie und Dr. Delacroix sollten sofort reinkommen. Ich erwarte Sie schon seit einiger Zeit, und ich warte wirklich nur ungern."

Kapitel Achtundneunzig

Sam und Zara folgten dem Mann. Für seine rundliche Statur bewegte er sich überraschend schnell. Er führte sie die Treppe hinunter und über einen gepflasterten Innenhof. Sie bogen in eine Gasse ein, die in eine größere Gasse mündete. Auf der anderen Seite der Gasse befand sich ein steinernes Gebäude, in dem ein Supermarkt und ein kleines Postamt untergebracht waren. Dahinter stand der Turm von Nikolaus V., das Wahrzeichen der Bank des Vatikans.

Der Mann stellte sich nicht vor und sprach auch keinen von ihnen an, bis er das St. Anna-Tor passierte und die Kaserne der Schweizer Garde betrat. Dort angekommen, betraten sie den Korridor und blieben vor der vierten Tür auf der linken Seite stehen, die auf Lateinisch beschriftet war - *Schweizergarde. Minister für die Zukunft.*

Der Fremde öffnete die Tür und seine Augen trafen Zaras. Die Kurve seiner äußeren Lippe verzog sich leicht. „Dr. Delacroix, ich muss Sie um Geduld bitten und Sie bitten, hier draußen zu warten, während ich mit Mr. Reilly allein spreche.

Zara nickte mit dem Kopf und wartete, während Sam dem Mann ins Haus folgte.

Der Fremde schloss die Tür und sagte: „Nehmen Sie Platz, Mr. Reilly."

Sam nahm Platz und grinste. Er hatte noch nie eine nicht-touristische Führung durch den Vatikan mitgemacht. „Es tut mir leid. Sie sind *der Zeuge der Baumeister*?"

„Unter anderem, ja. Das ist eine meiner vielen Aufgaben." Der Mann reichte mir die Hand. „Mein richtiger Name ist John Wallis."

Sam nahm sie. „Freut mich, sie kennenzulernen."

„Ich wünschte nur, es wäre unter anderen Umständen." Wallis sah sich im Raum um, als wüsste er nicht, wie er das nächste Thema ansprechen sollte. „Großer Gott, Mr. Reilly! Dr. Delacroix hat überlebt!"

„Ja. Klingt das, als wären Sie über diese Enthüllung fast schon bestürzt?"

„Ich bin bestürzter, als Sie es sich vorstellen können."

„Warum?"

„Die Baumeister werden sehr besorgt sein!"

„Warum?"

„Weil sie ihren Tod seit fast vierhundert Jahren geplant hatten und

Sie ihn jetzt gerade ruiniert haben. Ich hätte fast Lust, sie hereinzubitten und sie selbst zu töten, aber nach dem, was ich gehört habe, ist der Schaden bereits angerichtet und wir können jetzt nur noch vorwärts gehen - mit dem, was Nostradamus erreichen wollte.“

Sam starrte ihn an. Eine neue Offenbarung tat sich auf. „Sie waren der Käufer! Sie haben sie dafür bezahlt, das Buch des Nostradamus zu finden!“

„Ja, natürlich.“

Sam hielt inne und versuchte, sich einen Reim auf die neue Enthüllung zu machen. „Wenn Sie wussten, dass Zara, wenn sie das Buch des Nostradamus findet, die Welt ins Chaos stürzen würde, warum haben Sie sie dann überhaupt dafür bezahlt, es zu finden?“

„Weil sie es immer finden würde. Nostradamus hatte das schon vorhergesehen. Das war eine Tatsache. Wir dachten uns, dass es besser ist, dafür zu bezahlen, wenn es schon passieren muss. So konnten wir zumindest Vorkehrungen treffen, wenn das Ereignis eingetreten war.“

„Warum habt ihr sie nicht einfach umgebracht, als sie noch ein Kind war?“, schlug Sam vor.

„So einfach ist das nicht. Nostradamus hatte das Ereignis bereits gesehen. So viel stand bereits fest. Sie würde sein verdammtes Buch finden und versuchen, die Zukunft zu ändern. Aber sie würde Fehler machen und damit die Lebensspanne der Menschheit verkürzen.“

Sam nickte. Er hatte das Argument schon von ihr selbst gehört. „Was ist also schief gelaufen? Wie konntest du sie mit dem Buch entkommen lassen?“

„Die Zukunft hat eingegriffen. Das Glück wollte es, dass sie nicht im Lager war, als unsere Männer angriffen. Sie konnte entkommen und hatte das Buch des Nostradamus mit all seinen Gefahren bei sich.“

Sam lachte. Er amüsierte sich trotz der unglaublichen Enthüllungen. „Nostradamus hat ihr gesagt, dass sie fliehen soll.“

John blieb stumm. Seine Augen starrten auf Sams Gesicht, als ob er herausfinden wollte, ob Sam log. „Nostradamus hat das vorhergesagt?“

„Ja. Warum? Überrascht Sie das?“ Sam lächelte und war froh, einen sichtbaren Effekt auf seinen neuen Gegner gehabt zu haben. „Anscheinend war er sehr gut, wie ich immer wieder höre, obwohl ich immer noch Schwierigkeiten habe, den Leuten ein Wort über seine Vorhersagen zu glauben.“

„Mein Vorgänger hat mir erzählt, dass Nostradamus einst glaubte, es sei unmöglich, die Zukunft zu ändern.“

„Wenn das so ist, warum ist es dann wichtig, dass Dr. Delacroix das

Buch gefunden hat oder dass sie überhaupt überlebt hat?"

„Weil Nostradamus sich geirrt hat. Das ist ein Teil des Kirchendogmas - der freie Wille. Wenn die Zukunft festgelegt ist, wie kann der Mensch dann einen freien Willen haben? Aber wir wissen durch das Wort Gottes, dass der Mensch einen freien Willen hat, also muss die Zukunft formbar sein, oder? Die Tatsache, dass Zara so lange überlebt hat, ist der Beweis dafür, dass die Zukunft verändert werden kann. Wie Sie sehen, ist es nicht so, dass sie nicht verändert werden kann, es ist nur schwierig, sie zu verändern. Große Veränderungen sind von allein unmöglich. Man muss eine neue Reihe von Ereignissen in Gang setzen, die wie Schnüre aneinandergereiht sind, um große Ereignisse zu beeinflussen."

„Zara hat es so erklärt, als ob wir ein kleines Auto fahren und einen großen Lkw von der Straße drängen wollen. Alleine schaffen wir das nicht, aber wenn wir ein größeres Auto rammen, gefolgt von einem Minivan, gefolgt von einem kleinen Lkw, werden wir schließlich den großen Lkw von der Straße schieben."

„Ja. Das ist eine sehr einfache Erklärung, aber sie reicht fürs Erste aus."

Sam fragte: „Warum ist Dr. Delacroix so wichtig?"

„Sie meinen, was sie tun wird?"

„Ja."

„Sie wird nach und nach die Zukunft beeinflussen. Sie wird den Verlauf einer Rebellion ändern und damit einen großen Krieg auf dem afrikanischen Kontinent verhindern, der sich unweigerlich auf den ganzen Globus ausbreiten würde."

„Aber wir haben Vorkehrungen getroffen, um den Krieg zu verhindern, bevor er begonnen hat!", sagte Sam.

„Und sie werden funktionieren!"

„Was ist daran so falsch? Wir haben demnach die Menschheit gerettet?"

„Nein. Sie haben ihren Untergang beschleunigt." John seufzte. „Die Menschheit war auf dem Weg, in dreihundert Jahren auszusterben ... stattdessen wird sie jetzt bis zum Ende dieses Jahrhunderts aussterben! Danke, Mr. Reilly."

„Warum?"

„Es sollte einen dritten Weltkrieg geben. Er sollte für die Menschheit katastrophal sein. Milliarden von Menschen würden sterben. Weniger als ein Zehntel der menschlichen Bevölkerung würde überleben."

„Warum sollten wir das wollen?"

„Weil wir die Plage unseres Planeten geworden sind. Wir sind die

Heuschrecken. Der Planet kann unser gefräßiges Wachstum nicht ewig ertragen. Das sollte die Korrektur sein. Und jetzt müssen wir versuchen, die wahre Katastrophe abzuwenden."

„Und was wird das sein?"

„Wir haben keine Ahnung. Wir haben die Vision noch nicht gesehen, die es uns erklären wird ... sonst hätten wir es schon früher aufgehalten. Wenn man es denn aufhalten könnte."

Kapitel Neunundneunzig

Sam fragte: „Was ist Ihre Absicht bei all dem?“

Wallis sagte: „Die Menschheit zu retten.“

„Klar.“ Sam lächelte. „Aber wie ist der Vatikan in die Sache mit Nostradamus hineingeraten?“

„Im Jahr 1538 wurde der damals junge Michel de Nostradamus wegen einer unbedachten Bemerkung über eine religiöse Statue der Ketzerei bezichtigt. Als er vor der kirchlichen Inquisition erscheinen sollte, entschied er sich weise, die Provence zu verlassen und mehrere Jahre durch Italien, Griechenland und die Türkei zu reisen. Es wird angenommen, dass Nostradamus während seiner Reisen zu den alten Mysterienschulen ein übersinnliches Erwachen erlebte. Auf seinen Reisen in Italien traf er auf eine Gruppe von Franziskanermönchen und erkannte in einem von ihnen den zukünftigen Papst. Der Mönch namens Felice Peretti wurde 1585 zum Papst Sixtus V. geweiht und erfüllte damit die Vorhersage von Nostradamus.“

„Sie haben die Frage nicht beantwortet. Stattdessen haben Sie mir erzählt, dass Nostradamus die Zukunft vorhersagen konnte, was er, wie ich gerade erfahre, sehr gut konnte.“

„Nostradamus hat nicht nur vorhergesagt, dass Felice Peretti eines Tages zum Papst geweiht werden würde. Er sagte ihm auch, dass er an diesem Tag eine neue Abteilung seiner Privatgarde gründen würde.“

„Der Minister für die Zukunft?“

„Genau.“

„Sehen Sie, Nostradamus war nicht der Einzige, der die Zukunft sehen konnte. Leider war er auch der Einzige, der bereit war, die Zeit und das Risiko auf sich zu nehmen, um sie zu ändern. Die Baumeister können die Zukunft sehen, aber nicht so, wie Sie es vermuten. Sie haben die Visionen nicht auf eine bestimmte Art und Weise.“

„Sie bekommen sie zufällig?“

„Ja. Stellen Sie sich das so vor. Wenn Sie in ein Kino gehen und sich einen dreiminütigen Filmausschnitt an einer beliebigen Stelle ansehen, wie viel würdest du dann über das Ereignis wissen, welches Sie gerade gesehen haben?“

„Nicht viel, es sei denn, wir hätten einen Bezugspunkt. Ich habe mir schon erklären lassen, wie Nostradamus die Zukunft gesehen hat.“

„Ganz genau. Wenn du in denselben Film gehst und etwas wie eine

Zeitung vom Tag des Bombenabwurfs auf Hiroshima siehst, hast du einen Bezugspunkt, woher das Ereignis kommt. Deshalb verlangen die Baumeister von mir, dass ich immer dokumentiere, wenn ich ein Ereignis sehe. Ich habe bereits eine Liste mit allen Ereignissen, aber wenn ich eines entdecke, gehe ich in die Obsidiangruft, um es zu dokumentieren. Die Meister können die Ereignisse anhand der Dokumente in dem alten Almanach, den ich aufbewahre, nachschlagen."

Sam fragte: „Wie lange leben Sie schon?"

„Nein, ich glaube, Sie verstehen mich falsch. Ich bin zweiundfünfzig Jahre alt. Ich nehme an einem der längsten Staffelläufe aller Zeiten teil. Seit der Gründung des Heiligen Stuhls leben die Mitglieder unserer Gruppe als Teil der einzigartigen Überwachungsdienste Seiner Heiligkeit."

„Warum?"

„Weil wir davon überzeugt sind, dass hinter allem, was wir tun und sehen, eine höhere Macht steht. Dass jemand oder etwas, das besser ist als wir, einen göttlichen Plan für uns alle hat. Im Inneren der heiligen Kirche konnten wir die meisten Ereignisse der Geschichte miterleben."

„Die höheren Mächte arbeiten für Sie?"

„Nein. Ich arbeite direkt für Seine Heiligkeit. In dieser Position erhalte ich eine enorme Menge an Informationen über Ereignisse. Diese Ereignisse werden dann mit dem alten Almanach abgeglichen."

„Nostradamus hat ein zweites Buch geschrieben?"

„Nein. Einer meiner Vorgänger hat es abgeschrieben."

„Steckt die Kirche dahinter?"

„Nein."

„Ich glaube, ich habe gerade die Gleichung geknackt", sagte Sam. „Aber ich glaube Ihnen nicht."

„Was ist denn?"

„Die Baumeister haben die Zeit nicht linear gesehen."

„Sie glauben, sie haben alles als ein einziges Durcheinander von Ereignissen gesehen?"

„Ja. Nostradamus war einer von ihnen oder zumindest ein Kind der Baumeister ... und obwohl er alle Ereignisse der Zeit sehen konnte, konnte er ihnen keinen Sinn geben, weil sie für ihn alle gleichzeitig stattfanden. Die Gleichung diente dazu, Bezugspunkte zu bilden, die dem Betrachter helfen sollten, aus den Ereignissen und ihrer relativen Zeit einen Sinn zu machen."

„Aber die Zeit ist linear!" sagte Sam: „Sie können sie nicht einfach aus allen Richtungen sehen: vorwärts, rückwärts, so funktioniert das physikalische Universum einfach nicht!"

John sagte: „Ich stimme zu. Aber ich bin ja auch nicht derjenige, der vor Kurzem ein an sie adressiertes Buch von vor mehr als vierhundert Jahren gefunden hat, in dem ihr aufgetragen wurde, eine Insel zu finden, die sich noch nicht gebildet hatte, um dort die Antworten zu finden." Dann zuckte er mit den Schultern, als ob das alles keine Rolle mehr spielen würde. „Ich habe Ihre Tagebücher gelesen, Mr. Reilly. Die Leute, die Sie die Baumeister nennen, nennen wir die Zeitmeister."

Sam fragte: „Wann sind sie angekommen?"

„Gekommen? Nein, wir reden hier nicht von Außerirdischen oder so etwas. Sie waren schon immer hier. Sie sind hier, um uns zu helfen, uns zu beobachten und uns zu leiten."

„Und wer sind Sie? Sind Sie ein Zeitmeister?"

„Nein. Ich bin nur ein Zeuge. Sie brauchen Hilfe, um den Ereignissen, die sich ereignen werden, einen Sinn zu geben. Ich helfe, indem ich sie dokumentiere. Ich schreibe die wichtigsten Ereignisse auf, so wie sie mir mitgeteilt werden. So können die Meister/innen besser verstehen, wo sie sich befinden. In der Geschichte gibt es lange Perioden, in denen sie uns in Ruhe lassen, und dann wieder andere, in denen sie häufig eingreifen müssen."

„Warum?"

„Weil wir Menschen sind. Weil wir schwach sind. Und weil wir, wenn wir uns selbst überlassen werden, wie kleine Kinder sind, die kämpfen wollen und sich schließlich selbst umbringen werden."

„Sie sind die Eltern, die eingreifen?"

„So ähnlich. Ich weiß nur, dass es einen Grund gibt, wenn du die Zeitmeister siehst. Und in letzter Zeit haben sie angefangen zu entgleiten. Sie haben ihre Anwesenheit auch außerhalb unseres früheren engen Kreises bekannt werden lassen. In den letzten zwei Jahrzehnten gab es mehr als ein Dutzend Ereignisse, bei denen ein normaler Mensch wie du zwei und zwei zusammenzählen konnte und feststellte, dass jemand ganz anderes, als die Geschichtsbücher uns glauben machen wollen, die Fäden der Zeit in der Hand hielt."

„Die Menschheit ist also zerstritten? Das hat sie aus der Abgeschiedenheit geholt? Ist das nicht das übliche Geschäft der Menschheit?"

„Die Menschheit nähert sich dem Ende."

„Können die Meister das ändern?"

„Sie haben vor, es zu versuchen. Ich glaube, sie sind Menschen wie wir, und wenn die Menschheit ausstirbt, werden auch sie aussterben. Also müssen sie uns unbedingt in Sicherheit bringen. Ich bin mir nicht sicher, ob sie wissen, wie. Ich glaube, sie haben dich absichtlich in dieses Spiel gebracht, um dir zu helfen. Ich weiß nur nicht, was Sie tun können."

„Aber tue ich denn etwas?"

„Ja. Ihre Anwesenheit hier beeinflusst die Zeitlinie. Das wissen sie."

„Aber wird das Ereignis dadurch verbessert oder verschlechtert?"

„Das wird nur die Zeit zeigen."

Kapitel Einhundert

Sam lehnte sich in seinem Stuhl zurück. Er war aus Leder und schien so alt zu sein wie einige der mittelalterlichen Ruinen, die er im Laufe der Jahre erkundet hatte. Er schüttelte den Kopf. Ein schiefes Lächeln zeichnete sich auf seinem sonst so fröhlichen und gut gelaunten Gesicht ab, aber er blieb stumm.

John fragte: „Was?“

„Ihr Name ist John Wallis?“

„Ja. Was ist damit? Ist das nicht ein gängiger Name in der Gesellschaft?“

Sam sagte: „Er ist nicht besonders schweizerisch.“

„Nein. Mein Vater war Engländer, meine Mutter war Schweizerin.“

Sam starrte ihn an. Er wusste immer noch nicht, warum er diese Frage überhaupt stellte. „Wissen Sie, wofür der Mathematiker John Wallis am berühmtesten war?“

„Ja, das weiß ich. Mein Vater hat es mir als Kind immer erzählt. Ich glaube sogar, dass er den Begriff „Unendlichkeit“ geprägt hat. Wallis zuckte mit den Schultern. „Was ist daran so wichtig?“

„Nichts.“ Sam starrte ihn an, wobei sich ein leichtes Lächeln aufsetzte. Die Chance, dass all das nur ein Zufall war, war einfach zu klein.

„Außer?“ Wallis blieb hartnäckig.

„Es ist nur ... vorhin habe ich eine Insel besucht, nach der eine Freundin von mir ihr Leben lang gesucht hat. Die Insel selbst hatte die Form der Zahl Acht, die auf der Seite lag. Das mathematische Symbol für die Unendlichkeit.“

„Und Sie denken, es ist symbolisch, dass Sie mich am selben Tag treffen, an dem Sie eine Insel besuchen, die einem Namen ähnlich sieht, den ein ganz anderer John Wallis vor Jahrhunderten erfunden hat? Du bist ein sehr seltsamer Mann, Mr. Reilly. Warum hat dein Freund bis jetzt gewartet, um die Insel zu besuchen?“

„Weil die Unendlichkeitsinsel, wie wir sie genannt haben, bis vor zwölf Stunden noch nicht existierte.

„Wie ist das möglich?“

„Heute Morgen gab es ein Unterwasserbeben im Mittelmeer. Haben Sie davon gehört?“

„Ja. Mir wurde gesagt, dass die Tsunamis außerordentliche Schäden anrichten können, aber durch die Gnade Gottes wurde nur eine Person getötet. Wurde die Insel beschädigt?"

„Nein. Stattdessen wurde durch die Verschiebung der tektonischen Platten ein sonst tiefer liegender, unter der Wasseroberfläche liegender Berg fast zweihundert Meter in die Höhe gedrückt. So entstand eine neue Insel."

Die Farbe wich aus Wallis Gesicht. „Sie sprechen von der Infinity Insel!"

„Ja. Jetzt muss ich Ihrem Gedächtnis auf die Sprünge helfen. Ich dachte, Sie hätten vielleicht etwas darüber gehört. Die Baumeister haben sie doch gebaut, oder?"

John nickte mit dem Kopf.

Sam fragte: „Wissen Sie, was das bedeutet? Hat Zara Delacroix die Zukunft verändert?"

„Ja."

„Und die Geburt der Insel bestätigt, dass sie die Welt gerettet hat?"

„Nein."

„Was dann?"

„Die Geburt der Insel bestätigt, dass die Menschheit nichts mehr tun kann, um sich selbst zu retten. Die Insel wurde als Stopptor gebaut, um Antworten zu geben, wenn die Welt in großer Not ist. Wenn die Infinity-Insel tatsächlich auf der Oberfläche des Mittelmeers liegt, müssen wir sie sofort erreichen. Wir haben keine Zeit zu verlieren!"

„Da ist noch etwas anderes."

„Was denn?"

„Die Nostradamus-Gleichung hat nicht funktioniert. Es war alles Kauderwelsch. Nichts erklärte einen Bezugspunkt zu den Ereignissen in seinen 58 zusätzlichen Vierzeilern."

„Was hast du gefunden?"

„Einen Spiegel. Wie die anderen, zeigte auch dieser das Innere einer Reihe von Tempeln. Einer von ihnen zeigte eine große Steinkammer, größer als alle, die wir bisher gesehen haben. Das Gebäude war noch im Bau. Dunkelhäutige Stammesangehörige arbeiteten an dem Bauwerk, als ob sie besessen wären!"

„Fahren Sie fort, Mr. Reilly! Was noch?"

„Ich habe eine der Sklavinnen erkannt. Sie war kein Stammesmitglied und ähnelte nicht dem Rest der Gruppe. Ihr Name ist Dr. Billie Swan ... und Sie müssen mir zeigen, wie ich sie finden kann!"

Kapitel Einhunderteins

Sam sah, wie das Blut aus John Wallis Gesicht wich. Er sah Verwirrung, Erstaunen, Fassungslosigkeit - und zuletzt sah er Hoffnung.

John sagte: „Sie haben Dr. Billie Swan durch den Spiegel gesehen?"

„Ja! Wissen Sie, wo sie ist?"

John stand von seinem Stuhl auf, als wäre das Treffen beendet. „Wie faszinierend."

„Wo ist sie?", beharrte Sam.

„Ich habe keine Ahnung." John grinste breit, während er sprach. „Aber das ist es nicht, was ich so faszinierend finde."

„Wirklich, was finden Sie denn faszinierend?"

„Die Zukunft!" John packte ihn am Arm und schaute ihm direkt in die Augen. „Verstehen Sie es denn nicht?"

„Was?"

„Begreifen Sie denn nicht? Sie versucht, Sie abzulenken, auf die einzige Art, die sie kennt. Du warst nah dran, du hattest die Nostradamus-Gleichung in der Hand und die Zukunft hat Sie wieder mit einer Vision gelockt. Wir müssen sofort zur Infinity Insel zurückkehren. Bevor sie kollabiert und alles verloren ist!"

Sam stand auf. „Kommen Sie mit mir?"

„Natürlich. Ich weiß nicht, wie ich Ihnen sonst vertrauen kann, dass Sie es nicht vermasseln. Mein Gott, das hat nichts mit Dr. Zara Delacroix und alles mit dir zu tun!" Er schüttelte den Kopf. „Ich hätte dich töten sollen, als du das erste Mal im Obsidian-Gewölbe getaucht bist!"

„Wovon redest du?"

„Du warst so nah dran! Es muss einen Weg geben, dies und alles zu ändern, sonst hätte die Zukunft nie versucht, dich abzulenken!"

„Die Zukunft hat versucht, mich abzulenken? Als ob sie einen eigenen Willen hätte?"

„Ja. Im Spiegel war noch etwas anderes, das Sie eigentlich finden sollten, aber stattdessen haben Sie Billy entdeckt, wurden wütend und sind hierher gekommen. Währenddessen wird der Sand von Infinity Island vom Wasser abgetragen und die Lösung verschwindet!"

John Wallis öffnete die Tür und schnappte sich Zara. „Wir müssen los."

„Wohin?", fragte sie.

„Zurück zur Infinity Insel ... um die Menschheit zu retten! Und um

Himmels willen, nimm das Buch des Nostradamus mit!“

Kapitel Einhundertzwei

Sam betrat das Gemach des Königs, gefolgt von Zara und John. Tom stand auf und verließ das Podest, um ihnen entgegenzukommen. Er wirkte niedergeschlagen, aber konzentriert. Sein Gesicht zeigte Anzeichen von getrockneten Tränen, die nun von wütendem Zorn abgelöst wurden.

Tom hob John an seinem Neoprenanzug hoch und drückte ihn gegen die Sandsteinwand. „Wo haben Sie Billie hingebracht?"

Sam trat dazwischen und sah Tom an. „Das ist John Wallis. Er wird uns helfen, die Nostradamus-Gleichung zu berechnen. Er hat keine Ahnung, wo Billie ist."

„Und wie finden wir Billie?", fragte Tom.

John hielt ihm die Hand hin. „John Wallis. Ich werde es versuchen, wenn möglich, aber zuerst müssen wir die Gleichung berechnen."

Tom nahm den Handschlag des Mannes nicht an und John versuchte nicht, ihn erneut anzubieten. Stattdessen drehte John schnell an der Wählscheibe auf dem Sockel und ging durch verschiedene Tempel, bis er beim Unterwassertempel anhielt. Die Fische und anderen Meeresbewohner leuchteten alle fluoreszierend, als sie vom UV-Schwarzlicht getroffen wurden.

John sagte: „Taschenlampen aus, alle."

Jeder schaltete seine Lampe aus, bis die Kammer des Königs dunkel war. Er wartete, bis sich ihre Augen an die Veränderung gewöhnt hatten. Einen Moment später neigte John seinen Kopf nach hinten und blickte zu der nicht mehr leeren Kuppel hinauf. Das ultraviolette Licht schien durch die Kugel hindurch und an die Decke.

Die Decke der Kuppel leuchtete förmlich vor lauter Zahlen. Es gab ein paar Worte, aber hauptsächlich war es Kauderwelsch. Nichts, was für sich genommen irgendeinen Sinn ergab. Die meisten Zahlen waren in Rot geschrieben, einige auch in Blau.

„Black, Moore, Tod eines Zwillings ..." Sam begann, die Wörter vorzulesen. „Nichts davon bedeutet etwas!"

Tom starrte an die Decke. Dort standen Wörter in englischer Sprache. Er las sie laut vor.

Finde die Antwort auf die eine Frage, die du stellen musst. Werde nicht gierig und suche nach anderen Antworten. Die Zeit ist kurz. Dies wurde gebaut, um die Menschheit zu retten. Nutze sie weise.

John wandte sich an Zara. „Gib mir das Medaillon!"

Zara nahm es von ihrem Hals ab und reichte es ihm. „Warum, was hast du vor?“

Sam beobachtete, wie John sie ignorierte und das Medaillon auf die Kugel legte. Das alte Messingmedaillon passte perfekt, als wäre es absichtlich so gestaltet worden - was es natürlich auch war. Im Medaillon waren mehrere Löcher. Sam erinnerte sich, wie sie entstanden waren, als Zara ihr Medaillon in den Sockel der Wahrheit in der letzten Ruhestätte des letzten Königs der Garamanten legte. Das Medaillon war mit Säure gefüllt worden, und unter der aufgelösten Beschichtung waren sieben Schwachstellen in der Metallarbeit zum Vorschein gekommen, die später sieben Löcher hinterließen. Er erinnerte sich daran, dass er damals dachte, die Löcher seien zu speziell, um zufällig entstanden zu sein. Jetzt wusste er es. Das Licht der Kugel schien durch die Löcher und beleuchtete jeweils sieben einzelne Zahlen. Indem er sie gedanklich zusammenfügte, entstand ein Kalenderdatum.

John sagte: „Wenn die Wörter rot sind, bedeutet das, dass die Zukunft feststeht und nichts daran geändert werden kann. Wenn sie blau sind, bedeutet das, dass es noch eine Chance gibt, das Ergebnis zu ändern. Zara, schlage dein Buch auf, wir brauchen die Vierzeiler, wenn wir den Gesuchten gefunden haben.“

Sie fragte: „Wir werden einen bestimmten Vierzeiler finden, der relevant ist?“

John nickte. „Ja. Und dann werden wir ihn entschlüsseln. Und wir werden das alles sehr bald tun, bevor die Zukunft die Chance hat, die Nostradamus-Gleichung zu zerstören.

Die Kugel enthielt eine Reihe von Zahlen, die von 43 bis 100 reichten. Das Medaillon drehte sich, sodass jede Zahl für eine andere Position der sieben Lichtöffnungen stand. John blätterte schnell durch die einzelnen Zahlen.

Vierzeiler 43 - 31.5.2020 - in Rot geschrieben.

Vierzeiler 44 - 3.05.2030 - in Rot geschrieben.

John sah zu den anderen auf. „Sagen Sie mir, dass einer von Ihnen sich Notizen zu jedem dieser Sätze macht.“

Sam sagte: „Ich bin euch weit voraus.“

„Gut.“ Er arbeitete sich weiter durch jeden der 58 Vierzeiler.

Vierzeiler 56 - 14.2.2021 - in Blau geschrieben.

Vierzeiler 57 - 08.02.2045 - in Rot geschrieben.

John fuhr fort, bis er zu Vierzeiler 84 kam. Er war in Blau geschrieben - was bedeutet, dass die Zukunft noch offen war - das Datum der Vorhersage betraf den morgigen Tag.

John schaute Sam an. „Was haben Sie für morgen geplant?"

„Vor dem Erdbeben wollten wir einem Mann namens Adebowale helfen, die Rebellenregierung in der Demokratischen Republik Kongo zu stürzen."

John fragte: „Wie?"

Sam sagte: „Fast fünftausend Männer werden in einer Mine im Norden der Demokratischen Republik Kongo gefangen gehalten. Neben der Mine liegt der Tumba-See. Die Vereinigte Souveränität des Kongos, deren Anführer Adebowale ist, hat mit einer Befreiungsaktion gewartet, weil General Ngige die Sklaven ertränken würde, wenn sie direkt angreifen. Wir müssen sie befreien, bevor die Gegenrebellion stattfinden kann."

John schwieg, als ob das alles keinen Sinn ergeben würde. Seine Zuversicht war erschüttert.

Sam wandte sich an John. „Die Nostradamus-Gleichung sagt uns, dass Vierzeiler 84 vom Umsturz handelt. Die Zukunft ist noch ungewiss. Sie sagten vorhin, dass ich für diese Katastrophe verantwortlich sein könnte. Was hat Nostradamus gesehen? Was wollte er, dass ich tue?"

„Ich habe keine Ahnung", sagte John.

„Wozu war die Gleichung dann gut?"

„Sie kennen jetzt die Zeit und Sie kennen den Vierzeiler, der sich auf das zukünftige Ereignis bezieht. Ich schlage vor, dass Zara den Vierzeiler 84 aufschlägt und herausfindet, was zu tun ist."

Zara schlug das Buch des Nostradamus auf und öffnete Jahrhundert VII - Vierzeiler 84.

*

An ocean above and a maze below
Where the two meet over a baled woe,
The twin of a king shall die and the sun will set,
With a new ruler, and a kingdom shall grow without threat

*

Sam sah sich den Vierzeiler an. „An ocean above and a maze below" bezieht sich offensichtlich auf die Mine am Tumba-See. Aber was zum Teufel bedeutet der Rest?"

Tom beugte sich über das Buch und fragte: „Was ist eigentlich ein baled woe?"

„Das ist Altenglisch", sagte Zara. „Es bedeutet eine aus großem Kummer gerettete Person. Als ob du jemanden vor einem schrecklichen Schicksal bewahrt hättest."

Sam zuckte mit den Schultern. „The twin of a king". Hat General

Ngige einen Zwilling?"

Zara sagte: „Ich weiß es nicht. Ich habe bis vor ein paar Tagen, als er versucht hat mich zu töten, noch nie von dem Mann gehört.

„John, hat General Ngige einen Zwilling?"

„Ja, ich glaube schon. Ich weiß, dass er von jemand anderem finanziert wurde, der ihn zuerst auf die Idee brachte, zu rebellieren. Möglicherweise war er es, der ihn anfangs finanziert hat. Diese Person könnte königliches Blut haben."

Sie zankten sich über die mögliche Bedeutung von Vierzeiler 84 und hielten dann inne. Ein einzelner Klumpen gehärteten Sands fiel direkt auf den Sockel und brach dort auseinander, wo die Kugel ruhte. John drückte dann auf ein einzelnes Piktogramm an der Seite der Wand, welches das Medaillon freigab. Er schaute Zara an. Seine blauen Augen sagten ihr alles, was sie wissen musste. Er hatte die Wahrheit gesehen und es war wichtig, dass niemand anderes sie herausfand.

John sagte: „Es ist Zeit zu gehen."

„Was ist hier los?", fragte Sam.

„Die Insel bricht zusammen. Die Nostradamus-Gleichung war nie für die Ewigkeit gebaut!"

Sam fragte: „Aber was ist mit dem Vierzeiler? Was bedeutet er?"

„Ich bin mir noch nicht sicher. Ich glaube, man muss die Sklaven befreien. Wenn Sie das tun, glaube ich, dass die Dinge wieder in die richtige Reihenfolge gebracht werden. Wir brauchen die Gleichung nicht mehr. Wir haben den Vierzeiler, zu dem sie uns geführt hat. Jetzt müssen wir nur noch einen Sinn in diesem Ganzen finden.

Sam nickte und spürte, wie der zweite Sandklumpen auf seine Schulter fiel. Er war klein und kaum spürbar, aber die Implikationen waren potenziell tödlich. Die Infinity Insel brach auseinander.

„Schnell!", sagte er.

Zara steckte das Buch des Nostradamus in den wasserdichten Beutel und zog den Reißverschluss zu.

Sam sagte: „Tom, du gehst vor und bringst den Hubschrauber zum Laufen!"

John hatte seinen Atemregler und seine Tauchermaske schon aufgesetzt, bevor er das Wasser erreichte und folgte dann direkt hinter Tom. Sam vergewisserte sich, dass Zara direkt hinter ihm war, bevor er seine eigene Tauchmaske und den Atemregler aufsetzte.

Sie schwammen den dunklen Tunnel hinunter. Als sie zum Eingang des Haupttunnels abbogen, brach hinter Sam ein großes Stück Sand ab. Er schlüpfte gerade noch hindurch, aber hinter ihm stürzte jetzt der Tunnel zur Königskammer endgültig ein. Das trieb alle dazu, die Pyramide dringend zu verlassen oder für immer als Gäste tief im Inneren begraben zu werden.

Sam war der Letzte, der die Oberfläche erreichte. Er zog an Zaras Tauchgürtel, um ihn zu lösen, und riss dann den Klettverschluss auf, der ihre Tauchflasche hielt. Er tat dasselbe mit seinem eigenen Bleigurt, wartete aber nicht damit, seine eigene Tauchflasche zu entfernen.

Die Insel um ihn herum war fast vollständig verschwunden.

Neun Meter vor ihm hatten die Hauptrotorblätter des großen Sikorsky-Hubschraubers begonnen, sich zu drehen. Die Insel wurde fast vollständig vom Meer verschluckt. Der Berg dahinter begann in riesigen Teilen wie eine Lawine zusammenzubrechen. Die Obsidiankugeln begannen auseinanderzufallen, und die Zwillingsinseln waren nicht mehr zusammen. Das Wasser plätscherte bereits an die Kufen des Hubschraubers.

Sam erreichte den Seitenaufstieg des Sikorsky, als eine Welle unter den Hubschrauber rollte. Tom warf ihm einen kurzen Blick zu und hob den Hubschrauber in die Luft. Zara und Tom halfen ihm, ihn hineinzuziehen.

Sam schob die Seitentür zu und schaute durch die Seitenscheibe hinaus. Die beiden Seiten der Insel, die nicht mehr durch das Bindegewebe der Obsidiankugeln zusammengehalten wurden, schienen nun voneinander weg zu driften und in die jeweils andere Richtung zu kollabieren.

Die seltsamen Obsidiankugeln begannen auf den Eingang der Pyramide zuzurollen. Am Fuß des Sandbergs bildete sich ein Riss, durch den die Obsidiansteine hineinrollten. Jeder Einzelne von ihnen. Als ob sie von einer göttlichen Macht angetrieben würden. Dreißig Sekunden nachdem der letzte Stein verschwunden war, brach der Berg zusammen.

Sam beobachtete durch die Windschutzscheibe, wie Tom den Hubschrauber in Richtung Maria Helena drehte. Die Infinity Insel war völlig verschwunden, und was übrig geblieben war, war nichts weiter als das ruhige türkisfarbene Wasser des Mittelmeers.

Kapitel Einhundertdrei

Der Sikorsky landete um 20:00 Uhr auf der Maria Helena und um 22:05 Uhr war ein Plan beschlossen worden, den Sam mit seiner gesamten Crew, Zara, John und Adebowale, besprach. John hatte bereits seine Meinung geäußert, dass es jetzt das einzig mögliche Ergebnis sei. Es war riskanter, als wenn das Buch des Nostradamus nie entdeckt worden wäre, aber jetzt, wo es entdeckt wurde, war es die beste Chance auf Erfolg. Adebowale versicherte Sam, dass er seine Männer bis morgen Abend bereit haben könnte, um den Coup zu starten.

Sam sagte: „Ich möchte klarstellen, dass es nicht unsere Aufgabe ist, an dieser Rebellion teilzunehmen. Unsere Aufgabe ist es, die Sklaven zu befreien. Danach wird es an Adebowale sein, den Machtwechsel in der DRC herbeizuführen."

Alle nickten. Sie durften sich nicht auf die Seite von zwei Rebellenführern in der Demokratischen Republik Kongo stellen, nachdem der demokratisch gewählte Präsident durch einen rücksichtslosen Putsch getötet worden war.

„Der Eingang zur Mine ist schlecht bewacht. Weniger als zwanzig Leute. Sie haben ein altes Gatling-Geschütz aus der Kolonialzeit am Eingang der Mine angebracht, sodass niemand aus dem Inneren entkommen kann."

Genevieve fragte: „Wenn Adebowale von so vielen Leuten unterstützt wird, warum stürmt er dann nicht einfach die Mine und lässt die Gefangenen frei?"

Sam sagte: „Einer der Haupttunnel verläuft direkt unter dem Tumba-See. Die Gefangenen sind dort gefangen. Der See ist seicht. Er ist nur etwa dreißig Meter tief. Aber die Mine ist mehr als einen Kilometer tief. General Ngige hat verlauten lassen, dass, wenn jemand die Wachen am Eingang der Mine angreift, sie die Sprengladung hochgehen lassen und die gesamte Mine überfluten, sodass alle Menschen darunter getötet werden."

„Wie viele Menschen sind dort eingeschlossen?", fragte sie.

„Mindestens fünftausend. Es könnten aber auch zehn sein. Anscheinend bekommen sie jeden Tag die gleiche Menge an Essen. General Ngige legt die Mindestquote für den Lithiumabbau fest. Wenn sie sie erreichen, bekommen sie das Essen, wenn nicht, müssen sie hungern. Jeden Tag die gleiche Menge an Essen."

„Viele Menschen würden verhungern."

„Sie ersetzen sie einfach durch mehr Gefangene. Das ist ein gutes Abschreckungsmittel gegen Rebellion. Denke an den Gulag in Russland. Ein System, in dem man zu Tode geschuftet wurde. Wenn du einen Ort errichtest, der so viel schlimmer ist, als man es sich vorstellen kann, dann werden sie ihr Bestes tun, um sich zu benehmen."

„Also, wie willst du das anstellen?", fragte Genevieve.

„Adebowale. Ich lasse dich den Plan erklären."

Elise rief die detaillierte digitale Karte der Mine auf. Sie schaltete den Overheadprojektor ein und das Bild erschien auf dem Whiteboard im Missionsraum der Maria Helena. Es zeigte ein Labyrinth von Tunneln, das sich über vierundachtzig Ebenen erstreckte. Auf den höheren Ebenen waren die Tunnel verstreut und sporadisch, als hätten sie immer wieder die Richtung ändern müssen, um nicht in den Seegrund einzubrechen. Ab der zehnten Ebene und darunter wurden die Tunnel umfangreicher. Lange, tiefe Schächte, die sich kilometerweit in alle Richtungen erstreckten. Drei der Minen schienen offen und zugänglich zu sein, während die vierte überflutet schien.

Adebowale stand neben der weißen Tafel und zeigte auf die drei Tunnel, die unter dem See verliefen. „Wenn wir Dynamit entlang der Eingänge dieser drei Tunnel auslegen, können wir eine Reihe von Einstürzen verursachen, die eine natürliche Barriere gegen das Wasser des Sees bilden. Wenn General Ngiges Männer das Wasser ablassen, wird sie das schützen. Dann werden meine Männer die Wachen ausschalten und die Gefangenen werden befreit."

Sam schaute John an. „Wollen Sie sich uns anschließen?"

John lächelte und schüttelte den Kopf. „Nein. Bei dieser Mission ist kein Platz für mich. Aber ich wünsche Ihnen viel Erfolg bei Ihrem Unterfangen. Ich glaube wirklich, dass es im besten Interesse der Zukunft ist."

Sam wandte sich an Zara: „Was ist mit dir?"

„Mit mir?", fragte sie und wandte ihren Blick ab, um seinem Blick auszuweichen. „Ich glaube, du überschätzt meine Fähigkeiten bei Weitem. Ich werde bei einem Gefängnisausbruch nicht nützlich sein."

„Genevieve kann den Hubschrauber selbst steuern", sagte Sam. „Aber es wird für sie viel einfacher sein, wenn sie ein zweites Paar Augen zum Navigieren hat. Das wird auch hilfreich sein, wenn sie zum Treffpunkt zurückkehrt, nachdem wir die Mission beendet haben."

Sie atmete ein und schluckte dann schwer. Ihre Wangen liefen leicht rot an. „In diesem Fall fürchte ich, dass du meinen Altruismus überschätzt.

Es klingt nach einer ehrenwerten Sache, aber es ist nicht mein Kampf. Nostradamus hätte nie vorhergesagt, dass ich tatsächlich an der Operation beteiligt sein würde. Wenn es darauf ankommt, bin ich zu egoistisch. Ich wünsche dir wirklich viel Glück, aber ich glaube nicht, dass ich mitkommen werde."

„Das ist okay, ich verstehe das. Es ist nicht dein Kampf. Verdammt, es ist ja nicht mal wirklich unser Kampf." Sam lächelte sie aufmunternd an. „Andererseits könnte Mikhail da unten gefangen sein."

Diese einfache Bemerkung ließ Zara innehalten. Sie ließ die Worte auf sich wirken und begegnete dann direkt Sams Blick. Ihre haselnussgrünen Augen waren durchdringend und beherrschend. Sie schüttelte den Kopf. Ihr starrer Blick wich der Hoffnung. „Verdammt noch mal, Sam Reilly. Ich hatte mich schon damit abgefunden, dass er tot ist und jetzt so was ... bete lieber zu dem Gott, an den du glaubst, dass er noch lebt und du mir keine falsche Hoffnung gemacht hast."

Er fragte: „Soll ich dich mit einbeziehen?"

„Verdammt noch mal. Natürlich werde ich dem Team beitreten. Aber versuch nicht, zum Hubschrauber zurückzukehren, bevor du ihn gefunden hast oder zumindest genau weißt, was mit ihm passiert ist!"

„Ich werde mein Bestes tun." Sam wandte sich an den Rest seines Teams. „Was denkt ihr?"

Genevieve schaute auf. „Es gibt nur ein Problem."

Adebowale fragte: „Und das wäre?"

„Wie kommen wir in die Mine?"

Adebowale sagte: „Dabei werde ich Mr. Reillys Hilfe brauchen."

Kapitel Einhundertvier

Die Legacy 450 neigte sich leicht nach links und setzte zum Endanflug an. Der gecharterte Acht-Personen-Luxusjet landete sanft auf der schwarzen Landebahn. Es war die Art von Landung, bei der man zweimal überlegen musste, ob man noch in der Luft oder schon auf dem Boden war. Die Reise von Malta nach Bangui hatte mit dem privaten Charterflugzeug sechs Stunden gedauert. Sam warf einen Blick aus dem großen Seitenfenster des Flugzeugs. Am Rande des kleinen Flughafens begannen sich die Rotorblätter eines Hubschraubers zu drehen.

Adebowale zog Sams Aufmerksamkeit auf sich. „Wie versprochen, wartet ein Jet Ranger auf dich. Er wird vollgetankt und bereit für Genevieve sein, wenn wir die Ausrüstung verladen haben ... niemand wird Fragen stellen.

„Gut." Sam wandte sich an Genevieve. „Wie lange ist es her, dass du das letzte Mal mit einem Jet Ranger geflogen bist?"

„Jahre." Sie lächelte. „Fast ein Jahrzehnt."

Er fragte: „Kommst du zurecht?"

„Auf jeden Fall", sagte sie. „Es ist wie Fahrradfahren."

Sam nickte. Er war fast sein ganzes Leben lang Pilot gewesen. Jeder Hubschrauber hatte seine eigenen Vorzüge, aber wenn man das Fliegen einmal gelernt hatte, lag es einem im Blut. Außerdem war der Jet Ranger ein relativ fehlerverzeihender Hubschrauber.

Die Legacy 450 hielt an einem privaten Hangar, der nur für die nächsten zwölf Stunden gemietet war. Sam ging zum hinteren Teil des Flugzeugs. Tom hatte seine Beine auf dem leeren Ledersessel, der ihm zugewandt war, abgestützt. Tom benutzte die beiden Stühle als Bett und schlief wie ein Stein. Sam stieß seine Füße vom Stuhl und Tom rutschte auf den Boden.

Tom schaute auf. „Hey, ich habe die Ruhe genossen. Was ist los?"

Sam sagte: „Tut mir leid. Wir sind gelandet. Zeit, an die Arbeit zu gehen."

„In Ordnung, aber auf dem Rückflug schlafe ich vierundzwanzig Stunden durch."

„Auf dem Rückflug kannst du so lange schlafen, wie du willst. Und wenn du aufwachst, machen wir uns auf die Suche nach dem Tempel, in dem Billie gefangen gehalten wird."

Tom stand auf. Seine Augen waren plötzlich weit aufgerissen, als ob diese Aussage ihn wieder in die Realität zurückversetzt hätte. Das Bedürfnis nach Schlaf wurde durch Dringlichkeit ersetzt. Er hob seinen Seesack auf. „Bringen wir die Sache hinter uns."

Zehn Minuten später hatten sie den Jet Ranger mit ihrer Tauchausrüstung und drei RS1 Sea Scootern in Militärausführung beladen. Zara setzte sich auf den Navigationssitz, und Genevieve gab schnell die Koordinaten in das GPS vor ihr ein und gab Zara einen kurzen Überblick über die Funktionen des Geräts. Genevieve holte die topografische Karte hervor und zeigte ihr die wichtigsten Bezugspunkte.

Sam schob die Hintertür zu und steckte seinen Kopf ins Cockpit. „Wir sind startklar."

Genevieve nickte. „Alles klar."

Einen Moment später waren sie in der Luft. Im hinteren Teil des Hubschraubers zogen sich Sam, Tom und Adebowale schnell ihre Tauchanzüge an. Sam legte seine Tauchausrüstung bereit und drehte sich um, um eine zweite Ausrüstung für Adebowale vorzubereiten.

Sam sah Adebowale an: „Hast du schon mal getaucht?"

„Einmal. Ich war im Urlaub auf Hawaii. Ein Freund aus dem College hat mich überredet, es mal zu versuchen. Ich habe einen halbstündigen Schnuppertauchgang in etwa zwei Metern Wassertiefe gemacht."

Sam zuckte zusammen: „Das wars?"

Adebowale nickte. „Ja, das wars. Aber ich versichere dir: Ich schaffe das schon."

Sam schloss den Atemregler an die Flasche an und öffnete das Lufteinlassventil. Er blies die Tauchweste auf, die auch als Tarierweste bezeichnet wird, und reichte sie Adebowale. „Wie fühlst du dich in engen Räumen?"

„Das ist kein Problem für mich. Ich habe als Kind einige Zeit in genau dieser Mine verbracht. Auch hier können Sie beruhigt sein, Mr. Reilly. Ich werde durch den unterirdischen Teil kommen, wenn es noch möglich ist."

Sam nickte. Das war die beste Chance, die sie jemals bekommen würden. Er legte vorsichtig ein rechteckiges Stück Stoff auf dem Boden des Hubschraubers aus. Dann legte er fast rituell seine Heckler & Koch MP5 darauf. Die Neun-Millimeter-Maschinenpistole deutscher Bauart war bei Militärtauchern auf der ganzen Welt beliebt, weil sie dank ihres versiegelten Patronenlagers auch unter Wasser sehr zuverlässig war. Er nahm das Magazin heraus, öffnete das Patronenlager und überprüfte, ob sich keine Kugeln darin befanden. Sie war sauber und ihre Teile waren gut geölt. Dann testete er den Abzugsmechanismus. Er klopfte mit einem festen Klickgeräusch nach vorne. Er grinste. „Alles klar."

Auf der gegenüberliegenden Seite des Hubschraubers baute Tom alle drei Sea Scooter auf. Die Unterwasserantriebsfahrzeuge waren kleine, handgehaltene elektrische Geräte, die von Tauchern und Freitauchern für den Antrieb unter Wasser benutzt wurden. Sie wiegen jeweils weniger als 10 Kilogramm und haben eine Wasserblase, die den Auftrieb des Tauchers automatisch steuert.

Tom sah Adebowale an. „Hast du so ein Ding schon mal gesehen?"

Adebowale sagte: „Nein. Aber Sam hat uns erklärt, was wir damit machen können. Was muss ich dazu wissen?"

Tom schob den Einschaltknopf nach vorne, in die Position „On". Er saß genau in der Mitte zwischen den beiden Griffen. „Okay, wie du sehen kannst, schaltet dieser Knopf hier den Strom ein. Sobald wir im Wasser sind, solltest du ihn nicht mehr anfassen müssen, aber wenn du plötzlich merkst, dass du keinen Strom mehr hast, solltest du überprüfen, ob er nicht versehentlich betätigt wurde."

„Okay", sagte Adebowale.

Tom drückte mit dem rechten Daumen auf den Knopf für die Geschwindigkeitsregelung, und der kleine Propeller begann sich mit einem Heulen zu drehen. „Stell dir vor das wäre der Gashebel bei einem Motorrad. Jedes Mal, wenn du ihn drehst, erhöhst du die Geschwindigkeit. Der RS1 Sea Scooter hat drei Geschwindigkeitsstufen. Wahrscheinlich brauchen wir die schnellste Einstellung, bis wir den Grund der Mine erreichen, dann schalten wir auf die zweite oder sogar erste Stufe zurück. Benutze den Knopf unter deinem linken Daumen, um ihn zu verlangsamen."

Adebowale nickte.

„Okay, die Dinger laufen neunzig Minuten lang mit voller Geschwindigkeit und können bis zu 4 Knoten halten. Bei diesem hier ist die Karte der überfluteten Mine in das Head-up-Display integriert. Du kannst dir das wie ein GPS vorstellen, nur dass dieses Gerät das Bild, das vor dir liegt, anhand der Sonarimpulse mit deiner bekannten Position vergleicht. Wir geben als Ausgangspunkt die Öffnung des Minentunnels unter dem Sinkloch an. Jeder Sea Scooter hat sein eigenes Erkennungsgeräusch, sodass wir die Position der anderen im Tunnel verfolgen können, solange wir in Sichtweite sind. Das bedeutet, dass wir uns alle drei auch im Dunkeln ohne große Probleme zurechtfinden können."

Sam baute seine Heckler & Koch MP5 wieder zusammen. Er schaltete die Sicherung ein und legte ein vollständig geladenes Magazin ein. „Es sei denn, die Karte ist falsch."

Adebowale sagte: „Die Karte ist nicht falsch."

„Das wäre schon möglich", sagte Tom. „Die Karte, die du uns gegeben hast, ist immerhin fast drei Jahre alt."

Adebowale sagte: „Niemand war mehr in der Mine, seit sich das Erdloch neben dem Tumba-Fluss aufgetan und die ersten zehn Ebenen der Mine überflutet hat."

Sam begann, seine Arme in die Tarierweste zu stecken und den Klettverschluss zu schließen. Er befestigte seine Flossen an den Füßen und legte seine Tauchmaske neben sich. Er befestigte seine Heckler & Koch MP5 mit einer Leine an seinem rechten Arm und platzierte den Sea Scooter vor sich zwischen seinen Flossen. „Denk auch daran, dass die maximale Akkuleistung neunzig Minuten beträgt. Das heißt, es ist eine einfache Fahrt. Adebowales Männer werden um genau 22:00 Uhr in das Wachhaus eindringen. Dann haben wir drei Stunden Zeit, um den Tauchgang zu machen, uns durch den Tunnel zu navigieren und die Minen zu sprengen, die zum Tumba-See führen."

Genevieve warf einen Blick zurück: „Hat denn niemand etwas von einer Einbahnstraße gesagt?"

Sam sagte: „Mach dir keine Sorgen. Tom und ich werden nach Hause kommen. Wir werden uns an den Plan halten, was den Treffpunkt angeht. Ich möchte nur klarstellen, dass wir maximal neunzig Minuten Zeit haben, um durch den überfluteten Teil der Mine zu navigieren. Danach haben wir keinen Strom mehr und werden es ohne mechanische Hilfe nicht mehr schaffen durchzuschwimmen.

Genevieve fragte: „Was passiert denn, wenn ihr die Mission nicht zu Ende bringen könnt? Wie kommt ihr dann raus?"

„Gar nicht." Sam setzte sich nach vorne. „Wir müssen die Mission beenden. Sobald das C4 gesprengt ist und die Tunnel eingestürzt sind, werden Adebowales Männer die Wachen ausschalten. Dann ist unser Job erledigt. Wir machen uns auf den Weg aus der Mine und gehen zurück zum See, zünden eine grüne Leuchtrakete und du kannst uns abholen."

Genevieve sagte: „Ich muss auftanken."

„Kein Problem. Setz uns ab und fliege zum Tanken zum Flughafen von Bangui. Wir treffen uns um 23:30 Uhr an der ausgewiesenen Landezone, wo Tom und ich auf dich warten werden." Er sah Zara an. „Ich werde mein Bestes tun, um Mikhail auch nach Hause zu bringen."

Zara nickte, sagte aber nichts.

Genevieve fragte: „Was ist mit Adebowale?"

„Ich werde bei meinen Leuten bleiben", sagte Adebowale mit Nachdruck.

Sam schaute Tom und Adebowale an. „Lass uns ein letztes Mal durch die Mine gehen."

Adebowale nickte und öffnete das digitale Bild auf seinem Computertablett. „Das ist die letzte bekannte Karte des unterirdischen Tunnellabyrinths unter dem Tumba-See. Sie wurde vor fünf Jahren aufgenommen, also können wir einige Veränderungen erwarten."

Tom nickte und fragte: „Bist du sicher, dass wir immer noch Zugang haben werden?"

„Ziemlich sicher." Adebowale zeigte auf die Karte. „Wie du sehen kannst, ist die Mine des Sees in vier Hauptminen unterteilt. Jede von ihnen ist durch eine Reihe von Längstunneln auf Ebene zehn verbunden. Für den Zweck dieser Mission habe ich sie mit A, B, C oder D gekennzeichnet.

Sam nickte.

„A, C und D sind alle noch voll funktionsfähige Minenschächte. B ist auf einen Fluss gestoßen, der etwa dreihundert Meter unterhalb des Tumba-Sees verläuft. Dadurch entstand ein riesiges Senkloch, durch das das Wasser in den Minenschacht fliesen konnte. Die ersten zehn Ebenen der Mine B stehen unter Wasser, nachdem es zu schwierig und zu teuer wurde, das ganze Wasser abzupumpen. Die gute Nachricht für uns ist, dass sie es dabei belassen haben. Da sie sich keine Gedanken darüber gemacht haben, dass irgendjemand in der Lage sein könnte, durch zehn überflutete Stollen zu kommen, haben sie uns den perfekten Weg dorthin offengelassen."

Tom setzte sich nach vorne und studierte die Karte. „Es muss mehr als hundert Tunnel im Bergwerk B geben. Jeder Einzelne wird stockdunkel und verschlammt sein. Es wird fast unmöglich sein, die zehnte Ebene zu erreichen, geschweige denn das obere Ende der Mine. Das ist alles andere als einfach."

Adebowale grinste. Die tiefschwarze und vernarbte Haut seines Gesichts wurde plötzlich von seinem warmen Lächeln und seinen gleichmäßig verteilten weißen Zähnen durchbrochen. Es war das Lächeln eines Models oder eines Politikers, nicht das, was man von jemandem erwartet, der wie ein großer Krieger aussieht. Mehr noch, das Lächeln schien echt zu sein. Er sprach mit seiner monotonen, tiefen Stimme. „Ich habe die Zukunft gesehen, und wir alle kommen durch die geflutete Mine an die Oberfläche und befreien mein Volk. Du und Tom werdet noch heute Abend nach Hause gehen."

Sam sah ihm in die Augen. Sein graublaues Gesicht sah aus wie Stahl. Darin lag eine Gewissheit. Adebowale sagte nicht nur, dass sie es durch den Tunnel schaffen würden. Er kannte irgendwie die Zukunft - oder glaubte zumindest, dass er sie kennt. Sam nickte, blieb aber stumm.

Die letzten fünfzehn Minuten des Fluges verbrachten sie in völligem Schweigen. Jedes Mitglied des Teams bereitete sich mental auf die bevorstehende Aufgabe vor. Die Waffen waren überprüft, das C4 gesichert, und die Tauchausrüstung funktionierte.

Der Jet Ranger neigte sich nach rechts. Sam warf einen Blick nach vorne. Sie flogen über den Tumba-See.

Genevieve sagte. „Drei-Minuten-Check, meine Herren."

„Verstanden", sagten sie alle drei gleichzeitig.

Der Hubschrauber flog tief über den Tumba-See, bis er einen kleinen Fluss erreichte. Der kleine Fluss mündete schließlich etwa acht Kilometer entfernt in den Zaire-Fluss. Auf halbem Weg zwischen dem großen afrikanischen Fluss und dem Tumba-See leitete Genevieve einen steilen Sinkflug ein, der erst etwa einen Meter über dem Fluss endete.

Genevieve sagte: „Laut GPS ist es hier."

Sam öffnete die Seitentür des Jet Ranger. Das Wasser unter ihnen erschien dunkel. Auf der Seite des Flusses sah es eher wie eine kleine Bucht aus, als wie ein Flussufer. Er sah Adebowale an. „Bist du sicher, dass das die Stelle ist?"

„Das ist das Sinkloch", bestätigte Adebowale. „Die Stelle dort hat sich in das Flussufer gefressen."

Sam schaute Tom und Adebowale an. „Sind alle bereit?"

„Wir sind bereit", bestätigten die beiden.

Sam sagte: „In Ordnung. Stellt die Uhren auf 19:05 in fünf, vier, drei, zwei, eins, los. Viel Glück!"

Sam steckte sich seinen Atemregler in den Mund, blies seine Tarierweste auf, sodass er einen leichten Auftrieb hatte, und befestigte seine Tauchmaske. Er vergewisserte sich, dass seine Heckler & Koch MP5 an seinem rechten Arm befestigt war und sein Beutel mit C4-Sprengstoff sicher in seinem Trockenbeutel lag. Er sah Tom und Adebowale an. „Alles klar, Team. Wir sehen uns da unten."

Er hob den Sea Scooter auf und trat auf die Kufen des Hubschraubers. Mit einer schnellen Bewegung presste Sam seine Maske an sein Gesicht und stieg aus. Einen Sekundenbruchteil später tauchte er in das dunkle, trübe Wasser des Tumba-Flusses ein und verschwand.

Kapitel Einhundertfünf

3990 Kilometer entfernt, im Großen Hafen von Malta, war alles ruhig auf der Maria Helena. Elise starrte besorgt auf vier verschiedene Computermonitore. Jeder von ihnen lieferte ihr unterschiedliche Informationen über die Mission. Im Hintergrund liefen eine Reihe von Programmen. Jedes von ihnen konnte Informationen liefern, die sich auf die Mission auswirken könnten, wie z. B. plötzliche Veränderungen in der Bewegung von Menschen oder in den sozialen Medien.

Und obwohl sie mit all diesen Informationen gefüttert wurde, gab es nichts, was für die Mission Auswirkungen hatte. Das gab ihr das frustrierende Gefühl überflüssig zu sein, wo sie doch sonst so selbstbewusst war und es gewohnt war, wertvolle digitale Informationen oder Lösungen für einen Einsatz zu liefern. Die Uhr am unteren Rand des Computerbildschirms zeigte die aktuelle Zeit in der Demokratischen Republik Kongo an - 19:20 Uhr.

Sie werden jetzt schon im Hubschrauber sein.

Dieser Gedanke bestätigte nur ihr Unbehagen an ihrer Position. Trotz der vielen Informationen, die sie erhielt, gab es nichts Neues, was ihr bei der Mission helfen würde. Sie schüttelte den Kopf. Es sah ihr nicht ähnlich, sich überflüssig zu fühlen und noch weniger sah es ihr ähnlich, sich überhaupt darum zu kümmern. Sie hatte sich ein sehr gutes Leben aufgebaut, indem sie sich selbst versorgte und auf sich aufpasste. Elise zwang sich zu einem Lächeln. Es war ihr egal, ob sie gebraucht wurde oder nicht. Der Grund für ihre Unruhe war, dass sie sich Sorgen um Sam machte - und um Tom und Genevieve, um genau zu sein. Zara und Adebowale waren ihr so oder so egal. Nicht, dass sie ihnen etwas Böses wünschte, natürlich nicht. Sie schienen gute Menschen zu sein. Sie hatten ihren eigenen Lebensweg gewählt, der sich nicht mit dem ihren deckte.

Aber die anderen drei waren ihre Freunde. Mehr als das. Sie waren Teil der einzigen Familie, die sie je gekannt hatte. Vor allem Sam war wie ein Vater für sie. Und Genevieve und Tom hätten genauso gut ihre rauen Geschwister sein können.

Sie werden schon klarkommen. Sie sind alle hart im Nehmen.

Elise brauchte eine Ablenkung. Sie wusste, dass sie das nicht sollte. Genevieve würde sie umbringen, wenn sie nur einen Blick darauf werfen würde, aber sie musste die Wahrheit erfahren. Ihre Neugierde hatte sie übermannt, und das war eine willkommene Ablenkung. In einem anderen

Tab öffnete sie Google und gab ein einziges Wort ein.

Solntsevo

Die Suchmaschine spuckte Tausende von Vergleichsseiten aus, aber ihr Blick ging nicht über die erste hinaus.

Solntsevskaya Bratva

Sie klickte auf den ersten Link. Es war eine Wikipedia-Seite. Aber dort erfuhr sie so viel, wie sie wissen musste. Mehr als sie hätte wissen müssen und genug, um sich zu wünschen, sie hätte es nicht getan. Sie las den Artikel einmal durch.

Die Solntsevskaya Bratva war das größte und mächtigste Verbrechersyndikat innerhalb der russischen Mafia. Gegründet in den späten 1980er Jahren von Sergej Michailow, einem ehemaligen Kellner, der eine Haftstrafe wegen Betrugs verbüßt hatte, hat die Organisation heute Verbindungen zu weltweiten Syndikaten des organisierten Verbrechens, die vom Drogen- und Waffenhandel bis hin zu Internetbetrug und Geldwäsche reichen.

Das Syndikat setzte eine Gruppe gewalttätiger Söldner und Attentäter ein, um in jedem Gebiet Fuß zu fassen, und nutzte das Konzept der zehnfachen Reaktion auf jeden Übergriff als Abschreckung. Ein Beispiel dafür war 2007, als ein Mitglied eines mexikanischen Drogenkartells ein Mitglied der Solntsevskaya Bratva bei einer feindlichen Übernahme der lukrativen Kokainindustrie in Atlanta tötete. Sie spürten den Mann auf und töteten systematisch jede Person auf seiner Facebook-Seite. Sie begannen mit der unmittelbaren Familie des Mannes, seinen Verwandten, seinen lokalen Verbindungen. Und als das alles erledigt war, nahmen sie sich seine Freundesliste vor. Als das FBI eine Sonderuntersuchung zu dem Massaker einleitete, waren bereits 18 Personen getötet worden.

Elise hörte auf zu lesen, als der Artikel auf die Methoden einging, mit denen die Organisation Menschen tötete, und blätterte stattdessen bis zum Ende der Seite.

Sie las den letzten Absatz. Sie las ihn noch einmal und schloss dann die Registerkarte vollständig.

Sergei Mikhailov hatte eine Tochter, Anastasiya Mikhailov, die 2014 im Alter von achtundzwanzig Jahren verschwand. Es wurde weithin bestritten, dass sie von einem der konkurrierenden Verbrechersyndikate entführt wurde, um sich für etwas zu rächen, was die Solntsevskaya Bratva getan hatte. Keine Organisation hat sich je zu ihrer Entführung bekannt und niemand hat sie seitdem gesehen.

Ein leises Piepen, das von ihrem Computer kam, informierte sie darüber, dass eines der Hintergrundprogramme, das nach Veränderungen in der Häufigkeit von Nachrichten oder Kommentaren über General Ngige in den sozialen Medien suchte, einen plötzlichen Anstieg des Nachrichtenvolumens angezeigt hatte. Sie klickte auf das Programm und scrollte schnell durch die Notizen.

Das kann nicht richtig sein.

Fast fünfzehntausend Kommentare in den sozialen Medien bestätigten die Nachricht. Es war möglich, dass es sich um eine Fälschung handelte, die von einer bestimmten Gruppe an Menschen aus einem politischen Grund künstlich in die Welt gesetzt wurde. Trotzdem war es wahrscheinlicher, dass die Nachricht wahr war.

Elise öffnete ein neues Programm. Es war eine DRC-Datenbank für Geburten, Sterbefälle und Eheschließungen. Schnell tippte sie den Namen Adebowale ein. Gefolgt von der Abfrage „Bekannte Geschwister".

Sie sah sich die Ergebnisse an und fluchte. „Was haben wir getan?"

Neben ihr begann das Telefon zu klingeln. Es war ein digital verschlüsseltes Satellitentelefon, das eine Kombination aus privaten und bevollmächtigten Satelliten benutzte, um die Kommunikation zu sichern - und es gab nur eine Person, die es jemals anrief.

Elise nahm den Hörer ab. „Guten Abend, Frau Ministerin."

Sie hörte aufmerksam zu, ohne zu unterbrechen, bis die Verteidigungsministerin zu Ende gesprochen hatte. Sie machte sich ein paar Notizen.

Ihr Gesicht verhärtete sich. „Verstanden, Frau Ministerin. Ich werde mein Bestes tun, um ihm Bescheid zu geben."

Sie legte den Hörer auf und lief die Treppe hinauf auf die Brücke. Matthew, der noch weniger zu tun hatte als sie, saß an seinem Schreibtisch und tippte mit den Fingern auf das alte Teakholz seines Schreibtischs.

Elise wartete nicht darauf, dass er sie begrüßte. „Wir müssen die Mission abbrechen!"

Matthews Gesicht verhärtete sich. „Wir können die Mission jetzt nicht abbrechen. Ich habe gerade die Bestätigung von Genevieve erhalten, dass Sam, Tom und Adebowale ins Wasser gefallen sind und mit dem Tauchen begonnen haben. Es gibt keine Möglichkeit, mit ihnen in Kontakt zu treten, bis die Mission beendet ist. Warum, was ist passiert?"

Sie fluchte dreimal. Es war laut und profan und damit ungewöhnlich für sie. Sie legte sich die Handfläche auf die Stirn und schloss die Augen. Es musste einen Weg geben, eine Nachricht an sie zu übermitteln. Sie öffnete sie wieder. „Ich bin es, Adebowale."

„Was ist mit ihm?“

„Er arbeitet für General Ngige.“

Matthew sagte: „Aber er hatte die geheimen Passwörter, welche die Vereinigte Souveränität des Kongos benutzte, und konnte Informationen durch ihre verschlüsselte Kommunikation erhalten? Was ist passiert?“

„Ich habe gerade mit der Verteidigungsministerin gesprochen. Ihre Leute im Geheimdienst haben sie gerade informiert, dass General Ngige ein Einzelkind war. Seine Eltern wurden in den frühen Neunzigern getötet und als Waise verbrachte er seine Zeit in der damaligen Goldmine am Tumba-See. Weißt du, wer ebenfalls in dieser Mine lebte und als Kind sein bester Freund war?“

Matthew schüttelte den Kopf. „Adebowale!“

Sie nickte. „Da ist noch etwas anderes.“

„Was?“

„Ich erhalte gerade eine Reihe von Pings in den sozialen und herkömmlichen Medien aus der DRC. General Ngige ist heute Morgen gestorben. Offenbar wurde sein rechtes Auge mit einer Zigarette verbrannt. Es ist unwahrscheinlich, dass er daran gestorben ist aber irgendwie gab es eine Komplikation bei der Routineoperation und er starb noch auf dem OP-Tisch.“

Matthew drehte sich zu ihr um. „Wer war dann der Zwilling, der sterben wird?“

Sie sagte: „Sein Name ist Dikembe und er ist Adebowales Zwillingsbruder.“

„Mein Gott! Adebowale hat einen Zwilling! Warum haben wir das nicht früher herausgefunden?“

Elise schüttelte den Kopf. „Wir haben Adebowale beim Wort genommen. Wir hatten keinen Grund, an ihm zu zweifeln. Es hat keinen Unterschied gemacht, ob er ein Einzelkind oder ein Zwilling ist ... bis uns die Nostradamus-Gleichung gesagt hat, dass ein königlicher Zwilling sterben muss.“

Kapitel Einhundertsechs

Sam erreichte den Grund des Sinklochs. Es war insgesamt 25 Meter tief. Das Wasser war verfärbt und trüb und die Sichtweite betrug weniger als drei Meter. Das Heads-up-Display zeigte einen vagen Umriss des dramatischen Sinklochs, basierend auf dem Eindruck des Sonars. Die Qualität war schlecht, aber eine verdunkelte Stelle ganz unten deutete darauf hin, dass er immer noch in die alte Goldmine, bezeichnet als Mine B, eindrang. Er wartete darauf, dass Tom und Adebowale ihn erreichten, vergewisserte sich, dass es ihnen gut ging, und gab dann Gas am Sea Scooter und fuhr in die Mine ein.

Der Scheinwerfer vor dem Tauchfahrzeug warf Licht auf die Wände des Tunnels. Es war so dunkel wie in jeder anderen Höhle, die Sam je erkundet hatte, und anders als das Wasser in einer Höhle, das klar ist, versperrten der Schlamm und der Schlick im Wasser hier immer noch einen Großteil seiner Sicht.

Sam sagte: „Bleibt dicht bei mir, meine Herren. Die Sicht ist schlecht und es sieht nicht so aus, als würde sie in nächster Zeit besser werden. Behaltet die Person vor euch auf eurem Sonarschirm im Auge. Das Letzte, was ich will, ist, dass das hier zu einer Rettungsmission für uns drei wird."

„Verstanden", sagte Tom. „Ich sehe deinen langsamen Arsch direkt vor mir."

„Was ist mit dir, Adebowale? Hast du uns auf deinem Radar?"

„Ich kann euch sehen. Macht einfach weiter und ich werde euch folgen."

Sam sagte: „Guter Mann."

Der Navigationsbildschirm blinkte plötzlich grün. Das bedeutete, dass der aktuelle Umriss der Mine, der auf den Sonarwerten basierte, mit einem bekannten Kartenausschnitt übereinstimmte. Die beiden Messwerte wurden übereinandergelegt und der Computer setzte ein Sternchen an die Stelle, an der er glaubte, dass Sam sich in der Mine befand. Er grinste. Das war schon mal ein guter Anfang. Er klickte auf die Schaltfläche „Route", und eine rote Linie folgte einer Reihe von Tunneln, die wie ein riesiges Labyrinth aussahen und bis zur neunundsiebzigsten Ebene führten.

Sam fuhr mit dem Sea Scooter den ersten Tunnel entlang, bevor er nach links abbog. Er folgte den Anweisungen auf dem Heads-up-Navigationsdisplay, als sich der Tunnel zu sieben separaten

Erkundungsfahrten öffnete. Abseits des riesigen Sinklochs und des aufgewühlten Wassers des Tumba-Flusses wurde die Sicht deutlich besser. Sam bog noch einmal um eine Ecke und bemerkte dann, wie das Licht seines Sea Scooters zu ihm zurück gespiegelt wurde und sich dabei erheblich verstärkte.

Er hielt an. Ein großes Riff aus Quarz hing an der Decke. Winzige goldene Flecken reflektierten den Schein der Taschenlampe auf geheimnisvolle Weise. Er lächelte. Der Schacht wäre ziemlich profitabel gewesen, jedenfalls wenn sie nicht auf den Fluss gestoßen wären. Die Breite des Schachts nahm hier auf insgesamt 12 Meter zu, so wie die Bergleute einst gegraben hatten, als sie dem goldhaltigen Quarzriff folgten.

Am Ende des goldhaltigen Abschnitts wurde der Tunnel für etwa 30 Meter wieder gerade, bevor er wieder nach rechts abbog. Auf der Karte sah das gesamte Gebiet wie ein riesiges Labyrinth aus.

Nach etwa einer Stunde erreichte Sam den ersten vertikalen Schacht. „Seid ihr noch hinter mir?“

„Klar“, sagte Tom. „Adebowale ist mir dicht auf den Fersen. Wo bleibst du denn so lange?“

Sam schaute nach oben. „Ich habe den ersten der vertikalen Schächte erreicht. Ich warte, bis ich deine Lichter sehe, bevor ich weiterfahre.“

Er stieg dreißig Meter nach oben und blieb dann stehen. Der Schacht war kurz. Es gab keinen Aufzug. Nur die Holzsprossen einer alten Bergwerksleiter. Die Bergleute müssen ein Goldriff erreicht haben oder etwas, das sie zum Anhalten zwang. Es gab zwei Tunnel, die in entgegengesetzte Richtungen von dem senkrechten Schacht wegführten. Sam sah auf der Karte nach und bestätigte, dass er den Rechten nehmen musste.

Sobald er Tom und Adebowale unter sich im vertikalen Schacht sehen konnte, folgte Sam dem Tunnel für insgesamt 150 Meter. Der Tunnel schlängelte sich in westlicher Richtung und wies eine Reihe von zackigen Abzweigungen und Zickzackkurven auf. An diesem Punkt blieb er stehen. Über ihm befand sich der Aufzugsschacht Nummer vier. Laut der Karte führte er bis zur zehnten Ebene. Dann wären sie nicht nur endgültig aus dem Wasser, sondern könnten auch den horizontalen Tunnel nehmen, um eine der vier Minen zu erreichen. Und was noch wichtiger ist: Sie könnten die drei Tunnel erreichen, die unter dem Tumba-See verlaufen und ihre Mission erfüllen.

Sam wartete, bis er die Lichter seiner beiden Gefährten an den

Tunnelwänden entlang huschen sah. „Ich fange mit dem vertikalen Schacht an, Nummer Vier. Ich sehe euch dann an Land."

Tom sagte: „Gut. Wir sehen uns oben."

Adebowale sagte: „Wenn ihr einmal seht, wie lang dieser vertikale Schacht ist, werdet ihr euch wünschen, er wäre bis ganz oben mit Wasser gefüllt."

Sam grinste. Er wusste schon jetzt, dass sie eine höllische Kletterpartie vor sich haben würden, um den Gipfel zu erreichen. Sam richtete den Sea Scooter so aus, dass der Sonarschwinger direkt auf den Schacht zeigte. Dreißig Sekunden später blinkte das Head-up-Display wieder grün. Die Karte und das Sonarbild stimmten überein.

Er ließ den Sea Scooter im Leerlauf und passte seinen Auftrieb langsam an, bis er aufstieg. Sobald er sich vertikal bewegte, konzentrierte sich Sam darauf, die Luft aus seiner Tarierweste abzulassen. Während er aufstieg, verringerte er den Druck, der in Atmosphären gemessen wurde, wodurch sich die Luft ausdehnte. Wenn er diese Luft nicht ablassen würde, würde sich sein Auftriebskörper schnell überfüllen und er würde an die Oberfläche schießen - und dabei höchstwahrscheinlich eine Embolie erleiden.

Nachdem er fast 12 Meter aufgestiegen war, hielt Sam an. Er fluchte laut vor sich hin.

Tom fragte: „Was ist los?"

Sam sagte: „Ich glaube nicht, dass wir heute Nacht die Oberfläche erreichen werden."

„Aber wir müssen!" Adebowales Stimme dröhnte über das Unterwasserradio. „Was ist passiert?"

Sam schüttelte den Kopf. „Der Aufzug ist auf Ebene neunundzwanzig stehen geblieben. Es gibt keine Möglichkeit, ihn zu umgehen und ich glaube auch nicht, dass wir ihn dazu bringen können, wieder hochzufahren."

Kapitel Einhundertsieben

Der Lüftungsschacht hatte drei riesige Turbolüfter. Das Gebläse an der Oberfläche war das größte und leistungsstärkste, während die beiden Gebläse im vertikalen Tunnel kleiner waren. Alle drei wurden benutzt, um frische Luft zum Boden des Schachts und dann in den untersten Tunnel zu leiten, um eine Luftzirkulation durch die Tunnel und zurück in den Aufzugsschacht zu erzeugen. Adebowale erinnerte sich daran, irgendwo gehört zu haben, dass der Lüftungsschacht immer bis zum tiefsten Punkt eines Bergwerks reichte, weil er die Restgifte aus der Luft entfernen musste, die sich sonst zu einer toten Zone zusammenballen würden. Natürlich war das alles reine Theorie. Jetzt ging es darum, wie er durch den zweiten massiven Turbolüfter kam, der seinen Aufstieg blockierte.

Den ersten Turbolüfter hatte er mühelos überwunden. Das hatte ihn erstaunt. Mit einem Durchmesser von drei Metern waren die massiven Schaufeln größer als er und konnten mit Federn versehen werden. Das bedeutete, dass die Schaufeln ihren Winkel und ihre Neigung veränderten, während sie sich drehten. So konnten die Minenarbeiter auch die Richtung des Luftstroms ändern, wenn sie ein giftiges oder brennbares Gas absaugen mussten, anstatt sauerstoffreiche Frischluft in die Mine zu pumpen. Als er das erste Mal hinaufschaute, waren alle Schaufeln komplett eingeknickt, und jahrelanger Schutt und Schimmel ließen den Turbo-Ventilator nicht anders aussehen als den Rest der Stollendecke. Natürlich war es leicht hindurchzukommen, denn er konnte einfach den Winkel der Schaufeln verändern und hindurchschlüpfen. Er hatte keine Wahl, ob er den Sea Scooter mitnehmen sollte oder nicht, also musste er ihn aufgeben.

Er stieg schnell auf, ohne Angst vor einer akuten Dekompressionskrankheit zu haben. Er hatte keine Zeit, langsam aufzusteigen und die notwendigen Dekompressionspausen einzulegen. Adebowale machte sich nicht einmal Gedanken darüber, was mit Sam und Tom passieren würde. Was kümmerte es ihn, ob sie überlebten oder nicht? Sie hatten ihren Zweck erfüllt. Er empfand keine Schuldgefühle oder Freude, weil er sie verlassen hatte. Er hatte keine Zeit zu erklären, was geschehen musste. Außerdem war das, was er vorhatte, größer als sie, größer als er - es war das Wichtigste, was ein Mensch für die Welt tun konnte. Er würde die Zukunft der menschlichen Rasse grundlegend verändern.

Er hielt an, nachdem er etwa 25 Meter aufgestiegen war. Seine Bewegung wurde erneut durch ein Hindernis im Schacht gestoppt - dieses Mal durch den zweiten Turbolüfter. Dieser war fast identisch mit dem ersten, aber die Schaufeln waren so stark korrodiert, dass sie nicht mehr federten.

Adebowale zog an der ersten Schaufel, so wie er es mit der ersten getan hatte, aber es passierte nichts. Er schwamm zum äußersten Rand des Propellers und versuchte, ihn mit der größeren Hebelwirkung zu bewegen. Er drückte mit den Beinen gegen die Metallseiten und zog mit den Armen kräftig daran. Die massiven Muskeln seiner Arme spannten sich an, aber es passierte einfach nichts.

Er probierte die anderen Klingen aus und stellte fest, dass sich keine von ihnen bewegen ließ. Adebowale zückte sein Tauchermesser und hackte damit den Rost an der Stelle ab, an der sich das Ventilatorblatt normalerweise drehte. Er versuchte erneut, den Ventilator zu bewegen, aber er war komplett festgerostet.

Frustriert rammte Adebowale das Messer in den verrosteten Teil und nahm dann seine Tauchflasche heraus. Der Aluminiumtank bewegte sich schnell durch das Wasser. Mit dem Atemregler noch im Mund rammte er die schwere Tauchflasche in das Messer. Beim ersten Versuch brach das Messer am Griff ab. Adebowale spürte den Adrenalinstoß, der ihn in den Wahnsinn trieb. So wollte er nicht sterben - gefangen in einem alten Lüftungsschacht, eingeklemmt unter einem rostigen Propellerblatt. Er zog den Tank zurück und rammte ihn wieder und wieder in denselben Abschnitt. Er wusste nicht mehr, wie oft er gegen die verdammte Schaufel stieß, aber schließlich schaffte er es durch das Rammen der Tauchflasche gegen die geschwächte Kante der Ventilatorschaufel sich eine Öffnung zu erarbeiten und durch diese den Lüfter zu passieren.

Adebowale zog sich durch die kleine Öffnung und schwamm weiter nach oben. Wie ein Torpedo raste er auf die Oberfläche zu und brach in weniger als einer Minute in die kühle Luft hoch oben ein. Schnell zog er seinen Neoprenanzug aus und legte sich dann den Rucksack mit dem C4 wieder über die Schultern.

Er leuchtete mit seiner Taschenlampe umher, bis er einen Tunnel fand, der nach Norden führte. Er schlug ihn ein und hoffte, dass er den Aufzugsschacht erreichen würde, der weit über der Stelle lag, an der der Aufzug stecken geblieben war.

Er bewegte sich schnell. Die Höhe des Tunnels war zu niedrig, um zu laufen, aber in gebückter Haltung kam er trotzdem schnell voran. Es dauerte nicht lange, bis er den Hauptaufzugsschacht erreichte. Er leuchtete mit der Taschenlampe nach unten. Die gebündelten Strahlen trafen nicht weit unter ihm auf das Wasser. Er schaute nach oben und sah die Holzleiter, die direkt nach oben führte.

Adebowale begann sofort zu klettern. Nach zwanzig Metern auf der ersten Leiter packte ein plötzlicher Druck das Gelenk seines rechten Ellbogens. Der Schmerz war stechend und intensiv, aber nur stoßweise. Von dem wenigen, was er über Tauchen wusste, wusste er, dass der komprimierte Stickstoff nicht schnell genug aus seinem Blutkreislauf entweichen konnte, wenn er zu schnell aufstieg. Er hätte seinen Aufstieg verlangsamen müssen, aber was hätte er tun sollen? Seine Männer mussten handeln, nicht zögern.

Adebowale schüttelte den Schmerz ab und kletterte weiter. Er biss die Zähne zusammen und zwang sich zu lächeln. Er war kurz davor, die Prophezeiung zu erfüllen und die größte Leistung seines Lebens zu vollbringen. Er hatte die Zukunft gesehen und wusste das es das Wasser sein würde, das ihn umbringen würde.

Kapitel Einhundertacht

Sam schlüpfte durch die mit Federn besetzte Turboluftklappe und stieg vorsichtig auf. Oben war keine Spur von Adebowales Licht zu sehen, aber er hatte keinen Zweifel daran, dass dies der Weg war, auf dem er gereist war. Die Frage war nur, warum Adebowale versuchte, sie abzuhängen?

Er wartete nicht darauf, dass sie mit dem Aufstieg begannen. Sie hatten noch einen weiten Weg vor sich, wenn sie die obersten Ebenen der Mine erreichen wollten, und sie mussten schnell sein, wenn sie Adebowale einholen wollten.

Sam fragte: „Was könnte er wohl bezwecken?"

Tom sagte: „Ich weiß nicht, wie er uns getäuscht hat, aber er ist nicht in unserem Team."

„Wenn das so ist, warum hat er uns dann überhaupt hierher geschleppt?"

Sam dachte darüber nach und schüttelte den Kopf. „Ich habe keine Ahnung. Es ergibt keinen Sinn. Vielleicht hat er einen ganz anderen Grund, hier zu sein. Etwas, von dem er offensichtlich nicht wollte, dass wir es erfahren. Das heißt aber nicht, dass er gegen uns ist."

„Das stimmt zwar, aber auf unserer Seite ist er definitiv auch nicht mehr."

Sam verlangsamte seinen Aufstieg, als sie sich dem zweiten Ventilator näherten. Vorsichtig schlüpfte er durch die einzelne Öffnung, an der ein Ventilatorflügel abgebrochen war. Der scharfe Bruch in dem rostigen Metall schien erst kürzlich entstanden zu sein. Er schlüpfte ganz vorsichtig hindurch und stieg weiter nach oben.

Sam sagte: „Vielleicht können wir die Mission auch ohne ihn beenden.

Tom schüttelte den Kopf. „Nein, das können wir nicht."

„Warum nicht?"

„Weil er die Tasche mit dem C4 mitgenommen hat."

„Verdammt! Ich dachte, du hättest sie?"

„Hatte ich auch, aber kurz bevor wir den Hubschrauber verließen, bot er mir an, sie zu tragen. Er sagte, ich hätte mit der zusätzlichen Tauchausrüstung schon genug zu tragen."

Sam näherte sich der Tiefe von zehn Metern und verlangsamte seinen Aufstieg, bis er zu einem völligen Stillstand kam. Er wartete vorsichtig fünf Minuten und stieg dann auf fünf Meter auf, bevor er weitere fünf Minuten wartete, um zu dekomprimieren. Er kletterte durch die Wasseroberfläche, zog seinen Neoprenanzug aus und warf ihn neben Adebowales abgelegten Anzug.

Eine Wasserspur, die den nördlichen Tunnel hinunterführte, zeigte, wo Adebowale hingegangen war. Sam entsicherte seine Heckler & Koch MP5 und schaltete sie auf Vollautomatik um, während Tom auftauchte und aus seinem Neoprenanzug schlüpfte. Es war nicht abzusehen, wie lange Adebowale zum Dekomprimieren gebraucht hatte, also mussten sie schnell sein, um ihn einzuholen.

Sie liefen bis zum Ende des Tunnels und begannen dann, die wackelige Leiter im Hauptaufzugsschacht zu erklimmen. Es war ein mühsamer Aufstieg, aber sie erreichten die Spitze, wo der vertikale Schacht mit dem Haupttunnel auf Ebene fünf verbunden war. Von dort aus hoffte Sam, dass sie die verschlossenen Gitter für die Gefangenen öffnen und den Schacht, der unter den Tumba-See führte, noch rechtzeitig erreichen würden, um ihn irgendwie zu blockieren.

Er und Tom schafften es weniger als 150 Meter den Tunnel hinunter, bevor seine Hoffnungen zunichte gemacht wurden - denn das Echo einer gewaltigen Explosion hallte durch den Tunnel.

Sam schluckte schwer. „Oh, Scheiße!“

Kapitel Einhundertneun

Adebowale hatte keine Ahnung, wie viel C4 benötigt wurde, um die Decke des Tunnels zum Einsturz zu bringen, also nahm er einfach den kompletten Sprengsatz. Lieber zu viel als zu wenig. Es bestand kein Risiko, zu viel Gestein herunterzubringen. Schließlich wollte er eine steinerne Barriere zwischen dem Ende des Tunnels, an dem General Ngige befohlen hatte Dynamit zu legen, um den Tunnel zum Grund des Sees zu öffnen, und dem Eingang zu den Haupttunneln der Mine errichten.

In seinen Albträumen hatte er die Momente direkt nach der Explosion immer wieder gesehen, seit er ein kleiner Junge war. Aber er hatte nie gesehen, wie er diesen Punkt tatsächlich erreichte. Ohne sich Sorgen zu machen, dass er es nicht richtig machen könnte, hatte er das C4 aus dem Rucksack an die Felsdecke geklebt. Dann hatte er die Zünddrähte ein paar Hundert Meter durch den Tunnel geführt und den Detonationsknopf gedrückt.

In der Enge des Tunnels raste die Druckwelle mit einer unglaublichen Kraft auf ihn zu. Sie warf ihn hart zu Boden was dazu führte, dass er mit dem Kopf auf dem aufschlug. Seine Welt bebte und einen Moment lang dachte er, er sei bereits tot. Er spürte ein seltsames nasses Gefühl auf seinem Gesicht und berührte es vorsichtig mit seiner rechten Hand. Es dauerte einen Moment, bis er merkte, dass es sein eigenes Blut war. In seinem Kopf hörte er ein ständiges Klingeln, während seine geplatzten Trommelfelle versuchten, das Geschehene irgendwie zu verarbeiten.

Es lag zu viel Staub und Schutt vor ihm, um zu sehen, ob der Einsturz funktioniert hatte. Irgendwie wusste er genau, dass es nicht funktioniert hatte. Das konnte doch nicht sein, oder? Schließlich würde bald Wasser von der anderen Seite des Einsturzes kommen und ihn töten.

Er zwang sich wieder auf die Beine und begann, den Weg zurückzulaufen, den er gekommen war. Einen Moment später ließ ihn das Nachbeben einer zweiten Explosion wieder zu Boden fallen. Die Männer von General Ngige, die die erste Explosion gehört hatten und mit einem Fluchtversuch rechneten, mussten das Dynamit gezündet haben.

Adebowale wusste, dass er nicht entkommen konnte, aber er versuchte es trotzdem.

Eine dritte Explosion ereignete sich vor ihm, irgendwo zwischen ihm und den Haupttunneln der Mine. In einem Augenblick wurde ihm klar, was schiefgelaufen war - etwas, das er nie in Betracht gezogen hatte.

Jemand musste weiter oben im Tunnel Löcher in die Decke gebohrt haben, sodass sie bei jeder größeren seismischen Aktivität einstürzen würde und eine natürliche Barriere aus Gestein bilden würde. Jetzt saß er in der Falle und konnte weder vor noch zurück. Hinter sich spürte er den Luftzug, der durch den Tunnel geblasen wurde, gefolgt von dem Geräusch von tobendem Wasser.

Er war schon einmal hier gewesen - eigentlich schon tausendmal.

Trotzdem drehte er sich um und rannte los.

Adebowale hatte nicht weit zu laufen, überhaupt nicht weit. Er erreichte den Einsturz vor ihm. Er hatte sich perfekt geformt. Jetzt gab es keine Möglichkeit mehr zu entkommen. Er drehte sich um und stellte sich den Wassermassen, die ihn töten würden.

Obwohl er wusste, dass er in wenigen Augenblicken tot sein würde, grinste er breit - die Prophezeiung hatte sich erfüllt.

Kapitel Einhundertzehn

Sam blieb am Eingang zu Schacht A stehen. Hier waren die Gefangenen untergebracht worden. Ein Stahlgitter schloss sie in der Nacht ein. Es hatte einen einfachen Verriegelungsmechanismus an der Seite der Wand, mit dem die Wachen es morgens lösen konnten, wenn die Gefangenen zur Arbeit gehen sollten. Sam zog den Hebel und Hunderte von Männern kletterten heraus, ohne ihnen mehr als ein dankbares Nicken zu schenken.

Als der erwartete Wasserschwall von oben ausblieb, dachte Sam, dass Adebowale es irgendwie geschafft hatte. Eine Stunde lang beobachtete er, wie Tausende von Männern, von denen einige schon seit Jahren gefangen waren und deren Haut sich über ihre Knochen spannte, in den Kampf zogen. Als er und Tom selbst die Oberfläche erreichten, war der Kampf bereits vorbei.

Ein Mann, den er auf den Fotos als den Agenten Mikhail erkannte, kam auf sie zu. „Sam Reilly, stimmt's?"

Sam nickte und reichte ihm die Hand. „Das ist Tom."

Mikhail schüttelte ihnen fest die Hand und sagte: „Danke für den Gefängnisausbruch. Ich nehme an, du hast die Nachricht erhalten und unsere Regierung hat beschlossen, die Truppen zu schicken?"

„Nicht ganz", sagte Sam.

Mikhail fragte: „Nein? Wie bist du dann eigentlich hierhergekommen?"

Tom lächelte. „Das ist eine lange Geschichte, aber letztendlich hatten wir ziemlich überzeugende Gründe, hierher zu kommen."

Mikhail runzelte die Stirn. Die Enttäuschung stand ihm im Gesicht geschrieben. „Aber nicht genug für Washington, um sich zu einem offiziellen Einsatz bereit zu erklären?"

„Nein. Es wäre unmöglich gewesen, dem Kongress und dem amerikanischen Volk amerikanische Truppen vor Ort zu verkaufen", antwortete Sam.

Mikhails Augen verengten sich. „Wie bist du dann hier gelandet?"

„Ein Mann namens Adebowale schlug uns schließlich vor, von einem alten, überfluteten Abschnitt aus in die Mine einzudringen und von dort aus mit Sprengstoff einen Einsturz zu verursachen, der eine natürliche Barrikade zwischen dem Tunnel unter dem See bildete. Dies hätte General Ngiges Plan seine Gefangenen zu ertränken verhindert." Sam schaute in

Mikhails verwirrtes Gesicht. „Ich nehme an, du hast schon von Adebowale gehört?“

Mikhail nickte. „Ja, aber ich bin überrascht, dass er dir geholfen hat.“

„Was meinst du?“, fragte Sam. „Er ist der Chef der USK, nicht wahr?“

Mikhails Augen huschten zwischen Sams und Toms verhärteten Gesichtern hin und her. „Du weißt es nicht, oder?“

„Was wissen?“ Sam und Tom antworteten unisono.

Ein großer Mann kam auf sie zu. Für einen Moment dachte Sam, er sei Adebowale. Er war ähnlich groß, aber seine Muskeln wirkten kleiner und er war etwas schlanker. Er hatte ein warmes Lächeln und die gleichen durchdringenden grauen Augen, aber darunter zeichneten tiefe Falten die Geschichte eines schwierigen Lebens voller Schmerz.

Mikhail sah den Mann an und blickte dann wieder zu Sam. „Das ist Dikembe, der Anführer der USK. Ich denke, es ist das Beste, wenn er dir selber erklärt, wer Adebowale ist ... oder war.“

Dikembe begrüßte Sam und Tom mit aufrichtiger Dankbarkeit. Er schüttelte beiden freundlich die Hand und sagte: „Wie ich höre, habt ihr maßgeblich zu unserer Rettung beigetragen. Mein Volk wird euch ewig dankbar sein.“

Sam fragte: „Du bist der Bruder von Adebowale?“

Dikembe nickte. „Ja. Allerdings haben mein Bruder und ich uns seit vielen Jahren nicht mehr gesehen. Ich hatte gehofft, ihn ein letztes Mal sehen zu können, bevor er in den Tunnel ging, in dem er dann starb.

„Bist du sicher, dass Adebowale im Tunnel umgekommen ist?“ fragte Sam.

Dikembe nickte.

Sam fragte: „Wie?“

Mikhail schaltete sich ein und antwortete. „Weil wir den Eingang des Tunnels, der unter dem Tumba-See verläuft, geschwächt haben. Wir hofften, dass jede seismische Erschütterung, die Ngige mit seinem Dynamit verursacht, das Dach am Eingang zum Einsturz bringen und eine natürliche Barriere aus Stein schaffen würde, die uns vor der Flut schützen würde.“

Sam fragte: „Und deshalb hast du Dikembe als den Anführer der USK bezeichnet?“

„Nein.“ Dikembe lächelte ihn an. „Es scheint, dass du alles falsch verstehst. Adebowale und ich haben uns seit vielen Jahren nicht mehr gesehen. Bis heute Abend ist er einem anderen Anführer gefolgt. Jemandem, den er schon sein ganzes Leben lang kannte.“

„Adebowale und General Ngige kannten sich?“, sagte Sam.

„Mir wurde gesagt, dass sie bis vor Kurzem gute Freunde waren."

„Die Dinge müssen sich geändert haben. Ngige hat vor einer Woche versucht, ihn zu töten."

Dikembe zuckte mit den Schultern, als ob es keine Rolle spielen würde. „Kriege verändern die Menschen ständig. Allianzen werden geschlossen und Freundschaften zerbrochen. Und ich fürchte, es ist nichts Neues, dass General Ngige sich derer entledigt, in die er das Vertrauen verloren hat."

Sam fragte: „Aber Adebowale hatte die Codes für euer unterirdisches Kommunikationssystem?"

Dikembe sagte: „Das taten viele Leute. Es scheint, dass er es gut infiltriert hat, aber am Ende hat er es für seinen Zweck genutzt und meine Truppen zum Kampf aufgerufen."

Tom sagte: „Das verstehe ich nicht. Warum sollte Adebowale lügen? Wenn er mit Ngige zusammengearbeitet hat, warum hat er sich dann für uns eingesetzt, als wir seine Männer brauchten, um die Wachen auszuschalten? Was hat sich geändert?"

Dikembe sagte: „Er war von uns allen am meisten von der Vereinigten Souveränität des Kongos überzeugt. Er glaubte an die Prophezeiung. Er glaubte, dass Nostradamus das alles vor fast vierhundert Jahren gesehen hatte, als er in die Sahara kam. Als Nostradamus meinem großen Vorfahren einen Jungen namens Jacob Prediox vorstellte, wusste er, dass wir einige harte Jahre durchmachen würden, aber eines Tages würde unsere Blutlinie zurückkehren und das Königreich Kongo vereinen. Ich glaube, dass mein Bruder mir gerade den Weg dazu geebnet hat und dass er glücklich wäre, wenn er noch leben würde."

Sam fragte: „Als wir uns auf diese Mission vorbereiteten, zeigte uns dein Bruder genau, wo wir in jedem der Tunnel, die unter dem Tumba-See verlaufen, das C4 verlegen mussten. Es gab drei Tunnel. Er wusste sehr genau, welchen Tunnel er nehmen sollte. Und am Ende zündete er denjenigen, der nur einen Tunnel zum Einsturz brachte ..."

„Ja?"

„Es war der einzige Tunnel, der fast einen halben Kilometer hinter der Stelle lag, an der er das C4 gelegt hatte, zusammenbrach. Er wäre dabei eingeschlossen worden und ertrunken."

„Ja. Ich weiß, was du fragen willst. Also frag es."

„Wusste er, dass er sterben würde?"

„Ja."

„Warum hat er es dann getan?"

„Weil er schon immer wusste, dass er sterben würde. Mein Bruder teilte die Gabe und den Fluch der Visionen, genau wie Nostradamus. Anders als der große Meister der Prophezeiungen sah mein Bruder nur eine Vision. Seinen Tod. Aber darin wusste er, wie es für sein Volk ausgehen würde."

„Warum hat er das verdammte C4 nicht einfach so eingestellt, dass es nach dem Einsturz losgeht und zurückkommt?" Sam erhob seine Stimme und verriet damit eine Laune, die er nur selten zeigte. „Er hat sich umsonst umgebracht! Wollte er ein Märtyrer sein, ist es das?"

„Nein. Er ist nicht umsonst gestorben. Er ist gestorben, um sein Reich zu vereinen."

„Das ist eine Lüge. Er hätte den Teil mit dem Sterben überspringen können und ihr beide hättet das Königreich gemeinsam vereinen können."

Dikembe schüttelte den Kopf. „Nein. Wir hätten gekämpft, wie wir es immer getan haben. Und am Ende hätte es in unserem Königreich weiterhin Unruhen unter seinem eigenen Volk gegeben."

Sam schüttelte den Kopf und konnte nicht glauben, was er da hörte. Zwei Brüder. Zwillinge, die sich liebten. Sie meinten, dass es besser sei, wenn einer von ihnen sterben würde, um ein Königreich zu schützen, das nicht mehr existierte, seit die Portugiesen beschlossen hatten, es zu kolonisieren.

Tom sagte: „Eine Frage noch ..."

Dikembe drehte sich um und sah ihn an. „Frag und ich werde antworten, so gut ich kann."

Tom erklärte, wie sie die gesamte Mission geplant hatten, angefangen beim Eindringen in die Mine durch das überflutete Sinkloch bis hin zum Einsatz von C4, um einen Teil des Tunnels, der unter dem See verlief, zu sprengen. Zum Schluss erklärte er, wie Adebowale sie beide absichtlich in den überfluteten Tunneln der B-Mine zurückgelassen hatte.

Tom fragte: „Warum hat Adebowale uns in den Tunneln zurückgelassen? Wäre es nicht besser gewesen, sich an den ursprünglichen Plan zu halten und alle drei Tunnel zu sprengen, nur um sicherzugehen?"

Dikembe lächelte geheimnisvoll. „Weil er die Zukunft gesehen hatte und weder du noch Sam Teil dieser Vision waren. Das war das Einzige, was ihn beunruhigt haben muss. Wenn ihr dort wart, bedeutete das, dass sich die Zukunft irgendwie verändert hatte." Dann wandte er sich an Sam und Tom und sagte: „Noch einmal, mein Volk und ich danken euch für alles, was ihr für uns getan habt, aber jetzt muss ich eine Rebellion gewinnen und unser Königreich wieder aufbauen."

Mikhail drehte sich um und folgte Dikembe, der gerade in einen gepanzerten Wagen steigen wollte.

Sam packte ihn an der Schulter. „Wo willst du hin?“

„Ich habe beschlossen, Dikembe meine Hilfe anzubieten. In welcher Funktion auch immer ich kann. Ich glaube, du bist dir nicht im Klaren darüber, was er für die Region zu tun gedenkt.“

„Nein, das tust du nicht.“

Mikhail fragte: „Warum nicht?“

Sam sagte: „Du kommst mit uns. Die Zukunft ist jetzt und du wirst Vater.“

Mikhail starrte ihn an. „Zara ist schwanger?“

Kapitel Einhundertelf

Sam, Tom und Mikhail bestiegen den Jet Ranger. Sam hatte die Seitentür noch nicht ganz geschlossen, als Genevieve schon wieder über dem Tumba-See abhob. Sie war begierig darauf, vom Boden abzuheben und weit weg aus dem Kreuzfeuer zu kommen. Das ferne Geräusch von Gewehrschüssen erinnerte alle daran, dass sie sich jetzt mitten in einem gefährlichen Kriegsgebiet befanden und dass der Aufstand begonnen hatte, auch wenn er noch in den Kinderschuhen steckte. Sam beobachtete mit Vergnügen, wie Zaras Gesicht vor Freude aufleuchtete, als sie Mikhail einsteigen sah.

Genevieve flog zurück zum internationalen Flughafen von Bangui. Im Hubschrauber herrschte Stille, als alle die Ereignisse der letzten sechs Stunden in Ruhe Revue passieren ließen. Es hatte sich viel verändert. Sie alle hatten einer Rebellengruppe geholfen, die Führung zu übernehmen und niemand, auch nicht Nostradamus, konnte sich sicher sein, dass es die richtige Entscheidung war. Sam wusste, wie jeder gute Anführer, dass sich durch sein Handeln heute viele Leben verändert hatten. Tausende würden sterben. Er hoffte zwar, dass er dazu beigetragen hatte, viele Weitere zu retten, aber er wusste, dass nur die Zeit die Weisheit seiner Entscheidung beweisen würde.

Der Jet Ranger setzte auf dem Boden auf und Genevieve schaltete die Motoren aus. Etwa zur gleichen Zeit beendete der Pilot an Bord des Legacy 450 Luxusjets seine letzten Checks vor dem Flug. Die kleine Gruppe wechselte das Flugzeug, und die Legacy war wieder in der Luft.

Es war 04.55 Uhr.

Sam setzte sich gegenüber von Zara, die still dasaß und Mikhails Hand hielt. Sam sagte: „Du wusstest von Adebowale, nicht wahr?"

Zara lächelte. „Ich hatte einen Verdacht."

„Aber du hast nichts gesagt?"

„Nein. Ich war mir nicht sicher, bis wir zur Nostradamus-Gleichung kamen. Es war der 84. Vierzeiler, der mich überzeugt hat."

Sie rezitierte den Vierzeiler aus dem Gedächtnis.

*

An ocean above and a maze below
Where the two meet over a baled woe,
The twin of a king shall die and the sun will set,
With a new ruler, and a kingdom shall grow without threat .

*

Sam fragte: „Wie?"

Zara sagte: „Die zweite Zeile des Vierzeilers. Dort, wo sich die beiden über einem *baled woe* treffen. Das bedeutet, dass sich irgendwo zwischen dem Ozean oben und dem Labyrinth unten die beiden Welten treffen werden."

„Und?"

„A baled woe" ist altenglisch und bedeutet, einem Freund in der Not zu helfen. Aber es ist auch ein Anagramm für „Adebowale".

„Aber wir dachten, Adebowale sei ein Einzelkind!"

Sie schüttelte den Kopf. „Das dachte ich auch erst, aber dann habe ich seinen Namen nachgeschlagen."

Sam starrte sie ungläubig an und sagte: „Sein Name?"

„Ja. Weißt du, was der Swahili-Name Adebowale bedeutet?"

„Nein. Was?"

„Zweitgeborener Sohn von königlichem Blut."

Sam grinste. „Adebowale war ein Zwilling! Natürlich war er der Zweitgeborene in der Thronfolge."

Dann stand er auf und ging in den hinteren Teil des gecharterten Jets, wo Tom bereits zwei Ledersessel als Behelfsbett aufgestellt hatte. Sam öffnete das Satellitentelefon, das an der Seite des Jets befestigt war, und wählte eine Nummer.

Elise meldete sich nach dem ersten Klingeln. Ihre Stimme war scharf und sie klang außer Atem, ganz anders als sonst, wenn sie ruhig und gelassen war. Sie sprach zuerst. „Sam, du bist am Leben! Hast du gemerkt, dass Adebowale nicht auf unserer Seite ist?"

„Adebowale ist tot", sagte Sam ohne Umschweife. „Und wie kommt es, dass alle vor mir herausgefunden haben, dass Adebowale uns betrügt?"

„Der Verteidigungsminister hat mir eine Nachricht geschickt, nachdem du weg warst. Adebowale und Ngige hatten als Kinder zusammen Zeit in den Minen verbracht. Ihr Leben verlief in ganz unterschiedliche Richtungen, aber Adebowale hatte dem Mann immer die Treue gehalten. Gestern Abend, nachdem du gegangen warst, erhielt ich die Nachricht, dass General Ngige gestorben war."

„Er ist tot?" fragte Sam. „Wie ist das passiert, vor dem Putsch?"

Elise sagte: „Eine Infektion. Er wurde operiert, nachdem sein Auge verbrannt worden war, und bekam eine Infektion. Sie ist in sein Gehirn gewandert und hat ihn getötet, bevor die Ärzte wussten, was los war."

Sam schüttelte schweigend den Kopf, starrte in die Dunkelheit vor dem Flugzeugfenster und fragte sich gedankenverloren, was wohl Nostradamus zu all dem sagen würde.

Elise erinnerte ihn daran, dass er aus einem bestimmten Grund angerufen hatte. „Was brauchst du, Chef?"

Sam hielt einen Moment lang inne. Das Geräusch der beiden Rolls-Royce-Motoren des Legacy 450, die in perfekter Harmonie brummten, erfüllte seine Welt. Er holte tief Luft und sagte: „Du musst mich über eine sichere Verbindung zu John Wallis durchstellen."

„Verstanden", sagte Elise und fand zu ihrer natürlichen Gelassenheit zurück. „Übrigens, Sam. Glückwunsch! Ich bin froh, dass es dir und Tom gut geht."

„Danke, Elise", sagte er. „Ich hoffe nur, dass wir alle die richtige Entscheidung getroffen und uns für die Menschheit entschieden haben."

„Das habt ihr. Wir alle haben die Zeichen gesehen. Es musste getan werden."

Sam wartete, bis das Satellitentelefon neue Töne von sich gab, als es durch eine Reihe von Proxy-Servern und privaten Satelliten umgeleitet wurde.

Sam erkannte die Stimme von John Wallis am anderen Ende der Leitung. „Welche Neuigkeiten hast du für mich?"

Sam sagte: „Es ist vollbracht, John."

„Sehr gut, Mr. Reilly", sagte John und weigerte sich, ihn formlos anzusprechen. „Ich nehme an, Sie rufen an, weil Sie es wissen wollen?"

„Ja. Habe ich gerade das Leben meines Teams für einen bestimmten Zweck riskiert?"

John antwortete: „Es hat funktioniert, oder?"

„Aber habe ich die Zukunft verändert?"

Sam hörte das Geräusch von alten Seiten, die sorgfältig umgeblättert, gelesen und dann wieder umgeschlagen wurden.

John sagte: „Ja und nein."

„Ja und nein?" Sam wiederholte die Worte und schüttelte den Kopf. „Was zum Teufel soll das bedeuten?"

„Nostradamus hat Dinge gesehen, die die anderen nicht gesehen haben. Die Zeitlinie wurde geändert. Die Auslöschung der Menschheit wird nicht mehr in diesem Jahr stattfinden."

„Aber es wird trotzdem passieren?"

„Das wissen wir nicht mit Sicherheit." John sprach langsam und zögernd, als ob er sich selbst nicht sicher wäre und vor allem, als ob er nicht wüsste, wie viel er Sam Reilly verraten sollte. „Ich habe mir die neuen Ereignislinien angesehen. Die, die mit dir verbunden ist, ist die

Einzige, die zeigt, dass die Menschheit überlebt hat."

„Was soll das heißen?", sagte Sam. „Soll ich etwas tun?"

„Ich weiß es nicht. Die Zukunft ist eine sehr entschlossene Sache. Es brauchte ein Superhirn wie Nostradamus, um sie auszutricksen. Alles, was ich bisher weiß, ist, dass irgendwann in der Zukunft, irgendwo in der Kette der Ereignisse, die mit dir verbunden sind, eines von ihnen zwei verschiedene Ergebnisse haben wird. Das Erste wird sein, dass du versagst und die Menschheit ausstirbt. Das Zweite ist, dass du Erfolg hast und die Menschheit ihren derzeitigen Kurs fortsetzen kann.

Sam fragte: „Wie lange?"

John sagte: „Bis dieses Ereignis eintritt?"

„Ja."

„Es kann ein Tag, eine Woche oder ein Jahr sein. Es könnte auch auf deinem Sterbebett passieren. Ich behalte die Ereignisse im Auge, sobald sie eintreffen. Wenn ich ein Zeichen sehe, dass das Ereignis näher rückt, lasse ich es dich wissen."

„Wie ein Code zum Aussterben?"

„So etwas in der Art. Wahrscheinlich sehr subtil. Nochmals vielen Dank, Mr. Reilly. Ich hoffe, dass es wirklich sehr lange dauert, bis wir uns wieder sprechen."

John Wallis legte den Hörer auf.

Sam steckte das Satellitentelefon wieder in die Steckdose an der Flugzeugwand.

Tom schlurfte auf den beiden Sitzen hin und her und öffnete seine Augen. „Was jetzt?"

Sam sah Tom mit einem harten und entschlossenen Gesicht an. „Jetzt gehen wir den letzten Tempel der Baumeister suchen - und holen Billie zurück."

Tom fragte: „Irgendeine Idee, wo?"

Sam schüttelte den Kopf. „Keinen Schimmer. Aber ich kenne jemanden im Vatikan, der uns helfen wird. Ob er will oder nicht."

Das Ende

Printed in Poland
by Amazon Fulfillment
Poland Sp. z o.o., Wrocław

52379694R00236